KB079645

Лев Николаевич Толстой

Анна Каренина

•

# 안나 까레니나 3

창비세계문학
72

•

# 안나 까레니나 3

•

레프 니꼴라예비치 똘스또이
최선 옮김

창비

# 차례

•

일러두기

1. 이 책은 Л. Н. Толстой, *Собрание сочинений в 20 томах*, Государственное издательство художественной литературы, Москва 1963 가운데 제8권(1963)과 제9권(1963)을 번역 저본으로 삼았다.
2. 본문 중의 각주는 번역 저본에 붙은 후주 및 모스끄바에서 출판된 22권짜리 전집 중 제8권(1981), 제9권(1982)에 붙은 후주, 옥스퍼드판 영어 번역(1998) 후주, 펭귄판 영어 번역(2006) 후주, 로제마리 티에체(Rosemarie Tietze)가 새로 번역한 데테파우(dtv)판 독일어 번역(2009) 후주, 프레드슨 바워스(Fredson Bowers)가 편집한 V. Nabokov, *Lectures on Russian Literature* (1981, 2012년 이혜승이 우리말로 번역했다) 등을 참고했다.
3. 외국어는 가급적 현지 발음에 준하여 표기하되, 일부 우리말로 굳어진 것은 관용을 따랐다.
4. 본문 중의 모든 외국어(프랑스어, 영어, 독일어 등)는 발음을 적거나 뜻을 풀어 적은 뒤 이탤릭으로 표시했고 원어는 각주에 옮겨적은 뒤 어느 나라 말인지 표시했다.
5. 각주에서 참조용으로 밝힌 우리말 성경 구절은 『성경전서 개역개정판』(대한성서공회 2008)에 따랐다. 러시아 성경의 우리말 번역은 우리말 성경과 다소 다르다.

# 제6부

## 1

다리야 알렉산드로브나는 아이들과 함께 뽀끄롭스꼬예에 있는 동생 끼찌 레비나의 집에서 여름을 보냈다. 그녀의 영지에 있는 집은 완전히 허물어져서 레빈은 자기들 집에 머물도록 아내와 함께 그녀를 설득했다. 스쩨빤 아르까지치는 이런 조치를 매우 지지했다. 그는 자신에게 지고의 행복이었을 가족과 함께 시골에서 여름을 보내는 일이 업무 때문에 방해받아서 몹시 유감스럽다고 말하면서 모스끄바에 남았고, 하루 이틀만 머물기 위해 드물게 시골로 왔다. 이번 여름 레빈의 집에는 오블론스끼 부부 및 아이들 모두와 가정교사 이외에도, 예사 몸이 아닌 경험 없는 딸을 돌보는 것을 의무로 여기는 노공작부인도 손님으로 와 있었다. 게다가 외국에서 사귄 끼찌의 친구 바렌까가 끼찌가 결혼을 하면 그녀를 방문하겠다는 약속을 실행하여 친구 집에 손님으로 와 있었다. 이 모든 사람들은 레빈의 아내의 친척이나 친구 들이었다. 비록 레빈은 이들을 모두 좋아하긴 했으나, 레빈적 세계와 질서가 그가 스스로에게 말하듯 '셰르바쯔끼적 요소'의 이런 쇄도로 억눌리는 것이 약간 아쉬웠다. 이번 여름에는 그의 친척들 중 세르게이 이바노비치만이 손님으로 와 있었는데, 그는 레빈적이 아니라 꼬즈니셰프적 성향의 사람이었으므로 레빈적 정신은 완전히 사라져버렸다.

오랫동안 한적했던 레빈의 집에는 사람들이 너무 많아서 거의 모든 방에 사람이 들었고, 노공작부인은 거의 매일 식탁에 앉아 모든 사람을 일일이 헤아려야 했고, 열세번째 손자나 손녀는 따로 준비한 식탁에 앉혀야 했다. 애쓰며 살림을 하는 끼찌에게도 손님들과 아이들의 여름철 식욕을 채우기 위해서 무척이나 많이 필요한 닭, 칠면조, 오리를 구하느라 적잖이 일이 많았다.

온 가족이 식사를 하기 위해 앉아 있었다. 돌리의 아이들은 가정교사와 바렌까와 함께 버섯을 따러 어디로 갈 것인지 계획을 세우고 있었다. 그의 지성과 학식에 모두들 거의 허리를 굽힐 정도로 바치는 존경을 누리는 세르게이 이바노비치가 버섯에 대한 이야기에 끼어들어 모두를 놀라게 했다.

"나도 데리고 가요. 나는 버섯 따러 가는 것을 무척 좋아해요." 그가 바렌까를 보면서 말했다. "그리고 그게 매우 좋은 일이라고 여기지요."

"네, 그래주신다니 우리도 무척 기뻐요." 바렌까가 얼굴을 붉히면서 말했다. 끼찌는 돌리와 의미심장하게 시선을 교환했다. 학식 있고 지성 높은 세르게이 이바노비치가 바렌까와 버섯을 따러 가겠다고 한 제안은 최근 그녀가 몹시 열중하고 있는 어떤 계획을 더욱 공고히 했다. 그녀는 자신의 시선이 들키지 않도록 서둘러 어머니와 이야기를 시작했다. 식사 후에 세르게이 이바노비치는 자기 커피잔을 들고 응접실의 창가 쪽에 앉아서 이미 시작된 동생과의 대화를 계속하며 버섯 따러 가는 아이들이 나올 문을 이따금씩 바라보았다. 레빈은 형 가까이 창턱에 앉아 있었다.

끼찌는 남편에게 뭔가를 말하려고 분명 그녀에게는 아무 흥미도 없는 대화가 끝나기를 기다리면서 남편 옆에 서 있었다.

"넌 결혼한 후에 많이 변했구나, 좋은 쪽으로." 끼찌에게 미소를 지으며, 시작된 대화에는 분명 별로 흥미를 느끼지 않는 세르게이 이바노비치가 말했다. "하지만 가장 패러독스적인 주제를 방어하려는 네 열정은 그대로구나."

"까쨔, 서 있는 건 좋지 않아요." 남편이 그녀에게 의자를 밀어주면서 의미 있게 그녀를 쳐다보며 말했다.

"아, 그래. 근데 시간이 없구나." 세르게이 이바노비치가 아이들이 나오는 것을 보고 덧붙였다.

아이들 맨 앞에서 꼭 달라붙는 양말을 신은 따냐가 몸을 옆으로 돌려 빠르고 경쾌한 갤럽 스텝으로 바구니와 세르게이 이바노비치의 모자를 흔들면서 그에게로 곧장 달려왔다.

그녀는 세르게이 이바노비치를 향해 용감하게 다가와서는 아버지와 꼭 닮은 아름다운 눈을 빛내면서 세르게이 이바노비치에게 모자를 건넸고, 수줍고 사랑스러운 미소로써 자신의 멋대로 하는 행동을 무마하려 하며 그에게 씌워주고 싶다는 몸짓을 했다.

"바렌까가 기다려요." 세르게이 이바노비치의 미소에서 그렇게 해도 된다는 것을 알아차린 따냐가 그에게 조심스럽게 모자를 씌우면서 말했다.

바렌까는 노란색 목공단 원피스로 갈아입고 머리에 하얀 수건을 둘러묶고 문가에 서 있었다.

“가요, 갑니다, 바르바라 안드레예브나.” 세르게이 이바노비치가 커피를 마저 마시고 손수건과 담배를 여기저기 호주머니에 챙겨넣으면서 말했다.

“나의 바렌까가 얼마나 멋진지요! 그렇죠?” 세르게이 이바노비치가 일어서자마자 끼찌가 남편에게 말했다. 그녀는 이 말을 세르게이 이바노비치에게 들리도록 말했고, 그렇게 되기를 원한 것이 분명했다. “얼마나 아름다운지, 얼마나 고상하게 아름다운지요! 바렌까!” 끼찌가 큰 소리로 외쳤다. “물방아 숲에 갈 거예요? 우리도 갈게요.”

“넌 네 몸 상태를 잊고 있는 게 분명하구나, 끼찌.” 노공작부인이 서둘러 문에서 나오면서 말했다. “넌 그렇게 소리 지르면 안 돼.”

바렌까는 끼찌의 목소리와 그녀 어머니의 잔소리를 듣고 재빨리 가벼운 발걸음으로 끼찌에게로 다가왔다. 몸의 빠른 움직임, 생기에 찬 얼굴을 덮은 홍조, 이 모두가 그녀 안에 뭔가 범상치 않은 일이 일어났다는 것을 보여주고 있었다. 끼찌는 이 범상치 않은 일이 무엇인지를 알고 있었고, 그녀를 주의 깊게 지켜보고 있었다. 끼찌가 지금 바렌까를 소리쳐 부른 이유는 오직, 그녀가 생각하기에 오늘 식사 이후 숲속에서 일어나야 하는 그 중요한 일에 대해 속으로 그녀를 축하하기 위해서였다.

“바렌까, 어떤 한가지 일이 일어난다면 난 정말 기쁠 거예요.” 그녀가 바렌까에게 키스하며 속삭이듯이 말했다.

“우리와 함께 가실 거예요?” 당황한 바렌까가 자기에게 한 말을 못 들은 척하면서 레빈에게 말했다.

"그래요. 하지만 창고까지만 가서 거기 머물겠어요."

"무슨 일을 하려고 하세요?" 끼찌가 말했다.

"새 운반차들을 살펴보고 점검해야 하오." 레빈이 말했다. "근데 당신은 어디 있겠소?"

"테라스에요."

## 2

테라스에는 여자들이 모두 모여 있었다. 그들은 식사 후에 언제나 그곳에 앉아 있기를 좋아하기도 했지만, 오늘 그곳에서는 또 한 가지 일이 있었다. 오늘은 모두가 하는 아기옷 만들기와 기저귀끈 뜨개질 이외에, 아가피야 미하일로브나에게는 새로운, 물을 첨가하지 않는 방법으로 과일을 조리고 있었다. 끼찌가 친정에서 하던 이 새로운 방법을 도입했던 것이다. 이전에 이 일을 맡았던 아가피야 미하일로브나는 레빈의 집에서 하던 일이 나쁠 수가 없다고 여기고 달리는 안 된다고 확신하면서 여전히 야생 딸기와 재배 딸기를 조릴 때 물을 부었고, 그녀가 그렇게 한 것이 발각되어 지금 모두가 있는 데서 산딸기를 조리는 것이었다. 아가피야 미하일로브나도 물 없이도 과일조림이 잘된다는 확신을 가지도록 이끌어야 했다.

아가피야 미하일로브나는 울화가 치밀고 근심 어린 얼굴을 하고 헝클어진 머리에 마른 팔을 팔꿈치까지 드러낸 채 화로 위의 큰 냄비를 빙글빙글 저으면서, 산딸기를 침울하게 들여다보며 산딸기가 굳어버려서 조려지지 않기를 온 마음으로 바라고 있었다. 공작부인은 산딸기조림에 있어서 주요 조언자인 자신에게 아가피야 미하일로브나의 분노가 향할 것이 틀림없다는 느낌에, 다른 일을 하느라 산딸기에 관심이 없는 것같이 보이려고 애썼고 다른 것에 대해 이야기하고 있었지만 큰 냄비를 곁눈질하곤 했다.

"난 항상 값싼 시장에서 하녀들 옷을 직접 사지." 공작부인은 시작했던 대화를 계속하면서 말했다. "지금 거품을 걷어야 하지 않나, 사랑하는 유모?" 그녀가 아가피야 미하일로브나를 향하면서 덧붙였다. "네가 이걸 직접 할 필요는 전혀 없다, 덥기도 하고." 그녀는 끼찌를 제지했다.

"제가 할게요." 돌리가 말하고 일어서서 거품이 인 설탕 위로 조심스레 숟가락을 가져갔고, 가끔 숟가락에 들러붙은 설탕을 접시에 툭툭 쳐서 떼어냈다. 접시는 이미 흘러내려 고여 있는 피 같은 시럽과 함께 여러가지 색깔로 황적색이 나는 거품으로 덮여 있었다. '애들이 정말 좋아하며 이걸 차와 함께 빨아먹을 텐데!' 그녀는 아이 적에 어른들이 가장 좋은 부분인 거품을 먹지 않아 놀라워하던 것을 기억하며 자기 아이들을 생각했다.

"스찌바는 돈을 주는 것이 훨씬 좋다고 말해요." 그러는 동안 돌리는 선물을 잘하는 데 대한 흥미로운 대화를 이어갔다. "하지만……"

"어떻게 돈으로 할 수 있단 말이야!" 공작부인과 끼찌가 한목소리로 말했다. "그들은 선물을 고마워하는데."

"자, 예를 들어 작년에 나는 우리 마뜨료나 세묘노브나에게 포플린이 아니라 그 비슷한 것을 사주었지." 공작부인이 말했다.

"어머니 명명일에 그걸 입었던 걸 기억해요."

"정말 예쁜 무늬였지. 정말 단순하고 고상했고. 내가 만들어 입고 싶은 옷이었어, 그녀가 갖지 않았다면 말이지. 바렌까 것과 비슷해. 그렇게 예쁘고 싸고."

"자, 이제 다 됐어요." 돌리가 숟가락에 뜬 시럽을 따라 보이면서 말했다.

"꽈배기 무늬들이 생겨야 다 된 거야. 더 끓여요, 아가피야 미하일로브나."

"이 파리들!" 아가피야 미하일로브나가 화가 나서 말했다. "그래 봐야 똑같을 텐데요." 그녀가 덧붙였다.

"아, 얼마나 귀여운지! 개를 놀라게 하지 마요!" 끼찌가 난간에 내려앉아 산딸기 줄기를 뒤적이며 쪼기 시작한 참새를 보며 예기치 않은 말을 했다.

"그래. 하지만 넌 냄비에서 좀더 떨어져 있어야 해." 어머니가 말했다.

"*바렌까 이야기인데요*[1]." 아가피야 미하일로브나가 그들의 말을 알아듣지 못하도록 하고 싶을 때 항상 그러듯이 끼찌가 프랑스어로 말했다. "*마망*[2], 제가 왠지 오늘 어떤 것이 결정될 듯해 기다리고 있다는 거 아시죠. 그렇게 되면 얼마나 좋을까요!"

"정말 중매의 달인이구나!" 돌리가 말했다. "얼마나 조심스럽고 기민하게 두 사람을 연결하는지……"

"아니, 근데 *마망*, 어떻게 생각하세요?"

"생각할 게 뭐 있니? 그는(그는 세르게이 이바노비치를 의미했다) 러시아에서 최고 등급의 짝을 구할 수 있었지. 지금 그는 이미 그렇게 젊지 않지만, 내가 알기로 여전히 많은 처녀들이 그에게 시

---

1 A propos de Varenka(프랑스어).

2 maman(프랑스어). 끼찌는 어머니를 대체로 프랑스어로 부른다.

집가려고 할 거야……"

"정말, 엄마, 아셔야 해요, 왜 그와 그녀에게 이보다 더이상 좋을 수 없는지 말예요. 첫째, 그녀는 매력적이에요!" 끼찌가 손가락 하나를 꼽으며 말했다.

"그는 그녀를 무척 좋아하지. 그건 사실이야." 돌리가 보증했다.

"그다음, 그가 사교계에서 차지한 지위 때문에 그의 아내는 재산이나 사교계의 지위가 전혀 필요하지 않다는 거예요. 그에게 필요한 건 단 하나, 아름답고 착하고 평온한 아내지요."

"그래, 그녀와 함께 있기만 해도 평온해질 수 있지." 돌리가 보증했다.

"셋째, 그녀가 그를 사랑해야 해요. 이것도 가능해요…… 그러니까, 그러면 정말 좋겠다는 말이에요…… 전 그들이 숲에서 나오기를, 모든 것이 결정되기를 기다리고 있어요. 눈을 보면 당장 알게 될 거예요. 그러면 정말 기쁠 텐데! 돌리 언니는 어떻게 생각해?"

"근데 너, 초조해하지 말아라. 네가 그럴 필요는 전혀 없단다." 그 어머니가 말했다.

"전혀 초조해하지 않아요, 엄마. 전 오늘 그가 청혼할 거라고 여겨져요."

"아, 남자들이 언제 어떻게 청혼하는지 그건 정말 이상해…… 어떤 장애물이 있는데, 갑자기 그게 무너지는 거야." 돌리는 생각에 잠겨 미소 지으며 스쩨빤 아르까지치와의 지난 일을 떠올리면서 말했다.

"엄마, 아빠는 어떻게 청혼하셨어요?" 갑자기 끼찌가 물었다.

"특별한 건 아무것도 없었어. 아주 평범했어." 공작부인은 대답했지만 이를 회상하는 그녀의 얼굴 전체가 환히 빛났다.

"아니, 그러니까 어떻게요? 엄마는 아빠가 청혼하기 전에도 어쨌든 아빠를 사랑하셨나요?"

끼찌는 지금 어머니와 동등한 입장에서 여자의 일생에서 가장 중요한 문제들에 관해 이야기할 수 있다는 데에서 특별한 매력을 느꼈다.

"물론 사랑했지. 그는 우리 시골로 찾아오곤 했단다."

"그런데 어떻게 결정되었어요, 엄마?"

"넌 아마 너희들이 무슨 새로운 방법을 생각해냈다고 여기는 거겠지? 항상 똑같아. 눈과 미소로써 결정되지……"

"정말 말씀 잘하시네요, 엄마! 바로 눈과 미소로써예요." 돌리가 보증했다.

"하지만, 아빠가 무슨 말을 하셨어요?"

"꼬스쨔는 네게 무슨 말을 했는데?"

"그는 분필로 썼어요. 정말 놀라운 일이었지요…… 얼마나 오래 전 일처럼 여겨지는지 몰라요!" 그녀가 말했다.

그리고 세 여자는 똑같은 것에 대한 생각에 잠겼다. 끼찌가 처음으로 침묵을 깼다. 결혼 전의 그 마지막 겨울 전체와 자신이 브론스끼에게 매혹되었던 일이 떠올랐다.

"한가지 걸리는 건…… 그건 말이죠, 예전의 바렌까의 열정이에요." 생각의 자연스러운 연결에 따라 이에 대해 회상하며 그녀가 말했다. "전 세르게이 이바노비치에게 마음의 준비를 시키려고 어떻게든 말하려고 했어요. 그들은, 모든 남자들은……" 그녀가 덧붙였다. "우리들의 과거에 대해서 끔찍하게 질투해요."

"모두가 그러는 건 아니지." 돌리가 말했다. "넌 네 남편을 보고 그렇게 판단하는 거야. 그는 아직까지 브론스끼에 대한 기억으로 괴로워하지. 그렇지? 정말 그렇지?"

"맞아." 끼찌가 생각에 잠겨 두 눈으로 미소를 지으면서 대답했다.

"내가 도무지 모르겠는 건……" 공작부인이자 어머니가 딸을 어머니의 본능으로 관찰하고 나서 끼어들었다. "대체 네 무슨 과거가 그를 괴롭힌다는 거니? 브론스끼가 너를 따라다닌 거? 그건 모든 처녀들에게 일어나는 일이야."

"자, 우리 이 이야기는 하지 마요." 끼찌가 얼굴을 붉히며 말했다.

"아니, 얘야, 말 좀 하자." 어머니가 계속했다. "그러고 나서 넌 내가 브론스끼와 이야기하는 것도 원하지 않았지. 기억하니?"

"아, 엄마!" 끼찌가 고통스러운 표정으로 말했다.

"요새는 너희들을 막을 수는 없지…… 너희 관계는 그 이상으로 나갈 수 없었어. 내가 그를 다그칠 수는 있었겠지. 그건 그렇고, 사랑하는 딸아, 흥분하면 안 돼. 제발 이걸 기억하고 진정해라."

"전 완전히 평온해요."

"그때 안나가 온 것이 끼찌에게는 얼마나 운 좋은 일이 되었는지요." 돌리가 말했다. "그리고 그녀에게는 얼마나 불행한 일이 되었는지요. 정말 정반대가 되었지요." 그녀는 자기 생각에 놀라며 덧붙였다. "그때 안나는 그렇게도 행복해했는데, 끼찌는 자신이 불행하다고 여겼지요. 얼마나 완전히 반대가 되었는지요! 전 자주 그녀에 대해 생각해요."

"생각할 사람도 참 없구나! 그 구역질나는 추잡한 여자, 심장도 없는 여자." 끼찌가 브론스끼가 아니라 레빈과 결혼한 것이 여전히 가슴에 맺혀 있는 어머니가 말했다.

"그 일에 대해 말하고 싶은 게 뭐 있겠어요?" 끼찌가 유감스럽게 말했다. "전 그 일에 대해 생각하지도 않고 생각하고 싶지도 않아요…… 생각하고 싶지도 않아요." 그녀는 테라스의 계단을 올라오는 익숙한 발소리에 귀를 기울이며 되풀이해 말했다.

"뭐 말이오, 생각하고 싶지도 않다니?" 레빈이 테라스로 들어오면서 물었다.

하지만 아무도 그에게 대답하지 않았고, 그도 질문을 되풀이하지 않았다.

"여러분의 여인의 왕국을 어지럽혀서 유감입니다." 그는 불만스럽게 모두를 둘러보며 그들이 자기가 있는 데서는 하지 않을 뭔가에 대해서 이야기했다는 것을 알아채고 말했다.

한순간 그는 자신이 아가피야 미하일로브나와 같은 감정, 즉 산딸기에 물을 넣지 않고 조리는 것에 대한 불만, 도무지 낯선 셰르바쯔끼가의 영향에 대한 불만을 공유하고 있는 것을 느꼈다. 하지만 그는 씩 웃으며 끼찌에게로 다가갔다.

"자, 어때요?" 그는 이제 그녀를 바라보며 모두들 그녀에게 쓰는 바로 그 표현으로 물었다.

"괜찮아요. 좋아요." 끼찌가 미소를 지으면서 말했다. "당신 일은 어때요?"

"짐수레보다 세배나 더 운반한다오. 자, 아이들을 뒤따라가야지 않소? 말을 매라고 했소."

"뭔가, 자네는 끼찌를 리네이까에 태울 셈인가?" 어머니가 질책하듯 말했다.

"하지만 평보로 갈 겁니다, 공작부인."

레빈은 한번도 공작부인을 보통 사위들이 장모를 부르듯이 *마망*이라고 부르지 않았고, 이 점이 공작부인에게는 불쾌했다. 하지만 레빈은 공작부인을 매우 사랑하고 존경하는데도 불구하고 죽은 어머니에 대한 감정을 모독하지 않고는 그녀를 그렇게 부를 수 없었다.

"우리와 함께 가요, *마망*." 끼찌가 말했다.

"난 그런 무모한 행동은 보고 싶지 않다."

"자, 전 걸어갈래요. 그게 건강에 좋아요." 끼찌는 일어서서 남편에게로 다가가 그의 손을 잡았다.

"건강에 좋지. 하지만 모든 게 지나치지 않아야 한단다."

"어때요, 아가피야 미하일로브나, 과일조림은 다 됐어요?" 레빈이 아가피야 미하일로브나에게 미소 지으면서 그녀의 기분을 풀어주고 싶어서 말했다. "새로운 방식은 좋아요?"

"좋겠죠. 우리 집 방식에 비해 너무 오래 끓이는 거지만요."

"그게 더 좋아요, 아가피야 미하일로브나. 시어지지 않으니까요. 그러지 않으면 우리 집 얼음은 이미 다 녹아버려서 어디 보관할 데도 없어요." 끼찌가 말하고는 이내 남편의 의도를 이해하고 똑같은 감정을 가지고 노파를 향했다. "하지만 엄마가 그러는데 소금 절임은 어디서도 그렇게 맛있는 걸 먹어본 적이 없대요." 그녀가 미소를 지으며 노파의 머리를 가다듬어주면서 덧붙였다.

아가피야 미하일로브나는 부루퉁한 채 끼찌를 쳐다보았다.

"절 위로할 생각 마세요, 마님. 지금 마님이 그와 함께 있는 것만 봐도 제 마음이 즐겁네요." 그녀가 말했다. 그들과 함께가 아니라 그와 함께라는 이 거친 표현이 끼찌를 감동시켰다.

"우리와 함께 버섯 따러 가요. 우리에게 버섯이 있는 곳을 알려줘요." 아가피야 미하일로브나는 씩 웃고 나서 고개를 흔들었다. 마치 '당신에게 화를 내고 싶은데 그럴 수가 없네요'라고 말하듯이.

"제발 내가 조언하는 대로 해요." 노공작부인이 말했다. "과일조림 위에 작은 종이를 놓고 럼주로 좀 적셔요. 그러면 얼음 없이도 곰팡이가 절대 생기지 않을 거예요."

## 3

끼찌는 남편과 단둘이 있을 수 있게 되어 특히 기뻤다. 왜냐하면 그녀는 그가 테라스에 들어와서 무슨 이야기를 했느냐고 물었을 때 아무 대답을 못 듣자 모든 것이 그렇게도 생생하게 나타나는 그의 얼굴에 근심의 그림자가 지나가는 것을 알아챘기 때문이었다.

그들이 다른 사람들보다 앞서 걸어서 집이 보이는 데서 벗어나 호밀 이삭과 낟알이 흩뿌려져 있는 단단하고 먼지 나는 길로 나왔을 때, 그녀는 남편의 팔에 더 꽉 기대며 그의 팔을 자기에게로 잡아당겼다. 그는 이미 좀 전의 불쾌한 인상을 잊고 그녀와 단둘이 있으면서, 그녀의 임신에 대한 생각이 한시도 떠난 적이 없는 지금 사랑하는 여자에게 가까이 있는 쾌감, 그에게는 아직 새롭고 기쁜, 감각적인 것으로부터 완전히 자유로운 쾌감을 느끼고 있었다. 그는 딱히 할 말은 없었으나, 임신으로 달라진 그녀의 시선처럼 달라진 그녀의 목소리를 듣고 싶었다. 시선과 마찬가지로 그 목소리에도 부드러움과 진지함이 있었다. 이 진지함은 항상 좋아하는 일 한 가지에만 집중하는 사람들에게서 나타나는 것과 유사한 것이었다.

"그래, 피곤해지지 않겠소? 더 기대요." 그가 말했다.

"아뇨, 당신과 둘이 있어서 정말 기뻐요. 그들이 있어서 아무리 좋다 해도, 솔직히 당신과 둘이만 있던 겨울 저녁들이 아쉬워요."

"그것도 좋았지. 근데 이건 더 좋소. 둘이만 있는 게 더 좋소." 그가 그녀의 손을 꽉 잡으면서 말했다.

"당신이 들어왔을 때 우리가 무슨 이야기 했는지 알아요?"

"과일조림?"

"그래요, 과일조림 이야기도 했어요. 하지만 어떻게 청혼하는가 하는 이야기도 했죠."

"아!" 레빈은 그녀가 하는 말보다는 목소리를 들으며, 내내 이제 숲으로 들어가는 길에 대해 생각하면서 그녀가 잘못 디딜 수 있는 장소들을 피해가고 있었다.

"세르게이 이바니치와 바렌까에 대해서도요. 알아챘어요? 전 그걸 무척 원해요." 그녀가 계속했다. "당신은 어떻게 생각해요?" 그러면서 그녀는 그의 얼굴을 들여다보았다.

"어떻게 생각해야 할지 모르겠소." 레빈이 미소를 지으며 대답했다. "세르게이 형은 이 면에서 몹시 이상하게 여겨지오. 내가 이야기했잖소……"

"네, 그가 죽은 그 처녀를 사랑했다는 거요……"

"그건 내가 어렸을 적 일이오. 나도 이야기를 들었을 뿐이오. 그 시절의 형을 기억하고 있어요. 형은 놀랄 만큼 사랑스러웠소. 하지만 그 이후 형이 여자를 대하는 걸 살펴보면, 여자들에게 친절하고 몇몇은 형의 마음에 들기도 했지만 형에게는 그들이 여자가 아니라 그냥 사람일 뿐이라는 게 느껴지오."

"네, 근데 지금 바렌까와는…… 제가 보기에 뭔가 있는 거 같아요……"

"아마 그런지도…… 하지만 형을 알아야 하오…… 형은 특별하고 놀라운 인간이오. 형은 오직 정신적인 삶으로만 살아가오. 형은 너무나 순수하고 고매한 영혼을 가진 사람이오."

"뭐예요? 이것이 그를 낮추기라도 하나요?"

"아니, 하지만 형은 정신적인 삶으로만 살아가는 데 습관이 들어서 현실과 화해하지 못하오. 근데 바렌까는 어쨌든 현실이니까."

레빈은 이미 자기 생각을 정확한 단어들로 표현하느라 애쓰지 않고 대담하게 그냥 말하는 습관을 가지게 되었다. 그는 지금처럼 사랑스러운 순간에는 암시만 해도 아내가 그가 말하고자 하는 것을 이해하리라는 것을 알았다. 그녀는 그의 말을 이해했다.

"네, 하지만 그녀에게는 제게 있는 것 같은 그런 현실은 없어요. 전 그가 결코 저를 사랑할 수 없다는 걸 알지요. 그녀는 전체가 정신적이에요……"

"그건 아니지. 형은 당신을 아주 사랑하오. 나는 우리 집 사람들이 당신을 사랑하는 것이 언제나 기분 좋소……"

"네, 그는 제게 잘해줘요. 하지만……"

"하지만 죽은 니꼴라이 형만큼은 아니지…… 당신들은 서로 사랑했잖소." 레빈이 끝까지 말했다. "말 못 할 거 뭐 있겠소?" 그가 덧붙였다. "가끔 나 자신을 책하오, 결국 잊어버리고 말까봐. 아, 그는 얼마나 끔찍하고도 매력적인 인간이었던지…… 그래, 우리 뭐에 대해 이야기하고 있었소?" 레빈이 잠시 침묵하고 나서 물었다.

"그가 사랑에 빠질 수 없다고 생각한다고요." 끼찌가 자기 말로 바꾸어 말했다.

"형이 사랑에 빠질 수 없다는 것은 아니오." 레빈이 미소를 지으면서 말했다. "하지만 형에게는 사랑을 하는 데 필요한 그 약점이 없소…… 난 언제나 형이 부럽소. 이렇게 행복한 지금조차도 여전히 형이 부럽소."

"그가 사랑에 빠질 수 없다는 것이 부러워요?"

"난 형이 나보다 나은 게 부럽소." 레빈이 미소를 지으면서 말했다. "형은 자신을 위해 살지 않소. 형의 삶 전체는 의무를 실행하기 위해 바쳐져 있소. 그래서 형은 평온하고 만족할 수 있는 거요."

"당신은요?" 끼찌가 사랑의 미소를 지으면서 놀리듯이 말했다.

그녀는 자신을 미소 짓게 한 사고의 과정을 아무래도 말로 표현할 수는 없었지만, 마지막 결론은 형에게 감탄하고 스스로를 낮추는 남편이 솔직하지 않다는 것이었다. 끼찌는 그의 이 솔직하지 못함이 형에 대한 애정에서, 자신이 너무 행복해서 느끼는 양심의 가책에서, 특히 결코 떠난 적 없는 더 나아지고 싶다는 희망에서 비롯한다는 것을 알았다. 그녀는 그의 안에 있는 이런 감정을 사랑했고, 그래서 미소를 지었던 것이다.

"당신은요? 대체 뭐가 불만족스럽나요?" 그녀는 똑같은 미소를 지으며 물었다.

그의 불만족에 대한 그녀의 의구심이 그를 기쁘게 했다. 그는 무의식적으로 그녀가 자기의 의구심을 발설하도록 자극했던 것이다.

"난 행복하오. 하지만 나 자신에게 불만이오……" 그가 말했다.

"당신이 행복하다면 어떻게 자신에게 불만일 수 있어요?"

"그러니까, 당신에게 어떻게 설명해야 할까? 난 당신이 지금 넘어지지 않는 것 이외에는 마음속에 바라는 게 아무것도 없소. 아휴, 그렇게 뛰면 안 되오!" 그는 그녀가 너무 빠른 동작으로 오솔길에 놓인 나뭇가지를 건너뛰는 것을 질책하며 말을 중단했다. "하지만 나 자신을 평가하고 나를 다른 사람들, 특히 형과 비교하면 내가 나쁜 것을 느끼오."

"그래, 뭐가 나쁘다는 거죠?" 끼찌가 똑같은 미소를 띠면서 계속 말했다. "당신도 다른 사람들을 위해 일하잖아요? 당신의 농장, 당신의 농지경영, 당신의 책은요?”

“아니, 내가 제대로 못 하는 건 당신 책임이라고 느끼오. 요즘 특히 그렇소.” 그는 그녀의 손을 쥐면서 말했다. “난 내 일을 가볍게 하고 있소. 내가 이 모든 일을 당신을 사랑하는 것처럼 할 수 있다면…… 실제로 최근에 난 내 일을 숙제하듯이 하고 있소.”

“그럼, 아빠에 대해서는 뭐라 하실래요?” 끼찌가 물었다. “아빠가 공공선을 위해 아무 일도 안 한다고 해서 아빠가 나빠요?”

“당신 아버지? 아니오. 하지만 당신 아버지처럼 소박하고 확실하고 선량해야 하는데, 내가 어디 그렇소? 나는 일은 안 하고 괴로워만 하니. 이 모든 게 당신이 만든 거요. 당신이 없다면, 그리고 또 이렇지 않다면……” 그는 그녀의 배에 시선을 던지며 말했고, 그녀는 그 시선을 이해했다. “나는 내 모든 힘을 일에 쏟았을 거요. 지금은 그럴 수 없어서 마음에 걸리오. 난 꼭 숙제처럼 일을 하고 있고, 일을 하는 척하는 거지……”

“그럼 당신은 지금 세르게이 이바노비치와 처지를 바꿨으면 해요?” 끼찌가 말했다. “당신은 그처럼 공공선을 위해 일하고 이 숙제를 사랑했으면 하나요? 그뿐이에요?”

“물론 아니오.” 레빈이 말했다. “게다가 난 너무 행복해서 아무것도 이해하지 못하오. 근데 당신은 형이 오늘 청혼하리라고 생각하오?” 그가 잠시 침묵하고 나서 말했다.

“그렇기도 하고 아니기도 해요. 제가 무지무지 원할 뿐이죠. 저기, 잠깐만요.” 그녀는 허리를 굽히고 길가에서 긴 들국화를 꺾었다. “자, 세어봐요. 청혼할까, 안 할까.” 그녀가 그에게 꽃을 주며 말했다.

“한다, 안 한다.” 레빈은 가느다랗고 뾰족한 흰 꽃잎들을 떼며 말했다.

"아니, 아니." 마음 졸이며 그의 손가락을 주시하던 끼찌는 그의 손을 잡고 멈추게 했다. "두장을 뜯었잖아요."

"자, 그 대신 여기 작은 것은 안 세면 되오." 레빈이 아직 다 자라지 않은 짧은 꽃잎을 떼며 말했다. "저기 리네이까가 우리를 앞질러가네."

"피곤하지 않니, 끼찌?" 공작부인이 외치는 소리가 들렸다.

"전혀요."

"말들이 순하고 평보로 가니 타고 앉아서 가렴."

하지만 탈 필요가 없었다. 벌써 거의 다 왔고 모두들 걸어서 가기 시작했다.

## 4

검은 머리에 하얀 수건을 두른 바렌까가 아이들에게 둘러싸여 친절하고 즐겁게 그들을 돌보면서 마음에 드는 남자의 고백 가능성에 흥분한 모습은 매우 매력적이었다. 세르게이 이바노비치는 그녀 곁에서 나란히 걸으면서 그녀에 대해 감탄하고 있었다. 그녀를 보면서 그는 그녀로부터 들은 사랑스러운 말, 그녀에 대해서 아는 모든 좋은 점들을 떠올리며 자신이 지금 그녀에게 느끼는 감정이 옛날 옛적 청년 시절 초기에 단 한번 느낀 뭔가 특별한 감정이라는 것을 점점 더 강하게 깨닫게 되었다. 그녀에게 가까이 있으면서 느끼는 기쁨의 감정이 점점 더 강해지면서, 그는 가느다란 뿌리에 가장자리가 말려올라간 커다란 자작나무 버섯을 발견해서 그녀의 바구니에 넣어주며 그녀의 눈을 들여다보다가 그녀의 얼굴을 덮고 있는, 기쁨과 두려움으로 설레어 나타난 홍조를 알아채고 스스로도 당황해서 그녀에게 너무나 많은 것을 말해주는 그런 미소까지 말없이 짓게 되었다.

'만약 그렇다면……' 그는 스스로에게 말했다. '나는 잘 생각하고 결정해야 해. 소년처럼 순간의 유혹에 몸을 맡겨서는 안 되지.'

"모두에게서 떨어져서 따로 버섯을 모으러 가겠소. 그러지 않으면 내가 발견한 것들이 눈에 띄지 않을 테니 말이오." 그는 말하고 오래된 자작나무들이 듬성듬성 서 있는 가운데 낮은 키의 비단 같은 풀밭 위를 걷고 있던 숲의 가장자리로부터, 하얀 자작나무 줄기들 사이에 사시나무 줄기들이 잿빛으로 빛나고 검은 개암나무 덤불이 무성한 숲 한가운데로 혼자서 들어갔다. 사십보쯤 떨어져서 장밋빛으로 붉은 꽃들이 활짝 핀 회나무 덤불 뒤로 들어간 세르게이 이바노비치는 자신이 사람들에게 보이지 않는 것을 알게 되자 멈추었다. 주위는 온통 고요했다. 그의 머리 위 자작나무 꼭대기에서만이 날파리들이 벌떼처럼 쉬지 않고 웅웅대고 있었고, 가끔 아이들의 목소리가 들려왔다. 갑자기 숲 가장자리에서 가까운 곳으로부터 그리샤를 부르는 바렌까의 낮은 음의 목소리가 울렸고, 세르게이 이바노비치의 얼굴에 기쁜 미소가 떠올랐다. 이 미소를 깨닫고 세르게이 이바노비치는 자신의 상태가 못마땅한 듯이 고개를 절레절레 젓고 시가를 꺼내서 피우기 시작했다. 그는 오랫동안 자작나무 줄기에 대고 성냥을 그었으나 불이 붙지 않았다. 하얀 나무껍질의 부드러운 막이 인에 붙어서 불이 꺼졌다. 마침내 성냥 하나에 불이 붙기 시작했고, 시가의 향기로운 연기가 흔들리는 넓은 식탁보처럼 자작나무의 늘어진 가지들 밑으로, 덤불숲 위로, 앞으로, 위로 퍼졌다. 연기의 띠를 눈으로 좇으면서 세르게이 이바노비치는 자기의 상황을 생각하며 조용한 발걸음으로 걸어가기 시작했다.

'도대체 왜 안 되는 거지?' 그는 생각했다. '만약 이것이 열정이고 내가 끌림을 경험했다면 이건 상호적 끌림이지만(난 상호적이라고 말할 수 있어), 이것이 내 삶의 모든 경향을 거스르는 것을 느끼게 된다면, 내가 이 끌림에 나를 맡기고 나의 소명과 의무를 저버리는 것을 느끼게 된다면, 그건 안 되지…… 하지만 그런 건 없어. 한가지, 안 되는 이유로 내가 말할 수 있는 건 *마리*[3]를 잃고 나서 그녀의 기억에 충실하겠다고 스스로에게 말한 것이지. 이 한가지만이 내가 내 감정에 반대하여 말할 수 있는 거지…… 이건 중요해.' 세르게이는 스스로에게 말했는데, 이와 동시에 그는 그런데 이 판단은 그에게 개인적으로 아무런 중요성을 가질 수 없다는 것을 느꼈다, 다른 사람들의 눈에 그의 시적 역할을 망칠 수는 있겠지만. '하지만 이외에는 내가 아무리 찾는다 해도 내 감정에 반대하여 말할 만한 점을 아무것도 찾아내지 못할 것이다. 이성으로만 선택한다면 난 더이상 좋은 사람은 찾아낼 수 없을 것이다.'

자기가 아는 여자들과 처녀들을 아무리 떠올려봐도, 냉정하게 판단할 때 그는 자기가 아내에게서 보기를 원하는 모든, 말 그대로 모든 자질을 이런 정도까지 결합하고 있는 처녀를 떠올릴 수 없었다. 그녀는 젊음의 모든 매력과 신선함을 지니고 있었지만 어린애는 아니었고, 만약 그녀가 그를 사랑하는 것이라면 성숙한 여인으로서 사랑해야 하는 대로 의식을 가지고 사랑했다. 이것이 한가지 점이었다. 또다른 점은 그녀가 사교계로부터 멀리 있을 뿐만 아니라 분명 사교계에 적대감을 가지고 있었으나 동시에 사교계를 알

3 Marie(프랑스어).

고 있고 상류사회 여성의 모든 매너를 지니고 있다는 것이었다. 이런 것을 갖추지 않은 여성을 세르게이 이바노비치는 인생의 반려로서 생각조차 할 수 없었다. 셋째로, 그녀는 종교적이었지만, 예를 들어 끼찌처럼, 어린애처럼 아무 생각 없이 종교적이고 착한 것이 아니었다. 그녀의 삶은 종교적 확신에 기반을 두고 있었다. 세르게이 이바노비치는 사소한 것들에 이르기까지도 그녀 안에서 그가 아내로부터 원하는 것 모두를 발견할 수 있었다. 그녀는 가난하고 혈혈단신이어서 지금 끼찌에게서 보듯이 자기 친척들 한 무리와 그들의 영향을 남편의 집으로 끌어들이지 않을 것이고, 그가 자기 미래의 가정생활에 항상 바라던 대로 모든 면에서 남편에게 의무를 다할 것이다. 이런 모든 자질을 결합하여 지니고 있는 이 처녀가 그를 사랑하고 있었다. 그는 겸손했지만 이를 모를 수 없었다. 그도 그녀를 사랑하고 있었다. 한가지 부정적인 고려사항은 그의 나이였다. 하지만 그 집안사람들은 명이 길었고, 그에게는 한올의 흰머리도 없었으며, 아무도 그를 마흔으로 보지 않았다. 또 그는 바렌까가 러시아에서만 쉰 된 사람이 자기를 노인으로 여기지 프랑스에서 쉰 된 사람은 *한창나이*[4], 마흔 된 사람은 *젊은 남자*[5]라고 말한 것을 기억했다. 하지만 나이가 무슨 의미가 있는가, 그의 마음이 이십년 전과 똑같이 느껴지는 지금에야. 다른 쪽으로부터 다시 숲 가장자리로 나와 비스듬한 햇살의 선명한 빛 속에서 노란 원피스에 바구니를 들고 가벼운 발걸음으로 오래된 자작나무 줄기 곁을 지나가는 바렌까의 우아한 자태를 보는 지금, 그리고 바렌까의 모습이 그를 깜짝 놀라게 할 만큼 아름다운 정경과, 즉 비스듬한 빛

4 dans la force de l'âge(프랑스어).
5 un jeune homme(프랑스어).

살을 듬뿍 받고 노랗게 익어가는 귀리밭과 그 뒤로 멀리 푸른 원경으로 녹아드는, 노란색 반점들로 알록달록한 얼룩이 진 오래된 숲의 정경과 합쳐지는 지금, 그가 느끼는 감정이 청춘이 아니란 말인가? 그의 심장이 기쁨으로 죄어왔다. 감동의 느낌이 그를 휩쌌다. 그는 마음이 결정된 것을 느꼈다. 버섯을 들어올리느라 잠시 구부려 앉았던 바렌까가 유연한 동작으로 몸을 일으켜 주위를 둘러보았다. 세르게이 이바노비치는 시가를 던지고 단호한 발걸음으로 그녀에게로 향했다.

## 5

'바르바라 안드레예브나, 제가 아직 아주 젊었을 때 저는 제가 사랑하게 되고 제 아내라고 부르면 행복할 여자의 이상을 만들었지요. 저는 오래 살아왔지만 이제 처음으로 제가 찾던 그 이상을 만나게 되었습니다. 저는 당신을 사랑하며 당신에게 청혼합니다.'

세르게이 이바노비치는 바렌까로부터 이미 열걸음밖에 떨어져 있지 않았을 때 스스로에게 이렇게 말했다. 그녀는 무릎을 꿇고 앉아서 두 손으로 그리샤로부터 버섯을 지키면서 어린 마샤를 부르고 있었다.

"이리 와, 이리! 작은 것들이 있어! 많아!" 그녀가 특유의 가슴에서 우러나오는 정다운 목소리로 말했다.

세르게이 이바노비치가 다가오는 것을 보고 그녀는 일어나지 않고 그 자세 그대로 있었다. 하지만 그녀의 모든 것이 그녀가 그가 가까이 오는 것을 느끼고 기뻐한다는 것을 말해주었다.

“어때요, 뭐 좀 찾으셨어요?” 그녀가 하얀 머릿수건 아래로부터 조용히 미소 짓는 아름다운 얼굴을 그에게 향하면서 물었다.

“하나도 못 찾았어요.” 세르게이 이바노비치가 말했다. “근데 당신은?”

그녀는 자기를 둘러싼 아이들에게 주의하느라 그에게 대답하지 못했다.

“이것도, 나뭇가지 옆에.” 그녀는 어린 마샤에게 색깔 있는 작은 버섯을 가리켰다. 그 버섯의 팽팽한 분홍빛 머리는 마른 풀줄기 아래에서부터 자라나와서 그 풀잎에 의해 반으로 잘려 있었다. 마샤가 깨끗하게 반으로 찢어서 그 버섯을 들어올리자 그녀가 일어섰다. “어린 시절을 생각나게 해요.” 그녀가 세르게이 이바노비치와 나란히 아이들로부터 멀어지며 덧붙였다.

그들은 말없이 몇걸음을 갔다. 바렌까는 그가 뭔가를 말하고 싶어한다는 것을 알아챘다. 그녀는 무엇에 대한 것인지 추측하며 환희와 공포로 가슴이 얼어붙고 있었다. 그들은 그들의 말을 아무도 들을 수 없을 만큼 멀리 갔지만, 그는 여전히 말을 시작하지 않았다. 바렌까에게는 침묵이 더 나았다. 버섯에 대해서 말한 후보다는 침묵한 후에 그들이 말하고자 하는 것을 말하는 편이 더 나을 수 있었다. 하지만 자기 의사에 거슬러서 어쩌다 그렇게 된 듯 바렌까가 말했다.

“그러니까 아무것도 못 찾으셨다고요? 근데 숲 한가운데는 항상 적어요.”

세르게이 이바노비치는 한숨을 쉬고 아무 대답도 하지 않았다. 그는 그녀가 버섯에 대해 말을 시작한 것이 유감스러웠고 그녀를 자신의 어린 시절에 대해 말한 조금 전의 대화로 돌리고 싶었다.

하지만 그는 마치 자기의 의사에 거슬러서 그러는 듯 얼마간 침묵한 뒤 그녀의 마지막 말에 토를 달았다.

"나는 하얀 버섯은 주로 숲 가장자리에만 있다고 듣긴 했는데 어떤 건지는 몰라요."

또 몇분이 지나갔다. 그들은 아이들로부터 더 멀어졌고 완전히 둘만 있게 되었다. 스스로 심장의 고동 소리를 듣고 얼굴이 붉어졌다가 질렸다가 다시 붉어지는 것을 느낄 만큼 바렌까의 심장이 뛰었다.

꼬즈니셰프 같은 사람의 아내가 된다는 것은 스딸 부인 집에서의 신세에 비하면 그녀에게 행복의 정상처럼 여겨졌다. 게다가 그녀는 자기가 그를 사랑하게 되었다고 거의 확신하고 있었다. 그리고 이제 그것은 결정되어야 했다. 그녀는 두려움을 느꼈다. 그가 말할까봐 두려웠고, 또 그가 말하지 않을까봐 두려웠다.

지금이 아니면 언제도 고백할 수 없었다. 세르게이 이바노비치도 이를 느끼고 있었다. 바렌까의 시선에서도, 홍조에서도, 내리깐 눈에서도, 모든 것이 병적인 기대를 나타내고 있었다. 세르게이 이바노비치는 이를 알았고 그녀가 불쌍했다. 심지어 그는 지금 아무 말도 하지 않는다는 것은 그녀를 모욕하는 것이라고까지 느꼈다. 그는 재빨리 머릿속으로 자기의 결정에 유리한 모든 논거들을 스스로에게 되풀이했다. 청혼할 말도 스스로에게 되풀이했다. 하지만 이 말 대신 예기치 않게 떠오른 생각에 따라 그는 갑자기 물었다.

"하얀 버섯과 자작나무 버섯에는 어떤 차이가 있나요?"

바렌까가 답할 때 그녀의 입술이 흥분으로 떨렸다.

"머리에는 거의 차이가 없지만 뿌리에 차이가 있지요."

그리고 이 말이 나오자마자 그도 그녀도 일이 끝장났고 말해져야 하는 것이 말해지지 않으리라는 것을 알았다. 최고조까지 올라갔던 그들의 흥분 상태가 가라앉기 시작했다.

"자작나무 버섯은 그 뿌리가 이틀 동안 면도 안 한 갈색 수염을 연상시키네요." 세르게이 이바노비치가 이미 평온해진 상태로 말했다.

"네, 맞아요." 바렌까가 미소를 지으면서 대답했고, 저절로 그들의 산책의 방향이 바뀌었다. 그들은 아이들에게 다가가기 시작했다. 바렌까는 가슴이 아프기도 했고 창피하기도 했지만 동시에 마음이 가벼워지는 것을 느꼈다.

집으로 돌아와서 모든 논거들을 따져보면서 세르게이 이바노비치는 자신의 판단이 오류였다는 것을 깨달았다. 그는 *마리*의 기억을 배반할 수 없었던 것이다.

"조용히, 애들아, 조용히!" 레빈은 아내 앞에 서서 그녀를 보호하느라 화까지 내며, 환호성을 지르며 그를 향해 달려오는 아이들에게 소리 질렀다.

아이들의 뒤를 따라 세르게이 이바노비치와 바렌까도 숲에서 나왔다. 끼찌는 바렌까에게 물을 필요가 없었다. 그녀는 평온하고 약간 창피해하는 두 사람의 얼굴 표정에서 자신의 계획이 수포로 돌아갔다는 것을 알았다.

"자, 어떻게 돼가오?" 그들이 도로 집으로 돌아오는 길에 그녀의 남편이 물었다.

"맥이 빠졌어요." 끼찌가 남편의 손을 잡고 말했는데, 그 미소나 말투가 레빈이 자주 흐뭇하게 알아채듯이 그녀의 아버지를 연상시켰다.

"어떻게 맥이 빠졌소?"

"이렇게요." 그녀는 말하고서 남편의 손을 잡고 입술로 가져가 다문 입술로 건드렸다. "주교님 손에 키스하듯이요."

"누가 맥이 빠졌소?" 그가 웃으면서 말했다.

"둘 다요. 이렇게 해야 하는데……"

"농부들이 지나가오……"

"아니요, 그들은 못 봤어요."

## 6

아이들이 차 마시는 시간에 어른들은 발코니에 앉아서 모든 사람들이, 특히 세르게이 이바노비치와 바렌까가, 비록 부정적이기는 했으나 매우 중요한 상황이 벌어졌던 것을 매우 잘 알고 있었는데도 불구하고 마치 아무 일 없었다는 듯이 이야기를 나누고 있었다. 그들 둘은 동일한 감정을 느끼고 있었다. 그 감정은 시험에 떨어진 후 낙제를 했거나 영원히 퇴학당한 학생이 느끼는 것과 비슷했다. 그곳에 있는 모든 사람들 역시 뭔가 일어났다는 것을 느끼고 다른 화제에 대해 생기를 띠고 이야기하고 있었다. 레빈과 끼찌는 오늘 저녁 특히 행복했고 사랑을 느끼고 있었다. 그리고 그들이 자신들의 사랑으로 인하여 행복하다는 것이, 역시 그렇기를 원했으나 그럴 수 없었던 사람들에 대한 불쾌한 암시를 내포하고 있어서 그들은 미안한 마음이었다.

"내 말을 좀 기억해. *알렉상드르*[6]는 오지 않을 거야." 노공작부인이 말했다.

사람들은 오늘 저녁 기차로 올 스쩨빤 아르까지치를 기다리고 있었고, 노공작은 어쩌면 자기도 갈지 모른다고 편지를 보내왔다.

"난 이유를 알아." 노공작부인이 계속했다. "그는 결혼 초기에는 신혼부부를 둘만 둬야 한다고 말하지."

"그래요, 아빠는 우리를 그렇게 두셨어요. 우리는 통 아빠를 뵙지 못했어요." 끼찌가 말했다. "그리고 우리가 무슨 신혼부부예요? 이제 이렇게 오래된 부부인데요."

"만약에라도 그가 안 오면 나도 너희들과 작별해야겠다, 얘들아." 공작부인이 우울하게 한숨을 쉬고 말했다.

"아니, 무슨 말씀이세요, 엄마!" 두 딸이 그녀에게 덤벼들었다.

"생각해봐라, 그는 어떻겠니? 그렇지 않아도 지금……"

그리고 갑자기, 전혀 예기치 않게 노공작부인의 목소리가 떨리기 시작했다. 딸들은 침묵하며 서로 시선을 교환했다.

'*마망*은 항상 뭔가 우울한 일을 찾아내.' 그들의 시선은 이렇게 말했다. 그들이 모르는 것은 공작부인이 딸 집에 있는 것이 아무리 좋아도, 그녀가 아무리 이곳에서 필요한 존재라는 것을 느껴도, 사랑하는 막내딸을 결혼시키고 가족의 보금자리가 황량해진 이후 자기와 남편 신세를 생각하면 괴로울 만큼 우울하다는 것이었다.

"뭐예요, 아가피야 미하일로브나?" 끼찌가 갑자기 비밀스러운 표정으로 의미심장한 얼굴을 하고 서 있는 아가피야 미하일로브나에게 물었다.

"저녁식사 때문에요."

"아, 그거 잘됐네." 돌리가 말했다. "네가 가서 감독해. 난 그리샤

6 Alexandre(프랑스어).

와 복습하러 갈게. 그렇지 않아도 오늘 아무것도 안 했어."

"공부는 내가 맡겠어요! 아니, 돌리, 내가 갈게요." 레빈이 벌떡 일어나며 말했다.

벌써 중학생인 그리샤는 여름에 복습을 해야 했다. 다리야 알렉산드로브나는 이미 모스끄바에서도 아들과 함께 라틴어를 공부했는데, 레빈의 집에 온 후 하루에 한번이라도 수학과 라틴어 중에서 가장 어려운 과들을 아들과 함께 복습하는 것을 규칙으로 삼고 있었다. 레빈은 그녀를 대신하겠다고 나섰다. 하지만 그 어머니는 레빈이 가르치는 것을 한번 듣더니 모스끄바에서 선생이 하던 대로 하지 않는 것을 보고 혼란스러워하며, 레빈을 모욕하지 않으려고 애쓰면서도 단호하게 그에게 선생처럼 책에 있는 대로 해야 한다고 하며 자기가 직접 다시 하는 것이 좋겠다고 말했다. 레빈은 스쩨빤 아르까지치가 태평하게 그 자신이 아니라 아무것도 모르는 어머니가 교육을 주관하게 하는 것에 대해 그에게도 유감이었고 아이들을 너무 못 가르치는 선생들에게도 유감이었다. 하지만 그는 처형에게 그녀가 원하는 대로 가르치겠다고 약속했다. 그리고 그는 계속 그리샤에게 자기식대로가 아니라 책에 따라 가르쳤고, 그래서 별로 마음이 내키지 않았고 자주 공부 시간을 잊었다. 오늘도 그랬다.

"아니요, 내가 갈게요, 돌리. 앉아 있어요." 그가 말했다. "우리는 다 제대로, 책에 따라 해요. 다만 스찌바가 오면 사냥을 가게 될 텐데, 그땐 빠지게 될 거예요."

그리고 레빈은 그리샤에게로 갔다.

똑같은 말을 바렌까가 끼찌에게 하고 있었고, 그녀는 레빈의 행복하고 살림이 잘 짜인 집에서도 도움이 될 수 있었다.

“내가 저녁식사를 주관할게요. 앉아 있어요.” 그녀는 말하고 아가피야 미하일로브나를 향해 일어섰다.

“그래요, 그래요, 아마도 영계를 찾지 못했을 거예요. 그러면 우리 것들을……” 끼찌가 말했다.

“아가피야 미하일로브나와 의논할게요.” 그리고 바렌까는 그녀와 함께 사라졌다.

“얼마나 사랑스러운 처녀인지!” 공작부인이 말했다.

“사랑스러운 정도가 아니라, *마망*, 어디에도 없는 보배지요.”

“그러니까, 스쩨빤 아르까지치를 기다리나요?” 분명 바렌까에 대한 이야기를 계속하기를 원하지 않는 세르게이 이바노비치가 말했다. “그렇게 닮지 않은 두 동서를 찾기는 힘들 겁니다.” 그는 섬세한 미소를 띠면서 말했다. “한 사람은 활동적이고 사교계에 있으면 물고기가 물을 만난 듯하고요, 다른 동서, 우리 꼬스쨔는 활기차고 빠르고 모든 것에 예민하지만 사교계에만 있으면 그냥 얼어붙거나 이리저리 부딪치며 안절부절못하지요. 땅에 올라온 물고기처럼 말이지요.”

“네, 그는 매우 경솔해요.” 공작부인이 세르게이 이바노비치를 향하며 말했다. “그녀에겐(그녀는 끼찌를 가리켰다) 여기 머무는 게 말도 안 되는 일이고 꼭 모스끄바로 가야 한다고 말 좀 해주시라고 바로 당신에게 부탁하고 싶었어요. 그는 의사를 초빙한다고 말하는데……”

“*마망*, 그가 다 할 거예요. 그는 모든 것에 동의할 거예요.” 끼찌는 어머니가 이 문제에 있어서 세르게이 이바노비치의 판단에 호소한 것에 대해 유감스러워하며 말했다.

그들이 이야기하는 도중에 가로수길에서 말이 힝힝거리는 소리와 자갈길을 구르는 바퀴 소리가 들렸다.

돌리가 남편을 맞으려고 일어서기도 전에 그리샤가 공부하고 있는 아래층 방의 창문으로부터 레빈이 펄쩍 뛰어나오더니 그리샤를 내려주었다.

"스찌바예요!" 레빈이 발코니 아래에서 외쳤다. "우리 공부는 끝냈어요, 돌리, 걱정 마세요!" 그가 덧붙이고는 소년처럼 마차를 향해 달려갔다.

"*그, 그녀, 그것, 그의, 그녀의, 그것의*[7]!" 그리샤가 가로수길을 통통 뛰어가며 외쳤다.

"그리고 또 누가 있소. 맞아요, 장인어른이오!" 레빈이 가로수길로 들어가는 입구 부근에 멈춰서서 소리 질렀다. "끼찌, 가파른 계단으로 내려오지 말고 돌아서 내려와요."

하지만 반개마차에 앉아 있는 사람을 노공작이라고 여긴 것은 레빈의 실수였다. 마차에 다가갔을 때 그는 스쩨빤 아르까지치 옆에 공작이 아니라 뒤로 긴 리본을 늘어뜨린 스코틀랜드 모자를 쓴 잘생기고 통통한 청년이 앉아 있는 것을 보았다. 이 사람은 셰르바쯔끼가 딸들의 사촌으로 뻬쩨르부르그-모스끄바 사교계의 눈부신 청년, 스쩨빤 아르까지치가 소개한 대로 '뛰어난 젊은이이자 열정적인 사냥꾼', 바센까 베슬롭스끼였다.

자기가 노공작 대신 와서 불러일으킨 실망에 전혀 개의치 않고 바센까 베슬롭스끼는 예전에 안면을 튼 것을 상기시키며 유쾌하게 레빈과 인사를 나눈 후 그리샤를 스쩨빤 아르까지치가 데리고 온 사냥개 포인터 너머로 마차 안으로 들어올렸다.

---

**7** Is, ea, id, ejus, ejus, ejus(라틴어).

레빈은 마차에 타지 않고 뒤에서 걸어갔다. 그는 알면 알수록 더 사랑하게 된 노공작이 오지 않고 이 바센까 베슬롭스끼, 완전히 낯설고 쓸데없는 인간이 온 것에 대해서 좀 유감스러웠다. 레빈이 아이고 어른이고 할 것 없이 모두가 생기를 띠고 모여 있는 현관으로 다가갔을 때, 이자가 각별히 상냥하고 기사다운 몸짓으로 끼찌의 손에 키스하는 것을 보았을 때, 그는 레빈에게 더더욱 낯설고 쓸데없게 보였다.

"당신 아내와는 *꾸쟁*[8]이고 오래전부터 아는 사이입니다." 바센까 베슬롭스끼는 다시 한번 레빈의 손을 꽉 잡으면서 말했다.

"자, 어때, 들새가 있나?" 스쩨빤 아르까지치가 모든 사람에게 일일이 서둘러 인사를 하자마자 레빈을 향했다. "우린 말이죠, 최고로 잔인한 의도를 가지고 있습니다, *마망*. 도대체 쟤들은 그때부터 한번도 모스끄바에 오지 않았죠. 자, 따냐, 네게 줄 게 있단다! 어서 마차 뒤에서 꺼내오렴." 사방을 둘러보며 그가 말했다. "아, 당신 정말 생기가 도네, 돌렌까[9]." 그는 다시 한번 아내의 손에 키스하고 다른 손으로 그 위를 비비면서 말했다.

레빈은 한순간 전만 해도 더할 나위 없이 기분이 좋았는데 지금은 모든 사람을 음울하게 바라보았고 모든 것이 마음에 들지 않았다.

'저 입술로 어제는 누구에게 키스했을까?' 그는 스쩨빤 아르까지치가 아내에게 애정 넘치는 태도를 취하는 것을 보고 생각했다. 돌리를 바라보니 그녀 또한 그의 마음에 들지 않았다.

'그녀는 그의 사랑을 믿지도 않는데, 뭐. 근데 왜 저렇게 좋아하

8 cousins(프랑스어). '사촌'이라는 뜻이다.

9 돌리의 애칭.

는 거야? 혐오스럽군!' 레빈은 생각했다.

그는 일분 전만 해도 그렇게 사랑스러웠던 공작부인을 바라보았는데, 그녀가 리본을 펄럭거리는 바센까를 자기 집 안으로 들이듯이 환영하는 태도가 마음에 들지 않았다.

역시 현관으로 나온 세르게이 이바노비치도, 레빈이 알기로 오블론스끼를 사랑하지도 존경하지도 않는데 위선적인 우정 어린 태도로 스쩨빤 아르까지치를 대하는 것 때문에 불쾌하게 여겨졌다.

바렌까도 특유의 *저를 건드리지 마세요*[10]의 위선적인 모습으로 그저 어떻게 하면 결혼할 수 있을까 하는 것에 대해서만 생각하면서 이 신사와 인사를 하는 것이 역겨웠다.

그리고 이 젊은 신사가 자기의 시골 방문을 자신과 모두에게 축제인 듯 여기는 그 유쾌한 기분에 휘둘리는 끼찌가 그 누구보다도 역겨웠고, 그의 미소에 답하는 그녀의 특별한 미소 때문에 특히 불쾌했다.

모두들 시끌벅적하게 떠들면서 집으로 들어갔다. 하지만 모두가 자리를 잡자마자 레빈은 몸을 돌려 나왔다.

끼찌는 남편에게 무슨 일이 일어난 것을 알았다. 그녀는 그와 단둘이 이야기할 순간을 잡아보려고 했지만, 그는 사무실에 가봐야 한다고 말하고 서둘러 그녀를 떠났다. 그에게 지금처럼 농지경영 일이 그렇게 중요하게 보인 적은 이미 오랫동안 없었다. '저기 저들 모두는 축제를 즐기는군.' 그는 생각했다. '하지만 여기 일은 기다려주지 않고, 안 하면 살 수 없지. 축제 같은 게 전혀 아니야.'

---

10 sainte nitouche(프랑스어). 풀 이름이며, 위선적인 모습을 말한다.

## 7

레빈은 사람을 보내 저녁을 먹으라고 불렀을 때에야 집으로 돌아왔다. 끼찌와 아가피야 미하일로브나가 저녁에 낼 포도주에 대해 의논하며 계단에 서 있었다.

"근데 뭘 그렇게 *야단법석*[11]이오? 보통 하던 것으로 해요."

"안 돼요, 그건 스찌바가 안 마셔요…… 꼬스쨔, 잠깐만요, 무슨 일이에요?" 끼찌가 서둘러 그를 따라오며 말을 시작했지만, 그는 가차 없이 큰 발걸음으로 멀어져서 곧바로 바센까 베슬롭스끼와 스쩨빤 아르까지치가 주도하는 공통의 활기찬 대화에 끼어들었다.

"자, 어때, 내일 사냥 가는 거지?" 스쩨빤 아르까지치가 말했다.

"그럼요, 가요." 베슬롭스끼는 다른 의자로 옮겨 비스듬히 앉아 살진 다리를 꼬고 말했다.

"나도 무척 기쁩니다. 갑시다. 올해 뭘 사냥했어요?" 레빈이 그의 다리를 주의 깊게 보며, 끼찌가 잘 아는 대로 그에게 정말 어울리지 않게 기분 좋은 체 위선을 떠는 태도로 말했다. "꺅도요를 발견할 수 있을지는 모르겠지만 보통 도요새들은 많아요. 다만 일찍 가야 해요. 피곤하지 않겠어요? 스찌바, 자넨 피곤하지 않지?"

"내가 피곤하냐고? 아직 한번도 피곤해해본 적이 없네. 자, 밤을 새우기로 하세! 진탕 놀아보세!"

"정말, 자지 말기로 해요. 정말 좋아요!" 베슬롭스끼가 동조했다.

"오, 우리는 당신이 자지 않을 수 있고 다른 사람들도 자지 않도록 할 수 있다는 걸 확신하지요." 돌리가 남편에게 요즘 그녀가 남

11 fuss(영어).

편을 대할 때 거의 항상 가지는 그 알 듯 말 듯한 아이러니를 섞어 말했다. "근데 제 생각에는 벌써 시간이…… 갈게요. 전 저녁 안 먹어요."

"아니, 좀 앉아 있어, 돌렌까." 스쩨빤 아르까지치가 저녁을 먹는 커다란 식탁의 그녀 자리 쪽으로 건너가며 말했다. "당신에게 할 말이 얼마나 많은데!"

"분명 시시한 일일걸요."

"있지, 베슬롭스끼가 안나에게 갔었거든. 그리고 다시 그들에게 갈 거야. 그들은 당신들에게서 겨우 칠십 베르스따 떨어져 있어. 나도 꼭 갈 거야. 베슬롭스끼, 이리로 와봐!"

바센까는 여인들 편으로 넘어와서 끼찌 옆에 앉았다.

"아, 이야기 좀 해주세요, 어서. 그녀에게 갔었어요? 그녀는 어때요?" 다리야 알렉산드로브나가 그를 향했다.

레빈은 식탁의 다른 쪽 끝에 앉아서 공작부인과 바렌까와 쉬지 않고 이야기하면서 스쩨빤 아르까지치, 돌리, 끼찌, 베슬롭스끼 사이에서 활기를 띤 비밀스러운 이야기가 진행되는 것을 보았다. 비밀스러운 이야기가 진행되는 것은 차치하고서라도 그는 뭔가를 활기를 띠고 이야기하고 있는 바센까의 잘생긴 얼굴을 눈을 떼지 않고 바라보는 자기 아내의 얼굴에서 진지한 감정의 표현을 보았다.

"그들은 아주 잘 지내요." 바센까가 브론스끼와 안나에 대해 이야기했다. "물론 제가 심판할 문제는 아니지요. 하지만 그 집에 가면 집에 있는 것같이 편해요."

"대체 그들은 어떻게 하려고 하나요?"

"겨울 동안 모스끄바에 가 있을 것 같아요."

"우리가 함께 그들에게 가면 얼마나 좋을까! 언제 갈 건데?" 스쩨빤 아르까지치가 바센까에게 물었다.

"칠월을 그들 집에서 보내려고요."

"당신도 갈래?" 스쩨빤 아르까지치는 아내를 향했다.

"오래전부터 가고 싶었고 꼭 갈 거예요." 돌리가 말했다. "그녀가 안됐다는 생각이 들어요. 저도 그녀를 알거든요. 정말 훌륭한 여자예요. 전 당신이 떠난 후에 혼자 갈래요. 그러면 아무에게도 부담주지 않을 테고요. 당신 없이 가는 게 더 나을 거예요."

"그것도 좋네." 스쩨빤 아르까지치가 말했다. "근데 끼찌는?"

"저요? 제가 왜 가요?" 끼찌가 온통 얼굴을 붉히며 말했다. 그리고 남편을 향해서 뒤를 돌아다보았다.

"근데 안나 아르까지예브나와 아시는 사이예요?" 베슬롭스끼가 그녀에게 물었다. "그녀는 아주 매력적인 여자예요."

"그래요." 그녀는 더욱 얼굴을 붉히면서 베슬롭스끼에게 대답하고는 일어서서 남편에게로 갔다.

"그럼 내일 사냥 가는 거예요?" 그녀가 말했다.

그의 질투는 이 몇분 동안, 특히 그녀가 베슬롭스끼와 이야기할 때 그녀의 두 뺨을 뒤덮은 홍조 때문에 이미 너무 커져버렸다. 지금 그녀의 말을 들으며 그는 이미 제멋대로 이해했다. 나중에는 이를 떠올리고 정말로 이상하게 생각했지만, 지금의 그에게는 그녀가 내일 사냥 가냐고 물은 것은, 그의 생각에는 이미 그녀가 사랑하게 된 바센까 베슬롭스끼에게 그가 이 만족을 줄 것인지 알기 위해서만 관심을 끈다는 사실이 확실해 보였다.

"그래요, 갈 거요." 그가 부자연스럽고 스스로에게도 거슬리는 목소리로 그녀에게 대답했다.

"안 돼요, 내일은 집에 계세요. 그러지 않으면 돌리 언니가 남편을 전혀 볼 수가 없어요. 모레 가세요." 끼찌가 말했다.

레빈은 이미 끼찌의 말을 '나를 그와 떨어지게 하지 마세요. 당신이 가는 건 상관없어요. 하지만 이 젊고 매력적인 남자와 함께하는 쾌락을 주세요'라고 번역했다.

"아, 당신이 원한다면 내일 집에 머무르겠소." 레빈이 특별히 기분 좋다는 듯이 대답했다.

한편 바센까는 자신의 존재로 인해 야기된 고통은 알지도 못하고 의심조차 하지 못한 채, 끼찌의 뒤를 따라 식탁에서 일어나 미소를 짓는 상냥한 시선으로 그녀 뒤를 졸졸 따라갔다.

레빈은 이 시선을 보았다. 그는 창백해져서 한순간 숨을 쉴 수 없었다. '어떻게 저렇게 내 아내를 보는 거야!' 속이 들끓었다.

"그러니까 내일이지요? 갑시다, 제발." 바센까가 의자에 앉아서 다시 습관대로 다리를 꼬며 말했다.

레빈의 질투는 더더욱 앞으로 나아갔다. 이미 그는 자신을 아내와 정부가 그저 그들 삶의 편의와 만족을 위해서만 필요로 하는 속은 남편으로 여겼다…… 하지만 그럼에도 불구하고 그는 친절하고 손님 접대를 좋아하는 양 바센까에게 그의 사냥과 사냥총, 장화에 대해 이리저리 물어보며 내일 가는 데 동의했다.

레빈에게는 운이 좋게도 노공작부인이 일어나 끼찌에게 자러 가라고 권하여 그의 고통은 중단되었다. 하지만 이 역시 또 한번 새로운 고통이 더해지지 않고는 무사히 지나가지 못했다. 안주인과 작별하면서 바센까는 다시 한번 그녀의 손에 키스하려 했으나 끼찌가 얼굴을 붉히며, 그것 때문에 나중에 어머니가 그녀에게 한소리 하게 되는 순진하고 거친 태도로 손을 치우며 말했다.

"우리 집에서는 그렇게 안 해요."

레빈의 눈에는 그녀가 그런 관계를 허락했다는 것은 그녀 책임이었고, 그런 관계가 마음에 들지 않는다는 것을 그렇게 어색하게 내보이는 것은 더더욱 그녀 책임이었다.

"어떻게 잠잘 기분이 나나!" 저녁식사 후에 마신 몇잔의 포도주로 인해서 최고로 유쾌하고 시적인 기분에 도달한 스쩨빤 아르까지치가 말했다. "봐요, 끼찌." 그는 보리수나무 아래로부터 떠오르는 달을 가리키며 말했다. "얼마나 멋져요! 베슬롭스끼, 지금이 세레나데를 불러야 할 때야. 있잖아요, 그는 멋진 목소리를 가졌어요. 우린 오는 길에 함께 노래했어요. 그는 멋진 가곡들을, 새로운 두 곡을 가지고 왔어요. 바르바라 안드레예브나와 함께 부르면 좋을 텐데."

모두가 흩어지고 난 후에도 스쩨빤 아르까지치는 베슬롭스끼와 오랫동안 가로수길을 거닐었고, 새로운 가곡들을 부르는 그들의 목소리가 들려왔다.

이 목소리를 들으며 레빈은 얼굴을 찌푸리고 아내 침실의 안락의자에 앉아서 무슨 일이 있느냐고 묻는 그녀의 질문에 고집스럽게 침묵했다. 하지만 마침내 그녀가 조심스레 미소 지으며 "베슬롭스끼의 뭔가라도 마음에 안 드는 게 있었어요?"라고 물었을 때 그는 폭발했고 모든 것을 털어놓았다. 그가 털어놓은 내용은 그 자신을 모욕했고, 그래서 그는 더욱더 신경이 곤두섰다.

그는 그녀 앞에 서서, 찌푸린 눈썹 밑으로 무시무시하게 눈을 번뜩거리며 힘센 두 팔을 가슴에 꽉 누르고 있었다. 마치 온 힘을 다해 자신을 제어하려 안간힘을 쓰는 듯이. 그의 얼굴 표정은 만약 그녀의 마음을 흔든 그 고통을 드러내고 있지 않았다면 엄격하고 잔인하게까지 여겨졌을 것이다. 그의 근육들이 떨렸고 목소리는 갈라졌다.

“내가 질투하는 게 아니라는 걸 이해해줘요. 그건 혐오스러운 단어요. 나는 질투할 수 없소…… 믿을 수도 없소…… 난 내가 느끼는 걸 말할 수 없소. 하지만 이건 끔찍하오…… 나는 질투하지 않지만 모욕을 느끼오. 누군가가 당신을 감히 그런 눈으로 볼 생각을 하고 감히 그런 눈으로 본다는 것은 내가 경멸당하는 거요……”

“근데 어떤 눈으로 말예요?” 끼찌가 가능한 한 양심껏 오늘 저녁의 모든 말과 행동, 그리고 그 뉘앙스들을 기억해보려 하면서 말했다.

그녀는 마음 깊은 곳에서 그가 그녀 뒤로 해서 식탁의 다른 쪽 끝으로 옮겨갔던 바로 그 순간에 뭔가가 있었다는 것을 알아챘지만, 이를 자기 스스로에게조차 인정할 용기를 못 냈고 더욱이 이것을 그에게 이야기해서 그의 고통을 더하게 할 마음을 먹지 못했다.

“그리고 내가 지금 이런 상태에서 뭐가 매력적일 수 있어요?”

“아!” 그는 머리를 움켜쥐고 소리 질렀다. “그 말을 하지 말지 그랬소! 그러니까 당신이 매력적이라면……”

“정말 아니에요, 꼬스쨔. 잠깐 좀 들어봐요!” 괴로움을 느끼면서도 연민이 섞인 표정으로 그를 보면서 그녀가 말했다. “자, 당신은 대체 무슨 생각을 하는 거예요? 제겐 아무도 없는데, 아무도, 아무도! 자, 그럼 당신은 제가 아무도 만나지 않기를 바라요?”

처음 순간에는 그의 질투가 그녀에게 모욕적이었다. 아주 작은 기분전환, 정말 전혀 죄 없는 기분전환까지도 자신에게 금지된 것이 유감스러웠다. 하지만 지금 그녀는 그런 시시한 일들뿐만이 아니라 모든 것을 그의 평온을 위해서라면, 그가 겪는 고통에서 그를 해방하기 위해서라면 기꺼이 희생했을 것이다.

"내 처지의 끔찍함과 우스꽝스러움을 이해해줘요." 그는 절망적인 속삭임으로 말을 이었다. "그는 우리 집에서 실상 그 비위 좋은 행동거지와 다리를 꼬는 것 이외에는 아무 무례한 짓도 하지 않았소. 그는 그게 아주 좋은 태도이고 그래서 내가 그를 친절하게 대해야 한다고 여기오."

"하지만 꼬스쨔, 과장하지 마요." 끼찌가 그의 질투 속에 드러나는 그녀를 향한 사랑의 강도를 마음 깊은 곳에서 기뻐하면서 말했다.

"가장 끔찍한 건, 항상 그렇듯이 당신이 내게 이렇게 성스럽고, 우리가 이렇게 행복하고, 이렇게 특별하게 행복한 지금, 갑자기 그런 쓰레기가…… 아니, 쓰레기가 아니고, 뭣 때문에 내가 그를 욕하지? 내겐 그가 아무 상관 없소. 하지만 내 행복과 당신 행복은 어떻게 하란 말이오?"

"왜 이렇게 되었는지 제가 이해하는 거 알아요?" 끼찌가 말을 시작했다.

"왜? 왜?"

"저녁식사 동안 우리가 이야기할 때 당신이 우리를 바라보는 것을 알았어요."

"그래, 맞아요! 그래, 맞아요!" 레빈이 겁을 먹으며 말했다.

그녀는 그들이 무엇에 대해 이야기했는지 그에게 말했다. 그리고 이 말을 하면서 그녀는 흥분으로 숨이 막혔다. 레빈은 잠시 침묵한 후 그녀의 창백하고 겁먹은 얼굴을 들여다보고 갑자기 머리를 움켜쥐었다.

"까쨔, 내가 당신을 괴롭혔군. 여보, 용서해줘요! 이건 미친 짓이야! 까쨔, 전적으로 내 죄요. 그런 어리석은 일 때문에 이렇게 괴로워하는 게 가능이나 한 일이오?"

"당신이 정말 안됐어요."

"내가? 내가? 내가 뭐라고? 나는 미친놈이오! 그리고 왜 당신이 괴로움을 겪는 거지? 어떤 타인이라도 우리의 행복을 날려보낼 수 있다고 생각하는 건 끔찍하오."

"물론 이런 것은 모욕적이기도 해요……"

"결단코, 그러니까 나는 반대로, 그를 일부러 여름 내내 우리 집에 머물게 하고 온갖 친절을 베풀겠소." 레빈은 그녀의 손에 키스하며 말했다. "자, 두고 보오. 내일…… 그래, 정말, 우린 내일 갈 거요."

## 8

다음 날 숙녀들이 일어나기도 전에 사냥용 마차들과 농부 마차, 짐마차[12]가 현관 앞에 서 있었고, 라스까는 벌써 아침부터 사냥을 간다는 것을 알고 실컷 컹컹거리고 뛰어오르고 나서 이제 흥분한 상태로, 지체되는 것을 못마땅해하며 여전히 사냥꾼들이 나오지 않는 문을 바라보면서 농부 마차의 마부 옆에 앉아 있었다. 첫 번째로 나온 사람은 살진 넓적다리 중간까지 올라오는 커다란 새 장화를 신고 초록색 셔츠를 입고 가죽 냄새가 나는 새 탄띠를 두르

12 1982년판에는 '사냥용 마차 두대, 농부 마차, 짐마차'로 되어 있다. 이 차체들은 이어져 있고 앞에서 말들이 끌고 간다.

고 리본들이 달린 모자를 쓰고, 방아쇠 끈이나 어깨끈이 없는 영국제 신형 총을 든 바센까 베슬롭스끼였다. 라스까는 그에게로 튀듯이 달려가 반기며 자기식으로 다른 사람들이 곧 나올 것인지 물었으나, 아무 대답을 듣지 못하자 자기 대기 장소로 돌아가 다시 고개를 옆으로 돌리고 귀만 쫑긋 세운 채 가만히 굳어 있었다. 마침내 문이 요란하게 열렸고, 스쩨빤 아르까지치의 연갈색 반점이 있는 포인터 끄라끄가 몸을 돌려 공중으로 솟구치면서 튀어나왔고, 스쩨빤 아르까지치 자신은 두 손에 총을 들고 입에 시가를 물고 나왔다. "뚜보, 뚜보[13], 끄라끄!" 앞발을 그의 배와 가슴에 날려대면서 그 발로 사냥 구럭에 매달리는 개를 향해 그는 큰 소리로 사랑스레 말했다. 스쩨빤 아르까지치는 농부의 가죽신을 신고 발싸개를 두르고 머리에는 누더기 같은 모자를 썼지만, 신식 총은 매우 정교했고 구럭과 탄띠는 닳긴 했으나 질이 가장 좋은 것들이었다.

바센까 베슬롭스끼는 누더기를 입지만 사냥 도구는 가장 질이 좋은 것을 지니는 이 진짜 사냥꾼의 멋 부리기를 이전에는 이해하지 못했었다. 이제 그는 우아하고 살집 좋고 유쾌하게 지주다운 풍채를 빛내는, 누더기를 걸친 스쩨빤 아르까지치를 보면서 이를 이해했고, 자기도 다음 사냥에는 꼭 그렇게 하리라고 마음먹었다.

"자, 근데 우리 주인은요?" 그가 물었다.

"젊은 아내." 스쩨빤 아르까지치가 미소를 지으면서 말했다.

"그래요. 게다가 그렇게 매력적인 아내죠."

"그는 옷은 벌써 다 입었네. 아마 다시 그녀에게 달려간 게지."

스쩨빤 아르까지치의 추측이 옳았다. 레빈은 어제 자기의 바보

13 tout beau, tout beau(프랑스어)를 러시아 문자로 표기했다. '좋아, 좋아'라는 뜻이다.

짓을 용서했느냐고 물으러, 게다가 그녀에게 제발 조심하기를 청하러 다시 한번 아내에게로 달려갔던 것이다. 중요한 것은 아이들로부터 멀리 떨어져 있어야 한다는 것이었다. 아이들은 언제든 밀칠 수가 있으니까. 그다음에는 그녀로부터 그가 이틀 동안 떠나는 데 대해서 화가 나지 않았다는 사실을 다시 한번 확인받아야 했고, 또한 그가 그녀의 안위를 알 수 있도록 단 두마디라도 쓴 쪽지를 내일 아침에 말 탄 심부름꾼 편에 꼭 보낼 것을 그녀에게 다시 한번 부탁해야 했다.

끼찌는 언제나 그랬듯이 남편과 이틀을 떨어져 있는 것이 가슴 아팠지만, 사냥 장화를 신고 하얀 작업복 상의를 입고 특별히 크고 강하게 보이는 그의 생기 오른 모습이 그녀로서는 이해가 안 가는 사냥의 흥분으로 빛나는 것을 보고서 그의 기쁨으로써 자신의 근심을 잊고 명랑하게 그와 작별했다.

"미안합니다, 여러분!" 그가 현관으로 나오며 말했다. "아침은 챙겼나요? 왜 붉은 말을 오른쪽에 맸어요? 뭐, 아무래도 좋아요. 라스까, 자, 어서 앉아라!"

"거세종이 있는 우리에 넣게!" 그는 거세 염소들에 대한 질문이 있어서 현관 입구에서 그를 기다리고 있던 가축지기를 향해 말했다. "미안합니다, 저기 악당이 또 한명 오네요."

레빈은 자를 가지고 현관 쪽으로 오고 있는 청부 목수를 향해 막 앉으려던 농부 마차에서 벌떡 일어났다.

"자, 어제는 사무실에 안 보이더니 오늘은 나를 지체시키는군. 그래, 뭔가?"

"조금만 더 다르게 하도록 허락해주세요. 층계를 세단만 더 붙이죠. 그럼 딱 들어맞아요. 훨씬 편해질 거예요."

"자넨 내 말을 들었어야 하네." 레빈이 유감스럽게 말했다. "계단 옆판을 먼저 세우고 단들을 잘라 넣어야 한다고 말했잖나. 지금은 어쩔 수 없네. 내가 명령한 대로 하게. 새로 잘라서 만들게."

짓고 있는 옆채에서 청부 목수가 계단을 망친 게 문제였다. 경사를 제대로 계산하지 못하고 목재를 따로따로 잘라 계단을 만든 탓에, 설치해보니 층계 단들이 오르기가 가파르게 되어버린 것이다. 지금 청부 목수는 만든 계단을 그대로 사용하고 그저 세단만 더 만들어 넣겠다는 것이었다.

"훨씬 나아질 겁니다."

"세단을 더 넣으면 계단이 어떻게 되겠나?"

"자, 보십쇼, 나리." 목수가 경멸조의 미소를 띠고 말했다. "바로 맨 위까지 올라가지요. 그러니까, 아래서부터 하면요." 그가 확신에 찬 몸짓을 하며 말했다. "올라가고 올라가서 닿게 되지요."

"하지만 층계 세단이 차지하는 길이가 더해지는데…… 그러면 어디까지 가게 되지?"

"그러면 계단이, 그러니까, 아래서부터 하면 닿는다니까요." 청부 목수가 고집스럽고 확신에 찬 어조로 말했다.

"천장 아래로 벽까지 뚫겠구먼."

"하지만 생각 좀 해보세요. 밑에서부터 가거든요. 올라가고 올라가서 맞게 닿지요."

레빈은 꽂을대를 잡고 흙먼지 위에 계단을 그려 그에게 보여주었다.

"자, 알겠나?"

"분부대로 하겠습니다." 목수가 갑자기 눈을 빛내며 말했다. 분명 마침내 문제를 이해한 것 같았다. "새로 잘라 만들어야 하는 게 분명하네요."

"그래, 그러니까 내가 명한 대로 그렇게 하게!" 레빈이 농부 마차로 들어앉으면서 소리 질렀다. "가자! 개들을 잡아, 필리쁘!"

레빈은 지금 집안일과 농지경영의 모든 걱정거리들을 뒤로하고 강한 삶의 기쁨과 기대의 감정을 느끼면서 아무 말도 하고 싶지 않았다. 게다가 그는 모든 사냥꾼들이 사냥터로 다가가면서 느끼는 집중된 흥분의 감정을 느끼고 있었다. 지금 그를 사로잡고 있는 것이 있다면 그건 꼴뻰 늪에서 그들이 뭘 찾아낼 수 있을까, 라스까가 끄라끄에 비해서 어떨까, 자신이 오늘 총을 잘 쏠 수 있을까 하는 문제들이었다. 새로운 사람 앞에서 망신을 당하지나 않을까, 오블론스끼가 자기보다 더 잘 쏘지 않을까 하는 것도 역시 머릿속으로 다가왔다.

오블론스끼도 비슷한 감정을 느끼고 있었고 역시 말을 하고 싶어하지 않았다. 바센까 베슬롭스끼만이 쉬지 않고 흥겹게 떠들어댔다. 지금 그의 말을 들으면서 레빈은 어제 자신이 그에게 부당했던 것을 기억하고 양심에 걸렸다. 바센까는 실제로 훌륭하고 소탈하고 선량하고 매우 유쾌한 젊은이였다. 레빈은 그와 친해질 수 있을 것이었다. 레빈이 약간 불쾌하게 느낀 것은 그의 삶을 즐기려는 자세와 어떤 우아하고 느슨한 태도였다. 그는 자신이 긴 손톱과 모자와 그밖에 그에 상응하는 것들을 가진 것에 의심할 바 없이 높은 가치를 부여하는 듯했다. 하지만 이 점은 그의 선량함과 예의 바름을 생각하면 용서할 수 있는 것이었다. 그는 훌륭한 교육과 뛰어난 프랑스어와 영어 발음, 그리고 레빈 자신이 속한 세계의 인물이라는 점 때문에 레빈의 마음에 들었다.

바센까는 특히 왼쪽에 맨 곁마, 돈 지방의 초원에서 자란 말을 마음에 들어했다. 그는 내내 그 말에 감탄했다.

“초원 지대를 초원의 말을 타고 달리는 게 얼마나 좋은지요. 어때요, 그렇지 않아요?” 그가 말했다.

그는 초원 지대를 달리는 것을 뭔가 야성적인 것, 시적인 것으로 생각하고 있었다. 아무런 명확한 실체도 목적도 없는 몽롱한 생각이지만 말이다. 하지만 그의 순진함은 특히 그의 아름다운 모습, 사랑스러운 미소, 우아한 동작과 결합되어 매우 매력적이었다. 그의 본성이 레빈에게 호감을 주었는지, 아니면 레빈이 어제 자기가 지은 죄를 갚고자 그에게서 모든 좋은 점을 찾아내려 애썼는지 모르지만, 레빈은 그와 함께 있는 것이 즐거웠다.

삼 베르스따를 달린 후 베슬롭스끼는 갑자기 시가와 지갑을 찾느라 이리저리 뒤지더니, 그것들을 잃어버린 건지 책상 위에 두고 온 건지 모르겠다고 했다. 지갑에는 삼백칠십 루블이 들어 있어서 그걸 그냥 둘 수는 없었다.

“저기 말예요, 레빈, 이 돈 지방산 곁마를 타고 집에 다녀오겠어요. 멋질 거예요, 그렇죠?” 그는 벌써 올라타려고 하면서 말했다.

“아니, 뭣 때문에요?” 레빈은 바센까의 몸무게가 적어도 육 뿌드 이하는 아닐 거라고 계산하고 대답했다. “마부를 보내겠습니다.”

마부가 곁마를 타고 갔고, 레빈이 직접 말 두필을 몰게 되었다.

## 9

“자, 우리는 대체 어떤 코스를 잡는 건가? 잘 좀 이야기해보게.” 스쩨빤 아르까지치가 말했다.

"계획은 이렇네. 지금 우리는 그보즈제보까지 가는 거야. 그보즈제보에는 이쪽 편으로 꺅도요 늪이 있네. 게다가 그보즈제보 너머에는 놀랄 만한 도요새 늪이 펼쳐져 있고 꺅도요도 더러 있지. 지금은 더우니 저녁 무렵 도착해서(이십 베르스따쯤 되네) 저녁 들판에 나가세. 거기서 밤을 새우고 내일 큰 늪으로 가세."

"가는 길에는 아무것도 없단 말이야?"

"있네. 하지만 덥기도 하고 지체되니까. 멋진 곳이 두 군데 있긴 하네. 하지만 그곳에도 필시 아무것도 없을 거야."

레빈 자신도 그곳으로 가고 싶었지만 그 장소들은 집에서 가까워서 언제라도 갈 수 있는데다가 좁아서 셋이서는 총을 쏠 공간이 없었다. 그래서 그는 그곳에 필시 아무것도 없을 거라고 말하면서 양심을 속인 것이다. 작은 늪에 이르자 레빈은 그냥 지나가려 했지만 노련한 사냥꾼 스쩨빤 아르까지치의 눈은 당장 길에서 보이는 골풀을 살펴보았다.

"들르지 않는단 말이야?" 그가 조그만 늪을 가리키며 말했다.

"레빈, 제발요! 얼마나 좋은 장소인가요!" 바센까가 청하기 시작했고, 레빈도 동의하지 않을 수 없었다. 그러나 그들이 멈추기도 전에 개들이 앞다투어 늪을 향해 달려갔다.

"끄라끄! 라스까!"

개들이 돌아왔다.

"셋이서 사냥하기에는 좁아요. 난 여기 남아 있을게요." 레빈은 개들을 피해 날아올라 어지럽게 날면서 늪 위에서 애처롭게 우는 댕기물떼새 이외에는 아무것도 찾지 못하기를 바라면서 말했다.

"아니에요! 가요, 레빈, 함께 가요!" 바센까가 불렀다.

"정말 좁아요. 라스까, 돌아와! 다른 개는 필요 없겠죠?"

레빈은 리네이까 부근에 남아 부러움을 느끼며 사냥꾼들을 바라보았다. 사냥꾼들은 늪 전체를 돌아다녔다. 쇠물닭과 바센까가 한마리 쏘아죽인 댕기물떼새 이외에 늪에는 아무것도 없었다.

"자, 이제 내가 늪을 대수롭게 여기지 않은 걸 이해하겠지들." 레빈이 말했다. "시간만 낭비하는 거지."

"아뇨, 그래도 즐거웠어요. 봤어요?" 바센까 베슬롭스끼가 총과 댕기물떼새 한마리를 손에 들고 서투르게 농부 마차에 오르면서 말했다. "이걸 정말 멋지게 쐈지요. 그렇지 않아요? 그럼 우리는 곧 진짜 장소에 닿는 건가요?"

갑자기 말들이 내달리기 시작했고, 레빈의 머리가 누군가의 총신에 닿았고, 총소리가 울렸다. 사실 총소리가 먼저 울렸지만 레빈에게는 그렇게 여겨졌다. 바센까 베슬롭스끼가 공이치기를 풀면서 다른 한쪽은 그대로 둔 채 방아쇠를 당겼던 것이다. 총알은 아무도 해치지 않고 땅속으로 박혔다. 스쩨빤 아르까지치는 머리를 절레절레 흔들면서 베슬롭스끼에게 비난조로 웃음을 보냈다. 하지만 레빈은 그에게 질책의 말을 할 생각이 없었다. 첫째, 어떤 비난이라도 지나간 위험과 레빈 이마에 솟구친 혹 때문에 그러는 것으로 보일 것이고, 둘째, 베슬롭스끼는 처음에는 그렇게 순진하게 걱정을 하더니 나중에는 그들이 함께 겪은 소동에 대해 그렇게도 선량하고 마음이 끌리도록 웃어대서 레빈 스스로도 웃지 않을 수 없었던 것이다.

그들이 꽤 넓고 시간을 많이 잡아먹을 두번째 늪에 다가갔을 때 레빈은 나가지 말라고 설득해보려 했다. 하지만 베슬롭스끼가 그에게 간청했다. 늪이 좁았기 때문에, 손님을 잘 대접하는 주인으로서 레빈은 다시 마차들 근처에 남았다.

도착하자마자 끄라끄는 울퉁불퉁한 땅으로 달려갔다. 바센까 베슬롭스끼가 제일 먼저 개를 따라갔다. 그리고 스쩨빤 아르까지치가 다가가기도 전에 벌써 꺅도요가 날아올랐다. 베슬롭스끼가 잘못 쏘자 꺅도요는 풀을 베지 않은 들판으로 옮겨앉았다. 이 꺅도요는 베슬롭스끼의 몫이었다. 끄라끄가 다시 한번 새를 찾아냈을 때 베슬롭스끼는 새를 죽여 마차 행렬로 돌아왔다.

"이제 당신이 가세요, 제가 말들과 남아 있을게요." 그가 말했다.

사냥하고 싶은 부러움이 레빈을 사로잡기 시작했다. 그는 고삐를 베슬롭스끼에게 넘겨주고 늪으로 갔다.

라스까는 이미 오래전부터 불만에 차서 날카롭게 짖으며 불공평에 대해 불평하더니 앞장서서 곧장 레빈이 알고 있는, 울퉁불퉁하게 튀어나온 흙덩이들이 많이 있는 믿을 만한 장소로 달려갔는데, 거기는 끄라끄가 아직 가지 않은 곳이었다.

"자넨 왜 개를 말리지 않나?" 스쩨빤 아르까지치가 소리쳤다.

"라스까는 새들을 놀라게 하지 않네!" 레빈이 개가 하는 짓에 기뻐하며 뒤쫓아가면서 말했다.

라스까는 수색을 하며 아는 장소에 다가갈수록 점점 더 진지해졌다. 아주 잠깐만 작은 늪새가 라스까의 주의를 다른 데로 돌렸을 뿐이었다. 라스까는 흙덩이들이 튀어나와 있는 장소를 한바퀴 돌고 나서 또 한바퀴 돌더니 갑자기 몸을 흠칫 떨고 나서 미동도 하지 않았다.

"가게, 가게, 스찌바!" 레빈이 자기 가슴이 더 강하게 고동치기 시작하는 것을 느끼며 소리쳤고, 마치 그의 긴장된 청각에 갑자기 빗장이 열린 것처럼 모든 소리들이 거리감을 잃고 마구잡이로, 하지만 선명하게 그를 덮치기 시작했다. 그는 스쩨빤 아르까지치의 발소리를 멀리서 말이 달리는 소리로 들었고, 자기가 울퉁불퉁하게 튀어나온 흙덩이를 밟을 때 그 귀퉁이가 뿌리들과 함께 떨어져 나가며 쩍쩍 부서지는 소리를 꺅도요가 날아오르는 소리로 들었다. 뒤쪽으로 얼마 떨어지지 않은 곳에서는 물 위에서 철썩거리는 소리도 들려왔는데, 무슨 소리인지는 추측할 수 없었다. 그는 발 디딜 자리를 고르면서 개에게로 다가갔다.

"잡아!"

꺅도요가 아니라 도요새가 개로부터 도망쳐나왔다. 레빈이 가만히 총을 들었다. 하지만 그가 겨눈 바로 그 순간 물 위에서 철썩거리는 소리가 강해지고 더 가까워졌다. 그리고 그 소리에 무어라고 크게 소리 지르는 베슬롭스끼의 목소리가 합쳐졌다. 레빈은 총이 도요새에 어림없이 못 미친다는 것을 알았지만 어쨌든 발사했다.

총알이 빗나간 것을 확신하고 레빈이 뒤돌아보니 말들이 농부 마차와 함께 더이상 길이 아니라 늪 속에 있었다.

베슬롭스끼가 사격을 보려고 늪으로 달려 말들을 빠지게 했던 것이다.

"귀신이 저자를 잡아갔으면!" 레빈은 혼잣말을 하고는, 늪에 빠져 꿈쩍도 안 하는 마차를 향해 돌아가면서 그에게 퉁명스럽게 말했다. "왜 달렸소?" 그리고 그는 큰 소리로 마부를 불러 말들을 끌어내라고 했다.

레빈은 사격을 방해받은 것과 자기 말들이 늪에 빠진 것이 유감스러웠다. 그리고 무엇보다도 말들을 끌어내려면 고삐를 풀어야 하는데, 스쩨빤 아르까지치나 베슬롭스끼가 그와 마부를 전혀 도와줄 수 없다는 것이 유감스러웠다. 둘 중 어느 한 사람도 고삐 매는 법을 조금도 이해하지 못했던 것이다. 레빈은 그곳이 완전히 말랐었다는 바센까의 단언에 대해 한마디도 대꾸하지 않고 마부와 함께 말없이 말들을 끌어내는 노동을 했다. 하지만 나중에 노동으로 인해 화가 식고 베슬롭스끼가 농부 마차의 흙받기가 결국 부서져나갈 정도로 애를 쓰며 있는 힘을 다해 끌어내는 것을 보고 레빈은 어제의 감정의 영향으로 베슬롭스끼를 너무 차갑게 대했다고 스스로를 질책하고 자신의 퉁명스러움을 누그러뜨리느라 특히 친절하게 대했다. 모든 것이 다 제대로 되고 마차들이 길로 나오게 되었을 때 레빈은 아침을 가져오라고 명했다.

"*식욕은 좋은 양심을 말하도다! 이 닭이 내 영혼 깊숙이 들어가리라*[14]." 다시 유쾌해진 바센까가 두번째 닭고기를 다 먹고 나서 프랑스어로 말했다. "자, 이제 우리의 불행이 끝났어요. 이제 모든 게 잘될 거예요. 다만 전 제 죄가 있으니 마부석에 앉을게요. 그렇지 않아요? 네, 정말, 정말, 제가 마부예요. 보세요, 제가 당신들을 얼마나 잘 모시는지!" 그는 레빈이 마부에게 몰게 하라고 청했는데도 고삐를 놓지 않고서 대답했다. "아니요, 제 죄를 갚아야지요. 그리고 전 마부석이 좋아요." 그러고서 그는 말을 몰기 시작했다.

레빈은 그가 말들을, 특히 그가 제어할 줄 모르는 왼쪽의 붉은 말을 고생시킬까봐 두려웠다. 하지만 그는 자기도 모르게 그의 유쾌함에 전염되어 베슬롭스끼가 마부석에 앉아서 길을 가는 내내 부르는 로망스 가곡들을 듣거나 그가 영어로 *사두마차*[15]라고 하는 것을 어떻게 몰아야 하는지 표정을 섞어 이야기하는 것을 들었다. 그들 모두는 아침식사 후 매우 즐거운 기분으로 그보즈제보 늪까

---

14 Bon appétit—bonne conscience! Ce poulet va tomber jusqu'au fond de mes bottes(프랑스어).

15 four in hand(영어).

지 달려갔다.

## 10

바센까가 말들을 매우 세게 몰았기 때문에 늪에 너무 빨리 도착했고, 그래서 날은 아직 뜨거웠다.

이제 주 목적지인 이 결전의 늪에 닿자 레빈은 어떻게 하면 바센까를 떼어버리고 방해 없이 다닐 수 있을까에 대해 생각했다. 스쩨빤 아르까지치도 분명 마찬가지를 원하는 것으로 보였고, 그의 얼굴에서 레빈은 사냥을 앞둔 진짜 사냥꾼에게 나타나는 걱정스러운 표정과 그 특유의 선량한 약삭빠름을 보았다.

"어떻게 가야 하지? 늪은 훌륭하고, 매들도 보이네." 스쩨빤 아르까지치가 사초 위에서 빙빙 돌고 있는 커다란 새 두마리를 가리키며 말했다. "매가 있는 곳에 들새도 있다네."

레빈이 조금 어두운 표정으로 장화를 바짝 끌어올리고 총의 피스톤을 살피며 말했다. "신사분들, 저기 보이지요." 그는 강의 오른쪽으로 펼쳐져 있는, 반 정도 풀을 벤 거대한 젖은 들판 가운데 암녹색의 섬을 가리켰다. "저 사초가 보이지요? 늪은 바로 저기서 시작해요. 바로 우리 앞에 있는, 봐요, 초록이 더 진한 곳에서 말이에요. 저기서부터 말들이 가는 오른쪽으로 이어져요. 거기 울퉁불퉁한 땅에 꺅도요들이 있어요. 그리고 저 사초를 빙 둘러 저 오리나무숲과 물방아까지. 저기 만이 있는 데 보이지요? 저기가 가장 좋은 장소예요. 저기서 언젠가 도요새를 열일곱마리나 잡았어요. 개 두마리를 데리고 각자 다른 방향으로 가다가 물방아 있는 데서 만나기로 해요.”

“자, 누가 오른쪽이고 누가 왼쪽이지?” 스쩨빤 아르까지치가 물었다. “오른쪽이 더 넓네. 자네 둘이 그리로 가게. 난 왼쪽으로 가겠네.” 그가 염려 없다는 듯 말했다.

“좋아요. 우리가 저분보다 더 많이 잡아요! 자, 가요, 가요!” 바센까가 움직이기 시작했다.

레빈은 동의하지 않을 수 없었고, 그들은 갈라졌다.

그들이 늪에 막 들어갔을 때 개 두마리가 함께 진흙 쪽으로 사냥감을 추적해 나아갔다. 레빈은 라스까의 이 조심스럽고 아직 확신이 없는 추적을 알고 있었다. 그는 장소를 알고 있었고 도요새떼를 기다리고 있었다.

“베슬롭스끼, 내 옆으로, 옆으로 와요!” 그가 숨이 넘어갈 듯한 목소리로 등 뒤 물 위에서 철벅거리는 동료에게 말했다. 꼴뻰 늪에서의 우연한 발사 이후 그의 총의 방향은 저절로 레빈의 마음을 끌었던 것이다.

“아뇨, 전 당신을 신경 쓰게 하지 않을래요. 제 생각은 하지 마세요.”

하지만 레빈은 저절로 생각을 하게 되었고, 그를 보내며 끼찌가 한 말을 떠올렸다. “주의하세요, 서로 쏘지 않도록요.” 개 두마리가 앞서거니 뒤서거니 각자 자기 후각의 방향에 따라 점점 더 가까이 접근했다. 도요새에 대한 기대가 너무 커서 레빈에게는 진흙에서 빼낼 때 장화 뒤축의 철벅거리는 소리가 도요새 우는 소리로 들렸고, 그는 개머리판을 꽉 움켜잡았다.

탕! 탕! 귓가에 총소리가 울렸다. 바센까가 늪 위에서 저 멀리로 날아오르던, 이때의 사냥꾼들에게는 어림없이 멀리 있던 오리떼를 쏜 것이었다. 레빈이 돌아보기도 전에 도요새 한마리가 찍찍 소리를 냈고 두번째, 세번째, 그러더니 한 여덟마리쯤이 한마리씩 날아올랐다.

스쩨빤 아르까지치도 새가 특유의 지그재그 날기를 시작하려는 찰나 한마리를 꿰뚫었고, 도요새는 돌덩어리처럼 늪으로 떨어졌다. 오블론스끼는 서두르지 않고 갈대숲을 향해 여전히 낮게 날아가는 다른 도요새를 조준했다. 총소리와 함께 그 도요새가 떨어졌다. 새가 상처 입지 않은, 밑부분만이 하얀 날개로 푸덕거리며 쓰러진 갈대 밑에서 튀어나오는 것이 보였다.

레빈은 그렇게 운이 좋지 않았다. 그는 첫번째 도요새를 너무 가까이에서 쏜 탓에 못 맞혔고, 이미 날아오르고 있던 다른 새를 조준했지만 이때 또다른 도요새가 발 아래로 날아가며 그의 주의를 분산시켜 또 못 맞혔다.

총을 장전하는 동안 또 한마리 도요새가 날아올랐고, 총을 이미 장전한 베슬롭스끼가 물 위로 두발의 작은 산탄을 쏘았다. 스쩨빤 아르까지치는 자기 도요새들을 주워모은 다음 반짝거리는 두 눈으로 레빈을 쳐다보았다.

"자, 이제 갈라지세." 스쩨빤 아르까지치가 말하고는 왼쪽 다리를 약간 절뚝거리며 준비된 총을 들고서 개에게 휘파람을 불며 한쪽 방향으로 가기 시작했다. 레빈과 베슬롭스끼는 다른 쪽 방향으로 갔다.

레빈은 늘 처음 발사가 성공하지 못하면 속상해하고 근심했고, 그래서 하루 종일 잘 쏘지 못하곤 했다. 오늘도 바로 그랬다. 도요새는 무척 많았다. 개 발밑에서, 사냥꾼 발밑에서 도요새들이 쉴 새 없이 날아올랐고, 레빈은 만회할 수도 있었다. 하지만 그가 쏘면 쏠

수록, 거리가 맞든 안 맞든 유쾌하게 총구에서 불을 뿜어대며 아무것도 맞히지 못하면서도 전혀 당황해하지 않는 베슬롭스끼 앞에서 점점 더 크게 망신을 당할 뿐이었다. 레빈은 서둘렀고 자신을 제어하지 못했으며 점점 더 화가 나서, 이미 맞히기를 바라지도 않은 채 쏘아댔다. 라스까도 이런 상황을 이해한 것으로 보였다. 라스까는 찾는 데 게을러졌으며, 마치 의심 아니면 질책을 하는 듯이 사냥꾼들을 돌아보았다. 발사에 발사가 이어졌다. 화약 연기가 사냥꾼들을 휩쌌다. 커다랗고 널찍한 사냥 구럭에는 가볍고 작은 도요새가 겨우 세마리뿐이었다. 그것도 그중 하나는 베슬롭스끼가 맞힌 것이고 다른 하나는 둘이 함께 맞힌 것이었다. 그러는 사이 늪의 다른 쪽에서는 자주는 아니지만 레빈이 듣기에 의미 있는 스쩨빤 아르까지치의 발사음이 들려왔고, 거의 모든 발사 이후에 "끄라끄, 끄라끄, 아뽀르뜨[16]" 하는 소리가 들렸다.

이는 레빈을 더욱 동요시켰다. 도요새들은 쉴 새 없이 갈대숲 위 공중을 선회했다. 땅에서 질척거리는 소리와 공중에서 새 우는 소리가 사방에서 쉬지 않고 들렸다. 좀 전에 날아올랐다가 공중을 돌던 도요새들이 사냥꾼들 앞으로 내려앉았다. 지금은 늪 위에 매 두 마리 대신 도요새 수십마리가 꺽꺽 소리 지르며 선회하고 있었다.

늪의 반 이상을 지나자 레빈과 베슬롭스끼는 늪의 갈대숲에 맞닿은, 발에 밟혀 다져졌거나 베인 줄로 표시되어 길쭉한 모양의 풀밭들로 나뉘어 있는 농부들의 목초지가 있는 장소까지 도달했다. 풀밭들의 반은 이미 베여 있었다.

비록 베지 않은 곳에서 벤 곳만큼 사냥감을 찾을 희망은 거의 없

16 apporte(프랑스어)를 러시아 문자로 표기했다. '가져와'라는 뜻이다.

긴 했으나 레빈은 스쩨빤 아르까지치와 만나기로 약속했었고, 그래서 동료와 함께 벤 풀밭과 베지 않은 풀밭을 따라 나아갔다.

"어이, 사냥꾼 나리들!" 말을 푼 짐마차에 앉아 있던 농부들 중 한 사람이 그들에게 소리쳤다. "와서 함께 점심이나 듭세다! 술도 마시고!"

레빈이 돌아봤다.

"이리 오슈, 괜찮수다![17]" 붉은 얼굴을 한 수염 난 농부가 하얀 이를 드러내고 유쾌하게 웃으며 햇빛에 반짝이는 초록빛 도는 큰 술병을 들어 보이며 소리쳤다.

"*저 사람들이 뭐래요*[18]?" 베슬롭스끼가 물었다.

"술 마시자고 부르네요. 저들은 아마 목초지를 나눴던 모양이에요. 나라면 한잔하겠어요." 레빈은 베슬롭스끼가 보드까에 마음이 끌려 그들에게로 가기를 바라는 속셈이 없지 않은 채 말했다.

"왜 저들이 우리를 초대하지요?"

"그냥 유쾌하게 노는 거죠. 정말 저들에게 가보세요. 재미있을 거예요."

"*가요, 호기심이 나네요*[19]."

"가요, 가요, 물방아 방향으로 가는 길을 찾게 될 거예요!" 레빈이 소리치고 돌아보고는, 베슬롭스끼가 허리를 굽히고 피곤한 다리를 휘청이면서 길게 늘어진 손에 총을 들고 늪에서 나와 농부들에게로 가는 것을 만족스럽게 바라보았다.

"나리도 오슈!" 농부가 레빈에게 소리쳤다. "꺼리지 말고 만두를

17 표준어가 아닌 말로 하고 있다.

18 Qu'est ce qu'ils disent(프랑스어).

19 Allons, c'est curieux(프랑스어).

먹어보슈!"

레빈은 보드까가 무척 마시고 싶었고 빵 한쪽이 무척 먹고 싶었다. 그는 자기가 힘이 빠져서 겨우 움직이는 다리를 늪에서 힘들여 꺼내는 것을 느끼고 순간 머뭇거렸다. 하지만 개가 멈춰섰다. 그 순간 모든 피곤이 사라졌고, 가볍게 늪으로 해서 개를 향해 걸어갔다. 그의 발밑에서 도요새가 날아올랐다. 그는 쏘아 맞혔다. 개는 그냥 서 있었다. "잡아와!" 개의 발밑에서 또 한마리가 날아올랐다. 하지만 운이 없는 날이었다. 그는 맞히지 못했고, 죽인 새를 찾으러 갔을 때 그것도 찾지 못했다. 그는 온 갈대숲을 사방으로 기어다녔지만, 라스까는 그가 죽였다는 것을 믿지 않았고 찾으라고 보냈을 때는 시늉만 하며 찾지 않았다.

그리고 레빈이 자기가 성공하지 못한 원인으로 질책했던 바센까 없이도 일은 만회되지 않았다. 도요새는 많았지만 여기서도 레빈은 헛방에 헛방을 이어갔다.

기울어진 태양빛은 아직도 뜨거웠다. 땀으로 흠뻑 젖은 옷은 몸에 찰싹 달라붙었다. 왼쪽 장화는 물이 가득 차서 무거웠고 찍찍 소리를 냈다. 화약 찌꺼기로 온통 더러워진 얼굴에서는 끊임없이 땀이 방울방울 떨어졌다. 입안에는 쓴맛이 돌았고, 코에는 화약과 녹 냄새가 났고, 귀에는 도요새 찍찍거리는 소리가 끊임없이 들렸다. 개머리판은 너무나 뜨거워져서 손을 댈 수도 없었다. 심장은 빠르고 가쁘게 뛰었다. 손은 흥분해서 떨렸고, 피곤한 다리는 자주 울퉁불퉁한 땅이나 수렁에 걸리고 뒤엉켰다. 하지만 그는 내내 걸어가며 쏘아댔다. 마침내 창피한 헛방을 쏜 뒤 총과 모자를 땅바닥에 내던졌다.

'안 돼, 정말 정신을 차려야 해!' 그는 스스로에게 말했다.

그는 총과 모자를 들어올렸고, 라스까를 발치로 불러서 늪에서 나왔다. 마른땅으로 나와서 그는 흙더미 위에 앉아 장화를 벗어 물을 쏟아낸 다음 다시 늪으로 다가가서 녹 냄새가 나는 물을 실컷 마시고, 뜨거워진 개머리판을 식히고, 얼굴과 팔을 물로 적셨다. 좀 기운을 차리고 나서 그는 분통을 터뜨리지 않겠다는 굳은 다짐과 함께 다시 도요새들이 날아가 앉은 장소로 움직여갔다.

그는 평온하고 싶었으나 마찬가지 상태였다. 그의 손가락은 새를 조준하기도 전에 방아쇠를 당겼다. 모든 것이 점점 더 나빠지기만 했다.

그가 늪에서 나와 스쩨빤 아르까지치와 만나기로 한 오리나무 숲을 향했을 때 구럭에는 다섯마리밖에 없었다.

그는 스쩨빤 아르까지치를 보기 전에 그의 개를 먼저 보게 되었다. 오리나무의 뽑힌 뿌리로부터 튀어나온, 늪의 냄새나는 진창으로 온통 시꺼메진 끄라끄가 의기양양하게 라스까와 서로 냄새를 맡으며 흥흥거렸다. 끄라끄 뒤로 오리나무 그늘 아래서 스쩨빤 아르까지치의 당당한 몸체가 나타났다. 그는 붉어진 얼굴로 땀을 실컷 흘린 듯 깃의 단추를 풀고 여전히 절뚝거리며 마주 오고 있었다.

"그래, 어때? 자네들 많이 쏘던데!" 그가 유쾌하게 미소를 띠며 말했다.

"자넨?" 레빈이 물었다. 하지만 물을 필요도 없었다. 그는 이미 그득한 구럭을 보았기 때문이다.

"그래, 괜찮았지."

그에게는 열네마리가 있었다.

"멋진 늪이야! 베슬롭스끼가 분명 자넬 방해했을 테지. 둘이서

개 한마리와 다니는 건 거북해." 스쩨빤 아르까지치가 자기의 승리를 낮추며 말했다.

## 11

레빈과 스쩨빤 아르까지치가 레빈이 항상 묵는 농부의 초가에 도착했을 때 베슬롭스끼는 이미 그곳에 와 있었다. 그는 초가 한가운데 앉아서 두 손으로 벤치를 꽉 잡고 특유의 전염성 있는 유쾌한 웃음을 웃고 있었고, 안주인의 동생인 병사가 온통 진창을 뒤집어쓴 그의 장화를 잡아당기고 있었다.

"방금 도착했어요. 그들은 *매력적이었어요*[20]. 생각해봐요, 절 실컷 마시고 먹게 했어요. 얼마나 맛있는 빵인지! 기적이에요. *맛있었어요*[21]! 그리고 보드까. 난 한번도 그렇게 맛있는 건 마셔본 적이 없어요! 그리고 한사코 돈을 받으려 하지 않는 거예요. 내내 마냥 '됐다고요'라고 했어요."

"대체 왜 돈을 받아요? 그들은 당신에게 말하자면 쏜 거예요. 그들의 보드까가 뭐 파는 건가요?" 병사가 마침내 더러워진 양말과 함께 장화를 당겨 벗겨내며 말했다.

초가가 사냥꾼들의 장화와 침 흘리는 더러운 개들 때문에 더러워지고 늪과 화약 냄새로 가득한 가운데 칼과 포크가 없었음에도 불구하고 사냥꾼들은 차를 마시고 사냥에서만 느낄 수 있는 굉장한 맛을 느끼며 저녁을 먹었다. 그들은 씻고 깨끗해진 몸으로 마부

20 Ils ont été charmants(프랑스어).

21 Délicieux(프랑스어).

들이 주인들을 위해 잠자리를 준비해놓은, 건초가 깔린 곳간으로 들어갔다.

깜깜해졌는데도 사냥꾼들 중 어느 누구도 자고 싶어하지 않았다.

발사와 개와 예전의 사냥들에 대한 회상과 이야기 사이에서 왔다 갔다 한 다음, 대화는 그들 모두가 흥미를 가지는 주제로 모였다. 이 숙소와 건초 냄새의 매력에 대해, 부서진 짐마차의 매력(앞 부분을 떼어놓아서 그에게는 부서진 것처럼 보였다)에 대해, 그에게 보드까를 실컷 마시게 한 농부들의 친절한 마음에 대해, 각자 자기 주인의 발치에 누워 있는 개에 대해 바센까가 이미 여러번 반복해서 감탄을 표했기 때문에, 오블론스끼는 지난여름 말뚜스의 저택에서 있었던 사냥의 매력에 대해 이야기했다. 말뚜스는 유명한 철도 재벌이었다. 스쩨빤 아르까지치는 말뚜스가 뜨베리주에서 어떤 늪을 샀는지, 어떻게 잘 유지하는지, 어떤 마차들과 개 운반용 마차들이 사냥꾼들을 태우고 갔으며 어떤 멋진 아침식사를 차린 천막이 늪 근처에 쳐졌는지에 대해 이야기했다.

"자네를 이해하지 못하겠네." 레빈이 자기 건초 위에서 일어나서 말했다. "어떻게 그런 자들에게 반감이 없는지 말이네. 물론 라피뜨 샴페인을 곁들여 아침을 먹는 것이 기분 좋다는 건 이해하네. 하지만 자네는 그런 사치에 대해 반감이 안 생기나? 그자들은 모두 예전에 우리나라의 전매업자였지. 돈을 모았지만 사람들의 경멸을 얻었는데, 그 경멸을 무시하고 명예롭지 못하게 모은 돈으로 예전의 경멸을 만회하지."

"완전히 맞는 말이에요!" 바센까 베슬롭스끼가 맞장구를 쳤다. "완전히! 물론 오블론스끼는 *친절한 마음*[22]에서 그러는 거지만, 다른 사람들은 '오블론스끼도 그 집에 간다……'라고 수군거리지요."

"전혀 그렇지 않네." 레빈은 오블론스끼가 이 말을 하면서 미소 짓는 것을 알아챘다. "난 그가 부유한 상인들이나 궁정 귀족들 어느 누구보다 더 명예롭지 못한 짓을 한다고 여기지 않네. 이 사람들이나 저 사람들이나 다 일과 머리로 돈을 모은 거지."

"그래, 하지만 그게 어떤 일인가 말이야. 특허를 얻어내서 되파는 게 일이란 말인가?"

"물론 일이네. 만약 그 일이나 그 비슷한 다른 일들이 없다면 철도도 없을 거라는 그런 의미에서 일이란 말이네."

"하지만 그 일은 농부나 학자의 일 같은 그런 일은 아니네."

"그렇다고 하세. 하지만 그 일은 그의 활동이 결과를, 철도를 만들어냈다는 의미에서 일이라네. 자네는 길이 소용없는 것이라고 생각하지만."

"아니. 그건 다른 문제일세. 난 철도가 유용하다는 걸 인정할 태세가 되어 있네. 하지만 노력에 상응하지 않는 모든 소득은 정당하지 못하네."

"하지만 누가 상응성을 규정하나?"

"정당하지 못한 방법, 교활함으로 만들어낸 것은……" 레빈은 정당한 방법과 정당하지 못한 방법 간의 차이의 성격을 규정할 수 없다는 것을 느끼며 말했다. "은행의 소득과 마찬가지로……" 그는 계속했다. "악이네. 전매업자들처럼 일은 안 하고 엄청난 재산을 획득하는 건 말일세. 형식만 바꾼 거지. *왕은 죽었다, 왕이여 만세*[23]! 전매업자가 없어지자마자 철도가, 은행이 나타났네. 일 안 하

22 bonhomie(프랑스어).

23 Le roi est mort, vive le roi(프랑스어). '선왕은 죽었다, (새) 왕이여, 만세'라는 뜻.

고 돈을 모으는 거지."

"그래, 아마 자네 말이 전부 옳고 날카롭겠지…… 누워 있어, 끄라끄!" 스쩨빤 아르까지치는 분명 자기 주장의 정당성에 대해 확신하고 있었고 그래서 평온하고 느긋하게, 건초를 긁적거리며 모조리 헤집는 개를 향해 소리쳤다. "하지만 자네는 정당한 일과 정당하지 않은 일의 차이의 성격을 정의하지 않았네. 내 사무장이 나보다 일을 더 잘 아는데도 내가 그보다 봉급을 더 받는 게 정당하지 못한 건가?"

"모르겠네."

"자, 그럼 내가 자네에게 말하겠네. 가령 자네는 영지 일의 대가로 오천을 남기지만 우리를 맞은 이 집의 주인 농부는 아무리 일을 해도 오십 루블 이상은 받지 못할 거라는 사실도 내가 사무장보다 더 받고 말뚜스가 철도 작업반장보다 더 많이 받는 것이 정당하지 않은 것과 꼭 마찬가지로 정당하지 않네. 도리어 나는 사회가 아무런 근거 없이 이 사람들에게 어떤 적대적인 태도를 취하는 걸 아네. 그건 내게는 시기로 여겨지네."

"아니요, 그건 공정하지 않아요." 베슬롭스끼가 말했다. "시기일 수는 없어요. 이 일에는 뭔가 부정한 게 있어요."

"아니, 여보게." 레빈이 계속했다. "자넨 내가 오천을 받고 농부가 오십 루블을 받는 것이 공정하지 않다고 말하네. 맞네, 그건 공정하지 않지. 나도 그걸 느끼긴 하네……"

"정말 그래요. 그는 끝없이 일 속에 있는데 우리는 왜 먹고 마시고 사냥하고 아무것도 안 하는 거지요?" 베슬롭스끼는 분명 난생처음으로 이에 대해 명확하게 생각해보았고, 그래서 완전히 솔직하게 말했다.

"그래, 자넨 그렇게 느끼지만, 그에게 자네 영지를 주지는 않지." 스쩨빤 아르까지치가 마치 고의적으로 레빈을 화나게 하려는 듯 말했다.

최근에 이 동서 간에는 비밀스러운 적대관계 같은 것이 형성되어 있었다. 마치 그들이 자매와 결혼한 때부터 그들 사이에 누가 자기 인생을 더 잘 꾸려가나 경쟁이 생긴 것 같았다. 그리고 지금 그 적대관계가 개인적인 뉘앙스를 가지기 시작한 대화 속에 나타났던 것이다.

"아무도 내게 요구하지 않기 때문에 내주지 않는 거네. 설사 내가 원한다 하더라도 난 내줄 수도 없네." 레빈이 대답했다. "내줄 사람이 없으니까."

"이 집 농부에게 주게나. 그는 거절하지 않을 걸세."

"그래, 한데 대체 어떻게 주냐고. 함께 가서 부동산 권리를 넘겨주나?"

"난 모르네. 하지만 자네가 자네에게 권리가 없다는 걸 확신한다면……"

"난 전혀 확신하지 않네. 반대로 난 내게 내줄 권리가 없다고, 내게는 땅과 가족에 대한 의무가 있다고 느끼네."

"아니, 여보게, 자네가 이 불평등이 부당하다고 여긴다면 왜 자넨 그렇게 행동하지 않나?"

"나는 행동을 하긴 하네. 다만 난 나와 그 사이에 놓여 있는 처지의 차이를 더 크게 하려고 애쓰지 않는다는 의미에서 소극적으로만 행동할 뿐일세."

"아니, 미안하네만 그건 패러독스야."

"그러네요. 그건 뭔가 궤변적인 설명이에요." 베슬롭스끼가 동의했다. "아, 주인장!" 그는 문을 삐걱거리며 곳간으로 들어온 농부에게 말했다. "왜 아직 안 자나?"

"아뇨, 무슨 잠을요! 전 우리 손님들께서 주무신다고 생각했는데 말소리가 들려서요. 여기서 갈고리를 가져가야 해서요. 그 개는 물지 않습니까요?" 그가 조심스럽게 맨발로 내디디면서 덧붙였다.

"근데 자네는 어디서 잘 건가?"

"우리는 야경소로 갑죠."

"아, 정말 멋진 밤이에요!" 베슬롭스끼는 저녁노을의 엷은 빛 속으로 열린 대문의 커다란 틀을 통해 농가의 초가집 끝자락과 말을 풀어놓은 사냥마차를 보면서 말했다. "근데 여자들이 노래하는 목소리가 들리네요. 정말 괜찮은데요. 누가 노래하는 건가, 주인장?"

"그건 지주 댁 하녀 계집애들입죠. 여기 바로 옆이에요."

"산책이나 나가요! 잠이 안 올 테니. 오블론스끼, 가요!"

"눕고도 싶고 산책 가고도 싶고." 오블론스끼가 몸을 뻗으면서 말했다. "여기 눕는 거 끝내주게 좋네."

"그럼 나 혼자 갈게요." 베슬롭스끼가 기운 좋게 일어나 장화를 신으며 말했다. "안녕, 여러분. 즐거우면 부를게요. 여러분이 저를 들새로 접대하셨으니 저도 여러분을 잊지 않을게요."

"멋진 청년이지, 그렇지 않은가?" 오블론스끼는 베슬롭스끼가 나가고 농부가 등 뒤로 대문을 닫자 말했다.

"그래, 멋진 청년이야." 레빈은 여전히 방금 나눈 대화의 주제에 대해 생각하면서 대답했다. 그로서는 할 수 있는 한 자기 생각과 감정을 명확하게 표현했던 것처럼 여겨졌는데, 어리석지 않고 솔직한 이 두 사람이 한목소리로 그가 궤변으로 스스로를 위안한다고 말했다. 이 점이 그를 당혹시켰다.

"그래, 그렇다네. 둘 중의 하날세. 현재의 사회구조가 정당하다고 인정하는 것, 그런 경우 자기 권리를 수호해야지. 아니면 부당한 특권을 누린다는 걸 인정하는 것, 내가 그러는 것처럼 말일세. 그리고 그것을 만족스럽게 이용하는 거지."

"아니, 만약 그것이 부당하다면 자네는 그 혜택을 만족스럽게 즐길 수 없을 거야. 적어도 나는 그러지 못하네. 내게 중요한 건, 내가 죄가 없다고 느껴야 하는 걸세."

"자, 어때, 정말로 안 가겠나?" 분명 사고의 긴장으로 피곤해 보이는 스쩨빤 아르까지치가 말했다. "잠이 안 올 거야. 정말 가세!"

레빈은 대답하지 않았다. 그들이 나누던 대화 중 자신이 소극적 의미에서만 공정하게 행동한다는 말이 그를 사로잡고 있었다. '소극적 의미에서만 공정할 수 있단 말인가?' 그는 자문했다.

"근데 신선한 건초 냄새가 정말 강렬하군!" 스쩨빤 아르까지치가 몸을 일으키며 말했다. "결코 잠들지 않게 될 것 같네. 바센까가 거기서 뭔가 일을 벌인 것 같아. 웃음소리와 그의 목소리가 들리지? 가지 않겠나? 가세."

"아니, 난 안 가겠네." 레빈이 대답했다.

"그것도 역시 원칙에 따라 그러는 건가, 설마?"

스쩨빤 아르까지치는 어둠 속에서 자기 모자를 찾으면서 미소를 띤 채 말했다.

"원칙에 따라서는 아니고. 근데 내가 뭣 때문에 가야 하나?"

"아는가, 자네는 스스로 굴을 파는 거야." 스쩨빤 아르까지치는 모자를 찾아내고는 일어서면서 말했다.

"왜?"

"자네가 아내에게 어떤 태도를 취하는지 내가 모를 줄 아나? 들자 하니 자네들에게 가장 중요한 문제는 자네가 이틀 동안 사냥을 가야 하는지 가지 말아야 하는지라고 하데. 그건 다 목가처럼 좋은 거지만, 일생 동안 그것만으로는 모자라지. 남자는 독립적이어야 하네. 남자에게는 특유의 남성적 관심거리가 있다네. 남자는 남자다워야지." 오블론스끼가 문을 열면서 말했다.

"그러니까 그게 뭔가? 하녀 여자애들 비위 맞추러 가는 거?" 레빈이 물었다.

"유쾌한 일이면 왜 안 가? *감수할 결과는 아무것도 없을 거네*[24]. 내 아내는 이 일로 더 나빠지지 않을 거고, 나는 유쾌할 거고. 중요한 것은 가정의 신성함을 지키는 거지. 가정에 아무 일이 일어나지 않도록 말이네. 하지만 자기 손을 묶을 필요는 없지."

"아마도." 레빈이 건조하게 말하고 옆으로 몸을 돌렸다. "내일은 일찍 가야 하네. 그리고 난 아무도 깨우지 않고 새벽에 갈 거야."

"*신사분들, 빨리 오세요*[25]!" 돌아온 베슬롭스끼의 목소리가 들렸다. "*매력적인 처녀*[26]! 내가 발견했지요. *매력적인 처녀*! 완벽한 그레트헨! 난 벌써 그녀와 사귀었어요. 정말, 너무 아름다운 여자예요!" 그는 마치 그녀가 그를 위하여 아름답게 만들어졌다는 듯이, 누군가가 그를 위해 이렇게 준비한 것에 만족한다는 듯이 박수라도 칠 것처럼 말했다.

레빈은 자는 척했으나, 오블론스끼는 신발을 신고 시가를 피워 물고 곳간에서 나갔고 곧 그들의 목소리가 잠잠해졌다.

레빈은 오랫동안 잠들 수 없었다. 그의 말들이 건초를 씹는 소리

24 Ça ne tire pas à conséquence(프랑스어).

25 Messieurs, venez vite(프랑스어).

26 Charmante(프랑스어).

가 들렸고, 그다음엔 군인이 조카인 주인의 어린 아들과 자려고 곳간의 다른 쪽에 잠자리를 만드는 소리가 들렸고, 그러고는 소년이 가느다란 소리로 삼촌에게 소년에게는 무섭고 거대하게 보이는 개들에게서 받은 인상에 대해 말하는 소리가 들렸고, 그리고 소년이 이 개들이 무슨 짐승을 잡을 거냐고 묻고, 군인이 목이 쉬고 졸린 소리로 사냥꾼들이 내일 늪으로 가서 총을 쏠 거라고 말하고 나서 소년의 질문들을 피하기 위해 "자라, 바시까. 자, 안 그러면 알지" 하고 말하는 소리가 들렸고, 곧 코를 골기 시작했고, 모든 것이 고요해졌다. 들리는 것은 오직 말들이 힝힝거리는 소리와 도요새가 우는 소리뿐이었다. '정말 소극적으로만일까?' 그는 스스로에게 반문했다. '그래서 뭐? 난 죄가 없어.' 그는 내일 낮에 대해 생각하기 시작했다.

'내일은 새벽부터 나갈 거고 흥분하지 않도록 나 자신을 다잡아야지. 도요새는 끝없이 많고 꺅도요도 있어. 그리고 돌아오면 끼찌의 쪽지가 있겠지. 그래, 스찌바, 그래, 그의 말이 맞아. 나는 그녀에 대해 남자답지 못해. 나는 여자 같아…… 하지만 어쩔 수 없지! 또 소극적이군!'

잠결에 그는 베슬롭스끼와 스쩨빤 아르까지치의 웃음소리와 유쾌한 말소리를 들었다. 순간 그는 눈을 떴다. 달이 떠올랐고, 달빛이 환히 비치는 열린 문에서 두 사람이 이야기하며 서 있었다. 스쩨빤 아르까지치는 처녀를 갓 깐 호두와 비교하면서 처녀의 신선함에 대해 뭔가를 이야기하고 있었고, 베슬롭스끼는 특유의 전염성 강한 웃음을 웃으면서 아마도 농부가 그에게 했을 말, "자네 여자 하나만 만드는 데 힘을 쏟아봐, 가능하면!"을 되풀이하고 있었다. 레빈이 잠결에 말했다.

"여러분, 내일 동트기 전에!" 그리고 그는 잠들었다.

## 12

새벽노을에 잠이 깨어 레빈은 동료들을 깨워보려 했다. 바센까는 배를 깔고 양말을 벗지 않은 한쪽 발을 뻗은 채 잠이 깊이 들어서 아무 대답도 얻어낼 수 없었다. 오블론스끼는 잠결에 그렇게 일찍 가는 것을 거부했다. 심지어 자고 있던 라스까도 몸을 반지처럼 동그랗게 모아 건초 끝에 누워 있더니 마지못해 몸을 일으켜 게으르게 뒷다리를 하나씩 하나씩 뻗어 곧추세웠다. 레빈은 장화를 신고 총을 들고 조심스럽게 곳간의 삐걱거리는 문을 열고 길로 나왔다. 마부들은 마차 곁에서 자고 있었고, 말들도 잠들어 있었다. 말 한마리만이 콧소리를 내며 구유를 이리저리 뒤적이면서 게으르게 귀리를 먹고 있었다. 마당은 아직 회색으로 어두웠다.

"왜 이렇게 일찍 일어나셨우, 젊은 양반?" 초가에서 나온 집주인 노파가 오랜 좋은 지기에게 하듯이 친근하게 그를 향해 물었다.

"네, 사냥 가려고요, 아주머니. 이리로 가면 늪에 닿아요?"

"곧장 뒷마당으로 해서 우리 탈곡장을 지나서, 착한 젊은 양반, 삼밭을 지나면 거기 오솔길이 있다우."

노파는 그을린 맨발로 조심스럽게 내디디면서 레빈을 이끌고 가서 탈곡장 울타리를 열어주었다.

"곧장 달리면 늪에 닿는다우. 우리 애들이 어제저녁에 그리로 말을 몰고 갔다우."

라스까는 오솔길을 따라 즐겁게 앞서 달려갔다. 레빈은 연방 하늘을 쳐다보며 빠르고 가벼운 걸음으로 개를 뒤따라 걸었다. 그가 늪에 닿기 전에 해가 떠오르지 않았으면 싶었다. 하지만 해는 꾸물거리지 않았다. 그가 나올 때 아직 비치고 있던 달은 지금 수은 조각처럼 겨우 빛나고 있었다. 좀 전에는 보지 않을 수 없었던 아침노을이 지금은 찾아봐야 할 지경이었다. 좀 전에는 먼 들판에 불분명하게 보이던 반점들이 이제는 이미 명확하게 보였다. 그것들은 호밀 낟가리들이었다. 벌써 수삼을 따낸 향기롭고 키 큰 삼밭에 맺힌, 아직 햇빛이 없어 보이지 않는 이슬이 레빈의 발과 상의의 허리 위까지 적셨다. 아침의 투명한 고요 속에서 아주 작은 소리까지 다 들렸다. 벌 한마리가 총알 소리를 내며 레빈의 귓가를 스쳐 날아갔다. 살펴보니 두번째, 세번째 벌이 보였다. 벌들은 전부 벌집에서부터 삼밭 너머 늪 방향으로 자취를 감추었다. 오솔길은 곧장 늪으로 이어져 있었다. 어떤 곳은 더 진하게, 어떤 곳은 더 연하게 피어올라 사초와 버드나무 덤불을 그 속에서 섬들처럼 흔들려 보이게 하는 안개 때문에 늪을 알아볼 수 있었다. 늪과 길의 끝자락에 야경을 섰던 소년들과 농부들이 누워 아침노을이 뜨기 전까지 까프딴을 깔고 자고 있었다. 그들에게서 얼마 떨어지지 않은 곳에 발을 묶어놓은 말 세필이 거닐고 있었다. 그중 한마리는 족쇄를 쩔렁거리고 있었다. 라스까는 앞으로 달리기를 허락해달라고 주인을 돌아보고 주인 옆으로 와 나란히 걸었다. 잠자는 농부들을 지나 첫번째 늪지에 다다랐을 때 레빈은 뇌관을 점검하고 개를 가도록 했다. 살진 세살배기 갈색 말이 개를 보더니 갑자기 껑충 뛰었고 꼬리를 올리며 콧김을 내뿜었다. 나머지 말들도 역시 겁을 먹었고, 묶인 발로 물 위를 첨벙거리며 찐득한 진흙으로부터 발굽들을 빼내느라 박수치듯 철썩철썩 소리를 내면서 늪으로부터 뛰어올랐다.

라스까는 멈춰서서 비웃듯이 말들을 보았고, 묻는 듯이 레빈을 보았다. 레빈은 라스까를 쓰다듬고서 시작해도 좋다는 표시로 휘파람을 불었다.

라스까는 즐겁게, 하지만 힘들여서 발밑에서 흔들리는 진창 위를 달려가기 시작했다.

늪으로 뛰어들자 라스까는 당장 자기에게 익숙한 나무뿌리, 수초, 웅덩이에 고인 물의 냄새와 익숙하지 않은 말똥 냄새들 사이에서 이 장소 전체에 흩어져 있는 새의 냄새, 다른 모든 것보다 더 자신을 흥분하게 하는 바로 그 향기로운 새의 냄새를 맡았다. 이끼들과 늪우엉들 위 어딘가에 이 냄새가 매우 강했는데, 어떤 방향으로 강해지고 어떤 방향으로 약해지는지는 단정할 수가 없었다. 방향을 알아내기 위해서는 더 멀리 바람을 등지고 달려가야 했다. 라스까는 자기 다리의 움직임을 느끼지도 못하고 긴장한 채 질주했지만, 매번 뛸 때마다 필요시에는 언제나 멈출 수 있도록 주의하며 오른쪽으로, 동쪽에서 불어오는 새벽바람을 등지고 더 멀리로 뛰어갔다가 바람에 맞서 몸을 돌렸다. 넓어진 콧구멍으로 공기를 들이마시고 나서 개는 당장 새의 흔적만이 아니라 새들이 여기, 바로 자기 코앞에, 그것도 한마리가 아니라 여러마리가 있다는 것을 알아챘다. 라스까는 달리는 속도를 줄였다. 새들은 여기 있지만 정확히 어느 장소인지는 아직 규정할 수 없었다. 바로 그 장소를 찾아내기 위해 라스까는 빙빙 돌기 시작했는데, 갑자기 주인의 목소리가 관심을 끌었다. "라스까! 여기야!" 주인이 다른 방향을 가리키며 말했다. 개는 자기가 시작한 대로 하는 것이 더 낫지 않느냐고 물으면서 잠시 멈춰서 있었다. 하지만 주인은 아무것도 있을 리 없는, 물이 들어온 작은 둔덕을 가리키며 화난 목소리로 명령을 되풀이했다. 라스까는 주인을 만족시키기 위하여 그에게 복종하며 찾는 척 둔덕을 이리저리 기어다니다가 다시 예전 장소로 돌아왔고, 당장 그들이 있다는 것을 다시 감지했다. 주인이 개를 방해하지 않는 지금 개는 무엇을 해야 할지 알고 있었고, 발밑을 보지 않아서 높고 울퉁불퉁한 곳에 걸리며 모든 것을 해명해줄 회전을 시작했다. 그들의 냄새는 점점 더 강하고 점점 더 명확하게 개를 놀라게 했는데, 갑자기 그들 중 한마리가 여기 이 둔덕 뒤에, 자기 앞으로 다섯걸음 떨어져 있다는 것이 명확해졌다. 다리가 짧은 탓에 자기 앞의 아무것도 볼 수 없었음에도 개는 냄새로 새가 다섯걸음 이상 떨어져 있지 않다는 것을 알았다. 개는 멈춰서서 새를 점점 더 강하게 감지하면서 기다리는 것을 즐겼다. 개의 긴장된 꼬리는 쭉 뻗어 맨 끝만 떨고 있었다. 개의 입은 약간 벌어졌고 귀는 조금 섰다. 한쪽 귀는 좀 전에 달리는 동안 뒤집힌 채였다. 개는 힘겹게, 하지만 조심스럽게 숨을 쉬며 좀더 조심스럽게 고개를, 돌리기보다는 두 눈으로 주인을 돌아보았다. 주인은 개에게 익숙한 얼굴이지만 항상 두려움을 주는 두 눈을 하고 둔덕에 발이 걸려 휘청이면서, 개가 보기에 평소와는 다르게 고요하게 걸어가고 있었다. 개가 보기에는 고요히 걸어가는 것 같았지만 실은 그는 달리고 있었다.

라스까가 커다란 걸음으로 뒷발로 땅을 긁으며 온몸을 땅을 향해 눕히고 입을 약간 벌렸을 때 레빈은 그 특별한 수색을 알아채고 개가 꺅도요를 주시하고 있는 것을 알았고, 속으로 성공하게 해달라고, 특히 첫번째 새의 사냥에 성공하게 해달라고 기도하고 나서 개에게로 달려갔다. 완전히 접근했을 때 그는 자기 눈높이에서 앞을 보려고 멈춰 섰고, 눈으로 개가 코로 알아챈 것을 알아보았다. 둔덕들 사이의 파인 곳 중 한곳에 꺅도요 한마리가 보였다. 새는 고개를 돌려서 귀를 기울였다. 그런 다음 새는 겨우 날개를 폈다가 다시 접고 거북하게 엉덩이를 흔들며 둔덕 모퉁이 뒤로 사라졌다.

“잡아, 잡아.” 레빈이 라스까의 엉덩이를 건드리면서 소리쳤다.

‘하지만 난 갈 수 없는데.’ 라스까가 생각했다. ‘어디로 가란 말인가? 여기서는 새들을 감지할 수 있지만 만약 앞으로 움직이게 되면 새들이 어디 있는지, 어떤 새들인지 전혀 알 수 없을 거야.’ 하지만 레빈이 무릎으로 개를 건드리며 흥분해서 속삭였다. “잡아, 라스까, 잡아!”

‘자, 그가 원하면 나는 할 거다. 하지만 나는 이제 보장은 못 해.’ 개는 잠시 생각했고, 둔덕들 사이를 다리의 온 힘을 다해 달려갔다. 개는 지금 아무 냄새도 맡을 수 없었고, 아무것도 이해하지 못하고 보고 들을 뿐이었다.

이전 장소에서 열걸음 떨어진 곳에서 꺅도요 한마리가 굵은 울음소리와 꺅도요 특유의 선명한 날갯짓 소리를 내며 날아올랐다가, 레빈이 발사하자마자 하얀 가슴으로 축축한 진흙에 무겁게 떨어졌다. 다른 새는 머뭇거리지 않고 개가 없을 때 레빈의 등 뒤에서 날아올랐다.

레빈이 그 새를 향해 몸을 돌렸을 때 새는 이미 멀리 가 있었다. 하지만 총알은 새를 맞혔다. 두번째 새도 위로 스무걸음쯤 날아가더니만 던져진 돌멩이처럼, 말뚝처럼, 팽이처럼 마른 장소에 무겁게 떨어졌다.

‘자, 잘되겠는걸!’ 레빈이 사냥 구럭 속으로 따뜻하고 살진 꺅도요새들을 감추면서 생각했다. “응, 라스까, 잘되겠지?”

레빈이 장전하고 더 나아갈 때 구름 뒤에서 아직 보이지는 않았지만 해가 떠올랐다. 달은 빛을 모두 잃고 구름조각처럼 하늘에 하얗게 떠 있었다. 별은 이미 하나도 보이지 않았다. 이전에 은빛으로 빛났던 늪지는 이제 금빛으로 빛났다. 웅덩이는 온통 호박빛으로 빛났다. 푸르스름하던 풀밭은 노란빛을 띤 초록이 되었다. 늪새들은 시냇가에서 이슬로 빛나며 긴 그림자를 드리우는 덤불에 우글거렸다. 매는 잠이 깨서 양옆으로 고개를 돌리고 불만스럽게 늪을 바라보며 삼밭에 앉아 있었다. 갈까마귀들은 들판으로 날아갔고, 맨발의 소년은 벌써, 까프딴에서 일어나 머리를 긁고 있는 노인에게로 말들을 몰고 왔다. 발사하느라 나온 연기가 초록 들판 위에 우윳빛으로 하얗게 퍼졌다.

한 소년이 레빈에게로 달려왔다.

"아저씨, 어제는 오리들도 있었어요!" 소년은 레빈에게 소리치며 멀리서부터 그의 뒤를 따라왔다.

레빈은 그를 칭찬하는 소년이 보는 앞에서 바로 연이어 도요새 세마리를 더 맞힌 것이 두배나 더 즐거웠다.

## 13

첫번째 짐승이나 첫번째 새를 놓치지 않으면 수렵운이 좋으리라는 사냥꾼의 전조가 실제로 맞아떨어졌다.

레빈은 삼십 베르스따가량 돌아다닌 후 아침 아홉시가 넘어 피곤하고 배고프고 행복한 기분으로 열아홉마리의 사냥감과 더이상 구럭에 들어가지 않아 허리에 묶은 오리 한마리와 함께 거처로 돌아왔다. 그의 동료들은 오래전에 깨어나 충분히 배를 곯고 나서 아침을 먹은 터였다.

"잠깐, 잠깐 기다려봐. 난 열아홉마리라고 알고 있는데." 그들이 날아다닐 때 가졌던 그 인상적인 모습이 더이상 없는, 비틀어지고 말라 피가 엉기고 대가리가 옆으로 구부러진 꺅도요와 도요새 들을 다시 한번 헤아리며 레빈이 말했다.

계산은 맞았고, 스쩨빤 아르까지치가 부러워하는 것은 레빈에게 기분 좋은 일이었다. 또 하나 기분 좋은 일은 그가 거처로 돌아와 보니 끼찌의 쪽지를 가지고 온 심부름꾼이 벌써 도착해 있었다는 사실이었다.

"전 완전히 건강하고 유쾌한 기분이에요. 만약 당신이 저 때문에 걱정하고 있다면 예전보다도 더 마음을 편하게 가져도 될 거예요. 제 몸을 보살펴주는 여자, 마리야 블라시예브나가 새로 왔거든요(이 여자는 산파로, 레빈의 가정생활에서 새로운 중요한 인물이었다). 그 여자는 저를 보러 와서 제가 완전히 건강하다는 걸 확인했는데, 우리는 그 여자를 당신이 올 때까지 머무르게 했어요. 모두들 유쾌하고 건강해요. 그러니 부탁인데, 당신은 서둘지 말고 사냥이 잘되면 하루 더 머무세요."

운 좋은 사냥과 아내의 소식, 이 두가지 기쁨이 너무 커서 이후에 생긴 두가지 작은 불쾌한 일은 레빈에게 가볍게 지나갔다. 하나는 갈색 곁마가 분명 어제의 과로로 인해서 여물을 먹지 않고 기운 없이 심드렁하다는 사실이었다. 마부는 말이 기가 빠졌다고 말했다.

"어제 너무 몰아댔지요, 꼰스딴찐 드미뜨리치." 그가 말했다. "어쩜, 십 베르스따나 험하게 몰아댔으니까요."

그다음으로 그의 좋은 기분을 망친 불쾌한 일, 하지만 나중에는 그것에 대해 많이 웃었던 불쾌한 일은 일주일 동안에는 도저히 다 먹을 수 없을 것으로 보였던 끼찌가 보낸 모든 음식 중에서 남은 것이 아무것도 없다는 사실이었다. 피곤하고 배고픈 상태로 사냥에서 돌아오면서 레빈은 그렇게도 꼭 만두가 먹고 싶은 나머지, 거처에 다가가면서 마치 라스까가 사냥감을 느끼듯이 입속에서 만두의 냄새와 맛을 느낄 지경이었다. 그래서 그는 당장 필리쁘에게 만두를 가져오라고 명했다. 그런데 만두뿐만 아니라 닭도 다 없어진 것으로 판명되었다.

"그래, 그 식욕은 정말!" 스쩨빤 아르까지치가 웃으면서 바센까 베슬롭스끼를 가리키며 말했다. "나도 식욕이 없어 고생하는 사람은 아니지만, 이건 정말 놀랄 만하더군……"

"그래, 할 수 없지!" 레빈은 베슬롭스끼를 음울하게 보며 말했다. "필리쁘, 그럼 쇠고기를 줘."

"쇠고기도 다 잡수셨어요. 뼈다귀를 개에게 주었는데요." 필리쁘가 대답했다.

레빈은 너무나 노여워서 유감스럽게 말했다.

"내게 뭐라도 좀 남겼어야 하잖아!" 그는 울고 싶은 지경이었다.

"그러면 사냥한 새의 털을 뽑게." 그는 베슬롭스끼를 보지 않으려고 애쓰면서 떨리는 목소리로 필리쁘에게 말했다. "속에 쐐기풀을 집어넣게. 그리고 우유라도 좀 얻어와."

우유를 실컷 마시고 나자 그는 타인에게 유감을 표한 것이 마음에 걸렸다. 그는 자기가 배가 고파 화를 낸 것에 대해 웃기 시작했다.

저녁에 또 사냥을 했는데, 여기서는 베슬롭스끼가 몇마리를 죽였다. 그들은 밤에 집으로 돌아왔다.

돌아오는 길은 갈 때와 마찬가지로 매우 즐거웠다. 베슬롭스끼는 노래를 하기도 했고, 그에게 보드까를 대접하고 "됐다고요"라고 말한 농부들에게 갔던 모험을 달콤하게 기억하기도 했고, 호두들과 하녀와의 밤 모험, 또 그에게 혼인했느냐고 묻고 나서 그가 총각이라는 것을 알자 "아, 남의 아내들을 탐하지 말고 무엇보다도 자기 아내를 얻을 일을 염려하슈"라고 말했던 농부와의 밤 모험에 대해 회상하기도 했는데, 특히 그 말이 베슬롭스끼를 웃게 만들었다.

"전 대체로 우리 여행이 몹시도 만족스럽습니다. 아, 당신은요, 레빈?"

"나도 매우 만족스러워요." 레빈이 진정으로 말했다. 레빈은 집에서 바센까 베슬롭스끼에게 느꼈던 적대감을 느끼지 않을 뿐만 아니라 반대로 매우 우정 어린 기분을 느끼는 것이 특히 기뻤다.

## 14

다음 날 열시에 레빈은 벌써 농장을 둘러보고 바센까가 묵는 방의 문을 두드렸다.

"*들어와요*[27]!" 베슬롭스끼가 그에게 소리쳤다. "용서하세요, 지금 막 *씻기*[28]를 끝냈어요." 그는 속옷만 입고 레빈의 앞에 서서 미소 지으며 말했다.

"신경 쓰지 마요, 괜찮아요." 레빈은 창 가까이에 앉았다. "잘 잤어요?"

"죽은 사람처럼요. 오늘 사냥하기에 정말 좋은 날씨죠?"

"네. 뭘 마실래요? 차, 아니면 커피?"

---

27 Entrez(프랑스어).

28 ablutions(프랑스어).

"둘 다 됐어요. 아침을 먹어요. 정말 마음에 걸리네요. 부인들이 벌써 일어난 것 같은데요. 지금 산책하면 아주 좋겠네요. 말들을 좀 보여주세요."

정원을 산책하고 마구간에 잠시 들렀다가 함께 평행봉에서 체조까지 하고 나서 레빈은 손님과 함께 응접실로 돌아왔다.

"멋지게 사냥을 했고 얼마나 많은 인상을 받았는지요!" 베슬롭스끼는 사모바르 뒤에 앉아 있던 끼찌에게로 다가가며 말했다. "숙녀분들은 이런 즐거움을 모르니 참 안됐어요!"

'그래, 어때, 안주인하고 어떻게라도 이야기를 하긴 해야 하니까.' 레빈은 스스로에게 말했다. 그에게 또다시 손님이 끼찌를 대하는 미소와 그 의기양양한 태도에서 뭔가가 보였다……

마리야 블라시예브나와 스쩨빤 아르까지치와 함께 식탁의 다른 쪽에 앉아 있던 공작부인이 레빈을 자기에게로 불러서 끼찌의 출산을 위해 모스끄바로 옮기는 것과 거처를 준비하는 것에 대해 대화를 끌어갔다. 레빈에게는 결혼식 때와 마찬가지로 그 시시함으로 인하여 일어나고 있는 일의 위대함을 모욕하는 여하한 준비도 불쾌했는데, 더 모욕적으로 여겨지는 것은 손가락으로 세어가며 앞으로 있을 출산을 준비하는 것이었다. 그는 내내 미래의 아기에게 기저귀를 채우는 방법에 대한 이 이야기를 듣지 않으려고 노력했으며, 뭔가 비밀에 싸인 듯한 끝없이 뜨개질한 끈들, 돌리가 특별한 중요성을 부여하는 무슨 베로 된 삼각형 천 등등을 애써 보지 않으려 몸을 돌렸다. 그에게 약속되었으나 여전히 믿을 수 없는 아들의 출산이라는 사건은(그는 아들일 거라고 확신했다) 그에게 그렇게도 예외적인 일로 여겨져서 한편으로는 그렇게도 커다란, 그래서 불가능한 행복으로 생각되었고, 다른 한편으로는 그렇게도 비밀에 싸인 사건으로 생각되어서, 미래에 어떻게 되리라고 상상한 지식과 그 결과로서 어떤 평범한 것에 대해, 사람들에 의해서 만들어진 것에 대해 준비하듯이 이처럼 준비하는 것이 매우 불쾌하고 모욕적으로 여겨졌다.

하지만 공작부인은 그의 감정을 이해하지 못했고, 그가 이것에 대해 생각하고 말하기를 꺼리는 것을 경솔하고 무관심한 것으로 치부했기 때문에 그를 가만히 두지 않았다. 그녀는 스쩨빤 아르까지치에게 거처를 살펴보라고 맡겼으며, 지금 레빈을 자기에게로 불렀던 것이다.

"전 아무것도 모릅니다, 공작부인. 하시고 싶은 대로 하세요." 그가 말했다.

"언제 이사할 것인지 결정해야 하네."

"실상, 저는 모릅니다. 제가 아는 것은 모스끄바나 의사들 없이도 수백만의 아이들이 태어난다는 것입니다…… 뭣 때문에……"

"그래, 그렇다면……"

"오, 아닙니다. 끼찌가 원하는 대로 하세요."

"끼찌와 이런 이야기를 하면 안 되네! 그래, 자네는 내가 끼찌에게 겁주기를 바라나? 올봄에 나딸리 골리찌나가 나쁜 산파 때문에 죽었네."

"말씀하시는 대로 하겠습니다." 그는 음울하게 말했다.

공작부인은 그에게 말하기 시작했지만 그는 그녀의 말을 듣고 있지 않았다. 공작부인과의 대화가 주의를 산만하게 하긴 했지만, 그가 음울해진 것은 이 대화 때문이 아니라 그가 사모바르 부근에서 본 것 때문이었다.

'아니, 이건 말도 안 돼.' 그는 끼찌에게로 몸을 굽히고 특유의 아름다운 미소를 띤 채 뭔가를 말하고 있는 바센까와 홍조를 띤 홍분한 그녀를 이따금씩 바라보면서 생각했다.

뭔가 불순한 것이 바센까의 자세 속에, 그의 시선 속에, 그의 미소 속에 있었다. 심지어 레빈은 끼찌의 자세와 시선 속에서도 뭔가 불순한 것을 보았다. 그리고 다시 그의 눈 속에서 빛이 꺼졌다. 그는 또다시 어제처럼 갑자기, 조그만 이행 과정도 없이 자신이 행복과 평온과 존엄의 정상에서 절망과 분노와 모욕의 심연으로 내던져진 것을 느꼈다. 또다시 모든 사람과 모든 것이 역겨워졌다.

"그냥 하시고 싶은 대로 하세요, 공작부인." 그가 다시 주위를 둘러보며 말했다.

"군주의 왕관은 무겁도다!"[29] 분명 공작부인과의 대화뿐만 아니라 자신이 알아차린 레빈의 동요의 원인을 암시하며 스쩨빤 아르까지치가 그에게 농담조로 말했다. "돌리, 당신, 오늘 아주 늦었구려!"

모두들 다리야 알렉산드로브나를 맞이하려고 일어났다. 바센까는 잠시 일어나 부인들에 대해 예의를 차리지 않는 신세대 청년들 특유의 태도로 아주 조금만 고개를 숙이고는 웃으면서 다시 뭔가에 대해 대화를 계속했다.

"마샤가 애먹였어요. 잠을 잘 못 잤고 오늘은 무척 변덕을 부려서 말이죠." 돌리가 말했다.

바센까가 끼찌와 끌고 가는 대화는 다시 어제 했던 것, 안나에 대한 것과 사랑이 사교계의 조건들을 뛰어넘을 수 있는가 하는 데

29 알렉산드르 뿌시낀의 희곡 「보리스 고두노프」에 나오는 보리스 황제의 대사로, 정통성을 가진 왕자를 죽이고 왕관을 쓴 황제의 내면의 고통을 나타낸다. 오블론스끼는 결혼한 레빈의 내면의 고통을 놀리고 있다.

대한 것이었다. 끼찌는 그 내용 때문에도, 그것이 진행되는 어조 때문에도 이 대화가 불쾌했고, 특히 이 어조가 남편에게 어떤 영향을 미치는지 이미 알고 있었기 때문에 더 불안했다. 하지만 이 대화를 중단시키기에는, 더욱이 이 젊은 남자의 분명한 관심이 그녀에게 주는 외적인 만족을 감추기에는 그녀는 너무나 순박하고 무구했다. 그녀는 이 대화를 중단시키고 싶었지만 어떻게 해야 할지 몰랐다. 그녀가 무엇을 하든 간에 남편은 모든 것을 알아챌 것이고 모든 것을 나쁜 쪽으로 곡해할 것이다. 그리고 실제로 그녀가 돌리에게 마샤에게 무슨 일이 생겼냐고 물었을 때, 바센까가 자기에게는 따분한 이 대화가 언제 끝날지 기다리며 돌리를 쳐다보고 있는 터에, 이 질문은 레빈에게 부자연스럽고 혐오스럽고 교활하게 여겨졌다.

"어때요, 우리 오늘 버섯 따러 갈까요?" 돌리가 물었다.

"가요, 어서. 나도 갈래요." 끼찌가 말하고는 얼굴을 붉혔다. 그녀는 바센까에게 예의상 가겠느냐고 물어보려 했지만 묻지 않았다. "어디 가요, 꼬스쨔?" 그가 단호한 걸음걸이로 그녀 곁을 스쳐 지나갈 때 그녀가 죄지은 낯으로 남편에게 물었다. 이 죄지은 표정이 그의 모든 의심을 확고하게 해주었다.

"내가 없을 때 기계 설비사가 왔소. 난 아직 그를 못 봤소." 그가 그녀를 보지 않은 채 말했다.

그가 아래로 내려가 서재에서 막 나가려는데 조심하지 않고 서둘러 걸어오는 아내의 익숙한 발소리가 들려왔다.

"왜?" 그는 그녀에게 퉁명스럽게 말했다. "우린 바쁘오."

"용서하세요." 그녀는 독일인 설비사를 향했다. "남편에게 몇마디 할 말이 있어서요."

독일인은 나가려고 했지만 레빈이 그에게 말했다.

“신경 쓰지 마요.”

“기차가 세시에 있지요?” 독일인이 물었다. “늦지 않아야 할 텐데요.”

레빈은 그에게 대답하지 않고 아내와 함께 나왔다.

“자, 내게 할 말이 뭐요?” 그는 프랑스어로 말했다.

그는 그녀의 얼굴을 보지 않았고, 그녀가 그런 몸 상태로 온 얼굴을 떨면서 비참하고 모욕당한 빛을 보이는 것을 보고 싶지도 않았다.

“전…… 전 이렇게 살 수는 없다고 말하고 싶어요. 이건 고역이라고요……” 그녀가 말했다.

“여기 식당에 사람들이 있소.” 그는 화가 나서 말했다. “못 볼 꼴 보이지 마요.”

“자, 이리로 와요!”

그들은 통로방에 있었다. 끼찌는 옆방으로 가려고 했지만 그곳에서는 영국 여자가 따냐를 가르치고 있었다.

“자, 정원으로 가요!”

정원에서 그들은 길을 청소하는 농부와 마주쳤다. 그리고 농부가 그녀의 운 얼굴과 그의 흥분한 얼굴을 본다는 것을 생각지 않고, 자기들이 어떤 불행한 일로부터 도망치는 사람들의 모습을 하고 있다는 것을 생각지 않고, 다 말해야 하고 서로를 확신시켜야 하고 둘만 같이 있어야 하고 그럼으로써 둘이 겪는 고통에서 해방되어야 한다는 것을 느끼면서 빠른 걸음으로 앞으로 걸어갔다.

“이렇게 살 수는 없어요! 이건 고통이에요! 나도 괴롭고 당신도 괴롭고. 왜 이래야 하죠?” 그들이 마침내 보리수길 모퉁이의 외떨어진 벤치에 다다랐을 때 그녀가 말했다.

"하지만 당신, 한가지만 말해봐요. 그의 어조와 행동거지에 품위에 어긋나고 불순하고 모욕적인, 끔찍한 게 있었는지." 그는 그녀 앞에 서서, 그날 밤 그녀 앞에서 두 주먹을 가슴에 얹은 그 똑같은 자세를 다시 취하며 말했다.

"있었어요." 그녀가 떨리는 목소리로 말했다. "하지만 꼬스쨔, 당신은 내게 아무 죄가 없다는 걸 보지 못한단 말이에요? 나는 아침부터 그런 언행을 유지하려고 했지만 그 사람들이…… 뭣 때문에 그가 왔나요? 우리가 얼마나 행복했었는데!" 그녀는 부른 몸 전체를 들썩이게 하는 흐느낌으로 숨 막혀하며 말했다.

정원사가 보고 놀란 것은, 그들을 쫓는 것이 아무것도 없었고 그들이 무엇으로부터 달아난 것이 아니었음에도 불구하고, 벤치에서 특별히 기쁜 일을 발견할 수 없었음에도 불구하고, 정원사가 본 것은 그들이 기쁨에 넘치는 안심한 얼굴로 그의 곁을 지나 집으로 돌아가는 것이었다.

## 15

아내를 이층으로 데려다주고 나서 레빈은 돌리네 식구들이 거처하는 쪽으로 갔다. 다리야 알렉산드로브나는 이날 그녀 자신의 문제로 커다란 근심에 싸여 있었다. 그녀는 방 안을 왔다 갔다 서성거리며 구석에 서서 훌쩍거리고 있는 딸애에게 성난 목소리로 말했다.

"하루 종일 구석에 서 있어. 밥도 혼자 먹고. 인형은 하나도 볼 수 없어. 새 옷도 해주지 않을 거야." 그녀는 딸애를 어떻게 벌줘야 할지조차 모른 채 말했다.

"정말이지, 얘는 고약한 계집애예요." 그녀는 레빈을 향했다. "어디서 그런 추잡한 버릇이 생겼을까요?"

"근데 대체 얘가 무슨 짓을 했는데요?" 자기 문제를 의논하고 싶었는데 때를 잘못 맞추어 온 것이 유감스러웠던 레빈이 상당히 무관심하게 말했다.

"그리샤와 산딸기 덤불에 갔었는데 거기서…… 얘가 한 짓을 말조차 할 수 없네요. 미스 엘리엇이 없는 게 수천번 안타까워요. 이 여자는 아무것도 돌보지 않아요. 기계예요…… *생각해봐요, 조그만 게*[30]……"

그리고 다리야 알렉산드로브나는 마샤의 범죄에 대해 말했다.

"그건 아무것도 증명하지 못해요. 그건 전혀 몹쓸 버릇이 아니에요. 그냥 장난이지요." 레빈이 그녀를 안심시켰다.

"한데 뭔가 속상한 일 있어요? 왜 왔어요?" 돌리가 물었다. "거긴 잘돼가요?"

질문의 어조에서 레빈은 자기가 말하려고 의도했던 그것을 쉽게 말하게 되리라는 것을 감지했다.

"거기 가지 않았어요. 끼찌와 단둘이 정원에 갔었어요. 우리는 벌써 두번째로 싸웠어요. 스찌바가…… 온 후로 말이에요."

돌리는 그를 지혜롭고 이해 깊은 눈빛으로 바라보았다.

"자, 가슴에 손을 얹고 말해봐요. 그 신사가…… 끼찌가 아니라…… 불쾌할 수 있는, 불쾌할 수 있는 정도가 아니라 남편에게

30 Figurez-vous que la petite(프랑스어).

끔찍하고 모욕적일 수 있는 그런 언행을 하지 않았나요?"

"그러니까, 어떻게 말해야 할까요…… 서 있어, 구석에 서 있어!" 그녀는 엄마의 얼굴에서 보일락 말락 한 미소를 알아채고 몸을 돌리려고 한 마샤를 향했다. "모든 젊은이들과 마찬가지로 그도 그렇게 행동한다고 하는 게 사교계의 견해일 거예요. *젊고 아름다운 여자의 마음에 들려고 애쓰는 거지요*[31]. 근데 사교계에 속한 남편은 이것에 단지 자부심만을 느껴야 해요."

"네, 네." 레빈이 음울하게 말했다. "한데 알아챘어요?"

"나뿐만 아니라 스찌바도 알아챘지요. 그는 차를 마신 후에 곧장 내게 말했어요. '베슬롭스끼*가 끼찌에게 살짝 작업을 건다고 믿어*[32]'라고 했어요."

"자, 좋아요. 이제 마음이 편해요. 그를 쫓아버릴 거예요." 레빈이 말했다.

"뭐예요, 정신 나갔어요?" 돌리가 경악하여 소리 질렀다. "뭐예요, 꼬스쨔, 정신 차려요!" 그녀가 웃으면서 말했다. "자, 이제 파니에게 가도 돼." 그녀가 마샤에게 말했다. "안 돼요. 정말 그러고 싶다면 스찌바에게 말해요. 그가 그를 데리고 갈 거예요. 손님이 올 거라고 이야기해도 되지요. 도대체가 그는 우리 집에 어울리지 않으니까요."

"아니, 아니, 내가 직접 할 거예요."

"하지만 말썽이 날 텐데요."

"전혀. 그건 내게 정말 유쾌한 일이 될 거예요." 레빈이 정말로

---

31 Il fait la cour à une jeune et jolie femme(프랑스어).

32 Je crois que Весловский fait un petit brin de cour à Кити(고유명사를 제외하고 프랑스어).

유쾌하게 두 눈을 빛내면서 말했다. "자, 그애를 용서해요, 돌리! 앞으로는 안 그럴 거예요." 그가 파니에게 가지 않고 어쩔 줄 모른 채 어머니 맞은편에 서서 내리깐 눈으로 곁눈질하며 어머니의 시선을 기대하며 찾고 있는 어린 범죄자에 대해 말했다.

어머니는 딸아이를 바라보았다. 딸아이는 흐느끼면서 엄마의 무릎에 얼굴을 묻었고, 돌리는 딸아이의 머리 위에 마르고 부드러운 손을 얹었다.

'그래, 그와 우리들 사이에 무슨 공통점이 있어?' 레빈은 잠시 생각하고 베슬롭스끼를 찾으러 갔다.

현관방을 지나면서 그는 역에 가도록 반개마차를 준비하라고 명했다.

"어제 스프링이 고장 났습니다." 하인이 말했다.

"그럼 그냥 따란따스[33]를 준비하게, 하지만 빨리. 손님은 어디 계시나?"

"자기 방으로들 가셨습니다."

레빈은 트렁크에서 소지품을 꺼내고 새로운 노래 악보들을 펼쳐놓은 채 말을 타려고 각반을 차고 있는 베슬롭스끼와 마주쳤다.

레빈의 얼굴에 뭔가 특별한 것이 있었는지, 또는 자신이 시도한 *이 작은 연애놀이*[34]가 이 가족에게 어울리지 않는다고 느꼈는지, 레빈의 등장에 베슬롭스끼는 어느정도(사교계 인간이 그럴 수 있을 만큼) 놀랐다.

"각반을 차고 말을 타나요?"

"네, 이게 훨씬 깨끗하지요." 바센까가 살진 다리를 의자 위에 올

33 여러명이 탈 수 있는 합승마차.

34 ce petit brin de cour(프랑스어).

려놓고 각반의 아래 고리를 채우면서 유쾌하고 맘씨 좋게 웃으며 말했다.

그는 의심할 바 없이 좋은 청년이었고, 레빈은 바센까의 시선에서 소심함의 기미를 알아챘을 때 그가 안됐다고 느꼈고 집주인으로서 자신이 부끄러웠다.

책상 위에는 그들이 오늘 아침 체조할 때 습기에 불은 평행봉을 더 높이 올리려다가 부서뜨린 막대기의 조각이 놓여 있었다. 레빈은 그 조각을 손에 잡고 어떻게 말을 시작해야 할지 몰라 갈라진 끝을 잡아뜯기 시작했다.

"내가 말하고자 했던 건……" 그는 입을 다물려고 했지만 갑자기 끼찌와, 일어났던 모든 일을 떠올리고 그의 눈을 단호하게 들여다보면서 말했다. "마차에 말들을 매라고 명했소."

"그러니까 무슨 뜻이에요?" 바센까가 놀라며 말을 시작했다. "대체 어디로 가는데요?"

"당신이 철도역으로 가야 하기 때문이오." 레빈이 막대기 끝을 잡아뜯으며 음울하게 말했다.

"어디 가세요? 아니면 무슨 일이 있나요?"

"손님들이 오기로 되어 있소." 레빈은 갈라진 막대기 끝을 손가락들에 힘을 주어 점점 더 빨리 부수면서 말했다. "아니, 실은 손님을 기다리는 것도 아니고 아무 일도 일어나지 않았지만 나는 당신에게 떠나주기를 부탁하오. 당신은 내 무례를 마음대로 설명해도 좋아요."

"제게 설명해주시기를 청합니다……" 마침내 상황을 이해한 바센까가 위엄을 보이며 말했다.

"난 당신에게 설명할 수 없소." 레빈은 근육이 떨리는 것을 감추려 애쓰며 조용히, 천천히 말을 시작했다. "묻지 않는 게 좋을 거요."

부러져 갈라진 끝을 모조리 잡아뜯었기 때문에 레빈의 손가락들은 굵은 양 끝을 잡아서 막대를 부러뜨렸고 땅에 떨어지려는 한쪽 끝을 힘주어 잡았다.

필경 이 긴장된 팔, 그리고 오늘 아침 그가 체조하면서 만져본 바로 그 근육들, 번쩍이는 두 눈, 조용한 목소리, 떨리는 광대뼈의 모습이 어떤 말보다 확실하게 바센까에게 알려주고 있었다. 그는 어깨를 으쓱하고 경멸조로 씩 웃고 나서 허리 굽혀 인사했다.

"오블론스끼를 보면 안 되나요?"

어깨를 으쓱거린 것이나 미소는 레빈을 자극하지 않았다. '대체 뭘 더 하려는 거지?' 그는 잠시 생각했다.

"당장 그를 당신에게 보내겠소."

"이 무슨 바보 같은 짓인가!" 친지로부터 그가 집에서 쫓겨나게 되었다는 것을 알고 나서, 손님이 가기를 못내 기다리며 정원을 거닐고 있던 레빈을 발견한 스쩨빤 아르까지치가 말했다. "*하지만 이건 우스꽝스러워*[35]! 무슨 날파리에라도 물렸나? 왜 오만상이야? *하지만 이건 정말 너무나 우스꽝스러운 일일세*[36]! 대체 무슨 생각을 한 건가, 젊은 청년이 좀……"

하지만 레빈이 날파리에 물린 부분은 보아하니 아직 아픈 것 같았다. 스쩨빤 아르까지치가 이유를 설명하려 하자 그는 다시 창백해지면서 말을 막았다.

"제발, 설명하지 말게! 나는 달리 행동할 수 없네! 자네나 그 앞에서 양심이 찔리네. 하지만 내 생각에 그에게 떠나는 건 큰 고통

---

35 Mais c'est ridicule(프랑스어).

36 Mais c'est du dernier ridicule(프랑스어).

이 아니고 나나 내 아내에게는 그가 있는 것이 불편하네."

"하지만 그에게 모욕적이 아닌가! *게다가 우스꽝스럽고*[37]!"

"내게도 모욕적이고 고통스럽네! 그리고 난 아무 죄도 없네. 내가 괴로움을 당할 이유는 전혀 없어!"

"자네가 이럴 줄은 몰랐네! *사람이 질투를 할 수는 있지. 하지만 이 정도라는 건 정말로 우스꽝스럽네*[38]!"

레빈은 빠르게 몸을 돌려 스쩨빤 아르까지치에게서 떠나 가로수길 깊숙한 곳으로 걸어가서 혼자서 이리저리 거닐었다. 곧 그는 따란따스가 덜거덕거리는 소리를 들었고, 나무들 사이로 바센까가 스코틀랜드 모자를 쓰고 건초 위에 앉아서(운 나쁘게도 따란따스에는 앉는 자리가 없었다) 울퉁불퉁한 길을 달리느라 덜컹대는 따란따스에 따라 통통 튀어오르며 가로수길을 지나가는 것을 보았다.

'이건 또 뭐야?' 하인이 집에서 나와 따란따스를 멈추게 했을 때 레빈은 잠깐 생각했다. 그건 레빈이 완전히 잊고 있었던 기계 설비사였다. 기계 설비사는 몸을 굽히고 바센까에게 뭔가를 말하더니 따란따스에 기어올랐고, 그들은 함께 떠났다.

스쩨빤 아르까지치와 공작부인은 레빈의 행동에 분개했다. 그 스스로도 자신이 극도로 *우스꽝스럽다*[39]고 느꼈을 뿐만 아니라 자신이 전적으로 죄가 있고 체면이 깎이는 것도 느꼈다. 하지만 자신과 아내가 겪었던 고통을 떠올리고 그는 다음에도 그렇게 행동할 것인가 자문했고, 똑같이 마찬가지로 했을 거라고 자답했다.

37 Et puis c'est ridicule(프랑스어).

38 On peut être jaloux, mais à ce point, c'est du dernier ridicule(프랑스어).

39 ridicule(프랑스어).

이 모든 것에도 불구하고, 이날이 지나갈 무렵에는 레빈의 이 행동을 용서하지 않은 공작부인만 제외하고 모두들 마치 아이들이 벌을 받은 이후나 어른들이 힘든 공식 접대를 마친 이후처럼 예외적으로 생기가 돋아났고 즐거워해서, 저녁에는 이미 공작부인이 없는 자리에서 바센까를 쫓아낸 일에 대해 마치 오래전에 일어났던 사건처럼 말들을 했다. 아버지로부터 웃음이 나도록 유머러스하게 이야기하는 재능을 물려받은 돌리가 자신이 손님을 위해서 새로운 리본을 준비해서 달고 막 응접실로 나왔을 때 갑자기 요란한 구식 시골 짐마차[40] 소리가 들렸다는 이야기를 매번 새로운 유머러스한 첨언과 함께 세번 네번 반복하여 바렌까를 웃음으로 넘어가게 만들었다. 그런데 대체 누가 구식 시골 짐마차에 탔느냐고? 스코틀랜드 모자를 쓴 바센까 자신이 악보들과 각반과 함께 건초 위에 앉아 있었다고.

"스프링 달린 승용마차라도 준비시키지 그랬어요! 근데 나중에 '잠깐!' 하는 소리가 들리는 거예요. 자, 난 생각했지요. 사람들이 동정해주는구나. 보니까 뚱뚱한 독일인을 태우고 가는 거예요…… 그렇게 내 리본이 소용없어졌지요!"

## 16

다리야 알렉산드로브나는 자신의 의도를 실행하여 안나에게로 떠났다. 그녀는 동생을 고민하게 만들고 동생의 남편에게 불쾌한

40 돌리는 따란따스를 이렇게 표현했다.

일을 하게 되는 것을 매우 염려했다. 그녀는 레빈 부부가 브론스끼네와 아무런 관계도 가지지 않기를 원하는 것이 매우 정당한 일이라는 것을 이해했다. 하지만 그녀는 자신이 안나에게 가서 머물고 그녀의 처지가 변했음에도 불구하고 그녀에게 자신의 감정이 변함이 있을 수 없다는 것을 보이는 것을 의무로 여겼다.

이 여행에 있어서 레빈 부부에게 의지하지 않기 위해서 다리야 알렉산드로브나는 말을 빌리러 마을로 사람을 보냈다. 하지만 레빈이 이를 알고 그녀에게 와서 한 소리 했다.

"대체 왜 처형이 여행 가는 것이 내게 불쾌하리라고 생각하는 거죠? 그리고 설사 그것이 내게 불쾌한 일이라 해도, 처형이 내 말을 쓰지 않는 것은 더더욱 불쾌해요." 그가 말했다. "처형은 내게 한번도 확실하게 간다는 소리를 안 했어요. 그리고 마을에서 말을 빌리는 건 첫째로 내가 불쾌해요. 게다가 중요한 것은 그 말들을 빌리면 끝까지 못 간다는 거예요. 내게 말이 있어요. 그러니 만약 처형이 나를 고민하게 만들고 싶은 게 아니라면 내 말로 가세요."

다리야 알렉산드로브나는 동의해야 했고, 정해진 날 레빈은 처형을 위해 말 네필과, 일하는 말과 타는 말 중에서 매우 못생기긴 했으나 다리야 알렉산드로브나를 하루에 그곳까지 마저 실어다주도록 바꿔 맬 수 있는 말 네필을 준비해주었다. 떠나는 공작부인과 산파를 위해 말들이 필요한 지금 이것은 레빈에게 어려운 일이긴 했지만, 손님 접대의 의무상 그는 다리야 알렉산드로브나가 그의 집에서 떠나면서 빌린 말을 타고 가는 것을 허락할 수는 없었고, 그외에도 그는 이 여행에 드는 비용으로 다리야 알렉산드로브나에게 필요한 이십 루블이 그녀에게 매우 중요한 문제라는 것을 알고 있었다. 매우 나쁜 상황에 있는 다리야 알렉산드로브나의 재정 문제가 레빈 부부에게는 본인의 일인 것처럼 여겨졌다.

다리야 알렉산드로브나는 레빈의 조언에 따라 동이 트기 전에 떠났다. 길이 좋았고 반개마차는 편안했으며 말들도 기분 좋게 달렸고 마부석에는 마부 이외에도 레빈이 안전을 위해 하인 대신 보낸 서기가 앉아 있었다. 다리야 알렉산드로브나는 잠이 들었다가 말들을 바꿔 매야 하는 여인숙에 이미 다가가고 있을 때에야 깨어났다.

다리야 알렉산드로브나는 레빈이 스비야시스끼에게로 여행하는 길에 머물렀던 바로 그 부유한 자영농의 집에서 차를 마시면서 여인네들과는 아이들에 대해서, 노인과는 그가 매우 칭송하는 브론스끼에 대해서 이야기를 좀 하고 나서 열시에 계속해서 여행길에 나섰다. 집에서 그녀는 아이들에 대한 걱정으로 생각할 시간이 없었다. 그러나 지금 벌써 네시간이 걸리는 여행 동안 이전까지 억제했던 갖가지 생각들이 갑자기 머릿속에 몰려와서, 그녀는 예전에 한번도 그런 일이 없었는데 이제 처음으로 자기의 전생애를, 그것도 매우 여러가지 방향에서 다시 생각해보았다. 그녀 자신에게도 자기 생각들이 낯설었다. 우선 그녀는 공작부인이, 그리고 무엇보다도 끼찌가(그녀는 끼찌를 더 믿고 있었다) 돌봐주겠다고 약속한 아이들에 대해 생각했고, 여전히 불안한 마음이 들었다. '마샤가 다시 장난질을 시작하면 어쩌지. 그리샤가 말을 때리지 말아야 할 텐데. 그리고 릴리의 배가 더이상 나빠지지 않아야 하는데.' 하지만 조금 후 현재의 문제들은 가까운 미래의 문제들로 대체되었다. 그녀는 모스끄바에서 이번 겨울을 보낼 집을 구해야 하고 응접실의 가구를 바꾸어야 하고 큰딸에게 털가죽 외투를 해주어야 한다는 것에 대해 생각하기 시작했다. 그다음에는 아이들을 어떻게 성인으로 키워야 하는가 하는, 점점 더 먼 미래의 문제들이 떠오르기 시작했다. '딸애들은 아직 괜찮아.' 그녀는 생각했다. '하지만 아들들은? 좋아, 지금은 내가 그리샤와 공부하고 있지만 이건 순전히 내가 자유시간이 있고 아이를 낳지 않기 때문이야. 스찌바에게는 물론 아무 기대도 할 수 없지. 그러니 나는 좋은 사람들의 도움을 받아 애들을 기를 거야. 하지만 또다시 아이를 낳게 되면……' 그러자 그녀에게 여인에게는 아이를 낳아야 하는 고통이라는 저주가 지워졌다는 이야기가 얼마나 부당한지에 대한 생각이 들었다. '낳는 것은 괜찮아. 하지만 임신 상태에 있는 것, 그것이 고통스러운 일이지.' 그녀는 마지막 임신과 그 아이의 죽음을 떠올리며 잠시 생각했다. 그러자 여인숙에서 젊은 아낙과 했던 이야기가 떠올랐다. 아이가 있느냐는 질문에 그 예쁜 여자는 명랑하게 대답했다.

"딸애가 하나 있었지요. 해산은 했는데 금욕주간에 죽었어요."

"저런, 그애가 아주 가여웠겠구나?" 다리야 알렉산드로브나가 물었다.

"가여울 게 뭐 있어요? 노인한테는 손자들이 그렇게도 많은데요. 걱정거리일 뿐이죠. 일이 없어 좋아요. 그냥 묶이기만 하는걸요."

젊은 아낙이 예쁘고 착해 보였음에도 불구하고 이 대답은 다리야 알렉산드로브나에게 역겹게 여겨졌지만, 지금 그녀는 저도 모르게 이 말을 떠올렸다. 그 냉소적인 말 속에 일말의 진실도 있었던 것이다.

'그래, 도대체가……' 다리야 알렉산드로브나는 결혼한 십오년 동안의 자기의 생활 전체를 돌아보며 생각했다. '임신, 구역질, 사고의 둔해짐, 모든 것에 대한 무관심, 그리고 무엇보다도 추한 꼴. 끼찌도, 젊고 예쁜 끼찌도, 그애도 그렇게 보기 싫어졌어. 나는 임신하면 그냥 추해지지. 내가 알아. 해산의 고통, 그 지긋지긋한 고통, 그 마지막 순간…… 그리고 수유, 그 잠 못 자는 밤들, 그 무서운 아픔……'

다리야 알렉산드로브나는 거의 매 아이마다 겪은, 젖꼭지가 갈라지는 아픔에 대한 기억만으로도 몸을 떨었다. '그다음엔 아이들의 병치레, 그 영원한 두려움, 그다음엔 교육, 혐오스러운 버릇들(그녀는 산딸기 덤불에서 어린 마샤가 저지른 죄를 떠올렸다), 공부, 라틴어—이 모든 것이 너무나 이해할 수 없고 어렵지. 이 모든 것보다 더 어려운 건 바로 아이들의 죽음이야.' 다시 그녀의 머릿속에서 호흡곤란으로 죽은 마지막 젖먹이의 죽음에 대한, 어머니로서 그녀의 심장을 영원히 짓누르는 기억이 되살아났다. 그 아이의 장례식, 그 작은 장밋빛 관에 대한 전반적인 무관심, 레이스가 덮인 작은 장밋빛 관 뚜껑으로 그 아이를 덮는 순간 보였던, 관자놀이 아래로 곱슬머리가 드리워진 창백한 이마 앞에서, 놀라 벌어진 작은 입 앞에서 느낀 심장을 찢는 혼자만의 아픔.

'그런데 이 모든 게 뭣 때문이지? 이 모든 것에서 나오는 결과는 뭐지? 편안한 순간이라고는 전혀 없고 임신 아니면 수유로 항상 신경이 곤두서서 잔소리를 하며 스스로를 괴롭히고 다른 사람들을 괴롭히면서 남편에게 역겨운 여자로 살아가는 것, 그리고 불행한 아이들이 교육도 잘 못 받으며 가난하게 자라가는 것의 결과는 뭐지? 그리고 지금 여름을 레빈 부부네서 보내지 않았다면 우리가 어떻게 먹고살아야 했을지도 난 몰라. 물론 꼬스짜와 끼찌는 마음이 섬세해서 우리가 느끼지 못하도록 배려하지. 하지만 계속 이렇게 살 수는 없어. 그들에게 아이들이 태어나면 그들도 우리를 도와줄 수 없지. 그들은 지금도 짐이 많은데. 당신도 남은 재산이 거의 없는 아빠가 뭘 도와줄 수 있을까? 그러니까 아이들을 나 스스로 양육할 힘은 없고 다른 사람들의 도움을 받자니 모욕적인 일이고. 그래, 아이들이 더이상 죽지 않고 내가 어떻게라도 아이들을 기르는 것이 최고로 다행한 일일 거야. 최선의 경우가 아이들이 악당이 되지 않는 거지. 그게 내가 기대할 수 있는 전부야. 이 모든 것 때문에 얼마나 많은 고통과 어려움을 겪는지…… 삶 전체가 길을 잃게 된 거지.' 그녀에게 다시 젊은 아낙이 했던 말이 떠올랐고, 그 기억은 다시 혐오감을 불러일으켰다. 하지만 그녀는 그 말 속에 투박한 진실이 한몫 들어 있다는데 동의하지 않을 수 없었다.

"어때요, 멀어요, 미하일라?" 다리야 알렉산드로브나는 자신을 짓누르는 생각들에서 벗어나고자 서기에게 물었다.

"이 마을에서 칠 베르스따라고 하네요."

시골길을 따라가던 반개마차가 다리로 올라갔다. 다리 위에는 유쾌한 아낙들의 무리가 낭랑하고 유쾌하게 떠들면서 꼰 짚매끼들을 어깨에 걸치고 가고 있었다. 아낙들은 다리에 멈춰서서 호기심을 가지고 마차를 바라보았다. 다리야 알렉산드로브나에게는 자신을 향한 모든 얼굴들이 건강하고 유쾌해 보였고, 삶의 기쁨으로 자신을 약 올리는 것처럼 보였다. '모두가 살아 있고, 모두가 삶을 즐기는군.' 다리야 알렉산드로브나는 아낙들을 지나서 다시 산으로 올라가는 오래된 마차의 부드러운 스프링 위에서 속보에 기분 좋게 흔들리며 생각을 계속했다. '근데 난 감옥에서 나온 것처럼 나를 걱정으로 숨 막히게 하는 세계에서 나와서 이제야 한순간이나마 정신을 차렸구나. 다들 살아 있다, 이 아낙들도, 동생 나딸리도, 바렌까도, 내가 지금 방문하는 안나도. 오직 나만 그렇지 않구나.

그런데 그들은 안나를 공격한다. 무엇 때문에? 뭐야, 내가 더 낫기라도 하다는 거야? 내겐 적어도 내가 사랑하는 남편이 있긴 하지. 내가 사랑하고 싶은 대로는 아니지만 나는 그를 사랑하는데, 안나는 자기 남편을 사랑하지 않지. 그런데 그녀가 무슨 죄가 있다는 걸까? 그녀는 살고 싶을 뿐이야. 이건 신이 우리 마음속에 심어준 거야. 아마 십중팔구 나도 똑같은 일을 했을 거야. 그녀가 모스끄바로 왔던 그 끔찍했던 때에 내가 그녀 말을 들은 것이 잘한 일인지 아직까지도 모르겠어. 그때 나는 남편을 버리고 삶을 새로 시작해야 했어. 나도 진정으로 사랑하고 사랑받을 수 있었을 텐데. 근데 지금이 더 낫나? 나는 그를 존경하지 않아. 그는 내게 필요하지.' 그녀는 남편에 대해 생각했다. '그래서 내가 그를 참아주는 거지. 그게 더 낫기라도 한가? 난 그땐 아직 다른 남자의 마음에 들 수 있었어. 아직 예쁜 구석이 남아 있었거든.' 다리야 알렉산드로브나는 이렇게 생각을 이어가다가 거울이 보고 싶어졌다. 그녀는 가방 속에 든 휴대용 거울을 꺼내고 싶었지만, 마부와 통통 튀어오르는 서기의 등을 보고 그들 중 누가 돌아본다면 마음에 걸릴 거라고 느껴서 꺼내지 않았다.

하지만 거울을 들여다보지 않았어도 그녀는 지금도 아직 늦지 않았다고 생각했고, 자신에게 특히 사랑스레 굴었던 세르게이 이바노비치를 떠올렸고, 아이들이 성홍열에 걸렸을 때 그녀와 함께 아이들을 돌보았고 그녀를 향해 사랑에 빠졌던 스찌바의 친구, 사람 좋은 뚜롭찐을 떠올렸다. 그리고 스찌바가 농담조로 말해주었듯이, 자매들 중에서 그녀가 제일 아름답다고 생각한 또 한 사람의 아주 젊은 남자를 떠올렸다. 그러자 매우 열정적이고 말도 안 되는 로맨스들이 다리야 알렉산드로브나의 머릿속에 그려졌다. '안나는 멋지게 행동한 거야. 다른 사람을 행복하게 해주고 있고, 나처럼 억눌려 있지도 않지. 그리고 아마 변함없이 여전히 생기 있고 똑똑하고 모든 것에 열려 있을 거야.' 다리야 알렉산드로브나는 생각했고 심술궂은[41] 미소가 그녀의 입술을 주름지게 했는데, 특히 안나의 로맨스를 생각하면서 그것과 나란히 거의 마찬가지의 로맨스, 그녀의 상상 속에서 만들어진, 그녀에게 사랑을 느낀 남자와의 로맨스를 생각했을 때 그랬다. 그녀는 안나와 꼭 마찬가지로 남편에게 모든 것을 고백했다. 그리고 이 소식을 들은 스쩨빤 아르까지치의 놀라움과 당혹이 그녀를 미소 짓게 했던 것이다.

이런 공상들을 하며 그녀는 큰길로부터 보즈드비젠스꼬예로 향하는 길모퉁이에 다가가고 있었다.

## 17

마부는 네필의 말을 멈춰세우고 오른쪽을 돌아보았다. 귀리밭 짐마차 부근에 농부들이 앉아 있었다. 서기는 뛰어내릴까 하다가 생각을 바꾸어 한 농부에게 소리를 지르고 오라고 손짓했다. 오는 동안 불었던 바람은 멈춰서자 잠잠해졌다. 땀이 난 말들에게 등에들이 자꾸만 들러붙었고, 서 있는 말들은 화가 나서 계속 몸에서 등에들을 떼어내려고 했다. 짐마차로부터 들려오던 낫을 두드려 펴는 쇳소리가 멈추었다. 농부들 중 한 사람이 일어나서 마차로 걸어왔다.

"뭐야, 왜 이렇게 굼떠!" 서기가 다져지지 않아 울퉁불퉁한 마른

41 1982년도 판에는 '심술궂고 만족스러운'으로 되어 있다.

길을 맨발로 다지면서 천천히 걸어오는 농부를 향해 성난 소리로 외쳤다. "이리 와요, 뭐 해!"

땀으로 흠뻑 젖은 굽은 등에, 머리에는 나무껍질을 동여맨 곱슬머리 노인이 걸음을 빨리해서 마차로 다가와 그을린 손으로 마차 흙받기를 잡았다.

"보즈드비젠스꼬예, 지주 나리 댁 말이우? 백작님에게로 가슈?" 그가 되물었다. "언덕 하나만 넘으면 되우. 길모퉁이에서 왼쪽으로 돌아 쭉 큰길을 따라가면 닿는다우. 거기 누구를 찾우? 지주 나리?"

"아, 근데 댁에들 계신가요, 영감님?" 다리야 알렉산드로브나는 농부에게조차 안나에 대해 어떻게 물어봐야 할지 몰라 우물쭈물 물었다.

"필시 댁에 계실 거유." 농부가 두 맨발을 바꿔 디디면서 흙먼지 위에 다섯 발가락이 선명하게 발자국을 남기며 말했다. "필시 댁에 계실 거유." 되풀이해 말하는 농부는 이야기를 나누기를 원하는 게 분명했다. "어제 또 손님들이 왔다우. 손님들을 정말 좋아한다우…… 무슨 일로 오셨우?" 그는 짐마차에서 그를 향해 무어라고 소리 지르는 젊은이를 향해 몸을 돌렸다. "아, 맞다, 아까 다들 말을 타고 곡식 베는 기계를 보러 나가셨는데. 지금은 필시 댁에 계실 거유. 댁들은 어디서 온 뉘슈?……"

"우리는 멀리서 왔소." 마부가 마부석에 오르면서 말했다. "그러니까 멀지 않다고요?"

"바로 저기라고 했잖우. 언덕을 넘자마자……" 그는 마차 흙받기를 이리저리 만지면서 말했다.

젊고 건강하고 다부진 젊은이도 그들에게 다가왔다.

"근데 추수할 때 뭐 할 일은 없는감요?"

"여보게, 난 모르네."

"그러니까 왼쪽으로 돌아가면 바로 닿는다우." 분명 이 지나가는 사람들을 마지못해 놓아주며, 이들과 좀더 이야기하고 싶어하며 농부가 말했다.

마부는 출발했는데, 그들이 막 돌자마자 농부가 소리치기 시작했다.

"서슈! 어이, 여보슈, 서슈!" 두 목소리가 소리쳤다.

마부가 멈췄다.

"저기 그네들이 오우! 저기!" 농부가 말을 탄 네명과 길을 달리는 샤라반[42]을 탄 두명을 가리키며 소리쳤다. "보슈, 길을 다 메웠우."

말을 탄 사람은 브론스끼와 기수, 베슬롭스끼와 안나였고, 샤라반에는 바르바라 공작영애와 스비야시스끼가 타고 있었다. 그들은 산책도 할 겸 새로 들여온 수확기계가 돌아가는 것을 보려고 나왔던 것이다.

마차가 멈춰섰을 때 말을 탄 사람들은 완보로 가고 있었다. 맨 앞에는 안나와 베슬롭스끼가 나란히 가고 있었다. 안나는 갈기를 깎고 꼬리를 짧게 자른, 키가 크지 않고 탄탄한 영국산 말 위에 앉아서 평온한 완보로 가고 있었다. 높은 승마모자 아래로 검은 곱슬머리가 흘러내린 예쁜 머리와 풍만한 어깨, 승마복에 싸인 가느다란 허리, 완전히 침착하고 우아한 승마 자세가 돌리를 놀라게 했다.

처음 순간에는 안나가 말을 타고 달리는 것이 품위 없이 보였다. 다리야 알렉산드로브나의 사고에서 귀부인의 말타기는 안나의 처지에 어울리지 않는 젊은 여자의 경박한 교태에 대한 관념과 연결

42 Char à banc(프랑스어)을 러시아 문자로 표기했다. 말 한필이 끌고 바퀴가 두개 달린 승합용 무개마차를 뜻한다.

되어 있었다. 하지만 안나를 가까이서 보았을 때 그녀는 당장 안나의 말타기에 대해 이해심을 가지게 되었다. 멋진 차림새에도 불구하고 안나의 자세도, 의상도, 동작도 모든 것이 정말 꾸밈없고 평온하고 위엄 있어서 그야말로 그보다 더 자연스러울 수가 없었다.

안나 옆에는 바람에 휘날리는 리본들이 달린 스코틀랜드 모자를 쓴 바센까 베슬롭스끼가 몸이 뜨거워진 회색 기병대 말 위에 앉아 굵은 다리를 앞으로 뻗고 분명 즐기면서 가고 있었다. 다리야 알렉산드로브나는 그를 알아보고 유쾌한 미소를 억제할 수 없었다. 그들 뒤에는 브론스끼가 가고 있었다. 그는 분명 달리느라 몸이 뜨거워진 순종의 암갈색 말을 타고 고삐를 당겨 말을 제어하고 있었다.

그의 뒤에는 기수복을 입은 체구가 작은 사람이 말을 달리고 있었다. 스비야시스끼와 공작영애는 힘센 갈색 경주마 한필을 맨 최신 샤라반을 타고 말을 몰고 있었다.

안나의 얼굴은 구식 반개마차의 구석에 움츠려 앉은 돌리를 알아본 순간 기쁨의 미소로 빛났다. 그녀는 소리 지르며 안장에서 몸을 흠칫 떨더니 말을 건드려 속보로 달리도록 했다. 반개마차에 다가온 그녀는 도움 없이 말에서 뛰어내려 아마존 승마복을 여며잡고 돌리를 향해 달려왔다.

"나도 마냥 바라기는 하면서도 이럴 거라고 생각할 용기가 없었어요. 정말 기뻐요! 언니는 내가 얼마나 기쁜지 상상도 못 할걸요." 그녀는 돌리에게 얼굴을 대고 누르며 그녀에게 입 맞추기도 하고 좀 떨어져서 그녀를 살펴보기도 하면서 말했다.

"이거 정말 기쁜 일이네요, 알렉세이!" 그녀는 말에서 내려서 그들에게로 다가오는 브론스끼를 돌아보며 말했다.

브론스끼는 높다란 회색 중절모를 벗어들고 돌리에게 다가왔다.

“당신이 오셔서 얼마나 기쁜지 믿지 못하실걸요.” 그가 자기가 한 말에 특별한 의미를 부여하며, 강하고 하얀 이를 드러내 미소를 지으면서 말했다.

바센까 베슬롭스끼는 말에서 내리지 않은 채 모자를 벗어 머리 위로 리본들을 기쁘게 흔들면서 손님들에게 인사했다.

“저분은 바르바라 공작영애예요.” 샤라반이 다가왔을 때 돌리의 묻는 시선에 안나가 답했다.

“아!” 다리야 알렉산드로브나가 말했다. 그녀의 얼굴은 저도 모르게 불만을 나타내고 있었다.

바르바라 공작영애는 그녀 남편의 친척 아주머니였는데, 다리야 알렉산드로브나는 오래전부터 그녀를 알고 있었으며 그녀를 존경하지 않았다. 그녀는 바르바라 공작영애가 일생 동안 부유한 친척들 집에 얹혀살고 있다는 것을 알고 있었다. 그런데 지금 그녀가 그녀에게 타인인 브론스끼의 집에서 지낸다는 사실에, 다리야 알렉산드로브나는 남편의 친척관계 때문에 수치스러움을 느꼈다. 안나는 돌리의 얼굴 표정을 알아챘고, 당황해서 얼굴을 붉히고 두 손으로 여미고 있던 승마복을 놓는 바람에 옷자락에 걸려 비틀거렸다.

다리야 알렉산드로브나는 멈춰선 샤라반을 향해 다가가서 바르바라 공작영애와 차갑게 인사했다. 스비야시스끼도 역시 아는 사람이었다. 그는 자신의 괴짜 친구가 젊은 아내와 어떻게 지내냐고 물었고, 재빠른 시선으로 서로 어울리지 않는 말들을 매고 찢어진 데를 기운 흙받기들이 달린 반개마차를 보고 부인들에게 샤라반을 타고 가라고 말했다.

“제가 그 끌개[43]를 타고 가지요.” 그가 말했다. “말이 온순한데다 공작영애가 훌륭하게 몰아요.”

“아녜요, 그냥 계세요.” 다가온 안나가 말했다. “우리가 이 반개마차를 타고 갈게요.” 그러고는 돌리의 팔짱을 끼고 그녀를 이끌었다.

다리야 알렉산드로브나의 두 눈은 그녀가 처음 보는 이 우아한 차체로, 이 멋진 말들로, 그녀 주위의 이 우아하고 빛나는 얼굴들로 이리저리 향했다. 하지만 그녀에게 가장 강한 인상을 남긴 것은 친숙하고 사랑스러운 안나에게 일어난 변화였다. 덜 주의 깊고 이전에 안나를 몰랐던 다른 여자라면, 특히 여행 중에 다리야 알렉산드로브나가 가졌던 그 생각들을 해본 적 없는 다른 여자라면 안나에게서 아무런 특별한 점을 발견하지 못했을지도 모른다. 하지만 지금 돌리는 여자들에게 있어서 사랑의 순간에만 나타나는, 지금 안나의 얼굴에서 맞닥뜨린 그 한시적 아름다움에 놀랐다. 그녀의 얼굴에는 모든 징후가 나타나 있었다. 두 뺨의 보조개와 턱선의 선명함, 입술을 오므린 모양, 얼굴 주위를 날아다니는 듯한 미소, 두 눈의 광채, 거동의 우아함과 민첩함, 목소리의 윤기, 심지어 베슬롭스끼가 그녀의 말에게 오른쪽 다리부터 질주하도록 가르칠 테니 그녀의 말에 앉아봐도 되냐는 허락을 청했을 때 그녀가 화가 난 듯 애교스럽게 대답하는 태도조차—모든 것이 특별히 매력적이었다. 그리고 그녀 자신도 이를 알고 기뻐하는 것처럼 보였다.

두 여자가 반개마차에 올라앉았을 때 둘은 갑자기 당황했다. 안나는 자신을 주의 깊게 바라보며 묻는 듯한 돌리의 시선에 당황했

43 라틴어 ‘vehiculum’(이동 수단)에서 만든 ‘베기꿀’이라는 단어를 쓰고 있다. 우리말로 ‘끌개’ 정도의 뜻이다.

다. 돌리는 스비야시스끼가 끌개라는 말을 한 후 안나와 함께 앉은 더럽고 낡은 반개마차 때문에 저도 모르게 마음이 찔려서 당황했다. 마부 필리쁘와 서기도 똑같은 감정을 느꼈다. 서기는 당혹감을 감추려고 귀부인들을 앉히며 공연히 부산을 떨었지만, 마부 필리쁘는 암울해졌고 앞으로 이 표면적인 우위에 굴복하지 않을 준비를 했다. 그는 갈색 말을 바라보며 속으로 이미 샤라반에 매인 이 갈색 말이 쁘로미나시[44]용으로만 좋을 뿐 고삐 하나로는 이 더위에 사십 베르스따도 가지 못할 거라고 판정 짓고 비웃는 듯한 미소를 지었다.

농부들은 모두 짐마차에서 몸을 일으켜 호기심을 가지고 손님들의 만남을 유쾌하게 바라보며 저마다 한마디씩 했다.

"역시 기뻐하는군, 오랫동안 못 봤으니." 나무껍질을 동여맨 고수머리 노인이 말했다.

"저기, 게라심 아저씨, 저 말이 곡식 더미를 나른다면 정말 볼만하겠네요!"

"저기 봐, 저기 속바지 입은 사람이 여자야?" 그들 중 한 사람이 막 부인용 안장에 올라타고 있는 바센까 베슬롭스끼를 가리키며 물었다.

"아니, 남자야. 봐, 얼마나 멋지게 뛰어오르는지!"

"어때, 여보게들, 자지 않을 생각인가?"

"지금 무슨 잠이야!" 노인이 해를 곁눈질하며 말했다. "봐, 한낮이 지났네. 낫을 쥐게. 자, 어서 또 가세!"

44 프랑스어 'promenai'(산책)를 러시아어로 잘못 발음한 것을 러시아어로 표기했다.

## 18

안나는 파인 주름 사이로 모여든 먼지로 뒤덮인 돌리의 마르고 지친 얼굴을 보고 그녀가 생각한 것—즉 돌리가 말랐다는 사실을 말하고 싶었지만, 그녀 자신이 예뻐졌고 돌리의 시선이 그녀에게 이를 말한 것을 떠올리고 한숨을 쉬며 자신에 대해 말하기 시작했다.

"언니는 저를 보고……" 그녀가 말했다. "어떻게 저 같은 처지에서 행복할 수가 있는 걸까 생각하지요? 자, 그래요! 고백하기 부끄럽지만 전…… 전 용서할 수 없을 만큼 행복해요. 제게 무슨 마법 같은 게 일어났어요. 꿈처럼요. 경악스럽고 몸서리치게 되었다가 갑자기 깨어나 그 모든 경악스러운 것들이 하나도 없다는 것을 느끼게 되는 거죠. 저는 깨어났어요. 고통스럽고 끔찍한 일을 겪었고, 이제는 이미 오래전부터, 특히 우리가 이곳에서 지내게 되면서부터 정말 행복해요!" 그녀가 묻는 듯 주저하는 미소와 함께 돌리를 보며 말했다.

"정말 기뻐요!" 돌리가 미소를 지으면서 저도 모르게 자신이 원한 것보다 더 차갑게 말했다. "아가씨를 위해서 매우 기뻐요. 왜 나한테 편지를 쓰지 않았어요?"

"왜냐고요? 용기가 안 나서 그랬지요…… 언니는 제 처지를 잊곤 하네요……"

"나한테요? 용기가 안 나서요? 아가씨가 내가 어떻게…… 내가 어떻게 여기는지 안다면……"

다리야 알렉산드로브나는 오늘 아침의 생각들을 말하고 싶었지만 웬일인지 지금 그렇게 하는 것이 적절하지 않게 여겨졌다.

"아무튼 그것에 대해서는 나중에 이야기해요. 근데 이 건물들은 다 뭐예요?" 그녀는 화제를 바꾸고 싶어서 아카시아와 라일락 나무로 된 산울타리의 녹음 뒤로 보이는 적색과 녹색의 지붕들을 가리키며 물었다. "작은 성 같아요."

하지만 안나는 그녀에게 대답하지 않았다.

"내 생각에는……" 다리야 알렉산드로브나가 말을 막 시작하려 했지만, 이때 말을 오른쪽 다리부터 질주하도록 가르친 바센까 베슬롭스끼가 짧은 재킷을 입고 부인용 안장의 양피에 몸을 철썩거리며 그들 곁을 질주해 지나갔다.

"됐네요, 안나 아르까지예브나!" 그가 소리쳤다.

안나는 그를 쳐다보지도 않았다. 하지만 다리야 알렉산드로브나는 마차에서 이 긴 대화를 하는 것이 적당하지 않다고 여겨서 자기 생각을 짧게 줄여 말했다.

"난 아무 계산도 안 해요." 그녀가 말했다. "항상 아가씨를 좋아했고, 누구를 좋아하면 그 인간 그대로 전체를 좋아하는 거지 그가 어떤 사람이면 좋겠다는 식으로 좋아하는 건 아니지요."

안나는 친구의 얼굴에서 눈을 돌리고 왼쪽 눈을 가늘게 뜨면서 (이건 돌리가 모르는, 새로 생긴 그녀의 버릇이었다) 이 말의 의미를 완전히 파악하려고 생각에 잠겼다. 그리고 분명 자기가 원하는 대로 그것을 이해하고 나서 돌리를 바라보았다.

"만약 언니에게 죄가 있다면……" 그녀가 말했다. "그런 것은 언니가 여기 온 것과 그런 말을 한 것으로써 모두 용서될 거예요."

돌리는 안나의 눈에 눈물이 솟은 것을 보자 말없이 그녀의 손을 잡았다.

"그래서, 대체 이 건물들은 뭐예요? 많기도 해라!" 한순간 침묵한 후 그녀가 질문을 되풀이했다.

“이건 하인들의 거처, 공장, 마구간 들이에요.” 안나가 대답했다. “그리고 여기서 정원이 시작되는 거지요. 이 모든 것들이 황폐했었는데 알렉세이가 재건했어요. 그는 이 영지를 매우 사랑해요. 그리고 제가 예상하지 못했던 건데요, 그가 얼마나 열심히 경영에 몰두하는지요. 게다가 정말 타고난 재능이 많은 사람이에요. 그는 뭘 하든지 뛰어나게 해요. 지루해하지 않을 뿐만 아니라 열정적으로 일을 하지요. 내가 아는 한, 그는 계산을 잘하는 훌륭한 지주 나리가 되었어요. 그는 경영에 있어서 인색할 정도예요. 하지만 경영에 있어서만 그래요. 수만 루블이 필요한 데서는 계산도 안 하지요.” 그녀는 여인들이 자신만이 아는 연인의 비밀스러운 특성에 대해 말할 때 짓는 그 특유의 기쁘고 교활한 미소를 지으면서 말했다. “저기 큰 건축 공사장이 보이지요? 그건 병원이에요. 제 생각에 십만이 넘는 비용이 들 거예요. 그게 지금 그의 *애마*[45]예요. 근데 이 일이 어떻게 시작됐는지 알아요? 농부들이 그에게 밭을 더 싸게 해달라고 청했던 모양인데 그가 거절했어요. 제가 그를 인색하다고 야단쳤지요. 물론 그것 때문만은 아니지만 모든 게 함께 작용해서 그는 자신이 인색하지 않다는 것을 보이려고 이 병원을 짓기 시작했어요. *그건 사소한 일*[46]이라고 할 수 있지만, 저는 그것 때문에 그를 더 사랑하지요. 그리고 저기 저택이 보이지요. 그건 조상 전래의 저택 모습이죠. 그는 외관은 하나도 건드리지 않았어요.”

“정말 아름답네요!” 돌리가 정원의 오래된 나무들의 색색의 녹음을 배경으로 드러난, 원주들이 늘어선 저택을 보고 자기도 모르

45 dada(프랑스어). 애마, 특기를 뜻한다.

46 c'est une petitesse(프랑스어).

게 놀라며 말했다.

“정말 아름답지요? 그리고 저택의 위층에서 바라보면 굉장한 경관이 펼쳐져요.”

그들은 일꾼 두명이 가공하지 않은 구멍 난 돌들로 예쁜 화단을 에워싸고 있는, 자갈이 깔리고 꽃들로 장식된 마당으로 들어가 지붕이 있는 현관 앞에 마차를 세웠다.

“아, 그들이 벌써 도착했네요!” 안나가 지금 막 현관에서 데리고 나온 승마용 말들을 보고 말했다. “이 말 아름답지 않아요? 코브[47]예요. 내 애마예요. 이리로 데려오고 사탕을 가져오게. 백작은 어디 계시나?” 그녀는 달려나온, 제복을 차려입은 하인들에게 물었다. “아, 저기 계시네!” 그녀는 자신을 맞이하러 나오는 브론스끼와 베슬롭스끼를 보고 말했다.

“공작부인을 어디 묵게 할 거예요?” 브론스끼가 안나를 향해 프랑스어로 물었지만, 대답을 기다리지 않고 다시 한번 다리야 알렉산드로브나와 인사하며 이번에는 그녀의 손에 키스했다. “내 생각에는 큰 발코니 방이 어떨까 싶은데요?”

“오, 안 돼요. 거긴 멀어요! 모퉁이방이 낫겠어요. 우리가 서로 더 많이 볼 수 있으니까요. 자, 가죠.” 안나가 하인이 가져온 사탕을 애마에게 주면서 말했다.

“*당신 의무를 잊었네요*[48].” 그녀가 역시 현관으로 나온 베슬롭스끼에게 말했다.

“*미안합니다만 제 주머니들은 그걸로 가득 찼어요*[49].” 그가 미소

---

47 cob(영어)를 러시아 문자로 표기했다. 작은 잡종 말을 뜻한다.

48 Et vous oubliez votre devoir(프랑스어).

49 Pardon, j’en ai tout plein les poches(프랑스어).

띤 얼굴로 손가락을 조끼 주머니에 넣으며 대답했다.

"*하지만 너무 늦게 오셨네요*[50]." 그녀가 말에게 사탕을 먹이느라고 축축해진 손을 닦으면서 말했다. 안나는 돌리를 향했다. "오래 있을 거예요? 하루? 그건 안 돼요!"

"그렇게 약속했어요. 애들도……" 돌리는 마차에서 짐을 가져와야 했기 때문에, 그리고 자기 얼굴이 먼지투성이일 것을 알았기 때문에 당황했다.

"안 돼요, 돌리…… 언니…… 뭐, 곧 알게 되겠죠. 가요, 가요!" 안나는 돌리를 방으로 이끌고 갔다.

이 방은 브론스끼가 제안한 정면에 위치한 방이 아니라 안나가 돌리의 용서를 구한다고 말한 방이었다. 그리고 용서를 해야 했던 이 방에도 돌리가 한번도 그런 속에서 살아본 적이 없는 사치, 외국의 고급 호텔을 연상시키는 사치가 넘쳐흘렀다.

"자, 언니, 난 얼마나 행복한지 몰라요!" 안나가 승마복을 입은 채 돌리 옆에 잠시 앉아서 말했다. "언니네 이야기 좀 해줘요. 스찌바는 잠깐 보기는 했어요. 하지만 아이들 이야기는 할 틈이 없었지요. 내 귀염둥이 따냐는 어때요? 생각건대, 다 큰 소녀일 테죠?"

"네, 많이 컸어요." 다리야 알렉산드로브나는 자신이 아이들에 대해서 그렇게 차갑게 대답하는 것에 스스로 놀라면서 짤막하게 대답했다. "우리는 레빈 부부네서 썩 잘 지내고 있어요." 그녀가 덧붙였다.

"근데 제가 알았더라면……" 안나가 말했다. "언니가 절 경멸하지 않는다는 걸 말예요…… 언니네 식구들이 모두 우리에게로 와

50 Mais vous venez trop tard(프랑스어).

도 되었을 텐데요. 게다가 스찌바는 알렉세이의 오래고 중요한 친구니까요." 그녀는 덧붙여 말하고 갑자기 얼굴을 붉혔다.

"그래요, 하지만 우리는 정말 잘……" 돌리가 당황하면서 대답했다.

"네, 근데 이거, 제가 기뻐서 바보 같은 소리를 하네요. 다만 언니, 한가지 분명한 것은 언니를 보니 너무 기쁘다는 거예요." 안나가 다시 그녀에게 입 맞추며 말했다. "언니는 아직 언니가 저에 대해 무슨 생각을 어떻게 하는지 말하지 않았어요. 전 모든 걸 알고 싶어요. 어쨌든 언니가 저를 있는 그대로 보는 것이 기뻐요. 중요한 것은, 사람들로 하여금 제가 뭔가를 증명하고 싶어한다고 생각하게 하고 싶지는 않다는 거예요. 전 아무것도 증명하고 싶지 않고 그냥 살고 싶어요. 자신 이외의 아무에게도 해를 입히지 않고 말예요. 제게 그럴 권리는 있지요, 그렇지 않아요? 게다가 이건 긴 이야기이고, 우리는 모든 것에 대해서 이야기를 충분히 나누게 될 거예요. 이제 옷을 갈아입으러 가야겠어요. 언니에게 하녀를 보낼게요."

## 19

혼자 남은 다리야 알렉산드로브나는 주부의 시선으로 방을 둘러보았다. 저택으로 다가오면서, 저택에 들어와서, 그리고 지금 이 방에서 본 모든 것, 그 모든 것이 그녀에게 그저 영국 소설에서 읽었을 뿐 아직 러시아와 시골에서 한번도 본 적 없는 윤택함과 화려함과 유럽 최신 유행의 사치의 인상을 불러일으켰다. 프랑스제 새 벽지에서부터 방 전체를 덮은 양탄자에 이르기까지 모든 것이 새

것이었다. 침대는 스프링이 달린 매트리스와 두꺼운 실크로 커버를 씌운 작은 쿠션들이 놓여 있고 머리 부분이 별개로 된 것이었다. 대리석 세면대, 화장대, 침대 겸용 소파, 탁자들, 벽난로 위의 청동 시계, 창 가리개와 커튼—이 모든 것이 값비싼 새것이었다.

시중을 들겠다고 들어온, 머리 모양이나 옷이 돌리보다 더 유행을 따른 멋쟁이 하녀도 이 방 전체처럼 역시 값비싸고 새로웠다. 다리야 알렉산드로브나는 그녀의 예의 바름, 깨끗한 매무새, 친절함이 마음에 들었지만, 그녀와 함께 있는 것이 거북했다. 운 나쁘게도 실수로 짐에 넣은 덧대고 기운 블라우스가 그녀 앞에서 마음에 걸렸다. 집에서는 그렇게도 자랑스러워했던 바로 그 덧대고 기운 곳들이 창피했다. 블라우스 여섯벌에 일 아르신당 육십오 꼬뻬이까가 나가는 옥양목 이십사 아르신이 필요하고 그러면 공전工錢 빼고도 십오 루블 이상이 들어가는데, 이 십오 루블을 절약한 것이 집에 있을 때는 자신 있는 일이었는데. 하지만 하녀 앞에서는 창피하다고는 할 수 없어도 거북했다.

예전부터 아는 안누시까가 방으로 들어왔을 때 다리야 알렉산드로브나는 마음이 한결 가벼워지는 것을 느꼈다. 멋쟁이 하녀는 마님에게 불려가고 안누시까가 다리야 알렉산드로브나와 남게 되었다.

마님이 도착한 것을 매우 기뻐하는 것이 분명한 안누시까는 쉴새 없이 조잘거렸다. 돌리는 안누시까가 마님의 처지, 특히 백작이 안나 아르까지예브나에게 쏟는 사랑과 헌신에 대한 자기 견해를 말하고 싶어하는 것을 알아챘지만, 하녀가 이에 대한 이야기를 시작하자마자 애써 막았다.

"전 안나 아르까지예브나와 함께 자랐어요. 제게 누구보다도 중요한 사람이지요. 뭐, 우리가 심판할 문제는 아니지요. 하지만 제가 보기에 그렇게 사랑하는 것은 말이죠……"

"자, 가능하면 이걸 좀 빨도록 해줘." 다리야 알렉산드로브나가 그녀의 말을 막았다.

"네. 저희는 빨래만 하는 여자가 두명이 있는데요, 속옷은 다 기계로 해요. 백작님께서 직접 모든 것을 지시하세요. 그런 남편이라면……"

돌리는 안나가 나타나서 안누시까가 수다를 그친 것이 기뻤다. 안나는 목면으로 된 매우 단순한 옷으로 갈아입었다. 돌리는 이 단순한 옷을 주의 깊게 살펴보았다. 그녀는 이 단순함이 무엇을 의미하며 이를 위해 얼마나 많은 비용이 드는가를 알고 있었다.

"오랜 지기예요." 안나가 안누시까를 의미하며 말했다.

안나는 이제는 더이상 당황하지 않았다. 그녀는 완전히 자유롭고 평온했다. 돌리는 자기가 도착해서 일으킨 인상에서 그녀가 이제 이미 완전히 회복했고, 그녀의 감정과 진정한 생각이 있는 부분으로 들어가는 문이 잠긴 피상적이고 무관심한 어조를 취하는 것을 알았다.

"자, 딸애는 어때요, 안나?" 돌리가 물었다.

"아니요?(그녀는 자기 딸 안나를 그렇게 불렀다.) 건강해요. 몸무게가 많이 늘었어요. 보고 싶죠? 가요, 보여줄게요. 문제가 끔찍하게 많았어요." 그녀가 이야기하기 시작했다. "유모들 때문에요. 이딸리아 유모를 뒀지요. 아름답지만 정말 바보예요! 우리는 그녀를 내보내려고 했는데 딸애가 그녀에게 익숙해져서 아직도 여전히 데리고 있어요."

"하지만 대체 어떻게 처리했어요?" 돌리는 딸애가 어떤 성을 가질 것인가 하는 질문을 꺼내려 했으나, 갑자기 찌푸려진 안나의 얼굴을 알아채고 질문의 의미를 바꾸었다. "대체 어떻게 처리했어요? 벌써 젖을 떼었나요?"

하지만 안나는 알아들었다.

"언니는 그걸 물으려 한 게 아니잖아요? 언니는 성에 대해 묻고 싶었지요? 맞죠? 그게 알렉세이를 괴롭히는 문제예요. 아이에겐 성이 없어요. 그러니까 아이의 성은 까레니나죠." 안나가 맞닿은 속눈썹만 보일 만큼 눈을 가늘게 찌푸리며 말했다. "근데 그건 말예요……" 갑자기 그녀의 얼굴이 밝아졌다. "거기 대해서는 우리 나중에 다 이야기를 나누기로 해요. 가요, 그애를 보여줄게요. *애가 아주 사랑스러워요*[51]. 벌써 기어요."

집 전체에서 다리야 알렉산드로브나를 놀라게 했던 사치가 아이방에서는 더더욱 그녀를 놀라게 했다. 영국에서 주문해온 유모차, 보행기, 기어다니라고 특별히 만든 당구대 같은 소파, 요람, 특수한 신형 아기 욕조 들이 있었다. 이 모든 것은 영국제로 견고하고 품질이 좋은 것들이었고 분명 매우 값비싸 보였다. 방은 넓었고 천장이 매우 높고 밝았다.

그들이 들어갔을 때 딸애는 속옷 윗도리만 입고 탁자 앞 작은 안락의자에 앉아서 가슴 전체를 적시며 고기 완자를 먹고 있었다. 아이방에서 일하는 러시아 하녀가 아이와 함께 자기도 먹는 것이 분명했다. 유모도 보모도 없었다. 그들은 옆방에 있었고, 그곳으로부터 그들이 둘 사이에 서로 소통할 수 있는 유일한 방법인 이상한 프랑스어로 이야기하는 소리가 들렸다.

51 Elle est très gentille(프랑스어).

안나의 목소리를 듣고 옷을 잘 차려입은 키가 큰 영국 여자가 불쾌한 인상을 주는 얼굴에 꺼림칙한 표정으로 곱슬곱슬한 금발을 흔들면서 성급하게 문으로 들어와 당장, 안나가 아무 비난도 하지 않았는데도 불구하고 변명을 하기 시작했다. 안나가 한마디 한마디 할 때마다 영국 여자는 성급하게 몇번씩이나 "*네, 주인마님*[52]"이라고 말했다.

검은 눈썹과 검은 머리카락, 발그레한 뺨에 튼실하고 팽팽한 닭고기 같은 피부와 붉은 몸의 여아는 낯선 얼굴을 보는 심드렁한 표정에도 불구하고 무척 다리야 알렉산드로브나의 마음에 들었다. 그녀는 아이의 건강한 모습이 부러워지기까지 했다. 아이의 기는 모습도 무척 마음에 들었다. 그녀의 아이들 중에는 그렇게 긴 아이가 아무도 없었다. 양탄자에 앉히고 뒤에서 옷을 여며주니 이 여아는 놀랄 만큼 사랑스러웠다. 아이는 조그만 짐승처럼 커다란 검은 두 눈으로 어른들을 쳐다보며, 분명 자기를 감탄하며 보는 것을 기뻐하면서 웃음을 띤 채, 두 다리를 옆으로 뻗고 힘차게 두 손에 몸을 의지하여 엉덩이 전체를 빠르게 끌어올렸고 다시 두 손으로 앞쪽을 움켜잡았다.

하지만 아이방의 전체 분위기는, 특히나 영국 보모는 다리야 알렉산드로브나의 마음에 들지 않았다. 사람을 잘 아는 안나가 자기 딸애에게 그런 호감 가지 않고 존경할 수 없는 영국 여자를 들인 것을, 다리야 알렉산드로브나는 안나의 가정 같은 정상적이지 않은 가정으로 좋은 여자가 들어오지 않았을 거라는 점으로써만 자신에게 설명할 수 있었다. 그외에도 다리야 알렉산드로브나는 몇

52 Yes, my lady(영어).

마디 말을 해본 후 당장 안나, 보모, 유모, 아이가 서로 함께하지 않고 그 어머니의 방문이 예외적인 일이라는 것을 알아차렸다. 안나는 딸애에게 장난감을 주려고 했으나 어디 있는지 찾지도 못했다.

무엇보다도 놀랄 만한 것은 아이 이가 몇개 났느냐는 질문에 안나는 틀린 답을 말했고, 새로 이 두개가 난 사실은 전혀 알지도 못했다는 것이었다.

"제가 여기서 쓸데없는 여자라는 게 가끔 괴로워요." 안나가 아이방을 나오면서 문가에 있는 장난감들을 지나느라 치맛자락을 들어올리며 말했다. "첫째 아이 때는 달랐어요."

"반대로 생각했는데요." 다리야 알렉산드로브나가 조심스레 말했다.

"오, 아니에요! 근데 그애를, 세료자를 만났었어요." 그녀는 마치 멀리 있는 뭔가를 바라보듯이 두 눈을 가늘게 뜨며 말했다. "하지만 이건 우리 나중에 이야기해요. 언니는 믿을 수 없을 거예요. 전 꼭 가득 차린 상을 갑자기 받은 배고픈 여자 같아요. 그 여자는 뭐부터 먹기 시작해야 할지 모르지요. 가득 차린 상은 언니이고 누구와도 나눌 수 없었던 언니와의 대화들이에요. 어떤 대화를 먼저 해야 할지 모르겠어요. *하지만 언니를 봐주는 일은 없을 거예요*[53]. 전 모든 걸 다 이야기해야 하니까요. 그래요, 먼저 언니에게 우리 집에서 언니가 본 그 일행에 대해 설명해야겠네요." 그녀가 시작했다. "부인들부터 시작하죠. 바르바라 공작영애. 언니는 그녀를 알죠. 전 언니와 스찌바가 그녀에 대해 어떤 견해를 가지고 있는지 알아요. 그녀 인생의 목표 전부가 자기가 까쩨리나 빠블로브나 아주

53 Mais je ne vous ferai grâce de rien(프랑스어).

머니보다 우위에 있다는 것을 증명하는 거라고 스찌바가 말했어요. 그건 다 맞는 말이에요. 하지만 그녀는 마음이 착하고, 전 그녀에게 정말 감사해요. 뻬쩨르부르그에서 제게 *같이 다니는 여자*[54]가 한명이라도 꼭 필요한 적이 있었거든요. 근데 이리로 그녀가 나타났네요. 하지만 그녀가 마음이 착한 것은 사실이에요. 그녀는 제 상황을 많이 수월하게 해주었어요. 언니가 거기…… 뻬쩨르부르그에서 제 상황의 어려움을 이해하지 못하는 걸 알아요……" 그녀가 덧붙였다. "여기서 전 완전히 평온하고 행복해요. 자, 그 이야긴 나중에. 계속 설명해야 하니까요. 그다음 스비야시스끼. 그는 귀족단장이고 매우 제대로 된 사람이에요. 하지만 알렉세이로부터 뭔가 필요한 게 있는 사람이지요. 언니, 알지요. 우리가 시골에서 살게 된 지금 알렉세이는 재산이 있어서 큰 영향력을 가질 수 있어요. 그다음 뚜시께비치. 언니도 그를 보았지요. 그는 벳시와 함께였지요. 지금은 차여서 우리에게로 왔어요. 그는, 알렉세이 말에 따르면, 자기가 보이고 싶은 대로 받아들여지면 지내기 매우 편한 그런 사람들 중 하나지요. *게다가 품위를 지키고요*[55]. 바르바라 공작영애가 말하듯이요. 그다음 베슬롭스끼…… 언니는 이 사람을 알죠. 아주 사랑스러운 소년이지요." 그녀가 말했고 교활한 미소가 입술을 주름지게 했다. "레빈과는 무슨 그런 황당한 이야기가 다 있어요? 베슬롭스끼가 알렉세이에게 이야기했는데, 우리는 믿지 않아요. *그는 아주 사랑스럽고 순진해요*[56]." 그녀는 다시 똑같은 그 미소를 지으면서 말했다. "남자들에겐 오락이 필요하고, 알렉세이에

54 un chaperon(프랑스어).

55 et puis, il est comme il faut(프랑스어).

56 Il est très gentil et naïf(프랑스어).

겐 청중이 필요해요. 그래서 전 이 일행 전체를 소중히 여기지요. 우리 집이 활기가 있고 즐거워야 알렉세이가 새로운 것을 아무것도 원하지 않을 테니까요. 그다음, 집사를 보게 될 거예요. 독일인이고 아주 좋은 사람으로 자기 일을 알지요. 알렉세이는 그를 몹시 높이 평가해요. 그다음은 의사. 젊은 사람이고, 니힐리스트는 아니지만 글쎄 음식을 칼로 먹어요…… 하지만 아주 좋은 의사예요. 그다음은 건축가…… *작은 궁정이죠*[57]."

## 20

"자, 여기 돌리도 데려왔어요, 공작영애님. 그녀를 그렇게 보고 싶어하셨지요." 안나가 다리야 알렉산드로브나와 함께 커다란 석조 테라스로 나가면서 말했다. 그곳 그늘에 바르바라 공작영애가 알렉세이 끼릴로비치 백작을 위해 안락의자에 수를 놓는다고 수틀 뒤에 앉아 있었다. "그녀는 정찬 때까지 아무것도 안 먹겠대요. 하지만 아침을 들자고 하시면 제가 알렉세이를 찾아서 다들 데리고 올게요."

바르바라 공작영애는 상냥하게 얼마간 보호자 행세를 하며 돌리를 맞이하고는 당장 자신이 안나의 집에서 지내고 있는 이유를 해명하기 시작했다. 그녀는 자기가 항상 언니인 까쩨리나 빠블로브나, 안나를 양육한 그 여자보다 더 안나를 사랑해왔고 모두가 안나를 버린 지금 이 매우 어려운 과도기에 그녀를 돕는 것이 자신의

57 Une petite cour(프랑스어).

의무라고 여기기 때문이라고 했다.

"안나의 남편이 이혼을 해주면 나는 다시 혼자 지낼 거지만, 지금은 내가 유용할 수 있고 아무리 어렵더라도 다른 사람들과는 다르게 내 의무를 다할 셈이야! 그들은 완전히 가장 훌륭한 부부들처럼 살고 있잖아. 신이 심판할 일이지, 우리가 심판할 일이 아니고. 비류좁스끼와 아베니예바는 어땠는데…… 또 니깐드로프, 바실리예프, 마모노바, 리자 넵뚜노바는…… 아무도 아무 말도 안 했나 뭐? 하지만 모두가 그들 모두를 받아들였지. 그리고 또 *이 집은 아주 좋고 제대로야. 완전히 다 영국식인 거 있지. 아침에 영국식 아침식사를 하러 모였다가 그후에는 헤어져 각자 지내지*[58]. 정찬 때까지 각자 하고 싶은 일을 하는 거지. 정찬은 일곱시. 스찌바가 자네를 여기로 보내길 참 잘했어. 그는 그들을 지켜주어야 하니 말이야. 자네도 알겠지만, 그는 어머니와 형을 통해서 모든 걸 할 수 있어. 그리고 그들은 좋은 일을 많이 하지. 그가 자기 병원에 대해 이야기했지? *정말 멋질 거야*[59]. 모든 걸 빠리에서 가져왔으니."

그들의 대화는 안나가 남자들을 당구장에서 찾아내서 그들과 함께 테라스로 돌아오면서 끊겼다. 정찬까지는 아직 시간이 많이 남았고 날씨가 좋았기 때문에 이 남은 두시간을 보낼 이런저런 몇가지 방법들이 제안되었다. 보즈드비젠스꼬예에서 시간을 보낼 방법은 매우 많았고, 그것들은 모두 뽀끄롭스꼬예에서 사용되던 방법과는 달랐다.

"*정구 한판*[60]." 베슬롭스끼가 특유의 아름다운 미소를 지으면서

58 c'est un intérieur si joli, si comme il faut. Tout-à-fait à l'anglaise. On se réunit le matin au breakfast et puis on se sépare(프랑스어로 말하는데 breakfast는 영어).

59 Ce sera admirable(프랑스어).

제안했다. "제가 다시 한번 당신과 한편으로요, 안나 아르까지예브나."

"아니요, 더워요. 정원을 거닐고, 배를 타고 다리야 알렉산드로브나에게 강변을 보여주는 게 더 나아요." 브론스끼가 제안했다.

"저는 어떤 것이든 동의합니다." 스비야시스끼가 말했다.

"돌리에게 제일 편안한 건 정원을 거니는 거죠, 그렇지 않아요? 그다음에 배를 타러 가죠." 안나가 말했다.

그렇게 하기로 결정되었다. 베슬롭스끼와 뚜시께비치는 수영을 하러 갔고, 그곳에서 배를 준비하여 기다리겠다고 약속했다.

안나는 스비야시스끼와, 돌리는 브론스끼와, 두쌍이 나란히 길을 걷기 시작했다. 돌리는 자신이 처한 완전히 새로운 환경으로 인해 약간 당황했고 걱정도 되었다. 추상적으로나 이론적으로 그녀는 안나의 행동을 정당화했을 뿐만 아니라 찬동하기까지 했다. 대체로 도덕적 생활의 단조로움에 지친 도덕적으로 아무 흠결 없는 여자들이 드물지 않게 그러듯이, 그녀는 불륜의 사랑을 용서했을 뿐만 아니라 심지어 부러워하기까지 했다. 게다가 그녀는 안나를 진심으로 사랑하고 있었다. 하지만 실제로 다리야 알렉산드로브나는 자신에게는 낯선 이 사람들 가운데 있는 그녀를 보고, 자신에게는 새로운 이들의 멋스럽게 꾸민 풍을 보고 거북했다. 특히 자기가 누리는 안락함으로 해서 그들의 모든 것을 용서하는 바르바라 공작영애를 보는 것이 불쾌했다.

대체로, 추상적으로 돌리는 안나의 행동에 찬동했지만, 이 행동을 하게 한 이유인 그 사람을 보는 것은 불쾌했다. 게다가 브론스

60 Une partie de lawn tennis(프랑스어로 말하는데 lawn tennis는 영어). 정구는 당시 러시아에 수입된 최신 스포츠였다.

끼는 한번도 그녀의 마음에 든 적이 없었다. 그녀는 그가 매우 자존심이 높다고 여겼고, 그에게는 부자라는 것 이외에는 자존심을 세울 수 있는 근거가 아무것도 없다고 보았다. 하지만 그녀의 생각에 거슬러 그는 여기 자기 집에서 예전보다 더 그녀를 위압했고, 그녀는 그와 함께 있으면 부자유스러웠다. 그와 함께 있을 때 그녀가 느끼는 바는 그녀가 하녀 앞에서 기운 블라우스 때문에 느낀 것과 비슷했다. 기운 부분들 때문에 하녀 앞에서 창피하지는 않았어도 거북함을 느꼈듯이 그와 함께 있으면서 그녀는 내내 바로 자기 자신 때문에 창피하지는 않아도 거북했다.

돌리는 자신이 당황한 것을 느끼고 화제를 찾으려 했다. 그녀는 자존심 높은 그가 그의 저택과 정원을 칭찬하는 것에 대해 불쾌해할 것이 틀림없다고 여기기도 했지만 다른 화제를 찾지 못해서 별 수 없이 그의 저택이 매우 마음에 든다고 말했다.

"네, 이건 아주 아름다운 건축물이고, 훌륭하고 고풍스러운 양식입니다." 그가 말했다.

"현관 앞에 있는 마당이 매우 마음에 들어요. 예전에도 그랬나요?"

"오, 아니에요!" 그가 만족감에 얼굴을 환히 빛내며 말했다. "올봄에 이 마당을 보셨더라면!"

그리고 그는 처음에는 조심스럽게, 그러다가 점점 더 신이 나서 저택 장식의 여러가지 디테일들에 그녀가 주의를 기울이도록 하기 시작했다. 자기 영지의 개선과 미화에 많은 노력을 기울인 브론스끼는 새로운 인물 앞에서 그걸 꼭 자랑하고 싶어했고 다리야 알렉산드로브나의 칭찬에 진심으로 기뻐하는 것이 분명했다.

"병원이 보고 싶으시고 피곤하지 않으시다면, 병원은 멀지 않아요. 가시지요." 그가 그녀가 정말 지루해하지 않는지 확인하려고 그녀의 얼굴을 들여다보며 말했다.

"당신도 갈래요, 안나?" 그가 그녀를 향했다.

"우리도 가요. 그럴 거죠?" 그녀가 스비야시스끼를 향했다. "*하지만 불쌍한 베슬롭스끼와 뚜시께비치를 배 안에서 기다리다 못해 지치게 하면 안 되지요*[61]. 그들에게 말하러 사람을 보내야 해요. 네, 그건 그가 여기 남길 기념물이죠." 안나가 전에 병원에 대해 말할 때 지은 것과 똑같은, 다 알고 있다는 교활한 미소를 지으며 돌리를 향해 말했다.

"오, 굉장한 사업입니다!" 스비야시스끼가 말했다. 하지만 그는 무조건 브론스끼에게 동조한다는 것을 보이지 않으려고 약간의 비판적인 언급을 덧붙였다. "하지만 백작님, 제가 의아해하는 것은, 민중을 위해 위생적인 측면에서 그렇게 많은 일을 하면서 학교에 대해서는 어떻게 그렇게 무관심할 수 있느냐는 거예요."

"*학교는 너무나 평범한 일이 되었지요*[62]." 브론스끼가 말했다. "저는 그것이 아니라 이것에 마음이 끌렸던 것이죠. 여기서부터 병원으로 가야 해요." 그는 가로수길에서 옆으로 나가는 출구를 가리키며 다리야 알렉산드로브나를 향했다.

부인들은 양산을 펴고 옆길로 나왔다. 울타리에서 나와서 몇차례 이리저리 돌자 다리야 알렉산드로브나의 눈앞 높직한 곳으로 정교한 형태의, 이미 거의 완성된 붉은 건축물이 보였다. 아직 칠을 하지 않은 철 지붕이 강한 햇빛 아래 눈부시게 번쩍이고 있었다. 다

61 Mais il ne faut pas laisser le pauvre Весловский et Тушкевич se morfondre là dans le bateau(프랑스어로 말하나 베슬롭스끼와 뚜시께비치라는 이름은 러시아어로 말한다).

62 C'est devenu tellement commun les écoles(프랑스어).

지어진 건물 옆에는 숲으로 둘러싸인 다른 건물이 올라가는 중이었다. 일꾼들은 작업복을 입고 공사장 발판 위에서 벽돌을 쌓고 양동이에서 회반죽을 퍼서 바르고 흙손으로 평평하게 하고 있었다.

"당신네 일은 참 진행이 빠르군요!" 스비야시스끼가 말했다. "지난번에 왔을 때는 아직 지붕이 없었는데요."

"가을 무렵까지는 다 준비될 거예요. 내부는 이미 거의 끝난 상태예요." 안나가 말했다.

"근데 이 새 건물은 뭔가요?"

"의사와 약국을 위한 장소입니다." 브론스끼가 대답하고는, 짧은 코트를 입은 건축가가 다가오는 것을 보고서 부인들에게 용서를 구하고 그를 향해 걸어갔다.

일꾼들이 석회를 퍼올리는 구덩이를 돌아간 그는 건축가와 멈춰서서 뭔가를 열을 내며 이야기했다.

"박공이 여전히 낮아요." 그가 무슨 일이냐고 묻는 안나에게 답했다.

"기초를 더 높게 해야 한다고 제가 말했잖아요." 안나가 말했다.

"그래요, 물론 그 편이 더 좋았을 겁니다, 안나 아르까지예브나." 건축가가 말했다. "근데 이미 시기를 놓쳤어요."

"네, 전 이 일에 무척 흥미를 느끼고 있어요." 안나가 건축에 대한 그녀의 지식에 감탄을 표하는 스비야시스끼에게 대답했다. "새 건물이 병원에 어울려야 해요. 그런데 그게 나중에 고안되었고 설계 없이 시작되었지요."

브론스끼는 건축가와 대화를 끝내고 부인들에게로 합류해서 그들을 병원 내부로 안내했다.

외부는 아직 창문과 문 위의 천장 쪽 모서리들을 마저 만들고 있었고 아래층은 칠을 하고 있었지만 위층은 거의 완성 단계였다. 그들은 넓은 철제 계단을 따라 올라가서 층계참을 지나 첫번째 큰 홀로 들어갔다. 벽들은 대리석 아래로 미장이 되어 있었고 커다란 전면 유리창들이 이미 설치되어 있었으며, 마룻바닥만 아직 완성되지 않았다. 들어올린 정방형 판자를 대패질하던 목수들이 일을 멈추고는 머리를 묶었던 띠를 풀고 신사들과 인사했다.

"이건 접견실이지요." 브론스끼가 말했다. "여기에는 대, 탁자, 장을 놓을 거고 다른 것은 전혀 두지 않을 겁니다."

"이리로, 여기로 오세요, 창가로 가지 말고." 안나가 칠이 말랐나 시험해보면서 말했다. "알렉세이, 칠이 벌써 말랐어요." 그녀가 덧붙였다.

그들은 접견실에서 복도로 나갔다. 여기서 브론스끼는 그들에게 새로운 구조로 설치한 환풍시설을 보여주었다. 그다음에는 대리석으로 만든 욕조, 특별한 스프링이 달린 침대 들을 보여주었다. 그다음에는 병실들을 하나하나 보여주었고, 저장실, 속옷 두는 방, 새로운 구조로 된 난로, 복도로 필요한 물건들을 소리 안 나게 나르는 운반차, 그리고 또 많은 것들을 보여주었다. 스비야시스끼는 모든 새로운 개량품을 아는 사람으로서 모든 것을 높이 평가했다. 돌리는 이제껏 본 적이 없는 이 모든 것에 감탄했고 모든 것을 이해하고 싶어서 자세히 질문했으며, 이는 브론스끼를 눈에 띄게 만족스럽게 했다.

"네, 제 생각에는 이건 러시아에서 유일하게 제대로 지어진 병원이 될 겁니다." 스비야시스끼가 말했다.

"근데 분만실은 없나요?" 돌리가 물었다. "시골에서는 매우 필요한데요. 전 자주……"

브론스끼는 정중한 태도이기는 했지만 그녀의 말을 막았다.

"이건 분만실이 아니고 병원입니다. 전염병만 제외하고 모든 질병을 위한 것입니다." 그가 말했다. "그리고 여기 이걸 보세요……" 그는 회복기 환자들을 위해 역시 주문해온 안락의자를 다리야 알렉산드로브나 쪽으로 밀었다. "보세요." 그는 안락의자에 앉아서 그것을 움직이기 시작했다. "환자가 걸을 수가 없고 아직 기력이 약하거나 다리에 병이 있는데 공기를 좀 마시고 싶으면, 이것을 타고 나가서 돌아다니는 거죠……"

다리야 알렉산드로브나는 모든 것에 흥미를 느꼈고 모든 것이 무척 마음에 들었는데, 가장 마음에 든 것은 이렇게 자연스럽고 순진한 열성을 보이는 브론스끼 자신이었다. '그래, 이 사람은 무척 사랑스럽고 좋은 사람이야.' 그녀는 그의 말을 듣지 않고 그를 보고 그의 표정을 파고들며 머릿속으로 안나에게로 생각을 옮겨갔다. 생기를 띤 그가 지금 정말 마음에 들어서, 그녀는 안나가 어떻게 그에게 사랑을 느끼게 되었는지 이해하게 되었다.

## 21

"안 돼요, 내 생각에 공작부인께서는 피곤하시고 말에는 관심이 없으세요." 브론스끼가 스비야시스끼가 보고 싶어하는 새 망아지가 있는 마구간 건물까지 가자고 제안하는 안나에게 말했다. "가요, 내가 공작부인을 집까지 모시고 가지요. 우린 이야기를 좀 할 거예요." 그가 말했다. "괜찮으시다면요." 그러면서 그는 그녀에게로 향했다.

“전 말에 대해선 아무것도 몰라요. 저도 무척 기뻐요.” 다리야 알렉산드로브나가 약간 놀라며 대답했다.

그녀는 브론스끼의 얼굴에서 그가 그녀로부터 뭔가를 필요로 한다고 보았다. 그녀가 잘못 본 것이 아니었다. 울타리를 지나서 다시 정원으로 들어오자마자 그는 안나가 간 방향을 살펴보고 그녀가 그들의 말을 들을 수도, 그들을 볼 수도 없는 것을 확신하고 나서 말을 시작했다.

“제가 당신과 이야기하고 싶어한다는 것을 짐작하셨죠?” 그는 대담한 시선으로 그녀를 바라보며 말했다. “당신이 안나의 친구라는 제 생각이 틀리지 않았습니다.” 그는 모자를 벗고 손수건을 꺼내어 벗어져가는 머리를 닦았다.

다리야 알렉산드로브나는 아무 대답도 하지 않고 그저 겁먹은 눈으로 그를 쳐다보았다. 그와 단둘이 남자 그녀는 갑자기 무서워졌다. 그의 웃고 있는 두 눈과 진지한 얼굴 표정이 그녀를 겁먹게 했던 것이다.

그가 무엇에 대해 이야기할 것인가에 대한 그야말로 온갖 가정들이 그녀의 머릿속을 스쳐갔다. ‘그가 나한테 아이들과 함께 자기 집으로 와서 지내라고 청하면 나는 거절할 거야. 혹 모스끄바에 안나를 위한 모임을 만들어주기를 청하려는 걸까? 아니면 바센까 베슬롭스끼나 그와 안나의 관계에 대한 건 아닐까?’ 그녀는 내내 뭔가 불쾌한 일에 대해 막연히 예견했을 뿐, 그가 그녀와 무엇에 대해 말하고 싶어하는지 알아맞힐 수가 없었다.

“당신은 안나에 대해 굉장한 영향력을 가지고 계십니다. 그녀는 당신을 정말 사랑합니다.” 그가 말했다. “절 도와주세요.”

다리야 알렉산드로브나는 미심쩍은 듯—소심하게, 보리수나무 그늘 속의 햇빛이 비치는 곳으로 때로는 전체적으로, 때로는 부분적으로 나왔다가 다시 그늘로 들어가 어두워지곤 하는 그의 정력적인 얼굴을 쳐다보면서 그가 이어서 무슨 말을 할 것인지 기다렸지만, 그는 단장으로 자갈을 찍으면서 말없이 그녀 곁에서 걷고 있었다.

"안나의 옛 친구들 중에서 유일한 여자분이신 당신이 우리를 방문하셨다면—전 바르바라 공작영애는 치지 않습니다—, 그건 당신이 우리의 상황을 정상적이라고 여겨서가 아니라 우리 상황의 모든 어려움을 이해하면서도 여전히 마찬가지로 그녀를 사랑하고 그녀를 돕고 싶어하기 때문이라는 것을 이해합니다."

"오, 네." 다리야 알렉산드로브나가 양산을 접으면서 대답했다. "하지만……"

"아무도," 그는 말을 막고 저도 모르게 멈춰섰는데, 그는 자신이 이로써 자기와 대화하는 상대방 여인도 멈춰서게 하여 그녀를 거북한 처지로 만든다는 것을 잊고 있었다. "안나의 상황의 모든 어려움을 저보다 더 강하게 느끼는 사람은 아무도 없습니다. 그리고 그건 이해가 되실 겁니다. 만약 당신이 제가 심장을 가진 사람이라고 여겨주시는 명예를 베푸신다면 말이죠. 제가 이 상황의 원인이고, 그리고 저는 그것을 느끼고 있습니다."

"이해해요." 다리야 알렉산드로브나는 그렇게 솔직하고 확실하게 이야기하는 그에게 저도 모르게 감탄하면서 말했다. "하지만 바로 자신을 원인이라고 여기시기 때문에 더 과장하시는 게 아닐까 두렵네요." 그녀가 말했다. "사교계에서 그녀의 처지는 어렵지요. 이해합니다."

"사교계에서는 지옥이에요!" 그가 얼굴을 어둡게 찌푸리면서 빠르게 말했다. "그녀가 두주일 동안 뻬쩨르부르그에서 겪은 것보다 더 큰 정신적 고통은 생각할 수 없습니다…… 제 말을 믿어주시기를 부탁합니다."

"네, 하지만 지금, 안나도 당신도…… 사교계를 필요로 하지 않는 한……"

"사교계!" 그가 경멸조로 말했다. "제게 사교계가 무슨 필요가 있나요?"

"그런 한, 아마 항상 그럴 수도 있겠는데, 당신들은 행복하고 평온하지요. 안나를 보니 그녀가 완전히 행복하고 평온한 걸 알겠어요. 그녀가 벌써 제게 말했어요." 다리야 알렉산드로브나가 미소 지으며 말했다. 그런데 이 말을 하면서 지금 그녀는 저도 모르게 안나가 실제로 행복한가 하는 의심이 들었다.

하지만 브론스끼는 이를 의심하지는 않는 것으로 보였다.

"네, 네." 그가 말했다. "그녀는 모든 고통을 겪은 후에 되살아났어요. 그녀는 행복해요. 그녀는 진정으로 행복해요. 하지만 저는요? 전 우리를 기다리는 것이 두려워요. 미안합니다, 걷고 싶으시죠?"

"아니요. 아무래도 좋아요."

"자, 그럼 여기 앉지요."

다리야 알렉산드로브나는 가로수길 모퉁이에 있는 정원 벤치에 앉았다. 그는 그녀 앞에 멈춰섰다.

"그녀가 행복하다는 걸 압니다." 그가 반복해서 말하자, 그녀가 행복한 걸까 하는 의문이 좀더 강하게 다리야 알렉산드로브나의 가슴을 파고들었다. "하지만 이런 상태가 그저 지속되는 게 가능할까요? 우리가 행동을 잘 했는지 잘못 했는지 하는 건 다른 문제입니다. 하지만 일은 결정되었지요." 그가 러시아어에서 프랑스어로 바꿔가면서 말했다. "우리는 죽을 때까지 묶여 있습니다. 우리는 우리에게 가장 성스러운 사랑이라는 굴레로 연결되어 있습니다. 우리에게는 아이가 있지요. 아이를 더 가질 수도 있습니다. 하지만 법률과 우리 상황의 모든 조건들 때문에 수천가지 곤란한 점들이 나타납니다. 지금 그녀는 모든 고통과 체험을 겪은 후에 정신적 휴식을 취하며 아무것도 보지 않고 보고 싶어하지도 않습니다. 그건 이해할 만하지요. 하지만 저는 보지 않을 수 없습니다. 제 딸은 법적으로는 제 딸이 아니고 성이 까레니나입니다. 전 이 기만을 원하지 않습니다!" 그는 맹렬한 부정의 몸짓으로 말하고 나서 다리야 알렉산드로브나를 묻는 듯이 음울하게 바라보았다.

그녀는 아무 대답도 하지 않고 그저 그를 쳐다보기만 했다. 그는 계속했다.

"내일이라도 아들이, 제 아들이 태어나면 그애는 법적으로는 까레닌이죠. 그는 제 영지, 제 재산의 상속자가 아닙니다. 아무리 우리가 가족 안에서 행복하고 우리에게 많은 애들이 있어도, 나와 애들 사이에는 아무 연관이 없는 겁니다. 애들의 성은 까레닌이지요. 이 상황의 어려움과 끔찍함을 이해하시지요. 이 문제에 대해 안나에게 말하려고 해보았지요. 이는 그녀를 자극합니다. 그녀는 이해를 못 하고, 저는 그런 그녀에게 모든 걸 다 이야기할 수 없지요. 이제 다른 측면에서도 살펴보지요. 저는 그녀의 사랑으로 인하여 행복합니다. 하지만 저는 할 일이 있어야 합니다. 저는 이 일을 찾았고, 이 일을 자랑스러워합니다. 그리고 전 이 일이 궁정이나 군대에서 제 옛 동료들이 하는 일보다 더 고상하다고 생각합니다. 또한 이미, 의심할 바 없이, 이 일을 그들의 일과 바꾸지 않을 것입니다. 저는 여기서 일합니다. 제 자리에 앉아서요. 그리고 전 행복하고 만족하고 있고, 저희에게는 행복을 위해서 더이상 필요한 건 없습니다. 저는 이 사업을 사랑합니다. *이건 어쩔 수 없어서 하는 일이 아닙니다*[63]. 반대로……"

다리야 알렉산드로브나는 그의 해명이 이 지점에 도달하자 그가 헷갈리는 것을 알아챘고 그가 왜 이렇게 허우적거리는지 이해할 수 없었지만, 그가 안나와는 이야기할 수 없었던 자기 내면의 상황에 대해서 한번 말을 시작하자 모든 것을 지금 다 이야기하고 있으며 그의 시골에서의 활동과 안나와의 관계의 문제가 그의 내면 상황의 동일한 부분에 속한다는 것을 느꼈다.

"자, 계속 말씀드리지요." 그는 정신을 가다듬고 말했다. "중요한 것은, 일을 하면서 이 일이 제게서 끝나지 않고 후계자가 있으리라는 확신을 꼭 가져야 한다는 것입니다. 그런데 제게 이 확신이 없네요. 자기 아이들과 자기가 사랑하는 아내가 자기가 아니라 그들을 미워하고 그들을 알기를 원하지 않는 누군가에게 속한다는 것을 알고 있는 사람의 처지를 상상해보세요. 이건 정말 끔찍해요!"

그는 분명 격심한 흥분 속에서 침묵하고 있었다.

"네, 물론 전 그 점을 이해해요. 하지만 안나가 뭘 할 수 있나요?" 다리야 알렉산드로브나가 물었다.

"네, 그렇게 질문해주셔서 제 대화의 목표로 다가가게 하시네요." 그가 가까스로 자신을 제어하며 말했다. "안나는 할 수 있어요. 이건 안나에게 달려 있습니다…… 황제에게 양자를 신청하기 위해서라도 이혼이 필수적이지요. 이것은 안나에게 달려 있습니다. 그녀의 남편은 이혼을 할 준비가 되어 있습니다. 그때 댁의 남

63 Cela n'est pas un pis-aller(프랑스어).

편께서 그 일을 완전히 마무리하려고 할 참이었지요. 지금도 그녀의 남편은 반대하지 않을 거라고 알고 있습니다. 그에게 편지를 쓰기만 하면 돼요. 그때 그는 그녀가 원하는 바를 표현하면 거절하지 않겠다고 직접적으로 대답했습니다. 물론……" 그는 음울하게 말했다. "이건 심장이 없는 그런 인간들만이 할 수 있는 바리새인스러운 잔혹한 행동들의 하나지요. 그는 알고 있습니다. 그에 대한 여하한 기억도 그녀에게 얼마나 고통스러울 것인지 알고 있고, 그녀를 알기 때문에 그녀에게 편지를 요구하는 겁니다. 이는 그녀에게 고통스러울 것이라는 걸 이해합니다. 하지만 *감정의 이 모든 미묘함을 뛰어넘어야 할*[64] 이유들은 너무나 중요한 것들입니다. *이건 행복과 안나와 그녀의 아이들의 존재에 관한 것이지요*[65]. 비록 제게 고통스럽지만, 무척 고통스럽지만, 저 자신에 대해서는 말하지 않으렵니다." 그는 자기에게 고통을 준 그 누군가를 협박하는 듯한 표정으로 말했다. "자, 공작부인, 전 구원의 닻줄을 잡듯이 당신을 양심도 없이 꼭 붙잡습니다. 그녀가 그에게 편지를 쓰고 이혼을 요구하도록 저를 도와주십시오!"

"네, 물론이에요." 다리야 알렉산드로브나가 지난번 마지막으로 알렉세이 알렉산드로비치를 만났을 때를 생생하게 기억하면서 생각에 잠겨 말했다. "네, 물론이에요." 그녀는 안나를 떠올리며 확실하게 되풀이하여 말했다.

"그녀에 대한 당신의 영향력을 행사해주세요. 그녀가 편지를 쓰도록 해주세요. 저는 이에 대해 그녀와 이야기하고 싶지도 않고 이야기하는 것도 거의 불가능합니다."

---

64 passer par-dessus toutes ces finesses de sentiment(프랑스어).

65 Il y va du bonheur et de l'existence d'Anne et de ses enfants(프랑스어).

"좋아요, 제가 이야기해볼게요. 하지만 대체 왜 그녀는 스스로 생각하지 않는 거지요?" 다리야 알렉산드로브나가 문득 왠지 모르게, 눈을 가늘게 조금만 뜨는 안나의 이상한 새로운 습관을 떠올리며 말했다. 그리고 마음속 깊이 감추어져 있는 생활의 내밀한 면들을 건드렸을 때 안나가 눈을 가늘게 조금만 뜨는 것을 떠올렸다. '그녀는 모든 것을 보지 않기 위해서 자신의 삶에 대해 눈을 가늘게 뜨는 것 같아.' 돌리는 잠시 생각했다. "저를 위해서, 그리고 그녀를 위해서 꼭 그녀와 이야기할게요." 그의 감사 표현에 다리야 알렉산드로브나가 답했다.

그들은 일어나서 저택으로 향했다.

## 22

이미 돌아와 있는 돌리와 마주치자 안나는 말로 하지는 않았지만 마치 그녀와 브론스끼가 무슨 이야기를 했는지 묻는 듯이 유심히 그녀의 두 눈을 들여다보았다.

"벌써 식사하러 갈 시간인 것 같아요." 그녀가 말했다. "우리는 아직 서로 제대로 보지도 못했네요. 저녁에 기회가 있으리라고 여겨요. 지금은 옷을 갈아입으러 가야 해요. 언니도 마찬가지겠지요. 공사장에서 온통 얼룩투성이가 됐으니까요."

돌리는 자기 방으로 돌아오긴 했는데 우스운 생각이 들었다. 그녀는 이미 자기 옷 중에서 가장 좋은 옷을 입었기 때문에 갈아입고 말고 할 옷이 없었다. 하지만 뭐라도 정찬 차림을 했다는 것을 보이기 위해서 그녀는 하녀에게 옷을 깨끗이 해달라고 명했고 커프

스와 리본을 바꾸고 머리에 자수 스카프를 썼다.

"이게 내가 할 수 있었던 전부예요." 그녀는 미소를 지으면서, 세 번째 옷, 이번에도 역시 지극히 단순한 드레스를 입고 그녀에게로 온 안나에게 말했다.

"네, 여기서 우리는 몹시 격식을 차리지요." 안나가 자기가 차려입은 것을 사죄하듯이 말했다. "알렉세이는 언니가 와서 만족해해요. 그가 뭔가에 만족해하기는 드문 일인데요. 그는 확실히 언니에게 사랑에 빠졌어요." 그녀가 덧붙였다. "근데 피곤하지 않아요?"

식사 전에는 아무런 이야기를 할 시간이 없었다. 그들이 응접실로 들어갔을 때 그곳에는 이미 바라바라 공작영애와 검은 예복을 입은 남자들이 있었다. 건축가는 프록코트를 입고 있었다. 브론스끼는 손님들에게 의사와 집사를 소개했다. 그는 건축가를 이미 병원에서 그녀에게 소개했었다.

뚱뚱한 하인장이 면도한 둥그런 얼굴과 하얀 넥타이의 풀 먹인 리본을 빛내면서 요리가 준비되었다고 알렸고, 부인들이 일어났다. 브론스끼는 스비야시스끼에게 안나 아르까지예브나에게 손을 내밀도록 청하고 자신은 돌리에게로 다가갔다. 베슬롭스끼는 뚜시께비치보다 먼저 바르바라 공작영애에게 손을 내밀어서 뚜시께비치는 집사와 의사와 함께 짝 없이 걸어갔다.

식사, 식당, 그릇, 시중, 포도주, 요리는 최신 유행의 사치라는 이 집의 전체적인 분위기에 상응했을 뿐만 아니라 보아하니 다른 모든 것보다도 더 사치스럽고 새로운 것들이었다. 다리야 알렉산드로브나는 살림을 꾸려가는 안주인으로서 자신에게는 새로운 이 사치를—비록 이 모든 호화로운 것들이 그녀의 생활수준으로는 어림없는 수준 높은 것으로서 그 무엇도 자기 집에 적용하겠다는 희망을 품지는 않았지만—관찰했고, 저도 모르게 모든 세부 사항들을 자세히 파고들었으며, 누가 어떻게 이 모든 것을 마련했을까 하는 질문을 스스로에게 던졌다. 바셴까 베슬롭스끼, 그녀의 남편, 그리고 심지어 스비야시스끼나 그녀가 아는 많은 사람들은 한번도 이에 대해 생각하지 않았으며, 예의 바른 주인들이 손님들에게 느끼게 하고 싶은 대로, 즉, 자기 집에 모든 것이 잘 갖추어진 것이 집주인 자신으로서는 전혀 어려운 일이 아니며 저절로 된 일이라는 것을 말 그대로 믿었다. 그러나 다리야 알렉산드로브나는 심지어 아이들에게 아침식사로 죽을 주는 것조차 저절로 되는 일이 없고, 그래서 이런 복잡하고 훌륭한 정찬을 베풀려면 누군가가 각별한 주의를 기울여야 했음에 틀림없다는 것을 알고 있었다. 그리고 식탁을 둘러보고, 고갯짓으로 하인장에게 지시하고, 그녀에게 찬 수프와 더운 수프 중에서 선택하라고 제안하는 알렉세이 끼릴로비치의 시선으로 보아 다리야 알렉산드로브나는 이 모든 것이 직접 집주인의 노력에 의해서 행해졌고 유지되고 있다는 것을 알아챘다. 이 모든 것에 안나는 베슬롭스끼보다도 더 기여를 하지 않았음이 분명했다. 그녀, 스비야시스끼, 공작영애, 베슬롭스끼는 똑같이 그들을 위해 마련된 것들을 즐겁게 누리는 손님들이었다.

안나는 대화를 이끌어가는 데 있어서만 안주인이었다. 소규모의 식탁에서, 익숙하지 않은 호화로움 앞에서 주눅 들지 않으려고 노력하며 공통의 대화에 오랫동안 참가할 수 없는 집사나 건축가 같은 완전히 다른 세계의 사람들 앞에서, 안주인에게는 지극히 어려운 이 대화를 안나는 그녀 특유의 익숙한 재치와 자연스러움과 심지어 만족감까지 가지고 이끌어가는 것을 다리야 알렉산드로브나는 알아보았다.

대화는 뚜시께비치와 베슬롭스끼만 보트를 탄 것에 관한 이야기로 시작되었고, 뚜시께비치가 뻬쩨르부르그 요트 클럽의 최근 경기들에 대해 이야기하게 되었다. 하지만 안나는 그가 말을 그치기를 마저 기다렸다가 당장 건축가에게 시선을 돌렸다. 그를 침묵에서 이끌어내기 위함이었다.

"니꼴라이 이바니치가 놀랐어요." 그녀가 스비야시스끼에 대해 말했다. "지난번 이곳을 방문한 이후 새로운 건물이 얼마나 올라갔는지에 대해 말예요. 저는 매일 가면서도 얼마나 빨리 진행되는지 매일 놀라지요."

"각하와 일이 잘됩니다." 건축가가 미소를 지으며 말했다.(그는 자신의 가치를 인식하고 있는 예의 바르고 침착한 사람이었다.) "이 주의 세력 있는 사람들과 다르시지요. 전 서류 더미를 써야 하는 대신 백작님에게 직접 보고하고 함께 의논하지요. 그것도 간단하게요."

"미국식이네요." 스비야시스끼가 미소를 지으며 말했다.

"그렇지요. 그곳에서는 건물을 합리적으로 짓습니다……"

대화는 미합중국의 권력남용에 대한 것으로 넘어갔지만, 안나는 집사를 침묵에서 끌어내기 위해서 당장 다른 주제로 화제를 돌렸다.

"언니, 수확기계 본 적 있어요?" 그녀는 다리야 알렉산드로브나에게로 향했다. "언니를 만났을 때 우리는 그걸 보러 갔었지요. 저도 처음 봤어요."

"그 기계는 대체 어떻게 작동하나요?" 돌리가 물었다.

"완전히 가위처럼요. 판 하나에 다수의 작은 가위들이지요. 자, 이렇게요."

안나는 반지로 덮인 아름답고 하얀 손으로 나이프와 포크를 쥐고 설명하기 시작했다. 그녀는 분명 자기의 설명으로 사람들이 아무것도 이해하지 못할 것이라는 걸 알았지만, 자신이 기분 좋게 이야기하고 있고 자기 손이 아름답다는 것을 의식하며 설명을 계속했다.

"주머니칼에 가깝군요." 베슬롭스끼가 그녀에게 정신이 팔려서 눈을 떼지 못하고 말했다.

안나는 보일락 말락 미소를 지었지만 그에게 대답하지 않았다.

"가위들 같은 게 맞지요, 카를 페도리치?" 그녀는 집사를 향했다.

"*오, 네*[66]." 독일인이 대답했고 "*아주 간단한 물건이지요*[67]"라며 기계의 구조를 설명하려 했다.

"묶지 않아서 유감이에요. 빈 전시회에서 본 것은 철사로 묶던데요." 스비야시스끼가 말했다. "그런 것이 더 유용했을 텐데요."

"*사정에 따라 다릅니다…… 철사값을 계산해야 하니까요*[68]." 침묵에서 벗어나게 된 독일인은 브론스끼를 향했다. "*그것은 계산해 볼 수 있습니다, 각하*[69]." 독일인은 벌써 모든 것을 적어놓은, 연필이 끼워진 수첩이 든 주머니로 손을 넣으려고 했다. 하지만 자신이 식사하기 위해 앉아 있다는 것을 기억하고, 브론스끼의 차가운 시선을 알아차리고 나서 자제했다. "*너무 복잡합니다. 많은 성가신 일이 될 겁니다*[70]." 그가 결론을 내렸다.

66 O, ja(독일어).

67 Es ist ein ganz einfaches Ding(독일어).

68 Es kommt drauf an... Der Preis vom Draht muss ausgerechnet werden(독일어).

69 Das lässt sich ausrechnen, Erlaucht(독일어).

70 Zu kompliciert, macht zu viel Klopot(독일어). 그는 러시아어 '성가신 일'(хлопот)을 독일인들이 하는 러시아어 발음으로 장난스럽게 말한다.

"*이익을 얻으려면 성가신 일을 해야지요*[71]." 바센까 베슬롭스끼가 독일인을 놀리며 말했다. "*독일어를 너무 좋아해서요*[72]." 그는 다시 똑같은 미소를 지으며 안나를 향했다.

"*그만두세요*[73]." 그녀는 그에게 장난 같은 엄격한 어조로 말했다.

"근데 우리는 당신을 들에서 만나리라고 생각했지요, 바실리 세묘니치." 그녀는 병색이 도는 의사를 향했다. "거기 갔다 오셨어요?"

"갔었지만 금방 증발했지요." 의사가 음울하게 농담조로 대답했다.

"그러니까 좋은 산책 한번 하신 셈이네요."

"굉장히요!"

"자, 노파의 건강은 어때요? 바라건대 티푸스는 아니지요?"

"티푸스건 아니건 유리한 상황은 아니지요."

"참 안됐네요!" 안나가 말했다. 이런 식으로 집안의 아랫사람들에게 응분의 경의를 표한 다음 그녀는 지기들을 향했다.

"근데 여전히 당신의 이야기에 따라 기계를 만드는 일은 어려울 것 같네요, 안나 아르까지예브나." 스비야시스끼가 농담으로 말했다.

"아니, 대체 왜요?" 안나는 기계의 구조에 대한 자신의 설명 속에 스비야시스끼도 주목한 뭔가 사랑스러운 점이 있음을 자신이 알고 있다는 것을 나타내는 미소를 지으면서 말했다. 전에 없던 젊은 여자 같은 이 교태가 돌리에게 기분 나쁜 인상을 주었다.

"하지만 그 대신 건축에 있어서 안나 아르까지예브나의 지식은

---

71 Wünscht man Dochots, so hat man auch Klopots(독일어).

72 J'adore l'allemand(프랑스어).

73 Cessez(프랑스어).

놀랄 만하지요." 뚜시께비치가 말했다.

"물론이지요. 어제 안나 아르까지예브나가 '조임쇠와 주조판으로'라고 말하는 걸 들었지요." 베슬롭스끼가 말했다. "제가 제대로 말했나요?"

"그렇게 많이 보고 들으면 놀랄 만한 게 전혀 아니에요." 안나가 말했다. "근데 당신은 아마도 집을 무엇으로 만드는지조차도 모르지요?"

다리야 알렉산드로브나는 안나가 그녀와 베슬롭스끼 사이의 장난조에 불만을 느끼면서도 그녀 자신도 모르게 그리로 빠져드는 것을 보았다.

이 경우 브론스끼는 레빈과는 전혀 달랐다. 그는 베슬롭스끼의 수다에 아무런 중요성을 두지 않는 게 분명했고, 오히려 이 농담들을 부추기기까지 했다.

"그래요, 그럼 말해봐요, 베슬롭스끼. 돌들을 무엇으로 붙이지요?"

"물론 시멘트죠."

"브라보! 그럼 시멘트는 대체 뭘까요?"

"그러니까 멀건 죽 같은…… 아니, 접착제 같은 거죠." 베슬롭스끼가 모두에게 웃음을 불러일으키면서 말했다.

음울한 침묵에 빠져 있는 의사, 건축가, 집사를 제외한 모든 사람들은 식사하는 동안 입을 다물지 않았다. 어떤 대목에서는 매끄럽게 진행되기도 하고 어떤 대목에서는 걸리기도, 어떤 대목에서는 누군가를 아프게 건드리기도 하면서. 다리야 알렉산드로브나도 한차례 아픈 곳을 찔려 열이 뻗쳐서 얼굴을 붉히기까지 했으나, 그 다음에는 벌써 자기가 무슨 쓸데없이 불쾌한 말을 하지는 않았나 기억해보았다. 스비야시스끼는 레빈에 대해 말을 꺼내며 그가 러시아의 농지경영에는 기계가 해롭기만 하다는 이상한 판단을 내린 데 대해 말했다.

"전 그분을 알 기회를 가지지는 못했습니다." 브론스끼가 미소를 지으며 말했다. "하지만 아마도 그는 그가 비판하는 기계들을 한번도 보지 못했을 겁니다. 그가 보았고 경험했다면, 그것도 외국 것이 아니라 러시아 것이라면, 거기서 어떤 견해들이 나올 수 있을까요?"

"그건 대체로 터키식 견해겠지요." 베슬롭스끼가 안나를 향하며 미소를 띠고 말했다.

"저는 그의 판단을 방어할 수는 없어요." 다리야 알렉산드로브나가 열을 올리며 말했다. "하지만 전 그가 매우 많이 교육받은 사람이라는 건 말할 수 있어요. 그리고 만약 그가 여기 있었더라면 그는 뭐라고 대답해야 할지 알았을 거예요. 하지만 전 대답할 능력이 없네요."

"전 그를 무척 사랑해요. 우리는 친한 친구지요." 스비야시스끼가 선량하게 웃으며 말했다. "*하지만, 미안하지만 그는 약간 정신 나간 사람이에요*[74]. 예를 들어 그는 지방의회건 조정판사건 모든 게 필요 없다고 확신하고 무엇에도 참가하고 싶어하지 않아요."

"그건 우리 러시아적 무관심이지요." 브론스끼가 굽 있는 날씬한 유리잔으로 얼음이 담긴 유리병에서 물을 따르면서 말했다. "우리의 권리가 우리에게 요구하는 의무를 느끼지 않는 겁니다. 그래서 이 의무를 거부하는 거지요."

"전 자기 의무를 이행하는 데 있어서 그보다 더 엄격한 사람은

**74** Mais pardon, il est un petit peu toqué(프랑스어).

알지 못해요." 브론스끼의 이 우월한 태도에 신경이 곤두선 다리야 알렉산드로브나가 말했다.

"전 반대로……" 웬일인지 분명 이 대화로 흥분한 브론스끼가 계속했다. "전 반대로, 보시다시피 여기 니꼴라이 이바니치 덕분에 (그는 스비야시스끼를 가리켰다) 제가 명예 조정판사로 뽑힌 것을 명예롭게 생각하며 감사하고 있습니다. 저는 회합에 나가서 농부들의 말馬에 대한 문제를 논의하는 의무도 제가 할 수 있는 모든 것과 마찬가지로 중요하다고 여깁니다. 그리고 저를 지방자치 의원으로 뽑아준다면 저는 이를 명예로 여길 겁니다. 그로써 저는 제가 그저 지주로서 누리는 혜택들을 보상할 수 있지요."

다리야 알렉산드로브나는 그가 자기 집 식탁에서 자신의 정당성에 대해 안심하고 있는 것을 듣노라니 이상한 기분이 들었다. 그녀는 그와 정반대로 생각하는 레빈도 자신의 식탁에서는 자기의 판단에 확고하다는 것을 기억했다. 하지만 그녀는 레빈을 사랑했고, 그래서 그의 편이었다.

"그러니까 백작, 우리가 다음 회합에 당신이 오리라고 기대할 수 있다는 거죠?" 스비야시스끼가 말했다. "하지만 팔일에 이미 그곳에 있으려면 일찍 떠나야 합니다. 당신이 우리 집으로 오시는 영광을 베푸신다면 어떨까요?"

"저도 언니의 *제부*[75]에게 어느정도 동의해요." 안나가 말했다. "그 사람처럼은 아니지만요." 그녀가 미소를 띠고 덧붙였다. "최근에 와서 너무나 많은 사회적 의무가 있지 않나 걱정돼요. 예전에는 관리들이 많아서 사사건건 관리의 관여가 요구되었던 것처럼 지

75 beau-frère(프랑스어).

금은 늘 사회활동가들이 그렇지요. 알렉세이는 이제 여기 온 지 여섯달 되었는데요, 이미 대여섯군데 각기 다른 사회조직에 속해 있어요. 후견인, 조정판사, 지방자치 의원, 배심원, 무슨 마사회. *이런 식으로 해서*[76] 그는 내내 이 일들을 하느라 집을 떠나 있지요. 제가 걱정하는 건, 이런 일들이 그렇게 많다면 그저 형식적일 뿐이지 않을까 하는 거예요. 니꼴라이 이바니치, 당신은 몇군데의 회원인가요?" 그녀는 스비야시스끼를 향했다. "아마도 스무군데가 넘는 것으로 보이네요?"

안나는 농담조로 말하고 있었지만 그녀의 어조에서 흥분이 느껴졌다. 안나와 브론스끼를 주의 깊게 관찰하고 있던 다리야 알렉산드로브나는 당장 이를 알아챘다. 그녀는 이 대화를 할 때 브론스끼의 얼굴이 당장 엄격하고 고집스러운 표정을 나타내는 것도 역시 알아챘다. 이러한 점과 바르바라 공작영애가 대화를 바꾸려고 뻬쩨르부르그에 있는 지기들에 대해 서둘러 말을 시작한 것을 알아채고 또 브론스끼가 정원에서 자기 일에 대해 어딘가 격에 맞지 않게 말한 것을 기억한 돌리는, 안나와 브론스끼 사이의 어떤 내밀한 다툼이 이 사회활동과 연관되어 있다는 것을 알아챘다.

식사, 포도주, 시중, 모든 것이 매우 훌륭했지만 이 모든 것이 다리야 알렉산드로브나가 이미 참석하는 습관이 없어진 초청연이나 무도회에서 본 것 같은 종류로, 비개성적이고 긴장된 것이었다. 그래서 이 보통 날의 작은 모임에 나타난 모든 것이 그녀에게 불쾌한 인상을 남겼다.

식사 후에는 테라스에 좀 앉아 있었다. 그러고 나서 *정구*[77]를 치

---

**76** Du train que cela va(프랑스어).

**77** lawn tennis(영어).

기 시작했다. 금도금한 작은 말뚝들로 양쪽을 팽팽하게 당긴 네트가 쳐져 있고 꼼꼼하게 땅을 골라 편평하게 만들고 단단하게 다진 크로켓 그라운드에 게임하는 사람들이 두조로 나뉘어 정렬했다. 다리야 알렉산드로브나도 쳐보려고 시도했지만 오랫동안 게임을 이해하지 못했고, 게임을 이해했을 때는 피곤해서 바르바라 공작영애와 함께 치는 사람들을 바라보기만 했다. 그녀의 짝이었던 뚜시께비치 역시 그만두었다. 하지만 남은 사람들은 게임을 오랫동안 계속했다. 스비야시스끼와 브론스끼는 둘 다 매우 훌륭하고 진지하게 쳤다. 그들은 그들에게로 날아온 공을 예리하게 쫓으면서 서둘지도 질질 끌지도 않고 민활하게 공을 향해 달려가 튀어오르는 것을 기다렸다가 라켓으로 정확하고 확실하게 공을 쳐 보내서 네트를 넘겼다. 베슬롭스끼가 제일 못 쳤다. 그는 너무나 흥분했던 것이다. 하지만 그 대신 그는 특유의 유쾌함으로 치는 사람들에게 생기를 불어넣었다. 그의 웃음과 외침이 그치지 않았다. 그는 다른 남자들처럼 부인들의 허락을 얻어 겉옷을 벗었다. 셔츠의 하얀 소매 속 그의 강하고 아름다운 육체와 땀 흘리는 상기된 얼굴과 격렬한 동작들이 그대로 기억 속으로 강하게 박혔다.

다리야 알렉산드로브나가 이날 밤 자려고 누워서 막 눈을 감았을 때 크로켓 그라운드를 누비고 다니던 바센까 베슬롭스끼가 눈에 선했다.

하지만 게임을 하는 동안 다리야 알렉산드로브나는 불쾌했다. 이때도 계속되던 베슬롭스끼와 안나 간의 장난스러운 관계와 어른들이 아이들 없이 그들끼리 아이들 게임을 하는 것이 마음에 들지 않았다. 하지만 그녀는 다른 사람들을 기분 나쁘게 하지 않고 어떻게라도 시간을 보내기 위해서, 쉬고 나서 다시 게임에 합류해서 유쾌한 척했다. 이날 하루 종일 모든 것이 그녀에게는 그녀가 극장에서 자신보다 더 훌륭한 연극배우들과 연기를 하는데 그녀의 나쁜 연기가 모든 것을 망치는 것같이 여겨졌다.

그녀는 괜찮으면 이틀을 머물려고 마음먹고 왔었다. 하지만 저녁에 게임을 하는 동안, 그녀는 내일 떠나기로 마음먹었다. 그 고통스러운 어머니로서의 걱정들, 그녀가 오는 길에 그렇게도 증오했던 걱정들이 지금 그것들 없이 한나절이 지나자 이미 완전히 다르게 비쳤고 그녀를 끌어당겼다.

저녁 티타임이 지나고 보트를 타고 밤산책을 한 후에 다리야 알렉산드로브나는 혼자서 자기 방으로 들어와서 드레스를 벗고 자기의 성긴 머리카락을 빗기 위해 의자에 앉았을 때 한결 마음이 편한 것을 느꼈다.

심지어 이제 안나가 그녀에게로 오리라는 생각조차 불편했다. 그녀는 혼자만의 생각에 잠겨 혼자 있고 싶었다.

## 23

안나가 나이트가운을 입고 그녀에게로 왔을 때 돌리는 이미 눕고 싶었다.

하루 동안 안나는 몇차례 내면의 문제에 관해 대화를 시작하곤 했지만, 매번 몇마디를 하고 나서 그만두었다. "나중에, 둘이서만 이야기를 나눠요. 할 이야기가 참 많아요." 그녀는 말했었다.

지금 그들은 둘이만 있었는데, 안나는 무엇에 대해 이야기해야 할지 몰랐다. 그녀는 창가에 앉아서 돌리를 바라보며 무진장해 보였던 그 모든 내면에 관한 대화의 저장고를 기억 속에서 헤집어보았으나 아무것도 찾아낼 수 없었다. 이 순간 그녀에게는 모든 것이 이미 다 이야기된 것으로 여겨졌다.

"자, 끼찌는 어때요?" 그녀는 깊이 한숨을 쉬고 나서 돌리를 바라보며 말했다. "진실을 말해줘요, 돌리. 그녀가 내게 화를 내고 있지는 않아요?"

"화를 내냐고요? 아니요." 다리야 알렉산드로브나가 미소를 지으면서 말했다.

"하지만 증오하고 경멸하지요?"

"오, 아녜요. 하지만 그게 용서되지는 않는다는 거 알죠?"

"네, 네." 몸을 돌려 열린 창문 밖을 바라보며 안나가 말했다. "하지만 제 죄는 아니에요. 그리고 누가 죄가 있나요? 죄가 있다는 게 뭘까요? 달리 될 수 있었단 말인가요? 자, 어떻게 생각해요? 언니가 스찌바의 아내가 아닐 수 있었을까요?"

"정말 모르겠어요. 하지만 자, 바로 그 이야기를 내게 해봐요……"

"네, 네, 하지만 끼찌에 대한 이야기를 끝내지 않았어요. 그녀는 행복한가요? 그는 훌륭한 사람이라고들 하던데요."

"훌륭하다고만 하는 것은 한참 모자라네요. 전 그 이상 더 좋은 사람을 못 봤어요."

"아, 정말 기뻐요! 무척 기뻐요! 훌륭하다고만 하는 것은 한참 모자라네요." 그녀가 되풀이했다.

돌리는 미소를 지었다.

"하지만 아가씨 이야기를 해줘요. 우린 긴 대화를 해야 해요. 난 이미 이야기를 나눴지요……" 돌리는 그를 어떻게 불러야 할지 몰랐다. 그를 백작이라고 부르는 것도 알렉세이 끼릴리치라고 부르는 것도 거북했다.

"알렉세이와……" 안나가 말했다. "이야기를 나눈 것을 알아요. 하지만 전 곧바로 언니에게 묻고 싶어요, 언니가 저에 대해, 제 삶에 대해 어떻게 생각하는지."

"어떻게 지금 갑자기 말할 수 있어요? 전 정말 모르겠어요."

"안 돼요, 제게 말해줘요…… 언니는 제 삶을 보고 있지요. 하지만 잊지 마세요. 언니는 우리를 여름에 보고 있는 거예요. 언니가 왔을 때 우리는 혼자가 아니었지요. 하지만 우리가 이른 봄에 여기로 왔을 때 우리는 완전히 둘뿐이었고, 앞으로도 둘이서만 살아갈 거고, 이보다 더 좋은 아무것도 바라지 않아요. 하지만 생각해봐요. 제가 그 없이 혼자 지내면 그건…… 전 모든 정황으로 보아 이런 일이 자주 일어날 거고, 그가 반은 집 밖에 있을 거고……" 안나가 일어나서 돌리 쪽으로 가까이 다가앉으면서 말했다.

"물론……" 그녀는 반박하려는 돌리를 막았다. "물론 제가 억지로 그를 막지는 않아요. 저는 붙잡지 않아요. 이제 경마가 있으면 그의 말들이 달리고 그가 갈 테지요. 저도 무척 기뻐요. 하지만 언니, 제 생각을 해봐요. 제 상황을 상상해보세요…… 뭣 때문에 이 말을 하는 걸까요!" 그녀는 미소 지었다. "그런데 대체 그가 언니와 무슨 말을 했어요?"

"그는 나도 이야기하고 싶은 것을 이야기했어요. 그래서 그의 변호인이 되는 게 쉽네요. 그는 그게 가능한지, 그렇게 하면 안 되는지……" 다리야 알렉산드로브나는 말을 더듬었다. "상황을 고쳐서 좋게 만드는 것이…… 알지요? 내가 어떻게 생각하는지…… 하지만 여전히 가능하다면 결혼을 해야 해요……"

"그러니까, 이혼 말인가요?" 안나가 말했다. "알아요, 뻬쩨르부르그에 갔을 때 저를 찾아온 유일한 여자가 벳시 뜨베르스까야인 거? 언니 그 여자 알죠? *본질적으로 그 여자는 존재하는 여자들 중 가장 타락한 여자지요*[78]. 그녀는 뚜시께비치와 관계를 가졌고 가장 혐오스러운 방법으로 남편을 속였지요. 그런데 그녀가 제게 말했어요. 제 상황이 옳지 않은 동안은 저를 알고 지내고 싶지 않다고요. 제가 비교하는 건 아니라는 걸 알아주세요…… 전 언니를 알죠, 소중한 언니. 하지만 저절로 기억이 나네요. 자, 그래서 대체 그가 무슨 말을 했어요?" 그녀가 되풀이해서 말했다.

"그는 아가씨 때문에, 그리고 자기 자신 때문에 괴롭다고 했어요. 아마도 이기주의라고 할지 모르지만 그건 정당하고 고상한 이기주의예요! 첫째, 그는 자기 딸을 법적으로 정당하게 하고 싶어하고 아가씨의 남편이 되어 아가씨에 대한 권리를 가지고 싶어해요."

"어떤 아내, 어떤 노예가 제 처지의 저만큼 노예일 수가 있을까요?" 그녀가 음울하게 말을 막았다.

"중요한 것은 그가…… 그가 아가씨가 괴로워하지 않기를 바란다는 사실이에요."

"그건 불가능해요! 그리고 또요?"

"그리고 가장 정당한 것, 그는 아이들이 자기 성을 가지기를 원해요."

"어떤 애들요?" 안나가 돌리를 보지 않고 눈을 가늘게 뜨면서 말했다.

"아니와 앞으로 생길 아이들……"

"그건 그가 안심해도 돼요. 더이상 아이는 없을 거예요."

---

**78** Au fond c'est la femme la plus dépravée qui existe(프랑스어).

"대체 어떻게 없을 거라고 말할 수 있지요?"

"제가 원하지 않기 때문에 없을 거예요."

그러고 나서 안나는 무척 흥분했는데도 불구하고, 돌리의 얼굴에 나타난 호기심과 놀라움과 두려움의 순진한 표정을 알아채고 빙긋 미소를 지었다.

"제가 병을 앓은 후에 의사가 말하기를……………………………"

"그럴 수가!" 돌리가 두 눈을 휘둥그레 뜨면서 말했다. 이 발견은 그녀에게 그 결과와 결론이 너무 엄청나서 처음 순간에는 모든 것을 이해할 수 없고 이것에 대해서 많고 많은 생각을 해야 하는 그런 발견들 중 하나였다.

갑자기 그녀에게 이전의 그녀로서는 이해할 수 없었던, 어린애가 하나나 둘밖에 없는 모든 가정들을 설명해주는 이 발견은 그녀 안에 수많은 생각과 판단과 모순적 감정들을 불러일으켜서, 그녀는 아무 말도 할 수 없었고 그저 휘둥그레 뜬 눈으로 놀라서 안나를 바라볼 뿐이었다. 이는 그녀가 오는 길에 꿈꾸었던 바로 그것이었다. 하지만 지금 그것이 가능하다는 것을 알고 나서 그녀는 경악했다. 그녀는 그것이 너무나 복잡한 문제의 너무나 간단한 해결이라고 느꼈다.

"*비윤리적이 아닌가요*[79]*?*" 잠시 침묵한 후에 그녀가 겨우 할 수 있는 말은 그것뿐이었다.

"왜요? 생각해봐요. 전 둘 중에 하나를 선택해야 해요. 임신을 하거나, 즉 아픈 상태이거나, 아니면 자기 남편의 친구, 동료가 되는 것 중에서요. 어쨌든 남편이니까요." 안나가 부러 피상적이고 가볍

79 N'est-ce pas immoral(프랑스어).

게 생각하는 투로 말했다.

“그건 맞아요, 맞아요.” 다리야 알렉산드로브나가 스스로도 생각한 바로 그 이유를 듣고서, 하지만 이미 더이상 이전의 확신을 갖지 못한 채 말했다.

“언니에게나 다른 사람들에게는……” 안나가 마치 그녀의 생각을 알아맞힌 듯 말했다. “아직 회의적일 수도 있지요. 하지만 제게는…… 이해해줘요, 전 아내가 아니에요. 그는 저를 사랑할 때까지만 사랑해요. 그런데 어떻게요, 대체 제가 무엇으로 그의 사랑을 지탱할 수 있나요? 자, 이렇게 돼서요?”

그녀는 배 앞으로 하얀 두 팔을 뻗었다.

흥분한 순간에 그렇듯이 비상하게 빠른 속도로 생각과 회상이 다리야 알렉산드로브나의 머릿속으로 밀려왔다. ‘난……’ 그녀는 생각했다. ‘스찌바를 내게로 끌어당기지 못했어. 그는 내게서 다른 여자들에게로 간 거야. 그런데 그가 나를 배반한 이유가 된 첫번째 여자도 항상 아름답고 유쾌했지만 그것으로 그를 붙잡지는 못했지. 그는 그녀를 버리고 다른 여자를 취했지. 그런데 정말로 안나가 이런 걸로 브론스끼 백작을 매혹하고 붙잡을 수 있단 말인가? 만약 그가 그런 것을 추구한다면 그는 좀더 매혹적이고 흥미있는 차림새와 몸놀림을 찾아내게 될 거야. 그녀의 드러난 두 팔이 아무리 하얗고 아름다워도, 그녀의 풍만한 몸매 전체가, 이 검은 머리카락 사이로 보이는 흥분한 얼굴이 아무리 아름다워도 그는 내 혐오스럽고 시시하고 사랑스러운 남편이 찾고 또 찾아내듯이 좀더 좋은 몸매, 얼굴을 찾아내게 될 거야.’

돌리는 아무 대답도 하지 않고 그저 한숨만 쉬었다. 안나는 동의하지 않는다는 것을 말하는 이 한숨을 알아채고는 말을 이었다. 그녀는 많은 근거들을 더 가지고 있었고 그 근거들은 더이상 반박할 수 없이 강한 것들이었다.

"그게 나쁘다고 말하는 거지요? 하지만 판단해야 해요." 그녀가 계속해서 말했다. "언니는 제 처지를 잊고 있어요. 제가 어떻게 아이를 원할 수 있겠어요? 저는 고통에 대해서 말하고 있는 게 아니에요. 저는 고통은 두렵지 않아요. 생각해봐요. 제 아이들은 어떻게 되겠어요? 타인의 성을 가진 불행한 아이들이 될 거예요. 그 아이들은 태어나자마자 어머니를, 아버지를, 자기의 탄생을 부끄러워해야 할 처지에 놓일 거예요."

"그래요, 그러니까 그런 것을 위해서도 이혼이 필요해요."

하지만 안나는 그녀의 말에 귀를 기울이지 않았다. 그녀는 자신을 확신시키는 데 수없이 사용했던 그 논거들을 마저 다 말하고 싶어했다.

"대체 뭣 때문에 제게 이성이 있나요? 만약 제가 불행한 아이들을 세상에 내보내지 않기 위해서 그걸 사용하지 않는다면요?"

그녀는 돌리를 바라보았다. 하지만 대답을 기다리지 않고 말을 계속했다.

"저는 그 불행한 아이들 앞에서 항상 죄책감을 가지게 될 거예요." 그녀가 말했다. "그들이 존재하지 않는다면 적어도 그들이 불행하지는 않지요. 그리고 그들이 불행하다면 저 혼자만이 그 문제에 책임이 있는 거예요."

이것은 다리야 알렉산드로브나가 스스로 가져다댄 바로 그 논거들이었다. 하지만 지금 그녀는 그것들을 듣고도 이해하지 못했다. '존재하지 않는 존재들 앞에서 어떻게 죄지은 여자가 되나?' 그녀는 생각했다. 그리고 갑자기 어떤 생각이 떠올랐다. 그녀의 귀염둥이 그리샤가 존재하지 않았다면, 그 경우가 그 아이에게 더 좋을 수 있었단 말인가? 이 문제는 그녀에게 무척 낯설고 이상하게 보여서 그녀는 빙빙 도는 미친 생각들의 혼란스러움을 헤쳐버리려고 고개를 저었다.

"아니요, 전 모르지만, 그건 좋지 않은 일이에요." 그녀는 얼굴에 혐오의 표정을 드러내며 겨우 말했다.

"그래요. 하지만 언니는 언니가 누구이고 제가 누구인가를 잊지 마요…… 게다가 그외에도……" 안나는 자기 논거의 풍부함과 돌리의 논거의 빈약함에도 불구하고 여전히 이런 일이 좋지 않다는 것을 인정하듯이 덧붙였다. "제가 언니와 같은 처지에 있지 않다는 걸 잊으면 안 돼요. 언니에게는 아이를 더이상 가지지 않기를 원하는가 하는 것이 문제이지만, 제게는 제가 아이들을 가지기를 원하는가 하는 것이 문제예요. 그리고 이건 커다란 차이지요. 제 처지에서 아이를 갖기를 희망할 수는 없다는 걸 아셔야 해요."

다리야 알렉산드로브나는 반박하지 않았다. 갑자기 그녀는 자신이 이미 안나에게서 그토록 멀어져서 그들 사이에는 결코 합치할 수 없고 이야기하지 않는 게 차라리 더 나은 문제들이 있다는 것을 느꼈다.

## 24

"그러니까, 그럴수록 가능하다면 자신의 상황을 만들어나가야 해요." 돌리가 말했다.

"그래요, 가능하다면." 안나가 갑자기 완전히 다른, 고요하고 슬픈 목소리로 말했다.

"이혼이 가능하지 않단 말예요? 남편이 동의했다고들 하던데요."

"돌리, 그것에 대해 말하고 싶지 않아요."

"그래요, 하지 말죠." 다리야 알렉산드로브나는 안나의 얼굴에서 고통의 표정을 알아채고 재빨리 말했다. "다만 아가씨는 너무 비관적으로 보는 것 같네요."

"제가요? 전혀 아니에요. 저는 무척 유쾌하고 만족한 상태예요. 봤잖아요, *제가 열정을 불러일으키는 걸*[80]. 베슬롭스끼도……"

"그래요. 하지만 사실대로 말하자면 난 베슬롭스끼의 행동이 마음에 들지 않아요." 다리야 알렉산드로브나가 화제를 바꾸기를 원하며 말했다.

"아, 사실 전혀 아무것도 아닌 일이죠. 그저 알렉세이를 자극할 뿐 그 이상은 아니에요. 하지만 그는 어린애고 제가 완전히 조종할 수 있지요. 알아요, 전 그를 제 마음대로 움직일 수 있어요. 그는 언니의 그리샤와 똑같아요…… 돌리!" 갑자기 그녀가 말을 바꾸었다. "언니는 제가 너무 비관적으로 본다고 했죠. 언니는 이해를 못 해요. 이건 너무나 끔찍해요. 전 전혀 보지 않으려고 애쓰지요."

"하지만 제 생각에는, 봐야 해요. 할 수 있는 것은 다 해야죠."

"하지만 뭘 할 수 있나요? 아무것도 없어요. 언니는 제가 알렉세이와 결혼하는 것에 대해, 그것에 대해 생각하지 않는다고 하지요. 제가 그것에 대해 생각하지 않는다고요!" 그녀는 반복해서 말했다. 그녀의 얼굴에 홍조가 나타났다. 그녀는 일어나서 가슴을 펴고 힘겹게 숨을 들이쉬고 특유의 가벼운 걸음걸이로 방 안을 이리

80 je fais des passions(프랑스어).

저리 왔다 갔다 하면서 가끔 멈춰서곤 했다. "제가 생각을 안 해요? 제가 생각을 안 하는 적은, 제가 그런 생각 때문에 자신을 질책하지 않는 적은 하루도, 한시간도 없어요. 왜냐하면 이 생각은 저를 미치게 할 수 있으니까요. 미쳐버리게 말이에요." 그녀는 되풀이했다. "그걸 생각하면 전 이미 아편 없이는 잠을 못 자요. 하지만 좋아요. 우리 찬찬히 이야기해보기로 해요. 제게 이혼하라고들 해요. 근데 우선 그 사람이 허락을 안 해요. 그는 지금 리지야 이바노브나의 영향 아래 있어요."

다리야 알렉산드로브나는 의자에 몸을 곧추세우고 앉아서 고통스러우면서도 동정하는 얼굴로 고개를 돌리면서, 왔다 갔다 하는 안나를 눈으로 좇았다.

"시도는 해봐야죠." 그녀가 고요하게 말했다.

"시도를 한다고 생각해봐요. 그게 뭘 의미하나요?" 그녀는 분명 수천번 생각하고 완전히 곱씹어 익혔을 생각을 말했다. "그건 그를 증오하는 제게는, 하지만 여전히 그 앞에서 죄를 인정하는 제게는—그리고 전 그를 관대하다고 여겨요—그에게 편지를 씀으로써 스스로에게 굴욕감을 주는 것을 의미해요…… 하지만 제가 힘들여 그것을 한다고 생각해봐요. 저는 모욕적인 답장을 받거나 동의를 얻겠지요. 좋아요, 제가 동의를 얻는다고 쳐요……" 이때 안나는 방의 맨 저쪽 가장자리에 있었고 거기에서 창의 커튼으로 뭔가를 하면서 멈춰섰다. "제가 동의를 얻게 되면요, 그러면 아…… 아들은요? 그들은 제게 아들을 주지 않을 거예요. 그러면 아들은 제가 버린 아버지에게서 저를 경멸하며 자라겠지요. 이해해줘요, 제 생각에 저는 세르게이와 알렉세이, 두 존재를 똑같이 저 자신보다 더 사랑하는 것 같아요."

그녀는 방 한가운데로 나와서 두 손으로 가슴을 누르고 돌리 앞에 멈춰섰다. 하얀 나이트가운을 입은 그녀는 유난히 키가 크고 어깨가 넓어 보였다. 그녀는 고개를 숙이고 눈썹 아래 눈물 젖은 두 눈으로, 기운 덧옷을 입고 나이트캡을 쓴, 흥분으로 온통 떨고 있는 작고 마르고 초라한 돌리를 바라보았다.

"전 이 두 존재만을 사랑해요. 그리고 둘은 공존할 수 없어요. 저는 둘을 합칠 수 없어요. 그런데 제겐 이 일만이 필요하네요. 그러지 못한다면 다른 것은 아무래도 상관없어요. 모든 게 아무래도 좋아요. 그리고 뭐 어떻게 끝이 나겠지요. 그래서 전 이것에 대해 이야기를 할 수도 없고, 하고 싶지도 않아요. 그러니까 저를 비난하지 말고, 저를 심판하지 마세요. 언니는 순수해서 제가 왜 고통스러워하는지 다 이해하지 못해요."

그녀는 돌리 곁으로 다가와 앉아서 죄지은 표정으로 그녀의 얼굴을 보면서 그녀의 손을 잡았다.

"어떻게 생각해요? 저에 대해 어떻게 생각해요? 저를 경멸하지 마세요. 경멸할 가치도 없어요. 저는 말 그대로 불행해요. 누군가 불행한 사람이 있다면 그게 바로 저예요." 그녀는 말을 다 하고 나서 돌리로부터 몸을 돌려 멀어지며 울음을 터뜨렸다.

홀로 남은 돌리는 하느님께 기도하고 잠자리에 들었다. 안나와 이야기하는 동안 그녀의 마음은 온통 안나에 대한 동정으로 가득했었다. 하지만 지금 그녀는 더이상 안나에 대한 생각을 할 수가 없었다. 집과 아이들에 대한 기억이 각별하고 새로운 매력으로, 어떤 새로운 광채를 받아 그녀의 머릿속에서 솟아났다. 그녀의 이 세계가 지금 그녀에게 그토록 소중하고 사랑스러워서 이 세계 밖에서 무슨 일이 있더라도 결코 쓸데없이 하루를 더 머물고 싶지 않았기에 그녀는 내일 꼭 떠나리라고 결심했다.

한편 안나는 자기 방으로 돌아와 잔을 들고 아편이 주성분인 약을 몇방울 떨어뜨린 후 다 마시고 나서 얼마간 미동도 없이 앉아 있다가 진정되고 유쾌한 기분으로 침실로 갔다.

그녀가 침실로 들어가자 브론스끼가 그녀를 주의 깊게 바라보았다. 그녀가 그렇게 오랫동안 돌리의 방에 있었던 걸 아는 그는 그녀가 돌리와 가졌을 대화의 흔적을 찾고 있었다. 하지만 그녀의 표정 속에서, 흥분되었으면서도 억제하는, 뭔가 감추는 그 표정 속에서 그는 그에게 익숙함에도 여전히 그를 매혹하는 아름다움, 아름다움에 대한 의식, 그리고 그에게 영향을 주고자 하는 욕망 이외에는 아무것도 발견할 수 없었다. 그는 그들이 무엇에 대해 이야기했는지 묻고 싶지는 않았지만 그녀가 스스로 뭐라도 이야기하기를 바랐다. 하지만 그녀는 이렇게 말할 뿐이었다.

"돌리가 당신 마음에 들어서 기뻐요. 맞지요?"

"그녀를 오래전부터 알고 있었지요. 그녀는 무척 착한 것 같아요. *하지만 너무나 현실적이죠*[81]. 그래도 그녀가 와서 매우 기뻐요."

그는 안나의 손을 잡고 그녀의 두 눈을 묻는 듯이 들여다보았다.

그녀는 이 눈길을 다르게 이해하고는 그에게 쌩긋 미소를 보냈다.

다음 날 아침 주인들의 설득에도 불구하고 다리야 알렉산드로브나는 떠날 채비를 했다. 낡은 옷을 입고 반은 거리 마차꾼 같은 모자를 쓴 레빈의 마부는 여러종류의 말들을 맨, 찢어진 데를 기운 흙받기들이 달린 반개마차를 몰고 우울하고 단호한 태도로 지붕을

81 mais excessivement terre-à-terre(프랑스어).

씌운, 모래가 뿌려진 입구로 들어왔다.

바르바라 공작영애 및 남자들과의 작별은 다리야 알렉산드로브나에게 불편했다. 하루를 보내면서 그녀도 집주인들도 그들이 서로 어울리지 않으며 서로 만나지 않는 게 좋겠다는 것을 분명히 느꼈다. 안나만은 슬퍼했다. 그녀는 지금 돌리가 떠나는 것과 함께 이제 그 누구도 이번 만남 동안 그녀의 마음속에 일어난 감정들을 불러일으키지 않으리라는 것을 알고 있었다. 이런 감정들을 뒤흔드는 것은 그녀에게 아팠지만, 여전히 그녀는 이 감정들이 그녀 영혼의 가장 좋은 부분이라는 것을, 그리고 이 부분이 그녀가 끌고 가는 이 생활 속에서 금세 덮여 없어지리라는 것을 알고 있었다.

들판으로 나오자 다리야 알렉산드로브나는 마음이 가벼워지고 편안한 것을 느꼈다. 그녀는 사람들에게 브론스끼의 집이 마음에 들었느냐고 묻고 싶었는데, 문득 마부 필리쁘가 스스로 말을 시작했다.

"부자는 부자예요. 그런데 귀리는 기껏해야 석되만 주데요. 닭이 울기 전에 싹 먹어치웠죠. 석되가 뭐예요? 간식거리에 불과하죠. 요새 여인숙에서도 귀리는 사십오 꼬뻬이까밖에 안 하는 데요. 우리 집에서는 방문 오면 먹는 대로 주지요."

"인색한 나리예요." 서기가 동조했다.

"그래, 근데 그 집 말들은 마음에 들었어요?"

"끝내주는 말들이죠. 음식도 좋고요. 근데 제겐 뭔가 정말 지루하게 여겨졌어요, 다리야 알렉산드로브나. 마님은 어떠셨는지 몰라도요." 그는 그녀에게 아름답고 선량한 얼굴을 돌리며 말했다.

"그래요, 나 역시 그랬지요. 자, 저녁 무렵에 도착하지요?"

"도착해야지요."

집으로 돌아와서 모두들 무사하고 각별히 사랑스러운 것을 보고 다리야 알렉산드로브나는 매우 활기를 띠고 여행에 대해서, 그녀를 어떻게 잘 환영해주었는지에 대해서, 브론스끼가의 생활의 호화로움과 고상한 취향에 대해서, 그들의 오락거리에 대해서 이야기했고, 누구도 그들에 대해 나쁜 말을 하지 못하게 했다.

"안나와 브론스끼를 알아야 해요. 그들이 얼마나 사랑스럽고 감동적인가를 이해하기 위해서는요. 전 이제 그를 더 많이 알게 되었어요." 지금 그녀는 완전히 진정으로 말하고 있었다, 그녀가 그곳에서 체험한 그 막연한 불만과 거북함을 잊고서.

## 25

브론스끼와 안나는 여전히 똑같은 상황에서 여전히 이혼을 위한 아무런 조처도 취하지 않은 채 여름 전체와 가을의 일부를 시골에서 보냈다. 그들은 아무 데도 가지 않기로 결정했었다. 하지만 둘은 그들 둘만이, 특히 가을에 손님도 없이 오래 지내면 지낼수록 자신들이 이런 생활을 견뎌내지 못할 것이고 생활을 바꾸어야 한다는 것을 느끼고 있었다.

그들의 생활은 더이상 바랄 것이 없어 보였다. 완전히 풍족하고 건강하고 어린애도 있고 둘 다 소일거리가 있었다. 안나는 손님들이 없어도 마찬가지로 자신을 가꾸었으며, 소설과 유행하는 진지한 책 들을 읽는 데 무척 몰두했다. 그녀는 구독하는 외국 신문이나 잡지에서 호평과 함께 언급되는 모든 책을 주문했고, 고독 속에서만 나타나는 주의력을 가지고 그것들을 읽어내곤 했다. 이외에도 안나는 브론스끼가 몰두하는 모든 대상을 책이나 전문 잡지 들을 통해 연구했다. 그래서 브론스끼는 종종 농업이나 건축에 관한 문제들을 직접 안나에게 물었고, 심지어 가끔은 말 사육과 스포츠에 관한 문제들까지도 물었다. 그는 그녀의 지식과 기억력에 놀랐고, 그가 확신이 없을 때는 우선 그녀에게 자신의 견해가 옳다는 확인을 원했다. 그러면 그녀는 책에서 그가 묻는 것들을 찾아내어 보여주었다.

병원 설립 역시 그녀를 몰두하게 했다. 그녀는 그 일을 도왔을 뿐만 아니라 많은 것들을 기획했고 고안하기도 했다. 하지만 그녀의 주된 관심은 여전히 그녀 자신, 그녀가 브론스끼에게 소중한 만큼, 또 그녀가 그가 버린 모든 것들을 대체할 수 있는 만큼, 바로 그녀 자신이었다. 브론스끼는 그녀의 삶에서 유일한 목적이 된 이, 그의 마음에 들려고 할 뿐만 아니라 그에게 봉사하려고 하는 욕구를 높이 평가했지만, 동시에 그녀가 그를 얽어매고자 하는 그 사랑의 그물 때문에 부담스러웠다. 시간이 지나면 지날수록 그는 이 그물에서 꼭 벗어나고 싶은 것은 아니지만 그물이 자신의 자유를 침해하는 것은 아닌지 점점 더 시험해보고 싶어졌다. 이 점점 더 강해지는 자유롭고 싶은 욕구가 없었다면, 회합이나 경마를 위해 도시로 나가야 할 때 매번 하는 다툼이 없었다면, 브론스끼는 자기의 삶에 완전히 만족했을 것이다. 그가 선택한 역할, 러시아 귀족의 핵을 이루고 있음에 틀림없는 부유한 지주의 역할은 그의 취향에 완전히 맞았을 뿐만 아니라, 이렇게 반년을 지낸 지금 그에게 점점 더 큰 만족을 안겨주었다. 그리고 그를 점점 더 열중하게 하고 끌어당기는 그의 일은 잘 진행되고 있었다. 병원, 기계 설비, 스위스에서 주문해온 암소 등 여러가지에 드는 엄청난 액수의 돈에도 불구하고 그는 자기가 재산을 흩어지게 하는 것이 아니라 증식시킨다는 것을 확신하고 있었다. 수입에 관한 일에 있어서 삼림, 곡물, 양모를 판매하거나 땅을 대여할 때 그는 구두쇠처럼 굳게 가격을 고수했다. 여러 영지에서 이루어지는 대규모 경영에서 그는 가장 평범한, 위험하지 않은 방법을 고수하고 있었고, 경영의 세세한 부분에 있어서 고도로 절약적이고 계산적이었다. 처음에는 훨씬 많이 들 것처럼 모든 금액을 계산해놓고 이것저것 고려해보니 똑같은 것을 더 낮은 가격에 살 수 있다면서 앉은자리에서 이익을 본다는 듯이 물건을 구입하도록 그를 유도하는 독일인의 교활함과 민활함에도 불구하고 브론스끼는 그에게 넘어가지 않았다. 그는 집사의 의견을 듣고 이리저리 물어보고서 그가 주문해오거나 설비하는 것이 러시아에는 아직 알려지지 않은, 놀라움을 불러일으킬 최신의 것인 경우에만 동의했다. 그밖에도 그는 여윳돈이 있을 때만 큰 지출을 결정했고, 이렇게 지출을 하면서 모든 사항을 세세히 살폈고, 자기 돈으로 가장 좋은 것을 취하려는 입장을 고수했다. 그래서 그가 일을 진행하는 것을 보면 그가 자기 재산을 손상시키는 것이 아니라 증식시키는 것이 분명했다.

시월에 브론스끼, 스비야시스끼, 꼬즈니셰프, 오블론스끼의 영지가 있고 레빈의 영지의 작은 부분도 들어 있는 까신주에서 귀족 선거가 있었다.

이 선거는 여러가지 정황과 이에 참가하는 인물들로 인하여 사회적으로 주목을 받았다. 이 선거에 대해서 많은 이야기들을 했다. 한번도 선거에 참여한 적이 없던 모스끄바와 뻬쩨르부르그와 외국에 있던 인사들까지 이 선거를 위해 왔다.

브론스끼는 오래전에 스비야시스끼에게 이 선거에 가겠다고 약속했다.

보즈드비젠스꼬예를 자주 방문하던 스비야시스끼는 선거 전에 브론스끼를 데리러 들렀다.

그 전날 브론스끼와 안나 사이에는 이 계획된 여행 때문에 거의 싸움이 일어날 뻔했다. 시골에서 가을철은 가장 권태롭고 견디기 힘든 때여서 브론스끼는 싸움에 대비하며 예전에는 한번도 그렇게 한 적이 없는 엄격하고 차가운 표정으로 그녀에게 출발에 대해 알렸다. 하지만 놀랍게도 안나는 이 소식을 매우 평온하게 받아들였고 언제 돌아오느냐고만 물었다. 그는 이 평온의 의미를 이해하지 못해서 그녀를 주의 깊게 살펴보았다. 그녀는 그의 시선에 미소를 지었다. 그는 그녀의 자기 안으로 들어가버리는 이 방법을 알고 있었고, 이는 그녀가 자기의 계획을 그에게 이야기하지 않고 뭔가를 혼자서 결정할 때만 나타나곤 한다는 것을 알고 있었다. 그는 이를 두려워했다. 하지만 정말 싸움만은 피하고 싶어서 그는 모른 체했고, 부분적으로는 그가 믿고 싶었던 것, 그녀의 분별력을 진정으로 믿기도 했다.

"당신이 지루하지 않기를 바라는데 어쩌지요?"

"저도 바라요." 안나가 말했다. "어제 고띠에[82]로부터 책 한상자를 받았어요. 아뇨, 전 지루해하지 않을 거예요."

'이런 조를 유지하고 싶어하는군. 차라리 잘됐어.' 그는 생각했다. '그렇지 않으면 항상 똑같은 일이 일어나니까.'

이리하여 그녀에게 마음을 솔직하게 털어놓기를 요구하지 않고 그는 선거장으로 떠났다. 이렇게 끝까지 그녀와 마음을 털어놓

82 모스끄바에 있는 유서 깊은 프랑스 서적 상점.

고 이야기하지 않은 채 헤어지기는 그들의 관계가 시작된 이래 지금껏 처음 있는 일이었다. 한편으로는 이것이 그를 불안하게 했고, 다른 한편으로 그는 이게 더 좋다고 생각했다. '처음에는 지금처럼 뭔가 불분명하고 감춘 것처럼 보일 테지. 하지만 나중에 그녀는 익숙해질 거야. 여하한 경우에도 나는 그녀에게 모든 것을 바칠 수 있어. 하지만 내 남성으로서의 독립성만은 안 되지.' 그는 생각했다.

## 26

구월에 레빈은 끼찌의 해산을 위해 모스끄바로 옮겨왔다. 레빈은 까신주에 영지를 가지고 있고 앞둔 선거 문제에 크게 관여하고 있는 세르게이 이바노비치가 선거장으로 가려고 했을 때, 이미 일없이 한달을 모스끄바에서 지내고 있었다. 그는 셀레즈네프군에 선거권이 있는 동생도 함께 가자고 불렀다. 그외에도 레빈은 까신에서 외국에 살고 있는 누이를 위한 후견과 곡식 판매 대금 관계로 지극히 필요한 일을 해야 했다.

레빈은 모스끄바에서 내내 결정을 못 내리고 있었는데, 그가 권태로워하는 것을 보고 끼찌가 갈 것을 조언하면서 그가 모르게 그를 위해 팔십 루블이나 하는 귀족 제복을 주문했다. 실상 제복 때문에 지불한 팔십 루블이 레빈을 가도록 자극한 주원인이었다. 그는 까신으로 갔다.

레빈이 매일 회합에 나가고 잘 해결되지 않는 누이의 일로 분주하게 보내며 까신에서 지낸 지 벌써 엿새째가 되었다. 모든 단체장이 선거로 바빠서 레빈은 후견에 관계된 가장 간단한 일도 성사시킬 수 없었다. 다른 일—돈을 받는 일—역시 마찬가지로 난관에 부딪혔다. 돈의 지불 금지를 푸느라 오랫동안 동분서주한 후에야 돈을 지불받도록 결정되었다. 하지만 일을 매우 성실히 하는 사람인 공증인은 전표를 내줄 수가 없었는데, 국장의 서명이 필요했기 때문이었다. 국장은 공무를 수행하지 않고 회의에 가 있었다. 이 모든 동분서주, 이리저리 뛰어다니는 청원인의 상황의 불편함에 대해서 완전히 이해하지만 그를 도와줄 수는 없는 매우 선량한, 훌륭한 사람들과의 대화, 아무 결실 없는 이 모든 수고가 레빈에게 마치 꿈속에서 육체적인 힘을 쓰고 싶어하지만 유감스럽게도 힘을 쓸 수 없는 느낌과 비슷한 고통스러운 감정을 불러일으켰다. 그는 이를 그의 너무나 선량한 대리인과 이야기하면서 자주 느꼈다. 이 대리인은 레빈을 곤경에서 구하기 위해 모든 가능한 일을 다 하고 자신의 모든 정신력을 쏟아붓는 것처럼 보였다.

“자, 이렇게 시도해보세요.” 그를 여러차례 말하곤 했다. “그곳으로 갔다가 거기로 가보시죠.” 그리고 대리인은 모든 것을 방해하고 있는 치명적인 근원을 피하기 위한 온갖 계획을 세웠다. 하지만 그는 곧 덧붙여 말하기를 “여전히 지체시키네요. 하지만 시도해보시죠”라고 했다. 그러면 레빈은 시도해보았고, 이리저리 발품을 팔고 마차를 타고 돌아다녔다. 모든 사람들이 선량하고 친절했지만 피해가려고 했던 것이 결국 다시 막다른 골목에 이르렀고 다시 진로를 방해받게 되었다. 특히 모욕적인 것은 레빈이 자신이 누구와 싸우는지, 자신의 일이 끝나지 않음으로써 이익을 보는 자가 누구인지 도무지 이해할 수 없다는 점이었다. 아무도 이를 모르는 것처럼 보였다. 대리인도 모르는 것 같았다. 레빈이 왜 줄을 서지 않으면 철도의 매표구에 다가갈 수 없는지를 이해하듯이 그것을 이해할 수 있었다면 그에게는 모욕적이지도 유감스럽지도 않았을 것이다. 하지만 그가 일을 하는 데 부딪치는 장애물들이 왜 존재하는지 아무도 그에게 설명할 수 없었다.

하지만 결혼한 이후 레빈은 많이 변했다. 그는 참을성이 많아졌고, 무엇 때문에 이 모든 것이 이렇게 되어 있나를 이해하지 못하고서는, 모든 것을 알지 못하고서는 판단할 수 없다고, 아마도 그렇게 할 필요가 있었을 것이라고 스스로에게 말했고, 화를 내지 않으려고 애썼다.

지금 선거에 참석하고 관여하면서 그는 마찬가지로 비판하거나 논쟁하지 않고 그가 존경하는, 명예를 지키는 훌륭한 사람들이 그렇게 진지하게 열광하여 몰두하는 이 일을 가능한 한 이해하려고 노력했다. 결혼한 이후 예전에는 생각 없이 대했기 때문에 시시하게 보였던 수많은 면들이 새롭고 진지한 것으로 레빈에게 열렸기에 선거 행사에 있어서도 그는 진지한 의미를 전제하고 그것을 찾으려고 했다.

세르게이 이바노비치는 그에게 선거로 예측되는 변화의 내용과 의미를 설명해주었다. 법적으로 그토록 많은 중요한 사회적 사업들—후견제도(지금 레빈이 고통을 당하는 원인이 되는), 귀족들의 엄청난 규모의 지출금, 여자고등학교, 남자고등학교, 군사학교, 새로운 상황에 따른 국민교육, 그리고 마지막으로 지방의회—의 재량권을 가지고 있는 주 귀족단장 스네뜨꼬프는 선량하고 그 나름 명예를 지키는 옛 귀족 성향의 사람이었지만, 엄청난 재산을 탕진했고 새로운 시대적 요구를 전혀 이해하지 못했다. 그는 모든 면에 있어서 귀족의 편을 들었고, 국민교육의 보급에 정면으로 반대했고, 그토록 커다란 의미를 가져야 하는 지방의회가 계층적 성격을 띠도록 했다. 그의 자리에 신선하고 현대적이고 활동적인 인물, 완전히 새로운 인물을 세워서 계층으로서의 귀족이 아니라 지방의회의 구성요소로서의 귀족에게 주어진 모든 권리로부터 이익을 취할 수 있는 면을 추출할 수 있을 만큼 추출하기 위해 일을 진행할 필요가 있었다. 모든 것에 있어서 다른 주들보다 항상 앞서가는 부유한 까신주에 지금 그런 세력들이 모여 있었으므로 여기서 행해지는 일이 다른 주들, 러시아 전체의 본보기가 될 수 있었다. 그래서 모든 것이 커다란 의미를 가졌던 것이다. 스네뜨꼬프의 자리에 귀족단장으로서 스비야시스끼나, 또는 더 나은 인물로 전직 교수이고 매우 똑똑하며 세르게이 이바노비치의 가까운 친구인 네베돕스끼를 내세울 것이 제안되었다.

주지사는 귀족들에게 임원을 편파적으로가 아니라 그들의 업적에 따라 조국의 복지를 위해 뽑아야 하며, 바라건대 까신의 고상한 귀족들이 이전 선거에서와 마찬가지로 신성하게 의무를 다하여 군주의 높은 신임을 정당화해야 한다는 연설로 개회를 했다. 주지사는 연설을 마치고 홀에서 나갔고, 귀족들은 떠들썩하게 활기를 띤 채, 몇몇은 흥분해서 그의 뒤를 따라나가서 그가 털가죽 외투를 입으면서 귀족단장과 이야기하는 동안 그를 에워쌌다. 모든 것을 파고들고 아무것도 놓치지 않기를 원하는 레빈도 이 무리들 속에서 주지사가 하는 말을 들었다. “자, 마리야 이바노브나에게 안부를 전해주세요. 그녀가 양로원으로 가서 제 아내가 무척 유감스러워합니다.” 그러고 난 후 귀족들은 즐겁게 자신들의 털가죽 외투를 찾아 입고 모두들 교회로 갔다.

교회에서 레빈은 다른 사람들과 함께 손을 들고 주교의 말을 따라하면서 주지사가 희망했던 모든 것을 이행하겠노라고 가장 무서운 맹세로써 서약했다. 미사는 항상 레빈에게 영향을 끼쳤고, 그는 "신성한 십자가"라고 말한 후 똑같은 말을 반복하는 이 젊은이들과 나이 든 사람들을 둘러보며 감동을 느꼈다.

둘째날과 셋째날에는 귀족의 지출금과 여자고등학교에 관한 건들이 진행되었는데, 이것들은 세르게이 이바노비치의 설명에 의하면 전혀 중요한 문제가 아니었고 레빈은 자기 일로 다니느라고 바빠서 이것들을 주시하지 못했다. 넷째날에는 주의 지출금 감사가 의제였다. 그리고 여기에서 처음으로 신파와 구파의 충돌이 일어났다. 감사를 맡은 위원회는 모든 금액이 맞는다고 회의에 알렸다. 주 귀족단장이 일어나서 신임에 대해 귀족단에 감사하며 감동의 눈물을 흘렸다. 귀족들은 큰 소리로 그에게 인사하며 악수를 했다. 하지만 이때 세르게이 이바노비치파의 한 귀족이 감사를 하는 일이 귀족단장에게 모욕적이라고 여긴 위원회가 지출금을 감사하지 않았다는 말을 들었다고 말했다. 위원회의 위원 한 사람이 조심성 없이 이에 동조했다. 그러자 체구가 작고 무척 젊어 보이지만 매우 독살스러운 한 위원이 귀족단장에게는 금액을 계산하는 것이 더 좋았을 텐데 위원회 위원들의 섬세함이 지나쳐 이 도덕적 만족을 빼앗았다고 말하기 시작했다. 그러자 위원회 위원들은 자기들이 공표한 것을 철회했고, 세르게이 이바노비치는 그들에 의해 지출금이 감사되었는지 아닌지 확인해야 한다는 것을 논리적으로 증명하기 시작하며 이 딜레마를 구체적으로 펼쳐 보였다. 그다음에는 반대파의 대변인이 세르게이 이바노비치를 반박했다. 그다음에는 스비야시스끼가 말했고, 다시 독설가 신사가 말했다. 논쟁은 오랫동안 지속되었고 무엇으로도 끝나지 않았다. 레빈은 이 문제에 대해서 그렇게 오랫동안 논쟁하는 것에 놀랐다. 특히 그가 세르게이 이바노비치에게 돈이 낭비되었다고 생각하느냐고 물었을 때 세르게이 이바노비치가 한 말을 듣고 더더욱 놀랐다.

"오, 아니! 그는 정직한 사람이야. 하지만 귀족의 문제들을 가부장적으로 운영하려는 이 낡은 방식을 흔들어줄 필요가 있지."

다섯째날에는 군의 귀족단장 선거가 있었다. 이날은 몇몇 군에서는 상당히 들끓는 날이었다. 셀레즈네프군에서는 스비야시스끼가 만장일치로 선출되었고, 이날 저녁 그의 집에서 정찬이 베풀어졌다.

## 27

여섯째날은 주의 선거일로 정해져 있었다. 크고 작은 홀들이 여러가지 제복을 입은 귀족들로 가득 찼다. 많은 사람들은 이날에만 왔다. 오래전부터 보지 못했던, 끄림에서 혹은 뻬쩨르부르그에서 혹은 외국에서 온 지기들이 서로 만났다. 황제의 초상화 아래 주의회의 책상에서 논쟁이 진행되고 있었다.

큰 홀들에도 작은 홀들에도 귀족들이 진영끼리 모여 있었다. 그 시선의 적대감과 불신으로 볼 때, 타 진영 사람들이 접근할 때 말을 멈추는 것으로 볼 때, 몇몇 사람들은 속삭거리면서 심지어 멀리 떨어진 복도로 나가는 것으로 볼 때, 각 편이 다른 편에게 비밀을 가진 것이 눈에 띄었다. 외관상으로 귀족들은 확연히 두종류로, 구세대와 신세대로 나뉘었다. 구세대 귀족들은 대다수가 단추를 잠근 옛날식 귀족 제복에 검을 차고 챙 있는 모자를 쓰고 있거나 해군, 기병, 육군으로 근무할 때 입었던 자기의 특별한 군복을 입고 있었다. 구세대 귀족의 제복은 구식으로 어깨에 주름이 잡히고 마치 그들이 그 옷에 맞지 않게 커버린 듯 옷이 눈에 띄게 작고 허리가 짧고 좁게 만들어져 있었다. 젊은이들은 단추가 열리고 허리선이 아래로 내려가고 어깨가 넓고 하얀 조끼를 받쳐입는 귀족 제복이나 검은 깃과 법무성의 상징인 월계수잎을 수놓은 제복을 입고 있었다. 군데군데에서 이들 무리를 장식하고 있는 궁정 예복을 입은 젊은이들도 있었다.

하지만 구세대와 신세대가 나뉜 파와 일치하는 것은 아니었다. 젊은이들 중에 몇몇은, 레빈의 관찰에 따르면, 구파에 속해 있었고, 반대로 스비야시스끼와 속닥거리는 가장 늙은 귀족들은 분명 신파의 열렬한 지지자들인 것처럼 보였다.

레빈은 담배를 피우고 간단한 다과를 먹고 있는 작은 홀에서 자기 파 옆에 서서 무슨 말들을 하는지 귀를 기울이며 그게 무슨 뜻인가를 이해하려고 정신력을 기울여보았지만 허사였다. 세르게이 이바노비치를 중심으로 다른 사람들이 무리 지어 둘러싸고 있었다. 그는 지금 스비야시스끼와, 다른 파에 속하는 다른 군의 대표인 흘류스또프가 나누는 말을 듣고 있었다. 흘류스또프는 스네뜨꼬프를 후보로 추천하려는 자기 군의 의견에 동의하지 않고 있었는데, 스비야시스끼가 그를 설득하고 있었고 세르게이 이바노비치도 이 계획을 지지했다. 레빈은 어째서 그들이 낙선시키려고 하는 그 단장을 후보로 추천하라고 반대파에 청하는지 이해할 수 없었다.

궁정 시종의 제복을 입은 스쩨빤 아르까지치가 이제 막 뭘 좀 먹고 마시고 나서 테를 두르고 향수 냄새가 나는 고급 아마직 손수건으로 입을 닦으면서 그들에게로 다가왔다.

"우리 진지네요." 그가 양 콧수염을 가지런히 하면서 말했다. "세르게이 이바노비치!"

그러고는 대화에 귀를 기울이더니 스비야시스끼의 견해를 지지했다.

"군 하나면 충분해요. 스비야시스끼는 이미 확연히 반대편이니까요." 그가 레빈을 제외한 모든 사람들이 이해하는 말을 했다.

"어때, 꼬스쨔, 맛을 알게 된 것 같은데?" 그가 레빈을 향해 덧붙이고 나서 그의 팔짱을 끼었다. 레빈은 맛을 알게 됐다면 기뻤을 테지만 문제가 뭔지도 이해할 수 없었고, 그래서 말하는 사람들로부터 몇 걸음 떨어져서 스쩨빤 아르까지치에게 왜 귀족단장을 추천하는지 의문을 표했다.

"*오, 성스러운 바보여*[83]!" 스쩨빤 아르까지치는 이렇게 말한 다음 짧고도 명확하게 무엇이 문제인지 레빈에게 설명해주었다.

만약에 지난번 선거에서처럼 모든 군이 귀족단장을 추천한다면 사람들은 모두 그에게 찬성표를 던지게 될 것이다. 그렇게 되지 않아야 했다. 그런데 이번에는 여덟 군이 추천하기로 동의한 상태다. 만약 두 군이 그러기를 거절한다면 스네뜨꼬프는 선거에 나오지 않을 수도 있다. 그렇게 되면 구파가 자기 파에서 다른 사람을 내세울 수 있고, 그러면 모든 계산이 다 수포로 돌아갈 것이다. 하지만 스비야시스끼의 군 하나만 추천하지 않게 되면 스네뜨꼬프는 투표에 부쳐질 것이다. 심지어 그를 추천하고 고의로 그에게 표를 주면 반대파는 계산 착오를 하게 되고, 그때 우리 파의 후보를 내세우게 되면 그들은 그에게도 표를 좀 주게 될 것이다.

83 O sancta simplicitas(라틴어).

레빈은 알아듣기는 했지만 완전히 다는 아니어서 몇가지 질문을 더 하려고 했는데, 갑자기 모두가 떠들고 동요하기 시작하더니 큰 홀로 움직여갔다.

"무슨 일인가? 뭐야? 누구를?" "위임을? 누구에게? 뭘?" "반박을 한다고?" "위임은 안 되지." "플레로프를 인정하지 않는데." "뭐야, 뭐가 걸리는데?" "그렇게 하면 아무도 인정하지 않을 거야. 그건 비열해." "법!" 사방에서 그런 소리가 들려왔다. 레빈은 어디론가 서둘러 가며 무언가 놓칠까봐 두려워하는 모든 사람들과 함께 큰 홀로 향했고 귀족들에게 밀리면서 주지사의 책상으로 다가갔는데, 그곳에서는 귀족단장과 스비야시스끼와 다른 수뇌들이 열을 올리며 논쟁하고 있었다.

## 28

레빈은 상당히 멀리 서 있었다. 그 옆에서 힘들게 식식거리며 숨을 쉬는 한 귀족과 뚱뚱한 발바닥으로 삐걱거리는 소리를 내는 다른 귀족 때문에 분명하게 알아들을 수 없었다. 그는 멀리서 귀족단장의 약한 목소리, 다음으로 독설가 귀족의 찢어지는 목소리, 그다음으로 스비야시스끼의 목소리를 들을 수 있을 뿐이었다. 그들은, 그가 이해한 바로는, 법조문의 의미에 관해서, 심리를 받는 상태에 있는이라는 말의 의미에 관해서 논쟁하고 있었다.

군중 무리는 책상으로 다가가는 세르게이 이바노비치에게 길을 터주었다. 세르게이 이바노비치는 독설가 귀족의 이야기가 끝나기를 기다렸다가 그가 보기에 가장 신빙성 있는 방법은 법조문을 검토해보는 것이라고 말했고, 서기에게 조문을 찾아보라고 청했다. 조문에는 이견이 있는 경우 투표를 해야 한다고 씌어 있었다.

세르게이 이바노비치는 법조문을 읽고 나서 그것의 의미를 설명하기 시작했지만, 키가 크고 뚱뚱하고 등이 굽은, 염색한 수염에 끼는 제복을 입고 목덜미를 받치는 깃을 단 지주 한 사람이 그의 말을 막았다. 그는 책상으로 다가가서 반지로 책상을 두들기며 큰 소리로 외쳤다.

"투표를 합시다! 투표용 공으로 합시다! 떠들 필요 없어요! 자, 투표용 공으로!"

그러자 갑자기 몇몇 사람들이 목소리를 내기 시작했고, 키가 크고 반지를 낀 귀족이 점점 더 화를 내면서 점점 더 크게 소리치기 시작했다. 하지만 그가 무슨 말을 하는지는 알아들을 수 없었다.

그는 세르게이 이바노비치가 제안한 것과 똑같은 것을 말하고 있었다. 하지만 그는 세르게이 이바노비치와 그의 파 전체를 증오하는 게 분명해 보였고, 이 증오의 감정이 그의 무리 전체에 전해져서 다른 편으로부터, 좀더 예의를 갖춘 분노이기는 했지만 마찬가지의 반격을 불러일으켰다. 고함 소리가 여기저기서 일었고 순간 모든 것이 혼란스러워져서 귀족단장은 질서를 요구해야만 했다.

"투표, 투표! 귀족이라면 이해합니다. 우리는 피를 흘립니다…… 군주의 신임…… 귀족단장 말을 들을 필요 없어요. 그는 명령자가 아닙니다…… 그래요, 그것이 문제가 아니지요…… 자, 어서 투표를…… 이런 비열한 일이!" 성난 맹렬한 고함 소리들이 사방에서 들렸다. 레빈은 무슨 일인지 전혀 이해할 수 없었고, 플레로프에 대한 의견을 투표에 부치느냐 마느냐의 문제를 그렇게 열을 올리며 검토하는 데 놀랐다. 그는 나중에 세르게이 이바노비치가 설명한 대로 그 삼단논법을 잊고 있었던 것이다. 즉, 공공선을 위해서는 귀족단장을 타파해야 하고, 단장을 타파하기 위해서는 다수표가 필요하고, 다수표를 얻기 위해서는 플레로프에게 투표권을 줘야 하고, 플레로프를 인정하기 위해서는 법조문을 어떻게 해석해야 하는가를 밝힐 필요가 있었다.

"표 하나가 모든 일을 결정할 수가 있으니 진지하고 수미일관해야 해, 공공의 일에 공헌하고 싶으면." 세르게이 이바노비치가 결론을 내렸다.

하지만 레빈은 이를 잊었었고, 그가 존경하는 이 훌륭한 사람들이 이렇게 불쾌하고 몹쓸 흥분에 사로잡혀 있는 것을 보는 것이 괴로웠다. 이 괴로운 감정을 벗어나기 위해서 그는 논쟁이 끝나기를 기다리지 않고서 긴 식탁 옆에서 그릇을 닦고 접시와 잔 들을 놓느라 열심인 하인들 이외에는 아무도 없는 작은 홀로 들어갔고, 그들의 평온하고 생기 있는 얼굴을 보자 갑자기 마음이 가벼워지는 것을 느꼈다. 마치 악취가 풍기는 방에서 신선한 공기 속으로 나온 듯이. 그는 만족스럽게 하인들을 보면서 이리저리 걷기 시작했다. 수염이 하얀 어떤 사람이 자기를 놀려대는 다른 젊은이들을 경멸하는 듯한 태도로 냅킨 접는 법을 가르치고 있었는데, 레빈은 그가 특히 마음에 들었다. 레빈이 막 이 나이 든 하인과 이야기를 하려고 하는 참에 주의 모든 귀족들의 이름과 부칭을 아는 특기를 가진, 귀족 후원회의 서기인 작은 노인이 그의 주의를 돌렸다.

"보세요, 꼰스딴찐 드미뜨리치." 그가 레빈에게 말했다. "형님께서 찾으십니다. 의견을 표결에 부친답니다."

레빈은 홀로 들어가서 희끄무레한 공을 받아 형 세르게이 이바노비치의 뒤를 따라 책상으로 다가갔는데, 그 부근에는 스비야시스끼가 수염을 주먹으로 모아 냄새를 맡으며 의미심장하고 야유하는 표정으로 서 있었다. 세르게이 이바노비치는 팔을 상자 안으로 넣어 어디론가 자기 공을 넣고 나서 레빈에게 자리를 비켜주며 거기 그대로 서 있었다. 레빈은 다가갔으나 무엇을 해야 하는지 완전히 잊고 당황해서 세르게이 이바노비치를 향해 "어디로 넣어요?"라고 물었다. 그는 자신의 질문이 들리지 않기를 바라서 옆사람들이 이야기하는 동안 조용히 물었다. 하지만 말하던 사람들이 침묵했고 그의 무례한 질문이 들리게 되었다. 세르게이 이바노비치는 얼굴을 찌푸렸다.

"이건 각자의 신념의 문제야." 그는 엄격하게 말했다.

몇몇 사람들이 픽 웃었다. 레빈은 얼굴을 붉혔고 서둘러 손을 헝겊 아래로 뻗어 오른쪽으로 놓았는데, 그건 공이 오른손에 있었기 때문이었다. 그는 공을 놓으면서 왼손도 집어넣어야 한다는 것이 기억났지만 이미 늦었다. 그래서 더욱더 당황하여 재빨리 몸을 움직여 제일 뒷줄로 갔다.

"일백이십육 표 차성! 구십팔 표 바대!" 'ㄴ'을 발음하지 않는[84] 서기가 소리 질렀다. 그러고 나서 큰 웃음소리가 들렸다. 단추와 호두 두개가 상자 속에 있었던 것이다. 그 귀족은 인정되었고, 신파가 승리했다.

하지만 구파는 패배했다고 여기지 않았다. 레빈은 사람들이 스네뜨꼬프에게 입후보하라고 청하는 것을 들었고, 귀족 무리가 뭔가를 말하는 귀족단장을 둘러싸고 있는 것을 보았다. 레빈은 더 가까이로 다가갔다. 귀족들에게 답하면서 스네뜨꼬프는 자신의 모든

84 러시아 문자 р[r]이 들어가는데, 이 장면에서 서기는 이를 발음하지 않았다. 번역에서는 이를 'ㄴ'이 빠진 것으로 처리했다.

공적은 자신이 이십년간 복무하며 바친 귀족에 대한 헌신에 있기에 자기로서는 분수에 넘치는 귀족들의 신뢰에 대해서, 자신에 대한 애정에 대해서 말하고 있었다. 몇번이나 되풀이해서 그는 "힘닿는 한 믿음과 진실로써 복무했으며 신뢰와 애정을 높이 사고, 감사드립니다"라고 말했다. 그러더니 갑자기 눈물 때문에 목이 메어 멈춰섰다가 홀을 나갔다. 이 눈물이 그를 향한 부당함에 대한 인식에서 연유한 것인지, 귀족에 대한 애정에서 연유한 것인지, 아니면 자신이 적들로 둘러싸인 것을 느끼고 그가 처한 긴장된 상황에서 연유한 것인지는 알 수 없으나 흥분이 전해졌고, 귀족 대다수가 감동을 받았고, 레빈도 스네뜨꼬프에게 친밀감을 느꼈다.

문에서 귀족단장은 레빈과 부딪쳤다.

"미안합니다. 용서하세요, 부디." 그는 모르는 사람에게 하듯 말했다. 하지만 레빈을 알아보고 소심하게 미소 지었다. 레빈에게는 그가 뭔가를 말하고 싶은데 흥분 때문에 하지 못하는 것처럼 보였다. 그가 서둘러 걸어갈 때, 그의 얼굴 표정과 제복을 입고 훈장들을 달고 금줄이 달린 바지를 입은 몸 전체의 모습이 자기가 처한 상황이 나쁘다는 것을 아는 짓밟힌 짐승을 떠올리게 했다. 귀족단장의 얼굴에 나타난 이 표정은 특히 레빈의 마음을 흔들었는데, 그것은 바로 어제 후견인 문제 때문에 그의 집에 갔었고 선량하고 가정적인 인간으로서 완전한 가치를 가진 그를 보았기 때문이었다. 물려받은 옛 가구들이 있는 커다란 저택, 세련되게 멋을 내지 않고 약간 허름한 복장을 한, 하지만 정중하고 분명 예전의 농노로서 아직 주인을 바꾸지 않은 늙은 하인들, 딸의 딸인 예쁜 손녀를 어루만지던, 수놓은 두건을 쓰고 터키산 숄을 두른 뚱뚱하고 맘씨 좋은 아내, 학교에서 돌아와 아버지에게 인사하며 그의 커다란 손에 입

맞추던, 중학교 육학년에 다니는 아들인 청년, 집주인의 감명 깊고 상냥한 언행—어제 이 모든 것이 레빈의 마음속에 저절로 존경과 공감을 불러일으켰다. 지금 레빈은 이 노인이 측은하고 불쌍해서 그에게 뭐라도 이야기하고 싶어졌다.

"그러니까 당신이 다시 우리의 단장이시군요." 그가 말했다.

"그럴 리가요." 단장이 겁먹은 듯 주위를 둘러보면서 말했다. "전 지쳤고 이미 늙었어요. 저보다 더 가치 있고 젊은 사람들이 있으니 그들이 복무하게 해야죠."

그러고서 단장은 옆문으로 사라져버렸다.

가장 장엄한 순간이 다가왔다. 바야흐로 투표하러 가야 할 시간이 임박했다. 이 파와 저 파의 수뇌부는 손가락으로 하얀 공과 검은 공을 세고 있었다.

플레로프에 대한 논쟁은 신파에 플레로프 한 사람의 표만이 아니라 시간을 벌어주어서, 구파의 계략으로 투표에 참여할 수 없었던 귀족 세 사람을 데려올 수 있었다. 스네뜨꼬프의 앞잡이들이 술에 약한 귀족 두 사람에게 완전히 취하도록 술을 먹였고 세번째 귀족에게서는 제복을 가져와버린 터였다.

이를 알게 된 신파는 플레로프에 대해 논쟁하는 동안 자기 사람들을 마차로 보내서 옷을 잃어버린 귀족에게 제복을 입히고, 다른 술 취한 귀족들 중 한 사람을 회의에 데리고 오는 데 성공했던 것이다.

"한 사람을 데려왔고 물을 퍼부었습니다." 그를 데리러 갔던 지주가 스비야시스끼에게로 다가오며 말했다. "괜찮아요. 쓸 만해요."

"아주 취한 건 아닌가요? 넘어지진 않을까요?" 스비야시스끼가 고개를 절레절레 흔들며 말했다.

"아니에요, 장사예요. 여기서 술을 더 먹이지만 않으면…… 식당 주인에게 무슨 일이 있어도 술을 주지 말라고 말했지요."

## 29

담배를 피우고 간식을 먹기 위한 좁다란 홀은 귀족들로 가득 차 있었다. 흥분은 점점 더 커졌고 모든 사람들의 얼굴에 불안이 역력했다. 모든 상세한 사항과 모든 예상 표수를 알고 있는 수뇌부가 특히 흥분하고 있었다. 이들은 앞둔 전쟁의 지휘자들이었다. 나머지 사람들은 전쟁을 앞둔 병사들처럼 비록 전쟁에 대비는 하면서도 아직은 오락을 찾고 있었다. 어떤 사람들은 서서 또는 식탁에 걸터앉아 간식을 먹고 있었고, 어떤 사람들은 담배를 피우면서 긴 방을 이리저리 왔다 갔다 하며 오랫동안 만나지 못했던 친지들과 이야기를 나누고 있었다.

레빈은 먹고 싶은 생각이 없었고 담배도 피우지 않았다. 그는 자기편 사람들, 즉 세르게이 이바노비치, 스쩨빤 아르까지치, 스비야시스끼 등과 모이고 싶지 않았는데, 궁정 주렵관 제복을 입은 브론스끼가 그들과 함께 활기차게 대화를 나누며 서 있었기 때문이었다. 어제 이미 레빈은 선거장에서 그를 보았지만 그와 마주치기 싫어서 애써 피했다. 그는 창가로 다가가 앉아서 모인 사람들을 바라보며 자기 주위에서 무슨 말을 하는가 귀를 기울였다. 그가 본 모든 사람들이 활기에 차 있고 걱정들을 하느라 바빴는데 오직 그만이, 해군 제복을 입고 입술로 뭔가를 웅얼거리며 자기 곁에 앉은 이가 빠진 매우 늙은 노인과 함께 흥미도 없고 할 일도 없는 것 때문에 특히 서러웠다.

“그자는 정말 악당이에요! 제가 여러차례 말했지요. 소용없었지요! 물론! 그는 삼년 안에 마련할 수 없었지요.” 포마드를 바른 머리카락을 제복의 수놓은 깃 위에 늘어뜨린, 등이 굽고 키가 작은 지주가 이번 회합에 오기 위해 신은 것이 분명한 새 장화의 뒤축을 세게 소리 내어 굴러대면서 활력에 넘쳐 말했다. 지주는 레빈에게 불만스러운 시선을 던지더니 홱 몸을 돌렸다.

“네, 더러운 일이지요. 말할 필요도 없어요.” 작은 지주가 가느다란 목소리로 말했다.

이들에 이어 뚱뚱한 장군을 둘러싸고 있던 지주 무리 전체가 레빈 쪽으로 서둘러 다가왔다. 지주들은 남들이 듣지 못하게 이야기를 나눌 장소를 찾고 있음이 분명했다.

“어떻게 그가 감히 내가 바지를 훔치라고 명했다는 말을 할 수 있단 말이오! 내 생각에는 그가 술을 마시느라 팔아먹은 거예요. 공작이 무슨 그 모양이야. 침을 뱉고 싶을 지경이오. 그런 말을 감히 하면 안 되지요. 그건 정말 뻔뻔스러운 일이오.”

“하지만 제 말 좀 들어보세요. 그건 조문에 기초한 거지요.” 다른 무리에서 하는 말이었다. “부인도 귀족으로 등록되어 있어야 해요.”

“조문은 무슨 얼어죽을! 난 솔직하게 말하오. 뭣 때문에 고귀한 귀족인가 말이오. 신임을 가져야 해요.”

“각하, 가시죠. *꼬냑*[85]!”

다른 무리는 뭔가를 큰 소리로 외치는 귀족을 뒤따라가고 있었다. 이 사람은 술 취했던 세 사람들 중 하나였다.

85 fine champagne(프랑스어).

"전 마리야 세묘노브나에게 항상 소작을 주라고 권했지요. 그녀는 혼자서 아무런 이윤을 내지 못해요." 옛 참모부의 대령 제복을 입은, 콧수염이 회색인 지주가 편안한 목소리로 말했다. 이 사람은 레빈이 스비야시스끼의 집에서 만났던 바로 그 지주였다. 레빈은 당장 그를 알아보았다. 지주도 역시 레빈을 자세히 살펴보았고, 그들은 서로 인사했다.

"매우 반갑네요. 물론이죠. 아주 잘 기억하지요. 작년에 니꼴라이 이바노비치 단장 댁에서 뵈었지요."

"그래, 농사는 잘되십니까?" 레빈이 물었다.

"그저 마찬가지로 손해를 보지요." 지주가 옆에 멈춰서서 공손한 미소를 지으며, 하지만 그렇게 될 수밖에 없다는 태평한 표정으로 대답했다. "어떻게 우리 주에 오시게 되었나요?" 그가 물었다. "우리 *꾸데따*[86]에 참가하러 오셨나요?" 그가 프랑스어 단어를 분명하게, 그러나 서투르게 발음하며 말했다. "러시아 전체가 모였어요. 궁정 시종과 대신들까지도 거의." 그는 대표적 인물로 하얀 바지와 궁정 시종 제복을 입고 장군과 걷고 있는 스쩨빤 아르까지치를 가리켰다.

"전 귀족 선거의 의미를 거의 이해하지 못한다는 걸 인정해야겠습니다." 레빈이 말했다.

지주는 그를 바라보았다.

"여기 이해할 게 뭐 있나요? 아무 의미도 없어요. 그저 관성의 힘에 따라서 움직임을 계속하는 힘 빠진 제도지요. 보세요, 제복들을—이것들이 말해주지요. 이건 판사, 정회원 등등의 회합이지 귀

86 coup d'état(프랑스어).

족들의 회합은 아니지요."

"그런데 당신은 왜 오시나요?" 레빈이 물었다.

"습관이지요, 오직. 또 관계를 유지할 필요가 있어서지요. 일종의 도덕적 의무예요. 그리고 또, 진실을 말하자면, 이해관계도 있어요. 매부가 정회원으로 입후보하려고 해서요. 그는 부자가 아니라서 제가 그를 좀 도와야 하지요. 저기 저 신사분들은 무엇 때문에 오나요?" 그가 주지사 책상에서 말했던 독설가 신사를 가리키며 말했다.

"새로운 귀족 세대지요."

"새로운 건 새로운 거지만 귀족은 아니지요. 저들은 토지 소유자고 우리들은 지주지요. 저들은 귀족으로서 제 손으로 자살 행위를 하는 거예요."

"하지만 당신도 이건 이미 지나간 제도라고 말씀하시잖아요."

"지나간 건 지나간 거지만 그래도 이 아직 제도를 좀더 존중하며 대해야지요. 스네뜨꼬프라도…… 우리가 좋든 나쁘든 우리는 천년을 성장해왔지요. 보세요, 만약 당신이 집 앞에 정원을 가꾸어야 해서 계획하는데, 그 자리에 백년 된 나무가 자라고 있어요…… 나무가 울퉁불퉁하고 늙었어도 당신은 화단을 만들려고 노목을 베지는 않지요. 그 나무를 이용하려고 화단 계획을 좀 바꾸겠지요. 나무는 일년에 다 키우는 것이 아니에요." 그는 조심스럽게 말하고서 당장 화제를 바꾸었다. "자, 어때요, 농사는?"

"좋지 않죠, 뭐. 오 퍼센트 정도."

"네, 하지만 당신 자신은 치지 않네요. 당신 자신도 역시 뭐라도 값이 있지 않아요? 여기 제 이야기를 해볼게요. 전 농사를 짓기 전까지 관청에서 삼천을 받았지요. 지금 전 그때보다 일을 더 많이 합니다. 그런데 당신과 마찬가지로 오 퍼센트를 얻지요. 그것도 잘 되면요. 제 노동은 공짜고요."

"그렇다면 뭐 때문에 그걸 하는 거죠? 그저 손해만 본다면요?"

"그냥 하는 거죠! 어떻게 해요? 습관인데요. 그래야 한다고 알고 있는 거죠. 좀더 이야기하자면……" 지주는 창문에 팔꿈치를 기대고 이야기에 더 열중하면서 말을 계속했다. "아들은 농사를 전혀 짓고 싶어하지 않습니다. 분명 학자가 될 겁니다. 그러니 계속할 사람도 없어요. 그래도 여전히 하는 거죠. 최근에는 정원을 일구었지요."

"네, 그러시군요." 레빈이 말했다. "그건 완전히 맞는 말씀이십니다. 전 항상 농사를 지을 때 실질적인 수지가 맞지 않는 걸 느낍니다. 그냥 하는 거죠…… 땅에 대해 어떤 의무 같은 것을 느낍니다."

"그러게 제 말 좀 들어보세요." 지주가 말을 계속했다. "이웃에 상인이 살았었어요. 농장과 정원을 둘러보았지요. '정말로……' 그가 말했어요. '스쩨빤 바실리치, 모두가 제대로네요. 하지만 정원은 방임하셨습니다요.' 하지만 제 정원은 제대로였거든요. '제 생각에는 이 보리수나무를 베어야 합니다요…… 그냥 살아 서 있기만 하면 뭐 합니까요. 천그루나 되는데, 한그루당 두개의 좋은 나무껍질판이 나올 것입죠. 요즘 나무껍질판값이 좋습니다요. 또 보리수나무 그루터기도 목재로 자르고요.'"

"그리고 그 돈으로 그는 가축을 사 모으거나 싼값에 토지를 사들여 농부들에게 빌려주겠죠." 분명 한두번이 아니게 이 비슷한 계산에 부딪쳤던 레빈이 미소를 지으며 나머지를 말했다. "그래서 그는 재산을 만들게 되지요. 근데 당신과 나는 그저 현상 유지를 해서 자식들에게 남길 수 있기만 바랄 뿐이죠."

"듣자니 결혼을 하셨다고요?" 지주가 말했다.

"네." 레빈이 자랑스러운 만족감을 느끼며 대답했다. "이건 뭔가 이상하지요." 그가 말을 계속했다. "그렇게 우리는 계산 없이 살기도 하지요. 고대의 성화를 지키는 처녀들처럼 우리는 거기 매여 있지요."

지주는 하얀 콧수염 아래로 웃음을 터뜨렸다.

"우리들 중에는 우리 친구 니꼴라이 이바니치 같은 사람도 있고요, 또 최근에는 브론스끼 백작도 이사를 왔지요. 이들은 농산업을 꾸려가지요. 하지만 아직까지 큰돈 죽이는 것 이외에는 아무 성과도 없습니다."

"하지만 우리는 왜 상인들처럼 하지 않는 거지요? 왜 나무껍질 판을 위해 정원을 베지 않나요?" 그를 자극한 생각으로 돌아오면서 레빈이 말했다.

"당신이 말한 대로 성화를 지키느라고요. 상인이 하는 그런 행동은 귀족이 하는 일이 아니지요. 그리고 우리 귀족의 일은 여기 선거장에서 행해지는 것이 아니라 자기 영지에서 이루어지죠. 뭘 해야 하고 뭘 하면 안 되는지 하는 것은 역시 자기 계층의 본능입니다. 농부들도 마찬가지입니다. 종종 그들을 관찰해보면 말이죠, 좋은 농부일수록 되도록 많은 땅을 부치려 하지요. 땅이 아무리 나빠도 그는 갈아요. 역시 계산을 안 하지요. 그냥 손해를 보는 거죠."

"우리도 역시 그렇지요." 레빈이 말했다. "만나서 매우, 매우 반가웠습니다." 그가 자기에게로 다가오는 스비야시스끼를 보고 덧붙였다.

"댁에서 만난 후 여기서 처음 만났지요." 지주가 말했다. "그냥 이야기가 시작되었네요."

“그래, 어때요, 새로운 제도를 욕 좀 했나요?” 스비야시스끼가 미소를 지으며 말했다.

“빠질 수 없죠.”

“기분전환 하셨네요.”

## 30

스비야시스끼는 레빈의 팔짱을 끼더니 그와 함께 자기 친지들에게로 갔다.

이제는 브론스끼를 피할 수 없었다. 그는 스쩨빤 아르까지치와 세르게이 이바노비치와 함께 서서 다가오는 레빈을 똑바로 쳐다보고 있었다.

“매우 기쁩니다. 셰르바쯔까야 공작영애 댁에서…… 만나뵙는 기쁨을 가졌다고 생각됩니다.” 그는 레빈에게 손을 내밀며 말했다.

“네, 전 우리의 만남을 매우 잘 기억합니다.” 레빈이 말하고 나서 빨갛게 얼굴을 붉히고 당장 몸을 돌려 형과 이야기를 시작했다.

살짝 미소를 짓고 난 브론스끼는 레빈과 대화를 하고 싶은 생각이 없는 것이 분명했고, 스비야시스끼와 계속 대화를 나눴다. 하지만 레빈은 형과 이야기하면서 자신의 거친 태도를 누그러뜨리기 위해서 브론스끼와 무엇에 대해 이야기를 시작하면 좋을지 생각하며 연신 브론스끼를 바라보곤 했다.

“지금 대체 뭐가 문제입니까?” 레빈이 스비야시스끼와 브론스끼를 바라보며 물었다.

“스네뜨꼬프가 문제지요. 그가 거절하든지 동의하든지 해야 하

거든요." 스비야시스끼가 대답했다

"근데 그는 어떻습니까? 동의했습니까, 아닙니까?"

"그게 문젭니다. 이도 저도 아니라서요." 브론스끼가 말했다.

"근데 그가 거절하면 누가 입후보하게 되나요?" 레빈이 브론스끼를 바라보며 물었다.

"원하는 사람이죠." 스비야시스끼가 말했다.

"당신이 나갈 거예요?" 레빈이 물었다.

"저만은 아니지요." 스비야시스끼가 당황해서 세르게이 이바노비치 곁에 서 있는 독설가 신사에게 겁먹은 시선을 던지면서 말했다.

"그렇다면 누구죠? 네베돕스끼?" 자신이 잘못된 방향으로 가는 것을 느끼면서 레빈이 말했다.

이 말은 더 나빴다. 네베돕스끼와 스비야시스끼는 둘 다 후보였던 것이다.

"전 정말 어떤 경우에도 아닙니다." 독설가 신사가 말했다.

이 사람이 바로 네베돕스끼였다. 스비야시스끼는 그에게 레빈을 소개했다.

"뭐야, 자네도 사로잡혔나?" 스쩨빤 아르까지치가 브론스끼에게 윙크하며 말했다. "이거 경마 같지. 걸 수도 있네."

"그래, 이게 사로잡네." 브론스끼가 말했다. "한번 시작하면 끝까지 하고 싶어지네. 싸움이야!" 그는 이마를 찌푸리고 자기의 강한 뺨 근육에 힘을 주며 말했다.

"스비야시스끼는 굉장한 활동가네! 그에겐 모든 것이 정말 확실해."

"오, 그래." 브론스끼가 산만하게 답했다.

침묵이 닥쳤고 그동안 브론스끼는 뭐라도 바라보아야 했기 때문에 레빈을, 그의 두 발과 제복을, 그의 얼굴을 바라보았고, 자기를 향한 우울한 눈빛을 알아채고 뭐라도 말을 하기 위해 말을 꺼냈다.

"그런데 어떻게 당신은 내내 시골에 거주하시는 분으로 조정판사가 아니실 수가 있나요? 조정판사 제복을 입고 계시지 않군요."

"그건 제가 조정재판이라는 것을 바보 같은 제도라고 여기기 때문입니다." 브론스끼와 처음 만났을 때의 거친 행동거지를 만회해 보려고 그와 이야기할 기회를 내내 기다리던 레빈이 우울하게 대답했다.

"저는 그렇게 생각하지 않습니다. 반대입니다." 브론스끼가 평온한 놀라움을 보이며 말했다.

"그건 어린애 장난입니다." 레빈이 그의 말을 막았다. "조정판사는 우리에게 필요하지 않아요. 전 팔년 동안 전혀 상관할 일이 없었지요. 한가지 건이 있긴 했지만 잘못된 판결이 내려졌지요. 조정판사는 제게서 사십 베르스따 떨어져 있어요. 이 루블의 가치가 있는 일 때문에 십오 루블이 나가는 대리인을 보내야 하다니요."

그리고 그는 농부가 방앗간에서 밀가루를 훔쳤는데 방앗간 주인이 그에게 이를 말하자 농부가 모함이라고 소송을 제기했다는 이야기를 했다. 이 모든 말은 상황에 어울리지 않는데다 어리석었고, 레빈도 말을 하면서 이를 느꼈다.

"오, 이 사람은 정말 괴짜예요!" 스쩨빤 아르까지치가 특유의 복숭아처럼 달콤한 미소를 지으며 말했다. "하지만 가시죠. 투표를 시작한 것 같은데요……"

그리고 그들은 헤어졌다.

"난 도대체 이해를 못 하겠다." 동생의 어색한 행동을 알아차렸던 세르게이 이바노비치가 말했다. "어떻게 그 정도로 아무런 정치적 감각이 없는지 말이야. 그건 우리 러시아인들이 가지지 못한 것이기도 하지. 귀족단장은 우리 적이야. 그런데 넌 그에게 *허물없는 친구*[87]처럼 굴며 입후보하라고 청하더구나. 그리고 브론스끼 백작은…… 난 그를 친구로 만들지는 않을 거다. 그가 만찬에 초대했는데 난 가지 않을 거다. 하지만 그는 우리 편이야. 뭣 때문에 그를 적으로 만드니? 게다가 넌 네베돕스끼에게 입후보하냐고 물었지. 그런 일은 하는 게 아니야."

"아, 난 아무것도 모르겠어요! 그리고 이 모든 게 부질없는 짓이지요." 레빈이 우울하게 대답했다.

"자, 넌 모든 게 부질없다고 말하면서 시작하면 모든 걸 엉망으로 만드는구나."

레빈은 침묵했고, 둘은 함께 큰 홀로 들어갔다.

귀족단장은 자신이 뭔가 준비된 계략에 빠져 있는 분위기를 감지했음에도 불구하고, 모든 사람들이 그에게 입후보하라고 청한 것이 아니었음에도 불구하고, 여전히 입후보하기로 결심했다. 홀은 온통 고요했고, 서기는 커다란 목소리로 근위대 기병대위 미하일 스쩨빠노비치 스네뜨꼬프가 귀족단장에 입후보한다고 선언했다.

군의 단장들이 공이 놓여 있는 접시들을 들고 자기 책상에서 주지사 책상으로 왔고, 투표가 시작되었다.

단장의 뒤를 따라 레빈이 형과 함께 책상으로 다가갔을 때 스쩨빤 아르까지치가 그에게 속삭였다. 하지만 레빈은 지금 자신에게 설명해준 그 계산을 잊었고, 스쩨빤 아르까지치가 "오른쪽으로"라

87 ami cochon(프랑스어).

고 말한 것이 실수였을까봐 걱정되었다. 스네뜨꼬프는 적이 아닌가. 그는 함으로 다가가면서 공을 오른손에 잡고 있었지만 자기가 잘못했다고 생각하고 투표함 바로 앞에서 공을 왼손으로 바꿔쥐고 왼쪽으로 넣었다. 함 옆에 서 있던, 팔꿈치만 보고도 누가 어디로 넣는다는 것을 아는 전문가는 불만스럽게 얼굴을 찌푸렸다. 그는 자기의 통찰력을 연습해볼 수가 없었던 것이다.

모두가 침묵했고 공 세는 소리만 들렸다. 그다음에 찬성과 반대의 숫자를 부르는 단 한 사람의 목소리만이 들렸다.

귀족단장은 현격한 차이의 찬성표로 뽑혔다. 전체가 떠들썩해지면서 문을 향해 달려갔다. 스네뜨꼬프가 들어왔고, 귀족들은 축하하며 그를 둘러쌌다.

"그럼 이제 끝났나요?" 레빈이 세르게이 이바노비치에게 물었다.

"막 시작이지요." 세르게이 이바노비치를 대신해서 스비야시스끼가 미소를 지으면서 대답했다. "단장 후보가 더 많은 표를 받을 수가 있는 거지요.[88]"

레빈은 이것에 대해 또다시 완전히 잊었던 것이다. 그는 이제야 막 여기에 어떤 교묘한 것이 있다는 것을 기억했으나 그게 무엇인지 기억하기는 지겨웠다. 우울이 그를 휩쌌고, 그는 이 무리에서 빠져나오고 싶은 생각이 들었다.

아무도 그에 대해 주의하지 않았고 그가 아무에게도 소용이 되

88 선거법에 의하면 두명, 즉 귀족단장과 단장 후보가 뽑혀야 한다. 이 중에서 찬성표를 더 많이 받는 사람이 단장이 된다. 각각 입후보한 사람에게 투표용 공으로 찬반을 던진다. 한명이 찬성표보다 반대표를 많이 얻게 되면 다른 한명만 뽑히게 되므로 전체 선거가 무효가 된다. 그래서 지난 단장이 찬성표로 통과되게는 하되 새로운 단장 후보보다 표를 덜 얻게 해서 그를 단장 후보로 만들려는 술책이 진행되는 것이다.

지 않는 것으로 보였기에 그는 슬며시 간식을 먹는 작은 홀로 들어갔고 다시 하인들을 보면서 마음이 크게 가벼워지는 것을 느꼈다. 나이 든 하인이 그에게 간식을 권했고 레빈은 동의했다. 완두콩을 곁들인 커틀릿을 다 먹고 하인과 예전 주인들에 대해서 이야기를 좀 나눈 다음 레빈은 그렇게 불쾌하게 느껴졌던 홀로 들어가기가 싫어서 열린 위층으로 걸어가기 시작했다.

그곳에는 성장을 한 귀부인들이 난간 위로 몸을 굽히고 아래에서 이야기되는 것을 한마디도 놓치지 않으려고 애쓰고 있었다. 귀부인들 주변에는 우아하게 차려입은 변호사들, 안경을 낀 중학교 교사들, 장교들이 앉아 있거나 서 있었다. 어디서나 선거에 대해, 단장이 몹시 고전했고 논쟁이 좋았다는 것에 대해 이야기하고 있었다. 한 무리 속에서 레빈은 자기 형을 칭찬하는 소리를 들었다. 어느 귀부인이 변호사에게 말했다.

"꼬즈니셰프의 말을 들어서 얼마나 기뻤지요! 굶을 가치가 있었어요. 멋졌어요. 모든 게 얼마나 명확하고 잘 들어오던지요! 당신네 재판에서 아무도 그렇게 이야기하지 못하지요. 한 사람, 마이델만 그럴 수 있지요. 그렇지만 그도 그렇게 달변이려면 한참 멀었어요."

난간에 빈자리를 발견한 레빈은 몸을 굽혀 살펴보고 귀를 기울이기 시작했다.

모든 귀족들이 자기 군의 칸막이 뒤에 앉아 있었다. 홀 한가운데 제복 입은 사람 한명이 서서 날카롭고 큰 목소리로 외치고 있었다.

"기병참모 예브게니 이바노비치 아뿌흐찐이 귀족단장으로 입후보합니다!"

죽음 같은 정적이 닥쳤다가 어느 약하고 늙은 목소리가 들렸다.

"기권입니다!"

“궁정 고문관 뾰뜨르 뻬뜨로비치 볼이 입후보합니다.” 다시 목소리가 울리기 시작했다.

“기권입니다!” 젊고 째지는 목소리가 울렸다.

다시 마찬가지 말이 시작되었고 다시 “기권입니다” 하면서 그렇게 한시간가량 지속되었다. 레빈은 난간에 팔꿈치를 기댄 채 보고 들었다. 처음에 그는 의아해하며 이것이 무엇을 의미하는지 이해하려 애썼다. 그다음에, 이것을 이해할 수 없다는 것을 확신한 이후에는 지겨워졌다. 그다음에, 모든 사람들의 얼굴에 보이는 이 모든 흥분과 적의를 기억하고는 슬퍼졌다. 그는 가려고 마음먹고 아래로 내려가기 시작했다. 위층 마루를 지나오면서 그는 앞뒤로 왔다 갔다 하고 있는, 눈이 부어오른 우울한 중학생을 만났다. 계단에서는 한쌍의 남녀를, 굽이 있는 구두를 신고 급히 달려가는 귀부인과 발이 가벼운 검사보를 만났다.

“늦지 않으신다고 제가 말했잖아요.” 레빈이 귀부인에게 길을 터주려고 옆으로 비켜섰을 때 검사가 말했다.

레빈은 이미 출구 계단에 있었는데, 조끼 주머니에서 털가죽 외투의 번호표를 꺼냈을 때 서기가 그를 잡았다. “어서 오세요, 꼰스딴찐 드미뜨리치. 투표를 합니다.”

그렇게 단호하게 거부했던 네베돕스끼가 입후보해 투표에 부쳐졌다.

레빈은 홀로 들어가는 문으로 다가갔다. 문은 닫혀 있었다. 서기가 노크하자 문이 열렸고, 얼굴이 시뻘겋게 달아오른 지주 두 사람이 레빈을 마주 보며 빠져나왔다.

“더이상 못 참겠네.” 얼굴이 시뻘겋게 달아오른 지주 한 사람이 말했다.

지주 뒤로 귀족단장의 얼굴이 불거져 보였다. 이 얼굴은 그 기진한 상태와 공포로 인하여 무시무시하게 보였다.

"내보내지 말라고 말했잖아!" 그는 경비를 향해 소리 질렀다.

"저는 들여보낸 겁니다, 각하!"

"하느님!" 무겁게 한숨을 쉬고 나서 귀족단장은 고개를 떨어뜨리고 하얀 바지를 입은 다리를 피곤하게 질질 끌며 홀의 가운데를 따라 큰 책상으로 갔다.

계산했던 대로 네베돕스끼에게 표가 더 주어졌고 그는 귀족단장이 되었다. 여럿은 즐거워했고, 여럿은 만족스러워했으며, 여럿은 행복해했고, 여럿은 환희에 넘쳤으며, 여럿은 불만스러워했고 불행해했다. 귀족단장은 절망에 빠져 있었는데, 그는 이를 숨길 수 없었다. 네베돕스끼가 홀에서 나가자 무리는 그를 둘러싸고 환호하며 그의 뒤를 따랐다. 첫날 선거를 개최한 주지사를 뒤따랐듯이, 스네뜨꼬프가 뽑혔을 때 그를 뒤따랐듯이.

## 31

새로 뽑힌 귀족단장과 승리한 신파의 많은 사람들이 이날 브론스끼의 거처에서 정찬을 들었다.

브론스끼가 선거에 온 것은 시골 생활이 지겨웠고 안나 앞에서 자유에 대한 자신의 권리를 천명할 필요가 있었기 때문이기도 했으며, 스비야시스끼가 지방의회에서 브론스끼를 위해 동분서주한 것을 보상하느라 선거에서 그를 지지해주기 위해서이기도 했고, 무엇보다도 자신이 선택한 귀족과 지주로서의 지위의 모든 의무를 엄격하게 이행하기 위함이었다. 하지만 그는 선거 행사가 자신을 그렇게 몰두시키고 사로잡으리라고는, 자신이 이 일을 그렇게 잘할 수 있으리라고는 전혀 기대하지 않았었다. 그는 귀족 사회에서 완전히 새로운 사람이었지만 분명 성공을 거두었고, 그가 이미 귀족들 사이에서 영향력을 얻게 되었다고 생각한 것은 잘못짚은 것이 아니었다. 그의 영향력에 작용한 것은 그의 부와 명성이었고, 까신에서 재정에 관한 제반 일을 맡아 하며 번창해가는 은행을 관리하는 오랜 지기인 시르꼬프가 그에게 내준 시내의 멋진 숙소, 시골에서 데리고 온 브론스끼의 뛰어난 요리사, 브론스끼의 동료, 그것도 그가 후원하는 동료였던 주지사와의 우정, 그리고 무엇보다도 귀족 대다수로 하여금 그의 거짓 거만함에 대한 비판을 신속하게 누그러뜨리게 만든, 모든 사람을 똑같이 대하는 그의 소탈한 태도였다. 그 자신도, 끼찌 셰르바쯔까야와 결혼한, *아무런 근거 없이*[89] 미친 적대감으로 무엇에도 어울리지 않는 어리석은 말을 무더기로 쏟아놓는 이 이상한 신사 이외에는, 그와 알게 된 모든 귀족이 그의 편이 되었다는 것을 느끼고 있었다. 네베돕스끼의 성공에 그가 매우 큰 영향을 주었다는 것을 그 자신도 알고 있었고 다른 사람들도 인정했다. 그리고 그는 지금 네베돕스끼의 당선을 축하하면서 자기가 베푸는 정찬의 식탁에 앉아서 자기 후보를 위해 기분 좋은 승리의 감정을 느꼈다. 선거 자체가 그를 매우 사로잡아서 그는 향후 삼년 내에 결혼을 하게 되면 자신도 입후보할 것을 생각하고 있었다. 이는 기수를 내보내 상을 받은 후 자신이 직접 말을 몰고 싶어지는 것과 비슷한 감정이었다.

89 à propos de bottes(프랑스어).

지금은 어쨌든 기수의 승리를 축하하고 있었다. 브론스끼는 식탁 머리에 앉아 있었고, 그의 오른팔 쪽으로는 젊은 주지사인 *시종무관장*[90]이 앉아 있었다. 브론스끼가 본 바와 같이 그는 선거를 장엄하게 개최하며 개회사를 했고, 많은 사람들에게 존경심과 복종심을 불러일으키는 한 주의 주인이었다. 하지만 브론스끼에게 이 사람은 그 앞에서 어쩔 줄 모르는 마슬로프 까찌까—이는 그의 육사 시절 별명이었다—였고, 브론스끼가 *기운을 북돋아주려고*[91] 애썼던 사람이었다. 왼팔 쪽으로는 특유의 젊고 흔들림 없고 독살스러운 얼굴을 가진 네베돕스끼가 앉아 있었다. 브론스끼는 그에게 자연스럽고 정중한 태도를 취했다.

스비야시스끼는 자신의 실패를 유쾌하게 견뎌내고 있었다. 그 자신 네베돕스끼를 향해서 축배를 들고 귀족이 따라야 하는 새로운 노선의 대표로서 더 좋은 사람을 찾을 수 없다고 말했듯이, 그래서 모든 명예로움이 오늘의 성공의 편에 있고 오늘의 성공을 경축하고 있다고 말했듯이, 이는 그에게 심지어 실패라고 할 수도 없었다.

스쩨빤 아르까지치도 기뻤다, 그 자신 유쾌하게 시간을 보냈고 모두들 만족스러워했으니. 훌륭한 정찬 동안 선거의 일화들이 연이었다. 스비야시스끼는 익살스럽게 단장의 눈물 섞인 연설을 흉내 냈고, 네베돕스끼를 향하며 각하는 다른, 눈물보다는 복잡한 감사를 해야 했다고 언급했다. 또다른 장난스러운 귀족은 귀족단장의 무도회를 위해 양말을 신은 하인들이 호출되었는데, 새로운 귀족단장이 양말을 신은 하인들과 함께 무도회를 개최하지 않는다면

90 general à la suite(프랑스어).

91 mettre à son aise(프랑스어).

지금 도로 돌려보내야 한다고 이야기했다.

만찬 동안 사람들은 끊임없이 네베돕스끼를 향해 "우리 귀족단장님" "각하"라고들 불렀다.

이렇게 부르면서 사람들은 젊은 여인을 '*마담*[92]'이라는 호칭에 남편의 이름을 붙여 부를 때와 같은 만족감을 느꼈다. 네베돕스끼는 자신이 이 호칭에 무관심할 뿐만 아니라 이를 경멸한다는 표정을 지었지만, 그가 행복해하고 있고 모두가 젖어 있는 새로운 자유주의적인 분위기에 어울리지 않는 벅찬 기쁨을 내보이지 않기 위해 자신을 억제하고 있다는 것은 분명했다.

만찬 동안, 선거 과정에 흥미를 느끼고 있는 사람들에게 전보 몇 통이 보내졌다. 기분이 무척 유쾌했던 스쩨빤 아르까지치도 다리야 알렉산드로브나에게 "네베돕스끼가 열두 표차로 선출되었음. 축하. 전달해주오"라는 내용의 전보를 보냈다. 그는 '그들에게도 기쁨을 주어야지' 하는 생각을 염두에 두고, 소리 내어 읽으며 받아쓰게 했다. 하지만 다리야 알렉산드로브나는 전보를 받고는 전보를 보내는 데 들인 일 루블에 한숨을 지으며 만찬이 끝나간다는 것을 이해했다. 그녀는 스찌바가 만찬의 끝 무렵 '*전보 놀이*[93]'를 하는 약점을 가지고 있다는 것을 알고 있었다.

썩 훌륭한 식사와 러시아산이 아닌 외국에서 직접 병에 부은 포도주와 함께 모든 것이 매우 고상했고 자연스러웠고 유쾌했다. 스무명가량 되는 사람들은 스비야시스끼가 사상이 같고 자유주의적이며 새로운 인사들, 그리고 동시에 재치가 있고 제대로 된 인사들 중에서 뽑은 이들이었다. 새로운 귀족단장을 위해, 주지사를 위해,

92 madame(프랑스어).

93 faire jouer le télégraphe(프랑스어).

은행장을 위해, 그리고 '사랑스러운 우리 집주인을 위해' 축배를 들었고 반농담조의 축배도 들었다.

브론스끼는 만족했다. 그는 지방에서 이런 기분 좋은 분위기를 전혀 기대하지 못했었다.

만찬의 끝 무렵은 더 유쾌해졌다. 주지사는 브론스끼에게 그를 알고 지내고 싶어하는 그의 아내가 주선한, 형제[94]를 위한 음악회에 가달라고 청했다.

"거기에서 무도회가 있을 거네. 우리 미인을 보게 될 거야. 사실 굉장해."

"*제 분야가 아닙니다*[95]." 이 표현을 좋아하는 브론스끼가 대답했다. 하지만 미소를 짓고 가겠다고 약속했다.

식탁을 떠나기 전에 모두들 담배를 피우고 있는데, 브론스끼의 하인이 쟁반에 얹은 편지와 함께 그에게로 다가왔다.

"보즈드비젠스꼬예에서 지급으로 왔습니다." 그가 의미심장한 표정으로 말했다.

"놀랍네요. 그는 정말 스벤찌쯔끼 검사보를 닮았네요." 손님들 중 한 사람이 하인을 가리키며 프랑스어로 말했을 때, 브론스끼는 얼굴을 찌푸리며 편지를 읽고 있었다.

편지는 안나에게서 온 것이었다. 그는 편지를 다 읽기도 전에 이미 그 내용을 알았다. 그는 선거가 닷새 안에 끝나리라고 예상하고 금요일에 돌아가겠다고 약속했었다. 오늘은 토요일이었고, 그는 편지의 내용이 그가 왜 제때에 돌아오지 않는지에 대한 비난이라는 것을 알고 있었다. 그가 어제저녁에 보낸 편지는 아마 아직 도

---

94 슬라브족 형제를 말한다.

95 Not in my line(영어).

착하지 않았을 것이다.

내용은 그가 예상했던 것과 똑같았지만 형식은 예상하지 못한 것으로, 그에게 유달리 불쾌하게 느껴졌다. "아니가 몹시 아파요. 의사 말이 염증일 수 있대요. 전 혼자 정신이 나갈 지경이에요. 바르바라 공작영애는 도움이 안 되고 방해만 될 뿐이죠. 당신을 사흘째 기다리고 있어요. 어제 그리고 오늘 당신이 어디 있고 뭘 하는지 알아보려고 사람을 보냅니다. 제가 직접 가려고 했지만 당신이 불쾌해지리라는 걸 알기에 생각을 바꿨지요. 뭘 해야 할지 알 수 있도록 무슨 대답이라도 해줘요."

아이가 아픈데 그녀는 직접 오고 싶어했다. 딸이 아픈데 이 적대적인 어조라니.

선거라는 이 무구한 오락과 돌아가야 하는 저 음울하고 힘겨운 사랑이 그 대척성으로 인하여 브론스끼를 놀라게 했다. 하지만 가야 했고, 그는 밤중에 첫차로 집으로 떠났다.

## 32

브론스끼가 선거하러 떠나기 전에, 그가 떠날 때마다 그들 사이에 반복되는 싸움들이 그를 묶어두게 되는 것이 아니라 차갑게만 한다고 생각하고 안나는 그와의 작별을 평온하게 견디기 위해 온 힘을 다해서 자제하려고 결심했다. 하지만 그가 떠난다고 말하러 왔을 때 그녀를 바라보던 차갑고 엄격한 시선은 그녀를 모욕했고, 그가 미처 떠나기도 전에 벌써 그녀의 평온은 깨졌다.

나중에 고독 속에 지내면서 그녀는 자유에 대한 권리를 표현하는 이 시선을 곰곰이 생각해보다 여느 때처럼 한가지 결론에 도달했다. 즉, 자신의 굴욕에 대한 의식이었다. '그는 그가 원하는 때 어디로든 갈 권리가 있어. 갈 권리뿐만 아니라 나를 떠날 권리도 있어. 그는 모든 권리를 가지고 있고, 나는 아무 권리도 가지고 있지 않아. 그걸 아니까 그는 그러면 안 돼. 하지만 그가 뭘 했다는 거지? 그는 나를 차갑고 엄격한 표정으로 바라보았어. 물론 이는 뚜렷하고 두드러지는 것은 아니었지만 예전에는 그러지 않았지. 이 시선은 많은 것을 의미해.' 그녀는 생각했다. '이 시선은 냉각이 시작되었다는 것을 보여주지.'

냉각이 시작되었다고 확신했음에도 불구하고 여전히 그녀는 할 수 있는 일이 아무것도 없었고, 그와의 관계에서 아무것도 변화시킬 수 없었다. 예전이나 꼭 마찬가지로 사랑과 매혹만으로 그를 붙잡을 수 있을 뿐이었다. 예전과 꼭 마찬가지로 낮에는 이런저런 일로, 밤에는 아편으로, 그가 그녀를 사랑하지 않게 되면 어쩌나 하는 무서운 생각을 누를 수 있을 뿐이었다. 실상 한가지 방법이 있긴 했는데, 그건 그를 붙잡아두지 않으면서도—그렇게 하기에는 그녀는 그의 사랑 이외에는 아무것도 원하지 않았다—그와 가까이 있는 것, 그가 그녀를 떠나지 않는 상황에 처하도록 하는 것이었다. 그 방법은 이혼과 결혼이었다. 그녀는 이것을 원하기 시작했고, 처음으로 그나 스찌바가 이에 대해 말을 꺼내면 동의하리라고 마음먹었다.

이런 생각을 하며 그녀는 그 없이 닷새를 보냈는데, 이는 그가 떠날 수밖에 없었던 그 닷새의 기간이었다.

산책, 바르바라 공작영애와의 대화, 병원 방문, 그리고 주로 독서, 연이은 독서로 그녀는 시간을 보냈다. 하지만 엿새째 마부가 그

없이 혼자 돌아왔을 때 그녀는 그에 대한 생각과 그가 그곳에서 무엇을 하는가에 대한 생각을 이미 무엇으로도 누를 수 없다는 것을 느꼈다. 바로 이때 그녀의 딸이 병이 났다. 안나는 딸을 돌보기 시작했으나 이도 그녀의 마음을 딴 데로 돌리지 못했고, 더군다나 병은 위험한 것이 아니었다. 아무리 노력해도 그녀는 이 딸애를 사랑할 수 없었고 그렇다고 사랑에 있어서 위선을 행할 수도 없었다. 이날 저녁 무렵, 홀로 남은 안나는 브론스끼 때문에 너무나도 커다란 공포를 느껴서 시내로 가려고 마음을 먹었으나 다시 생각을 바꿔서 브론스끼가 읽은 그 모순적인 편지를 썼던 것이다. 다음 날 아침 그녀는 그의 편지를 받았고 자기가 보낸 편지에 대해 후회했다. 그녀는 겁을 먹고 그가 떠날 때 그녀에게 던졌던 그 엄격한 시선이 되풀이될 것을, 특히 그가 딸애의 병이 위험하지 않았다는 것을 알게 되었을 때 그렇게 될 것을 예견하고 있었다. 그래도 그녀는 여전히 그에게 편지를 쓴 것이 기뻤다. 지금 그녀는 그가 그녀 때문에 힘들어하고 그가 그녀에게 돌아오기 위해서 유감을 느끼며 자기의 자유를 버린다는 걸 스스로도 이미 인정했다. 그럼에도 불구하고 그녀는 그가 돌아오는 것이 기뻤다. 힘들어하더라도 그는 그녀가 볼 수 있도록, 그의 동작 하나하나를 알 수 있도록 여기 있게 될 것이었다.

그녀는 거실 등잔 아래 앉아 뗀의 새 책[96]을 읽으면서 마당의 바람 소리에 귀를 기울이며 매 순간 마차가 도착할 것을 기대하고 있었다. 몇번이나 바퀴 소리가 들려온 것으로 여겨졌지만 그녀가 잘

---

96 이뽈리뜨 뗀(1828~93)의 새 책은 1875년에 나온 『앙시앵레짐』을 말하는 것으로, 근대 프랑스의 탄생을 다룬 역사책이다. 그는 1870년에 『이성에 대하여』라는 책을 출간했다.

못 들은 것이었다. 드디어 바퀴 소리뿐만 아니라 마부의 외침과 지붕 덮인 현관에서 나는 둔탁한 소리까지 들려왔다. 트럼프 패를 떼던 바르바라 공작영애까지도 그렇다고 했다. 안나는 얼굴을 붉힌 다음 일어났지만, 두번이나 아래로 갔다 왔던 좀 전처럼 내려가지는 않고 그냥 서 있었다. 갑자기 자기가 속인 것이 부끄러워졌고, 무엇보다도 그가 자신을 어떻게 대할지 두려웠다. 굴욕감은 이미 지나갔다. 그녀는 그가 지을 불만의 표정을 두려워하고 있을 뿐이었다. 그녀는 딸이 벌써 이틀째 완전히 건강하다는 것을 떠올렸다. 그녀가 편지를 보냈을 때 딸이 막 회복한 것조차 유감스러웠다. 이어 그녀는 그가 여기에 있다는 것을, 두 팔과 두 눈과 더불어 그의 모든 것이 있다는 것을 떠올렸다. 그녀에게 그의 목소리가 들려왔다. 그러자 그녀는 모든 것을 잊고 그를 향해 뛰어갔다.

"자, 아니는 어때요?" 그가 아래에서 그에게로 달려내려오는 안나를 보며 조심스레 말했다.

그는 의자에 앉아 있었고, 하인이 그로부터 보온 장화를 잡아당기고 있었다.

"괜찮아요. 나아졌어요."

"당신은?" 그는 몸을 흔들면서 말했다.

그녀는 두 손으로 그의 손을 잡고 그에게서 눈을 떼지 않으며 그의 손을 자기 허리로 이끌었다.

"자, 무척 기뻐요." 그가 그녀, 그녀의 머리, 그가 알기로 그를 위해 입은 그녀의 드레스를 차갑게 바라보며 말했다.

이 모든 것이 그의 마음에 들었지만, 이미 얼마나 여러번 마음에 들었던가! 그녀가 그렇게 두려워하던 그 엄격하고 딱딱한 표정이 그의 얼굴에 남아 있었다.

"자, 무척 기뻐요. 당신은 건강해요?" 그가 수건으로 젖은 턱수염을 닦고 나서 그녀의 손에 키스하며 말했다.

'아무래도 좋아.' 그녀는 생각하고 있었다. '그가 여기 있기만 하면 되지. 그리고 그가 여기 있으면 그는 나를 사랑하지 않을 수 없고 그럴 엄두도 못 내지.'

저녁은 바르바라 공작영애도 있는 데서 행복하고 즐겁게 지나갔다. 바르바라 공작영애는 안나가 그가 없으면 아편을 먹는다고 그에게 불평했다.

"그럼 대체 어떻게 해요? 잠을 잘 수가 없는데요…… 갖가지 생각 때문에요. 그가 있으면 전 절대 먹지 않아요. 거의요."

그는 선거에 대해서 이야기했고, 안나는 질문들로 그를 유쾌하게 한 바로 그것, 그의 성공에 대해 이야기하도록 자극했다. 그녀는 그에게 집에서 있었던, 그의 흥미를 끌 만한 일들에 대해서 다 이야기했다. 그녀가 이야기한 모든 소식은 더없이 유쾌한 것들이었다.

하지만 늦은 밤 그들 둘만 남았을 때 안나는 자신이 다시 그를 완전히 장악한 것을 알고 나서 편지로 인해서 그의 시선에 남은 무거운 인상을 지워버리고 싶은 생각이 들었다. 그녀는 말했다.

"인정해요. 편지를 받고 유감이었죠? 내 말을 믿지 않았죠?"

이 말을 하자마자 그녀는 그가 아무리 그녀에게 사랑스러운 느낌을 가졌더라도 그것을 결코 용서하지 않으리라는 것을 깨달았다.

"그래요." 그가 말했다. "편지는 정말 이상했죠. 아니가 아프다고 하더니 당신이 직접 오고 싶었다고 하고."

"그건 다 사실이었어요."

"그래요, 나도 의심하지 않아요."

"아니요, 당신은 의심하죠. 당신이 불만을 느끼고 있는 것을 알아요."

"한순간도 그렇지 않아요. 단지 내가 불만을 느끼는 건, 그건 사실이에요. 내게 의무가 있다는 사실을 당신이 인정하고 싶어하지 않는다는 것 때문이지요……"

"음악회에 가는 의무 말이지요……"

"하지만 이야기하지 맙시다." 그가 말했다.

"왜 말하면 안 돼요?" 그녀가 말했다.

"내가 말하고 싶은 건 다만 꼭 해야 할 필요가 있는 일이 있을 수 있다는 거예요. 그리고 나는 이제 집안일로 모스끄바로 가야 해요. 아, 안나, 뭣 때문에 그렇게 신경이 날카로워요? 도대체 당신은 내가 당신 없이 살 수 없다는 걸 몰라요?"

"그렇다면……" 안나가 갑자기 달라진 목소리로 말했다. "그럼 당신은 이 생활이 부담스러운 거예요…… 그래요, 당신은 도착한 다음 날 떠나네요, 바로 그렇게 느끼는 사람들이 행동하듯이……"

"안나, 이건 심해요. 나는 전인생을 바칠 태세가 되어 있어요……"

하지만 그녀는 그의 말을 듣지 않았다.

"당신이 모스끄바로 가면 나도 갈 거예요. 나는 여기 머무르지 않을 거예요. 헤어지거나 함께 살거나예요."

"그게 나의 유일한 바람이라는 걸 당신도 알잖아요. 하지만 그걸 위해서는……"

"이혼이 필요하지요? 그에게 편지를 쓰겠어요. 난 내가 이렇게 살 수 없다는 걸 알아요…… 하지만 난 당신과 함께 모스끄바로 가겠어요."

"마치 나를 협박하는 것 같네요. 당신과 헤어지는 것만큼 내가 원하지 않는 것은 없어요." 브론스끼가 미소를 지으면서 말했다.

하지만 그가 이 부드러운 말을 할 때 그의 두 눈에서는 차가운 시선만이 아니라 쫓겨서 모질어진 인간의 사나운 시선이 번쩍거렸다.

그녀는 이 시선을 보았고 그것의 의미를 제대로 이해했다.

'만약 그렇다면 이건 불행이야!' 그의 시선은 이렇게 말하고 있었다. 이건 순간적인 인상이었으나, 그녀는 결코 이것을 잊을 수 없었다.

안나는 남편에게 이혼을 요청하는 편지를 썼고, 십일월 말에 뻬쩨르부르그로 가야 했던 바르바라 공작영애와 작별하고 브론스끼와 함께 모스끄바로 갔다. 매일같이 알렉세이 알렉산드로비치의 답변과 뒤이을 이혼을 고대하면서 그들은 이제 부부처럼 함께 살게 되었다.

# 제7부

## 1

레빈 부부는 벌써 석달째 모스끄바에서 살고 있었다. 이런 일에 대해서 잘 아는 사람들의 가장 믿을 만한 계산에 따르면 끼찌가 출산을 했어야 하는 시기도 이미 오래전에 지나갔다. 하지만 그녀는 여전히 출산하지 않고 있었으며, 지금이 두달 전보다 시기가 더 임박했다는 조짐을 전혀 보이지 않았다. 의사도 산파도 돌리도 어머니도, 특히 레빈도, 공포를 느끼지 않고서는 다가오는 것에 대해서 생각할 수 없는 레빈도 초조와 불안을 느끼기 시작했다. 끼찌만이 완전히 평온하고 행복한 느낌을 가지고 있었다.

그녀는 지금 자신 안에서 미래의, 그녀에게는 부분적으로는 이미 현재의 아이에 대한 사랑이라는 새로운 감정이 생기는 것을 확실히 알았고, 기쁜 마음으로 이 감정에 귀를 기울이고 있었다. 아이는 지금 아직 완전하게 그녀의 일부는 아니었고 가끔 그녀와는 독립적인 삶을 살고 있었다. 종종 그녀는 이로 인해서 마음이 아팠으나 동시에 낯설고 새로운 기쁨 때문에 웃음 짓고 싶어졌다.

그녀가 사랑하는 모든 사람들이 그녀와 함께 있었으며 모두들 그녀에게 친절했고 그녀를 잘 돌봐주어서 모든 것이 편안하기만 했으므로, 이 상황이 곧 끝나게 되어 있다는 것을 그녀가 알지 못하고 느끼지만 않는다면 그야말로 더 좋고 더 편안한 삶을 바랄 수 없을 지경이었다. 이런 생활의 매혹을 망치는 단 한가지는 그녀의 남편이 그녀가 사랑하는 시골에서의 그 사람이 아니라는 점이었다.

그녀는 시골에서 보이던 그의 평온하고 애정 넘치고 손님들을 즐겨 맞이하는 태도를 사랑했다. 도시에서 그는 마치 누군가가 그를, 그리고 특히 그녀를 모욕하지 않을까 두려워하는 것처럼 항상 불안하고 긴장되어 보였다. 거기 시골에서 그는 자기 자리에서 스스로에 대해 확실히 알고 있었으며 아무 데도 서둘러 가거나 무엇인가로 그렇게 바쁜 적이 없었다. 여기 도시에서 그는 무엇인가를 놓칠세라 항상 서둘렀는데, 그에게 할 일은 아무것도 없었다. 그래서 그녀는 그가 불쌍했다. 그녀는 그가 다른 사람들에게는 불쌍하게 보이지 않는다는 것을 알고 있었다. 반대로 끼찌는 가끔 사람들이 사랑하는 사람을 관찰할 때처럼 모임에서 그가 다른 사람들에게 불러일으키는 인상을 확실히 알려고 그를 낯선 사람처럼 보려고 노력했는데, 심지어 자신의 질투에 스스로 놀라면서 그가 불쌍해 보이지 않을 뿐만 아니라 약간 구식인 그의 방정한 품행, 여자들에게 수줍어하는 예의 바른 태도, 그의 건장한 체구, 그리고 특히, 그녀가 보기에, 표정이 풍부한 얼굴로 인해 매우 매력적으로 보인다는 것을 알았다. 하지만 그녀는 그를 바깥에서 보지 않고 안으로부터 보았다. 그녀는 여기서는 그가 진정한 그가 아닌 것을 알았다. 그의 상태를 다르게는 규정할 수 없었다. 가끔 그녀는 속으로 그가 도시에서 살 줄 모른다는 것 때문에 그를 질책했지만 그에게는 도시에서 생활을 만족스럽게 꾸리는 것이 실제로 어렵다는 것을 인정하기도 했다.

실제로 그가 무엇을 할 수 있겠는가? 그는 카드게임을 좋아하지 않았다. 클럽에도 다니지 않았다. 오블론스끼 같은 쾌활한 남자들과 어울리는 것이 무엇을 의미하는가를 이제 그녀는 알고 있었다…… 그것은 술을 마시고, 술 마신 다음에 어딘가로 가는 것을 의미했다. 그녀는 경악을 느끼지 않고는 그런 경우 남자들이 어디로 가는지 생각할 수 없었다. 사교계에 다닌다면? 하지만 그녀는 이를 위해서는 그가 젊은 여자들과 가까이하는 것에 만족을 느껴야 한다는 것을 알고 있었고, 이를 바랄 수는 없었다. 그녀와 어머니와 언니들과 집에 앉아 있는 것? 하지만 그 항상 똑같은 대화들이, 노공작이 자매들 간의 이런 대화를 부르는바 '알리나-나지나'가 그녀 자신에게 아무리 기분 좋고 유쾌하다고 해도 그에게는 지루할 수밖에 없다는 것을 그녀는 알고 있었다. 대체 그가 할 수 있는 일이란 뭘까? 자기 책을 계속 쓰는 것? 그는 이 일을 하려고 노력했고 처음에는 자기 책을 위해서 발췌도 하고 참고도 하느라 도서관에 다니기도 했다. 하지만 그가 그녀에게 이야기했듯이 그가 아무것도 안 하면 안 할수록 그에게는 더욱더 시간이 없었다. 그리고 그외에도 그는 여기서 자기 책에 대해서 너무 많이 이야기해서 책에 대한 생각들이 온통 혼란스러워져서 흥미를 잃었다고 그녀에게 푸념했다.

이 도시 생활에서 한가지 이점은 여기 도시에서는 그들 사이에 한번도 싸움이 일어나지 않았다는 것이었다. 도시의 상황이 달라서인지, 아니면 이 문제에서 둘 다 조심스럽고 현명해져서인지, 그들이 도시로 오면서 그렇게도 두려워했던 질투로 인한 싸움이 모스끄바에서는 일어나지 않았다.

이 문제에 있어서 그들 둘에게 몹시 중요한 사건이 한가지 일어나기는 했다. 즉 끼찌와 브론스끼가 마주치게 되었던 것이다.

항상 끼찌를 좋아하는 끼찌의 대모 마리야 보리소브나 노공작부인이 그녀를 꼭 보고자 했다. 끼찌는 자신의 몸 상태 때문에 아무 데도 다니지 않았었는데, 아버지와 함께 존경하는 노부인에게 갔다가 그 집에서 브론스끼를 보게 되었던 것이다.

이 만남에서 끼찌가 자신을 질책한 점은 그녀가 그 문관 복장에서 언젠가 그렇게도 낯익었던 특징을 알아본 순간 그녀의 숨이 멈췄고 심장으로 피가 치솟았고 그녀도 느꼈듯이 선명한 홍조가 얼굴에 나타났다는 것뿐이었다. 하지만 이는 불과 몇초뿐이었다. 아버지가 일부러 큰 소리로 브론스끼와 이야기를 시작했고, 미처 이야기를 끝내기 전에 벌써 그녀는 브론스끼를 쳐다보고 필요하다면 마리야 보리소브나 공작부인과 이야기하는 것처럼 그와 이야기할 태세가 완전히 되어 있었고, 무엇보다도 억양 하나하나, 미소 하나하나까지 모든 것을 그녀가 이 순간 자기 위에 있는 듯이 느끼는, 보이지 않게 존재하는 남편이 수긍할 만한 태도로 이야기할 태세가 되어 있었다.

그녀는 그와 몇마디를 나누었고, 심지어 그가 "우리 의회"라고 부른 선거에 대한 농담에 평온하게 미소를 짓기까지 했다.(그녀는 농담을 이해했다는 것을 보이기 위해 미소를 지어야 했다.) 하지만 그 즉시 그녀는 마리야 보리소브나 공작부인에게로 몸을 돌렸으며 그가 작별하려고 일어나기 전까지 한번도 그를 쳐다보지 않았다. 이때에야 그녀는 그를 쳐다보았지만, 이는 분명 자신에게 인사하는 사람을 쳐다보지 않는 것이 예의에 어긋난다는 단지 그 이유 때문이었다.

그녀는 아버지가 자신에게 브론스끼와의 만남에 대해 아무 말도 하지 않은 것이 고마웠다. 하지만 그녀는 이 방문 후에, 으레 하는 산책 중에 그녀에게 특별히 부드럽게 대하는 것으로 보아 아버지가 그녀에게 만족한다는 것을 알았다. 그녀 자신도 스스로에게 만족했다.

그녀는 자신의 마음 깊은 곳 어딘가에 브론스끼를 향한 예전의 감정에 대한 모든 기억을 동여매둘 수 있고, 그에게 완전히 무심하고 평온하게 보일 뿐만 아니라 실제로 그럴 수 있는 힘이 자신에게 있다는 것을 전혀 기대하지 않았었다.

레빈은 그녀가 마리야 보리소브나 공작부인 댁에서 브론스끼를 만났다는 것을 이야기했을 때 그녀보다 훨씬 더 얼굴을 붉혔다. 그녀는 그에게 이것을 이야기하는 것이 무척 어려웠는데, 그가 아무것도 묻지 않고 얼굴을 찌푸리면서 그녀를 바라보았기 때문에 만났을 때의 자세한 사항들에 대해 이야기를 계속하는 것이 더 어려웠다. "당신이 없어서 무척 유감스러웠어요." 그녀가 말했다. "당신이 방에 없었기 때문이라는 뜻이 아니고요…… 당신이 곁에 있었다면 그렇게 자연스럽지 않았을 거예요…… 난 지금 더, 훨씬, 훨씬 더 얼굴을 붉히고 있어요……" 그녀가 눈물이 나도록 얼굴을 붉히면서 말했다. "당신이 엿볼 수 없었기 때문에 유감스러웠어요."

솔직한 그녀의 눈이 그녀가 자신에게 만족스러워한다는 것을 말하고 있었고, 그는 그녀가 얼굴을 붉혔음에도 불구하고 곧 진정했고 그녀가 무엇을 하고 싶었는지만 물었다. 레빈은 모든 것을, 심지어 그녀가 처음 순간에는 얼굴을 붉히지 않을 수 없었지만 곧 처음 보는 사람과 있는 것처럼 아무렇지도 않았고 마음 가벼웠다는 그 상세한 사항까지 알아내고 나서 완전히 기분이 좋아져서, 자신이 매우 기쁘고 지금은 이미 선거 때처럼 그렇게 어리석게 행동하지 않을 것이며 브론스끼와 다시 만나게 되면 되도록 친하게 굴도록 노력하겠다고 말했다.

"만나는 게 그렇게나 부담이 되는, 거의 적과 같은 사람이 있다고 생각하는 것은 정말 괴롭소." 레빈이 말했다. "나는 무척, 무척 기쁘오."

## 2

"그러니까 제발 볼 저택에 들르세요." 그가 열한시에 집에서 나가기 전에 끼찌에게 들렀을 때 그녀가 남편에게 말했다. "당신이 클럽에서 식사한다는 걸 알고 있어요. 아빠가 당신을 등록했지요. 그런데 아침에는 뭘 해요?"

"까따바소프에게만 가려고 하오." 레빈이 대답했다.

"그런데 이렇게 일찍요?"

"그가 나를 메뜨로프에게 소개해준다고 약속했소. 내 저술에 대해서 그와 이야기하고 싶었다오. 그는 유명한 학자거든." 레빈이 말했다.

"그래요, 당신이 그렇게 칭찬한 논문이 그가 쓴 것이지요? 자, 그럼 그다음에는요?" 끼찌가 말했다.

"누이 일로 아마 재판소에도 들를 거요."

"그럼 음악회는요?" 그녀가 물었다.

"혼자 뭐 하러 가겠소!"

"어때요, 가세요. 새로운 것들을 연주한대요…… 당신이 그렇게 관심을 가졌었잖아요. 저라면 꼭 갔을 거예요."

"그럼, 어쨌든 간에 정찬에 가기 전에 집에 들르겠소." 그는 시계를 보며 말했다.

"프록코트를 입어요. 곧장 볼 백작부인에게 들를 수 있도록요."

"꼭 그렇게 해야 하오?"

"아, 꼭요! 백작께서 우리 집에 오셨었잖아요. 그래, 힘들 게 뭐 있어요? 들러서 앉아서 오분 정도 날씨에 대해 이야기하고 일어나서 나오면 되죠."

"자, 당신은 믿지 못할 거요. 그런 습관이 정말 없어져버려서 양심에 찔릴 정도라오. 이건 어떻소? 낯선 사람이 와서 아무 일 없이 좀 앉았다가 그들을 방해하고 자기도 기분이 나빠져서 나갔도다."

끼찌는 웃음을 터뜨렸다.

"그래도 독신 시절에는 방문을 했었죠?" 그녀가 말했다.

"했었소. 하지만 항상 마음에 꺼림칙했소. 그런데 지금은 그 습관이 정말 없어져버려서, 에이 정말, 방문하는 것보다 이틀을 굶는 게 더 낫소. 정말 꺼림칙하오. 나는 항상 그들이 모욕을 느끼고 '자넨 볼일도 없이 왜 왔는가'라고 말할 거라고 여기오."

"아니요, 그들은 모욕을 느끼지 않을 거예요. 제가 보장할게요." 끼찌가 웃으면서 그의 얼굴을 보고 말했다. 그녀는 그의 손을 잡았다. "자, 안녕…… 가세요, 어서."

그가 아내의 손에 키스하고 막 떠나려고 했을 때 그녀가 그를 멈춰세웠다.

"꼬스쨔, 있죠, 제게 이제 오십 루블밖에 안 남았어요."

"그래, 내가 은행에 들러서 찾아오리다. 얼마나?" 그가 그녀가 아는 불만스러운 표정으로 말했다.

"아니, 잠깐만요." 그녀는 그의 손을 놓지 않았다. "이야기 좀 해요. 걱정스러워요. 쓸데없이 쓰는 건 없는 것 같은데 돈이 그냥 흘러나가네요. 우리가 뭔가 제대로 하지 못하고 있어요."

"전혀 그렇지 않소." 그가 기침을 뱉고 눈을 치뜨서 그녀를 보면서 말했다.

그녀는 이 기침을 알고 있었다. 이는 그녀를 향한 것이 아니라 자신을 향한 그의 강한 불만의 표시였다. 그는 실제로 불만을 느꼈지만 그것은 돈이 많이 나가서가 아니라 그것이 그도 알고 있는, 하지만 잊고 싶은 석연찮은 일을 상기시키기 때문이었다.

"소꼴로프에게 밀가루를 팔고 방앗간에서 선불로 받으라고 명했소. 여하간 돈은 마련될 거요."

"하지만 그래도 제가 걱정하는 것은 도대체가 많은……"

"전혀, 전혀 그렇지 않소." 그가 되풀이했다. "그럼 안녕, 여보."

"그래도 사실, 가끔 엄마 말을 들은 걸 후회해요. 시골에 있었다면 얼마나 좋았을까요! 이렇게 당신네 사람들 모두를 귀찮게 했고요. 그리고 돈도 버리고……"

"전혀, 전혀 그렇지 않소. 결혼한 후 무언가 다르게 되었더라면 더 좋았겠다고 할 만한 적은 한번도 없었소……"

"정말이죠?" 그녀는 그의 눈을 들여다보며 말했다.

그는 이 말을 그녀를 위안하려고만 별생각 없이 말했다. 하지만 그가 그녀에게 눈길을 던져 이 솔직하고 사랑스러운 두 눈이 묻는 듯이 그를 향한 것을 보았을 때 이제 그는 똑같은 말을 진정으로 되풀이했다. '난 확실히 그녀를 잊고 있었어.' 그는 생각했다. 그리고 그는 곧 그들에게 닥칠 일을 떠올렸다.

"근데 곧이오? 기분이 어떻소?" 그는 그녀의 두 손을 쥐면서 속삭였다.

"하도 많이 생각해서 이제는 아무것도 생각나지 않고 아무것도 몰라요."

"무섭지 않소?"

그녀는 코웃음을 쳤다.

"한 방울도요." 그녀가 말했다.

"그래도 만일에 대비해서 말인데, 난 까따바소프 집에 있을 거요."

"정말 아무 일도 없을 테니 생각하지 마세요. 전 아빠와 함께 마차 타고 대로로 나가서 산책할 거예요. 돌리 언니에게 들를 거예요. 정찬 전에 돌아와 당신을 기다릴게요. 아, 정말! 돌리 언니의 상태가 정말로 형편 무인지경으로 되어가는 걸 아세요? 사방에 빚을 졌어요. 돈이 없어요. 우리는 어제 엄마와 아르세니(그녀는 언니 리보바의 남편을 그렇게 불렀다)와 이야기했고, 당신과 아르세니를 스찌바에게 보내기로 결정했어요. 이건 정말 있을 수 없는 일이에요. 아빠와는 이 문제에 대해 이야기할 수 없어요…… 하지만 당신과 아르세니가……"

"자, 근데 우리가 뭘 할 수 있소?" 레빈이 말했다.

"그래도 당신이 아르세니의 집을 방문해서 그와 이야기를 좀 해봐요. 그가 우리가 결정한 걸 알려줄 거예요."

"자, 난 미리 모든 것에 대해서 아르세니에게 동의하오. 그냥 그에게 들르겠소. 참, 음악회에 가게 되면 나딸리와 가겠소. 자, 안녕."

현관에서 독신 시절부터 그의 오랜 하인이고 도시에서의 살림을 맡고 있는 꾸지마가 그를 멈춰세웠다.

"끄라사프치끄[1](이는 마차의 왼쪽 끌채에 매는, 시골에서 데리고 온 말이었다)가 편자를 갈아신겼는데도 여전히 절고 있습죠." 그가 말했다. "어떻게 할깝쇼?"

모스끄바에 온 첫 시기에 레빈은 시골에서 데려온 말들에 신경을 많이 썼다. 그는 이 일을 되도록 더 싸게 더 잘 꾸려가고 싶었다. 하지만 자기 말들이 삯마찻집 말보다 더 비싸게 먹힌 것을 알게 되어서 어쨌든 삯마차를 쓰고 있었다.

"수의사를 부르러 보내라고 하게. 아마 발바닥이 쓸린 걸 거야."

"그러면 까쩨리나 알렉산드로브나에게는 어쩔깝쇼?" 꾸지마가 물었다.

보즈드비젠까가街에서 시프쩨프 브라제끄 골목까지 가기 위해 무거운 마차에 힘센 말 한쌍을 매어 눈범벅 진창길 사분의 일 베르스따를 끌고 가게 하고 거기에서 네시간을 서 있는 데 오 루블을 지불하는 것이 이미 지금은 모스끄바 생활의 초기처럼 레빈을 놀라게 하지 않았다. 지금은 이것이 자연스럽게 보였다.

"삯마차 마부에게 한쌍을 끌고 와 우리 마차에 매라고 하게." 그가 말했다.

"알겠습니다요."

그리고 도시라는 여건 덕분에 시골에서라면 아주 큰 노동과 주의력을 요구하는 어려운 일을 이렇게 간단하고 수월하게 해결하고 나서 레빈은 현관으로 나가 큰 소리로 삯마차 마부를 불러서 마

1 아름다운 말이라는 뜻으로 부르는 이름이다.

차에 앉아 니끼쯔까야가로 갔다. 가는 도중에 그는 이미 돈에 대해 생각하지 않았고, 사회학을 연구하는 뻬쩨르부르그의 학자와 알게 되고 그와 자신의 책에 대해 이야기할 것에 대해 생각했다.

모스끄바에서 살기 시작한 맨 처음 시기에만 시골 주민에게는 낯선, 사방에서 그에게 요구하는 그 비생산적이지만 필수적인 지출이 레빈을 놀라게 했다. 하지만 지금 그는 이미 이 지출에 익숙해졌다. 지금 이 면에서 그에게 일어난 일은 말하자면 술꾼에게 일어나는 일과 같았다. 첫 잔은 말뚝처럼, 두번째 잔은 벽을 부수는 통나무처럼, 세번째 잔 이후에는 작은 새들처럼 들이켜게 되는 것이다.[2] 레빈이 처음 백 루블짜리 지폐를 하인과 문지기의 제복을 맞추느라고 바꿨을 때 저절로 든 생각은, 아무에게도 필요 없는 이 제복들이, 하지만 제복이 없어도 된다고 시사하자 공작부인과 끼

2 이 러시아어 문장을 영어, 독일어, 프랑스어, 우리말로 번역할 때 많은 경우 역자들이 어려움을 느끼는 것을 알 수 있다. 역자들은 의역을 하기도 하고 생략하기도 한다. 이 부분을 역자는 술꾼(알코올중독자)이 첫 잔을 마실 때는 안 마시려고 다짐하기 때문에 말뚝처럼 버티고 있는 잔을 말뚝을 뽑아내듯 힘들게 들어올려서 마시게 되고, 두번째 잔은 더이상 다시는 안 마시겠다는 다짐을 '벽을 부수는 통나무(сокол)'처럼 쳐부수며 들어오기에 마시게 되고, 세번째 잔 이후에는 술이 작은 새들처럼 가볍게 날아들어온다는 뜻으로 옮겼다. 러시아어 단어 сокол을 '벽을 부수는 통나무'가 아니라 '매'라고 해석하는 경우도 많은데 그런 경우 술꾼의 목구멍에 술 넘어가는 심리를 상상해서 첫 잔의 술은 목구멍에 말뚝처럼 걸리고, 두번째 잔의 술은 매가 거슬리는 듣기 싫은 소리로 꺼억꺼억 울듯이 힘들게 넘어가고, 세번째 잔 이후에는 술이 작은 새들이 호르르호르르 휘릭 날듯이 가볍게 넘어간다고 풀이될 수 있겠다. 또는 첫 잔이 말뚝처럼 버티다가 들어온다면, 두번째 잔에서는 꼼짝 않고 공중에 떠 있다가 갑자기 먹잇감을 공격하는 매처럼 술잔이 공격해 오고, 세번째 잔 이후에는 작은 새처럼 가볍게 술잔이 연이어 날아온다는 뜻일 수도 있겠다. 어쨌거나 술꾼은 첫 잔을 들기가 제일 어렵고 그다음 잔은 자신을 방어하려고 해보지만 역부족이고 세번째 잔부터는 헤아리지도 않게 되면서 결국은 매 잔이 보다 쉽게 마셔진다는 뜻이다.

찌가 놀라는 것으로 판단해볼 때 반드시 필수적인 이 제복들이 성자의 날에서 금식 전까지 거의 삼백일의 노동일에 매일 아침부터 늦은 저녁까지 힘든 일을 하는 여름 일꾼 두명을 고용할 비용에 맞먹는다는 것이었고, 이 백 루블짜리 지폐는 아직 말뚝처럼 힘들게 나갔다. 하지만 친척들에게 정찬을 대접하기 위해 식료품을 이십팔 루블어치 사느라고 바꾼 두번째 백 루블짜리 지폐는, 비록 이 이십팔 루블이 땀 흘리고 끙끙거리며 베고 묶고 탈곡하고 까부르고 체를 쳐서 자루에 넣은 귀리 구 체뜨베르찌라는 것에 대한 기억을 불러일으키기는 했지만, 보다 더 쉽게 나갔다. 그리고 지금 바꾸는 지폐들은 이미 오래전부터 그런 생각들을 불러일으키지 않았고 작은 새들처럼 호르르호르르 휘릭 날아갔다. 돈을 버는 데 든 노동이 그 돈으로 산 만족에 상응하는가 하는 생각은 이미 오래전에 사라졌다. 어떤 곡식을 그 아래로는 팔 수 없는 정해진 가격이 있다는 데 대한 경영상의 고려도 역시 잊혔다. 그렇게 오랫동안 가격을 유지했던 호밀이 한달 전에 주겠다는 가격보다 체뜨베르찌당 오십 꼬뻬이까 싸게 팔렸다. 이런 지출로는 빚을 얻지 않고 일년도 살 수 없겠다는 계산조차도 잊혔다. 이 계산은 이미 아무 의미가 없었다. 오직 한가지 요구되는 사항은 내일 고기를 살 수 있을 만한 돈을 항상, 어디서 났든지 따질 것 없이 은행에 가지고 있는 일이었다. 그리고 이 계산은 지금까지 지켜졌다. 항상 은행에 돈을 갖고 있었던 것이다. 하지만 이제는 은행의 돈이 다 나갔고 어디서 돈을 구해야 할지 몰랐다. 바로 이것이 끼찌가 돈에 대해 언급했을 때 그를 산란하게 했던 것이다. 하지만 그는 이에 대해 생각할 여유가 없었다. 그는 까따바소프와 메뜨로프와 곧 만나게 될 것에 대해 생각하며 가고 있었다.

## 3

레빈은 이번 체류에서 결혼한 이후 만나지 못했던 대학 동창인 까따바소프 교수와 다시 가깝게 지내게 되었다. 까따바소프의 세계관의 분명함과 단순함이 레빈에게는 편안했다. 레빈은 까따바소프의 세계관의 분명함이 감성의 빈곤에서 기인한다고 생각하고 있었고, 까따바소프는 레빈의 생각이 정연하지 않은 것은 그의 지성이 훈련되어 있지 않은 데 기인한다고 생각하고 있었다. 하지만 까따바소프의 분명함은 레빈에게 편안했고 훈련되지 않은 레빈의 생각들이 까따바소프에게는 편안해서, 그들은 만나서 논쟁하는 것을 좋아했다.

레빈은 까따바소프에게 자신의 저술 중에서 몇 대목을 읽어주었는데, 그것들이 까따바소프의 마음에 들었다. 어제 공개강의에서 레빈을 만난 까따바소프는, 무척 레빈의 마음에 든 논문을 쓴 유명한 메뜨로프가 모스끄바에 있는데 까따바소프가 레빈의 저술에 대해 이야기했더니 몹시 흥미로워한다며 메뜨로프가 내일 열한시에 자기를 방문해서 레빈을 알게 되면 매우 기뻐할 것이라고 말했다.

"확실히 나아지시는군, 자네. 만나서 기쁘네." 까따바소프가 레빈을 작은 응접실에서 맞으며 말했다. "초인종 소리가 들리길래 생각했다네. 이럴 수가, 정시에 나타날 리가…… 그래, 몬테네그로 사람들[3]은 어때? 타고난 무사들이지."

"그게 무슨 말인가?" 레빈이 물었다.

까따바소프는 그에게 몇마디로 최근 소식을 전해주고 서재로

---

3 유고슬라비아 서남 지방의 사람들. 1862년부터 터키 지배하에 있던 이들이 1875년 터키에 맞서서 반란을 일으켰다. 러시아 언론은 이를 매우 흥미로워했다.

들어가서 키가 크지 않고 건장하고 매우 보기 좋은 외모를 한 사람에게 레빈을 소개했다. 이 사람이 메뜨로프였다. 대화는 잠깐 동안 정치와 뻬쩨르부르그 고위층에서 최근의 사건들을 어떻게 보는가 하는 데에 머물렀다. 메뜨로프는 황제와 대신 한 사람이 이 사건에 대해 이야기했을 거라는, 믿을 만한 출처에서 나온 말들을 전했다. 하지만 까따바소프는 황제가 전혀 다른 말을 했다는 것도 역시 믿을 만하다는 소문을 들었다. 레빈은 이런저런 말들이 나올 수 있는 상황을 생각해보려고 애썼는데, 이 주제에 대한 대화가 중단되었다.

“그래, 이 사람은 노동자의 토지에 대한 관계에 있어서의 자연적 조건에 대해 거의 책 한권을 썼어요.” 까따바소프가 말했다. “전 전문가는 아닙니다만, 자연과학도인 제게는 그가 인간을 동물학적 법칙 바깥에 있는 어떤 것으로 보지 않고 반대로, 인간의 환경의존성을 보고 그 의존성 속에서 발전의 법칙을 본다는 사실이 마음에 들었습니다.”

“그거 매우 흥미롭습니다.” 메뜨로프가 말했다.

“전 원래 농지경영에 대한 책을 쓰기 시작했었습니다. 하지만 저도 모르게 농촌 경제의 주요 수단인 노동자에게 관심을 쏟게 되면서……” 레빈은 얼굴을 붉히며 말했다. “완전히 예기치 않았던 결과에 도달했지요.”

레빈은 단단한 땅을 두들겨보듯이 조심스럽게 자신의 견해를 개진했다. 그는 메뜨로프가 일반적으로 받아들여지고 있는 정치경제학 이론에 반하는 논문을 쓴 것을 알고 있었지만 그가 어느 정도로 자신의 새로운 견해에 공감할 것을 기대할 수 있을지 알지 못했으며, 학자의 영민하고 침착한 얼굴에서 이를 추측해볼 수도 없었다.

"하지만 당신은 러시아 노동자의 특성이 어디에 있다고 보십니까?" 메뜨로프가 말했다. "말하자면 그의 동물학적 특성에 있나요, 아니면 그가 처한 그 조건에 있나요?"

레빈은 이 질문 속에 벌써 그가 동의하지 않는 사상이 들어 있는 것을 알았다. 하지만 그는 러시아 노동자가 다른 민족들과는 완전히 별개의 토지에 대한 견해를 가지고 있다는 자기의 사상을 계속 개진했다. 그리고 이 상황을 증명하기 위해 그는 자기가 생각하기에 러시아 민족의 견해는 동쪽의 미개척된 거대한 공간을 개척해야 하는 소명을 의식하는 데서 기인한다고 서둘러 덧붙였다.

"민족의 보편적 성향에 대해 결론을 내리면 오류로 빠지기 쉽지요." 레빈의 말을 막으면서 메뜨로프가 말했다. "노동자의 상태는 항상 그의 토지와 자본에 대한 관계에 좌우됩니다."

그러고서 메뜨로프는 이미 레빈에게 그의 사상을 끝까지 이야기하도록 두지 않고 자신의 이론의 특수성을 설명하기 시작했다.

레빈은 그의 이론의 특수성이 어디에 있는지 이해하지 못했다. 그것은 그가 이해하려고 노력하지 않았기 때문이기도 했다. 그는 메뜨로프가 경제학자들의 학설을 반박한 논문을 썼음에도 불구하고 다른 사람들과 꼭 마찬가지로 여전히 러시아 노동자의 처지를 자본, 임금, 지대의 관점에서 보고 있다는 것을 알았다. 비록 그가 러시아의 동쪽, 가장 큰 부분에서는 아직 지대가 전혀 없고, 팔천만 러시아 인구의 십분의 구에게는 임금이 생계 유지 수준에 그치며, 자본은 아직 가장 원시적인 형태 이외로는 나타나지 않는다는 것을 인정해야 했음에도 불구하고, 또 비록 많은 점에서 경제학자들에게 동의하지 않으며 레빈에게 개진한, 임금에 대한 자신의 새로운 이론을 가지고 있었음에도 불구하고, 그는 단지 이 관점에서만 노동자를 고찰하고 있었다.

레빈은 흥미 없이 듣고 있었고, 처음에는 반박하기도 했다. 그는 더이상 그 이론을 개진하는 것을 아무 소용 없게 만들 수 있을 것 같은 자기 견해를 이야기하기 위해서 메뜨로프의 말을 막고 싶었다. 하지만 조금 뒤 그들의 견해 차이가 너무 커서 그들이 서로를 결코 이해할 수 없으리라는 것을 확신한 후에는 아무것도 반박하지 않고 그저 듣고만 있었다. 이제는 메뜨로프가 말하는 것에 전혀 흥미를 느끼지 못했지만, 그의 말을 들으며 레빈은 어떤 만족감을 느꼈다. 이렇게 대단한 학자가 이토록 흥미를 가지고, 레빈의 이 분야 지식에 대해 이만한 관심과 신임을 가지고 가끔 한마디 시사의 말로써 저술의 전체적인 면을 지적하면서 그에게 자기의 사고를 개진하는 것이 레빈의 자기애를 만족시켜주었던 것이다. 그는 메뜨로프가 가까운 모든 사람들과 실컷 이야기를 하고 나서 새로운 사람들을 만날 때마다 특히 흥미를 가지고 이 문제에 대해 이야기한다는 사실, 더욱이 그를 사로잡지만 아직 그 자신에게 불분명한 모든 것에 대해서 모든 사람들과 흥미를 가지고 이야기한다는 사실을 모른 채 이를 자기가 그럴 만한 가치가 있기 때문이라고 여겼던 것이다.

"그런데 우리 늦겠네요." 메뜨로프가 설명을 끝마치자마자 까따바소프가 시계를 보고 나서 말했다.

"그래, 오늘 애호가협회에서 스빈찌치의 오십주년 기념식이 있네." 레빈의 질문에 까따바소프가 대답했다. "나와 뾰뜨르 이바니치가 그리로 갈 참이었지. 내가 동물학에 대한 그의 업적에 대해 보고하기로 약속했네. 우리와 함께 가세. 매우 흥미로울 거네."

“그러네요, 정말로 시간이 다 됐어요.” 메뜨로프가 말했다. “우리와 함께 가세요. 그리고 좋으시다면 그곳에 있다가 저희 집으로 가시죠. 전 당신의 저술에 대해서 정말 듣고 싶습니다.”

“아니요, 무슨 말씀을요. 그건 아직 완성되지도 않았는데요. 하지만 모임에 가는 건 정말 기쁩니다.”

“근데 자네, 들었나? 난 따로 의견을 제출했네.” 까따바소프가 다른 방에서 프록코트를 입으면서 말했다.

그리고 대학 문제[4]에 대해 대화가 시작되었다.

대학 문제는 이번 겨울 모스끄바에서 매우 중요한 사건이었다. 평의회의 세 노장 교수들은 소장 교수들의 의견을 받아들이지 않았다. 소장 교수들은 따로 의견을 제출했다. 이 의견은 어떤 사람들의 판단에 따르면 끔찍한 것이었고 어떤 사람들의 판단에 따르면 가장 자연스럽고 공정한 것이었기에 교수들은 두 파로 갈리게 되었다.

까따바소프가 속한 파의 사람들은 반대편이 비열한 밀고와 속임수를 행했다고 보았고, 다른 파의 사람들은 반대편이 어린애 같고 권위를 존중하지 않는다고 보았다. 레빈은 비록 대학에 관계하는 사람이 아니었지만 모스끄바에 체류하는 동안 벌써 몇번이나 이 문제에 대해 들었고 이야기했으며 이에 관해 스스로 형성한 견해를 가지고 있었다. 그는 세 사람이 함께 오래된 대학 건물에 닿을 때까지 거리에서도 계속된 대화에 참가했다.

회의는 이미 시작되어 있었다. 작은 응접실, 이 응접실에는 까따바소프와 메뜨로프가 자리 잡고 앉은 책상보가 덮인 책상에 여섯

4 1875년 1월부터 『안나 까레니나』의 앞부분이 실리기 시작한 잡지 『러시아 통보』의 여러 호에 걸쳐서 대학 자치권 문제가 활발히 논의되었다.

명이 앉아 있었고 그중 한명은 원고로 몸을 바짝 굽히고 뭔가를 읽고 있었다. 레빈은 책상 주변으로 빙 둘러 놓여 있던 빈 의자들 중 하나에 앉았고, 거기 앉아 있던 대학생에게 귓속말로 뭘 읽고 있느냐고 물었다. 대학생은 불만스럽게 레빈을 바라보며 말했다.

"전기傳記요."

레빈은 비록 학자의 전기에 흥미를 느끼지는 않았지만 저도 모르게 귀를 기울였고, 유명한 학자의 삶에 대해 흥미롭고 새로운 것을 알게 되었다.

읽는 사람이 끝냈을 때, 의장이 그에게 감사하고 시인 멘뜨가 이 기념 모임에 부쳐 써 보내온 시와 시인에게 감사하는 몇마디 말을 읽었다. 그다음에 까따바소프가 특유의 크고 쩌렁쩌렁 울리는 목소리로 기념되는 이의 학문적 업적에 대한 보고서를 읽었다.

까따바소프가 읽기를 끝냈을 때 레빈은 시계를 보고 벌써 한시가 지난 것을 알고는 음악회 전까지 메뜨로프에게 자기 논문을 읽어줄 시간이 없으리라고 생각했고, 게다가 이제 그는 이 일이 하고 싶지도 않았다. 그는 까따바소프가 읽는 동안 좀 전에 나눈 대화에 대해서도 역시 생각했는데, 이제 그에게 명확해진 것은 메뜨로프의 사상이 아마도 의미가 있겠지만 자기의 사상도 의미가 있다는 사실이었다. 각자가 선택한 길을 따라 따로따로 작업을 하게 될 때에만 비로소 이 사상들이 명확해지고 무엇에라도 이를 수 있지, 이 사상들을 교환하는 것에서는 아무 성과도 나오지 않을 것이다. 레빈은 메뜨로프의 초대를 거절하기로 마음먹고 회의 끝에 그에게로 다가갔다. 메뜨로프는 레빈에게 그와 정치 소식에 대해 이야기하고 있던 의장을 소개했다. 이때 메뜨로프는 의장에게 레빈에게 했던 것과 똑같은 말을 했고, 레빈은 오늘 아침 그에게 했던 것과 똑같은 언급을 했지만 좀 다르게 하려고 막 머리에 떠오른 새로운 견해를 이야기했다. 그러고 나서 다시 대학 문제에 대한 대화가 시작되었다. 레빈은 이 모든 것을 이미 들었으므로 메뜨로프에게 그의 초대를 누릴 수 없어서 유감이라고 서둘러 말하고 허리 굽혀 절하고 나서 리보프에게로 갔다.

## 4

끼찌의 언니 나딸리와 결혼한 리보프는 러시아의 두 수도와 외국에서 교육받고 외교관으로 근무하면서 전생애를 그 공간들에서 보내왔다.

작년에 그는, 불편한 일 때문은 아니었지만(그는 한번도 누구와 불편한 관계를 가져본 적이 없었다) 외교관 근무를 그만두고 두 아들에게 가장 좋은 교육을 제공하기 위해서 모스끄바 궁정국으로 근무처를 옮겼다.

습관과 견해가 매우 대조적이고 리보프가 레빈보다 나이가 위였음에도 불구하고 그들은 이번 겨울에 매우 친해졌고 서로를 좋아하게 되었다.

리보프는 집에 있었고, 레빈은 자신의 방문을 알리라고 하지 않고 그에게로 갔다.

리보프는 허리띠가 달린 실내복을 입고 벨벳 실내화를 신고 안락의자에 앉아서 푸른색 유리가 끼워진 *코안경*[5]을 끼고 반까지 타

5 pince-nez(프랑스어).

들어간 시가를 아름다운 손으로 쥐고 조심스레 책장을 넘기면서 독서대에 세워놓은 책을 읽고 있었다.

곱슬거리며 빛나는 회색 머리칼이 고귀한 혈통을 더욱더 두드러지게 하는 그의 아직 젊고 아름답고 섬세한 얼굴이 레빈을 보자 미소로 빛났다.

"아주 잘됐네요! 막 동서에게로 사람을 보내려고 했는데. 그래, 끼찌는 어때요? 이리로 앉아요, 좀더 편안하게……" 그는 일어나서 흔들의자를 밀었다. "『*뻬쩨르부르그 잡지*』[6] 최근 호를 읽었나요? 훌륭해요." 그는 다소 프랑스어 억양을 띠고 말했다.

레빈은 뻬쩨르부르그에서 무슨 이야기들을 하는지에 대해 까따바소프에게서 들은 것을 이야기했고, 정치에 대해 좀 이야기하고 나서 메뜨로프를 알게 된 일과 회의에 간 것에 대해 말했다. 이는 몹시 리보프의 관심을 끌었다.

"그렇게 흥미로운 학문적 세계로 들어갈 수 있는 게 부럽네요." 그가 말했다. 이야기가 진행되자 항상 그렇듯이 이내 그에게 좀더 편안한 프랑스어로 넘어갔다. "사실 내게는 시간도 없어요. 내 근무도 아이들 돌보는 일도 그런 걸 못 하게 하지요. 나도 내가 받은 교육이 너무나 불충분하다고 말하는 걸 부끄러워하지 않아요."

"그렇게 생각하지 않아요." 항상 그렇듯이 겸손하게 보이고자 하거나 심지어 겸손하고 싶은 욕망에서 그런 척하는 것이 전혀 아닌, 완전히 솔직하게 자신을 낮추는 그의 의견에 감동을 받으며 레빈이 미소를 띠고 말했다.

"아, 정말 그래요. 난 지금 내가 얼마나 교육을 받지 못했는가 느

---

6 Journal de St.-Pétersbourg(프랑스어). 1842년부터 뻬쩨르부르그에서 발행된 프랑스어 잡지로 러시아 정부의 노선을 표명했다.

끼고 있어요. 아이들의 교육을 위해서조차 기억 속에서 많은 것을 새로이 환기해야 하고 그냥 배워야 하지요. 동서의 농사에 노동자들과 감독자가 필요한 것처럼, 선생이기 위해서라기보다 지켜보기 위해서지요. 그래서 지금……" 그는 독서대에 놓여 있는 부슬라예프의 문법책[7]을 가리키며 말했다. "미샤에게 필요한 것을 읽는데, 정말 어렵네요…… 자, 여기 좀 설명해줘요. 여기서 이렇게 말하는 것이……"

레빈은 그에게 이걸 이해하는 것은 불가능하고 그냥 외워야 한다고 설명해보려고 했다. 하지만 리보프는 동의하지 않았다.

"그래, 이게 우습게 여겨지지요?"

"반대예요. 형님을 보면서 제가 항상 제 앞에 일어날 일을, 즉 아이들의 교육이라는 일을 얼마나 많이 배우는지 상상하지 못하실 겁니다."

"무슨, 배울 건 아무것도 없어요." 리보프가 말했다.

"제가 아는 건 단지……" 레빈이 말했다. "형님의 아이들보다 더 잘 교육받은 아이들을 보지 못했고, 그 아이들보다 더 훌륭한 아이들을 바랄 수는 없다는 겁니다."

리보프는 기쁨을 감추기 위해서 자신을 제어하려고 하는 듯 보였지만 저절로 미소로 환해졌다.

"나보다는 나았으면 좋겠어요. 그게 내가 바라는 전부예요. 동서는 우리 애들이 하는 노력을 전부는 몰라요. 내 아이들같이 외국생활로 방치되었던 아이들이 해야 하는 것들 말이에요."

"그 모든 걸 따라잡을 겁니다. 그 아이들은 정말 재능이 있어요.

**7** 표도르 부슬라예프(1818~97)는 주요 역사문법서들을 저술했다.

중요한 건 도덕 교육이지요. 이게 제가 형님 아이들을 보면서 배우는 것입니다."

"도덕 교육이라고 말하네요. 그게 얼마나 어려운지 상상도 못 해요! 겨우 한 면을 쟁취하자마자 다른 것들이 또 나타나고, 다시 싸움이지요. 종교의 뒷받침이 없다면, 기억하죠, 우리가 이야기했던 거 말예요, 어떤 아버지도 그 도움 없이 자기 힘만으로는 교육을 할 수 없을 거예요."

항상 레빈의 흥미를 끄는 이 대화는 외출하려고 벌써 차려입고 들어온 미인 나딸리야 알렉산드로브나에 의해서 중단되었다.

"여기 계신 걸 몰랐네요." 오래전부터 익히 아는 이 지겨운 대화를 끊은 것을 분명 유감스러워하지 않을 뿐만 아니라 기뻐하기까지 하면서 그녀가 말했다. "그래, 끼찌는 어때요? 오늘 거기서 식사를 할 거예요. 그런데 자, 아르세니." 그녀는 남편을 향했다. "당신이 마차를 탈 테니……"

그리고 남편과 아내 사이에 그들이 하루를 어떻게 보낼까 하는 논의가 시작되었다. 남편은 공무상 누군가를 만나러 가야 했고 아내는 음악회와 남동 지구 위원회의 공개회의에 가야 했으므로 많은 것들을 결정하고 고려해야 했다. 레빈은 가족의 한 사람으로서 이 계획에 참여해야 했다. 레빈이 나딸리와 함께 음악회와 공개회의로 간 다음 그곳에서 아르세니를 데리러 마차를 사무실로 보내면 그가 그녀를 데리러 와서 끼찌에게 데려다주기로, 만약 그가 일을 다 끝내지 못하면 마차를 보내서 레빈이 그녀와 함께 가기로 결정되었다.

"여기 이 사람이 나를 못쓰게 하고 있소." 리보프가 아내에게 말했다. "우리 애들이 훌륭하다고 나를 설득하는구려. 애들에게 나쁜 점이 그렇게 많은 걸 내가 아는데 말이오."

"제가 항상 말하는데요, 아르세니는 너무 극단적이에요." 아내가 말했다. "완벽을 추구한다면 결코 만족할 수 없을 거예요. 아버지의 말씀이 진실이에요. 우리를 키우실 때 하나의 극단極端이 있었다고 말씀하신 거요. 그건 우리는 앙트르솔[8]에 잡아두고 부모님은 벨에따주[9]에 산다는 것이었는데, 지금은 정반대로 부모들은 헛간에 살고 자식들이 벨에따주에 살지요. 부모들은 삶을 누리면 안 되고 모든 걸 자식들을 위해서 해야 하지요."

"뭐 어떻소? 그게 더 마음이 편하다면 말이오." 리보프가 특유의 아름다운 미소를 지으며 그녀의 손을 잡으면서 말했다. "당신을 모르는 사람이라면 당신이 친어머니가 아니라 계모라고 생각하겠소."

"정말, 뭐라도 극단으로 가는 건 좋지 않아요." 나딸리가 조각된 칼을 책상 위 제자리에 놓으면서 평온하게 말했다.

"자, 이제 이리로들 와라, 완벽한 자식들아." 그는 들어와서 레빈에게 인사하고는 분명 뭔가를 질문하려고 아버지에게 다가온 아름다운 소년들에게 말했다.

레빈은 그들과 이야기도 좀 하고 그들이 아버지에게 뭐라고 말할지도 듣고 싶었지만 나딸리가 그에게 말을 걸어왔고, 곧 리보프의 관청 동료 마호찐이 궁정 제복 차림으로 누군가를 함께 만나러 가기 위해 들어왔으며, 그들 사이에는 헤르체고비나, 꼬르진스까야 공작영애, 의회, 너무 빨리 닥쳐온 아쁘락시나의 죽음에 대해 쉴

8 entresol(프랑스어)이 러시아어화되었다. 다락방, 중2층을 뜻한다.

9 belle-étage(프랑스어)를 러시아 문자로 표기했다. 건물의 가장 좋은 층으로 보통 2층이며, 극장에서는 특등석으로 2층에 있는 칸막이 특별석이다.

새 없는 대화가 시작되었다.

레빈은 자기에게 주어진 심부름을 잊고 있었다. 그는 이미 현관방을 나설 때야 이를 기억했다.

"아, 끼찌가 제게 오블론스끼에 대해 형님과 뭔가 이야기를 나누라고 부탁했어요." 리보프가 아내와 그를 배웅하면서 계단에 멈춰 섰을 때 레빈이 말했다.

"네, *마망*은 우리 *동서들*[10]이 그를 공격하기를 바라고 있어요." 리보프가 얼굴을 붉히고 미소를 지으면서 말했다. "근데 왜 나지요?"

"저도 그를 공격할 거예요." 하얀 밍크 망토를 입고 이야기가 끝나기를 기다리던 르보바가 미소를 지으면서 말했다. "자, 가요."

## 5

오전 음악회에서 무척 흥미로운 두 작품이 연주되었다.

하나는 「광야의 리어왕」[11]이라는 환상곡이었고 다른 하나는 바흐의 기악에 바치는 사중주였다. 두 작품 모두 신작으로 새로운 정신이 넘치는 것이어서 레빈은 그것에 대해 자신의 견해를 가지고 싶었다. 처형을 일등석에 앉힌 후 그는 한 기둥 옆에 서서 되도록 주의 깊게 정성을 기울여 들어보려고 마음먹었다. 그는 항상 음악에 집중하는 것을 불쾌하게 방해하는 하얀 넥타이를 맨 지휘

---

**10** les beaux-frères(프랑스어).

**11** 이는 밀리 발라끼레프의 「리어왕」(1860) 및 표뜨르 차이꼽스끼의 환상곡 「폭풍우」(1873)와 구체적으로 연결됨 직하다. 1876년 똘스또이는 차이꼽스끼를 알고 지냈는데, 차이꼽스끼는 이 작품을 연주했고 악보를 건넸다고 한다. 똘스또이는 프로그램 음악에는 비판적 입장을 견지했다.

자의 지휘하는 두 손, 음악회를 위해서 두 귀를 리본으로 애써 동여매고[12] 모자를 쓴 귀부인들, 아무것에도 몰두하지 않거나 음악만 제외하고 갖가지 관심거리에 몰두하는 사람들을 보면서, 주의를 딴 데로 돌리지 않고 자신이 받은 인상을 망치지 않으려고 애썼다. 그는 음악 전문가들과 수다쟁이들과의 만남을 피하려고 애썼고, 선 채로 자기 발밑을 내려다보면서 귀를 기울였다.

하지만 리어왕의 환상곡을 들으면 들을수록 그는 점점 더 어떤 명확한 견해를 가질 수 있는 가능성에서 멀어지는 것을 느꼈다. 연주는 감정의 음악적 표현이 막 시작되려고 하는 듯하다가 곧장 음악적 표현의 새로운 모티프들로, 어떤 때는 작곡가의 변덕 이외에는 무엇으로도 연결되지 않는 극도로 복잡한 음들로 갈가리 부서져버리면서 끊임없이 새로이 시작되었다. 가끔은 듣기 좋은 이 음악적 표현의 조각들 자체도 완전히 예기치 않은 것이고 무엇으로도 마음의 준비를 할 수 없는 것이어서 불쾌했다. 유쾌함도, 서글픔도, 절망도, 사랑스러움도, 승리감도 그것이 나타날 아무런 근거가 없는 채로 마치 미친 사람의 감정들처럼 나타났다. 그리고 미친 사람에게 있어서 그렇듯이 이 감정들은 예기치 않게 지나갔다.

레빈은 연주 내내 춤추는 사람들을 바라보는 귀먹은 사람의 감정을 느꼈다. 작품이 끝났을 때 그는 완전히 어리둥절했고, 긴장해서 주의를 기울이느라고, 그러고도 아무것으로도 보상받지 못한 주의력으로 인해 엄청난 피로감을 느꼈다. 사방에서 커다란 박수소리가 들려왔다. 모두들 일어나서 걸어다니며 말을 시작했다. 다른 사람들의 인상에 비추어 자신의 의혹을 분명히 하기 위해 레빈

12 똘스또이는 음악을 들으러 오는 귀부인들이 두 귀를 동여맨다고 아이러니하게 표현하고 있다.

은 전문가들을 찾아보려고 나왔다가, 유명한 음악 전문가들 중 한 사람이 그와 아는 뻬스쪼프와 이야기를 나누고 있는 것을 보고 기뻤다.

"놀랍습니다!" 뻬스쪼프의 굵은 베이스 목소리가 말했다. "안녕하십니까, 꼰스딴찐 드미뜨리치. 특히 코델리아의 접근을 느낄 때, 여성이, *영원히 여성적인 것*[13]이 운명과의 투쟁으로 들어가는 부분에서 특히 구성적이고 조형적이지요. 말하자면 색채가 풍부하지요. 그렇지 않아요?"

"근데 뭣 때문에 코델리아인가요?" 레빈은 환상곡이 광야의 리어왕을 표현한다는 것을 완전히 잊고 소심하게 물었다.

"코델리아가 나타나는 것은…… 여기!" 뻬스쪼프는 손에 들고 있던 매끄러운 프로그램을 손가락들로 치며 말하고서 그것을 레빈에게 넘겨주었다.

그제야 겨우 레빈은 환상곡의 제목을 기억했고, 서둘러 프로그램 뒷면에 인쇄된 셰익스피어 운문의 러시아어 번역을 읽었다.

"이것 없이는 따라갈 수 없어요." 함께 이야기하던 사람이 가버려서 이야기를 나눌 사람이 더이상 아무도 없었으므로 뻬스쪼프는 레빈을 향하며 말했다.

막간에 레빈과 뻬스쪼프 사이에 음악의 바그너적 경향[14]의 장점과 단점에 대해 논쟁이 시작되었다. 레빈은 바그너와 그의 추종자들의 오류가 음악이 다른 예술의 영역으로 옮아가고자 하는 데 있다는 것을 증명하려고 했고, 그것은 미술이 묘사해야 하는 얼굴 모

13 das ewig Weibliche(독일어).

14 똘스또이는 리하르트 바그너(1813~83)의 음악을 프로그램 음악이라고 부정적으로 대했다.

습을 시가 묘사할 때 오류를 범하는 것과 같다는 것을 증명하려고 했고, 그런 오류의 예로서 시인의 입상 받침대 주위에 시적 형상들의 그림자를 대리석에 새기려는 생각을 했던 조각가[15]를 들었다. "그 그림자는 이 조각에서 거의 보이지 않아서 계단에 붙어 있는 것 같아요"라고 레빈은 말했다. 이 문장은 그의 마음에 들었지만, 그는 예전에 이 문장을 바로 뻬스쪼프에게 말하지 않았는지를 기억하지 못해서 이 말을 하며 당황했다.

하지만 뻬스쪼프는 예술은 하나이며 예술은 모든 장르의 융합 속에서만 가장 높은 현현에 이를 수 있다는 것을 증명하려고 했다.

레빈은 이미 음악회의 두번째 레퍼토리에 귀를 기울일 수 없었다. 그 옆에 남게 된 뻬스쪼프가 이 작품에 대해 소박성을 쓸데없이 지나치게, 달도록 집어넣었다고 비판하고 이 소박성을 미술에 있어서 라파엘전파의 소박성과 비교하며 거의 내내 그와 이야기했던 것이다. 출구에서 레빈은 또 여러 아는 사람들을 만나 정치에 대해서, 음악에 대해서, 그리고 공동으로 아는 사람들에 대해서 이야기했다. 그외에도 그는 볼 백작을 만났는데, 그는 백작의 집을 방문할 것을 완전히 잊고 있었다.

"자, 지금 바로 가세요." 그가 리보바에게 이 사실을 고백하자 그녀가 그에게 말했다. "어쩌면 접견을 거절당할지도 모르잖아요. 그 후에 저를 데리러 공개회의로 오세요. 저를 그곳에서 아직 만날 수 있을 거예요."

---

15 뿌시낀 기념비를 만드는 경연에 있어서 조각가 마르끄 안또꼴스끼(1842~1908)가 이런 설계도를 제출했다. 이 기념비는 1875년 예술아카데미에 전시되었다. 뿌시낀이 바위에 앉아 있고 그리로 올라가는 층계를 그의 시적 형상들이 밟아 올라가는 모습이라고 한다. 경연에서는 알렉산드르 오뻬꾸신이 이겼고, 그가 만든 뿌시낀 기념비가 모스끄바에 서 있다.

## 6

"아마 방문객을 접견하지 않으시겠죠?" 볼 백작의 저택 현관 복도로 들어가면서 레빈이 물었다.

"접견하십니다. 어서 오십시오." 문지기가 단호하게 그의 털가죽 외투를 벗기면서 말했다.

'이거 유감이네.' 레빈이 한숨을 쉬면서 장갑 한짝을 벗고 모자를 가지런히 하면서 생각했다. '자, 내가 왜 가는 거지? 그래, 그들과 무슨 할 말이 있나?'

첫번째 응접실을 지나가면서 레빈은 문가에서 근심 어린 엄격한 얼굴로 하인에게 뭔가를 지시하는 볼 백작부인을 만났다. 레빈을 알아본 그녀는 미소를 짓고 사람들의 목소리가 들려오는 다음 방인 작은 응접실로 그를 청했다. 이 응접실에는 백작부인의 두 딸과 레빈이 아는 모스끄바 대령이 등받이 안락의자에 앉아 있었다. 레빈은 그들에게 다가가 인사하고 소파 옆에 앉아 모자를 무릎에 올려놓았다.

"부인의 건강은 어떤가요? 음악회에 가셨었나요? 우리는 갈 수 없었어요. 엄마가 추도식에 가셔야 했거든요."

"네, 들었습니다…… 정말 갑작스레 찾아온 죽음이었지요." 레빈이 말했다.

백작부인이 와서 소파에 앉더니 역시 레빈의 아내와 음악회에 대해서 물었다.

레빈은 대답했고 아쁘락시나의 갑작스러운 죽음에 대한 질문을 되풀이했다.

"하지만 그녀는 항상 건강이 좋지 않았지요."

"어제 오페라에 가셨었나요?"

"네, 갔었지요."

"루카[16]가 아주 좋았지요."

"아주 좋았어요." 그는 말했고, 이제 그는 사람들이 그에 대해 어떻게 생각하든 아무 상관이 없었으므로 여가수의 재능에 대해 수백번 들은 바를 되풀이하기 시작했다. 볼 백작부인은 귀 기울여 듣는 체했다. 그리고 그가 충분하다 할 만큼 말하고 나서 침묵하자, 여태껏 침묵하고 있던 대령이 말하기 시작했다. 대령도 역시 오페라에 대해서, 조명에 대해서 이야기하기 시작했다. 마침내 쮸린 저택에서 제안한 *정신 나간 날*[17]에 대해 이야기하고 나서 대령은 웃음을 터뜨리고 소란하게 굴더니 일어나서 나갔다. 레빈도 역시 일어났지만 백작부인의 얼굴에서 아직 떠날 때가 아니라는 것을 알아챘다. 아직 한 이분이 더 필요하군. 그는 앉았다.

하지만 그는 내내 이것이 얼마나 바보 같은 짓인지에 대해 생각했으므로 화제를 찾아낼 수도 없어서 침묵했다.

"공개회의에 가지 않으세요? 무척 흥미롭다고들 그러던데요." 백작부인이 말을 시작했다.

"아뇨, 제 *처형*[18]에게 데리러 가겠다고 약속했지요." 레빈이 말했다.

침묵이 닥쳤다. 엄마와 딸은 다시 한번 시선을 교환했다.

'자, 이제 가야 할 시간으로 여겨지는군.' 레빈은 생각하고 일어

16 파울리네 루카(1842~1908)는 오스트리아의 소프라노. 1870년대 초에 러시아에서 자주 공연했다. 당시 '빈의 나이팅게일'로 불렸다.

17 folle journée(프랑스어). 보마르셰의 희극 「정신 나간 날」 또는 「피가로의 결혼」을 말한다. 이는 무도회나 춤이 있는 야회라는 뜻으로도 쓰였다.

18 belle-soeur(프랑스어).

섰다. 귀부인들은 그와 악수를 했고 아내에게 *천번의 안부*[19]를 전해 줄 것을 청했다.

문지기는 털가죽 외투를 내주면서 물었다.

"어디에 묵고 계십니까?" 그리고 그는 바로 아름답게 장정된 커다란 책에다 이름을 적었다.

'물론 내게 아무 상관은 없지만 그래도 거북하고 끔찍하게 바보 같은 짓이야.' 레빈은 모든 사람들이 다 하는 일이라고 자신을 위로하며 함께 집으로 가기 위해 처형을 찾으러 위원회의 공개회의로 갔다.

위원회의 공개회의에는 사람이 많았고 사교계의 거의 모든 사람들이 있었다. 레빈은 모두들 매우 흥미롭다고 말하는 개괄을 아직 들을 수 있었다. 개괄 낭독이 끝났을 때 사람들이 흩어졌고, 레빈은 오늘 저녁 유명한 강연이 있을 농촌경영 회합에 꼭 오라고 그를 부른 스비야시스끼와 경마에서 지금 막 도착한 스쩨빤 아르까지치, 그외에 또 많은 지기들을 만났고, 또다시 좀 떠들었고, 회합, 새 공연, 재판에 관한 갖가지 의견들을 들었다. 하지만 그는 아마도 느끼기 시작한 주의력의 피곤함으로 인해서인 듯 재판에 대해 이야기할 때 실수를 했고, 이 실수는 나중에 몇번이나 유감스럽게 기억되었다. 러시아에서 선고를 받은 한 외국인의 처벌 조항에 대해, 곧 집행될 예정인, 그를 외국으로 추방하는 처벌이 얼마나 옳지 않은가에 대해 말하며 레빈은 어제 대화하다가 한 지기로부터 들은 바를 되풀이했던 것이다.

"그를 외국으로 추방하는 것은 강江꼬치고기를 벌주려고 물속으

19 mille choses(프랑스어).

로 풀어주는 것과 마찬가지지요." 레빈이 말했다. 그렇게 말한 다음에 그는 아는 사람에게서 들은, 자기 것인 것처럼 이야기한 이 생각이 끄릴로프의 우화에서 나온 것이고, 아는 사람도 이 생각을 신문의 가십난에서 보고 되풀이했다는 것을 기억해냈다.

## 7

레빈은 클럽[20]에 정시에 도착했다. 그의 마차와 나란히 손님들과 클럽 회원들의 마차들도 들어오고 있었다. 레빈은 대학을 졸업한 이후 모스끄바에서 살면서 사교계에 다니던 이래 오랫동안 클럽에 가지 않았다. 그는 클럽과 그 구조의 외적 세부 사항들을 기억하고 있었지만 예전에 클럽에서 받았던 인상은 완전히 잊었다. 하지만 넓은 반원형 마당으로 들어가 삯마차에서 내려서 입구로 들어가자마자, 어깨띠를 두른 문지기가 소리 없이 문을 열어주며 허리를 굽히자마자, 문지기 방에서 위층으로 신고 가는 것보다 아래층에서 벗는 것이 힘이 덜 든다는 것을 생각한 회원들의 덧신과 털가죽 외투 들을 보자마자, 그에 앞선 비밀스러운 종소리를 듣고 양탄자가 깔린 약간 경사진 계단을 따라 들어가면서 층계참에 서 있는 조각상과 위층 문간에서 세번째 문지기, 클럽 제복을 입고 서두르지도 않고 지체하지도 않으면서 문을 열어주며 손님을 살펴보는, 그동

20 대문에 사자들이 그려져 있는 영국 클럽은 1831년부터 뜨베르스까야 대로에 있었다. 뿌시낀, 고골, 똘스또이를 비롯해 모스끄바 귀족인 고위층 장군들과 관리들이 드나들었다. 음식과 자유스러운 분위기로 유명했다. 1917년 이후에는 이곳에 혁명박물관이 들어섰고 요즘에는 다시 옛 클럽의 전통을 복원하려 하는 노력이 있다고 한다.

안 더 늙은 낯익은 문지기를 보자마자, 예전 클럽의 인상—휴식, 만족, 품위의 인상이 레빈을 사로잡았다.

"모자를 주십시오, 어서." 문지기가 문지기 방에 모자를 남겨두어야 하는 규칙을 잊은 레빈에게 말했다. "오랫동안 오지 않으셨네요. 어제 공작님께서 나리의 이름을 올리셨습죠. 스쩨빤 아르까지치 공작님은 아직 안 오셨습니다."

문지기는 레빈뿐만이 아니라 그의 모든 친분관계와 친척을 알고 있었고, 그래서 당장 그와 가까운 사람들에 대해서 언급했던 것이다.

휘장을 친 첫번째 방을 지나고, 오른쪽으로 과일 판매원이 앉아 있는 칸막이한 방을 지나서 레빈은 느릿느릿 걸어가는 노인을 앞질러 사람들로 시끄러운 식당으로 들어갔다.

그는 손님들을 바라보며 이미 거의 빈자리가 없는 식탁들을 지나갔다. 그는 여기저기서 늙은이, 젊은이, 거의 모르는 사람, 가까운 사람 등 매우 다양한 사람들과 부딪혔다. 여기에 스비야시스끼도, 셰르바쯔끼도, 네베돕스끼도, 노공작도, 브론스끼도, 세르게이 이바노비치도 있었다.

"아, 왜 이리 늦었나?" 공작이 미소를 지으며 어깨 너머로 그에게 손을 내밀면서 말했다. "끼찌는 어떤가?" 그는 조끼 단춧구멍에 밀어넣은 냅킨을 가지런히 하면서 덧붙였다.

"아무 일 없습니다. 건강합니다. 셋이서 집에서 식사를 한답니다."

"아, 알리나-나지나. 근데 여긴 자리가 없네. 얼른 저쪽 식탁으로 가서 자리를 잡게." 공작이 말하고 몸을 돌려 강江명태 수프 접시를 조심스레 받았다.

"레빈, 이리로!" 좀 떨어진 곳에서 외치는 맘씨 좋은 목소리가 들려왔다. 뚜롭찐이었다. 그는 젊은 장교와 앉아 있었고 그들 옆에 의자 두개가 엎어져 있었다. 레빈은 기쁘게 그들에게로 다가갔다. 그는 항상 맘씨 좋은 방탕아 뚜롭찐을 좋아하기도 했다. 끼찌와의 화해에 대한 기억이 그와 연결되어 있었던 것이다. 하지만 오늘 있었던 긴장을 요하는 모든 지적인 대화 이후 뚜롭찐의 맘씨 좋은 모습은 그에게 특히 반가웠다.

"이건 당신과 오블론스끼의 자리예요. 그는 곧 올 거예요."

매우 곧은 자세를 가진, 유쾌하고 항상 웃는 눈을 한 군인은 뻬쩨르부르그 사람 가긴이었다. 뚜롭찐은 둘을 서로에게 소개했다. "오블론스끼는 항상 늦지요."

"아, 저기 그도 왔어요."

"자네도 막 왔나?" 오블론스끼가 신속하게 그들에게로 다가오며 말했다. "좋아. 보드까 마셨나? 자, 가세."

레빈은 일어나서 그와 함께 여러가지 종류의 보드까와 갖가지 안주가 놓여 있는 큰 식탁으로 갔다. 스무가지 안주 중에서 입에 맞는 것 하나를 고르면 될 것으로 보였지만 스쩨빤 아르까지치는 어떤 특별한 것을 요구했고, 서 있던 하인들 중 한 사람이 당장 요구한 것을 가지고 왔다. 그들은 한잔씩 마시고 식탁으로 돌아왔다.

그때, 생선 수프를 먹고 있던 가긴에게 샴페인을 가져왔고 그는 네잔에 따르라고 명했다. 레빈은 권하는 술을 거절하지 않았고 또 한병을 주문했다. 그는 배가 고파서 매우 만족스럽게 먹고 마셨고, 더욱더 만족스럽게 함께하는 사람들의 유쾌하고 평범한 대화에 참가했다. 가긴은 목소리를 낮추어 뻬쩨르부르그의 새 일화를 이야기했는데, 그 일화는 품위 없고 어리석은 것이기는 했지만 너무나 우스워서 레빈이 요란하게 웃는 바람에 옆 테이블 사람들이 그를 돌아다볼 지경이었다.

“그건 ‘나는 그런 따위는 참을 수 없어’ 같은 종류군. 자네 아나?” 스쩨빤 아르까지치가 물었다. “아, 그거 참 멋진 일화인데! 한 병 더 주게.” 그는 급사에게 말하고 그 이야기를 하기 시작했다.

“표뜨르 일리치 비놉스끼가 보내셨습니다.” 스쩨빤 아르까지치의 급사인 작은 노인이 거품이 이는 샴페인이 담긴 가느다란 잔 두 개를 쟁반에 받쳐들고 스쩨빤 아르까지치와 레빈에게로 다가와 이야기를 방해했다. 스쩨빤 아르까지치는 잔을 잡고 식탁의 다른 쪽 끝을 향해 대머리에 붉은 수염의 남자와 시선을 교환하고 그에게 미소를 지으면서 고갯짓을 했다.

“누군가?” 레빈이 물었다.

“자네도 우리 집에서 만난 적이 있네. 기억하나? 좋은 사람이지.”

레빈도 스쩨빤 아르까지치가 한 것과 똑같은 동작을 하며 잔을 쥐었다.

스쩨빤 아르까지치의 일화 역시 매우 재미있었다. 레빈도 자기 일화를 이야기했고 다들 마음에 들어했다. 그다음엔 말, 오늘 있었던 경마, 그리고 브론스끼의 아뜰라스니가 얼마나 힘차게 달려 일등상을 받았는가에 대한 이야기가 나왔다. 레빈은 식사가 어떻게 지나갔는지도 몰랐다.

“아! 저이들도 있네.” 식사가 끝날 무렵 스쩨빤 아르까지치가 의자 등받이 너머로 몸을 굽혀 키가 큰 근위대 대령과 함께 그에게로 걸어오는 브론스끼에게 손을 뻗었다. 브론스끼의 얼굴에도 역시 클럽에 공통적인 유쾌한 호의가 빛나고 있었다. 그는 유쾌하게 스쩨빤 아르까지치의 어깨에 팔꿈치를 기대고 뭔가 속삭이고 나서 마찬가지로 유쾌한 미소를 지으며 레빈에게 손을 뻗었다.

"만나서 매우 반갑습니다." 그가 말했다. "근데 저번 선거 때 찾아뵈려고 했는데 이미 떠나셨다고 하더군요." 그가 레빈에게 말했다.

"네, 저는 그날 바로 떠났어요. 우린 방금 당신의 말에 대해 이야기하고 있었지요. 축하합니다." 레빈이 말했다. "그건 정말 대단한 질주였네요."

"역시 말들을 가지고 계시겠지요."

"아니요, 제 부친이 가지고 계셨지요. 하지만 전 기억하고 있고 말을 알지요."

"어디서 식사했나?" 스쩨빤 아르까지치가 물었다.

"우린 두번째 식탁에 있었네, 기둥 뒤에."

"이 사람을 축하했지요." 키가 큰 대령이 말했다. "두번째 황제 폐하상이에요. 이 사람이 경마에서 가지는 그런 행운이 내 카드게임에 왔으면."

"자, 뭐 때문에 황금 같은 시간을 버려야 하나요. 난 지옥으로[21] 가렵니다." 대령은 말하고 식탁에서 멀어졌다.

"그는 야시빈이에요." 브론스끼가 뚜롭찐에게 대답하고 그들 옆 빈자리에 앉았다. 권하는 잔을 들이켜고 나서 그도 한병을 청했다. 클럽 분위기의 영향 때문인지 마신 술 때문인지, 레빈은 브론스끼와 가축의 우수한 종자에 대해 이야기를 나누었고 이 사람에게 아무런 적대감이 느껴지지 않는 것이 매우 기뻤다. 그는 여러 말을 하는 중에 아내에게서 그를 마리야 보리소브나의 집에서 만났다는 말을 들었다고까지 말했다.

"아, 마리야 보리소브나 공작부인, 참 멋지지!" 스쩨빤 아르까지

21 영국 클럽의 도박실을 뜻한다.

치가 말했고, 그녀에 대한 일화를 이야기해서 모두들 실컷 웃었다. 특히 브론스끼가 어찌나 마음 좋게 큰 소리로 웃어댔는지 레빈은 그와 완전히 화해한 기분을 느꼈다.

"자, 다들 끝낸 거지?" 스쩨빤 아르까지치가 일어나서 미소를 지으며 말했다. "가세!"

## 8

식탁에서 떠난 레빈은 자신의 걸음걸이에서 두 팔이 유난히 규칙적이고 쉽사리 흔들거리는 것을 느끼면서 가긴과 함께 천장이 높은 방들을 지나 당구실로 갔다. 그는 커다란 홀을 지나가다가 장인과 마주쳤다.

"자, 어떤가? 우리의 축제의 사원이 마음에 드나?" 공작이 그의 팔짱을 끼면서 말했다. "좀 걸으러 가세."

"저도 그냥 좀 걸으면서 살펴보려고 했습니다. 재미있어서요."

"그래, 자네에겐 흥미롭겠지. 내겐 자네와는 다른 게 흥미롭네. 여기 이 늙은이들을 보게." 그가 입술이 늘어지고 등이 굽은, 부드러운 장화를 신고 발을 겨우 움직이며 그들을 마주 보고 걸어오는 회원 한 사람을 가리키며 말했다. "자넨 저들이 날 때부터 저렇게 칠벗꿀이라고 생각하겠지."

"칠벗꿀이라뇨?"

"자넨 이 별명도 모르는구먼. 이건 우리 클럽의 용어네. 자네도 알다시피, 부활절 달걀을 굴리면, 그것도 너무 많이 굴리면 칠이 벗겨지지. 우리 친구들도 그렇지. 클럽에 닳도록 오다가 칠이 벗겨진 칠벗꼴이 되는 거야. 그래, 자넨 웃지만 우리 또래는 벌써 언제 자기가 칠벗꼴이 되는가 지켜보고 있다네. 자네, 체첸스끼 공작 아나?" 공작이 물었고, 레빈은 공작의 얼굴에서 그가 무슨 우스운 말을 하려는 것을 알았다.

"아니요, 모릅니다."

"아니, 모른다고! 자, 체첸스끼 공작, 유명한 사람인데. 뭐, 아무래도 좋아. 그는 말이지, 항상 당구를 쳤네. 그는 한 삼년 전만 해도 칠벗꼴이 아니었고 힘을 자랑하곤 했지. 그리고 다른 사람들을 칠벗꼴이라 불렀네. 한번은 그가 클럽에 왔는데 우리 문지기가…… 자네, 바실리 알지? 그래, 그 뚱뚱한 사람 말이네. 그는 굉장한 봉모띠스뜨[22]네. 근데 체첸스끼 공작이 그에게 물었네. '자, 어때, 바실리, 누구누구 왔나? 칠벗꼴들도 있고?' 그러자 그가 공작에게 말했네. '나리가 세번째이십니다.' 그래, 여보게, 그런 거라네!"

마주치는 아는 사람들과 이야기하고 인사하며 레빈은 공작과 모든 방을 돌아다녔다. 벌써 탁자들이 펼쳐져서 으레 맞수들이 소규모 도박을 하는 큰 방, 장기를 두거나 세르게이 이바노비치가 앉아서 누군가와 이야기를 하고 있는 소파가 놓인 방, 벽감에 놓인 소파 부근에서 가긴이 참가한, 샴페인을 마시면서 하는 유쾌한 게임이 시작된 당구실 모두를 지나왔다. 그들은 지옥으로도 갔는데, 그곳에는 야시빈이 이미 자리 잡고 앉아 있는 한 탁자 주위에 돈을 거는 많은 사람들이 무리 지어 있었다. 그들은 소리를 내지 않으려고 노력하면서 어두운 독서실로 들어갔다. 그곳에서는 화난 얼굴을 한 젊은이 한 사람이 갓이 달린 등잔불 아래 앉아서 잡지들을

22 프랑스어 'bon mot'에서 나온 말로 재치꾼, 재담가를 뜻한다.

하나씩 하나씩 뒤적이고 있었고, 머리가 벗어진 장군이 독서에 빠져 있었다. 공작이 똑똑한 방이라고 부르는 방으로도 들어갔다. 이 방에서는 세명의 신사가 최근의 정치 소식에 대해서 열을 올리며 이야기하고 있었다.

"공작, 어서요. 준비되었습니다." 그의 카드 상대 중 한 사람이 그를 여기서 찾아내어 말했고, 공작은 나갔다. 레빈은 좀 앉아서 귀를 기울였다. 하지만 오늘 오전의 모든 대화들을 떠올리자 갑자기 끔찍하게 지루해졌다. 그는 서둘러 일어나 오블론스끼와 뚜롭찐을 찾으러 갔다. 이들과 있으면 유쾌했던 것이다.

뚜롭찐은 당구실의 높은 소파에 술잔을 들고 앉아 있었고 스쩨빤 아르까지치는 방의 한쪽 구석 문가에서 브론스끼와 대화를 나누고 있었다.

"그녀가 지루해한다기보다는 이 불확실성, 상황의 모호성이……"라는 소리가 들려와서 레빈은 성급히 몸을 돌리려고 했으나 스쩨빤 아르까지치가 그를 불렀다.

"레빈!" 스쩨빤 아르까지치가 말할 때 레빈은 그의 눈에서 그가 술을 마셨을 때나 감격했을 때 항상 나타나는 징후로 눈물은 아니지만 물기가 있는 것을 보았다. 오늘은 두가지 경우가 다 해당되었다. "레빈, 가지 말게." 그가 말했고, 분명 무슨 일이 있어도 레빈을 놓아주지 않으려는 듯 그의 팔꿈치를 꼭 눌러 잡았다.

"이 사람은 나의 진정한, 가장 좋은 친구네." 그는 브론스끼에게 말했다. "자네 역시 내게 더욱더 가깝고 소중하네. 그래서 나는 자네들 둘이 가까운 친구 사이였으면 하고 또 그렇게 될 것을 아네. 왜냐하면 자네들은 좋은 사람들이니까."

"뭐야, 그러니까 우리가 서로 입맞춤할 일만 남았군요." 브론스끼가 온화하게 농담하면서 손을 내밀며 말했다.

레빈은 내민 손을 재빨리 잡고 강하게 쥐었다.

"난 무척, 무척 기뻐요." 레빈이 그의 손을 잡고 말했다.

"여봐, 샴페인 한병." 스쩨빤 아르까지치가 말했다.

"나도 무척 기뻐요." 브론스끼가 말했다.

하지만 스쩨빤 아르까지치의 희망과 그들 상호의 희망에도 불구하고 둘에게는 아무 할 말이 없었고 둘 다 이런 점을 느끼고 있었다.

"자네 아나, 이 친구가 안나를 모르는 걸?" 스쩨빤 아르까지치가 브론스끼에게 말했다. "그래서 내가 필히 이 친구를 안나에게 데려가고 싶어하는 걸세. 가세, 레빈!"

"정말이에요?" 브론스끼가 말했다. "그녀가 매우 기뻐할 거예요. 저도 지금 집에 가고 싶지만……" 그가 덧붙였다. "야시빈이 걱정되네요. 그래서 그가 끝날 때까지 여기 있고 싶어요."

"왜, 상황이 나빠요?"

"내내 잃기만 해요. 그리고 저만이 그를 제어할 수 있으니까요."

"그러면 피라미드[23] 잠깐 어때? 레빈, 칠 테야? 그래, 좋지." 스쩨빤 아르까지치가 말하고 나서 점수 계산원을 향했다. "피라미드를 칠 테니 준비하게."

"벌써 준비되었습니다." 벌써 공들을 삼각형으로 늘어놓고 심심해서 빨간 공을 이리저리 굴리고 있던 계산원이 대답했다.

"자, 하세."

게임이 끝났을 때 브론스끼와 레빈은 가긴이 있는 탁자로 다가

---

**23** 15개의 당구알을 가지고 하는 놀이로, 시작할 때 당구알들을 삼각형으로 쌓는다.

앉았고, 레빈은 스쩨빤 아르까지치의 제의에 따라 1에만 걸기로 했다. 브론스끼는 끊임없이 그에게로 다가오는 아는 사람들에게 둘러싸여 탁자에 앉기도 했고 야시빈이 어떻게 하나 알아보려고 지옥으로 다녀오기도 했다. 레빈은 오전의 정신적 피로감에서 벗어나 기분 좋은 휴식을 느꼈다. 브론스끼와 적대관계를 끝낸 것이 그를 기쁘게 했고, 평온, 품위, 만족의 인상이 그를 떠나지 않았다.

게임이 끝났을 때 스쩨빤 아르까지치는 레빈의 팔짱을 끼었다.

"자, 그래, 안나에게로 가는 거지, 응? 그녀는 집에 있네. 오래전부터 자네를 데려오겠다고 약속했네. 자네, 저녁에 어디 가려고 하나?"

"뭐 특별한 건 없네. 스비야시스끼에게 농촌경영 회합에 간다고 약속하긴 했지만. 자, 가세." 레빈이 말했다.

"좋아, 가세! 내 마차가 도착했나 알아봐." 스쩨빤 아르까지치는 하인을 향했다.

레빈은 탁자로 다가가 자신이 일에 걸어 잃은 사십 루블을 지불하고, 문가에 서 있는 작은 노인 급사에게 어떤 비밀스러운 방법으로 알려진 클럽의 비용을 지불하고 나서, 두 팔을 유난히 이리저리 휘저으며 모든 방들을 거쳐서 출구를 향해 걸어나갔다.

## 9

"오블론스끼께 마차를!" 문지기가 마치 성이 난 듯 저음의 목소리로 외쳤다. 마차가 다가왔고, 둘은 올라앉았다. 마차가 클럽의 대문을 나가는 처음 순간에 레빈은 계속 클럽의 평온, 만족, 주위의 의심할 바 없는 품위의 인상을 느꼈다. 하지만 거리로 나가자마자 그는 마차가 울퉁불퉁한 길에 퉁퉁거리는 것을 느꼈고, 흐릿한 조명에 선술집의 빨간 간판과 가게들을 보자 그 인상은 부서졌다. 그는 자신의 행동에 대해 생각해보기 시작했고, 자기가 안나에게 가는 것이 잘하는 걸까 자문했다. 끼찌가 뭐라고 할 것인가? 하지만 스쩨빤 아르까지치는 그가 생각에 잠기도록 두지 않았고, 마치 그가 후회하는 것을 알아차리기라도 한 듯 그의 주의를 다른 데로 돌렸다.

"얼마나 기쁜지." 그가 말했다. "자네가 그녀를 알게 될 테니 말이네. 자네 아나, 돌리는 전부터 이걸 원했네. 리보프도 그녀에게 갔었고 지금도 가곤 하네. 그녀가 내 동생이긴 하지만……" 스쩨빤 아르까지치가 계속 말했다. "훌륭한 여자라고 난 감히 말할 수 있네. 이제 자네도 알게 될 걸세. 그녀의 상황이 매우 어렵네. 특히 지금 말이네."

"근데 왜 특히 지금 그런가?"

"지금 그녀의 남편과 이혼에 대한 이야기가 오가고 있네. 그도 동의했지. 하지만 아들과 관련해서 어려움이 있네. 그리고 이 일은 오래전에 벌써 끝났어야 하는데 석달을 끌고 있네. 이혼이 성사되는 대로 그녀는 브론스끼와 결혼할 걸세. 아무도 믿지 않고 그저 사람들의 행복만 방해하는, '이사야여, 기뻐하라'를 부르며 제단 주위를 도는 그 낡은 관습 말이네.[24]" 스쩨빤 아르까지치가 덧붙였다. "자, 그렇게 되면 그들의 처지는 나나 자네의 처지처럼 분명해질 거네."

24 아이를 낳게 되는 결혼의 신성함을 상기시키는 성경 구절로 이 소설 제5부 6장(제2권 375면)에서 보듯이 결혼식에서 불리는 노래이다. 여기서는 결혼의 환유로 쓰였다.

"곤란한 점이 대체 뭔가?" 레빈이 물었다.

"아, 이 길고 지루한 이야기! 이 모든 게 정말 불분명하네. 하지만 문제는 그녀가 이혼을 기다리며 모든 사람들이 그와 그녀를 아는 여기 모스끄바에서 석달을 살고 있다는 거네. 아무 데도 안 나가고, 돌리 이외에는 아무도 만나지 않고 말이야. 왜냐하면, 자네도 이해하겠지만, 그녀는 자기를 동정해서 찾아오는 걸 원하지 않기 때문이지. 그 바보 같은 바르바라 공작영애, 그녀는 이런 생활이 품위 없다고 생각하고 떠났네. 그러니 이런 상황에서 다른 여자라면 자기 안에서 살아갈 밑천을 찾아내지 못했을 거네. 하지만 그녀는 말이네, 그녀가 어떻게 생활을 꾸려가는지, 얼마나 평온한지, 얼마나 품위 있는지 자네도 알게 될 걸세. 왼쪽으로, 교회 맞은쪽 골목으로!" 스쩨빤 아르까지치는 마차의 창문으로 몸을 내밀고 외쳤다. "푸우, 덥네!" 영하 십이도인데도 불구하고 이미 벌어져 있는 털가죽 외투를 더 많이 젖히면서 그가 말했다.

"그런데 그들에게는 딸이 있으니. 아마 딸을 돌보느라 바쁘겠지?" 레빈이 말했다.

"자넨 보아하니 모든 여자를 암컷으로만, *암탉*[25]으로만 생각하는군." 스쩨빤 아르까지치가 말했다. "여자가 바쁘다면 그건 오직 아이들을 돌보느라고만 그렇다는 거지. 물론 그녀는 그애를 훌륭히 키우는 것 같아. 하지만 그애에 대해서 말이 없어. 그녀는 첫째, 글을 쓰느라고 바빠. 보니 자네는 벌써 아이러니하게 미소를 짓는구먼. 하지만 부당하네. 그녀는 어린이책을 쓰고 있네. 근데 그것에 대해 아무에게도 말을 하지 않아. 하지만 내게 읽어주었고, 나는 그

25 une couveuse(프랑스어).

원고를 보르꾸예프에게 줬네…… 알지, 그 출판인…… 그 자신도 작가인 것 같아. 그는 안목이 있거든. 그가 말하기를 훌륭한 작품이라고 했네. 하지만 자네는 그녀가 여성 작가로 나섰다고 생각하나? 전혀 그렇지 않네. 그녀는 무엇보다도 심장을 가진 여자라네. 자네는 이제 알게 될 걸세. 지금 그녀에게는 그녀가 신경 써야 하는 영국 소녀와 그 가족 전체가 있네."

"뭔가, 그건 무슨 박애적인 건가?"

"지금 자네는 내내 나쁜 것을 보고 싶어하는군. 박애적인 것이 아니라 진심에서 나오는 것이지. 그들에게, 즉 브론스끼에게 영국인 조마사가 있었는데, 그는 자기 일의 대가이긴 하지만 술꾼이었네. 그는 술을 너무 많이 마셔 *진전섬망*[26]이 나타나기에 이르렀고 가족을 팽개쳤지. 그녀가 그들을 보고 도와주다가 깊이 관여하게 되었고, 지금은 전가족이 그녀의 손에 의지하네. 그런데 위에서 내려다보듯 돈으로 돕는 게 아니라, 소년들에겐 직접 러시아어를 가르쳐 중등학교 입학 준비를 시키고 딸애는 집으로 데려왔네. 그래, 이제 자네는 그녀를 알게 될 걸세."

마차가 마당으로 들어섰고, 스쩨빤 아르까지치는 썰매마차가 서 있는 현관에서 요란하게 초인종을 울렸다.

그리고 문을 열어준 심부름꾼에게 집에 계시냐고 묻지도 않고 스쩨빤 아르까지치는 그냥 마루로 들어섰다. 레빈은 이것이 잘하는 짓인지 잘못하는 짓인지 점점 더 회의하며 그의 뒤를 따라갔다.

레빈은 거울을 보고 자신의 얼굴이 상기된 것을 알았다. 하지만 술에 취하지 않은 것을 확신하고 양탄자가 깔린 계단으로 스쩨빤

**26** delirium tremens(라틴어).

아르까지치를 뒤따라 위층으로 올라갔다. 위층에서 가까운 사람에게 하듯 절을 하는 하인에게 스쩨빤 아르까지치가 안나 아르까지예브나에게 누가 와 있느냐고 물었고 보르꾸예프 씨가 와 계시다는 대답을 들었다.

"어디들 계신가?"

"서재입니다."

어두운색의 나무 벽으로 된 작은 식당을 지나 스쩨빤 아르까지치와 레빈은 부드러운 양탄자를 밟으며 커다랗고 어두운 갓을 씌운 등 하나만이 비추고 있는 어둑한 서재로 들어갔다. 다른 조명인 반사경이 벽에서 빛나며 레빈이 저도 모르게 주의를 기울이게 된 커다란 실물 크기의 여인의 초상화를 비추고 있었다. 이는 이딸리아에서 미하일로프가 그린 안나의 초상화였다. 스쩨빤 아르까지치가 삼면경 뒤로 들어가자 말하고 있던 남자의 목소리가 그쳤고, 레빈은 빛나는 조명 속에 액자에서 두드러져 보이는 초상화를 바라보고 있었다. 그는 그것에서 눈을 뗄 수가 없었다. 심지어 그는 자신이 어디 있는지조차 잊었고 무슨 말이 들려오는지도 모르는 채 이 놀랄 만한 초상화에서 눈을 내릴 수 없었다. 이것은 그림이 아니라, 물결치는 검은 머리카락과 드러낸 어깨와 두 팔을 가진, 생각에 잠긴 채 부드럽고 가느다란 솜털 같은 것으로 덮인 입술에 살짝 미소를 띠고 그를 당혹하게 하는 두 눈으로 사랑스럽게 그를 바라보는, 살아 있는 매력적인 여인이었다. 아마도 살아 있는 여인보다 더 아름답다는 그 이유에서만 그녀는 살아 있는 여자가 아니었다.

"매우 기뻐요." 갑자기 그는 자기 옆에서 분명 자기에게로 향한, 그가 초상화에서 감탄하며 바라보았던 바로 그 여인의 목소리를 들었다. 안나는 삼면경 뒤에서 그를 향해 나왔고, 레빈은 서재의 어스름 속에서 어두운 푸른색 바탕에 다양한 색이 섞인 드레스를 입은 초상화의 여인을 보았는데, 그녀는 그 포즈와 그 표정 그대로는 아니었으나 화가에 의해서 초상화에 포착된 것과 똑같은 고도의 아름다움을 지니고 있었다. 그녀는 현실에서 덜 빛났지만 대신 그 살아 있는 그녀 안에는 초상화에는 없는 뭔가 새로운 매력이 있었다.

## 10

그녀는 그를 만나는 기쁨을 감추지 않고 그를 향해 섰다. 그녀가 그에게 작고 활기찬 손을 내밀고, 그를 보르꾸예프에게 소개하고, 그곳에서 공부하며 앉아 있던 불그스레한 머리칼의 예쁘장한 소녀를 자기 양녀라고 부르며 손으로 가리키는 평온한 태도 속에는 레빈이 알고 있고 편안함을 느끼는 바, 항상 평온하고 자연스러운 최상류층 사교계 여인의 행동 방식이 있었다.

"무척, 무척 기뻐요." 그녀가 되풀이했고, 레빈에게는 이 평범한 말이 그녀의 입술에서 나오니 왠지 특별한 의미가 있는 것으로 여겨졌다. "당신을 오래전부터 알고 있고 좋아해요. 그리고 스찌바와의 우정과 당신의 아내 때문에…… 저는 그녀를 아주 잠깐 동안만 알고 지냈지만 그녀는 제게 아름다운 꽃송이, 꼭 꽃송이 같은 인상을 남겼지요. 그런데 그녀가 곧 어머니가 된다고요!"

그녀는 가끔 시선을 레빈에게서 오빠에게로 옮기며 자유롭게, 서두르지 않으면서 말했고, 레빈은 자신이 좋은 인상을 주었다는 느낌을 가졌다. 곧 그는 마치 그녀를 어렸을 적부터 알았던 것처럼 그녀와 함께 있는 것이 쉽고 자연스럽고 편안하게 느껴졌다.

“제가 이반 뻬뜨로비치와 알렉세이의 서재에 자리 잡은 건요……” 그녀는 담배를 피워도 되냐는 스쩨빤 아르까지치의 질문에 답하면서 말했다. “바로 담배를 피우기 위해서지요.” 그녀는 담배를 피우냐는 질문 대신에 레빈을 바라보며 거북이 등껍데기로 만든 담뱃갑을 당겨서 가느다란 담배를 꺼냈다.

“요즘 건강은 어떠니?” 오빠가 그녀에게 물었다.

“괜찮아요. 항상 신경과민이죠.”

“유난히 좋은 그림이야. 정말 그렇지 않나?” 레빈이 초상화를 바라보는 것을 눈치채고 스쩨빤 아르까지치가 말했다.

“더 좋은 초상화는 본 적이 없네.”

“그리고 유난히 비슷하지요. 정말 그렇지 않나요?” 보르꾸예프가 말했다.

레빈은 초상화로부터 실물로 시선을 옮겼다. 자신에게 머무르는 그의 시선을 느끼는 동안 특별한 광채가 안나의 얼굴을 환하게 했다. 레빈은 얼굴을 붉혔고, 자기의 당혹감을 감추기 위해서 그녀에게 다리야 알렉산드로브나를 본 지 오래되었느냐고 물으려 했다. 하지만 바로 그 순간 안나가 말을 시작했다.

“방금 이반 뻬뜨로비치와 바셴꼬프의 최근 그림들에 대해 이야기하고 있었어요. 그 그림들을 보셨나요?”

“네, 봤습니다.” 레빈이 대답했다.

“그런데 미안해요. 제가 말을 막았네요. 뭔가 이야기하시려고 했는데……”

레빈은 돌리를 본 지 오래되었느냐고 물었다.

“어제 왔었어요. 그리샤가 중학교에 가는 것 때문에 몹시 신경을 쓰더군요. 라틴어 선생이 그를 부당하게 대하는 모양이에요."

"그렇군요. 저도 그 그림들을 봤습니다. 그렇게 썩 마음에 들지는 않았지요." 레빈은 그녀가 시작했던 대화로 돌아왔다.

레빈은 이제 전혀 오늘 오전에 이야기할 때의 그 진부한 태도로 이야기하고 있지 않았다. 그녀와의 대화 속의 한마디 한마디가 특별한 의미를 지니고 있었다. 그녀와 이야기하는 것은 기분 좋은 일이었고, 그녀의 말을 듣는 것은 더욱더 기분 좋은 일이었다.

안나는 자연스럽게, 지혜롭게, 그뿐만 아니라 지혜로우면서도 별 신경을 쓰지 않고 되는대로, 자기 생각에 아무런 가치를 두지 않고 말했다.

대화는 예술의 새로운 경향, 프랑스 화가가 그린 새로운 성경 삽화[27]에 대한 것으로 옮겨갔다. 보르꾸예프는 조잡할 지경으로 된 사실주의에 대해 그 화가를 비난했다. 레빈은 프랑스인들이 예술에 있어서 누구보다도 심하게 관례성을 강조했기 때문에 그들의 사실주의로의 귀환은 특별한 가치를 지닌다고, 그들은 더이상 거짓을 표현하지 않는 것 속에서 예술성을 본다고 말했다. 이제껏 레빈이 한 어떤 똑똑한 말도 이 말만큼 그에게 큰 만족을 준 것은 없었다. 이 생각을 칭찬하는 안나의 얼굴 전체가 갑자기 환해졌다. 그녀는 웃기 시작했다.

"제가 웃는 건요……" 그녀가 말했다. "매우 비슷한 초상화를 볼 때 웃는 것과 같아요. 지금 하신 말씀은 현재 프랑스 예술을 회화나, 심지어 *졸라*[28], *도데*[29] 같은 문학까지 완전히 특징짓는 것이네

---

**27** 1875년 귀스따브 도레(1832~83)의 삽화 230점이 들어 있는 성경이 러시아 신문 광고에 실렸다.

**28** Zola(프랑스어). 에밀 졸라(1840~1902)는 예전부터 러시아에서 인기 작가였

요. 하지만 아마도, 가상의 관례적 예술 형상들에서 자기 *개념들*[30]을 구성해내고 나중에—모든 *조합들*[31]을 해보고 가상의 형상들이 지겨워진 뒤에 좀더 자연적이고 올바른 형상들을 생각해내는 일은 항상 일어나는지도 몰라요."

"그래요, 완전히 맞는 말이에요!" 보르꾸예프가 말했다.

"그래서, 클럽에들 갔었어요?" 그녀는 오빠를 향했다.

'그래, 그래, 정말 진정한 여성이로구나!' 레빈은 자기를 잊고 그녀의 아름답고 표정이 풍부한 얼굴을, 그런데 이제 갑자기 완전히 변한 얼굴을 집요하게 바라보며 생각했다. 레빈은 그녀가 오빠에게 몸을 굽히고 무엇에 대해 이야기하고 있는지 듣지 못했지만 얼굴의 변화에 놀랐다. 좀 전에 평온 속에 그렇게 아름답던 얼굴이 갑자기 비상한 호기심과 분노와 오기를 나타낸 것이다. 하지만 이는 단 일분 동안만 지속되었다. 그녀는 뭔가를 기억해내려는 듯 눈을 가늘게 찌푸렸다.

"아, 네, 근데 그건 아무에게도 흥미 없는 일이에요." 그녀가 말하고 영국 소녀를 향했다.

"*응접실로 차를 준비하라고 해줘*[32]."

소녀는 일어나서 나갔다.

"그래, 저 애가 시험에 통과했니?" 스쩨빤 아르까지치가 물었다.

---

다. 그는 『유럽 통보』 1875년 3월호부터 자연주의파의 매니페스토로 받아들여진 「빠리 서신」을 실었다. 나중에 그는 이 글들로 저서 『실험소설』과 『자연주의 작가』를 출판했다.

**29** Daudet(프랑스어). 프랑스의 소설가 알퐁스 도데(1840~97).

**30** conceptions(프랑스어).

**31** combinaisons(프랑스어).

**32** Please order the tea in the drawing-room(영어).

"훌륭하게요. 매우 재능 있는 소녀이고 성격도 착해요."

"결국에는 저 애를 네 애보다 더 많이 사랑하게 되겠구나."

"남자들은 그렇게 말하지요. 사랑에는 더 많고 적은 게 없어요. 딸은 딸대로 사랑하고 저 애는 저 애대로 사랑해요."

"제가 안나 아르까지예브나에게 말하는 것도 그거예요." 보르꾸예프가 말했다. "영국 여자애에게 쏟는 에너지의 백분의 일만이라도 러시아 아이들의 교육이라는 공공사업에 쏟는다면 안나 아르까지예브나는 대단하고 유용한 일을 할 거라고 말이죠."

"아무리 그러셔도 전 못 해요. 알렉세이 끼릴리치 백작이 저를 무척 독려해요. (알렉세이 끼릴리치 백작이라는 말을 발음하면서 그녀는 묻는 듯이 소심하게 레빈을 쳐다보았고, 그는 저도 모르게 그녀에게 경의를 표하는 동조의 시선으로 그녀에게 답했다.) 농촌 학교 사업을 해보라고요. 저도 몇차례 다녀왔어요. 그애들은 매우 착하지만, 전 그 일에 매달릴 수 없어요. 말씀하셨잖아요, 에너지라고요. 에너지는 사랑에 토대를 둬요. 하지만 사랑은 아무 데서나 가져올 수 없지요. 명령할 수 없어요. 자, 저는 이 소녀를 사랑하게 되었고 저 스스로도 그 이유를 몰라요."

그리고 그녀는 다시 레빈을 쳐다보았다. 그녀의 미소도, 시선도, 모든 것이 그녀가 그의 의견을 귀하게 여기고 있고 동시에 이미 그들이 서로를 이해하고 있다는 것을 알고 있으며 오직 그를 향해서 말을 건넨다는 것을 말하고 있었다.

"전 그 점을 완전히 이해합니다." 레빈이 대답했다. "학교나 대개 그와 유사한 기관에는 심장을 바칠 수가 없고, 그래서 저는 바로 이 박애적인 기관들이 항상 거의 아무런 결과를 내지 못한다고 생각합니다."

그녀는 잠시 침묵한 다음 미소를 지었다.

"네, 그래요." 그녀가 동조했다. "전 결코 할 수 없었어요. 버릇없는 여자애들이 있는 양육원 전체를 사랑하기에는 *제 마음은 충분히 넓지 못해요. 전 한번도 그렇게 할 수 없었지요*[33]. 이런 일로부터 자기의 *사회적 위치*[34]를 만드는 여자들이 참 많지요. 그리고 더군다나 지금……" 그녀는 슬프면서도 믿음에 찬 표정으로, 겉으로는 오빠를 향하지만 분명 오직 레빈만을 향하며 말했다. "지금은 제게 뭔가 일이 정말 필요한 때인데도 전 못 해요." 그리고 그녀는 갑자기 얼굴을 찌푸리고서(레빈은 그녀가 자신에 대해서 이야기한 것 때문에 자기 자신에 대해서 찌푸렸다는 것을 이해했다) 화제를 바꾸었다. "당신에 대해서 알아요." 그녀가 레빈에게 말했다. "좋은 공민이 못 된다는 걸요. 그래서 제가 힘껏 방어해드렸지요."

"대체 어떻게 저를 방어하셨나요?"

"공격에 따라 다르지요. 그런데 차 어떠세요?" 그녀는 일어나서 산양가죽으로 장정한 책을 손에 들었다.

"저 주세요, 안나 아르까지예브나." 보르꾸예프가 책을 가리키며 말했다. "이건 매우 그럴 가치가 있습니다."

"오, 아니에요. 이건 아직 완성되지 않았어요."

"내가 이 친구에게 말했지." 스쩨빤 아르까지치가 레빈을 가리키며 여동생을 향했다.

"공연한 말을 하셨어요. 제 글은—그건 리자 메르짤로바가 죄수들에게서 가져와 제게 팔곤 했던 조각으로 만든 바구니와 비슷해요. 그녀는 그 사회에서 죄수들을 관리하고 있었지요." 그녀는

33 Je n'ai pas le coeur assez large. Cela ne m'a jamais réussi(프랑스어).

34 position sociale(프랑스어).

레빈을 향했다. "그 불행한 사람들은 경탄할 만한 물건들을 인내로써 만들어냈죠."

레빈은 예외적으로 이렇게 마음에 든 이 여인 안에서 또다른 새로운 면모를 보았다. 지성, 우아함, 아름다움 외에도 그녀 안에는 솔직함이 있었다. 이 말을 하고 그녀는 한숨을 쉬었다. 갑자기 엄격한 표정을 띤 그녀의 얼굴은 돌처럼 굳어졌다. 이 표정은 초상화에 나타난, 화가에 의해서 포착된, 행복으로 빛나고 주위에 행복을 주는 표정과는 다른 것이었다. 레빈은 다시 한번 초상화를 살펴보았고, 오빠의 손을 잡고 그와 함께 높은 문으로 들어가는 그녀의 모습을 살펴보았고, 그녀를 향한 사랑과 연민을 스스로도 놀랍도록 느꼈다.

그녀는 레빈과 보르꾸예프에게 응접실로 가도록 청하고서 자신은 오빠와 뭔가에 대해 이야기를 좀 하려고 남았다. '이혼에 대해서일까? 브론스끼에 대해서일까? 그가 클럽에서 뭘 하는지에 대해서일까? 나에 대해서일까?' 그녀가 스쩨빤 아르까지치와 무엇에 대해서 말하는지에 대한 궁금증이 그를 무척 동요시켜서 그는 보르꾸예프가 안나 아르까지예브나가 쓴 아동소설의 장점에 대해 이야기하는 것에 거의 귀를 기울이지 못했다.

차를 마시는 동안에도 마찬가지로 마음에 드는 내용으로 가득한 대화가 계속되었다. 화제를 찾아야 했던 때는 일분도 없었을 뿐만 아니라 오히려 반대로 모두가 하고 싶은 말을 미처 다 하지 못하고 다른 사람의 말에 귀를 기울이느라 기꺼이 참는 것 같았다. 그리고 레빈에게는 모든 것이, 그녀뿐만 아니라 보르꾸예프, 스쩨빤 아르까지치가 무엇을 이야기하든지 간에, 모든 것이 그녀의 관심과 언급 때문에 특별한 의미를 지니게 되는 것으로 여겨졌다.

흥미로운 대화를 따라가면서 레빈은 내내 그녀에게 감탄했다.

그녀의 아름다움, 지성, 교양에, 그리고 동시에 그 꾸밈없음과 진정성에 감탄했다. 그는 귀를 기울이며 말을 했고, 그녀의 감정을 추측하려고 노력하면서 내내 그녀에 대해서, 그녀의 내면생활에 대해서 생각하고 있었다. 예전에 그녀를 그렇게 엄격하게 비판했던 그가 지금은 어떤 이상한 사고의 과정에 따라 그녀를 정당화하는 동시에 브론스끼가 그녀를 완전히 이해하지 못하는 것이 아닌가 안타까워하고 걱정하고 있었다. 열시가 지나서 스쩨빤 아르까지치가 가려고 일어났을 때(보르꾸예프는 훨씬 전에 떠났다) 레빈은 자신이 지금 막 도착한 것처럼 느껴졌다. 레빈은 유감스러워하면서 역시 일어났다.

"안녕히." 그녀가 그의 손을 잡고 마음을 끄는 시선으로 그의 눈을 들여다보며 말했다. "무척 기뻐요, *얼음이 깨져서요*[35]."

그녀는 그의 손을 놓아주고 두 눈을 가늘게 떴다.

"아내분께 제가 예전처럼 그녀를 사랑하고 있다고, 그녀가 제 상황을 용서할 수 없다면 결코 용서하지 않기를 원한다고 전해주세요. 용서하기 위해서는 제가 겪은 것을 겪어야 하니까요. 신께서 그녀가 그 일을 면하게 해주시기를."

"네, 꼭 전하겠습니다……" 레빈이 얼굴을 붉히며 말했다.

## 11

'얼마나 놀랄 만한, 사랑스럽고도 불쌍한 여인인가.' 그는 스쩨

35 que la glace est rompue(프랑스어).

빤 아르까지치와 함께 차가운 공기 속으로 나오면서 생각했다.

"자, 어때? 내가 말한 대로지." 스쩨빤 아르까지치가 레빈이 완전히 정복당한 것을 보고 그에게 말했다.

"그래." 레빈이 생각에 잠겨서 대답했다. "특별한 여인이야! 뭐, 똑똑하기만 한 게 아니라 놀랄 만큼 진정한 여인이야. 그녀가 끔찍하게 불쌍해!"

"이제 곧 모든 것이 정리되겠지. 자, 그러니 미리 심판하지 마." 스쩨빤 아르까지치가 마차 문을 열면서 말했다. "잘 가게. 우리는 같은 길이 아니네."

안나에 대해서, 그녀와 함께했던 모든 평범한 대화에 대해서 끊임없이 생각하면서, 그때 그녀의 얼굴 표정의 모든 디테일을 기억하면서, 점점 더 깊이 그녀의 처지에 이입하면서, 그녀에게 동정을 느끼면서 레빈은 집으로 돌아왔다.

집에서 꾸지마는 레빈에게 까쩨리나 알렉산드로브나가 건강하고 방금 전에야 언니들이 떠났다고 전하며 편지 두통을 건넸다. 레빈은 나중에 이것 때문에 신경을 쓰지 않기 위해서 당장 현관방에서 그것들을 읽었다. 한통은 집사인 소꼴로프에게서 온 것이었다. 소꼴로프는 밀을 팔 수 없다고, 오 루블 반밖에 주지 않는다고, 더 이상 돈을 구할 데가 없다고 썼다. 다른 편지는 누이에게서 온 것이었다. 그녀는 그녀의 일이 아직 마무리되지 않은 것에 대해서 그를 질책하고 있었다……

'그래, 더 주지 않는다면 오 루블 반에 팔아야지.' 레빈은 예전에는 그렇게 어려워 보였던 첫번째 문제를 당장 예외적으로 가볍게 결정했다. '여기서는 항상 바쁜 게 놀라워.' 그는 두번째 편지에 대해 생각했다. 그는 누이가 부탁했던 것을 여태껏 하지 않은 것에 대해 누이에게 죄책감을 느꼈다. '오늘 또 재판소에 가지 않았어. 하지만 오늘도 정말 시간을 낼 수 없었지.' 그리고 내일 필히 이것을 하리라고 마음먹고 나서 그는 아내에게로 갔다. 그녀에게로 가면서 레빈은 머릿속으로 오늘 보낸 하루 전체를 재빨리 기억해보았다. 오늘 한 일은 전부가 대화였다. 그가 귀를 기울였던, 그가 참가했던 대화들. 이 대화들은 모두 그가 시골에 혼자 있었더라면 결코 마음을 끌지 못했을 그런 대상들에 대한 것이었는데, 그것들이 여기서는 무척 흥미로웠다. 그리고 대화는 모두 좋았다. 두가지만 완전히 좋지는 않았는데, 하나는 그가 강꼬치고기에 대해 말한 것이었고, 다른 하나는 그가 안나를 향해 느낀 사랑스러운 연민 속에 뭔가 부적절한 점이 있었다는 것이었다.

레빈은 우울하고 지루해하고 있는 아내를 만났다. 세 자매의 식사는 무척 즐겁고 성공적이었던 듯했지만 그후에 그들은 그를 기다리고 또 기다리다가 모두들 지루해했고, 언니들이 떠나자 그녀만 남았던 것이다.

"그래, 당신은 뭘 했어요?" 그녀가 그의 어딘가 특별히 의심쩍게 반짝이는 두 눈을 들여다보면서 물었다. 하지만 그가 모든 것을 이야기하는 것을 방해하지 않기 위해서 그녀는 자기의 관심을 감추고 격려하는 미소를 띤 채 그가 어떻게 저녁을 보냈는지 이야기하는 것에 귀를 기울였다.

"그래, 나는 브론스끼를 만나서 무척 기뻤소. 그와 함께 있는 게 무척 편하고 자연스러웠소. 당신도 알겠지만, 이제 나는 그를 결코 보지 않으려고 애쓸 거요. 하지만 이 거북함은 끝내야 했소." 그는 말했다. 그리고 결코 보지 않으려고 애쓰려 하면서도 곧장 안나에게 갔던 것을 기억하고는 얼굴을 붉혔다. "그리고 우리는 농민이 술을 마신다고 말했소. 누가 술을 더 많이 마시는지, 농민인지 우리 계층인지 나는 모르오. 농민은 축일에나 마시지만……"

하지만 끼찌는 농민이 어떻게 술을 마시는지에 대한 판단에는 관심이 없었다. 그녀는 그가 얼굴을 붉히는 것을 보았고 왜 그러는지 알아내고 싶었다.

"자, 그다음에는 어디 갔어요?"

"스찌바가 안나 아르까지예브나에게 가자고 엄청 졸랐소."

그리고 이 말을 하고 나서 레빈은 더욱더 얼굴을 붉혔고, 안나에게 간 것이 잘한 것이지 잘못한 것인지에 대한 의심이 최종적으로 풀렸다. 이제 그는 그 일을 할 필요가 없었다는 것을 확실히 알게 되었다.

안나라는 이름에 끼찌의 두 눈이 특히 크게 열리며 번뜩거렸다. 하지만 그녀는 자신을 제어하며 동요를 감추고 그를 속였다.

"아!" 그녀가 말한 것은 그것뿐이었다.

"당신, 설마 내가 갔다고 화내지 않겠지. 스찌바가 청했고, 돌리도 그걸 원했고." 레빈이 계속했다.

"오, 아니에요." 그녀가 말했지만, 그는 그녀의 눈 속에서 그녀가 자신을 제어하는 것을 보았다. 이는 결코 좋은 징조가 아니었다.

"그녀는 무척 착하오. 무척무척 불쌍하고 좋은 여자요." 그는 안나에 대해, 그녀가 하는 일에 대해, 그리고 그녀가 말해달라고 부탁한 것에 대해 이야기했다.

"네, 물론 그녀는 무척 불쌍한 여자예요." 그가 말을 마쳤을 때 끼찌가 말했다. "누구에게서 편지를 받았어요?"

그는 그녀에게 말했고, 그녀의 평온한 어조를 믿고 옷을 갈아입으러 갔다.

돌아와보니 끼찌는 그 안락의자에 그대로 앉아 있었다. 그가 그녀에게 다가갔을 때 그녀는 그를 쳐다보고 흐느끼기 시작했다.

"무슨 일이오? 무슨 일이오?" 그는 이미 무슨 일인지 알면서 물었다.

"당신은 그 혐오스러운 여자에게 빠졌어요. 그녀가 당신을 홀렸어요. 당신 눈을 보면 알아요. 그래요, 그래요! 어떻게 될까요? 당신은 클럽에서 마시고, 또 마시고, 도박하고, 그리고 또…… 누구에게 간 거예요? 안 돼요, 우리 떠나요. 내일 전 떠날 거예요."

레빈은 오랫동안 아내를 진정시킬 수 없었다. 동정의 감정과 술이 결합해서 그를 헷갈리게 했고, 그가 안나의 교활한 영향에 빠졌으나 그녀를 피할 거라는 것을 고백한 후에야 레빈은 마침내 아내를 진정시킬 수 있었다. 그가 무엇보다도 솔직하게 고백한 한가지 사실은 그가 모스끄바에서 오래 지내면서 떠들기만 하고 먹고 마시고 하면서 분별을 잃게 되었다는 점이었다. 그들은 새벽 세시까지 이야기를 나누었다. 세시가 되어서야 그들은 화해를 하고 잠들 수 있었다.

## 12

손님들을 배웅하고 나서 안나는 선 채로 방 안을 왔다 갔다 했다. 비록 그녀가 저녁 내내 무의식적으로 (최근 들어서 그녀가 모든 젊은 남자들과의 관계에서 그렇게 행동해왔듯이) 레빈에게 자신을 향한 사랑의 감정을 일깨우기 위해 가능한 모든 노력을 다했고, 결혼한 성실한 남자와의 관계에서 하루 저녁에 가능한 만큼은 이를 성취했다는 것을 알았지만, 또 비록 그가 무척 그녀의 마음에 들었지만(남자들의 관점에서는 브론스끼와 레빈 사이에 현격한 차이가 있음에도 불구하고 그녀는 여자로서 그들에게서 그것 때문에 끼찌가 브론스끼나 레빈을 사랑하게 된 바로 그 공통점을 보았다), 그가 방에서 나가자마자 그녀는 그에 대해 생각하기를 멈추었다.

하나의 생각, 하나의 생각만이 여러가지 형상으로 집요하게 그녀를 뒤쫓았다. '만약 내가 다른 사람들에게, 그 가정적이고 사랑하는 사람이 있는 남자에게 그렇게 영향력을 가진다면, 어째서 그는 내게 차가운 걸까? 차갑다고는 할 수 없지. 그는 나를 사랑하지. 난 그걸 알아. 하지만 뭔가 새로운 것이 우리를 갈라놓고 있어. 어째서 그는 저녁 내내 오지 않았을까? 그가 스찌바에게 야시빈을 떠날 수 없고 그의 도박을 지켜봐야 한다고 이야기하라고 했다는데, 야시빈이 어린앤가? 하지만 그게 사실이라고 치자. 그는 결코 거짓말을 하지는 않아. 하지만 이 진실 속에는 뭔가 다른 것이 있어. 그는 자신에게 다른 의무들이 있다는 것을 보여줄 기회에 대해 기뻐하고 있어. 하지만 뭣 때문에 그걸 나에게 증명해야 하지? 그는 나에 대한 그의 사랑이 그의 자유를 방해할 수 없다는 것을 증명하고 싶어해. 하지만 내게 필요한 것은 증명이 아니야. 내겐 사랑이 필요해. 그는 여기 모스끄바에서의 이런 내 생활의 모든 어려움을 이해해야 해. 내가 사는 거야? 나는 사는 게 아니야. 내내 지체되고 또 지체되는 해결을 기대하고 있지. 또 대답이 없네! 스찌바는 알렉세이 알렉산드로비치에게 갈 수 없다고 말하고, 그리고 나도 편지를 또 쓸 수는 없어. 나는 아무것도 할 수 없고, 아무것도 시작할 수 없고, 아무것도 바꿀 수 없고, 항상 나를 억제하고 여러가지 위안거리—영국인 가족, 글쓰기, 독서—를 생각해내면서 기다리고 있지. 하지만 이 모든 게 기만일 뿐, 모든 게 똑같은 아편이야. 그는 나를 동정해야만 하는데.' 그녀는 자기연민의 눈물이 두 눈에 솟는 것을 느끼면서 혼잣말을 했다.

그녀는 브론스끼의 급작스러운 초인종 소리를 들었고 서둘러 눈물을 닦았다. 눈물을 닦았을 뿐만 아니라 등불을 향해 다가앉아서 평온한 척 행동하며 책을 펼쳤다. 그가 약속했던 대로 돌아오지 않은 것에 대해 불만이라는 것을 그에게 보여야 했다. 불만이라는 것만을 보여야지 절대로 자신의 고통을, 무엇보다도 자기연민을 보이지 말아야 했다. 그녀 자신이 자신을 동정할 수는 있지만 그가 그녀를 동정해서는 안 되었다. 그녀는 싸움을 원하지 않았고 그가 싸우고 싶어한다고 그를 책망했지만 저도 모르게 자기가 싸우는 상황으로 들어가게 만들고 있었다.

"그래, 지루했어요?" 그가 활기를 띠고 그녀에게로 다가오면서 물었다. "웬 끔찍한 열정인지—도박은!"

"아니요, 지루하지 않았고, 오래전부터 이미 지루해하지 않는 법을 배웠지요. 스찌바와 레빈도 왔었어요."

"그래요, 그들이 당신에게 가고 싶어했지요. 그래, 레빈이 마음에 들었어요?" 그가 그녀 곁에 앉으면서 말했다.

"무척요. 조금 전에들 갔어요. 야시빈은 어떻게 됐어요?"

"땄었지요. 일만 칠천. 내가 불러냈어요. 그는 막 떠나려고 하다가 다시 돌아갔는데, 지금은 잃고 있어요."

"그렇다면 당신은 대체 뭣 때문에 남아 있었나요?" 그녀가 갑자기 그를 향해 눈을 치켜뜨면서 물었다. 그녀의 얼굴 표정은 차갑고 적대적이었다. "야시빈을 데려가기 위해 남는다고 당신이 스찌바에게 말했다지요. 그런데 당신은 그를 그냥 남겨두었네요."

싸움에 대비하는 마찬가지의 차가운 표정이 그의 얼굴에도 나타났다.

"첫째, 나는 아무것도 당신에게 전하라고 부탁하지 않았어요. 둘째, 나는 결코 거짓말을 하지 않아요. 중요한 건 내가 남고 싶었고, 남았다는 거예요." 그는 얼굴을 찡그리며 말했다. "안나, 뭣 때문에? 뭣 때문에?" 그는 일분 정도 침묵한 후 그녀에게로 몸을 굽히며 말했고, 그녀가 자기 손안에 그녀의 손을 놓으리라고 생각하고 손을 펼쳤다.

그녀는 이 사랑의 요구가 기뻤다. 하지만 마치 전쟁의 조건들이 항복하기를 허락하지 않는 것처럼 어떤 이상한 증오의 힘이 그의 열망에 몸을 맡기는 것을 허락하지 않았다.

"물론 당신은 남고 싶었고, 남았지요. 당신은 당신 하고 싶은 대로 다 해요. 그런데 뭣 때문에 당신은 내게 이걸 이야기하는 거죠? 뭘 위해서?" 그녀는 점점 더 열을 올리며 말했다. "누가 당신이 옳다는 데 대해 반박이라도 한단 말이에요? 하지만 당신은 옳기를 원하니 옳으시라고요."

그의 손이 오므라들었고 그는 물러섰다. 그의 얼굴은 이전보다 좀더 고집스러운 표정을 띠었다.

"당신에게는 이건 고집의 문제지요." 그녀가 그를 집요하게 바라보다가 갑자기 그녀를 자극하는 그 얼굴 표정의 명칭을 발견하고서 말했다. "바로 고집의 문제지요. 당신에게는 당신이 나에게 승리하느냐 아니냐의 문제지만 나에게는……" 다시 그녀는 자신이 불쌍해졌고 거의 울음을 터뜨릴 뻔했다. "만약 당신이 나에게는 이것이 어떤 문제인가를 안다면! 지금처럼 당신이 적대적으로, 바로 적대적으로 나를 대하는 걸 느낄 때 그게 내게 어떤 의미가 있는지 당신이 안다면! 당신이 만약 내가 이 순간 끔찍한 불행을 얼마나 가깝게 느끼고 있고 내가 자신을 얼마나 두려워하는지 안다면!" 그녀는 흐느낌을 감추면서 몸을 돌렸다.

"근데 우리는 도대체 무슨 이야기를 하는 거예요?" 그는 그녀의 절망의 표현 앞에서 경악해서 다시 몸을 굽혀 그녀의 손을 잡고 입을 맞추고 나서 말했다. "뭣 때문에 그러는 거예요? 내가 집 밖에서 오락이라도 찾는단 말이에요? 내가 여자들 있는 데를 피하지 않는단 말이에요?"

"여부가 있나요!" 그녀가 말했다.

"자, 말해봐요, 당신이 평온하려면 내가 뭘 해야 하는지. 나는 당신이 행복하도록 모든 걸 할 준비가 되어 있어요." 그녀의 절망이 가슴을 치자는 것을 느끼며 그가 말했다. "지금과 같은 그런 고통에서 당신을 구하기 위해 내가 못 할 일이 뭐 있겠어요, 안나!" 그가 말했다.

"괜찮아요, 괜찮아요!" 그녀가 말했다. "나 자신도 모르겠어요. 고독한 생활 때문인지, 신경과민 때문인지…… 하지만 이야기하지 말기로 해요. 경마는 어땠어요? 내게 아직 이야기하지 않았어요." 어쨌든지 자기의 편이었던 승리의 기쁨을 감추려고 애쓰면서 그녀가 물었다.

그는 저녁식사를 청했고, 그녀에게 경마의 세세한 것들을 이야기하기 시작했다. 하지만 그의 어조와 점점 더 차가워지는 시선에서 그녀는 그가 그녀의 승리를 용서하지 않았고 그녀가 맞서 싸운 그 고집의 감정이 다시 그 안에 자리 잡은 것을 알았다. 그는 마치 그가 굴복한 것을 후회라도 하는 듯이 그녀에게 이전보다 더 차가웠다. 그래서 그녀는 자신에게 승리를 안겨준 그 말, 즉 '끔찍한 불행을 가깝게 느끼고 있고 자신을 두려워한다'는 말을 기억하며 이 무기는 위험하고 다시 쓰면 안 되겠다는 것을 이해했다. 그리고 그들 사이에 그들을 묶는 사랑과 나란히, 그녀가 그로부터 몰아낼 수 없고 자기 심장으로부터는 더더욱 몰아낼 수 없는, 싸움을 원하는 어떤 악령이 자리 잡고 있다는 것을 느꼈다.

## 13

인간이 익숙해지지 못할 그런 상황은 없다. 특히 주위의 모든 사람들이 그렇게 살고 있는 것을 볼 때는 더욱 그렇다. 레빈은 석달 전만 해도 지금 그가 처한 상황 속에서 태평하게 잠들 수 있으리라고는, 목적 없는 무익한 생활을 하면서, 그것도 수입 이상의 생활을 하면서, 폭음(클럽에서 있었던 일을 그는 달리 부를 수 없었다)을 하고 나서, 언젠가 아내가 사랑에 빠졌던 사람과 말도 안 되는 우정 관계를 맺고 나서, 타락했다고밖에 달리 부를 수 없는 여인에게로 더더욱 말도 안 되는 방문을 하고 나서, 그 여인에게 마음이 끌리고 아내가 화를 내고 나서, 이런 상황 속에서 평온하게 잠들 수 있으리라고는 믿지 못했을 것이다. 하지만 쌓인 피로, 잠 못 든 밤, 마신 술의 영향으로 그는 깊고 태평하게 잠이 들었다.

다섯시에 열린 문의 삐걱거리는 소리가 그를 깨웠다. 그는 소스라쳐 일어나 주위를 둘러보았다. 침대 위 그의 곁에 끼찌가 없었다. 하지만 칸막이 뒤에 움직이는 빛이 있었고 그녀의 발소리가 들려왔다.

"뭐요? 뭐요?" 그가 잠결에 말했다. "끼찌! 뭐요?"

"아무것도 아니에요." 그녀가 손에 촛불을 들고 칸막이 뒤에서 나오면서 말했다. "몸이 편치 않아요." 그녀가 특별하게 사랑스럽고 의미 깊은 미소를 지으면서 말했다.

"뭐요? 시작됐소? 시작됐소?" 그가 경악해서 말했다. "사람을 보내야 하오." 그는 서둘러 옷을 입기 시작했다.

"아니에요, 아니에요." 그녀는 미소를 띠고 손으로 그를 제지하면서 말했다. "아마도, 아무것도 아니에요. 약간 몸이 편치 않았어요. 하지만 지금은 지나갔어요."

그리고 그녀는 침대로 다가와 촛불을 끈 후 누웠고 고요해졌다. 그녀의 절제된 듯한 고요한 호흡, 무엇보다도 그녀가 칸막이 뒤에서 나오면서 그에게 "아무것도 아니에요"라고 말했을 때 보인 그 특별한 다정함과 흥분된 표정이 의심스러웠는데도 불구하고 그는 너무 졸려서 곧 도로 잠이 들었다. 나중에야 그는 그녀의 고요한 호흡을 기억했고, 그녀가 미동도 없이 여자의 인생에서 가장 위대한 사건을 고대하면서 그의 곁에 누워 있었을 때 그녀의 고귀한 영혼, 아름다운 영혼[36] 속에 일어난 모든 것을 이해했다. 일곱시에 어깨를 만지는 그녀의 손과 조용한 속삭임이 그를 깨웠다. 그녀는 그를 깨워서 안됐다는 생각과 그와 이야기하고 싶은 욕구 사이에서 갈등하고 있었다.

"꼬스쨔, 겁내지 마요. 괜찮아요. 하지만…… 리자베따 뻬뜨로브나를 부르러 사람을 보내야 할 것 같아요……"

---

36 역자는 출산이라는 위대한 사건을 기다리는 끼찌의 영혼을 묘사하는 것으로 해석했다. 지금 그의 곁에 누워 있는 끼찌의 영혼을 그가 소중히 여기고 사랑한다고 해석할 수도 있겠는데 그렇다면 '그녀의 고귀한 영혼, 아름다운 영혼'보다는 '소중한 그녀의 영혼, 사랑스러운 영혼'이 더 적절하게 여겨진다.

촛불이 다시 켜졌다. 그녀는 침대 위에 앉아 있었고 손에 그녀가 최근에 관심을 기울이던 뜨갯감을 쥐고 있었다.

“제발, 겁내지 마요. 괜찮아요. 전혀 무섭지 않아요.” 그의 겁먹은 얼굴을 보고 그녀는 말했고, 그의 손을 자기 가슴에, 그리고 자기 입술에 대고 꼭 눌렀다.

그는 자기를 잊고 그녀로부터 눈을 떼지 못한 채 서둘러 벌떡 일어나서 실내복을 입고 내내 그녀를 바라보면서 멈춰서 있었다. 그는 가야 했지만 그녀의 시선으로부터 떨어질 수가 없었다. 그는 그녀의 얼굴을 사랑하지 않았던가. 그녀의 표정, 그녀의 시선을 몰랐던가. 하지만 그는 한번도 이런 그녀를 본 적이 없었다. 어제의 그녀의 분노를 떠올리고는 지금 이런 그녀 앞에서 자신이 얼마나 혐오스럽고 끔찍하게 여겨지는지 몰랐다. 나이트캡 아래로 물결치는 부드러운 머리카락으로 둘러싸인 붉게 상기된 그녀의 얼굴은 기쁨과 결연함으로 빛나고 있었다.

끼찌의 성격이 일반적으로 부자연스럽거나 관례적으로 가식적인 데가 거의 없기는 했어도, 지금 갑자기 모든 덮개가 벗겨지고 그녀의 영혼의 핵심 그 자체만이 두 눈 속에서 빛나는 것을 보고 레빈은 여전히 자기 앞에 드러난 것에 놀라움을 느꼈다. 그리고 이 소박함과 적나라함 속에서 그녀, 그가 사랑하는 그녀 자체가 좀더 잘 보였다. 그녀는 미소를 지으면서 그를 쳐다보고 있었다. 하지만 갑자기 그녀의 두 눈썹이 떨렸고, 그녀는 고개를 들고 서둘러 그에게로 다가와서 그의 손을 잡고 온몸을 그에게 꼭 붙이면서 자기의 뜨거운 숨으로 그를 덮쳤다. 그녀는 아파하고 있었고 마치 자기의 고통을 그에게 탄식하는 것 같았다. 처음 순간 그에게는, 으레 그랬듯이, 자신에게 죄가 있다고 여겨졌다. 하지만 그녀의 시선 속에는 그녀가 그를 질책하지 않을 뿐만 아니라 이 고통 때문에 그를 사랑하고 있다고 말하는 다정함이 있었다. '내가 아니라면 대체 누가 죄가 있단 말인가?' 그는 이 고통을 일으킨 죄인을 벌하려고 찾으면서 저도 모르게 생각했다. 하지만 죄인은 없었다. 그녀는 고통스러워했고, 탄식했고, 이 고통으로써 승리에 취해 있었고, 이 고통을 기뻐하고 있었고, 이 고통을 사랑하고 있었다. 그는 그녀의 영혼 속에서 뭔가 멋진 일이 일어나고 있는 것을 알았다. 하지만 뭘까? 지금 그는 이해할 수 없었다. 그것은 그의 이해가 미치지 못하는 높은 곳에 있었다.

"엄마에게 사람을 보냈어요. 당신은 어서 리자베따 뻬뜨로브나를 데리러 가세요…… 꼬스쨔! 괜찮아요. 지나갔어요."

그녀는 그에게서 물러나서 종을 울렸다.

"자, 이제 가세요! 빠샤가 와요. 전 괜찮아요."

레빈은 그녀가 밤에 가져온 뜨갯감을 잡고 다시 뜨기 시작하는 것을 경이롭게 바라보았다.

레빈은 한쪽 문으로 나가면서 다른 쪽 문으로 하녀가 들어오는 소리를 들었다. 그는 문가에 멈춰섰다. 끼찌가 하녀에게 구체적인 지시를 내리고 하녀와 함께 직접 침대를 옮기는 소리가 들렸다.

그는 옷을 입었고, 아직 삯마차가 다니지 않아서 말들을 마차에 매는 동안 다시 한번 침실로 달려갔는데, 발뒤꿈치를 들고 가는 게 아니라 날개가 달린 듯이 여겨졌다. 하녀 두명이 침실에서 정리하고 있었다. 끼찌는 걸음을 이리저리 옮기면서 빠른 속도로 코를 끼우며 뜨개질을 했고, 그러면서 지시를 내리고 있었다.

"난 지금 의사에게로 가오. 리자베따 뻬뜨로브나에게는 사람을 보냈소. 하지만 내가 또 들르겠소. 뭐 필요한 것 없소? 그래, 돌리에게도 들를까?"

그녀는 분명 그가 말한 것을 듣지 않은 채 그를 바라보았다.

"그래요, 그래요, 가세요, 가세요." 그녀는 얼굴을 찌푸리고 그를 향해 손을 내저으며 빠른 속도로 말했다.

그는 벌써 응접실로 나오고 있었는데, 갑자기 침실에서 탄식하는 신음 소리가 울렸다가 곧 조용해졌다. 그는 멈춰섰고 오랫동안 어리둥절해했다.

'그래, 저건 그녀야.' 그는 스스로에게 말하고는 머리를 움켜쥐고 아래로 달려내려갔다.

"주님, 불쌍히 여기소서! 용서하소서, 도와주소서!" 그는 웬일인지 갑자기 예기치 않게 그의 입술에 도달한 말을 되풀이했다. 그리고 무신론자인 그가 이 말을 입술로만 반복한 것이 아니었다. 지금 이 순간 그는 자신의 모든 의심뿐만 아니라 자기 스스로 아는 바 이성으로 인한 신앙의 불가능성도 그가 신에게로 향하는 것을 방해하지 않는다는 것을 알았다. 이 모든 것이 이제 먼지처럼 그의 영혼으로부터 날아가버렸다. 자신도, 자신의 영혼도, 자신의 사랑도 그분의 수중에 있다고 느끼는 그 존재에게가 아니라면 그가 대체 누구에게 향하겠는가?

말이 아직 준비되지 않았지만 자기 안에서 체력과 앞으로 해야 할 일에 대한 주의력이 특별히 팽팽한 긴장 상태에 있는 것을 느끼면서 그는 한순간도 낭비하지 않기 위해서 말이 나올 때까지 기다리지 못하고 걸어나왔고, 꾸지마에게 자기를 따라오라고 명했다.

모퉁이에서 그는 서둘러 달려오는 야간 삯마차를 맞닥뜨렸다. 작은 썰매 안에는 벨벳 외투를 입고 머릿수건을 동여맨 리자베따 뻬뜨로브나가 앉아 있었다. "참 다행이네! 주님, 감사합니다!" 특별히 진지하고 엄격하기까지 한 표정을 하고 있는 그녀의 금발의 작은 얼굴을 알아보았을 때 그는 환희에 넘쳐서 소리 내어 말했다. 마부에게 멈추라고 명령하지도 않은 채 그는 뒤돌아 그녀와 나란히 달렸다.

"그러니까 두시간 정도요? 더는 아니고요?" 그녀가 물었다. "뾰뜨르 드미뜨리치가 댁에 계실 거예요. 단, 그를 재촉하지는 마세요. 약국에서 아편을 구해오세요."

"그러니까 순조로울 거라고 생각하는 거죠? 주님, 자비를 내리시고 도와주소서!" 레빈이 대문에서 나오는 자기 말을 보고 말했다. 그는 꾸지마 옆으로 썰매로 뛰어오르며 의사에게 가라고 명했다.

## 14

의사는 아직 일어나지 않았고, 하인은 '늦게 잠자리에 드셨고 깨우지 말라고 하셨는데 곧 일어나실 겁니다'라고 말했다. 하인은 등잔 유리를 닦고 있었고 이 일에 모든 열성을 다하는 것으로 보였다. 하인의 유리에 대한 이 같은 열성과 레빈에게 일어나고 있는 일에 대한 완전한 무관심이 처음에는 레빈을 놀라게 했지만, 곧 고쳐 생각해보고 나서 그는 아무도 그의 감정을 모르며 알아야 할 의무가 있는 것도 아니라는 것과, 이 무관심의 벽을 깨고 자신의 목적을 달성하기 위해서는 그럴수록 더 침착하고 사려 깊게 단호한 행동을 보여야 한다는 것을 깨달았다. '서둘지 말고, 아무것도 놓쳐서는 안 된다.' 레빈은 육체적 힘과 앞으로 해야 할 모든 것에 대한 주의력이 계속해서 점점 더 상승하는 것을 느끼면서 스스로에게 말했다.

의사가 아직 일어나지 않은 것을 알고서 레빈은 그에게 떠올랐던 여러 계획들 중에서 다음과 같은 계획을 취했다. 즉, 꾸지마는 쪽지와 함께 다른 의사에게 가도록 하고 그 자신은 아편을 구하러 약국에 간다. 그런데 만약 그가 돌아왔을 때도 의사가 일어나지 않았으면 하인을 매수하거나, 만약 그가 동의하지 않으면 강제로 무슨 일이 있더라도 의사를 깨우도록 한다.

약국에서는 초췌한 약사가 하인이 등잔 유리를 닦을 때와 같은 무관심한 태도로, 기다리고 있던 마부를 위해 약봉지를 봉하면서 아편을 내주기를 거절했다. 레빈은 서둘지 않고 화내지 않으려고 애쓰면서 의사와 산파의 이름을 대며 아편이 어디에 필요한가를 설명하고 나서 그를 설득하기 시작했다. 약사는 내줘도 되냐고 독일어로 조언을 구했다. 칸막이 뒤로부터 동의를 얻고 나서 그는 유리병과 깔때기를 꺼내어 천천히 큰 병에서 작은 병으로 붓고 이름표를 붙이고, 레빈이 그러지 말라고 부탁했는데도 불구하고 봉했고 포장까지 하려고 했다. 레빈은 이미 이것까지는 참을 수 없는 상태가 되어 있었다. 그는 단호하게 약사의 손에서 병을 잡아채서 커다란 유리문으로 달려갔다. 의사는 아직 일어나지 않았고, 이제는 양탄자 까는 일에 열심인 하인은 그를 깨우기를 거절했다. 레빈은 서둘지 않고 십 루블짜리 지폐를 꺼내서 천천히 말하면서, 하지만 시간을 허비하지는 않으면서 그에게 지폐를 건넸고, 뾰뜨르 드미뜨리치(예전에는 그렇게 하잘것없게 보였던 뾰뜨르 드미뜨리치가 지금 레빈에게는 참으로 위대하고 중요하게 여겨졌다)가 언제라도 와주겠다고 약속했기 때문에 지금 그를 깨우더라도 아마 그가 화내지 않을 거라고 설명했다.

하인은 동의하고 위층으로 가면서 레빈에게 대기실로 들어오기를 청했다.

문 뒤에서 의사가 기침을 하고, 왔다 갔다 하고, 씻고, 뭔가를 이야기하는 소리가 레빈에게 들렸다. 삼분 정도가 지나갔다. 레빈에게는 한시간 이상 지나간 것으로 여겨졌다. 그는 더이상 기다릴 수 없었다.

"뾰뜨르 드미뜨리치, 뾰뜨르 드미뜨리치!" 그가 애원하는 목소리로 열린 문 안으로 말했다. "이런 말씀 죄송합니다만, 제발 지금 입으신 그대로 저를 만나주세요. 벌써 두시간이 넘었습니다."

"곧, 곧!" 목소리가 대답했고, 레빈은 의사가 이 말을 웃음을 섞어 하는 것을 놀라며 들었다.

"일분 뒤에……"

"곧."

의사가 장화를 신는 동안 또 이분이 지나갔고 의사복을 입고 머리를 빗는 동안 또 이분이 지나갔다.

"뾰뜨르 드미뜨리치!" 레빈이 유감스러운 목소리로 다시 말을 시작하려고 했지만, 이 순간 옷을 다 차려입고 머리를 빗은 의사가 나왔다. '양심도 없는 자들.' 레빈은 생각했다. '우리는 죽어가는데 머리를 빗다니!'

"안녕하십니까!" 의사가 손을 내밀며 마치 태평스러움으로 그를 약 올리려는 듯이 말했다. "서둘지 마십시오. 그래, 어떻습니까?"

레빈은 되도록 신중하려고 애쓰면서 아내의 상황에 대해서 온갖 쓸데없는 구체적 사항들을 말하기 시작했고 연신 자기 이야기를 끊어가며 당장 자기와 함께 가자고 의사에게 부탁했다.

"자, 서둘지 마십시오. 당신은 모르십니다. 아마 제가 필요 없겠지만 약속을 했으니 자, 가겠습니다. 하지만 급할 거 없어요. 앉으십시오, 제발. 커피라도 좀 하시렵니까?"

레빈은 그가 자신을 놀리는 건지 시선으로 물으며 그를 바라보았다. 하지만 의사는 놀릴 생각이 전혀 없었다.

"압니다, 알아요." 의사가 미소를 지으며 말했다. "저 자신도 가족이 있는 사람이지요. 하지만 우리들, 남자들은 이 순간에 가장 불쌍한 사람들이지요. 제게 한 환자가 있는데, 그녀의 남편은 이런 경우 항상 마구간으로 간답니다."

"하지만 어떻게 생각하세요, 뾰뜨르 드미뜨리치? 순조로우리라고 생각하시나요?"

"모든 수치가 순조로운 결말을 예고합니다."

"그러니까 지금 오실 거죠?" 레빈이 커피를 가지고 들어오는 하인을 적의를 품고 바라보며 말했다.

"한시간 후에요."

"안 돼요, 제발!"

"자, 그럼 커피를 마저 마시게 해주십시오."

의사는 커피를 마시기 시작했다. 둘은 침묵했다.

"근데 터키인들을 확실하게 치네요. 어제 속보 읽으셨어요?" 의사가 빵을 씹으면서 말했다.

"안 돼요, 이렇게는 못 하겠어요!" 레빈이 소스라치며 말했다. "그럼 십오분 후에 오실 건가요?"

"반시간 후에요."

"맹세하시는 거죠?"

집으로 돌아왔을 때 레빈은 마차에서 내린 공작부인과 만났고,

그들은 함께 침실 문으로 다가갔다. 공작부인의 두 눈에는 눈물이 고여 있었고 그녀의 두 손은 떨리고 있었다. 레빈을 보자 그녀는 그를 껴안고 울음을 터뜨렸다.

"자, 그래, 어때요, 리자베따 뻬뜨로브나?" 그녀가 그들을 향해 기뻐하면서도 근심 어린 얼굴로 나오는 리자베따 뻬뜨로브나의 손을 잡으며 말했다.

"잘 진행되고 있어요." 그녀는 말했다. "부인께 누우라고 설득하세요. 좀더 편해지실 거예요."

레빈은 깨어나서 무슨 일인가를 알았던 그때부터 아무것도 생각하지 않고, 예견하지 않고 모든 생각과 감정을 강하게 봉쇄하고 아내를 걱정시키지 않으면서, 오히려 안심시키면서 그녀의 용기를 북돋우고 그에게 닥칠 일을 견디기 위한 준비를 하고 있었다. 심지어 무슨 일이 있을 것인지, 이 일이 어떻게 끝날 것인지 생각하는 것조차 스스로에게 허락하지 않은 채, 이 일이 보통 얼마나 걸리는가에 대해 이리저리 물어본 결과 레빈은 자기의 예상으로 대략 다섯시간을 견디면서 자기 심장을 스스로 제어할 것을 준비했다. 하지만 의사에게서 돌아와 다시 그녀의 고통을 보았을 때 그는 점점 더 자주 '주님, 용서하소서, 도와주소서'를 반복했다. 그 말을 반복하고 나서는 숨을 들이쉬고 고개를 위로 쳐들었고, 이것을 견뎌내지 못하고 울음을 터뜨리고 도망갈까봐 두려워했다. 그에게는 그렇게 고통스러웠다. 그런데 겨우 한시간이 지났을 뿐이었다.

하지만 이 한시간 이후 또 한시간, 두시간, 세시간, 그가 자기 인내의 가장 긴 기간으로 설정했던 다섯시간이 모두 지났고, 상황은 여전히 마찬가지였다. 그는 매 순간 자신이 인내의 마지막 한계에 도달했고 자신의 심장이 연민 때문에 이제 막 터지리라고 생각하면서도 여전히 참았다. 참는 것 이외에는 달리 할 일도 없었기 때문에.

하지만 또 몇분이, 몇시간이, 또 몇시간이 지나갔고, 그의 연민과 공포의 감정은 점점 더 커졌고 팽팽해졌다.

그것 없이는 아무것도 생각할 수 없었던 일상적 생활의 조건들이 레빈에게는 더이상 존재하지 않았다. 그는 시간에 대한 의식을 잃었다. 어떤 때는 그를 자기에게로 불러 예외적으로 강한 힘으로 그를 붙잡기도 하고 떨쳐버리기도 하는 그녀의 땀이 밴 손을 꼭 쥐고 있던 몇분, 그 몇분이 몇시간으로 여겨지기도 했고, 어떤 때는 몇시간이 몇분으로 여겨지기도 했다. 리자베따 뻬뜨로브나가 휘장 뒤에서 촛불을 켜달라고 부탁했을 때는 벌써 저녁 다섯시여서 그는 놀랐다. 그때가 아침 열시라고 말했다 하더라도 그는 거의 놀라지 않았을 것이다. 그는 자신이 이 순간 어디 있는지를, 언제 무슨 일이 있었는지와 마찬가지로 거의 알지 못했다. 그는 그녀의 달아오른, 때로는 어쩔 줄 몰라하며 괴로워하고 때로는 미소 짓고 그를 안심시키기도 하는 얼굴을 바라보았다. 그는 상기되고 긴장하여 회색 머리 타래가 풀어진 채 겨우 눈물을 삼키며 입술을 깨물고 있는 공작부인도 보았고, 돌리도 보았고, 두꺼운 담배를 피우고 있는 의사도 보았고, 확고하고 단호하고 안심시키는 얼굴을 한 리자베따 뻬뜨로브나도 보았고, 찌푸린 얼굴로 홀을 거니는 노공작도 보았다. 하지만 그는 그들이 어떻게 들어오고 나갔는지, 그들이 어디 있는지 알지 못했다. 공작부인은 때로는 의사와 함께 침실에 있기도 했고 때로는 식탁이 차려진 서재에 있기도 했다. 어떤 때는 그녀가 아니라 돌리였다. 나중에 레빈은 사람들이 그를 어디론가 보낸 것을 기억했다. 한번은 그를 탁자와 소파를 옮기라고 보냈다. 그는 이것이 그녀에게 필요한 일이라고 생각하며 정성 들여 했는데, 나중에야 이것이 자기의 잠자리 준비였다는 것을 알게 되었다. 그 다음에는 그를 서재의 의사에게 뭔가를 물으라고 보냈다. 의사는 대답하고 나서 의회의 무질서에 대해 이야기를 시작했다. 그다음에는 그를 침실에 있는 공작부인에게로 도금한 금속 덮개를 씌운 은제 성상을 가져오라고 보냈고, 그는 공작부인의 늙은 하녀와 함께 그것을 가지러 장롱 위로 기어올랐다가 등잔을 깨뜨렸는데, 공작부인의 하녀는 아내와 등잔에 대해 그를 안심시켰고, 그는 성상을 가져와 애써 베개 뒤로 끼워넣어 끼찌의 머리맡에 놓았다. 하지만 언제 어디서 왜 이 모든 것을 했는지 그는 알지 못했다. 그는 왜 공작부인이 그의 손을 잡고 그를 불쌍하게 바라보며 진정하라고 하는지, 왜 돌리가 그에게 뭘 좀 먹으라고 하면서 방에서 데리고 나갔는지, 왜 의사조차도 진지하게 동정하며 그를 쳐다보고 물약을 권했는지 알지 못했다.

그가 알고 느낀 것은 다만 지금 일어나고 있는 일이 일년 전에 주 소재지의 호텔에서, 형 니꼴라이의 임종의 침대에서 일어난 일과 비슷하다는 것이었다. 하지만 그것은 비통이었고 이것은 환희였다. 하지만 그 비통도 이 환희도 똑같이 삶의 모든 일상적 조건들 밖에 있었고, 마치 그 일상적 삶 속에서 이 사이로 뭔가 초지상적인 것이 드러나 보이는 균열 같은 것이었다. 일어나는 일은 마찬가지로 힘들고 괴롭게 다가왔고, 영혼은 마찬가지로 이 초지상적인 것을 관조함으로써 이전에 한번도 알지 못했고 이성이 이미 따라잡을 수 없는 높이까지 불가해하게 상승하고 있었다.

'주여, 용서하시고 도와주소서.' 그는 그렇게 오랫동안 완전히 소원한 것처럼 보였는데도 불구하고 어린 시절과 청년기 초기와 똑같이 그렇게 순진하고 자연스럽게 신을 대하는 것을 느끼면서 끊임없이 스스로에게 되풀이했다.

이 시간 내내 그에게는 두가지 서로 다른 기분이 나타났다. 하나는 두꺼운 시가를 연달아 피우며 가득 찬 재떨이 끝에 그것들을 비벼 끄는 의사와 돌리와 공작과 함께하며 식사에 대해서, 정치에 대해서, 마리야 뻬뜨로브나의 병에 대해서 이야기를 나누는 곳에서, 일어나고 있는 일을 완전히 망각하고 순간적으로 잠에서 깬 듯한 기분을 문득 느끼는, 끼찌가 없는 곳에서 나타나는 기분이고, 다른 하나는 그녀가 있는 곳에서, 그녀의 머리맡에서, 동정 때문에 심장이 터질 듯하지만 여전히 터지지는 않고 끊임없이 신에게 기도하는 곳에서 나타나는 기분이었다. 그리고 매번 침실로부터 날아오는 비명이 그를 망각의 순간에서 끌어낼 때마다 그는 첫 순간 그를 덮쳤던 바로 그 낯설고 길 잃은 상태에 빠지게 되었다. 매번 비명을 들을 때마다 소스라쳐서 자기변명을 하러 달려갔고, 가는 동안 자신에게 죄가 없다는 것을 기억했고, 그녀를 보호하고 도와주고 싶었다. 하지만 그녀를 보면 그는 또다시 도울 수 없다는 것을 알았고, 심한 공포에 빠져 '하느님, 용서하시고 도와주소서'를 중얼거렸다. 그리고 시간이 가면 갈수록 두가지 기분은 점점 더 강해졌다. 그는 그녀가 없는 데서는 완전히 그녀를 잊고 점점 더 태평스러워졌고, 그녀의 고통과 그 앞에서의 무력감은 점점 더 심해졌다. 그는 소스라쳐서 어디론가 도망가고 싶었지만 그녀에게로 달려갔다.

그녀가 자꾸만자꾸만 그를 부를 때 가끔 그는 그녀를 비난했다. 하지만 그는 그녀의 복종적이고 미소 짓는 얼굴을 보고 "당신을 괴롭혔군요"라는 말을 듣고는 신을 비난했고, 그러다가 신을 떠올리고는 당장 용서와 자비를 구했다.

## 15

그는 늦은 시간인지 이른 시간인지 알지 못했다. 촛불들은 이미 다 타버렸다. 돌리가 방금 전에 서재에 왔다가 의사에게 좀 눕기를 제안했다. 레빈은 앉아서 최면술사-사기꾼에 대한 의사의 이야기를 들으며 그의 담뱃재를 바라보고 있었다. 휴식의 시간. 그는 자신을 잊었다. 그는 지금 일어나고 있는 일에 대해 완전히 잊었다. 그는 의사의 이야기에 귀를 기울였고 그의 말을 이해했다. 갑자기 무엇과도 비교할 수 없는 비명이 울렸다. 비명은 그토록 끔찍해서 레빈은 벌떡 일어나지조차 못하고 숨이 막힌 채 경악하며 묻는 표정으로 의사를 바라보았다. 의사는 고개를 옆으로 눕히고 귀를 기울여 들으며 동의하듯 미소를 지었다. 모든 것이 그토록 특별했기 때문에 이미 아무것도 레빈을 놀라게 할 수는 없었다. '아마 그래야 하나보지.' 그는 생각했고 계속 앉아 있었다. 이건 누구의 비명일까? 문득 그는 소스라쳐 일어나 발꿈치를 들고 침실로 달려가서 리자베따 뻬뜨로브나, 공작부인을 지나쳐 머리맡의 자기 자리에 섰다. 비명은 멈추었지만 지금은 뭔가 달랐다. 무엇인지 그는 알지 못했고 이해하지 못했으며 알고 싶지도, 이해하고 싶지도 않았다. 하지만 그는 그것을 리자베따 뻬뜨로브나의 얼굴에서 보았다. 리자베따 뻬뜨로브나의 얼굴은 엄숙하고 창백했고, 그녀의 이마가 약간 떨리고 그녀의 두 눈이 더 집요하게 끼찌를 향했음에도 불구하고 마찬가지로 여전히 단호했다. 곱슬곱슬한 머리카락이 붙은 채 땀이 밴, 상기되고 고통에 지친 끼찌의 얼굴이 그에게로 향했고 그의 눈길을 찾고 있었다. 들어올려진 두 손이 그의 두 손을 찾았고, 그녀는 그의 두 손을 자기 얼굴에 대고 눌렀다.

"가지 마요, 가지 마요! 전 두렵지 않아요, 전 두렵지 않아요!" 그녀가 빠른 속도로 말했다. "엄마, 귀걸이를 빼주세요. 걸리적거려요. 두렵지 않지요? 곧, 곧이에요, 리자베따 뻬뜨로브나……"

그녀는 아주 빠르게 말하고 있었고 미소 짓고 싶어했다. 하지만 갑자기 그녀의 얼굴이 일그러졌고, 그녀는 그를 밀어냈다.

"안 돼, 이건 끔찍해! 난 죽을 거야, 죽을 거야! 가요, 가!" 그녀가 소리 지르기 시작했고, 다시 그 전에 없는 비명이 들렸다.

레빈은 머리를 감싸쥐고 방에서 뛰어나갔다.

"괜찮아요, 괜찮아요, 다 좋아요!" 돌리가 그의 뒤에서 말했다.

하지만 그들이 무슨 말을 하든 간에, 그는 이제 모든 것이 파멸했다는 것을 알고 있었다. 그는 옆방에서 문설주에 머리를 기대고 서서 그가 전혀 들어보지 못한 누군가의 비명, 으르렁거리는 소리를 들었고, 이게 예전에 끼찌였던 그 무엇이 지르는 소리라는 것을 알았다. 그는 이미 오래전부터 어린애를 원하지 않고 있었다. 그는 지금 이 어린애를 미워하고 있었다. 그는 지금 심지어 그녀의 생명도 원하지 않았고 그저 이 끔찍한 고통이 중단될 것만을 원하고 있었다.

"의사! 이게 뭡니까? 이게 뭡니까? 맙소사!" 그는 들어오는 의사의 손을 잡으면서 말했다.

"끝나갑니다." 의사가 말했다. 이 말을 할 때 의사의 얼굴이 너무 심각해서 레빈은 끝나간다는 말을 죽어간다는 의미로 이해했다.

그는 자신을 의식하지 못한 채 침실로 뛰어들어갔다. 처음으로 눈에 들어온 것은 리자베따 뻬뜨로브나의 얼굴이었다. 그 얼굴은 좀더 찌푸려져 있었고 심각했다. 끼찌의 얼굴은 없었다. 그녀의 얼굴 대신 그 일그러짐이나 지르는 소리로 봐서 끔찍한 그 무엇이 있었다. 그는 심장이 터지는 것을 느끼면서 침대의 나무틀에 머리를 떨구었다. 끔찍한 비명이 멈추지 않았고 그 비명은 점점 더 끔찍해져서 끔찍스러움의 최종 한계에 다다르는 것 같더니, 갑자기 멈추었다. 레빈은 자기 귀를 믿지 못했지만 의심할 수는 없었다. 비명이 잠잠해졌고, 고요한 소동, 살랑거리는 소리, 가쁜 호흡이 들렸고, 그녀의 듬성듬성 끊어지는 생생하고 다정하고 행복한 목소리가 고요하게 발음했다. "끝났어요."

그는 고개를 들었다. 이불에 힘없이 두 손을 내린 채 특별하게 아름답고 고요한 그녀가 말없이 그를 바라보며, 미소를 짓고 싶어 했으나 그러지 못했다.

레빈은 자신이 스물두시간 동안 겪었던 그 신비스럽고 끔찍한 초지상적인 세계로부터 순간적으로 예전의 일상적인 세계, 하지만 지금은 이토록 새로운 행복의 빛으로 빛나고 있어 견딜 수 없는 세계로 옮겨진 것을 느꼈다. 팽팽하게 당겨졌던 모든 선들이 끊어졌다. 그의 내면으로부터 전혀 예견하지 못한 기쁨의 흐느낌과 눈물이 엄청나게 강한 힘으로 솟구쳐올라와서 그의 온몸을 흔들어 오랫동안 말을 할 수 없도록 방해했다.

그는 침대 앞에 무릎을 꿇고 자기 입술 앞으로 아내의 손을 끌어당겨 입을 맞추었다. 그 손은 손가락의 약한 움직임으로 그의 입맞춤에 답했다. 그러는 사이 그곳 침대 발치에서는 리자베따 뻬뜨로브나의 민첩한 손안에서 예전에는 존재하지 않았던, 그리고 그 자신과 마찬가지로 똑같은 권리를 가지고, 똑같은 중요성을 가지고 자신을 위해 살아갈 것이고 자신과 비슷한 존재들을 번식시키게 될 한 인간존재의 생명이 등잔 위의 작은 불꽃처럼 흔들리고 있었다.

"살아 있어요! 살아 있어요! 게다가 사내애예요! 걱정하지 마세요!" 레빈은 어린애의 등을 떨리는 손으로 철썩철썩 때리는 리자베따 뻬뜨로브나의 목소리를 들었다.

"엄마, 정말이에요?" 끼찌의 목소리가 말했다.

돌아오는 대답은 공작부인의 흐느낌뿐이었다.

그런데 침묵 가운데서 자기 어머니의 질문에 대한 의심할 바 없는 대답으로, 방 안에 있는 모든 숨죽인 목소리들과는 전혀 다른 목소리가 들렸다. 이는 용감하고도 무쌍한, 아무것도 생각하려고 하지 않는, 어디서 나타난 건지 알 수 없는 새로운 인간존재의 외침이었다.

만약 좀 전에 끼찌가 죽었고, 그도 함께 죽었고, 그들의 자식은 천사이고, 하느님이 여기 그들 앞에 있다고 들었다 해도 그는 조금도 놀라지 않았을 것이다. 하지만 현실의 세계로 돌아온 지금, 그녀가 살아 있고 이렇게 필사적으로 빽빽거리는 존재가 자신의 아들이라는 것을 이해하기 위해서 그는 커다란 힘을 들여 생각해야만 했다. 끼찌는 살아 있고 고통은 끝났다. 그리고 그는 이루 말할 수 없이 행복했다. 그는 이를 이해했고, 이로써 그는 완전히 행복했다. 하지만 어린애는? 어디로부터, 무슨 목적으로 나타난 누굴까? 그는 전혀 이해할 수 없었고 이런 생각에 익숙해질 수도 없었다. 이는 그에게 뭔가 넘치는 것, 오랫동안 익숙해질 수 없는 과잉으로 여겨졌다.

## 16

아홉시가 지나 노공작, 세르게이 이바노비치, 스쩨빤 아르까지치가 레빈의 집에 앉아서 산모에 대해 좀 이야기하고 난 후 다른 것들에 대해 대화를 나누고 있었다. 레빈은 그들에게 귀를 기울이며 이 대화들을 듣는 중에도 저도 모르게 지나간 것, 즉 오늘 아침까지 있었던 일을 떠올리면서 어제의, 이 일이 있기 전까지의 자기를 기억해보았다. 그때부터 정말 백년은 지난 것 같았다. 그는 자신이 어떤 닿을 수 없는 높은 곳에 있다고, 함께 이야기하는 사람들을 모욕하지 않기 위해 애써 아래로 내려오고 있다고 느꼈다. 그는 말을 하면서도 줄곧 아내에 대해서, 그녀의 현재 상태의 구체적 사항들에 대해서, 그가 존재한다는 생각에 익숙해지려고 애쓰고 있는 아들에 대해서 생각하고 있었다. 결혼한 이후 그가 전에는 몰랐다가 새로운 의미를 얻게 된 여성의 세계 전체가 지금 그의 관념 속에서 너무나 높이 상승해서 그의 상상으로는 이 세계를 포섭할 수 없었다. 그는 어제의 클럽 만찬에 대한 대화를 들으면서 생각하고 있었다. '그녀는 지금 뭘 하나? 잠이 들었나? 그녀의 상태는 어떤가? 그녀는 뭘 생각하나? 아들 드미뜨리가 우나?' 대화 중에, 말이 이어지는 중에 그는 벌떡 일어나 방에서 나갔다.

"끼찌에게 가도 되는지 사람을 보내 알려주게." 공작이 말했다.

"좋아요, 바로 그러겠습니다." 레빈은 대답했고, 지체 없이 그녀에게로 갔다.

그녀는 자지 않고 조용히 앞으로 있을 세례식에 대한 계획을 어머니와 이야기하고 있었다.

그녀는 깨끗한 옷으로 갈아입고 머리를 빗고 뭔가 푸른 것이 달린 화려한 모자를 쓰고서 이불 위로 두 손을 뻗고, 똑바로 등을 대고 누워 있었다. 그녀는 그를 시선으로 맞이하고 시선으로 자신에게로 끌어당겼다. 그녀의 얼굴에는 죽은 사람들의 얼굴에 나타나는, 지상적인 것으로부터 초지상적인 것으로의 바로 그 변화가 나타나 있었다. 하지만 거기엔 결별이 나타나고, 여기엔 만남이 나타난다. 출산의 순간에 느꼈던 것과 비슷한 동요가 그의 심장으로 다가들었다. 그녀는 그의 손을 잡고 좀 잤느냐고 물었다. 그는 대답을 할 수 없었고, 자신의 약한 마음이 분명하게 느껴지자 몸을 돌렸다.

"전 잠깐 잤어요, 꼬스쨔!" 그녀가 그에게 말했다. "지금 정말 기분이 좋아요."

그녀는 그를 바라보고 있었지만, 갑자기 다른 표정을 지었다.

"아이를 제게 주세요." 어린애가 빽빽 우는 소리를 듣고 그녀가 말했다. "이리 줘요, 리자베따 뻬뜨로브나, 이이도 보게요."

"자, 이제 아빠에게 보여드리자." 리자베따 뻬뜨로브나가 뭔가 빨갛고 낯설고 흔들거리는 것을 받쳐 들어올리고 말했다. "잠깐 기다리세요. 그전에 우린 몸치장을 할 거예요." 리자베따 뻬뜨로브나는 이 흔들거리는 빨간 것을 침대 위에 놓았다. 그녀는 아이를 한 손가락으로 들었다 뒤집고 뭔가를 뿌리고 풀어헤치고 여미고 하기 시작했다.

레빈은 이 조그맣고 불쌍한 존재를 보면서 자기 마음속에서 이 존재를 향한 아버지로서의 감정의 어떤 징표 하나라도 찾아보려고 애썼지만 허사였다. 그는 이 존재를 향해서 그저 혐오만을 느꼈다. 하지만 벌거벗겼을 때, 가늘디가는 두 팔, 두 발—누런색이고 발가락이 달렸는데, 심지어 엄지발가락이 다른 발가락들보다 더 컸다—의 모습이 어른거렸을 때, 리자베따 뻬뜨로브나가 마치 부드러운 스프링처럼 활짝 펼친 작은 두 팔을 눌러 평직으로 만든 아기 옷 속으로 집어넣는 것을 보았을 때, 그는 이 존재에 대해서 그토록 연민을 느끼며 그녀가 해치지나 않을까 그토록 두려워서 그녀의 손을 잡았다.

리자베따 뻬뜨로브나는 웃음을 터뜨렸다.

"겁내지 마세요, 겁내지 마세요!"

아이가 다 꾸며져서 단단한 인형처럼 변하자 리자베따 뻬뜨로브나는 자기 작품이 자랑스러운 듯 아이를 이리저리 흔든 다음 레빈이 아름다운 아들의 모습 전체를 볼 수 있도록 뒤로 물러났다.

끼찌도 눈을 떼지 않고 옆으로 그쪽을 바라보고 있었다.

"주세요, 주세요!" 그녀는 말했고 몸을 일으키려고까지 했다.

"무슨 짓이에요, 까쩨리나 알렉산드로브나, 그런 동작을 하면 안 돼요! 잠깐 기다려요, 줄 테니. 자, 우리가 얼마나 멋진가 아빠께 보여드리자!"

그러고서 리자베따 뻬뜨로브나는 레빈에게로 머리를 강보 자락에 감추고서 흔들거리는 이 낯설고 빨간 존재를 한 손으로(다른 손으로는 손가락들로만 흔들거리는 목덜미를 받치고 있었다) 들어 올렸다. 그런데 거기에는 코도, 사팔눈도, 입맛을 다시는 입술도 있었다.

"예쁜 아기예요!" 리자베따 뻬뜨로브나가 말했다.

레빈은 걱정스럽게 한숨을 쉬었다. 이 예쁜 어린애는 그에게 혐오와 동정의 감정만을 일으킬 뿐이었다. 이 감정은 그가 기대했던 감정이 전혀 아니었다.

리자베따 뻬뜨로브나가 아기를 익숙하지 않은 가슴에 자리 잡아주는 동안 그는 몸을 멀리했다.

갑자기 웃음소리가 그의 고개를 들게 했다. 끼찌가 웃은 것이었다. 어린애가 가슴을 찾아냈던 것이다.

"자, 그만, 그만!" 리자베따 뻬뜨로브나가 말했지만, 끼찌는 아이를 놓아주지 않았다. 아이는 그녀의 팔 안에서 잠들었다.

"봐요, 이제." 끼찌가 그가 볼 수 있도록 아이를 그에게로 돌리면서 말했다. 늙은이 같은 조그만 얼굴이 더 주글주글해지더니 아이가 기침을 했다.

레빈은 미소를 지은 채 감동의 눈물을 겨우 참으면서 아내에게 키스하고 어두운 방을 나왔다.

그가 이 작은 존재에게 느낀 것은 그가 기대했던 감정이 전혀 아니었다. 이 감정 속에는 아무런 유쾌한 것도 기쁜 것도 없었다. 반대로 이는 새롭고 고통스러운 공포였다. 이는 연약함의 새로운 영역에 대한 의식이었다. 이 의식은 처음에는 무척 고통스러웠고, 이 무력한 존재가 고통을 당하지 않을까 하는 공포가 그토록 강했기 때문에, 그는 아이가 기침을 했을 때 느낀 얼떨떨한 기쁨이나 심지어 자랑스러움이라는 낯선 감정도 알아차리지 못할 지경이었다.

## 17

스쩨빤 아르까지치의 재정 상태는 매우 나쁜 상황이었다.

숲의 삼분의 이에 해당하는 돈은 이미 다 써버렸고, 나머지 삼분의 일의 값에서도 십 퍼센트를 제외한 금액 거의 모두를 상인에게서 가불했다. 상인은 더이상 돈을 주지 않았고, 이번 겨울 다리야 알렉산드로브나가 처음으로 자기 재산에 대한 권리를 똑바로 천명하며 숲의 마지막 삼분의 일의 금액을 받았다는 약정서에 서명하기를 거절했다. 봉급은 생활비 지출과 미룰 수 없는 사소한 빚들을 갚는 데 모두 나갔다. 돈이 전혀 없었다.

이는 불쾌하고 거북했고, 스쩨빤 아르까지치의 생각에 이대로 계속되어서는 안 되었다. 그의 생각에 이렇게 된 원인은 그가 봉급을 너무 조금 받는 데 있었다. 그가 차지한 자리는 분명 오년 전에는 매우 좋았지만 지금은 이미 예전 같지가 않았다. 은행장인 뻬뜨로프는 일만 이천을 받았고, 위원회 임원인 스벤찌쯔끼는 일만 칠천을 받았고, 미찐은 은행을 설립하고 나서 오만을 받았다. '분명 나는 잠자고 있었어. 사람들이 나를 잊은 거야.' 스쩨빤 아르까지치는 자신에 대해서 생각했다. 이제 그는 이리저리 수소문하고 둘러보다가 겨울의 끝 무렵 매우 좋은 자리를 찾아냈고 그것을 공략하기 시작했다. 처음에는 모스끄바에서 아주머니, 아저씨, 친지 들을 통해 공략했고 나중에, 일이 무르익어가던 봄에는 그가 직접 뻬쩨르부르그로 갔다. 이 자리는 일천에서 오만까지의 연봉을 받고 뇌물도 쏠쏠하여 따스운, 예전보다 요즘에 훨씬 많아진 여러 자리들 중 하나로서, 남부 철도와 은행기관의 상호신용금고 조정 연합 지부위원회의 임원 자리였다. 이런 유의 자리가 요구하는 대로의 막대한 지식과 활동을 한 사람이 두루 갖추기는 어려웠다. 이런 능력을 한꺼번에 지닌 사람은 없었으므로 이 자리를 명예[37]를 존중하지 않는 사람보다는 명예를 존중하는 사람이 차지하는 것이 그래도

37 러시아에서 '명예'는 전통적으로 귀족들의 행동에 중요한 모티프가 되는 개념이었다. 명예를 존중한다는 것은 양심적이고 공정하고 정직하며 자존심과 신의를 지킨다는 등의 여러가지 의미를 포함한다. 똘스또이는 이 단어를 아래에서 괄호 속에 강조 없이 발음한다고 밝혀 일반적인 의미를 갖도록 했고, 다시 괄호 속에 강조하여 발음한다고 밝혀 특별한 의미를 띠도록 했다.

더 나왔다. 그리고 스쩨빤 아르까지치는 명예를 존중하는(강조 없이 발음함) 사람일 뿐만 아니라, 모스끄바에서 사람들이 이 단어에 강세를 두어 명예를 존중하는 활동가, 명예를 존중하는 작가, 명예를 존중하는 잡지, 명예를 존중하는 기관, 명예를 존중하는 노선이라고 말할 때 이 단어가 갖는, 사람이나 기관이 명예를 존중한다는 의미에서뿐만이 아니라 그들이 필요한 경우 정부를 비판할 능력이 있다는 특별한 의미에서 명예를 존중하는(강조하여 발음함) 사람이었다. 스쩨빤 아르까지치는 모스끄바에서 이 단어를 쓰는 그룹들과 교류했으며, 거기서 명예를 존중하는 사람으로 여겨졌고, 그래서 이 자리를 차지할 권리를 다른 사람들보다 더 많이 가지고 있었다.

이 자리는 연봉 칠천에서 일만을 주었으며, 오블론스끼는 공무원 신분을 떠나지 않고도 이 자리를 차지할 수 있었다. 이 자리는 두 부서의 장관과 한 귀부인과 두명의 유대인에게 달려 있었다. 이 모든 사람들에게 미리 손을 써두긴 했지만, 스쩨빤 아르까지치는 이들을 뻬쩨르부르그에서 직접 만나볼 필요가 있었다. 그외에도 스쩨빤 아르까지치는 누이 안나에게 까레닌으로부터 이혼에 대한 분명한 답변을 받아내겠다고 약속했다. 그래서 돌리에게서 오십 루블을 구해 뻬쩨르부르그로 떠났다.

스쩨빤 아르까지치는 까레닌의 서재에 앉아서 러시아 재정의 열악한 상황의 원인에 대해 그가 작성한 보고서를 읽는 것을 들으면서 자기 일과 안나에 대해 이야기하기 위해 그의 읽기가 끝나는 순간만을 기다리고 있었다.

"네, 그건 매우 맞는 말이네요." 알렉세이 알렉산드로비치가 이제 그것 없이는 읽을 수가 없는 *코안경*[38]을 벗으면서 예전의 처남을 묻는 듯이 보았을 때 그가 대답했다. "구체적 사항들에 있어서는 매우 맞는 말이에요. 하지만 그래도 여전히 우리 시대의 원칙은 자유지요."

"그래요. 하지만 자유의 원칙을 포괄하는 다른 원칙을 제시하는 거요." 알렉세이 알렉산드로비치는 '포괄하는'이라는 단어에 강세를 주어 말하고는, 듣는 사람에게 그것이 언급된 바로 그 부분을 읽어주려고 다시 *코안경*을 썼다.

그리고 알렉세이 알렉산드로비치는 커다란 여백이 있는, 아름답게 쓰인 초고를 넘겨 그 설득적인 부분을 다시 한번 읽었다.

"난 말이오, 개개인의 이익을 위한 것이 아닌 보호체계를 원하는 게 아니고 공동의 이익을 위한—하층민에게도 상층민에게도 똑같이 이익이 되는 보호체계를……" 그가 말하며 *코안경* 너머로 오블론스끼를 쳐다보았다. "하지만 그들은 이걸 이해하지 못해요. 그들은 그저 일신상의 이익만 추구하고 말만 번드르르하게 할 뿐이지."

스쩨빤 아르까지치는 까레닌이 그들이 그의 보고서를 채택하지 않으려 하고 러시아의 모든 악의 근원인 바로 그 사람들이 뭘 행하고 뭘 생각한다는 말을 시작하면 그때는 이미 끝에 가깝다는 것을 알고 있었다. 그래서 그는 기꺼이 자유의 원칙을 포기하고 그에게 완전히 동의했다. 알렉세이 알렉산드로비치는 생각에 잠겨 자기 원고를 넘기면서 침묵했다.

"아, 참." 스쩨빤 아르까지치가 말했다. "근데 뽀모르스끼를 만나시게 되면 제가 새로 뽑게 될 남부 철도와 은행기관의 상호신용금고 조정 연합 지부위원회의 임원 자리를 무척 원하고 있다고 한

38 pince-nez(프랑스어).

두마디 해주시면 좋겠어요."

스쩨빤 아르까지치는 그의 가슴에 무척이나 가까운 이 자리의 명칭이 이미 익숙해져서 빠른 속도로 발음하는데도 전혀 틀리지 않았다.

알렉세이 알렉산드로비치는 이 새로운 위원회의 활동이 무엇이냐고 이리저리 묻고는 생각에 잠겼다. 그는 이 위원회의 활동이 자기 보고서에 배치되는 점은 없는지 판단해보고 있었다. 하지만 이 새 위원회의 활동이 매우 복잡하고 그의 보고서는 매우 넓은 범위를 포괄하는 것이어서 그는 이에 대해 당장 판단을 내릴 수 없어 *코안경*을 벗으면서 말했다.

"물론 그에게 말해줄 수 있어요. 하지만 뭣 때문에 그 자리를 원하는 거요?"

"봉급이 좋아서요. 구천까지 받을 수 있죠. 그리고 제 생활비가……"

"구천." 알렉세이 알렉산드로비치는 반복하며 얼굴을 찌푸렸다. 이 봉급의 높은 액수가 스쩨빤 아르까지치의 앞으로의 활동이 재정 면에서 항상 절약의 경향을 띠는 그의 보고서의 주요 취지에 배치된다는 것을 떠올리게 했던 것이다.

"내가 보기에는, 난 이에 대해 보고서를 쓴 적도 있는데, 우리 시대에 그렇게 엄청난 봉급은 우리 행정부의 그릇된 경제*정책*[39]의 특징들이오."

"그럼 어쩝니까?" 스쩨빤 아르까지치가 말했다. "자, 예를 들면 은행장은 일만을 받지요. 그럴 만하니까요. 또 기술자는 이만을 받

39 assiette(프랑스어).

지요. 이건 누가 뭐래도 현실적인 문제예요!"

"나는 봉급이 상품에 대한 대가라고 생각해요. 봉급도 수요와 공급의 법칙에 따라야 한다고 생각해요. 봉급의 책정이 이 법칙을 벗어날 때, 예를 들어 두명의 기술자가 전문기관을 졸업해서 둘 다 똑같은 지식과 능력을 갖추었는데 한 사람은 사만을 받고 다른 사람은 이천으로 만족하는 것을 볼 때, 또는 엄청난 봉급을 책정하여 아무런 전문지식이 없는 법률가나 경비병을 은행장으로 임명하는 것을 볼 때, 나는 봉급이 수요와 공급의 법칙에 따라서가 아니라 바로 편파적으로 책정된다고 결론을 내려요. 그리고 여기에 그 자체로서 가볍게 볼 수 없는, 국가의 복무에 해로운 영향을 주는 남용이 있는 거예요. 내 생각에는……"

스쩨빤 아르까지치는 서둘러 매제의 말을 막았다.

"그래요. 하지만 의심할 바 없이 유용한 새로운 기구들이 만들어지고 있다는 데는 동의하시겠죠. 말하자면, 이건 중요한 업무지요! 업무가 명예를 존중하며 진행되는 것을 특히 높이 사지요." 스쩨빤 아르까지치가 '명예를 존중하며'에 강세를 주어 말했다.

하지만 **명예를 존중하는**이라는 말이 모스끄바에서 어떤 의미를 가지는지 알렉세이 알렉산드로비치는 몰랐다.

"명예를 존중한다는 것은 그저 소극적인 특성일 뿐이에요." 그가 말했다.

"하지만 그래도 여전히 큰 호의를 베풀어주실 거죠?" 스쩨빤 아르까지치가 말했다. "뽀모르스끼에게 말 좀 해주세요. 그냥 다른 이야기 하는 중에……"

"근데 이건 볼가리노프가 더 많이 좌지우지하는 걸로 보이는데……" 알렉세이 알렉산드로비치가 말했다.

“볼가리노프는 그 나름대로 완전히 동의했어요.” 스쩨빤 아르까지치가 얼굴을 붉히며 말했다.

스쩨빤 아르까지치는 오늘 아침 유대인인 볼가리노프에게 다녀왔고 이 방문에서 불쾌한 기억이 남은 탓에 그의 이름이 발음되자 얼굴을 붉혔던 것이다. 스쩨빤 아르까지치는 자기가 담당하려는 업무가 새롭고 중요하고 명예를 존중하는 업무라고 확신하고 있었다. 하지만 오늘 아침 볼가리노프가 분명 고의로 그를 다른 청원인들과 함께 대기실에서 두시간 동안 기다리게 했을 때 갑자기 그는 거북한 생각이 들었다.

류리끄의 후손, 오블론스끼 공작인 자신이 유대인 집의 대기실에서 두시간을 기다려서 그런 건지, 관직에만 복무해온 선조들의 예를 난생처음 따르지 않고 새로운 활동 무대로 들어가서 그런 건지, 그는 몹시 거북한 감정을 느꼈다. 볼가리노프의 집에서 두시간을 기다리는 동안 스쩨빤 아르까지치는 활기차게 대기실을 누비면서 수염을 가지런히 하기도 하고, 다른 청원인들과 대화를 나누기도 하고, 나중에 그가 유대인 집에서 기다렸던 것을 이야기하게 될 말장난을 만들어보기도 하면서 다른 사람들에게, 심지어 자신에게조차 자기가 느끼는 감정을 감추려고 애썼다.

하지만 ‘유대인에게 볼일이 있었지여우, 내가 여우-유대인을 기다렸지여우’에서 말장난이 제대로 만들어지지 않아서인지, 아니면 다른 어떤 것 때문인지 그 자신도 이유를 알 수 없었지만, 이 시간 내내 그는 거북함과 유감을 느꼈다. 마침내 볼가리노프가 지극히 공손하게, 분명 그의 비굴해진 처지에 대해 개가를 올리며 그를 맞이하고는 그의 청을 거의 거절했을 때, 스쩨빤 아르까지치는 되도록 빨리 이 일을 잊으려고 했다. 그리고 지금 이 일이 막 기억나자 얼굴을 붉혔던 것이다.

## 18

“지금 또다른 문제가 있어요. 어떤 건지 아시죠. 안나에 대한 거예요.” 스쩨빤 아르까지치가 잠깐 동안 침묵하고 난 뒤 이 기분 나쁜 인상을 떨쳐버리고서 말했다.

오블론스끼가 안나의 이름을 발음하자마자 알렉세이 알렉산드로비치의 얼굴이 완전히 바뀌었다. 그 얼굴은 좀 전의 활기 대신 피곤과 무감각을 나타내고 있었다.

“내게서 실제로 뭘 원하는 거요?” 그가 안락의자에서 몸을 돌려 *코안경*을 접으면서 말했다.

“결정요. 어떤 결정이라도요, 알렉세이 알렉산드로비치. 전 지금(스쩨빤 아르까지치는 ‘모욕당한 남편에게가 아니라’라고 말하고 싶었으나 이로 인해 일을 그르치게 될까봐 두려워서 다른 말로 바꾸었다) 국가적 인물에게가 아니라(어울리지 않는 말이었다) 그냥 한 인간에게, 선량한 인간인 기독교도에게 말씀드리는 겁니다. 그녀를 불쌍히 여기셔야 해요.” 그가 말했다.

“그러니까, 근본적으로 뭘 말이오?” 까레닌이 조용하게 말했다.

“그녀를 정말 불쌍히 여기셔야 해요. 저처럼 그녀를 보셨다면—전 겨울 내내 그녀와 함께 시간을 보냈지요—그녀를 동정하셨을 거예요. 그녀의 상황은 끔찍합니다. 말 그대로 끔찍해요.”

“내가 보기에는……” 알렉세이 알렉산드로비치가 좀더 가늘고 거의 째지는 목소리로 대답했다. “안나 아르까지예브나는 그녀 자신이 원했던 것을 모두 가지고 있소."

"아, 알렉세이 알렉산드로비치, 제발, 질책은 하지 말기로 해요! 지난 일은 지난 일이에요. 그녀가 뭘 원하고 기다리고 있는지 아시잖아요. 이혼이죠."

"하지만 나는 아들을 내게 남긴다는 약속을 요구하면 안나 아르까지예브나가 이혼을 포기할 줄 알았소. 나는 그렇게 답장을 썼고, 이 일은 끝난 것으로 생각했소. 그래서 나는 이 일이 완결된 것으로 여기오." 알렉세이 알렉산드로비치가 째지는 듯한 큰 소리로 외쳤다.

"하지만 제발, 화내지 마시고." 스쩨빤 아르까지치가 매제의 무릎을 건드리면서 말했다. "일은 끝나지 않았어요. 제가 다시 차례대로 말씀드려도 된다면, 당시 사정이 이랬지요. 둘이 헤어졌을 때 매제는 최대한 관대했고 위대했지요. 모든 걸 그녀에게 내주었지요—자유, 이혼까지도. 그녀는 이를 높이 평가했어요. 정말이에요. 달리 생각하시면 안 돼요. 말 그대로 높이 평가했어요. 그녀는 처음 순간에는 매제 앞에서 자기 죄가 너무 크다고 느껴서 모든 걸 잘 생각해보지 않았고 생각할 수도 없었지요. 그녀는 모든 걸 포기했어요. 하지만 현실이, 시간이, 그녀의 처지가 고통스럽고 참을 수 없다는 걸 보여주었지요."

"안나 아르까지예브나의 생활은 내 관심을 끌 수 없소." 알렉세이 알렉산드로비치가 두 눈썹을 치켜세우며 말을 막았다.

"그 말씀을 믿지 않도록 해줘요." 스쩨빤 아르까지치가 부드럽게 반박했다. "그녀의 처지는 고통스럽고, 그 고통은 그 누구에게도 아무런 이득이 되지 않지요. 그녀는 그럴 만한 짓을 했다고 하시겠지요. 그녀는 그걸 알고 있고, 매제에게 청하지도 않지요. 그녀는 똑바로 말하고 있어요, 자기는 감히 아무것도 청할 수 없다고요. 하지만 전, 모든 우리 혈연들은, 그녀를 사랑하는 모든 사람들은 매제에게 청하고 애원해요. 뭣 때문에 그녀가 고통을 당해야 하나요? 그래서 누구에게 더 좋다는 건가요?"

"미안하지만, 당신은 나를 죄인으로 치는 것 같소." 알렉세이 알렉산드로비치가 말했다.

"정말 아니에요, 정말 아니에요, 전혀. 제 말을 이해해주세요." 스쩨빤 아르까지치가 다시 그의 손을 건드리며, 마치 이런 건드림이 매제를 부드럽게 하리라는 것을 확신이라도 하는 듯이 말했다. "한가지만 말할게요. 그녀의 처지는 고통스럽고, 그 처지는 매제에 의해서 쉬워질 수 있어요. 매제로서는 잃을 게 전혀 없고요. 매제가 신경 쓰지 않게 제가 모든 걸 다 처리할게요. 약속하셨잖아요."

"약속은 예전에 한 거요. 그리고 난 아들에 대한 문제가 일을 해결하리라고 생각했소. 그외에도, 난 바랐소. 안나 아르까지예브나가 충분히 관대해서……" 창백해진 알렉세이 알렉산드로비치가 떨리는 두 입술로 힘겹게 말했다.

"그녀는 모든 걸 매제의 관대함에 맡기고 있지요. 그녀가 청하고 애원하는 건 단 한가지예요. 그녀가 처한 그 견딜 수 없는 상황에서 벗어나게 해달라는 것이죠. 그녀는 이미 아들을 청하지도 않아요. 알렉세이 알렉산드로비치, 매제는 좋은 사람이에요. 한순간만 그녀의 입장이 되어보세요. 이혼 문제는 그녀에게, 그녀의 처지에서는 생사의 문제예요. 만약 예전에 매제가 약속하지 않았더라면 그녀는 자기 처지와 화해하고 시골에서 살았을 거예요. 하지만 매제가 약속했고, 그녀는 매제에게 편지를 쓰고 모스끄바로 온 거예요. 그리고 매번 누구를 만나는 것이 심장에 칼을 찌르는 것과 같은 여기 모스끄바에서 여섯달을 보내며 매일같이 결정을 기다리고 있지요. 이건 말이죠, 사형선고를 받은 사람을 목에 올가미를 씌운 채 죽임을 당할 것인가, 은총이 내려질 것인가 조마조마하게 하며 몇 달을 지내게 두는 것과 똑같아요. 그녀를 동정해주세요. 나중에 제가 모든 걸 다 처리할게요…… *매제의 까다로운 상황들*[40]……"

"그 말을 하는 게 아니오. 그 말을……" 알렉세이 알렉산드로비치가 혐오스러워하며 그의 말을 막았다. "하지만 아마도 나는 나에게 약속할 권리가 없는 문제를 약속한 것 같소."

"그러니까 약속하신 것을 거부한다는 건가요?"

"난 가능한 것을 이행하기를 거절한 적은 한번도 없었소. 하지만 약속한 것이 얼마나 이행 가능한지 생각해볼 시간을 가지고 싶소."

"안 돼요, 알렉세이 알렉산드로비치!" 오블론스끼가 벌떡 일어나며 말을 시작했다. "그 말을 믿고 싶지 않아요. 그녀는 여자가 불행할 수 있는 최대한으로 불행해요. 매제는 거절하면 안 돼요. 그런 처지를……"

"약속한 것이 얼마나 이행 가능한지 말이오. *당신은 자유주의적 사고를 하는 사람이기를 선언했소*[41]. 하지만 나는 신앙을 가진 사람으로서 그런 중요한 일에 있어서 기독교적 교리에 거스르게 행동할 수 없소."

"하지만 기독교 사회에서도, 이 나라에서도, 제가 아는 한 이혼이 허락돼요." 스쩨빤 아르까지치가 말했다. "이혼은 우리 교회에서도 허락하지요. 우리는 종종 보지요……"

"허락하지만 이런 의미에서는 아니오."

---

40 Vos scrupules(프랑스어).

41 Vous professez d'être un libre penseur(프랑스어).

"알렉세이 알렉산드로비치, 매제를 잘 모르겠네요." 잠시 침묵하고 나서 오블론스끼가 말했다. "모든 걸 용서했고, 바로 기독교적 감정에 의해 움직여서 모든 걸 희생할 태세가 되어 있던 사람이 아니었나요? (우리가 이걸 높이 평가하지 않았나요?) 그러셨잖아요, 셔츠를 빼앗아가면 겉옷을 내주라고. 그런데 지금……"

"부탁이오." 알렉세이 알렉산드로비치가 갑자기 두 발로 딛고 일어서서 창백한 얼굴로 턱을 떨며 빽빽거리는 목소리로 말하기 시작했다. "부탁이니, 제발 부탁이니 이 이야기를 중단해주오."

"아, 그래요! 자, 제가 속상하게 했다면 용서하세요, 용서하세요." 당황한 스쩨빤 아르까지치가 미소를 띠고 손을 내뻗으며 말하기 시작했다. "하지만 어쨌든 전 대사로서, 제가 위임받은 일을 전했을 뿐이에요."

알렉세이 알렉산드로비치는 손을 내주고 잠시 생각에 잠기더니 말했다.

"심사숙고하고 규정들을 찾아봐야겠소. 모레 결정적인 답변을 하겠소." 그가 뭔가를 생각하고 나서 말했다.

## 19

스쩨빤 아르까지치는 꼬르네이가 나타나 알릴 때 막 나가려는 참이었다.

"세르게이 알렉세이치입니다!"

"세르게이 알렉세이치가 누구지?" 스쩨빤 아르까지치가 막 입을 열었을 때 바로 머릿속에 퍼뜩 생각이 떠올랐다.

“아, 세료자!” 그가 말했다. ‘세르게이 알렉세이치라니, 난 무슨 국장인 줄 알았네. 안나가 내게 그애를 만나라고도 부탁했었지.’ 그의 머릿속에 생각이 떠올랐다.

그리고 안나가 그를 보내면서 “어쨌든 그애를 보고 와요. 그애가 어디 있고 누구 곁에 있는지. 그리고 스찌바…… 만약 가능하다면! 근데 가능할까요?”라고 말할 때의 소심하고 불쌍한 표정이 떠올랐다. 스쩨빤 아르까지치는 이 ‘만약 가능하다면’이 ‘만약 아들을 그녀에게 주는 이혼이 가능하다면’을 의미한다는 것을 이해했다…… 지금 스쩨빤 아르까지치는 이것은 생각조차 할 수 없는 일이라는 것을 알았지만 그래도 조카를 보는 것이 기뻤다.

알렉세이 알렉산드로비치는 처남에게 사람들이 아들에게 결코 어머니에 대한 이야기를 하지 않는다는 점을 상기시켰고 그녀에 대해서 한마디도 하지 말 것을 부탁했다.

“우리가 미처 예상하지 못했던 어머니와의 그 만남 이후 그애가 오랫동안 심하게 앓았소.” 알렉세이 알렉산드로비치가 방금 전에 말했었다. “우리는 그애가 죽을지도 모른다고까지 걱정했었소. 하지만 합리적인 치료와 여름의 해수욕이 그애의 건강을 회복시켰소. 지금은 의사의 권고에 따라 그애를 학교에 보냈소. 실제로 급우들의 영향이 좋은 효과를 나타냈고, 그애는 완전히 건강한 몸으로 공부를 잘하고 있소.”

“어이쿠, 청년이 되었군. 이건 세료자가 아니라 완전히 세르게이 알렉세이치군!” 스쩨빤 아르까지치가 활기차고 느슨한 태도로 방으로 들어오는, 긴 바지에 푸른 윗도리를 입고 어깨가 넓은 아름다운 소년을 바라보며 말했다. 소년은 건강하고 유쾌한 모습이었다. 그는 모르는 사람처럼 삼촌에게 절을 했다. 하지만 그를 알아보고 나서 얼굴을 붉혔고, 마치 창피를 당하고 무엇엔가 화가 난 듯한 표정으로 서둘러 그에게서 멀어졌다. 소년은 아버지에게로 다가가서 학교에서 받은 성적표를 주었다.

"그래, 잘했구나." 아버지가 말했다. "가도 돼."

"마르고 키도 커서 이젠 아이가 아니라 젊은이구먼. 좋구나." 스쩨빤 아르까지치가 말했다. "그래, 날 기억하니?"

소년은 얼른 아버지를 쳐다보았다.

"기억해요, 삼촌[42]." 소년은 삼촌을 쳐다보고 대답한 다음 다시 눈을 내리깔았다.

삼촌은 소년을 가까이 불러 그의 손을 잡았다.

"그래, 잘 있었니?" 그는 이야기가 하고 싶었지만 무슨 말을 해야 할지 몰라 이렇게 말했다.

소년은 얼굴을 붉히면서 아무 대답 없이 조심스럽게 삼촌의 손에서 자기 손을 뺐다. 스쩨빤 아르까지치가 그의 손을 놓아주자마자 그는 아버지를 묻는 듯 쳐다보고 나서 풀려난 새처럼 빠른 걸음으로 방을 나갔다.

세료자가 마지막으로 어머니를 본 후 일년이 지났다. 그때부터 그는 더이상 한번도 그녀에 대해 들은 바 없었다. 올해 그는 학교에 들어갔고, 급우들을 알게 되었고, 그들을 사랑하게 되었다. 어머니를 만난 이후 그를 앓게 했던 어머니에 대한 그리움과 회상은 이제 이미 그를 사로잡고 있지 않았다. 그것들이 다가오면 그는 그것들을 애써 멀리 쫓아냈다. 그것들은 창피스럽고 여자애들에게나 어울리는 것이지 소년과 급우들에게는 어울리지 않는 것이라고 여

42 mon oncle(프랑스어).

겼던 것이다. 그는 아버지와 어머니 사이에 그들을 헤어지게 한 싸움이 있었다는 것을 알고 있었고, 자신이 아버지와 남아야 하는 운명이라는 것도 알고 있었다. 그는 이 생각에 익숙해지려고 노력했다. 그래서 그로서는 자신이 창피스럽다고 여기는 바로 그 기억들을 불러일으키는 어머니와 닮은 삼촌을 보는 것이 불편했다. 삼촌을 보는 것이 더더욱 불편했던 것은 그가 서재 문에서 기다리면서 들은 몇마디로 미루어, 특히 아버지와 삼촌의 표정으로 보아 그들 사이에 어머니에 대한 이야기가 오고 간 것을 추측했기 때문이었다. 그리고 그가 함께 살고 있고 의존하고 있는 아버지를 심판하지 않기 위해서, 무엇보다도 그가 그렇게 모멸스럽다고 여기는 감상에 빠지지 않기 위해서, 세료자는 자신의 평온을 깨뜨리려고 온 이 삼촌을 보지 않고 삼촌이 기억나게 하는 것을 생각하지 않으려고 애썼다.

하지만 그의 뒤를 따라나온 스쩨빤 아르까지치가 그를 계단에서 보고 가까이 불러 학교에서 쉬는 시간에 어떻게 시간을 보내느냐고 물었을 때, 세료자는 아버지가 없는 데서 삼촌과 이야기하게 되었다.

"우리는 요즘 기차놀이를 해요." 그가 삼촌의 질문에 답하며 말했다. "어떻게 하는지 아세요? 두명이 긴 의자에 앉아요. 승객이지요. 한 사람은 그 의자에 서 있어요. 다들 연결되어 있어요. 팔로 붙잡아도 되고 허리띠로 매어도 되지요. 그리고 교실마다 뛰어들어가요. 문들은 미리 열어두어요. 그래요, 여기서 기관사를 하는 게 아주 어렵죠."

"서 있는 애가 기관사니?" 스쩨빤 아르까지치가 미소를 지으며 물었다.

"네, 용감성과 민첩성이 필요해요. 특히 갑자기 서거나 누가 넘어졌을 때요."

"그래, 그거 장난이 아니구나." 스쩨빤 아르까지치는 이 어머니를 닮아 생기를 띤, 지금은 이미 어린애의 것이 아니고 이미 완전히 무구하지는 않은 두 눈을 우울하게 들여다보면서 말했다. 그는 비록 알렉세이 알렉산드로비치에게 안나에 대해 이야기하지 않겠다고 약속했지만 참을 수가 없었다.

"어머니 기억나니?" 갑자기 그가 물었다.

"아뇨, 기억 안 나요." 세료자가 재빨리 말하고 빨갛게 얼굴을 붉히더니 눈을 내리깔았다. 이제 삼촌은 더이상 그로부터 아무것도 알아낼 수 없었다.

반시간 후에 자기 학생을 계단에서 발견했을 때 슬라브인 가정교사는 오랫동안 그가 화를 내는지 우는지 알 수 없었다.

"왜 그래요? 넘어졌을 때 다쳤나보군요." 가정교사가 말했다. "위험한 장난이라고 그랬잖아요. 교장선생님께 말해야겠어요."

"다쳤다 하더라도 아무도 알아채지 못했을 거예요. 아마 그럴 거예요."

"자, 그럼 왜 그래요?"

"나를 좀 내버려둬요! 내가 기억하든지 못 하든지…… 그가 무슨 상관이에요? 내가 왜 기억해야 해요? 나를 좀 가만히 내버려두세요!" 그는 이미 가정교사가 아니라 세상 전체를 향해서 말하고 있었다.

## 20

스쩨빤 아르까지치는 항상 그랬듯이 뻬쩨르부르그에서 시간을 쓸데없이 보내지 않았다. 그는 뻬쩨르부르그에서 항상 그랬듯이 볼일, 즉 자기의 자리와 누이동생의 이혼 이외에도 그가 말하는 모스끄바의 퀴퀴함을 씻고 신선해질 필요가 있었다.

모스끄바는 *까페 샹땅*[43]이나 합승마차[44]에도 불구하고 여전히 정체된 늪이었다. 스쩨빤 아르까지치는 이를 항상 느끼고 있었다. 모스끄바에서, 특히 가족 가까이에서 지내면서 그는 기분이 저조해지는 것을 느꼈다. 오랫동안 모스끄바에서 나가지 못하고 지내게 되자 그는 형편없는 재정 상태, 아내의 질책, 건강, 아이들 교육, 직무상의 사소한 이해관계들로 인해 불안을 느끼는 지경까지 다다르게 되었다. 심지어 빚이 있다는 사실까지 그를 불안하게 했다. 하지만 뻬쩨르부르그에 와서 그가 교제하는 그룹에서, 모스끄바에서처럼 허송세월하는 것이 아니라 삶을 누리는 곳에서, 말 그대로 삶을 누리는 곳에서 지내게 되자 당장 이 모든 생각들이 불 앞의 초처럼 녹아 사라졌다.

아내? 오늘에야 그는 체첸스끼 공작과 이야기를 나누었는데, 체첸스끼 공작에게는 아내와 가족이—사관학교에 다니는 다 큰 아이들이 있었고, 또다른 비합법적인 가족이 있었고 여기에도 아이들이 있었다. 첫번째 가족도 좋았음에도 불구하고 체첸스끼 공작은 두번째 가족 속에서 더 행복을 느꼈다. 그는 큰아들을 두번째

---

43 cafés chantants(프랑스어).

44 도시를 시간표에 따라 돌아다니는 다인승(15~20인) 마차. 1832년에 뻬쩨르부르그에 처음 생겼다.

가족에게로 데려오기도 했고, 이렇게 하는 것이 아들을 위해 유익하고 발전적이라고 스쩨빤 아르까지치에게 이야기하곤 했다. 모스끄바에서는 이런 행동에 대해 뭐라고 할 것인지?

자식들? 뻬쩨르부르그에서 자식들은 아버지가 살아가는 데 방해가 되지 않았다. 아이들은 시설에서 교육을 받았고, 모스끄바에 널리 퍼져 있는 것 같은, 예를 들어 리보프처럼 아이들에게는 생활의 온갖 사치, 부모들에게는 고생과 근심이라는 그런 미개한 관념은 없었다. 여기서는 인간이 자신을 위해 살아야 한다는 점과 교육받은 인간이 어떻게 살아야 하는지를 이해하고 있었다.

복무? 복무도 여기서는 모스끄바에서 사람들이 질질 끌고 가는 그 타성적이고 희망 없고 지겨운, 단조로운 일이 아니었다. 여기서는 복무하는 가운데 재미가 있었다. 사람을 만나고, 친절을 베풀고, 재치 있는 말과 임기응변의 능력이 있으면 스쩨빤 아르까지치가 어제 만났던, 현재 제일 높은 고관인 브랸쩨프처럼 갑자기 출세를 하게 되는 것이다. 이런 복무는 재미있는 법이다.

특히 돈 문제에 대한 뻬쩨르부르그적 관점은 스쩨빤 아르까지치를 안심시키는 쪽으로 영향을 미쳤다. 그가 살아가는 *궤도*[45]에 따라 적어도 오만 루블을 쓰며 살아가는 바르뜨냔스끼는 어제 그에게 이에 대해서 주목할 만한 말을 했다.

식사 전에 이야기를 하다가 스쩨빤 아르까지치가 바르뜨냔스끼에게 말했다.

"자네는 모르드빈스끼와 가까운 사이인 듯하네. 내게 친절을 좀 베풀어주게. 제발 날 위해 그에게 말 한마디 해주게. 내가 차지했으

45 train(프랑스어).

면 하는 자리가 있네. 지부 위원으로……"

"그래, 난 어쨌든 기억을 못 하네…… 근데 뭣 때문에 유대인들과 그런 철도 일을 하고 싶은 생각이 난 건가? 자네 맘이지만 그래도 혐오스러운 일이야!"

스쩨빤 아르까지치는 그에게 이것이 생활의 문제라고 말하지 않았다. 바르뜨냔스끼는 그것을 이해하지 못할 것이었다.

"돈이 필요하네. 생활할 돈이 없네."

"살아가고 있지 않나?"

"살아가지. 하지만 빚이야."

"무슨 소린가? 많아?" 바르뜨냔스끼가 동정을 보이며 말했다.

"무척 많아. 이만가량 되네."

바르뜨냔스끼는 큰 소리로 유쾌하게 웃어댔다.

"오, 행복한 사람이네!" 그가 말했다. "내겐 빚이 백오십만이고 가진 건 아무것도 없네. 그런데 보다시피 아직 잘 살 수 있네!"

스쩨빤 아르까지치는 말만이 아니라 실제로 이것이 옳다는 것을 알았다. 지바호프는 빚이 삼십만이 있고 가진 건 한푼도 없는데 그래도 살고 있었고 그것도 어찌나 잘 살고 있는지! 끄리프쪼프 백작은 이미 모든 사람들이 그를 죽은 사람으로 쳤는데, 그래도 그는 여자 둘을 거느리고 있었다. 뻬뜨로프스끼는 오백만을 탕진했는데 그래도 여전히 마찬가지로 잘 살고 있었고, 심지어 재정부를 지휘하기까지 하면서 이만의 봉급을 받고 있었다. 하지만 이외에도 뻬쩨르부르그는 육체적으로도 스쩨빤 아르까지치에게 좋은 영향을 끼쳤다. 뻬쩨르부르그는 그를 젊어지게 했다. 모스끄바에서 그는 가끔 센 머리를 살펴보았고, 식사 후에 졸다가 기지개를 켜기도 했고, 몸을 질질 끌고 힘겹게 숨을 쉬면서 한발짝 한발짝 계단을 올랐고, 젊은 여자들과 있을 때 지루함을 느꼈으며, 무도회에서 춤을 추지 않았다. 뻬쩨르부르그에서 그는 항상 십년은 젊어진 듯 느꼈다.

그는 외국에서 막 돌아온 뾰뜨르, 육십세밖에 안 된 오블론스끼 공작이 어제 그에게 말한 것과 똑같은 것을 뻬쩨르부르그에서 느꼈다.

"우리는 여기서 삶을 누릴 줄 모르네." 뾰뜨르 오블론스끼의 말이었다. "난 여름을 바덴에서 보냈다네. 믿어지나, 정말 난 내가 완전히 젊은이로 느껴졌네. 젊은 여자들을 보고, 생각도 나고…… 만찬을 하고 술도 좀 마시고, 힘이 넘치고 활기가 있었네. 러시아로 돌아왔더니 아내에게 가야 했고, 그것도 시골로 가야 했지. 자, 믿지 못할 걸세. 두주일이 지나자 실내복을 입고 식사 때 옷도 차려입지 않았네. 젊은 여자에 대해선 아예 생각도 없어졌어! 완전히 노인이 되었지. 그저 영혼의 구원만을 염려했지. 빠리로 갔더니 다시 회복이 되었네."

스쩨빤 아르까지치도 뾰뜨르 오블론스끼와 똑같은 차이를 느끼고 있었다. 모스끄바에서 그는 정말 기운이 떨어져서 그곳에서 오래 지내게 되면 기껏해야 영혼의 구원에만 이르게 되겠지만, 뻬쩨르부르그에서는 자신이 다시 제대로 된 사람처럼 느껴졌다.

벳시 뜨베르스까야 공작부인과 스쩨빤 아르까지치 사이에는 오래전부터 지극히 이상한 관계가 형성되어 있었다. 스쩨빤 아르까지치는 항상 장난으로 그녀를 숭배하며 떠받드는 척했고, 그녀가 무엇보다도 좋아하는 것을 알기에 지극히 점잖지 못한 말들을 역시 장난으로 하곤 했다. 까레닌과 이야기한 다음 날 스쩨빤 아르까지치는 그녀에게로 갔는데, 자신이 그토록 젊게 느껴져서 이 장난스러운 숭배를 해대다가 어쩌다가 그 거짓스러움이 지나치게 되어 버렸던바, 불행하게도 그는 그녀가 마음에 들지 않았을 뿐만 아니라 혐오스러웠기 때문에 이미 진퇴양난의 신세가 되었다. 이런 분위기는 그가 그녀의 마음에 매우 들었기 때문에 더 굳어졌다. 그래서 그는 그들 둘만 있는 것을 중단시켜준 먀그까야 공작부인의 방문이 매우 기뻤다.

"아, 댁도 여기 있군요." 그를 보자 그녀가 말했다. "그래, 댁의 불쌍한 누이는 어때요? 절 그렇게 보지 마세요." 그녀가 덧붙였다. "모두가, 그녀보다 십만배나 더 나쁜 사람들 모두가 그녀를 공격했을 때부터 전 그녀가 훌륭하게 행동했다고 생각했어요. 그녀가 뻬쩨르부르그에 왔을 때 제게 알려주지 않은 브론스끼를 용서할 수 없어요. 전 그녀에게로 갔을 거고 그녀와 온갖 곳을 함께 다녔을 텐데요. 제발 그녀에게 제 사랑을 전해주세요. 자, 그럼 그녀에 대해 이야기해줘요."

"네, 그녀의 처지는 어려워요. 그녀는……" 스쩨빤 아르까지치는 순진한 마음에서 먀그까야 공작부인의 "댁의 누이에 대해 이야기해줘요"라는 말을 진짜로 듣고 막 이야기를 시작하려 했다. 먀그까야 공작부인은 자기 습관대로 당장 그의 말을 막고 스스로 이야기하기 시작했다.

"그녀는 저 말고는 모두가 행하지만 감추는 일을 한 것뿐이죠. 그녀는 속이려 하지 않았고 훌륭하게 행동했지요. 그녀가 더욱더 잘한 것은 그 정신 나간 댁의 매제를 버린 거예요. 제 말을 용서하세요. 모두들 그가 현명하다고 말할 때 저 혼자만 그가 어리석다고 말했지요. 그가 리지야 이바노브나와 *랑도*[46]와 엮인 지금에야 모두들 그가 정신 나갔다고 말하지요. 그리고 전 모든 사람들에게 동의

하는 일은 하고 싶지 않지만, 이번에는 그럴 수가 없네요."

"네, 제게 설명해주세요, 제발." 스쩨빤 아르까지치가 말했다. "그게 무슨 말입니까? 어제 누이 일 때문에 그를 방문해서 확실한 답변을 청했어요. 그는 답변을 하지 않고 생각해보겠다고 말했지요. 그런데 오늘 아침 저는 답변 대신 오늘 저녁 리지야 이바노브나 백작부인에게로 초청을 받았어요."

"그래요, 그거예요, 그거!" 먀그까야 공작부인이 환호하며 말을 시작했다. "그가 뭐라고 말해야 할지 *랑도*에게 물어들 볼 거예요."

"어째서 *랑도*에게요? 왜요? *랑도*가 누군데요?"

"아니, *쥘 랑도*를 모르세요? *그 유명한 쥘 랑도, 그 예지자를*[47]? 그도 정신 나간 자인데, 댁의 누이의 운명이 그에게 달려 있어요. 변방[48]에서 살다보니 일어나는 일이죠. 댁은 아무것도 모르시네요. 아세요? *랑도*는 빠리 상점의 *점원*[49]이었는데, 의사를 찾아갔다가 환자 대기실에서 잠이 들었고, 자면서 모든 환자들에게 조언을 했대요. 그것도 놀랄 만한 조언을요. 그후 유리 멜레진스끼, 아시죠, 그 병자의 아내가 이 *랑도*에 대해 알게 돼서 그를 남편에게 데리고 온 거예요. 그가 그녀의 남편을 치료하고 있어요. 제 생각에는 도움을 준 건 아무것도 없어요. 그 남편은 여전히 허약하거든요. 하지만 그들은 그를 믿고 데리고 다녀요. 그래서 러시아로 데려왔지요. 여기서는 모두들 그에게로 몰려갔고, 그는 모두를 치료하기 시작했지요. 베주보바 백작부인을 치료해주었고, 그녀는 그를 아주 사랑

---

46 Landau. 이후 랑도는 항상 프랑스어로 적혀 있다. 본문에 이탤릭체로 처리했다.
47 le fameux Jules Landau, le clairvoyant(프랑스어).
48 러시아가 유럽 중심에서 뒤떨어진다는 뜻인 것 같다.
49 commis(프랑스어).

하게 되어 양자로 삼았어요."[50]

"세상에, 양자로 삼다니요?"

"그래요, 양자로 삼았다고요. 그는 이제 더이상 *랑도*가 아니고 베주보프 백작이에요. 하지만 문제는 그게 아니라 리지야가, 전 그녀를 무척 사랑해요, 지금 이 *랑도*에게 매달려서 그자 없이는 그녀도, 알렉세이 알렉산드로비치도 아무것도 결정하지 않는다는 거죠. 그래서 댁의 누이의 운명이 지금 이 *랑도* 또는 베주보프 백작의 수중에 있다는 거예요."

## 21

바르뜨냔스끼의 집에서 멋진 식사를 하고 꽤 많은 양의 꼬냑을 마신 다음 스쩨빤 아르까지치는 정해진 시간보다 약간만 늦게 리지야 이바노브나 백작부인의 집에 들어섰다.

"백작부인에게 또 누가 와 계시지? 프랑스 남자?" 스쩨빤 아르까지치는 낯익은 알렉세이 알렉산드로비치의 외투와 단추가 여럿 달린 이상하고 유치한 외투를 보면서 문지기에게 물었다.

"알렉세이 알렉산드로비치 까레닌과 베주보프 백작이십니다." 문지기가 진지하게 대답했다.

---

50 19세기의 유명한 영매 대니얼 더글라스 홈(1833~86)은 영국 귀부인의 양자였다. 그는 유럽 전역을 놀라게 했으며 뻬쩨르부르그에서 가장 선풍을 일으켰다고 한다. 똘스또이는 그를 1857년 빠리에서, 1859년 뻬쩨르부르그에서 보았다고 한다. 또다른 유명한 영매는 프랑스인 까미유 브레디프로, 1874년 뻬쩨르부르그에서 주목을 끌었는데, 그는 도자기 상점의 점원이었다고 한다. 1875년 러시아 물리학회에서 멘델레예프의 제안으로 영매에 대해 실험한 후 미신으로 판단했다.

'먀그까야 공작부인이 추측한 대로군.' 스쩨빤 아르까지치가 계단을 오르면서 생각했다. '이상해! 하지만 그녀와 가까워지는 건 좋을 거야. 그녀는 엄청난 영향력을 가지고 있어. 만약 그녀가 뽀모르스끼에게 한마디만 해주면, 일은 이미 확실한 건데.'

마당은 아직 꽤 밝았지만 블라인드가 내려져 있는 리지야 이바노브나 백작부인의 작은 응접실에는 이미 등불들이 타고 있었다.

등불들 아래로 둥근 탁자에는 백작부인과 알렉세이 알렉산드로비치가 앉아서 뭔가에 대해서 조용히 이야기하고 있었다. 키가 크지 않고 마른 편으로, 여자 같은 골반에 안짱다리로 무릎이 휘었고, 빛나는 아름다운 두 눈에 긴 머리를 윗도리 깃까지 내려뜨린 매우 창백하고 잘생긴 남자가 초상화들이 걸린 벽을 바라보며 방 저쪽 끝에 서 있었다. 안주인과 알렉세이 알렉산드로비치와 인사를 나눈 후에 스쩨빤 아르까지치는 저도 모르게 다시 한번 이 모르는 남자를 쳐다보았다.

"*므시외 랑도*[51]!" 백작부인이 오블론스끼가 깜짝 놀랄 만큼 부드럽고 조심스럽게 그 남자를 향했다. 그녀는 그들을 서로에게 소개했다.

*랑도*는 서둘러 돌아보더니 다가와서 미소를 짓고는 스쩨빤 아르까지치가 내민 손안으로 자기의 땀이 밴 손을 무감각하게 넣었다가 금세 물러가서 다시 초상화들을 보기 시작했다. 백작부인과 알렉세이 알렉산드로비치는 의미심장하게 서로 눈길을 주고받았다.

"전 당신을 보게 되어 매우 기뻐요, 특히 오늘." 리지야 이바노브나 백작부인이 스쩨빤 아르까지치에게 까레닌의 옆자리를 가리키

51 Monsieur Landau(프랑스어).

며 말했다.

“전 당신에게는 그를 *랑*도라고 소개했는데요.” 그녀는 프랑스 남자를 바라보고 나서 즉시 알렉세이 알렉산드로비치를 보며 조용한 목소리로 말했다. “하지만, 아마 아시겠지만, 그는 사실 베주보프 백작이에요. 다만 그가 이 칭호를 좋아하지 않아서요.”

“네, 들었습니다.” 스쩨빤 아르까지치가 대답했다. “그가 베주보바 백작부인을 완쾌시켰다고 하던데요.”

“그녀가 오늘 제게 왔었지요. 얼마나 안됐던지요!” 백작부인은 알렉세이 알렉산드로비치를 향했다. “이 작별은 그녀에게 끔찍한 거죠. 그녀에게 그건 정말 충격이에요.”

“그는 정말로 떠나는 건가요?” 알렉세이 알렉산드로비치가 물었다.

“네, 빠리로 가요. 그는 어제 목소리를 들었대요.” 리지야 이바노브나 백작부인이 스쩨빤 아르까지치를 보면서 말했다.

“아, 목소리요!” 스쩨빤 아르까지치는 그가 아직 모르는 뭔가 특별한 일이 일어나고 있거나 필시 일어날 것임에 틀림없는 이 모임에서 되도록 조심해야겠다고 느끼면서 이 단어를 되풀이했다.

순간적인 침묵이 지난 후 리지야 이바노브나 백작부인은 대화의 주요 주제로 다가가듯 교묘한 미소를 지으면서 오블론스끼에게 말했다.

“당신을 오래전부터 알고 있었고, 더 가까이 알게 돼서 무척 기뻐요. *우리 친구의 친구는 곧 우리 친구죠*[52]. 하지만 친구가 되기 위해서는 친구의 영혼의 상태를 깊이 생각할 수 있어야 해요. 저는

52 Les amis de nos amis sont nos amis(프랑스어).

당신이 알렉세이 알렉산드로비치와의 관계에서 그렇게 행동하지 않으실까봐 두렵네요. 제가 말하는 뜻을 이해하시죠." 그녀는 아름답고 사려 깊은 눈을 들면서 말했다.

"부분적으로는요, 백작부인. 저는 알렉세이 알렉산드로비치의 상황이……" 오블론스끼는 무엇이 문제인지 이해하지 못했고, 그래서 일반적인 이야기에 머물기를 원하면서 말했다.

"변화는 외적 상황에 있는 것이 아니지요." 리지야 이바노브나 백작부인이 엄격하게 말하는 동시에 사랑에 빠진 눈길로, 일어서서 랑도에게로 건너가는 알렉세이 알렉산드로비치를 좇았다. "그의 심장이 변했어요. 그에게 새로운 심장이 주어진 거죠. 전 당신이 그의 내면에서 일어난 그 변화를 충분히 깊이 생각하지 않으실까봐 걱정됩니다."

"말하자면 저는 그 변화의 전체적 윤곽을 그려볼 수 있습니다. 우리는 항상 친한 사이였고, 지금은……" 스쩨빤 아르까지치가 백작부인의 시선에 부드러운 시선으로 답하면서, 두 장관 중 누구에게 청해달라고 해야 할까, 그녀가 둘 중 누구와 더 가까울까 따져보면서 말했다.

"그의 내면에서 일어난 변화는 그와 가까운 사람들에 대한 사랑의 감정을 약화시키지 못해요. 반대로 그의 내면에서 일어난 변화는 그 사랑을 더 증폭시켜야 해요. 하지만 전 당신이 제 말을 이해하지 못하시는 것 같아 걱정이에요. 차를 좀 드시겠어요?" 그녀가 눈으로 쟁반에 차를 내오는 하인을 가리키며 말했다.

"완전히는 아닙니다, 백작부인. 물론 그의 불행은……"

"네, 그를 채우고 있던 불행은 새로운 심장이 되었을 때 높은 행복이 되었지요." 그녀가 사랑에 빠진 눈길로 스쩨빤 아르까지치를 바라보며 말했다.

'보아하니 두 장관 모두에게 이야기해달라고 부탁할 수 있겠는데.' 스쩨빤 아르까지치가 생각했다.

"오, 물론입니다, 백작부인." 그가 말했다. "하지만 제 생각에 그 변화는 매우 내밀한 성질의 것이어서 아무에게도, 심지어 가장 가까운 사람에게조차도 말하기를 좋아하지 않지요."

"반대예요! 우리는 말해야 하고 서로서로를 도와야 합니다."

"네, 그건 의심할 바 없지요. 하지만 신념들이 너무 상이해서요. 게다가……" 오블론스끼가 부드러운 미소를 지으며 말했다.

"신성한 진리의 문제에 있어서 견해 차이란 있을 수 없지요."

"오, 네, 물론입니다. 하지만……" 스쩨빤 아르까지치가 당황해서 입을 다물었다. 그는 문제가 종교에 관한 것이라는 점을 이해했다.

"제 생각에 그는 곧 잠들 것 같습니다." 알렉세이 알렉산드로비치가 리지야 이바노브나에게 다가와 의미심장한 속삭임으로 말했다.

스쩨빤 아르까지치가 돌아보았다. *랑*도는 안락의자의 팔걸이에 팔을 걸친 채 등받이에 기대어 고개를 떨어뜨리고 창가에 앉아 있었다. 그는 자신에게로 쏠리는 시선들을 알아차리고 고개를 들고 어린애같이 순진한 미소를 지었다.

"주의를 기울이지 마세요." 리지야 이바노브나가 말하고 나서 가벼운 동작으로 알렉세이 알렉산드로비치에게 의자를 밀어주었다. "제가 보기에는……" 그녀가 무슨 말인가를 시작하려 하는데 하인이 편지를 가지고 들어왔다. 리지야 이바노브나는 재빨리 쪽지를 훑어보더니 실례를 구하고 나서 극도로 빨리 답변을 써서 건네주고 다시 탁자로 돌아왔다. "제가 보기에는……" 그녀는 시작했던 말을 이어나갔다. "모스끄바 사람들, 특히 남자들이 종교에 가장 무관심한 사람들이에요."

"오, 아닙니다, 백작부인. 모스끄바 사람들이 가장 독실하다는 평판을 가지고 있는 것으로 여겨지는데요." 스쩨빤 아르까지치가 말했다.

"하지만 내가 이해한 바로는, 유감스럽게도 당신은 무관심한 사람들 중 하나예요." 알렉세이 알렉산드로비치가 피곤한 미소를 지으며 그를 향해서 말했다.

"어떻게 무관심할 수가 있나요!" 리지야 이바노브나가 말했다.

"이 문제에 대해 저는 무관심하다기보다는 때를 기다리고 있는 셈이죠." 스쩨빤 아르까지치가 사람의 마음을 약하게 하는 바로 그 특유의 미소를 지으며 말했다. "제게 이 문제를 풀어야 할 시간이 닥쳤다고 생각하지 않습니다."

알렉세이 알렉산드로비치와 리지야 이바노브나는 서로 시선을 교환했다.

"우리는 우리에게 그 시간이 닥쳤는지 아닌지 결코 알 수가 없습니다." 알렉세이 알렉산드로비치가 엄격하게 말했다. "우리는 우리가 준비되었는지 준비되지 않았는지에 대해서 생각하면 안 됩니다. 은총은 인간의 판단으로 주도되는 것이 아닙니다. 때로 은총은 노력하는 자들에게는 내리지 않고 사울처럼 준비되지 않은 자들에게 내리기도 합니다."

"아니, 아직은 아닌 것 같네요." 프랑스 남자의 거동을 좇으면서 리지야 이바노브나가 말했다.

랑도가 일어나서 그들에게로 다가왔다.

"제가 듣는 걸 허락해주시는 거죠?" 그가 물었다.

"오, 네, 당신을 방해하고 싶지 않았을 뿐이에요." 리지야 이바노브나가 그를 사랑스레 바라보면서 말했다. "우리와 함께 앉으세요."

"빛을 잃지 않도록 눈을 감지만 않으면 됩니다." 알렉세이 알렉산드로비치가 말을 이었다.

"아, 당신이 영혼 속에 그분이 항상 함께하신다는 것을 느끼면서 우리가 맛보는 행복을 아실 수만 있다면!" 리지야 이바노브나 백작부인이 지극히 행복하게 미소를 지으면서 말했다.

"하지만 인간은 가끔 자신이 그 높은 경지로 오를 능력이 없다는 것을 느낄 때가 있습니다." 스쩨빤 아르까지치는 자신이 종교의 높은 경지를 인정한다는 거짓말을 하고 있다고 느끼는 동시에 뽀모르스끼에게 한마디만 하면 그가 원하는 자리를 얻게 해줄 수 있는 인물 앞에서 자기의 자유사상을 고백할 마음을 먹지 못한 채 말했다.

"그러니까, 죄가 인간을 방해한다고 말하고 싶은 건가요?" 리지야 이바노브나가 말했다. "하지만 그것은 거짓된 생각이에요. 믿는 자들에게는 죄가 없어요. 죄는 이미 사해졌어요. *실례합니다.*[53]" 그녀는 다른 쪽지를 가지고 들어오는 하인을 바라보며 덧붙였다. 그녀는 읽고 나서 "내일 대공비 댁에서라고 말해요"라고 몇마디로 답변했다. "믿는 자들에게는 죄가 없어요." 그녀는 대화를 이어갔다.

"네, 하지만 행위 없는 신앙은 죽은 것이죠." 스쩨빤 아르까지치가 교리문답의 이 구절을 기억하며 미소만으로 자기의 독립적 견해를 방어하면서 말했다.

53 Pardon(프랑스어).

“자, 그건 야고보서에 나오는 말이죠.” 알렉세이 알렉산드로비치가 리지야 이바노브나를 향하며 질책조로 말했다. 이 문제에 대해서 둘은 이미 여러번 이야기를 나눈 것이 분명했다. “그 부분의 잘못된 해석이 얼마나 커다란 해악을 끼쳤는지요. 그 부분의 잘못된 해석처럼 신앙으로부터 사람을 멀어지게 하는 것은 없어요. ‘나는 행한 것이 없으니 신앙을 가질 수 없다.’ 아무 데도 이렇게 쓰여 있지 않지요. 반대로 쓰여 있어요.”

“신을 위하여 고행을 하는 것, 고행으로, 극기로 영혼을 구원하는 것……” 리지야 이바노브나 백작부인이 혐오스러운 경멸조로 말했다. “이건 우리 사제들의 조잡한 개념이죠…… 아무 데도 이렇게 쓰여 있지 않은데요. 이건 훨씬 간단하고 수월해요.” 그녀는 궁정에 새로 들어와 당황하는 젊은 시녀들을 격려할 때 짓는 똑같은 미소를 지으면서 오블론스끼를 바라보며 덧붙였다.

“우리는 우리를 위하여 고통을 짊어지신 그리스도에 의해 구원받았습니다.” 알렉세이 알렉산드로비치가 그녀의 말을 시선으로 격려하며 보증했다.

“*영어를 이해하세요*[54]?” 리지야 이바노브나가 묻고 긍정의 대답을 듣고는 일어나서 작은 선반 위에 놓인 책들을 고르기 시작했다.

“전 『*구원과 행복*』[55] 또는 『*날개 아래서*』[56]를 읽고 싶은데, 어떠세요?”[57] 그녀가 묻는 듯 까레닌을 바라보며 말했다. 그리고 그녀는

---

54 Vous comprenez l'anglais(프랑스어).

55 Safe and Happy(영어).

56 Under the Wing(영어).

57 영국 책자들이나 리지야 이바노브나 백작부인의 견해는 그랜빌 래드스톡(1833~1913)의 종파를 연상시킨다. 1874년 그는 뻬쩨르부르그의 최상류 귀족 살롱에 드나들면서 영향력을 발휘했다.

책을 찾아서 다시 자리에 앉아 책을 펼쳤다. "이건 무척 짧아요. 여기에는 신앙을 얻는 경로, 그리고 그런 뒤 영혼을 채우는, 모든 지상적인 것을 초월한 행복이 묘사되어 있어요. 믿는 사람은 불행할 수 없어요. 그건 그가 혼자가 아니기 때문이지요. 자, 여기, 당신도 알게 될 거예요." 그녀가 막 읽기 시작하려 했을 때 다시 하인이 들어왔다. "보로즈지나? 내일 두시라고 말해요. 네, 그래요." 그녀가 말하고는 책 속의 한 부분에 손가락을 끼워넣고 한숨을 쉬며 생각에 잠긴 아름다운 두 눈으로 앞을 바라보았다. "여기에 진정한 믿음이 어떻게 작용하는지 쓰여 있지요. 마리 사니나를 아세요? 그녀의 불행을 아세요? 그녀는 하나밖에 없는 자식을 잃었어요. 그녀는 절망했었지요. 자, 어떻게 되었지요? 그녀는 다른 친구를 발견했고, 지금은 자기 아이의 죽음에 대해 하느님께 감사하지요. 이것이 신앙이 주는 행복입니다!"

"오, 네, 그건 무척……" 스쩨빤 아르까지치는 이제 그녀가 책을 읽을 것이고 그에게 약간 정신 차릴 여유가 주어질 것에 만족스러움을 느끼며 말했다. '아냐, 보아하니 오늘은 아무것도 부탁하지 말아야겠어.' 그는 생각했다. '그저 정신줄을 잡고 여기서 빠져나갈 수만 있으면 좋겠는데.'

"지루하실 거예요." 리지야 이바노브나 백작부인이 *랑도*를 향하며 말했다. "영어를 모르시지요. 하지만 이건 짧아요."

"오, 이해할 겁니다." *랑도*가 예의 어린애같이 순진한 미소를 지으면서 말하고는 두 눈을 감았다.

알렉세이 알렉산드로비치와 리지야 이바노브나는 의미심장하게 시선을 교환했고, 그러고 나서 읽기가 시작되었다.

## 22

스쩨빤 아르까지치는 그가 들은, 그에게는 전혀 낯설고 이상한 말 때문에 완전히 어리둥절했다. 빼쩨르부르그 생활의 복잡함이 전체적으로 모스끄바의 정체停滯에서 그를 꺼내 일깨우는 영향을 주었지만, 그는 자신에게 친밀하고 낯익은 영역에서 이런 복잡함을 사랑하고 이해했던 것이다. 그러나 이 낯선 환경에서는 어리둥절해지고 아연실색해서 아무것도 파악할 수 없었다. 리지야 이바노브나 백작부인의 말을 들으면서, 자신에게로 향하는 *랑도*의 아름답고 순진한, 혹은 교활한—그 자신도 어느 쪽인지 알지 못했다—두 눈을 느끼면서, 스쩨빤 아르까지치의 머릿속에는 어떤 특별한 무거움이 느껴지기 시작했다.

그야말로 갖가지 생각들이 그의 머릿속에서 뒤죽박죽되었다. '마리 사니나는 자기 아이가 죽어서 기뻐한다고…… 지금 담배를 좀 피웠으면 좋겠는데…… 구원받기 위해서는 믿기만 하면 되고, 사제들은 이를 어떻게 해야 하는지 모른다고…… 리지야 이바노브나 백작부인은 알고…… 그런데 왜 이렇게 머리가 무거운 걸까? 꼬냑 때문일까, 아니면 이 모든 것들이 너무나 이상하기 때문일까? 그래도 내가 아직까지 아무런 무례한 짓을 한 것 같지는 않아 보이는데. 하지만 그래도 지금은 그녀에게 부탁할 수 없어. 그들은 기도를 하라고 한다던데, 나한테는 시키지 말았으면. 그건 지나치게 어리석은 일이 될 거야. 그리고 그녀는 무슨 엉터리 같은 것을 읽는 걸까. 발음은 좋네. *랑도*가 베주보프라고. 그는 왜 베주보프일까?' 갑자기 스쩨빤 아르까지치는 하품이 나오려고 아래턱이 참을 수 없이 벌어지기 시작하는 것을 느꼈다. 그는 하품을 감추느라고 볼 수염을 가지런히 하고 몸을 흔들었다. 하지만 이후에 그는 벌써 자신이 자고 있고 코를 골려고 하는 것을 느꼈다. 그는 리지야 이바노브나 백작부인의 목소리가 "그가 자네요"라고 말한 바로 그 순간에 정신을 차렸다.

스쩨빤 아르까지치는 죄를 짓다 들킨 듯 겁을 먹고 정신을 차렸다. 하지만 곧 그는 "그가 자네요"라는 말이 자신이 아니라 *랑도*를 향한 것임을 알아차리고는 안심했다. 그 프랑스 남자도 스쩨빤 아르까지치처럼 잠이 들었던 것이다. 하지만 스쩨빤 아르까지치가 자는 것은, 그가 생각했듯이, 그들을 모욕했을 것이지만(그건 그렇고 이 모든 것이 너무나 이상하게 여겨졌기 때문에 그는 이런 것은 생각조차 하지 않았다), *랑도*가 자는 것은 그들을, 특히 리지야 이바노브나 백작부인을 몹시 기쁘게 했다.

"*내 친구*[58]." 리지야 이바노브나는 소리 내지 않으려고 조심스럽게 비단 드레스의 주름을 모아쥐고서 흥분 속에서 이미 까레닌을 알렉세이 알렉산드로비치라고 부르지 않고 "*내 친구*"라고 부르면서 말했다. "*그에게 손을 주세요. 아시겠죠*[59]? 쉬쉬!" 그녀는 또다시 들어오는 하인을 향해 조용히 하라고 쉿 소리를 냈다. "아무도 들이지 마요."

프랑스 남자는 자고 있었거나 자는 척했는데, 머리를 안락의자 등받이에 기댄 채 땀이 난 손을 무릎에 얹고 무엇인가를 잡는 듯이 힘없이 움직이고 있었다. 알렉세이 알렉산드로비치는 일어서서 조심스럽게, 하지만 책상에 발이 걸렸다가 다가가서 자기 손을 프랑스 남자의 손에 넣었다. 스쩨빤 아르까지치도 마찬가지로 일어

58 Mon ami(프랑스어).

59 donnez-lui la main. Vous voyez(프랑스어).

서서 자신이 만약 자고 있는 것이라면 깨어나길 바라면서 눈을 크게 뜨고 이 사람 저 사람을 바라보았다. 이 모든 것은 생시였다. 스쩨빤 아르까지치는 그의 머릿속이 점점 더 불쾌해져가는 것을 느꼈다.

"*마지막으로 도착한 자, 무언가를 부탁하러 온 그자를 떠나가게 하라! 떠나가게 하라*[60]!" 프랑스 남자가 눈을 뜨지 않은 채 말했다.

"*용서하세요. 하지만 보시다시피…… 열시경에 다시 오세요. 내일이면 더 좋고요*[61]."

"*떠나가게 하라*[62]!" 프랑스 남자가 참을성 없이 되풀이했다.

"*저 말이죠, 그렇죠*[63]?"

스쩨빤 아르까지치는 긍정의 대답을 듣고서, 자신이 리지야 이바노브나에게 부탁하려고 했던 것에 대해서 잊고 누이의 일에 대해서도 잊고서, 그저 어떻게라도 빨리 이곳에서 빠져나가야겠다는 희망 하나만을 가지고 발꿈치를 들고 걸어서 마치 전염병이 발병한 집에서 나오듯이 거리로 뛰어나왔고, 자기 감각을 되찾으려고 마부와 오랫동안 이야기하고 농담을 했다.

마지막 막에 도착한 프랑스 극장에서, 그후 샴페인을 마시러 간 따따르인의 식당에서 스쩨빤 아르까지치는 자기만의 공기 속에서 다소나마 숨을 쉴 수 있었다. 하지만 그는 이날 저녁 여전히 자기 페이스를 찾지 못하고 있었다.

---

**60** Que la personne qui est arrivée la dernière, celle qui demande, qu'elle sorte! Qu'elle sorte(프랑스어).

**61** Vous m'excuserez, mais vous voyez... Revenez vers dix heures, encore mieux demain(프랑스어).

**62** Qu'elle sorte(프랑스어).

**63** C'est moi, n'est-ce pas(프랑스어).

빼쩨르부르그에 있는 동안 머물고 있던 뾰뜨르 오블론스끼의 집으로 돌아온 후 스쩨빤 아르까지치는 벳시로부터의 쪽지를 발견했다. 그녀는 시작한 대화를 마저 할 것을 몹시 원하고 있다며 내일 와주기를 청한다고 썼다. 그가 이 쪽지를 다 읽고 그녀에 대해 얼굴을 찌푸리기도 전에 아래층에서 무엇인가 무거운 것을 옮겨오는 사람들의 무거운 발소리가 들렸다.

스쩨빤 아르까지치는 살피려고 나왔다. 그것은 젊어진 뾰뜨르 오블론스끼였다. 그는 술이 너무 취해서 계단으로 올라올 수가 없었다. 하지만 스쩨빤 아르까지치를 보더니 그는 자기를 일으켜달라고 명했고, 그에게 매달려 함께 그의 방으로 들어와서 저녁을 어떻게 보냈는가를 이야기하기 시작하더니 곧장 잠들어버렸다.

스쩨빤 아르까지치는, 그에게는 드문 일인데, 몹시 의기소침해져서 오랫동안 잠들 수 없었다. 모든 일을 기억해봐도 모든 것이 혐오스러웠고, 리지야 이바노브나 백작부인의 집에서 보낸 저녁 시간이 가장 혐오스러운 것으로, 뭔가 정말 창피스러운 것으로 기억되었다.

다음 날 아침 그는 알렉세이 알렉산드로비치로부터 안나와의 이혼에 대한 결정적인 거절의 답변을 받았고, 이 결정이 어제 프랑스 남자가 정말 자면서 아니면 자는 척하면서 말한 것에 기반을 두고 있다는 것을 알았다.

## 23

가정생활에서 뭔가를 실행하기 위해서는 부부간에 완전한 불화 아니면 사랑의 화합이 필수적이다. 하지만 부부의 관계가 불확실하고 이것도 저것도 아니면 아무것도 실행할 수 없는 법이다.

많은 가정은 해가 가도 부부 두 사람 모두에게 혐오스러운 답보 상태에 그대로 있다. 그 이유는 단 하나, 완전한 불화도 완전한 화합도 없기 때문이다.

태양이 이미 봄이 아니라 여름처럼 비치고 가로수길의 모든 나무들이 벌써 오래전에 잎을 틔웠으며 잎은 이미 먼지로 덮인 뜨겁고 먼지 나는 모스끄바의 생활은 브론스끼에게도 안나에게도 견디기 어려웠다. 하지만 그들은 이미 오래전에 결정한 대로 보즈드비젠스꼬예로 옮겨가지 않고 두 사람 모두에게 혐오스러운 모스끄바에서 계속 지내고 있었다. 이는 최근에 와서 그들 사이에 화합이 없었기 때문이었다.

그들 사이를 가르고 있는 분노는 아무런 외면적인 이유가 없었고, 이를 해명하려는 모든 시도는 그것을 없애지 못했을 뿐만 아니라 더 크게 만들었다. 이는 내면의 분노였다. 그녀의 분노는 그의 사랑이 줄어든 것이 근본적 이유였고, 그의 분노는 그가 그녀를 위해 스스로를 곤경에 처하게 했다는 것에 대한 회한이 근본적 이유였다. 그런데 그녀는 그의 이런 처지를 좀 쉽게 해주는 대신 더욱 곤란하게 만들고 있지 않은가! 두 사람 중에 아무도 분노의 이유를 말하지 않았지만, 둘은 서로를 부당하다고 여겼으며 사사건건 기회가 있을 때마다 이를 상대방에게 보여주려고 애썼다.

그녀에게는 모든 습관과 생각과 욕구를 가진, 모든 정신적, 육체적 성향을 가진 그 전체가 오직 하나만을 의미했다. 그것은 여성을 향한 사랑이었고, 이 사랑은 전부 그녀 한 사람에게로만 집중되어야 했다. 그런데 그녀가 느끼기에 이 사랑이 줄어든 것이다. 그러니까 그녀의 판단에 그는 사랑의 일부를 다른 사람들이나 다른 여자에게로 옮겨간 셈이었다. 그래서 그녀는 질투했다. 그녀는 그를 가까이하는 어떤 다른 여자에게 질투하는 것이 아니라 그의 사랑이 줄어든 것을 질투했다. 아직 질투의 대상이 없었으므로 그녀는 그것을 찾아냈다. 어떤 작은 암시만 느껴지더라도 그녀는 자신의 질투를 하나의 대상에서 다른 대상으로 옮겨갔다. 때로는 그가 독신 시절의 관계 때문에 쉽사리 관계할 수 있는 천한 여자들을 질투했고, 때로는 그가 만날 수 있는 사교계의 여자들을 질투했고, 때로는 그가 그녀와의 관계를 깨뜨리고 결혼하고 싶어하는 상상 속의 처녀를 질투했다. 이 마지막 질투가 무엇보다도 그녀를 괴롭혔는데 그것은 특히, 그가 솔직했던 순간에 조심성 없이, 어머니가 자기를 정말 이해하지 못하고 당신이 나서서 자기를 소로끼나 공작영애와 결혼시키려고 설득하려 하더라고 말했기 때문이었다.

그녀는 질투를 해대며 그에게 분노했고, 모든 것에서 분노의 이유를 찾으려 했다. 그녀는 자신의 모든 어려운 상황에 대해 그를 책망했다. 모스끄바에서 하늘과 땅만 보며 겪어야 하는 대기 상태, 알렉세이 알렉산드로비치의 늑장과 우유부단, 자신의 고독한 처지, 이 모든 것을 그녀는 그의 탓으로 돌렸다. 만약 그가 사랑한다면 그는 그녀 처지의 모든 어려운 점들을 이해하고 이로부터 그녀를 벗어나게 했을 테지. 그녀가 시골이 아니라 모스끄바에 사는 것도 그의 탓이었다. 그녀는 그것을 원했지만 그는 시골에 박혀서 살 수 없었지. 그에게는 사교계가 꼭 필요했고, 그래서 그는 그녀 처지의 어려움을 이해하고 싶어하지 않고 그녀를 이 끔찍한 상황 속에 세워놓는 것이지. 그녀가 아들과 영원히 헤어져야 하는 것도 역시 그의 탓이었다.

그들 사이에 드물게 찾아오는 사랑의 순간들조차도 그녀를 진정시키지 못했다. 그녀는 이제 그의 사랑 속에서 예전에는 없었던, 그녀의 신경을 날카롭게 하는 태평스러움과 자신감의 기미를 보았던 것이다.

벌써 해 질 무렵이었다. 안나는 홀로 그가 독신남 파티에서 돌아오기를 기다리며 그의 서재(이 방은 보도의 소음이 덜 들리는 곳이었다)에서 이리저리 서성대면서 어제의 싸움의 진상에 대해서 매우 상세한 사항까지 곱씹어보고 있었다. 그녀는 그 싸움에서 기억에 남을 만한 모욕적인 말들로부터 점점 뒤로, 그 말들의 계기가 된 지점으로 돌아가다가 드디어 대화의 첫 부분에 이르렀다. 그녀는 싸움이 그렇게 무해하고 둘 중 누구의 마음에도 가까운 것이 아닌 그런 대화에서 시작되었다는 것을 한동안 믿을 수 없었다. 그런데 실제로 그랬다. 모든 것은 그가 여자고등학교가 필요 없다고 여기면서 그것을 비웃었고 그녀가 그것을 방어한 데서 비롯되었다. 그는 여성 교육에 대해서 경의를 표하지 않았고 안나가 돌보는 영국 소녀 간나[64]가 물리 지식을 알아야 할 필요가 전혀 없다고 말했던 것이다.

이는 안나를 자극했다. 그녀는 이 말에서 자신의 일에 대한 경멸조의 암시를 보았다. 그래서 그녀는 자신에게 가해진 아픔을 갚아주려는 듯 그런 문장을 생각해내서 말했던 것이다.

"사랑하는 사람들이 기억하듯이 그렇게 당신이 나와 내 감정을 기억하기를 기대하지는 않아요. 그래도 난 그냥 섬세함 정도는 기대했었죠." 그녀가 말했다.

64 영어 이름 Hanna를 러시아어식으로 발음하고 있다.

그러자 그는 실제로 유감스러워서 얼굴을 붉혔고 뭔가 기분 나쁜 말을 했다. 그녀는 자기가 뭐라고 답했는지는 기억하지 못했지만 그가 분명 그녀에게 아픔을 주기를 원하면서 했던 말만은 기억했다.

"그 소녀에 대한 당신의 집착에는 흥미가 없어요. 실은 나는 그것이 부자연스럽다고 여기기 때문이에요."

그녀가 자신의 어려운 삶을 견디기 위해서 그렇게 힘들여서 이룬 세계를 부수는 그의 이 잔인함, 그녀가 위선적이고 부자연스럽다고 비난하는 그의 이 부당함이 그녀를 폭발시켰다.

"매우 유감이네요, 오직 조야하고 물질적인 것만 이해하고 자연스럽게 여기시는 게." 그녀는 말하고 방을 나왔다.

어제저녁 그가 그녀에게로 왔을 때 그들은 지난 싸움을 끄집어내어 기억하지는 않았지만, 둘 다 싸움이 끝난 것이 아니라 표면만 매끈해진 것을 느끼고 있었다.

오늘 하루 종일 그는 집을 비웠고, 그녀는 너무 외롭고 그와 싸우는 상태가 너무 힘들게 여겨져서 모든 것을 잊고 용서를 구하고 그와 화해하고 싶었고, 자신을 꾸짖고 그를 정당화하고 싶었다.

'나 자신에게 책임이 있어. 나는 신경이 날카롭고 말도 안 되게 질투를 해. 난 그와 화해할 거고 우리는 시골로 갈 거야. 거기서는 내 마음이 좀더 안정되겠지.' 그녀는 스스로에게 말했다.

'부자연스럽다.' 그녀를 모욕한 이 말보다 그녀에게 아픔을 가하려 한 그의 의도가 갑자기 무엇보다도 강렬하게, 뚜렷하게 떠올랐다.

'그가 뭘 말하고 싶었는지 난 알아. 그는 자기 딸을 사랑하지 않으면서 다른 아이를 사랑하는 것이 부자연스럽다고 말하고 싶었던 거지. 그가 자식에 대한 사랑에 대해, 내가 그를 위해 희생한 세료자에 대한 내 사랑에 대해 뭘 안단 말이야? 그런데도 나를 아프게 하려는 의도는 뭐야! 아냐, 그는 다른 여자를 사랑하고 있어. 다른 일일 수가 없어.'

자신을 안정시키려고 하면서 그녀는 여러번 쳇바퀴처럼 돌렸던 그 생각을 다시 했는데, 또다시 예전의 신경과민으로 돌아온 것을 깨닫고 스스로에게 겁이 났다. '정말 못 하는 걸까? 나는 자신을 다잡을 수 없는 걸까?' 그녀는 스스로에게 말하고 처음부터 다시 시작했다. '그는 정당하고, 그는 정직하고, 그는 나를 사랑하지. 나는 그를 사랑하고, 조만간 이혼이 이루어질 거고. 대체 뭐가 더 필요하지? 평온, 신뢰가 필요해. 나는 나 자신을 다잡을 거야. 그래, 이제 그가 오면 비록 내 잘못은 아니었지만 내가 잘못했다고 말할 거야. 그리고 우리는 떠날 거야.'

더이상 생각하지 않고 신경과민에 빠지지 않기 위해서 그녀는 시골로 갈 짐을 쌀 트렁크를 가져오라고 명했다.

열시에 브론스끼가 도착했다.

## 24

"그래, 어땠어요? 즐거웠어요?" 그녀가 얼굴에 죄스럽고 순종적인 표정을 담고 그를 향해 나오면서 물었다.

"항상 그렇지요." 그가 그녀를 보고 한눈에 그녀가 최고로 기분 좋은 상태에 있는 것을 알아차리고 대답했다. 그는 이미 이 변화에 익숙해져 있었고, 오늘은 그 자신도 최고로 기분이 좋았기 때문에 이 변화가 특히 기쁘게 느껴졌다.

"이거 뭐예요! 이거 정말 잘하는 일이에요!" 그가 현관방에 놓인 트렁크를 가리키며 말했다.

"네, 떠나야 해요. 배를 타러 갔다 왔는데 너무나 좋아서 시골로 가고 싶어졌어요. 근데 당신, 떠나면 안 되는 일 없죠?"

"내가 원하는 것도 오로지 그것뿐이에요. 옷만 갈아입고 곧 올게요. 이야기 좀 해요. 차를 내오라고 해줘요."

그리고 그는 자기 서재로 갔다.

그가 "이거 정말 잘하는 일이에요"라고 한 말 속에는 어린애가 변덕을 부리다가 그쳤을 때 말하는 것처럼 뭔가 모욕적인 것이 들어 있었다. 더욱더 모욕적인 것은 그녀의 죄스러워하는 태도와 그의 자신에 찬 태도의 대조였다. 그녀는 순간 자기 안에서 싸우고 싶은 욕망이 치미는 것을 느꼈다. 하지만 자신을 억제하여 그 욕망을 누르고 변함없이 유쾌하게 브론스끼를 마주했다.

그가 그녀에게로 나왔을 때 그녀는 그에게 이미 준비했던 말들을 부분적으로 되풀이하면서 자신의 하루와 길 떠날 계획들을 이야기했다.

"알아요? 제게 거의 영감이 떠올랐어요." 그녀가 말했다. "뭣 때문에 여기서 이혼을 기다려요? 시골에서 기다려도 마찬가지 아니에요? 전 더이상 기다릴 수 없어요. 전 희망을 가지고 싶지도 않고 이혼에 대해서는 아무것도 듣기 싫어요. 전 그것이 더이상 제 삶에 아무 영향도 주지 않게 하겠다고 마음먹었어요. 동의하죠?"

"오, 그럼요!" 그가 불안을 느끼며 그녀의 흥분한 얼굴을 바라보고 말했다.

"거기서 당신은 뭘 했어요? 누가 왔었어요?" 그녀가 잠시 침묵하고 나서 말했다.

브론스끼는 손님들 이름을 댔다.

"식사는 훌륭했고, 보트 경기가 있었고, 모든 게 꽤 좋았어요. 하지만 모스끄바에서는 *웃기는 일*[65]이 빠질 수 없지요. 어떤 숙녀가, 스웨덴 여왕의 수영 교사가 나타나서 자기 기술을 보여주었어요."

"어떻게요? 수영을 했단 말예요?" 안나가 얼굴을 찡그리며 물었다.

"늙고 흉한 여자가 웬 빨간 *수영복*[66]을 입고서요. 그래, 우리 언제 갈까요?"

"정말 바보 같은 생각이네요. 그래, 어땠어요? 그녀가 뭐라도 특별하게 수영을 했나요?" 안나가 그에게 대답하지 않고 물었다.

"맹세코 아무것도 특별한 것은 없었어요. 내가 바보 같고 끔찍하다고 이야기했잖아요. 그래, 당신은 언제 갈 생각이에요?"

안나는 기분 나쁜 생각을 떨쳐버리고 싶은 듯이 머리를 털었다.

"언제 가냐고요? 뭐, 빠르면 빠를수록 좋아요. 내일까지는 안 될 거예요. 모레요."

"그래…… 안 돼요. 잠깐, 모레는 일요일이고 *마망*에게 가야 해요." 브론스끼는 어머니라는 말을 하자마자 자기를 향하는 집요한 의심의 눈길을 느끼고 당황하며 말했다. 그의 당황은 그녀가 의심하는 바를 확실하게 해주었다. 그녀는 얼굴을 붉히며 그에게서 멀어졌다. 지금 안나에게 떠오르는 사람은 더이상 스웨덴 여왕의 여교사가 아니라 모스끄바 근교의 시골에서 브론스까야 백작부인과 함께 살고 있는 소로끼나 공작영애였다.

---

65 ridicule(프랑스어).

66 costume de natation(프랑스어).

“내일 갈 수 있나요?” 그녀가 말했다.

“아니요, 안 된다니까요! 내가 가야 하는 일은 위임장 때문이고 돈은 내일까지 구하지 못해요.” 그가 대답했다.

“그렇다면 우리 아예 가지 마요!”

“대체 이유가 뭔가요?”

“전 더 늦게는 안 가요. 월요일 아니면 아주 안 갈래요.”

“대체 왜 그래요?” 브론스끼가 놀란 듯이 말했다. “도대체 이건 말도 안 돼요!”

“당신에게는 말도 안 되겠지요. 당신은 내가 어떻게 되든 아무 상관이 없으니까요. 당신은 내 삶을 이해하고 싶어하지 않지요. 이곳에서 내가 마음을 두는 것은 오직 하나, 간나뿐이에요. 당신은 그게 위선이라고 말해요. 당신은 어제 내가 딸을 사랑하지 않고 이 영국 소녀를 사랑하는 체한다고, 부자연스러운 일이라고 말했어요. 여기서 내게 어떤 삶이 자연스러울 수 있단 말인지 알고 싶네요!”

순간 그녀는 정신이 퍼뜩 들었고 자기가 마음먹은 것을 스스로 배반한 것에 경악했다. 하지만 자신을 파멸로 몰고 가는 것을 알면서도 그녀는 자신을 제어할 수 없었고, 그가 얼마나 부당한가를 지적하지 않을 수 없었고, 그에게 굴복할 수 없었다.

“난 그렇게 말한 적이 없어요. 이 갑작스러운 사랑에 공감하지 않는다고 말했지요.”

“당신은 자기가 솔직하다고 그렇게 잘난 척하면서 왜 진실을 말하지 않는 거죠?”

“난 한번도 잘난 척한 적이 없고 한번도 거짓을 말한 적이 없어요.” 그는 속에서 올라오는 분노를 억누르며 조용히 말했다. “당신이 존중하지 않는다면 참 유감이네요……”

"존중이라는 말은 사랑이 있어야 하는 빈자리를 감추기 위해서 생각해낸 말이죠. 만약 당신이 더이상 나를 사랑하지 않는다면 그걸 말하는 게 더 좋고 더 정직한 것이죠."

"정말, 이건 참을 수가 없네!" 브론스끼가 의자에서 일어나며 소리 질렀다. 그리고 그녀 앞에 서서 천천히 말했다. "뭣 때문에 내 인내를 시험하는 거예요?" 그는 아직 할 말이 많은 표정이었지만 스스로를 억제했다. "인내에도 한계가 있어요."

"그게 무슨 말이죠?" 그녀가 그의 얼굴 전체와, 특히 잔인하고 무서운 두 눈에 나타난 분명한 증오의 표정을 들여다보며 경악해서 소리 질렀다.

"내가 말하고 싶은 건……" 그가 시작하려다가 멈추었다. "당신이 내게 원하는 게 뭔지 물어야겠네요."

"내가 원할 수 있는 게 뭐 있나요? 난 당신이 생각하는 것처럼 당신이 나를 떠나지 않기만을 원하고 있어요." 그녀는 그가 끝내지 않은 모든 말을 이해하며 말했다. "하지만 내가 원하는 건 사실 그게 아녜요. 그건 부차적인 거예요. 난 사랑을 원해요. 근데 그게 없네요. 그러니까 모든 것이 끝난 거예요!"

그녀는 문으로 향했다.

"잠깐! 잠깐만!" 브론스끼는 눈썹의 어두운 주름을 없애지는 않았지만 그녀의 손을 잡고 그녀를 멈춰세우며 말했다. "왜 그래요? 난 떠나는 것을 사흘 연기하자는 말만 했는데, 당신은 내가 거짓말을 하고 정직하지 못한 사람이라고 하네요."

"네, 다시 말하죠. 나를 위해 모든 것을 희생했다고 나를 책망하는 사람은……" 그녀는 예전 싸움에서 했던 말까지 기억하며 말했다. "정직하지 못한 사람보다 더 나쁜 사람이에요. 심장이 없는 사람이에요."

"정말, 인내에도 한계가 있어요!" 그는 소리를 지르고 그녀의 손을 확 뿌리쳤다.

'그는 나를 증오해. 이건 확실해.' 그녀는 생각했고 말없이, 돌아보지 않은 채 불안정한 걸음걸이로 방을 나왔다.

'그는 다른 여자를 사랑해. 이건 더 확실해.' 그녀는 자기 방으로 들어가면서 스스로에게 말했다. '나는 사랑을 원하는데 그게 없어. 그러니까 모든 게 끝난 거야.' 그녀는 자기가 했던 말을 되풀이했다. '그리고 끝내야 해.'

'하지만 어떻게?' 그녀는 스스로에게 묻고는 거울 앞 안락의자에 앉았다.

이제 어디로 가야 하나, 키워준 아주머니에게로 가야 하나, 돌리에게로 가야 하나, 아니면 혼자 외국으로 나가야 하나 하는 생각, 그는 지금 혼자 서재에서 무슨 생각을 할까 하는 생각, 이 싸움이 최종적인 것일까, 아니면 아직 화해가 가능할까 하는 생각, 뻬쩨르부르그의 모든 옛 지기들이 자기에 대해 이야기할 거라는 생각, 알렉세이 알렉산드로비치는 이것을 어떻게 볼까 하는 생각, 그리고 이제 헤어진 후에 무슨 일이 일어날까 하는 등등의 갖가지 생각들이 그녀의 머릿속에 떠올랐다. 하지만 그녀가 이런 생각들에 온 정신을 다 쏟은 것은 아니었다. 그녀의 영혼 속에는 그녀가 관심을 가지는 오직 하나의 희미한 생각이 있었지만 그녀 자신은 이를 인정할 수 없었다. 알렉세이 알렉산드로비치를 다시 한번 떠올린 그녀는 출산 이후 병이 났을 때와 당시 그녀를 떠나지 않았던 그 감정을 기억했다. '왜 나는 죽지 않았나?' 하는 당시 자신의 말과 감정이 기억났다. 그리고 그녀는 갑자기 자신의 영혼 속에 있는 그것을 알아차렸다. 그래, 그것만이 모든 것을 해결한다는 생각이었어.
'그래, 죽는 거야!'

'알렉세이 알렉산드로비치와 세료자의 수치와 모욕, 그리고 나의 끔찍한 수치—이 모든 것이 죽음으로 구제되지. 죽는 거야. 그는 후회할 거고, 애석해할 거고, 사랑할 거고, 나 때문에 괴로워할 거야.' 그녀는 자신을 향한 연민의 미소를 띤 채 안락의자에 앉아 있었다. 그녀는 자신이 죽은 후 그가 느낄 감정들을 여러가지 측면에서 생생하게 그려보면서 왼손에서 반지를 뺐다 끼었다 했다.

다가오는 발걸음, 그의 발걸음이 그녀의 마음을 바꾸었다. 그녀는 반지들을 정리하는 데 몰두하는 척하면서 심지어 그를 향하지도 않았다.

"안나, 당신이 원하면 모레 갑시다. 난 모든 것에 동의해요."

그녀는 잠자코 있었다.

"왜 그래요?" 그가 물었다.

"당신 자신이 알지요." 그녀는 말했고, 그 순간 더이상 제어하지 못하고 흐느꼈다.

"나를 버려요, 버려요!" 그녀는 흐느끼면서 말했다. "난 내일 떠나겠어요. 난 더한 것도 하겠어요. 내가 누구예요? 타락한 여자예요. 당신 목에 매달린 돌덩어리예요. 난 당신을 괴롭히기를 원하지 않아요. 정말 원하지 않아요. 당신을 자유롭게 해드릴게요. 당신은 날 사랑하지 않아요. 당신은 다른 여자를 사랑하지요!"

브론스끼는 그녀에게 진정하라고 애원했고, 그녀가 질투할 근거는 환영조차 없으며 그는 한번도 그녀를 사랑하기를 멈춘 적이 없고 멈추지 않을 것이며 예전보다 더 많이 사랑한다고 맹세했다.

"안나, 뭣 때문에 자신과 나를 그렇게 괴롭혀요?" 그가 그녀의 두 손에 키스하며 말했다. 그의 얼굴에는 사랑이 나타났고, 그녀의 귀에는 그의 목소리 속에서 울음소리가 들려왔고, 그녀의 손에는 눈물의 축축함이 느껴진다고 여겨졌다. 순간 안나의 절망적인 질투는 절망적이고 열정적인 사랑으로 넘어갔다. 그녀는 그를 껴안고 그의 머리, 목, 두 손을 키스로 덮었다.

## 25

완전히 화해했다고 느낀 안나는 아침부터 생기를 띠고 출발 준비를 시작했다. 어제 서로에게 양보했기 때문에 월요일에 떠날 것인지 화요일에 떠날 것인지 결정되지는 않았지만, 안나는 하루 일찍 떠나거나 하루 늦게 떠나는 것이 이제 아무런 상관이 없다고 느끼면서 적극적으로 출발을 준비하고 있었다. 그가 이미 옷을 차려입고 평소보다 일찍 그녀의 방으로 들어갔을 때 그녀는 열린 트렁크 앞에 서서 옷가지를 고르고 있었다.

"지금 *마망*에게로 가요. 어머니가 예고로프를 통해서 내게 돈을 보낼 수도 있어요. 내일이면 떠날 준비가 돼요." 그가 말했다.

아무리 그녀의 기분이 좋다고 해도 어머니를 만나러 별장으로 간다는 언급은 그녀를 자극했다.

"정말, 나도 준비를 다 해낼지 모르겠네요." 그녀는 말하고 곧바로 생각했다. '그러니까 내가 원하던 대로 그렇게 할 수 있었던 거구나.' "아니요, 당신이 원하던 대로 그렇게 해요. 식당으로 가요. 나도 곧 갈게요. 이 쓸데없는 것들만 치우고요." 그녀는 이미 옷가지를 산더미처럼 들고 있는 안누시까의 팔에 뭔가를 또 건네면서 말했다.

그녀가 식당으로 들어갔을 때 브론스끼는 비프스테이크를 먹고 있었다.

"당신은 믿을 수 없을 거예요, 이 방들이 내게 얼마나 지긋지긋한지." 그녀는 커피를 마시려고 그의 옆에 앉으면서 말했다. "이 *가구 딸린 방들*[67]보다 더 끔찍한 건 없어요. 아무런 개성이 없고 영혼도 없는 방들이지요. 이 시계, 커튼, 무엇보다도 벽지…… 악몽이에요. 보즈드비젠스꼬예가 약속의 땅처럼 생각돼요. 말들은 아직 안 보내나요?"

"아니요, 말들은 우리가 간 다음에 올 거예요. 근데 당신은 어디 가려나봐요?"

"윌슨네에 갈까 했어요. 옷을 가져다주어야 해요. 그럼 확실히 내일이지요?" 그녀가 유쾌한 목소리로 말했다. 하지만 갑자기 그녀의 얼굴이 변했다.

브론스끼의 하인이 뻬쩨르부르그에서 온 전보에 대한 수령증을 가지러 왔다. 브론스끼가 전보를 받는 것은 아무런 특별한 일이 아니었지만, 그는 그녀에게 뭔가를 감추고 싶은 듯 수령증이 서재에 있다고 말하고서 서둘러 그녀를 향했다.

"내일까지 꼭 모든 걸 마칠게요."

"전보는 어디서 왔어요?" 그녀가 그의 말을 듣지 않고 물었다.

"스찌바에게서요." 그가 마지못해 말했다.

"근데 왜 나한테 보여주지 않았어요? 스찌바와 나 사이에 무슨 비밀이 있을 수 있나요?"

---

**67** chambres garnies(프랑스어).

브론스끼는 하인을 돌아오라고 해서 전보를 읽으라고 했다.

"스찌바가 전보 치는 걸 너무 좋아하는 습성이 있어서 보여주고 싶지 않았던 거예요. 아무것도 결정되지 않았는데 뭣 때문에 전보를 치는지 모르겠네요."

"이혼 말예요?"

"네, 그런데 '아직 아무것도 이뤄낼 수 없었음. 조만간 결정적인 답변을 한다고 약속했음'이라고 쓰여 있네요. 자, 여기 읽어봐요."

안나는 떨리는 두 손으로 전보를 들고서 브론스끼가 말했던 그대로를 읽었다. 마지막에 '희망은 거의 없음. 하지만 가능한 것, 불가능한 것 모두 해보겠음'이라고 덧붙여져 있었다.

"내가 어제 이야기했잖아요. 언제 이혼을 허락받게 되든지, 이혼을 허락받게 되든지 말든지 아무 상관 없다고요." 그녀가 얼굴을 붉히며 말했다. "내게 감출 필요는 전혀 없었어요." '그렇게 그는 여자들과의 편지 교환도 나에게 감출 수 있고 감추고 있구나.' 그녀는 생각했다.

"근데 야시빈이 오늘 아침에 보이또프와 오고 싶어했어요." 브론스끼가 말했다. "그가 뻬프쪼프에게 땄고, 더군다나 돈을 갚을 수가 있는 모양이에요, 육만가량."

"아니, 근데." 그녀는 그가 이렇게 화제를 바꿈으로써 그녀가 신경이 곤두섰다는 것을 분명하게 보여주려고 하는 것에 더욱 신경이 곤두서서 말했다. "당신은 대체 왜 이 소식에 대해 내게 감춰야 할 만큼 내가 흥미를 가질 거라고 생각했어요? 내가 말했잖아요, 이것에 대해서는 생각하고 싶지 않다고. 난 당신도 나처럼 이 문제에 대해 조금도 관심을 가지지 말기를 원해요."

"내가 관심을 가지는 것은 확실성을 좋아하기 때문이에요." 그가 말했다.

“확실성은 형식에 있는 게 아니라 사랑에 있어요.” 그녀가 그의 말 때문이 아니라 그 말을 할 때의 냉정하고 침착한 태도 때문에 점점 더 신경이 날카로워져서 말했다. “뭣 때문에 당신은 그걸 원하죠?”

‘맙소사, 또 사랑에 대해선가.’ 그는 얼굴을 찌푸리며 생각했다.

“당신도 뭘 위해선지 알잖아요. 당신을 위해서, 그리고 앞으로 태어날 아이들을 위해서예요.” 그가 말했다.

“아이들은 없을 거예요.”

“그건 무척 유감이네요.” 그가 말했다.

“당신은 이걸 아이들을 위해서 필요로 하지만, 내 생각은 안 하나요?” 그녀는 그가 ‘당신을 위해서, 그리고 아이들을 위해서’라고 말한 것을 완전히 잊고, 또 알아듣지도 못하고 말했다.

아이들을 갖는 것에 대한 가능성은 오래전부터 논쟁거리로, 그녀의 신경을 날카롭게 하는 문제였다. 그녀는 스스로에게 아이들을 갖고 싶어하는 그의 욕망을 그가 그녀의 아름다움을 소중히 여기지 않기 때문이라고 설명하고 있었다.

“아, 난 당신을 위해서라고 말했어요. 무엇보다도 당신을 위해서예요.” 그가 아파서 그러는 듯이 얼굴을 찌푸리면서 반복해서 말했다. “왜냐하면 난 당신의 신경과민의 큰 부분이 상황의 불확실성에서 기인한다고 확신하기 때문이지요.”

‘그래, 그는 지금 위선을 떠는 것을 중지했군. 그러니 나를 향한 차가운 증오가 온통 드러나는 거야.’ 그녀는 그의 말에 귀를 기울이지 않고, 두 눈으로 그녀를 자극하며 바라보고 있는 그 차갑고 잔인한 심판관을 경악하여 쳐다보면서 생각했다.

"이유는 그게 아니에요." 그녀가 말했다. "내가 완전히 당신 손 안에 있다는 것이 어떻게 당신이 말하는 내 신경과민의 원인일 수 있는지 난 이해조차 하지 못하겠어요. 여기에 무슨 상황의 불확실성이 있나요? 반대예요."

"당신이 이해하려고 하지 않으니 정말 유감이네요." 그가 고집스럽게 자기 생각을 말하려고 하면서 그녀의 말을 막았다. "불확실성은 당신에게 내가 자유롭다고 여겨진다는 데 있어요."

"그것에 관해서는 당신은 완전히 안심하셔도 돼요." 그녀가 말하고 그에게서 몸을 돌려 커피를 마시기 시작했다.

그녀는 새끼손가락을 뻗은 채 잔을 들어 입으로 가져갔다. 그녀는 몇모금을 마시고 나서 그를 쳐다보고는 그의 얼굴 표정에서 그녀의 손, 동작, 그녀가 입술로 낸 소리가 그에게 거슬린다는 것을 분명하게 알아챘다.

"당신 어머니가 무엇을 생각하든, 당신을 누구와 결혼시키려고 하든 내겐 완전히 상관없어요." 그녀가 떨리는 손으로 잔을 놓으며 말했다.

"하지만 우리는 그것에 대해서 이야기하고 있는 게 아니지요."

"아뇨, 바로 그것에 대해서예요. 난 심장이 없는 여자는 노인이든 아니든 당신 어머니든 모르는 여자든 흥미가 없고 알고 싶지도 않아요."

"안나, 내 어머니에 대해서 함부로 이야기하지 말기를 부탁해요."

"자기 아들의 행복과 명예가 어디에 있는지 심장으로 이해하지 못하는 여자는 심장이 없는 거지요."

"다시 한번 내가 존경하는 어머니에 대해서 함부로 말하지 말기를 청해요." 그가 목소리를 높이고 그녀를 엄격하게 보면서 말했다.

그녀는 대답하지 않았다. 그녀는 그를, 그의 얼굴을, 그의 두 손을 뚫어지게 바라보면서 어제의 화해와 그의 열정적인 애무의 모든 동작들을 상세하게 기억했다. '그 애무를, 바로 똑같은 애무를 그는 다른 여자들에게도 마구 해왔고, 할 것이고, 하고 싶어하지!' 그녀는 생각했다.

"당신은 어머니를 사랑하지 않아요. 그건 다 말, 말, 말뿐이에요!" 그녀가 증오의 감정으로 그를 보면서 말했다.

"그렇다면 이제……"

"결심해야 해요. 그리고 난 결심했어요." 그녀는 말하고 나가려 했지만, 이 순간 야시빈이 식당으로 들어왔다. 안나는 그와 인사하고 머물렀다.

뭣 때문에, 영혼 속이 폭풍우처럼 들끓고 끔찍한 결과를 가져올 수 있는 삶의 전환점에 서 있다고 느끼고 있을 때, 뭣 때문에 이 순간에 자기가 조만간 모든 것을 알게 될 이 타인 앞에서 위선을 떨어야 하는지 그녀는 알 수 없었다. 하지만 그녀는 이내 자신 속의 폭풍우를 진정하고 앉아서 손님과 이야기하기 시작했다.

"자, 당신의 일은 어때요? 빚을 받았어요?" 그녀가 야시빈에게 물었다.

"네, 괜찮아요. 전부 다 받을 것 같지는 않아요. 수요일에 떠나야 해서요. 근데 당신들은 언제?" 분명 싸움이 일어났던 것을 짐작한 야시빈이 눈을 가늘게 뜨고 브론스끼를 바라보며 물었다.

"모레일 것 같네." 브론스끼가 말했다.

"하지만 당신들은 이미 오래전부터 떠나려고 했잖아요."

"하지만 지금은 확정적이에요." 안나가 마치 화해할 가능성에 대해서는 생각도 말라고 말하는 듯한 시선으로 똑바로 브론스끼의 눈을 들여다보면서 말했다.

"그 불행한 뻬프쪼프가 불쌍하게 여겨지지 않아요?" 그녀가 야시빈과의 대화를 계속했다.

"불쌍한지 아닌지, 한번도 그런 의문을 가져본 적이 없어요, 안나 아르까지예브나. 하지만 제 전재산이 여기 있어요." 그는 옆주머니를 가리켰다. "그리고 지금 전 부자지만, 오늘 클럽에 갈 거고 어쩌면 거지로 나오게 될 수도 있어요. 저와 함께 앉은 사람도 저를 셔츠도 없이 남겨두고 싶어하고, 저도 그를 그렇게 하고 싶습니다. 자, 우리는 싸우고 있는 겁니다. 여기에 만족이 있지요."

"그래요. 하지만 만약 당신이 결혼을 하셨다면……" 안나가 말했다. "당신 아내는 어떨까요?"

야시빈은 웃기 시작했다.

"그래서 아마 제가 결혼을 안 하고, 결코 하려고 한 적도 없나봐요."

"그러면 겔싱포르스[68]는?" 브론스끼가 대화에 끼어들며 말하고 미소 짓는 안나를 보았다.

그의 시선과 마주치자 안나는 갑자기 차갑고 엄격한 표정을 지었다. 마치 그에게 '잊지 않았어요. 마찬가지예요'라고 말하는 듯이.

"사랑한 적도 없었단 말예요?" 그녀가 야시빈에게 말했다.

"오, 주여, 여러번 있었지요! 하지만, 아세요? 어떤 사람은 *밀회*[69] 시간이 되면 항상 일어날 수 있을 정도로만 도박판에 앉아 있지요. 하지만 전 저녁에 도박하러 가는 데 늦지 않을 정도로만 사랑에 몰두할 수 있어요. 전 그런 식으로 하지요."

---

68 핀란드 헬싱키의 스웨덴어 이름 헬싱포르스(Helsingfors)를 러시아어식으로 발음하고 있다. 이 도시에서 있었던 사랑에 대해 묻는 듯하다.

69 rendez-vous(프랑스어).

"아니요, 전 그런 것에 대해 묻는 게 아니고요, 진정한 것에 대해 묻는 거예요." 그녀는 '겔싱포르스'라고 말하고 싶었지만 브론스끼가 말한 이름을 입에 올리고 싶지 않았다.

말을 구입한 보이또프가 도착했다. 안나는 일어나서 방에서 나왔다.

집을 나서기 전에 브론스끼는 그녀 방으로 들어갔다. 그녀는 책상 위에서 뭔가를 찾는 척하려 했지만 척하는 것도 싫증이 나서 차가운 시선으로 그를 똑바로 쳐다보았다.

"뭐가 필요해요?" 그녀는 그에게 프랑스어로 물었다.

"감베따의 혈통증명서를 가지러 왔어요. 팔았어요." 그가 말보다도 더 분명하게 '해명할 시간이 없어요. 그리고 아무 소용도 없을 거예요'라고 표현하는 투로 말했다.

'난 그녀에게 아무 죄도 없어.' 그는 생각했다. '만약 그녀가 자신을 괴롭히고 싶다면 *그녀 자신에게 더 손해지*[70].' 하지만 나오다가 그는 그녀가 뭔가를 말한 것처럼 느껴졌고, 갑자기 그의 심장이 그녀에 대한 동정으로 떨렸다.

"뭐예요, 안나?" 그가 물었다.

"아무것도 아니에요." 그녀는 마찬가지로 차갑고 침착하게 대답했다.

'아무것도 아니라고. 그러면 *더 손해지*[71].' 그는 다시 차가워져서 생각했고 몸을 돌려 나갔다. 나오면서 거울로 그녀의 창백하고 입술이 떨리는 얼굴을 보았다. 그는 멈춰서서 그녀에게 위로의 말을 하고 싶었지만, 할 말이 생각나기도 전에 벌써 두 발이 그를 방에

---

**70** tant pis pour elle(프랑스어).

**71** tant pis(프랑스어).

서 데리고 나왔다. 그는 이날 하루 종일을 집 밖에서 보냈고, 그가 저녁 늦게 돌아왔을 때 하녀는 안나 아르까지예브나는 머리가 아프니 그녀 방에 들어오지 말라고 부탁했다고 그에게 말했다.

## 26

싸움이 하루 이상 간 적은 한번도 없었다. 오늘 같은 일은 처음이었다. 그리고 이것은 싸움이 아니었다. 이는 완전한 냉각을 분명히 인정하는 것이었다. 그가 말 혈통증명서를 가지러 방으로 들어왔을 때 바라본 것처럼 그렇게 그녀를 볼 수 있단 말인가? 그녀를 보고, 그녀의 심장이 절망으로 터지는 것을 알고도 말없이 그 무관심하고 태평한 얼굴로 나가버릴 수 있단 말인가? 그는 그녀에 대해서 냉담해졌다기보다는 다른 여자를 사랑하기 때문에 그녀를 증오하는 것이다. 이는 확실했다.

그리고 그가 했던 모든 잔인한 말들을 기억하면서 안나는 그가 분명 하고 싶었고 또 할 수 있었던 말까지 상상해냈고 점점 더 신경이 곤두섰다.

'난 당신을 붙잡지 않아요.' 그는 말할 수 있지. '당신은 가고 싶은 대로 갈 수 있어요. 당신은 아마도 남편에게 돌아가기 위해서 남편과 이혼하고 싶어하지 않았을 테죠. 돌아가요. 돈이 필요하다면 내가 주지요. 몇 루블이 필요하죠?'

잔혹한 사람이 할 수 있는 최고로 잔인한 온갖 말들을 그는 그녀의 상상 속에서 그녀에게 말했다. 그리고 그녀는 마치 그가 실제로 그런 말을 한 것처럼 그를 용서하지 않았다.

그런 다음 즉각 그녀는 스스로에게 '바로 어제 그가 사랑을 맹세하지 않았던가, 그가, 그 정직하고 성실한 사람이? 나는 벌써 여러번 공연히 절망하지 않았던가?'라고 혼잣말을 했다.

안나는 두시간 걸려 윌슨에게 다녀온 것을 제외하고는, 모든 것이 끝났는지 아니면 화해의 희망이 있는 건지, 지금 떠나야 하는지 아니면 한번 더 그를 보아야 하는지 갈피를 잡지 못한 채 하루 종일을 보냈다. 그녀는 하루 종일 그를 기다렸고, 저녁에 자기 방으로 가면서 머리가 아프다고 전하라고 명하며 혼자서 추측했다. '하녀가 말했는데도 불구하고 그가 오면, 그건 그가 아직 사랑하고 있다는 것을 의미해. 만약 오지 않으면, 그건 모든 게 끝났다는 거야. 그러면 그때 나는 내가 뭘 할지 결정하겠어!'

그녀는 저녁에 그의 마차가 멈추는 소리, 그가 종을 울리는 소리, 그의 발소리, 하녀와 대화하는 소리를 들었다. 그는 하녀가 한 말을 믿고 아무것도 더이상 알려고 하지 않고 자기 방으로 갔다. 그러니까 모든 것이 끝난 것이었다.

그러자 죽음이, 그의 심장에 다시 사랑을 불러일으키고, 그를 벌하고, 그녀의 심장에 자리 잡은 악령이 그와 벌이게 하는 싸움에서 승리를 움켜잡기 위한 유일한 수단으로서 분명하고 생생하게 머릿속에 떠올랐다.

지금은 보즈드비젠스꼬예로 가든 안 가든, 남편으로부터 이혼을 받아내든 아니든 아무 상관이 없었고, 이 모든 것이 필요하지 않았다. 필요한 것은 단 한가지, 그를 벌하는 것이었다.

그녀는 평소 복용량의 아편을 마시려고 잔에 따르면서, 죽으려면 한병을 다 마시면 된다는 것에 대해 생각했다. 이는 너무 쉽고 간단해 보여서, 그녀는 다시 이미 늦었을 때 그가 얼마나 괴로워할 것이고 후회할 것이며 그녀에 대한 기억을 사랑하게 될 것인가를 달콤하게 생각했다. 그녀는 침대에 누워서 눈을 뜬 채 거의 다 타들어간 촛불 하나 앞에서 천장 둘레의 부조 장식과 그것을 부분적으로 덮은 침대 휘장의 그림자를 바라보면서 그녀가 이미 없어져 그에게 단지 기억으로만 남게 될 때 그가 무엇을 느끼게 될 것인가를 생생하게 그려보았다. '내가 그녀에게 어떻게 그런 잔인한 말을 할 수 있었을까?' 그는 말할 것이다. '내가 어떻게 아무 말도 안 하고 방에서 나올 수가 있었을까? 하지만 지금 그녀는 이미 없다. 그녀는 우리로부터 영원히 떠나갔다. 그녀는 저세상에 있다……' 갑자기 휘장 그림자가 흔들리더니 천장 둘레의 부조 장식 전체를, 천장 전체를 덮었고, 다른 쪽으로부터 다른 그림자들이 그 그림자를 향해 달려들었다. 순간 그림자들이 달아났다가 다시 새로이 빠른 속도로 달려오고 흔들리고 합쳐지고 모든 것이 깜깜해졌다. '죽음'—그녀는 생각했다. 그러다가 공포가 그녀를 그토록 휩싸서 그녀는 오랫동안 자신이 어디 있는지를 이해할 수 없었고, 오랫동안 떨리는 손으로 성냥을 찾을 수도, 다 타서 꺼진 초 대신 다른 초에 불을 붙일 수도 없었다. '안 돼. 무슨 일이 있어도 살아 있어야만 해. 나는 그를 사랑해. 그도 나를 사랑해! 이런 싸움이 있었지만 지나갈 거야.' 그녀는 삶으로 귀환한 데 대한 기쁨의 눈물이 두 뺨으로 흘러내리는 것을 느끼며 말했다. 그리고 이 두려움으로부터 구원되기 위해서 서둘러 그의 서재로 갔다.

그는 서재에서 깊은 잠을 자고 있었다. 그녀는 그에게로 다가가서 위로부터 그의 얼굴을 등불로 비추며 오랫동안 들여다보았다. 그가 자고 있는 지금 그녀는 그를 그토록 사랑해서 그를 보고 사랑의 눈물을 참을 수 없었다. 하지만 만약 그가 깨어난다면 그는 그녀를 차가운, 자신의 정당성을 의식하는 눈길로 볼 것이고, 그녀는 자신의 사랑을 말하기 전에 그가 그녀 앞에 죄가 있다는 것을 그에게 증명해야 하리라는 것을 알고 있었다. 그녀는 그를 깨우지 않고 자기 방으로 돌아와 두번째로 아편을 마시고 아침 무렵까지 짓누르는 불완전한 잠에 들었다. 자는 동안 내내 그녀는 자신을 의식하고 있었다.

아침에, 아직 브론스끼와 관계를 가지기 이전에도 몇차례 반복해서 나타났던 악몽이 다시 나타나 그녀를 깨웠다. 엉클어진 수염을 가진 작은 노인이 철 위로 몸을 굽히고 뭔가 알아들을 수 없는 프랑스어를 하며 무슨 일인가를 하고 있었고, 그녀는 이 악몽 속에서 언제나 그랬듯이(이것이 무서운 점이었다) 이 작은 농부가 그녀를 아랑곳하지 않고 그녀 위에서 철에다 어떤 무서운 일을 한다는 것을 느끼고 있었다. 그녀는 식은땀에 젖어 깨어났다.

그녀가 깨어났을 때 마치 안개 속에서처럼 어제의 일이 기억났다.

'싸움이 있었지. 이미 몇차례 있었던 일이 일어났지. 난 머리가 아프다고 말했고 그는 내 방에 들어오지 않았어. 내일 떠나는데, 그를 보고 출발 준비를 해야 하는데.' 그녀는 스스로에게 말했다. 그리고 그녀는 그가 서재에 있는 것을 알고 그에게로 갔다. 응접실을 지나다가 그녀는 현관 입구에 마차가 멈춰서는 소리를 들었고, 창문으로 내다보니 연보랏빛 모자를 쓴 젊은 여자가 마차에서 몸을 내밀고 종을 울리는 하인에게 뭔가를 지시하고 있는 것이 보였다. 현관방에서 몇마디가 오가더니 누군가가 이층으로 올라온 후에 응접실 옆에서 브론스끼의 발소리가 들려왔다. 그는 빠른 걸음으로 계단을 내려가고 있었다. 안나는 다시 창문으로 다가갔다. 그는 모자도 안 쓰고 현관으로 나가서 마차를 향해 다가갔다. 연보랏빛 모자를 쓴 젊은 여자가 그에게 서류 봉투를 전해주었다. 브론스끼는 미소를 지으며 그녀에게 뭔가를 말했다. 마차는 떠나갔다. 그는 다시 빠른 속도로 계단을 뛰어올라왔다.

그녀의 영혼 속에서 모든 것을 덮고 있던 안개가 갑자기 걷혔다. 어제의 감정들이 새로운 아픔으로 아픈 심장을 옥죄었다. 그녀는 이제 자기가 어떻게 그와 함께 그의 집에서 하루 종일을 보낼 정도로 스스로를 굴욕적으로 만들 수 있었는지 이해할 수 없었다. 그녀는 자기의 결정을 알리기 위해 그의 서재로 들어갔다.

"그건 소로끼나가 딸과 함께 들러서 *마망*으로부터 돈과 서류를 가져다준 거예요. 내가 어제 받을 수 없었거든요. 머리는 어때요? 나아졌나요?" 그는 그녀의 얼굴에 나타난 음울하고 비장한 표정을 보지 않으려고 하면서 평온하게 말했다.

그녀는 방 한가운데 서서 말없이 그를 뚫어지게 바라보았다. 그는 그녀를 쳐다보았고 순간 얼굴을 찌푸리고 계속 편지를 읽었다. 그녀는 몸을 돌려 천천히 방에서 나왔다. 그는 아직 그녀를 돌려세울 수 있었으나 그녀가 문에 다다를 때까지 침묵을 지켰다. 오직 종이 넘기는 소리만 들렸다.

"참, 그런데……" 그녀가 이미 문에 이르렀을 때 그가 말했다. "내일 우리 확실히 떠나는 거지요, 그렇지요?"

"당신은요. 난 아니고." 그녀가 그에게로 몸을 돌리며 말했다.

"안나, 이렇게 살 수는 없어요……"

"당신은요. 난 아니고." 그녀는 되풀이했다.

"이건 정말 참을 수가 없네!"

"당신은…… 후회하게 될 거예요." 그녀는 말하고 나갔다.

이 말을 할 때의 그 절망적인 표정에 겁이 난 그는 벌떡 일어났고 그녀를 따라 달려가고 싶었지만, 정신을 차리고 다시 앉아서 이를 꽉 깨물고 얼굴을 찌푸렸다. 그가 보기에 품위 없는 이 협박이 그의 신경을 돋우었다. '난 모든 걸 다 해보았어.' 그는 생각했다. '남은 건 오직 한가지, 그저 주의를 기울이지 않는 수밖에 없어.' 그러고서 그는 위임장의 서명을 받기 위해 다시 한번 어머니에게로 가려고 시내로 나갈 채비를 했다.

그녀는 서재와 식당에서 왔다 갔다 하는 그의 발소리를 들었다. 그는 응접실에서 멈춰섰다. 하지만 그는 그녀에게로 향하지 않았고 자기가 없는 동안 보이또프에게 말을 내주라는 명령만 내렸다. 그다음에 그녀는 마차를 내오는 소리를 들었고, 문이 열리고 그가 다시 나가는 소리를 들었다. 하지만 그는 다시 복도로 들어왔고 누군가가 위로 뛰어올라왔다. 그건 하인이 잊어버린 장갑을 가지러 올라온 것이었다. 그녀는 창문으로 다가가 그가 쳐다보지도 않고 장갑을 받으면서 마부의 등에 손을 대고 그에게 뭔가를 말하는 것을 보았다. 그러고 나서 그는 창문을 보지 않은 채 마차 속에서 평소의 자세를 취하고 앉아서 다리를 꼬고 장갑을 끼면서 모퉁이로 사라졌다.

## 27

'떠났어! 끝난 거지!' 안나는 창가에 서서 스스로에게 말했다. 이 물음에 대한 대답으로 꺼진 촛불 아래서 어둠과 무서운 꿈의 인상이 하나로 합쳐지면서 차가운 공포가 그녀의 심장을 가득 채웠다.

'안 돼, 그럴 수 없어!' 그녀는 소리를 질렀고 방을 건너가 세차게 종을 울렸다. 지금 그녀는 혼자 있는 것이 너무 무서워서 사람이 오는 것을 기다리지 않고 그를 맞으러 갔다.

"백작이 어디로 가셨는지 알아오세요." 그녀가 말했다.

하인은 백작이 마구간으로 가셨다고 말했다.

"외출하고 싶으시면 마차를 당장 돌려보내겠다고 전하라고 하셨습니다."

"좋아요, 잠깐 기다려요. 지금 쪽지를 써줄게요. 미하일라에게 쪽지를 줘서 마구간으로 보내요. 어서요."

그녀는 앉아서 쪽지를 썼다.

"내가 잘못했어요. 집으로 돌아와요, 화해를 해야지요. 제발 와줘요. 무서워요."

그녀는 봉인을 해서 그 사람에게 주었다.

지금 그녀는 혼자 남는 것이 두려워서 그를 따라 방에서 나와 아이방으로 들어갔다.

'이게 뭐야, 이건 그애가 아니네. 이건 그애가 아니야! 푸른 두 눈은 어디 갔나, 사랑스러운 수줍은 미소는?' 이는 정신이 흐려진 그녀가 아이방에서 볼 것을 기대했던 세료자 대신 검은 고수머리의 통통하고 발그레한 딸아이를 보았을 때 처음 떠오른 생각이었다. 딸아이는 책상 앞에 앉아서 병마개로 책상을 고집스럽게 힘껏 두드리며 두 건포도로—검은 두 눈으로—의미 없이 어머니를 쳐다보았다. 안나는 영국 여자에게 자기가 완전히 건강해져서 내일 시골로 간다고 대답한 후 딸아이에게로 다가앉아서 그녀 앞에서 병마개를 돌리기 시작했다. 하지만 어린애의 크고 울리는 웃음소리와 눈썹의 움직임이 너무도 생생하게 브론스끼를 기억나게 해서 그녀는 흐느낌을 억누르며 서둘러 일어나서 나왔다. '정말 모든 것이 끝난 걸까? 안 돼, 그럴 수 없어.' 그녀는 생각했다. '그는 돌아올 거야. 하지만 그는 그 미소를, 또 그녀와 이야기한 후의 그 생기를 어떻게 설명할 것인가! 하지만 그는 설명하지 않을 거야. 그래도 나는 믿을 거야. 만약 내가 믿지 않으면 내게 남는 건 하나밖에 없어. 그리고 나는 그러고 싶지 않아.'

그녀는 시계를 보았다. 십이분이 지났다. '지금쯤은 벌써 쪽지를 받았고 돌아오고 있을 거야. 곧, 십분만 더…… 하지만 그가 오지 않으면 어쩌지? 아니야, 그럴 수 없어. 그가 울어서 퉁퉁 부은 눈을 한 내 꼴을 보지 않아야 하는데. 씻으러 가야겠다. 그래, 그래, 내가 머리는 빗었나, 아닌가?' 그녀는 스스로에게 물었다. 그녀는 기억하지 못했다. 그녀는 손으로 머리를 만져보았다. '그래, 머리를 빗었구나. 하지만 언제? 정말 기억을 못 하는구나.' 그녀는 심지어 자기 손을 믿을 수 없어서 자기가 정말로 머리를 빗었는지 아닌지 보려고 화장대로 다가갔다. 그녀의 머리는 빗겨져 있었는데, 그녀는 언제 빗었는지 기억할 수 없었다. '이게 누구지?' 그녀는 거울 속에서 흥분한 얼굴과 공포에 젖어서 그녀를 바라보는, 이상한 빛을 발하는 두 눈을 보면서 생각했다. '그래, 나구나.' 갑자기 그녀는 그것을 깨닫고 스스로를 머리부터 발끝까지 살펴보다가 자신의 몸 위에서 그의 키스들을 느꼈다. 그녀는 떨면서 두 어깨를 움찔했다. 그러고는 손을 입술로 들어올려 키스했다.

'이게 뭐야, 내가 미쳐가는구나.' 그녀는 안누시까가 치우고 있는 침실로 들어갔다.

"안누시까." 안나는 하녀 앞에 서서 무슨 말을 하려는지도 모르는 채 그녀를 바라보고 말했다.

"다리야 알렉산드로브나께 가고 싶어하셨어요." 하녀가 이해한 듯이 말했다.

“다리야 알렉산드로브나에게? 그래, 갈 거야.”

‘가는 데 십오분, 오는 데 십오분. 그는 벌써 오고 있어. 그는 곧 도착할 거야.’ 그녀는 시계를 꺼내서 살펴보았다. ‘하지만 어떻게 나를 이런 상황에 남겨두고 떠날 수 있었을까? 어떻게 그는 나와 화해하지 않고 살 수 있나?’ 그녀는 창문으로 다가가서 거리를 살펴보기 시작했다. 시간상으로 그는 벌써 돌아올 수 있었다. 하지만 계산이 정확하지 않을 수 있었다. 그녀는 다시 그가 언제 떠났는지를 기억하고 시간을 계산하기 시작했다.

그녀가 자기 시계와 맞춰보려고 큰 시계를 향해 걸어갈 때 누군가가 현관으로 다가왔다. 창문에서 내다보니 그의 마차가 보였다. 하지만 아무도 계단으로 올라오지 않았고 아래서 목소리들이 들렸다. 보냈던 사람[72]이 마차를 타고 돌아온 것이었다. 그녀는 그에게로 갔다.

“백작님을 만나뵐 수 없었어요. 백작님은 니제고로드스까야선線으로 떠나셨어요.”

“어쩐 일이냐? 뭐라고?” 그녀는 자신의 쪽지를 돌려주는 뺨이 붉고 유쾌한 얼굴의 미하일라를 향했다.

‘그래, 그는 쪽지를 받지 못했구나.’ 그녀는 생각해냈다.

“이 쪽지를 가지고 시골로, 브론스까야 백작부인에게로 가, 알겠니? 그리고 즉시 답변을 가져와.” 그녀는 심부름꾼에게 말했다.

‘그럼 나 자신은 대체 뭘 해야 할까?’ 그녀는 생각했다. ‘그래, 나는 돌리에게 갈 거야. 그래, 맞아. 그러지 않으면 미칠 것 같아. 그

72 미하일라. 미하일라는 남자이다.

래, 난 전보도 칠 수 있지.' 그리고 그녀는 전보 문구를 썼다.

"꼭 이야기할 것이 있어요. 즉시 돌아와요."

전보를 보내고 나서 그녀는 옷을 갈아입으러 갔다. 옷을 다 입고 모자를 쓴 뒤 그녀는 뚱뚱하게 살이 오르고 태평한 안누시까의 눈을 다시 들여다보았다. 이 작고 선량한 회색 눈 속에 분명한 동정이 보였다.

"안누시까, 얘야, 나는 어쩌니?" 안나가 흐느끼며 맥없이 안락의자에 주저앉으면서 말했다.

"왜 그렇게 불안해하세요, 안나 아르까지예브나! 이건 종종 있는 일이에요. 나들이를 하시고 기분 푸세요." 하녀가 말했다.

"그래, 갈게." 안나가 정신을 차리고 일어서면서 말했다. "만약 나 없을 때 전보가 도착하면 다리야 알렉산드로브나에게로 보내도록 해…… 아니, 내가 돌아올게."

'그래, 생각할 필요 없어. 뭐라도 해야지. 가야지. 중요한 것은 이 집에서 나가는 거야.' 그녀는 심장 속에서 일어나 부글거리는 무시무시한 소리에 놀란 귀를 기울이며 말하고는 서둘러 나가서 마차에 앉았다.

"어디로 갈깝쇼?" 뾰뜨르가 마부 곁으로 올라앉기 전에 물었다.

"즈나멘까가로, 오블론스끼 댁으로."

## 28

날씨는 맑았다. 아침 내내 가는 비가 자주 내리다가 바로 얼마 전부터 맑아졌다. 철제 지붕, 보도블록, 마찻길의 자갈, 마차들의 바퀴, 마구의 가죽과 청동, 함석판, 모든 것이 오월의 태양 아래서 선명하게 반짝이고 있었다. 세시였고, 거리는 가장 활기찬 때였다.

회색 말의 질주에도 팽팽한 스프링 때문에 거의 흔들리지 않는 고요한 반개마차의 구석에 앉아서 안나는 멈추지 않는 바퀴 소리를 들으며, 신선한 대기 속에 휙휙 지나가는 바깥 풍경의 인상들 속에서 다시 한번 최근의 일들을 되짚어보면서 자신의 상황이 집에 있을 때 생각하던 것과는 전혀 다르다는 것을 깨달았다. 이제 죽음에 대한 생각은 더이상 그렇게 무섭고 분명하지 않았고, 죽음 자체가 더이상 불가피한 것으로 여겨지지 않았다. 지금 그녀는 자신을 그렇게 굴욕적으로 낮춘 데 대해 스스로를 질책했다. '나는 그에게 나를 용서하라고 애원한다. 나는 그에게 굴복했다. 내가 잘못했다고 인정했다. 뭣 때문에? 내가 그 없이는 살 수 없기라도 한가?' 그녀는 그 없이 어떻게 살 것인가라는 질문에 답하지 않고 간판들을 읽기 시작했다. '사무실과 창고. 치과 의사. 그래, 돌리에게 다 말할 거야. 그녀는 브론스끼를 좋아하지 않아. 창피하고 가슴 아프겠지만 나는 그녀에게 다 말할 거야. 그녀는 나를 사랑해. 난 그녀의 조언을 따를 거야. 나는 그에게 굴복하지 않을 거야. 나는 그가 나를 가르치게 두지 않을 거야. 필리뽀프[73], 깔라치빵. 제빵집들이 반죽을 뻬쩨르부르그로 보낸다지. 모스끄바는 물이 그렇게 좋아. 미찌시치 샘[74]과 블린[75].' 그리고 그녀는 오래전에, 그녀가 아직 열일곱살이었을 때 아주머니와 뜨로이짜 수도원[76]으로 갔던 일을

73 모스끄바의 유명한 제과점 체인으로 뜨베르스까야 거리에 본점이 있었다. 깔라치빵이 무척 인기가 있었다.

74 모스끄바에 최초로 설치된 수도는 미찌시치 마을에서 도시로 끌어온 것이었다.

75 러시아식 부침개.

76 14세기에 세워진, 모스끄바 북동쪽에 있던 수도원.

기억했다. '그땐 아직 거기까지 마차를 타고 갔지. 빨간 손을 한 게 정말 나였나? 그때 내게 그렇게 멋지고 닿을 수 없는 것으로 보였던 것들 중에서 얼마나 많은 것이 시시하게 되었고, 그때 있었던 것들 중에서 얼마나 많은 것이 지금은 영원히 닿을 수 없게 되었나. 당시 나는 내가 이토록 굴욕적인 처지에 이르리라고 믿을 수나 있었을까? 내 쪽지를 받고 그는 얼마나 의기양양해하고 만족해할까! 하지만 난 그에게 증명해줄 거야…… 이 칠은 냄새가 정말 고약하네. 무엇 때문에 사람들은 항상 칠을 하고 짓고 그러는 걸까? 유행하는 옷과 장식품.' 그녀는 읽었다. 한 남자가 그녀에게 허리 굽혀 절했다. 안누시까의 남편이었다. '우리의 기생자들.' 그녀는 브론스끼가 말한 것을 기억했다. '우리의? 왜 우리야? 과거를 뿌리째 뽑을 수 없다는 건 끔찍해. 뽑을 수는 없어도 과거에 대한 기억을 묻어버릴 수는 있지. 나는 묻어버릴 거야.' 여기서 그녀는 알렉세이 알렉산드로비치와의 과거를, 자신이 어떻게 그것을 기억에서 지워버렸는지를 기억했다. '돌리는 내가 두번째 남편도 떠난다고, 그래서 아마도 내가 옳지 않다고 생각할 거야. 나는 옳고 싶은 건가? 나는 옳을 수 없어.' 이 말을 하자 그녀는 울고 싶어졌다. 하지만 그녀는 당장 저 두 처녀가 뭣 때문에 저렇게 웃을 수 있는지에 대해 생각하기 시작했다. '필시 사랑에 대해서? 그들은 몰라, 그게 얼마나 불쾌하고 저열한지…… 대로와 아이들. 아이 셋이 뛰어간다, 말놀이를 하면서. 세료자! 나는 모든 것을 잃고 그를 돌아오게 할 수도 없겠지. 그래, 모든 것을 잃는 거야, 그가 돌아오지 않으면. 그는 아마도 기차 시간에 늦어서 이미 돌아왔을 거야. 나는 다시 굴욕을 원하는군.' 그녀는 스스로에게 말했다. '아니, 난 돌리에게로 가서 솔직하게 다 말할 거야, 나는 불행하다고, 내가 그럴 만한 짓을 했다고, 내가 죄를 지었다고, 하지만 난 여전히 불행하다고, 나를 도와달라고. 이 말들, 이 마차, 이 마차 안에 있는 내가 얼마나 혐오스러운지—모든 게 그의 것인데. 하지만 난 더이상 이것들을 보지 않게 될 거야.'

안나는 돌리에게 모든 것을 털어놓을 말을 생각하느라고 부러 자기 심장을 아프게 하면서 계단으로 올라갔다.

"누가 계신가요?" 그녀는 현관방에서 물었다.

"까쩨리나 알렉산드로브나 레비나가 계십니다." 하인이 대답했다.

'끼찌! 브론스끼가 사랑했던 바로 그 끼찌.' 그녀는 생각했다. '그가 사랑으로 기억하는 바로 그 끼찌. 그는 그녀와 결혼하지 않은 것을 유감스러워하지. 그는 나에 대해서는 증오로 기억하겠지. 그는 나와 가까워진 것을 유감스러워할 거야.'

안나가 도착했을 때 자매들 간에는 수유에 대한 논의가 진행 중이었다. 돌리 혼자만 이때 그들의 대화를 방해한 손님을 맞으러 나왔다.

"아직 안 떠났어요? 내가 보러 가려 했는데." 그녀가 말했다. "오늘 스찌바로부터 편지를 받았어요."

"우리도 전보를 받았어요." 안나가 끼찌를 보려고 둘러보면서 말했다.

"그는 알렉세이 알렉산드로비치가 도대체 뭘 원하는지 이해를 못 하겠지만 답변 없이는 오지 않겠다고 썼어요."

"누가 와 있는 것 같네요. 편지를 읽어봐도 될까요?"

"네, 끼찌가 와 있어요." 돌리가 당황하며 말했다. "그녀는 아이 방에 있어요. 그녀는 아주 아팠었어요."

"들었어요. 편지를 읽어봐도 될까요?"

“당장 가져올게요. 그런데 그는 거절하지는 않는대요. 반대로 스찌바는 희망을 품고 있어요.” 돌리가 문가에 멈춰서서 말했다.

“전 희망을 품지 않아요. 원하지도 않고요.” 안나가 말했다.

‘이건 대체 뭐야. 끼찌는 나를 만나는 것이 모욕적이라고 여기나?’ 홀로 남은 안나가 생각했다. ‘아마 그녀가 옳을 거야. 하지만 비록 그게 진실이라고 해도 브론스끼를 사랑했던 여자인 그녀가 그런 마음을 내게 보이면 안 되지. 이런 처지에 있는 나를 제대로 된 여자라면 아무도 맞이할 수 없다는 것을 난 알아. 내가 첫 순간부터 모든 걸 그에게 희생했다는 것을 난 알아! 이게 그 보상이지! 오, 나는 그를 얼마나 증오하는지! 나는 왜 이리로 왔나? 더 나빠지고 더 힘들어졌네.’ 그녀는 다른 방에서 자매들이 대화하는 소리를 들었다. ‘내가 지금 돌리에게 무슨 말을 하겠나? 내가 불행하다는 것으로, 그녀의 보호 아래 들어가는 것으로 끼찌를 위로해야 하나? 아니야. 게다가 돌리도 아무것도 이해 못 할 거야. 그녀에게 할 말도 없어. 다만 끼찌를 보고 그녀에게 내가 모든 사람과 모든 것을 경멸하고 있고 내게는 지금 아무것도 상관없다는 것을 보여주는 건 재미있을 텐데.’

돌리가 편지를 가지고 들어왔다. 안나는 그것을 읽고 말없이 건네주었다.

“전 이 모든 걸 알고 있었어요.” 그녀가 말했다. “그리고 이건 전혀 제 흥미를 끌지 못해요.”

“그래요? 대체 왜죠? 난 반대로 희망을 가져요.” 돌리가 호기심을 가지고 안나를 보며 말했다. 그녀는 한번도 그토록 이상하게 신경이 과민한 상태에 있는 안나를 본 적이 없었다. “언제 떠나요?” 그녀가 물었다.

안나는 두 눈을 가늘게 뜨고 앞을 보면서 그녀에게 대답하지 않았다.

“끼찌는 왜 제게서 숨죠?” 그녀가 문을 바라보고 얼굴을 붉히며 말했다.

“아, 무슨 바보 같은 소리! 그녀는 젖을 먹이고 있어요. 그런데 제대로 안 돼서 내가 조언을 하고 있었지요…… 그녀는 무척 기뻐해요. 곧 올 거예요.” 거짓말을 할 줄 모르는 돌리가 어색하게 말했다. “자, 저기 나오네요.”

안나가 온 것을 알고 끼찌는 나오고 싶어하지 않았다. 하지만 돌리가 그녀를 설득했다. 끼찌는 애써 힘을 모아 나왔고, 얼굴을 붉히며 그녀에게 다가와 손을 내밀었다.

“무척 기뻐요.” 끼찌가 떨리는 목소리로 말했다.

끼찌는 자신의 내면에서 일어난 이 몹쓸 여자에 대한 적대감과 그녀를 배려하고 싶은 마음 사이에서 갈등하느라 당황하고 있었다. 하지만 안나의 아름답고 마음을 끄는 매혹적인 얼굴을 보자마자 그녀의 적대감은 순식간에 사라져버렸다.

“저를 만나고 싶어하지 않는다 해도 놀라지 않았을 거예요. 전 모든 것에 익숙해졌어요. 아팠다면서요? 그래요, 변했네요.” 안나가 말했다.

끼찌는 안나가 자기를 적대적으로 보는 것을 느꼈다. 그녀는 이 적대적 태도가 예전에 그녀를 보호하는 위치에 있었던 안나가 지금 그녀 앞에서 느끼는 자신의 어색한 처지 때문이라고 이해했고, 그러자 그녀가 불쌍해졌다.

그들은 병에 대해서, 아이에 대해서, 스찌바에 대해서 이야기를 좀 나누었으나 분명 아무것도 안나의 흥미를 끌지 못한 것 같았다.

"작별하려고 들렀어요." 그녀가 일어나면서 말했다.

"대체 언제 가는데요?"

하지만 안나는 이번에도 대답을 하지 않고 끼찌에게로 향했다.

"그래요, 만나서 무척 기뻤어요." 그녀가 미소를 지으며 말했다. "전 당신에 대해 모든 사람들에게서 들었지요, 당신 남편에게서까지요. 그분이 제 집에 왔었지요. 저는 그분이 무척 마음에 들었어요." 그녀가 분명 심술궂은 의도를 가지고 덧붙였다. "그분은 어디 있나요?"

"시골로 갔어요." 끼찌가 얼굴을 붉히며 말했다.

"제 인사를 전해주세요. 꼭 전해주세요."

"꼭 전할게요!" 끼찌가 동정하듯이 그녀의 눈을 들여다보며 순진하게 되풀이했다.

"그럼 잘 있어요, 돌리!" 안나는 돌리에게 키스하고 끼찌의 손을 잡고 나서 서둘러 나갔다.

"여전히 변함없는 모습에 마찬가지로 매혹적이네. 무척 아름다워!" 언니와 단둘이 남은 끼찌가 말했다. "그런데 그녀 안에는 뭔가 가련한 것이 있어! 끔찍하게 가련한 것이."

"아니, 오늘 그녀 안에는 뭔가 특별한 것이 있어." 돌리가 말했다. "현관방에서 배웅할 때 보니까 그녀는 울고 싶어하는 것처럼 보였어."

## 29

안나는 집에서 나올 때보다 더 나쁜 상태로 마차에 올랐다. 지금은 이전의 고통들에 끼찌를 만나면서 분명하게 느끼게 된 모욕감과 배척감이 더해졌다.

“어디로 갈깝쇼? 집으로요?” 뾰뜨르가 물었다.

“그래, 집으로.” 그녀는 지금 어디로 가야 하는지에 대해 생각조차 안 하고 말했다.

‘그들이 나를 얼마나 무섭고 이해할 수 없는 것, 호기심을 일으키는 것을 보듯이 보던지. 저 사람은 뭐에 대해 저렇게 열을 올리며 다른 사람에게 말할 수 있을까?’ 그녀는 행인 두명을 보며 생각했다. ‘자기가 느끼는 것을 다른 사람에게 말할 수 있기라도 하단 말인가? 난 돌리에게 말하고 싶었지. 말하지 않길 잘했어. 내 불행을 얼마나 기뻐했을까! 그녀는 감췄을 테지. 하지만 주로 느끼는 감정은 그녀가 부러워했던 그 만족에 대해 내가 벌을 받았다는 기쁨이었을 거야. 끼찌는 더 많이 기뻐했겠지. 내가 그녀 전체를 얼마나 환히 꿰뚫어볼 수 있는지! 그녀는 내가 자기 남편에게 보통 이상으로 친절하다는 것을 알지. 그래서 그녀는 질투하고 나를 미워하는 거야. 그리고 경멸하기도 하지. 그녀의 눈에 나는 부도덕한 여자야. 만약 내가 부도덕한 여자라면 난 그녀의 남편으로 하여금 나를 사랑하도록 할 수 있었을 거야…… 내가 원했다면. 그래, 나도 그걸 원했었지. 여기 이 사람은 자기에게 만족하는군.’ 그녀는 맞은쪽에서 걸어오며 그녀를 아는 여자로 여기고 번들거리는 모자를 번들거리는 대머리 위로 들어올렸다가 자신이 실수한 것을 깨달은 뚱뚱하고 빰이 붉은 신사에 대해 생각했다. ‘그는 나를 안다고 생각했어. 근데 그는 이 세상의 어느 누구도 나를 잘 알지 못하는 것처럼 그렇게 나를 잘 알지 못하지. 나도 나를 모르는데. 프랑스인들이 말하듯이 내 취향만 알 뿐이지. 저기 저들은 저 더러운 아이스크림을 먹고 싶어하는구나. 저들도 아마 알고 있겠지.' 그녀는 머리에서 통을 내리고 수건 자락으로 땀이 흐르는 얼굴을 닦는 아이스크림 장수를 멈춰세운 두 소년을 보면서 생각했다. '우리 모두는 달콤한 것을, 맛있는 것을 먹고 싶어하지. 사탕이 없으면 더러운 아이스크림이라도. 끼찌도 그래. 브론스끼가 아니면 레빈이지. 그리고 그녀는 나를 질투하고 나를 증오해. 우리 모두는 서로서로를 증오하지. 나는 끼찌를, 끼찌는 나를. 이게 진실이지. 쮸찌낀, *미용사*[77]. 쮸찌낀에게 *나 머리를 해요*[78]…… 그가 도착하면 그에게 이야기해야지.' 그녀는 생각하고 미소 지었다. 하지만 그 순간 그녀는 지금 아무에게도 아무 재미있는 말도 할 수 없다는 것을 기억했다. '그래, 웃을 만한 건, 유쾌한 건 아무것도 없어. 모든 게 지긋지긋해. 저녁 미사 종이 울리네. 저 상인은 얼마나 반듯하게 성호를 긋는지 몰라! 꼭 뭔가 잃어버릴까봐 두려워하는 것 같아. 저 교회들은, 저 종소리는, 저 거짓은 뭣 때문에 있지? 그건 다만 저렇게 화가 나서 욕을 해대는 마부들처럼 우리 모두가 서로서로를 증오한다는 걸 감추기 위해서야. 야시빈이 말했지. 그는 나를 셔츠도 없이 남겨두려고 하고 나도 그를 그렇게 하려 한다고. 그래, 그건 진실이야!'

그녀는 자기 상황에 대해서 생각하는 것조차 중단할 정도로 마음을 빼앗은 이런 생각들을 하다가 자기 집 현관 앞의 마차 서는 장소에 다다랐다. 그녀를 향해 나오는 문지기를 보고 그녀는 쪽지와 전보를 보냈던 것을 기억해냈다.

---

**77** coiffeur(프랑스어).

**78** Je me fait coiffer par(프랑스어). 쮸찌낀이라는 이름이 '응석을 받아주다'라는 단어를 연상시키기에 재미있다.

“답변이 왔나요?” 그녀가 물었다.

“당장 살펴볼게요.” 문지기가 답하고는 자기 책상 위를 보더니 사각형의 얇은 전보 봉투를 집어서 그녀에게 건네주었다. “열시 이전에는 도착할 수 없어요. 브론스끼.” 그녀는 읽었다.

“보낸 사람은 돌아오지 않았나요?”

“네, 돌아오지 않았습니다.” 문지기가 대답했다.

‘그렇다면 난 내가 해야 할 일을 알지.’ 그녀는 속에서 막연한 분노와 복수의 욕망이 치밀어오르는 것을 느끼며 계단을 뛰어올라갔다. ‘내가 직접 그에게로 갈 거야. 영원히 떠나기 전에 그에게 모든 것을 말할 거야. 이 인간처럼 증오한 사람은 이제껏 아무도 없어.’ 그녀는 생각했다. 옷걸이에 걸린 그의 모자를 보고 그녀는 혐오에 몸을 떨었다. 그녀는 그의 전보가 그녀가 보낸 전보에 대한 답장이고 그가 아직 그녀의 쪽지들을 받지 못했다는 것을 생각지 못하고 있었다. 그녀는 그가 지금 태평하게 어머니와 소로끼나와 이야기하고 있고 그녀의 고통을 기뻐하고 있는 것으로 상상했다. ‘그래, 빨리 가야 해.’ 그녀는 여전히 어디로 가야 하는지도 모르는 채 스스로에게 말했다. 그녀는 이 끔찍한 집에서 겪었던 감정들로부터 어서 빨리 벗어나고 싶었다. 이 집의 하인들, 벽들, 물건들—모든 것이 그녀 안에 혐오와 분노를 불러일으켰고, 어떤 무거운 짐처럼 그녀를 짓눌렀다.

‘그래, 기차역으로 가야 해. 만약 역에 그가 없으면 그리로 가서 그를 붙잡아야지.’ 안나는 신문에서 열차 시간표를 살펴보았다. 저녁 여덟시 이분에 떠나는 기차가 있었다. ‘그래, 그걸 탈 수 있겠다.’ 그녀는 다른 말들을 매라고 했고, 며칠간 꼭 필요한 물건들로 여행용 가방을 꾸리는 일에 몰두했다. 그녀는 자기가 더이상 이리로 돌아오지 않을 것을 알고 있었다. 그녀는 머릿속에 떠오른 여러 계획들 중에서, 역이나 백작부인의 영지에서 무슨 일이 일어나든 그후에는 니제고로드스까야선을 따라 첫번째 도시까지 타고 가서 그곳에 머물기로 막연하게 마음을 먹었다.

식탁에 식사가 차려져 있었다. 그녀는 다가가서 빵과 치즈의 냄새를 맡았다. 이 모든 음식 냄새가 역겨운 것을 확실하게 느낀 그녀는 마차를 대라고 하고 밖으로 나왔다. 집은 이미 거리 전체에 그림자를 드리우고 있었다. 아직 햇볕이 따스한 저녁이었다. 물건들을 들고 그녀를 배웅하는 안누시까, 마차에 짐을 싣는 뾰뜨르, 불만스러워하는 게 분명한 마부, 모두가 혐오스러웠고 그들의 말과 행동이 그녀의 신경을 돋우었다.

"자네는 필요 없어, 뾰뜨르."

"그럼 표는 어떻게 해요?"

"그래, 그럼 원하는 대로 해. 내겐 아무 상관 없어." 그녀가 유감스러워하며 말했다.

뾰뜨르는 마부석으로 뛰어올라서 몸을 곧추세우고 양손을 허리에 짚고 역으로 가자고 명했다.

## 30

'이제 다시 마차구나! 난 다시 모든 걸 이해해.' 마차가 움직이고 흔들리며 좁은 마찻길을 따라 소리를 낼 때 안나는 스스로에게 말했고, 다시 인상들이 하나씩 하나씩 바뀌기 시작했다.

'그래, 내가 마지막으로 뭘 그렇게 열심히 생각했을까?' 그녀는 기억하려고 애썼다. '쮸찌낀, *미용사*[79]? 아니, 그게 아닌데. 그래, 야시빈이 말한 것에 대해서였지. 생존경쟁과 증오만이 인간들을 묶는다고. 그래요! 당신들은 괜히 가는 거예요.' 그녀는 마음속으로 교외로 즐기러 나가는 것이 분명한, 네마리의 말이 끄는 반개마차 속의 일행을 향했다. '데리고 가는 개도 당신들을 도울 수 없지요. 자신으로부터 도망칠 수 없어요.' 뾰뜨르가 몸을 돌리는 방향으로 시선을 던지니 순경이 어디론가 데리고 가는, 반쯤은 죽은 듯이 취해 고개가 흔들거리는 공장 노동자가 보였다. '저 사람은 차라리 그렇다고 할 수 있겠네.' 그녀는 생각했다. '바로 나와 브론스끼 백작도 그것에서 많은 것을 기대하기는 했지만 마찬가지로 만족을 찾지 못했지.' 그리고 이제야 처음으로 그녀는 모든 것을 보게 하는 밝은 빛을, 이전에는 생각하기를 회피했던 자기와 그의 관계를 향해서 비추었다. '그는 내게서 무엇을 찾았을까? 사랑보다는 허영의 만족이었지.' 그녀는 그의 말, 그들 관계의 첫 시기에 굴종적인 사냥개를 연상시키던 그의 얼굴 표정을 떠올렸다. 그리고 모든 것이 이를 뒷받침해주었다. '그래, 그의 안에는 허영을 만족시킨 성공의 환호가 있었어. 물론 사랑도 있었지. 하지만 더 큰 부분은 성공의 자랑스러움이었어. 그는 날 자랑으로 여긴 거야. 이제 그건 지나갔어. 아무것으로도 자랑을 느낄 수 없지. 자랑을 느끼기보다는 창피해하지. 그는 내게서 가능한 건 모두 취했고, 이제 나는 그에게 필요 없어. 그는 나를 부담스러워하고 나와의 관계에 있어서 불명예스럽지 않도록 애쓰지. 그는 어제 무심코 말해버렸지, 자기 배들을 불태우고 새로 시작하기 위해 이혼과 결혼을 원한다고.

---

**79** coiffeur(프랑스어).

그는 나를 사랑해—하지만 어떻게? *열정은 지나갔어*[80]. 저 사람은 모든 사람을 놀라게 하고 싶어하면서 자기 자신에게 매우 만족하네.' 그녀는 곡예용 말을 타고 가는 뺨이 붉은 점원을 보며 생각했다. '그래, 저런 맛을 그는 이미 내게서 느끼지 못하지. 내가 그를 떠난다면 그는 아마 내면 깊숙한 곳에서 기뻐할 거야.'

이는 이미 추측이 아니었다. 그녀는 지금 그녀에게 삶의 의미와 인간관계의 의미를 열어 보여주는 그 꿰뚫는 빛 속에서 이를 분명하게 보았다.

'내 사랑은 점점 더 열정적이고 자기중심적이 되고, 그의 사랑은 점점 더 꺼져가지. 이것이 우리가 헤어져야 하는 이유야.' 그녀는 생각을 이어갔다. '이건 어쩔 수 없는 일이야. 내가 가진 모든 것은 오직 그이 안에만 있고 나는 점점 더 많이 그가 온통 내게 헌신할 것을 요구하지. 하지만 그는 점점 더 나로부터 멀어져가고 싶어해. 우리는 말하자면 연결 전까지는 서로 마주 걸어왔다가, 이후에는 막을 수 없이 다른 방향으로 멀어져가는 거야. 그리고 이걸 바꾸는 건 불가능해. 그는 내가 무분별하게 질투한다고 말하지. 그리고 나 스스로도 내게 무분별하게 질투한다고 말하지. 하지만 그건 진실이 아니야. 나는 질투하는 게 아니라 불만족하는 거야. 하지만……' 그녀는 갑자기 다가온 생각으로 인하여 그녀 안에 일어난 흥분 때문에 입을 벌렸고, 마차 안에서 자리를 바꾸어 앉았다. '내가 만약 그의 애무만을 열정적으로 사랑하는 정부가 아니고 다른 무엇이 될 수 있다면. 하지만 난 다른 어떤 것도 될 수 없고 되고 싶지도 않아. 그리고 난 이 욕망으로 그 사람 안에 혐오를 불러일으

80 The zest is gone(영어).

키고, 그는 내 안에 적의를 불러일으키지. 이건 달라질 수 없어. 그가 나를 속이지 않으리라는 것을, 그가 소로끼나를 염두에 두고 있지 않다는 것을, 그가 끼찌에게 빠지지 않았다는 것을 내가 모르기라도 한단 말인가? 난 이 모든 걸 다 알고 있지. 하지만 그렇다고 마음이 가벼워지는 것은 아니야. 만약 그가 나를 사랑하지 않으면서 의무 때문에 내게 착하고 사랑스레 군다면 내가 원하는 것은 없는 거야. 그래, 그건 적의보다 천배나 더 나빠. 그건 지옥이지! 근데 그런 구석도 있어. 그는 이미 오래전부터 나를 사랑하지 않아. 그런데 사랑이 끝나는 그곳에서 증오가 시작되지. 이 거리들은 도통 모르겠네. 무슨 언덕들, 온갖 집들…… 집들……그리고 집 안에는 온갖 사람들…… 사람들…… 사람들이 얼마나 많은지, 끝이 없지. 그리고 모든 사람들이 서로서로를 미워해. 자, 내가 행복해지기 위해 내가 원하는 것을 생각해낸다고 치자. 그러면? 내가 이혼을 받아내고 알렉세이 알렉산드로비치가 내게 세료자를 주고 내가 브론스끼와 결혼한다면.' 알렉세이 알렉산드로비치를 기억하니, 당장 그가 마치 살아 있는 사람처럼 유례없이 생생하게, 유순하고 생기 없고 빛이 꺼진 두 눈, 하얀 두 손의 푸른 핏줄들, 억양, 손가락을 꺾는 소리와 함께 그녀 앞에 떠올랐다. 그녀는 그들 사이에 있었던, 역시 사랑이라고 불렸던 감정을 기억하고는 혐오에 몸을 떨었다. '그러면 내가 이혼을 하고 브론스끼와 결혼한다고 치자. 그럼 어떨까? 끼찌가 오늘 본 것처럼 나를 그렇게 보지 않게 될까? 아니야. 그리고 세료자는 내 두 남편에 대해 묻고 생각하는 것을 그만두게 될까? 그리고 나와 브론스끼 사이에서 내가 어떤 새로운 감정을 찾아내게 될까? 이미 어떤 행복은 고사하고, 고통이 아닌 어떤 것이 가능하단 말인가? 아니고 또 아니야!' 그녀는 지금 조금의 흔들림도 없이 스스로에게 답했다. '불가능해! 우리는 삶 때문에 멀어지는 거야. 나는 그의 불행을 만들고 그는 내 불행을 만들지. 그리고 나도 그도 변화시킬 수는 없어. 모든 시도를 다 해봤지. 나사가 닳아 떨어졌어. 그래, 아이를 데리고 있는 저 여자 거지, 그녀는 자기가 불쌍하다고 생각하지. 우리 모두가 서로서로를 미워하기 위해서, 그래서 자기 자신과 다른 사람들을 괴롭히기 위해서 세상으로 던져진 것이 아니기라도 하단 말인가? 고등학생들이 걸어가며 웃는구나. 세료자.' 그녀는 떠올렸다. '나도 내가 그애를 사랑한다고 생각했고 내 사랑에 대해서 감동했지. 하지만 그애 없이도 살았고, 그애를 다른 사랑과 바꾸었고, 그 사랑으로 만족을 느끼는 동안에는 그 교환을 한탄하지 않았어.' 그리고 그녀는 혐오를 느끼며 그녀가 사랑이라고 불렀던 것에 대해 기억했다. 그러자 그녀로 하여금 지금 자신과 모든 사람들의 삶을 볼 수 있게 한 분명함이 그녀를 기쁘게 했다. '나도, 뾰뜨르도, 마부 표도르도, 이 상인도, 이 광고들이 초청하는 장소인 볼가 강변에 사는 모든 사람들도, 모든 곳에서 언제나 그렇지.' 마차가 이미 니제고로드스까야 역의 아래층 건물에 다가갔고 그녀를 향해 짐꾼들이 달려나올 때 그녀가 생각했다.

"오비랄롭까[81]까지 가시렵니까?" 뾰뜨르가 말했다.

그녀는 자기가 어디로 왜 가는지 완전히 잊었고, 질문만 간신히 이해하는 데도 무진 애를 써야 했다.

"그래." 그녀는 그에게 돈이 든 지갑을 주며 말했고, 손에 빨간 작은 주머니가방만을 들고 마차에서 나왔다.[82]

---

81 모스끄바에서 동쪽으로 20킬로미터 떨어져 있다.

82 역에 도착한 안나는 뾰뜨르에게 돈지갑을 주고 자신은 빨간 작은 주머니가방을 손에 들고 기차에 탄다. 이것은 제1부 28장(제1권 174면)에서 처음 등장한 그 여

군중들 사이로 해서 일등석 대합실로 들어가면서 그녀는 점차로 자신이 처한 상황의 모든 구체적인 사항과, 그 사이에서 그녀를 이쪽저쪽으로 흔들리게 했던 두가지 결정을 기억해냈다. 예전에 다쳐서 생긴 고통스러운 상처들에 또다시 희망과 절망이 교차하면서 고통에 짓눌린, 무섭도록 두근거리는 심장의 상처들을 아프게 자극했다. 그녀는 기차를 기다리면서 별 모양의 벤치에 앉아 들어오고 나가는 사람들을 혐오를 느끼며 바라보면서(그녀에게는 그들 모두가 역겨웠다), 그녀가 역에 도착하게 될 것과 그에게 편지를 쓸 것에 대해, 무엇을 쓸 것인가에 대해, 그가 지금 어머니에게 자기 상황에 대해 (그녀의 고통을 이해하지 못하고) 어떻게 한탄하고 있는지에 대해, 그리고 그녀가 방으로 들어가 그에게 무슨 말을 할 것인지에 대해 생각했다. 그러다가 그녀는 삶이 아직 행복할 수 있다고 생각했고, 그녀가 얼마나 고통스럽게 그를 사랑하고 미워하는지, 그녀의 심장이 얼마나 무섭도록 뛰고 있는지에 대해 생각했다.

## 31

기적이 울렸고, 못생기고 무례하고 서둘러대고 그러면서 동시에 자신들이 만들어낸 인상에 신경을 쓰는 젊은 남자들이 시끌벅적 지나갔다. 제복과 편상화 차림의 뾰뜨르가 둔한 짐승 같은 얼

---

행용 주머니가방으로서, 그때 안나가 모스끄바로 왔다가 다시 뻬쩨르부르그로 떠날 때 꾸린 장난감같이 깜찍한 주머니가방이다. 뾰뜨르는 먼저 기차로 가서 아마도 짐칸에 여행용 가방을 가져다놓고 돌아와서 안나를 객차로 배웅해주고 작별하는 것 같다.

굴을 하고 홀을 지나 그녀를 객차까지 배웅하려고 다가왔다. 그녀가 플랫폼에서 그들 곁을 지나갈 때 시끌벅적하던 남자들은 조용해졌고, 한 사람만이 그녀에 대해서 옆 사람에게 뭔가를 속삭였다. 물론 무어든 혐오스러운 말을. 그녀는 높은 계단으로 올라가 침대칸에 있는, 한때는 흰색이었으나 얼룩으로 더럽혀진 스프링 의자에 혼자 앉았다. 주머니가방[83]은 스프링 위에서 부르르 떨더니 잠잠해졌다. 뾰뜨르는 바보 같은 미소를 띠고 창가에 서서 작별의 표시로 금줄이 달린 모자를 들어올렸고, 무례한 차장은 쾅 소리 내어 문을 닫고 빗장을 질렀다. 페티코트를 입은 못생긴 여자(안나는 머릿속에서 그녀의 옷을 벗겨보고 그녀가 얼마나 흉측한지 놀랐다)와 소녀가 부자연스럽게 웃으면서 창 아래에서 뛰어가고 있었다.

"까쩨리나 안드레예브나의 집에, 그 집에 모든 게 다 있어요, *아주머니*[84]!" 소녀가 소리쳤다.

'소녀도 저 여자도 흉하고 일그러졌네.' 안나는 생각했다. 그녀는 아무도 보지 않기 위해서 재빨리 일어나서 빈 응접실의 다른 쪽 창가로 앉았다. 흐트러진 머리카락이 모자 밑으로 비어져나온 더럽고 못생긴 농부가 객차 바퀴 쪽으로 몸을 구부리고 이 창문 곁을 지나갔다. '이 흉측한 농부 속에는 뭔가 낯익은 것이 있네.' 안나는 생각했다. 그리고 자신의 꿈을 떠올리고 그녀는 공포에 떨면서 맞은쪽 문을 향해 달려갔다. 차장은 문을 열고 한 부부를 들여보냈다.

---

83 이 빨간 작은 주머니가방은 제2부 34장(제1권 391면)에서 바렌까가 들었던 "멋스러운 빨간 손가방"과는 달리 주머니 모양이다. 브론스끼의 어머니도 여행할 때 작은 주머니가방을 들었다.

84 ma tante(프랑스어).

"나가고 싶으십니까?"

안나는 대답하지 않았다. 차장도 들어온 부부도 베일로 덮인 그녀의 얼굴에 나타난 공포를 알아채지 못했다. 그녀는 자기 자리로 돌아가 앉았다. 부부는 맞은편에서 주의 깊게, 하지만 몰래 그녀의 옷차림을 훑어보며 앉았다. 안나에게는 남편도 아내도 혐오스럽게 여겨졌다. 남편이 담배를 피워도 괜찮겠냐고, 분명 담배를 피우기 위해서라기보다는 그녀와 이야기를 하기 위해서 물어왔다. 그녀의 동의를 얻고 나서 그는 아내와 프랑스어로 담배를 피우는 것보다 더 불필요한 이야기를 나누었다. 그들은 어리석은 이야기를 아닌 척하면서 오직 그녀가 들으라고 하고 있었다. 안나는 분명히 보았다. 그들이 서로를 얼마나 지겨워하는지, 서로를 얼마나 미워하는지. 그리고 그런 불쌍하고 못생긴 것들을 미워하지 않기는 불가능한 일이었다.

두번째 기적 소리가 들렸고, 그 뒤를 이어 짐 옮기는 소리, 떠들썩한 소리, 외치는 소리, 웃음소리가 들렸다. 안나에게는 아무에게도 아무것도 기뻐할 것이 없다는 것이 분명해서, 이 웃음소리는 고통스러울 정도로 신경에 거슬렸고, 그녀는 웃음소리를 듣지 않기 위해서 귀를 막고 싶었다. 드디어 세번째 기적이 울렸고, 호루라기 소리, 기관차 덜컹거리는 소리가 났고, 쇠사슬이 풀렸고, 남편은 성호를 그었다. '그렇게 하는 것이 무엇을 의미하는 거냐고 그에게 물어보면 재미있겠는데.' 안나는 적의에 차서 그를 바라보면서 생각했다. 그녀는 여자 곁을 스쳐서 창밖으로 시선을 돌려 기차를 배웅하거나 플랫폼에 서 있는, 마치 뒤로 미끄러져가는 듯한 사람들을 바라보았다. 안나가 앉아 있는 객차가 철길에 부딪치며 규칙적으로 떨면서 플랫폼, 돌벽, 신호판을 지나, 다른 객차들을 지나 굴러가기 시작했다. 바퀴는 더욱 경쾌하게, 더욱 미끈미끈하게 철길에 닿으며 가벼운 소리를 내었고, 창문은 밝은 저녁 해로 빛났고, 가벼운 바람은 커튼을 휘날렸다. 안나는 동승객들을 잊고 가볍게 흔들리면서 신선한 공기를 들이쉬고 다시 생각하기 시작했다.

'그래, 내가 어디까지 생각했더라? 삶이 고통이 아닌 상황을 생각할 수 없다는 것까지였지. 우리 모두는 고통을 당하기 위해 만들어졌고, 우리 모두는 그것을 알고 있고, 어떻게 하면 자신을 속일 수 있을까 그 방법을 생각해내려 한다는 것까지였어. 그런데 진실을 알게 되면 대체 어떻게 해야 하지?'

"인간을 불안하게 하는 것으로부터 벗어나기 위해서 인간에게 이성이 주어진 거지요." 분명 자기 문장에 만족한 부인이 혀를 굴리느라 얼굴을 찡그리면서 프랑스어로 말했다.

이 말은 분명 안나의 생각에 답하는 것 같았다.

'불안하게 하는 것으로부터 벗어나는 것.' 안나는 되풀이했다. 붉은 뺨의 남편과 깡마른 아내를 보고 그녀는 이 병든 아내가 자기 자신을 이해받지 못한 여자로 여기고 있고 남편은 그녀 안에 있는 그녀 자신에 대한 이런 견해를 부추기며 그녀를 속이고 있다는 것을 알아챘다. 안나는 그들의 이야기와 그들 영혼의 구석구석까지 다 등불로 비춰 환히 보았다. 하지만 여기에 흥미로운 것은 아무것도 없었고, 그래서 그녀는 자기 생각을 계속했다.

'그래, 나는 무척 불안하지. 그것에서 벗어나기 위해서 이성이 주어진 거야. 그러니까 벗어나야 해. 더이상 아무것도 볼 수 없고 이 모든 게 역겹게 보이는데 대체 뭣 때문에 불을 끄지 않는 걸까? 그런데 어떻게 끄지? 뭣 때문에 차장은 나무판자를 따라 저렇게 뛰어가고, 뭣 때문에 저들은, 저 객차에 있는 젊은이들은 소리를 지르는 걸까? 뭣 때문에 그들은 이야기를 할까? 뭣 때문에 그들은 웃을까? 모든 게 허위야. 모든 게 거짓이지. 모든 게 속임수이고, 모든 게 악이야!'

기차가 역에 들어섰을 때 안나는 다른 승객들 무리에 끼어서 밖으로 나왔고, 마치 나병 환자를 피하듯이 그들로부터 떨어져서 자기가 왜 여기로 왔고 뭘 하려고 했는지를 기억해내려고 애쓰면서 플랫폼에 남아 있었다. 이전에는 가능해 보였던 모든 것들이 지금은 생각하는 것조차 너무 어려웠다. 그녀를 그냥 내버려두지 않는 이 흉한 사람들의 시끄러운 무리 속에서는 특히 그랬다. 짐꾼들이 일을 시켜달라고 그녀에게로 달려들기도 했고, 젊은이들이 구두 뒤축으로 플랫폼의 나무판자를 두드리며 큰 소리로 이야기하며 그녀를 돌아보기도 했고, 마주치는 사람들이 엉뚱한 방향으로 몸을 피하기도 했다. 그녀는 자신이 답장이 없으면 계속 타고 가려 했다는 것을 기억해내고 한 짐꾼을 멈춰세워 여기에 브론스끼 백작에게로 보내는 쪽지를 가지고 가는 마부가 없느냐고 물었다.

"브론스끼 백작요? 방금 전에 여기서 그 집 사람들[85]을 봤지요. 소로끼나 공작부인과 그 딸을 맞이했어요. 그런데 그 마부가 어떻게 생겼나요?"

짐꾼과 이야기를 하는 동안 빰이 붉고 유쾌한 마부 미하일라가 초록색 멋쟁이 반코트를 입고 분명 심부름을 훌륭하게 해낸 것을 자랑스러워하며 그녀에게 다가와 쪽지를 건네주었다. 그녀는 쪽지를 뜯었고, 그녀의 심장은 읽기도 전에 전보다 더 옥죄어왔다.

'쪽지가 나한테 제때 닿지 못해서 매우 유감이에요. 열시에 도착

85 안나는 멋지게 차려입은 미하일라가 소로끼나 공작부인과 딸을 맞이해서 브론스끼야 백작부인네로 태워갔다고 생각했을 것 같다.

할 거예요.' 휘갈겨쓴 브론스끼의 필체였다.

'그렇지! 이걸 기다렸어!' 그녀는 심술궂은 웃음을 터뜨리며 스스로에게 말했다.

"좋아, 그럼 집으로 가 있어." 그녀는 미하일라를 향해 조용히 말했다. 그녀가 조용히 말한 것은 심장이 너무 빨리 뛰어서 숨 쉬는 것을 방해했기 때문이었다. '아니, 나는 네가 나를 괴롭히지 못하게 할 거야.' 그녀는 그를 향해서나 자기 자신을 향해서가 아니라 그녀가 고통스러워하도록 만든 바로 그자를 향해서 위협하면서 생각했고, 역을 지나 플랫폼을 따라 걷기 시작했다.

플랫폼을 걸어가던 두 하녀가 고개를 돌려 그녀를 보면서 그녀의 옷차림에 대해 큰 소리로 뭔가를 비평하고 있었다. "진짜야." 그들은 그녀 드레스에 덮인 자수 레이스에 대해 말했다. 젊은이들은 그녀를 그냥 평온하게 두지 않았다. 그들은 다시 한번 그녀의 얼굴을 들여다보고 웃으면서 부자연스러운 목소리로 뭔가를 외치며 옆을 지나갔다. 역장은 지나가며 그녀에게 탈 거냐고 물었다. 끄바스를 파는 소년은 그녀에게서 눈을 떼지 않았다. '맙소사, 난 어디로 가야 하지?' 그녀는 플랫폼을 따라 점점 더 멀어져가면서 생각했다. 맨 끝에서 그녀는 멈춰섰다. 안경을 낀 신사를 만나 큰 소리로 웃고 떠들던 귀부인들과 아이들이 그녀가 그들 곁을 지나칠 때 그녀를 돌아보며 침묵했다. 그녀는 걸음을 빨리해서 그들로부터 멀어져서 플랫폼의 가장자리로 갔다. 화물열차가 다가오고 있었다. 플랫폼이 떨렸고, 그녀에게는 자기가 다시 기차를 타고 가고 있는 것으로 여겨졌다.

그리고 갑자기 브론스끼와 처음 만난 날 열차에 깔린 사람을 기억하고서 그녀는 자신이 무엇을 해야 할지를 깨달았다. 그녀는 빠르고 가벼운 발걸음으로 급수탑에서 철로로 가는 계단을 내려간 다음 그녀 바로 옆으로 지나가는 기차 옆에 멈추어섰다. 그녀는 객차의 아랫부분, 나사, 쇠사슬, 서서히 굴러가기 시작하는 첫번째 객차의 철로 된 높은 바퀴들을 살펴보았고, 눈대중으로 맨 앞바퀴와 뒷바퀴의 중간 지점과 이 중간 지점이 자신을 마주하게 될 순간을 가늠해보려고 애썼다.

'저기로!' 그녀는 객차의 그림자와 침목들을 덮은, 석탄이 섞인 모래를 바라보면서 스스로에게 말했다. '저기로, 바로 한가운데로. 그래서 나는 그를 벌하고 모든 사람들과 나 자신으로부터 벗어날 거야.'

그녀는 첫번째 객차의 중간 지점이 자신과 나란해지는 순간 그 아래로 몸을 던지고 싶었다. 하지만 그녀가 팔에서 빼려던 빨간 주머니가방이 그녀를 지체시켰고 이미 늦어버렸다. 중간 지점이 지나가버린 것이다. 다음 객차를 기다려야 했다. 수영을 하려고 물로 뛰어들려 할 때와 비슷한 느낌이 그녀를 휩쌌고, 그녀는 성호를 그었다. 성호를 긋는 의례적인 동작이 그녀의 영혼 속에 처녀 시절과 어린 시절의 기억들을 줄지어 불러일으켰고, 갑자기 모든 것을 덮었던 암흑이 벗겨지고 일순 삶이 그 모든 지나간 밝은 기쁨들로 그녀 앞에 그려졌다. 그러나 그녀는 다가오는 두번째 객차의 바퀴들로부터 눈을 떼지 않았다. 그리고 바퀴들 사이의 중간 지점이 그녀와 나란해진 바로 그 순간에 그녀는 빨간 주머니가방을 내던지고 두 어깨 사이로 머리를 파묻은 채 객차 밑으로 몸을 던졌고, 두 손을 짚고 가벼운 동작으로 금방 다시 일어날 것처럼 무릎을 꿇었다. 그리고 그 순간 그녀는 자기가 한 일에 경악했다. '내가 어디 있는 거지? 내가 뭘 하는 거야? 뭣 때문에?' 그녀는 일어나고 싶었다. 몸을 젖히고 싶었다. 하지만 뭔가 거대하고 가차 없는 것이 그녀의 머리를 쳤고 그녀의 등을 끌고 갔다. '하느님, 제 모든 것을 용서해주세요!' 그녀는 싸움이 불가능하다는 것을 깨닫고 말했다. 작은 농부가 뭔가를 중얼거리면서 철 위에서 일하고 있었다. 그녀가 그 불빛 아래서 불안, 배반, 고통, 악으로 채워진 책을 읽던 촛불이 어느 때보다도 밝게 타올라 이전에 암흑 속에 있던 모든 것을 그녀 앞에 비췄고, 탁탁 튀다가 희미해지기 시작하더니, 결국 완전히 꺼졌다.

# 제8부

## 1

거의 두달이 지났다.[1] 이미 뜨거운 여름의 중간에 이르렀고, 세르게이 이바노비치는 이제야 모스끄바에서 떠나려고 채비를 했다.

그동안 세르게이 이바노비치의 삶에는 사건들이 있었다. 이미 일년 전에 육년에 걸친 작업의 결실인 '유럽과 러시아에서의 국가성의 기반과 형식에 대한 고찰 시론'이라는 제목의 그의 책은 끝이 났다. 이 책의 몇몇 장들과 서문은 정기간행물에 실려 출판되었고 다른 부분은 세르게이 이바노비치가 자기 그룹의 사람들에게 읽어준 바여서, 이 저서의 사상은 이미 독자들에게 완전히 새로운 것이 아니었다. 하지만 여전히 세르게이 이바노비치는 그의 책이 출

1 소설의 사건은 1872년 2월에 시작한다. 안나는 1876년 5월쯤에 죽었고, 지금은 7월 중하순이다.

현함으로써 사교계에 진지한 인상을 불러일으키리라고, 학문적 혁명이 아니라면 적어도 학계에 강한 동요를 불러일으키리라고 기대했다.

이 책은 면밀한 마무리 작업 이후 작년에 출판되어 서적상들에게 보내졌다.

세르게이 이바노비치는 그 누구에게도 이 책에 대해서 묻지 않았고 그의 책이 어떤 상황이냐는 친구들의 물음에는 짐짓 무관심한 척 마지못해 대답하면서 서적상들에게조차 책이 어떻게 팔리느냐고 묻지 않은 채 그의 책이 사교계와 식자층에 일으킬 첫번째 인상을 예민하게, 팽팽한 긴장감을 가지고 살피고 있었다.

하지만 일주일이 지나고 또 일주일이 지나고 셋째 주도 지나갔는데 사교계에서 아무런 감상을 접할 수 없었다. 그의 친구들, 전문가들, 학자들은 가끔 분명 인사치레로 그 책에 대해 이야기할 뿐이었다. 학문적 내용의 책에 흥미를 느끼지 않는 나머지 그의 지기들은 그와 그 책에 대해 전혀 이야기하지 않았다. 특히 지금 다른 것에 몰두하고 있는 사교계는 완전한 무관심을 나타냈다. 어떤 저술에서도 역시 한달 동안 책에 대해서 한마디 언급도 없었다.

세르게이 이바노비치는 서평을 쓰는 데 필요한 시간을 구체적으로 계산해보았지만 한달이 지나고 또 한달이 지나도 여전히 마찬가지로 침묵뿐이었다.

다만 『북방의 딱정벌레』에 목소리가 망가진 가수 드라반찌에 대한 익살스러운 풍자에 곁들여 꼬즈니셰프의 책에 대해 이 책이 이미 오래전에 모든 사람들에 의해 비판을 받아서 전반적으로 조롱받고 있다는 것을 보여주는 몇마디 경멸조의 언급이 실렸을 뿐이었다.

석달째에 드디어 정평 있는 잡지에 비평이 실렸다. 세르게이 이바노비치는 그 비평가와도 아는 처지였다. 골룹쪼프의 집에서 그를 만난 적이 있었다.

비평을 쓴 사람은 매우 젊고 병약한 풍자가였고 작가로서는 매우 기민하지만 극도로 교양이 없고 사교에 소심한 사람이었다.

그 서평자에 대한 완전한 경멸에도 불구하고 세르게이 이바노비치는 완전한 경의를 품고 비평 읽기에 임했다. 비평은 끔찍했다.

분명 서평자는 고의적으로, 그렇게 이해하기는 정말 불가능한 방식으로 책 전체를 해석했다. 하지만 그는 그 책을 읽지 않은 사람들(그리고 그것을 읽은 사람은 거의 없는 것이 분명했다)에게는 책 전체가 미사여구만 늘어놓은데다가 적절하지 않게 사용된 말들(의문부호들이 그것을 보여주고 있었다)을 모아놓은 것에 지나지 않으며 이 저자는 완전히 무식한 사람이라는 것이 완전히 분명해지도록 그렇게 교묘하게 책에서 이것저것 발췌했다. 게다가 이 모든 것이 매우 재치 있어서 세르게이 이바노비치 자신조차 그런 재치를 거부할 수 없을 지경이었다. 하지만 바로 이것이 끔찍한 점이었다.

세르게이 이바노비치는 서평자의 논거들의 정당성을 완전히 양심적으로 검토했음에도 불구하고 그의 조롱의 대상이 된 결점이나 오류에는 한순간도 주의하지 않았다. 그것들은 너무나 명백하게 고의적으로 끄집어낸 것들이기 때문이었다. 그렇게 하기보다 그는 그 즉시로 저도 모르게 서평자와 만났을 때 나눈 대화의 세세한 사항까지 기억해보았다.

만났을 당시 그 젊은이가 무지를 드러내는 말을 했을 때 자신이 수정해주었던 것을 기억하고서 세르게이 이바노비치는 그로써 이 서평의 의미가 설명되는 것을 알아차렸다.

이 서평 이후에 책에 대해서는 서면으로나 구두로나 죽음 같은 침묵만이 닥쳤고, 세르게이 이바노비치는 그토록 사랑과 노력을 기울인 그의 육년간의 작업이 자취도 없이 사라진 것을 알았다.

세르게이 이바노비치의 상황은 그가 책을 끝내고 나자 예전에 그의 대다수의 시간을 점령했던 서재 작업이 더이상 없었기 때문에 더더욱 고통스러웠다.

세르게이 이바노비치는 똑똑하고 교육 수준이 높은데다 건강하고 활동적이어서 자기의 활력 전부를 어디에다 사용해야 할지 몰랐다. 사교계 응접실이나 회의, 집회, 위원회 등 말을 할 수 있는 곳에서는 어디서나 대화를 하는 것이 그의 시간의 일부분을 차지하고 있었다. 하지만 골수 도시 거주자로서 그는 경험 없는 동생이 모스끄바에 올 때면 그랬던 것처럼 자신의 전부를 대화에 바치는 것을 자신에게 허락하지 않았다. 아직 많은 한가한 시간과 지력이 남아 있었던 것이다.

그러나 책의 실패로 그에게 가장 고통스러웠던 이 시기에 운 좋게도 이교도 문제[2], 미국 친구들[3], 사마라의 기근[4], 전람회, 혼령주의를 대신하여 이전에는 사교계에서 희미하게만 자리했던 슬라브 문제가 전면에 등장했고, 예전에도 이 문제의 주창자의 한 사람이었던 세르게이 이바노비치는 이 문제에 온통 자신을 바쳤다.

세르게이 이바노비치가 속한 그룹에서는 그 당시 슬라브 문제와 세르비아전쟁[5]에 대한 것 이외에는 아무 얘기도 하지 않았고 아

2 1875년부터 폴란드 교회와 러시아 정교가 통합되었다.

3 알렉산드르 2세 암살 기도 이후 1866년 미국의 사절단이 황제의 생환을 축하하기 위해서 왔고, 미국 남북전쟁에 대해 러시아 황제가 취한 태도에 감사를 표했다. 그들은 양 수도에서 매우 떠들썩하게 환영받았다.

4 2년간 계속된 가뭄으로 사마라주는 1873년 기아 상태가 되었다.

무것도 쓰지 않았다. 한가한 무리들이 보통 시간을 죽이느라고 하는 일이 지금은 슬라브 민족을 위해 행해지고 있었다. 무도회, 음악회, 만찬, 연설, 숙녀들의 옷차림, 맥주, 술집 등—모든 것이 슬라브 민족을 향한 공감을 증명하고 있었다.

사람들이 이 사건에 대해서 말하고 쓴 것들 중 많은 것에 대해서 세르게이 이바노비치는 구체적 사항에 있어서는 동의하지 않았다. 그는 슬라브 문제가 끊임없이 바뀌면서 사교계의 몰두의 대상이 되고 유행하는 오락거리 중 하나가 되는 것을 보았다. 그는 많은 사람들이 이기적이고 허영에 찬 목적을 가지고 이 일에 몰두하는 것도 보았다. 그는 신문들이 쓸데없고 과장된 많은 것들을 오직 하나의 목적—자기에게 이목을 집중시키고 다른 사람들보다 더 큰 소리를 내기 위한 목적으로만 활자화하는 것을 알았다. 그는 이러한 전반적으로 고양된 사회 분위기 속에서 모든 낙오자들과 모욕당한 자들—군대를 가지지 못한 지휘관, 부서가 없는 장관, 매체가 없는 언론인, 당이 없는 당수 들이 누구보다도 앞장서서 뛰고 누구보다도 크게 외치는 것을 보았다. 그는 여기에 경박하고 우스운 면이 많이 있는 것을 보았다. 하지만 그는 의심할 바 없이 점점 커져가는, 사회의 모든 계층을 하나로 통합함으로써 그것에 동조하지 않을 수 없는 열정을 보았고 이를 인정했다. 같은 신앙을 가진 슬라브인 형제들에 대한 학살은 박해받는 자들에 대한 동정과 박해자들에 대한 분노를 불러일으켰다. 위대한 일을 위해 싸우는

5 발칸반도의 봉기는 오래전부터 러시아 여론에 영향력을 미쳤다. 1876년 7월 터키가 불가리아에서 행한 대량학살과 몬테네그로와 세르비아의 터키에 대한 전쟁 선포 이후 러시아 여론은 매우 흥분하여 들끓었다. '슬라브 형제'에 대한 열광은 끝 간 데 없이 사회를 휩쓸었고, 세르비아를 위해 자원병들이 나섰다. 러시아는 1877년에야 터키에 전쟁을 선포했다.

세르비아인들과 몬테네그로인들의 영웅적 행위는 민족 전체에 자기 형제들을 더이상 말로만이 아니라 행동으로 도우려는 욕망을 싹틔웠다.

하지만 그외에도 세르게이 이바노비치에게 기쁜 현상이 있었다. 이는 여론의 형성이었다. 사회가 자신의 희망을 특정하게 표현한 것이다. 세르게이 이바노비치가 말하듯 민족정신이 표현을 얻은 것이다. 그가 이 일에 더 많은 관심을 기울이면 기울일수록 더욱더 그에게는 이 일이 거대한 규모로 확산되어 시대적 전환을 이루어야 하는 일인 것으로 여겨졌다.

그는 자기 전부를 이 위대한 일에 봉사하는 데 바쳤고, 자기 책에 대해 생각하는 것을 잊었다.

이제 그의 모든 시간이 점령되어 있어서 그는 자신에게 보내온 편지나 요구에 채 답변도 하지 못했다.

봄 내내, 그리고 여름의 일부까지도 이 일을 계속하느라고 그는 칠월에야 시골의 동생에게로 갈 채비를 했다.

그는 두주일간 휴식을 취하기 위해, 그리고 그와 모든 수도 및 도시의 거주자들이 완전히 확신하고 있는 민족정신의 앙양을 가장 신성하고 신성한 백성들 사이에서, 시골 벽지에서 보고 즐기기 위해 떠났다. 레빈에게 그의 집에 가겠다고 한 약속을 오래전부터 지키려고 했던 까따바소프가 그와 함께 갔다.

## 2

세르게이 이바노비치와 까따바소프가 오늘 유난히 사람들로 활기찬 꾸르스까야행 기차역 가까이에서 마차에서 내려 물건들을 싣고 뒤따라 타고 온 하인을 살펴보고 있을 때, 네대의 마차에 탄 의용군들도 들어오고 있었다. 귀부인들이 꽃다발을 들고 그들을 맞이했고, 그들 뒤로 떼 지어 밀려오는 군중과 함께 역으로 들어왔다.

의용군들을 맞이한 귀부인들 중 한 여인이 홀에서 나오다가 세르게이 이바노비치를 향했다.

"댁도 역시 이들을 환송하려고 나오셨나요?" 그녀가 프랑스어로 물었다.

"아니요, 저도 기차를 탑니다. 쉬기 위해 동생에게 갑니다. 항상 환송하러 나오시나요?" 세르게이 이바노비치가 보일락 말락 미소를 지으며 말했다.

"그러지 않을 수가 있나요!" 공작부인이 대답했다. "우리나라에서 벌써 팔백명이 간 게 맞지요? 말빈스끼는 제 말을 안 믿어요."

"팔백명 이상이에요. 모스끄바에서 곧장 출발하지 않은 사람들까지 치면 이미 천명이 넘지요." 세르게이 이바노비치가 말했다.

"자, 그렇다니까요. 저도 말했어요!" 귀부인이 기뻐서 끼어들었다. "그런데 지금 백만 가까이 기부금이 모였다는 게 사실인가요?"

"그 이상입니다, 공작부인."

"오늘 전보 어때요? 다시 터키인들을 쳤다던데요."

"네, 저도 읽었습니다." 세르게이 이바노비치가 대답했다. 그들의 대화는 내리 사흘 동안 모든 지점에서 터키인들이 격퇴되었고 내일 결정적 전투가 기대된다는 것을 확인한 최근 전보에 대한 것이었다.

"아, 참, 매우 훌륭한 한 젊은이가 자원을 했어요. 사람들이 왜 그렇게 그를 어렵게 만드는지 모르겠어요. 청이 있어요. 제가 그를 아는데요, 쪽지를 좀 써주세요. 리지야 이바노브나 백작부인이 보낸 사람이에요."

자원한 젊은이에 대해 공작부인이 알고 있는 구체적인 사항들을 이리저리 물어본 후 세르게이 이바노비치는 일등칸으로 가서 이 문제에 권한을 가진 인사에게 보내는 쪽지를 써서 공작부인에게 주었다.

"아시나요, 브론스끼 백작이, 그 유명한……, 이 기차로 떠나요." 그가 다시 공작부인을 찾아서 쪽지를 건넸을 때 그녀가 의기양양하고 의미심장한 미소를 띠고 말했다.

"그가 간다는 건 들었지만 언제 가는지는 몰랐습니다. 이 기차로 가나요?"

"그를 봤어요. 여기 있어요. 어머니만 그를 배웅하네요. 그래도 이게 그가 할 수 있는 가장 나은 일이죠."

"오, 네, 물론입니다."

그들이 이야기하는 동안 군중들이 그들을 지나 식탁으로 밀려갔다. 그들은 움직이면서, 손에 잔을 들고 의용군에게 연설을 하는 한 신사의 커다란 목소리를 들었다. "신앙과 인류와 우리 형제들에게 봉사하는……" 신사가 점점 더 목소리를 높이면서 말했다. "위대한 과업에 어머니 모스끄바가 축복한다오. 지비오[6]!" 그가 울음 섞인 큰 목소리로 연설을 끝냈다.

모두가 외쳤다. 지비오! 또 새로운 무리가 홀로 밀려들어왔고 공작부인을 거의 넘어뜨릴 뻔했다.

"아! 공작부인, 어때요!" 갑자기 군중 가운데서 나타난 스쩨빤

---

**6** 세르보크로아트어. '만세'라는 뜻.

아르까지치가 기쁜 미소를 환히 빛내면서 말했다. "멋지고 따뜻한 연설이네요, 그렇지 않아요? 브라보! 세르게이 이바노비치도 계시네! 자, 몇마디 좀, 그러니까, 격려의 말씀을 해주시면 좋겠는데요. 무척 잘하시잖아요." 그는 사랑과 존경의 빛을 띠고 조심스럽게 미소 지으며 세르게이 이바노비치의 팔을 살짝 건드리며 덧붙였다.

"안 돼요, 저는 지금 떠납니다."

"어디로요?"

"시골로요, 동생에게요." 세르게이 이바노비치가 대답했다.

"그럼 제 아내를 보시겠네요. 제가 아내에게 편지를 썼는데 당신이 먼저 보시겠네요. 절 만났다고, 모든 게 *잘되고 있다*[7]라고 좀 말해주세요. 그녀가 이해할 거예요. 아, 그리고 제가 위원회 위원으로 임명되었다고도 말해주세요. 그러면 그녀가 이해할 거예요. 아시다시피, *사람 사는 데 사소한 불편들이죠*[8]." 그는 마치 용서를 구하는 듯이 공작부인을 향했다. "먀그까야, 리자 아니고 비비시 먀그까야 공작부인께서 무기 일천점과 열두명의 간호원을 보내시지요. 제가 말씀드렸던가요?"

"네, 들었습니다." 꼬즈니셰프가 마지못해 말했다.

"떠나셔서 유감입니다." 스쩨빤 아르까지치가 말했다. "내일 우리는 떠나는 사람들, 뻬쩨르부르그에서 온 지메르-바르뜨냔스끼와 우리 베셀롭스끼, 그리샤에게 작별 만찬을 해주기로 했거든요. 둘 다 떠나요. 베셀롭스끼는 얼마 전에 결혼했어요. 대단한 젊은이예요! 그렇지 않아요, 공작부인?" 그는 공작부인을 향했다.

공작부인은 대답을 하지 않고 꼬즈니셰프를 바라보았다. 하지만

7 all right(영어).

8 les petites misères de la vie humaine(프랑스어).

세르게이 이바노비치와 공작부인이 그로부터 벗어나기를 원하는 것 같다는 사실은 스쩨빤 아르까지치를 전혀 당황시키지 않았다. 그는 미소를 지으면서 공작부인 모자의 깃털을 보기도 하고 뭔가를 기억하는 듯이 이리저리 둘러보기도 했다. 그는 모금함을 가지고 지나가는 귀부인을 보고 그녀를 자기에게로 불러 오 루블짜리 지폐를 넣었다.

“이런 모금함을 보면 제게 돈이 있는 한 태평하게 지나갈 수가 없어요.” 그가 말했다. “오늘 전보 어때요? 몬테네그로 사람들 대단해요!”

“무슨 말씀이세요!” 공작부인이 그에게 브론스끼가 이 기차로 간다는 것을 말하자 그가 소리쳤다. 순간 스쩨빤 아르까지치의 얼굴이 서글픔을 나타냈지만, 한순간 후 내디딜 때마다 약간씩 떠는 발걸음으로 구레나룻을 가지런히 하면서 브론스끼가 있는 방으로 들어갔을 때 스쩨빤 아르까지치는 이미 누이의 시체 위에서 절망적으로 흐느끼던 것을 잊고 브론스끼를 영웅이자 옛 친구로만 보았다.

“모든 결점에도 불구하고 그가 옳지 않다고 할 수는 없어요.” 오블론스끼가 그들로부터 멀어지자마자 공작부인이 세르게이 이바노비치에게 말했다. “바로 완전히 러시아적이고 슬라브적인 성격이에요! 저는 다만 브론스끼가 그를 보고 불쾌할까봐 걱정하는 거예요. 누가 뭐래도 그 사람의 운명이 제 가슴을 쳐요. 가는 도중에 그와 이야기 좀 하세요.” 공작부인이 말했다.

“네, 아마도, 기회가 되면요.”

“전 한번도 그를 좋아한 적이 없어요. 하지만 이 일이 많은 것을 보상해주겠지요. 그는 직접 갈 뿐만 아니라 자기 비용으로 기마부대를 데리고 가요."

"네, 들었습니다."

기적 소리가 들렸다. 모두들 문으로 몰렸다.

"저기 있네요!" 공작부인이 긴 외투에 챙이 넓은 검은 모자를 쓰고 어머니와 팔짱을 끼고 걸어가는 브론스끼를 가리키며 말했다. 오블론스끼는 그 옆에서 뭔가를 활기차게 이야기하며 걸어가고 있었다.

브론스끼는 얼굴을 찌푸리고 스쩨빤 아르까지치가 말하는 것을 듣지 않는 듯이 앞만 보고 있었다.

아마도 오블론스끼의 지적에 의해서인 듯 그는 공작부인과 세르게이 이바노비치가 서 있는 쪽을 바라보고 말없이 모자를 들어 올렸다. 고통을 나타내는, 부쩍 나이가 들어버린 그의 얼굴은 돌처럼 굳어버린 듯했다.

플랫폼에 나와 브론스끼는 어머니를 보내고 객차 안으로 사라졌다.

플랫폼에서는 「하느님, 황제를 보호하소서」[9]가 울렸고, 그다음에 외침이 들렸다. 만세! 지비오! 자원병들 중에서 키가 크고 가슴이 움푹 꺼진 매우 젊은 사람 하나가 머리 위로 펠트 모자와 꽃다발을 흔들면서 특별히 눈에 띄게 허리 굽혀 절을 했다. 그의 뒤에서 역시 인사를 하는 두 장교와 수염을 덥수룩하게 기르고 기름때 묻은 모자를 쓴 나이 든 사람이 몸을 내뻗었다.

9 1833년부터 1917년 사이 러시아제국의 국가. 바실리 주꼽스끼가 작사하고 알렉세이 리보프가 작곡했다.

## 3

공작부인과 작별하고 나서 세르게이 이바노비치는 다가온 까따바소프와 함께 입추의 여지가 없는 찻간으로 들어갔고, 기차는 움직이기 시작했다.

짜리찐노 역에서는 「영광 있으라」를 부르는 청년 합창단[10]이 기차를 맞이했다. 의용군들은 다시 절을 하고 창밖으로 몸을 뻗었지만, 세르게이 이바노비치는 그들에게 주의를 기울이지 않았다. 이미 그는 의용군들과 접촉이 무척 많아져서 이제 그들의 보편적 유형을 알고 있었고 이는 그의 흥미를 끌지 않았다. 그러나 까따바소프는 자기의 학문적 작업을 하느라 의용군을 관찰할 기회가 없었으므로 그들에게 매우 흥미를 가지고 있었고 세르게이 이바노비치에게 그들에 대해 이리저리 캐물었다.

세르게이 이바노비치는 그에게 이등칸으로 가서 그들과 직접 이야기하라고 조언했다. 다음 역에서 까따바소프는 이 조언을 실행에 옮겼다.

기차가 처음 멈추자마자 그는 이등칸 객차로 가서 의용군들과 안면을 텄다. 그들은 큰 소리로 떠들며, 분명 승객들과 들어온 까따바소프의 주의가 그들에게로 향한 것을 느끼면서 찻간 구석에 앉아 있었다. 키가 크고 가슴이 움푹 꺼진 청년이 누구보다도 크게 이야기하고 있었다. 그는 분명 술에 취한 것 같았고 그들의 교육장에서 일어난 일에 대해서 이야기하고 있었다. 그의 건너편에는 이미 젊지 않은 장교가 오스트리아 기병대의 누비 상의를 입고 앉아

10 이 합창단은 모스끄바 교외의 역에서 미하일 글린까(1804~57)의 오페라 『이반 수사닌』(『황제를 위한 삶』) 중의 합창을 부른다.

있었다. 그는 미소 지으며 이야기하는 사람에게 귀를 기울이다가 그를 멈추게 하곤 했다. 포병대 군복을 입은 세번째 사람은 그들 옆에 놓인 트렁크 위에 앉아 있었고, 네번째 사람은 자고 있었다.

젊은이와 이야기를 시작한 까따바소프는 그가 스물두살까지 큰 재산을 탕진해버린 부유한 모스끄바 상인이었던 것을 알았다. 그는 나약하고 어리광을 부리는 투에다 건강이 약해서 까따바소프의 마음에 들지 않았다. 그는 지금 술까지 마신 터라 자신이 영웅적 행위를 실천하고 있다는 것을 특히 강하게 확신하고 있는 게 분명했고, 가장 불쾌한 방식으로 큰소리치며 뽐내고 있었다.

퇴역장교 역시 까따바소프에게 불쾌한 인상을 불러일으켰다. 그는 산전수전 다 겪은 인물로 보였다. 그는 철도에서도 일했고 지배인으로도 일했고 직접 공장을 경영하기도 했다는데, 모든 것에 대해서 쓸데없이, 또 어울리지 않게 학문적인 단어들을 써가며 말했다.

세번째 사람인 포병은 반대로 까따바소프의 마음에 무척 들었다. 그는 겸손하고 조용한 사람으로 분명 퇴역 기병장교의 지식과 상인의 영웅적 자기희생을 존경하며 자신에 대해서는 아무 말도 하지 않았다. 까따바소프가 그에게 무엇이 그를 세르비아로 가도록 자극했느냐고 물었을 때 그는 겸손하게 대답했다.

"그럼 어떻게 해요. 모두들 가는데요. 세르비아 사람들을 돕기도 해야 하고요. 안됐어요."

"네, 특히 그곳엔 포병이 거의 없어요." 까따바소프가 말했다.

"제가 포병대에 오래 있었던 건 아닙니다. 아마 보병이나 기병으로 배치될 수도 있을 겁니다."

"포병이 누구보다도 필요한데 어떻게 보병으로요?" 까따바소프는 포병의 나이로 볼 때 그가 이미 중요한 직책에 있었음에 틀림없다고 생각하며 말했다.

"전 포병대에서 오래 복무하지 않았습니다. 퇴역할 때 하사관이었지요." 그는 말했고, 왜 그가 진급시험에 통과하지 못했는지 설명했다.

이 모든 것이 합쳐져서 까따바소프에게 불쾌한 인상을 불러일으켰고, 의용군들이 술을 마시러 역으로 나왔을 때 까따바소프는 누구와라도 이야기해서 자기의 불쾌한 인상이 맞는지 확인하고 싶었다. 군복 외투를 입고 지나가던 작은 노인이 내내 까따바소프와 의용군들의 대화를 엿듣고 있었다. 그와 단둘이 남게 되자 까따바소프는 그를 향해 말했다.

"네, 그곳으로 가는 이 모든 사람들의 처지는 얼마나 다양한지요." 자기의 의견을 말하고 동시에 작은 노인의 의견을 듣기를 원하며 까따바소프가 애매하게 말했다.

노인은 두차례 출전했던 군인이었다. 그는 군인이 무엇인지 알고 있었고, 이 신사님들의 행색이나 이야기, 술통에 다가드는 무모한 행동으로 미루어 그들을 질 나쁜 군인들이라고 여겼다.

그외에도 그는 군청 소재지 거주자인데 그의 도시에서 술주정뱅이이자 도둑인, 아무도 고용하려고 하지 않는 제대군인 한 사람이 자원했다는 것을 말하고 싶어했다. 하지만 경험상 지금 같은 사회 분위기에서 보편적 견해에 거스르는 의견을 말하는 것, 특히 의용군들을 비판하는 것이 위험하다는 것을 알고 그도 역시 까따바소프의 기색을 살폈다.

"어쩌겠어요, 그곳엔 사람들이 필요하니. 세르비아 장교들은 쓸모없다고들 해요."

“오, 그래요. 하지만 이들은 훌륭한 군인일 겁니다.” 까따바소프는 눈으로 웃으면서 말했다. 그리고 그들은 최근 전투 소식에 대해 말하기 시작했고, 최근 소식에 따르면 터키인들은 모든 지점에서 격퇴되었는데 내일은 누구와의 전투가 예견된다는 걸까 하는 데 대한 의혹을 서로에게 감추었다. 그렇게 둘은 자기 견해를 털어놓고 이야기하지 않은 채 헤어졌다.

자기 찻간으로 돌아온 까따바소프는 세르게이 이바노비치에게 저도 모르게 거짓말을 하며 훌륭한 청년들이었다고 자기가 의용군들을 관찰한 바를 이야기했다.

도시의 커다란 역에서 다시 노래와 환호가 의용군들을 맞이했고, 다시 모금함을 든 남자 여자 들이 나타났고, 주州의 귀부인들이 의용군들에게 꽃다발을 가져다주고 그들을 따라 식당으로 갔다. 하지만 이 모든 것이 이미 모스끄바에서보다는 훨씬 미미한 규모였다.

## 4

주 소재지에 정차한 동안 세르게이 이바노비치는 식당으로 가지 않고 플랫폼에서 이리저리 거닐기 시작했다.

처음 브론스끼의 객차를 지날 때 그는 창문이 닫혀 있는 것을 보았다. 하지만 다음번에 지나갈 때 그는 창가에서 노백작부인을 보았다. 그녀는 꼬즈니셰프를 자기에게로 불렀다.

“저도 가요. 꾸르스끄까지 그를 배웅할 거예요.” 그녀가 말했다.

“네, 들었습니다.” 세르게이 이바노비치가 창가에 멈춰서서 안을 들여다보면서 말했다. “그에게는 얼마나 훌륭한 면이 있는지요!” 브론스끼가 응접실 안에 없는 것을 보고 그가 말했다.

“그렇지만 그의 불행 이후 그가 대체 뭘 할 수 있겠어요?”

“정말 끔찍한 사건이었죠!” 세르게이 이바노비치가 말했다.

“아, 제가 겪은 일이란 정말! 그래, 좀 들어오세요…… 아, 제가 겪은 일이란 정말!” 그녀는 세르게이 이바노비치가 들어와 그녀 곁으로 소파에 앉았을 때 되풀이했다. “상상조차 할 수 없는 일이죠! 육주간 그는 누구와도 이야기하지 않았고 제가 간청을 해야 겨우 먹었죠. 그를 한순간도 혼자 둘 수 없었어요. 우리는 그가 자살에 사용할 수 있는 모든 것들을 치웠어요. 우리는 아래층에서 지냈지만 아무것도 예견할 수 없었지요. 당신도 아시다시피 그는 그녀 때문에 한번 자살을 시도한 적이 있었지요.” 그녀가 말했고, 이것을 회상할 때 노부인의 눈썹이 찌푸려졌다. “네, 그 여자는 그런 여자가 죽어야 하는 것처럼 그렇게 죽었지요. 그녀가 선택한 죽음까지도 천하고 저열했어요.”

“우리가 심판할 수 있는 건 아닙니다, 백작부인.” 세르게이 이바노비치가 한숨을 쉬며 말했다. “하지만 전 그 일이 당신에게 얼마나 힘들었을지 이해합니다.”

“아, 말도 마세요! 저는 제 영지에서 지내고 있었고 그가 저한테 왔었지요. 쪽지가 왔어요. 그는 답변을 써서 보냈지요. 우리는 그녀가 바로 여기 역에 있는지는 전혀 몰랐어요. 저녁에 제가 방에 가자마자 메리가 역에서 어떤 부인이 기차 밑으로 몸을 던졌다고 했어요. 뭔가가 저를 꽝 쳤어요! 저는 그 부인이 그녀라는 걸 알았지요. 제가 한 첫번째 말은 그에게 이야기하지 말라는 것이었지요. 하지만 그들은 벌써 그에게 이야기했더군요. 그의 마부가 그곳에 있었고 모든 것을 보았지요. 제가 그의 방으로 뛰어들어갔을 때 그는 벌써 제정신이 아니었어요. 그를 보는 것이 끔찍했어요. 그는 한마디 말도 안 하고 그리로 달려갔지요. 전 그곳이 어땠는지 알지 못하지만 어쨌든 산송장이 된 그를 집으로 데리고 왔지요. 그를 알아보지 못할 뻔했어요. 의사가 *완전한 기진맥진*[11]이라고 말했어요. 그러고 나서 거의 광란이 시작되었지요."

"아, 무슨 말을 할 수 있겠어요!" 백작부인이 손을 내저으며 말했다. "끔찍한 시간이었어요, 정말. 무슨 말을 하시더라도 그녀는 몹쓸 여자였어요. 그래, 이 무슨 절망적인 열정이란 말인가요! 그건 다 뭔가 특별한 것을 증명해 보이려는 것이었죠. 그렇게 그녀가 증명을 했네요. 자기 자신과 두 훌륭한 사람들—자기 남편과 제 불쌍한 아들을 파멸시켰죠."

"근데 그녀의 남편은 어떤가요?"

"그는 그녀의 딸을 데려갔어요. 알료샤는 처음에는 모든 것에 동의했죠. 하지만 지금은 자기 딸을 타인에게 준 것을 끔찍이 괴로워해요. 하지만 한번 한 말을 번복할 수 없었지요. 까레닌은 장례식에 왔었어요. 하지만 우리는 그가 알료샤와 마주치지 않도록 애를 썼죠. 그에게나 남편에게나 그편이 그래도 낫죠. 그녀는 그를 해방해주었어요. 하지만 불쌍한 내 아들은 자신을 온통 그녀에게 바쳤지요. 모든 걸, 출세도, 이 어미도 버렸지만 바로 그런데도 그녀는 여전히 그를 불쌍하게 여기지 않았고 일부러 그를 완전히 죽인 셈이죠. 정말, 뭐라 말해도 그녀의 죽음 자체는 신앙 없는 혐오스러운 여자의 죽음이었지요. 하느님, 용서하세요. 하지만 저는 아들의 파

11 Prostration complète(프랑스어).

멸을 보고 그녀에 대한 기억을 증오할 수밖에 없어요."

"그런데 지금 그는 어떤가요?"

"이건 하느님이 우리를 도우신 거예요. 이 세르비아전쟁 말예요. 전 늙은이이고 이 문제에 대해 아무것도 모르지마는 이건 하느님이 그에게 보내신 거예요. 물론 어머니로서 저도 무섭습니다. 게다가 중요한 것은 *빼쩨르부르그에서는 이 일을 그다지 좋게 여겨지지 않는다*[12]라고들 말한다는 거지요. 하지만 어쩌겠어요? 이것만이 그를 도울 수 있는데요. 야시빈—그의 친구—이 모든 걸 잃고 세르비아로 가려고 했지요. 야시빈이 그에게로 와서 설득했어요. 이제는 이 일이 그를 사로잡고 있어요. 제발, 그와 이야기 좀 해주세요. 기분전환을 해주고 싶어요. 그는 정말 몹시 침울해요. 더군다나 치통까지 있어요. 그는 당신을 보면 매우 기뻐할 거예요. 제발, 그와 이야기를 좀 나눠주세요. 그는 저쪽에서 걷고 있어요."

세르게이 이바노비치는 매우 기쁘다고 말하고 기차의 다른 쪽으로 건너갔다.

## 5

플랫폼에 모여든 짐꾼들의 비스듬한 저녁 그림자 속에서 브론스끼는 긴 외투를 입고 모자를 푹 눌러쓰고 호주머니에 두 손을 집어넣은 채 철창에 갇힌 짐승처럼 이십보마다 재빨리 방향을 돌리면서 걷고 있었다. 세르게이 이바노비치가 다가갔을 때 브론스끼

12 ce n'est pas très bien vu à Pétersbourg(프랑스어).

는 그를 보면서도 못 본 척하는 것처럼 여겨졌다. 세르게이 이바노비치는 이를 전혀 개의치 않았다. 그는 브론스끼에게 어떠한 개인적 감정도 없었다.

이 순간 세르게이 이바노비치의 눈에 브론스끼는 위대한 과업을 위한 중요한 활동가였고, 꼬즈니셰프는 그를 격려하고 인정해 주는 것을 자신의 의무로 여겼다. 그는 브론스끼에게로 다가갔다.

브론스끼는 멈춰서서 자세히 보더니 세르게이 이바노비치를 알아보고 그를 향해 몇걸음 걸어와서 그의 손을 굳게 잡았다.

"아마 당신은 저를 보기를 원하지 않으셨을 테지요." 세르게이 이바노비치가 말했다. "그래도 제가 당신을 위해서 할 수 있는 일이 있을까 해서요."

"당신을 보는 일이 다른 누구를 보는 일보다 더 불쾌하지는 않을 겁니다." 브론스끼가 말했다. "미안합니다. 제게는 삶에 유쾌한 일이 없습니다."

"이해합니다. 그래서 당신에게 제 도움을 드리고 싶었습니다." 분명 괴로워하고 있는 브론스끼의 얼굴을 살펴보며 세르게이 이바노비치가 말했다. "혹 리스띠치 또는 밀란[13]에게 보내는 편지가 필요하지 않으신가요?"

"오, 아닙니다!" 브론스끼가 무진 애를 써서야 간신히 이해한 듯 말했다. "괜찮으시다면 우리 좀 걸을까요? 응접실 안은 공기가 정말 답답해서요. 편지요? 아닙니다, 고맙습니다. 죽으러 가는 사람에게는 추천장이 필요 없습니다. 터키인들에게 저를 추천하신다면 몰라도……" 그는 입술로만 웃으면서 말했다. 두 눈은 계속 분노하

13 1876년에 밀란은 세르비아의 대공이었고 리스띠치는 그의 휘하의 장군이었다.

고 괴로워하는 빛을 띠고 있었다.

“네, 하지만 어쨌든 관계는 필요불가결하고, 아마도 당신은 그래도 미리 준비된 사람과 관계를 맺는 것이 쉬우실 겁니다. 하지만 원하시는 대로 하십시오. 전 당신의 결심에 대해 듣고 매우 기뻤습니다. 이미 의용군에 대한 비난들이 많아서 당신 같은 분이 여론에서 그들의 위상을 높인답니다.”

“인간으로서 저는……” 브론스끼가 말했다. “삶이 저에게 아무 가치가 없다는 것이 좋습니다. 그리고 차로 적진으로 돌진하거나 그들을 짓밟거나 제가 너부러지거나 하기 위한 육체적 힘이 충분하다는 것도요. 전 이걸 알지요. 제게는 필요하지 않고 지겨워진 제 생명을 바칠 수 있는 것이 있다는 사실이 기쁩니다. 어느 누구에겐가는 유용하리라는 사실이요.” 그는 마음대로 표정을 지으며 말하는 것조차 방해하는, 그치지 않고 쑤시는 치통으로 인하여 광대뼈를 성마르게 움직였다.

“당신은 재생하실 겁니다. 당신에게 미리 말씀드립니다.” 세르게이 이바노비치가 감동하여 말했다. “당신의 형제를 질곡에서 구원하는 것은 생사를 걸 만한 가치가 있는 목표지요. 하느님께서 외적인 성공과 내면의 평화를 주시기를.” 그는 덧붙이고 손을 내밀었다.

브론스끼는 세르게이 이바노비치가 내민 손을 꽉 잡았다.

“네, 무기로서 저는 무엇으로라도 유용합니다. 하지만 인간으로서 저는 허물어졌습니다.” 그가 띄엄띄엄 말했다.

그의 입안을 침으로 가득 채우는 강한 치통이 그가 말하는 것을 방해했다. 그는 철길 위를 천천히 미끄러져가는 연료차의 바퀴를 물끄러미 보면서 침묵했다.

갑자기 통증이 아니라 완전히 다른, 온통 고통스러운 내면의 경직이 순간 그에게 치통을 잊도록 했다. 연료차와 철로를 보면서, 그의 불행 이후에 만난 적이 없었던 아는 사람과의 대화의 영향으로 그에게 갑자기 그녀가, 즉 그가 미친 사람처럼 철도역의 막사[14]로 뛰어들어갔을 때 그녀에게 아직 남아 있던 것—낯선 사람들 한가운데서 수치를 모르는 듯 막사의 탁자 위에 길게 뻗어 있는, 피범벅인 채 아직은 조금 전의 생명으로 가득한 시체, 무거운 머리 타래를 늘이고 관자놀이에 곱슬곱슬한 머리카락을 드리운, 뒤로 젖혀진 온전한 머리, 그리고 매력적인 얼굴에 반쯤 벌어진 붉은 입, 굳어져 이상하고 불쌍한 입술 표정, 감지 않은 두 눈에 멈추어 있는 끔찍한 표정, 싸울 때 그에게 그가 후회하리라는 끔찍한 말을 하는 듯한 표정—이 떠올랐다.

그는 마지막 순간 자신에게 기억되던 잔인하고 복수심 넘치는 그녀로서가 아니라 아무래도 역에서 처음 만났을 때의 모습, 신비스럽고 매력적이고 행복을 사랑하고 추구하고 주는 모습으로써 그녀를 기억하고자 노력했다. 그는 그녀와의 가장 좋은 순간들을 기억하려고 애썼다. 하지만 그 순간들은 영원히 망쳐져버렸다. 그는 아무에게도 소용없지만 씻을 수 없는 후회를 하게 하는 그녀의 의기양양한 협박을 떠올렸다. 그는 더이상 치통을 느끼지 않았다. 흐느낌이 그의 얼굴을 일그러뜨렸다.

그는 짐꾼 옆에서 두어번 말없이 걷더니 자신을 추스르고 침착하게 세르게이 이바노비치를 향했다.

"어제 이후에 온 전보를 가지고 계신가요? 그래요, 세번째로 격퇴당했다지요. 하지만 내일은 결정적인 전투가 예견된다지요."

---

**14** 노동자들이 살던 막사를 말한다.

밀란의 즉위 선포[15]와 그것이 가져올 엄청난 결과에 대해서 좀더 이야기를 나눈 후, 두번째 경적이 울리자 둘은 헤어져 각자 자기 객차로 갔다.

## 6

세르게이 이바노비치는 언제 모스끄바에서 떠날 수 있을지 몰라서 동생에게 그들을 위해 마차를 보내라는 전보를 치지 않았다. 까따바소프와 세르게이 이바노비치가 역에서 빌린 따란따시까[16]를 타고 흙먼지를 뒤집어쓰고 아랍인 같은 모습으로 열두시에 뽀끄롭스꼬예 저택에 다다랐을 때 레빈은 집에 없었다. 아버지와 언니와 함께 발코니에 앉아 있던 끼찌가 시아주버니를 알아보고 그를 맞으러 아래로 달려나왔다.

"알려주시지도 않다니 어떻게 그러실 수가 있어요?" 그녀가 세르게이 이바노비치에게 손을 내밀고 이마를 내주면서 말했다.

"우리는 잘 도착했고 공연히 신경 쓰게 하고 싶지 않았지요. 제가 온통 흙먼지투성이여서 닿기가 무섭네요. 저는 바빠서 언제 벗어날 수 있을지 몰랐어요. 제수씨는 여전히……" 그가 미소를 띠며 말했다. "조용한 행복을 즐기고 계시네요, 조용한 오지에서. 여기 우리 친구 표도르 바실리치가 드디어 합류했지요."

"하지만 전 검둥이는 아닙니다. 씻으면 인간 비슷하게 될 겁니다." 까따바소프가 손을 내밀며, 검은 얼굴에서 유난스레 빛나는

15 밀란은 1882~89년 세르비아의 왕이었다.

16 작은 여행용 사륜마차.

이를 드러내며 그 특유의 평소의 농담조로 말했다.

“꼬스쨔가 무척 기뻐할 거예요. 그는 농장으로 갔어요. 이제쯤 도착할 시간이 되었을 거예요.”

“내내 경영을 하느라 바쁘군요. 이것이 바로 강의 시원始原에서 일어나는 일이지요.” 까따바소프가 말했다. “우리 도시에서는 세르비아전쟁 이외에는 아무것도 볼 수가 없어요. 자, 우리 친구는 어떻습니까? 필시 뭔가 다른 사람들과 같지는 않겠지요?”

“아니요, 그는 다른 모든 사람들과 같아요. 아무것도 다르지 않지요.” 끼찌가 약간 당황해서 세르게이 이바노비치를 돌아보고는 대답했다. “그럼 그를 부르러 사람을 보낼게요. 그런데 아버지가 손님으로 와 계세요. 얼마 전에 외국에서 돌아오셨어요.”

그러고 나서 그녀는 레빈에게 사람을 보내는 것과 흙먼지를 뒤집어쓴 손님들을 한명은 서재에서, 한명은 돌리의 큰방에서 씻게 하는 것에 대해서, 또 손님들에게 줄 아침식사에 대해서 지시를 하고 나서 임신 기간에 사용하지 못했던 빠른 동작의 권리를 누리며 발코니로 달려들어갔다.

“세르게이 이바노비치와 까따바소프 교수예요.” 그녀가 말했다.

“아휴, 가뜩이나 더운데 힘들어지게 생겼네!” 공작이 말했다.

“아녜요, 아빠. 그는 무척 사랑스러운 사람이고, 꼬스쨔도 그를 무척 사랑해요.” 아버지 얼굴에 언짢은 표정이 떠오르는 것을 감지한 끼찌가 무언가 그를 설득하려는 듯이 미소를 지으며 말했다.

“그래, 난 상관없다.”

“사랑스러운 언니, 언니가 좀 그들에게로 가봐줘.” 끼찌가 언니를 향했다. “그들을 상대해줘. 그들은 역에서 스찌바를 만났대. 그는 건강하대. 난 미쨔한테 가야 해. 가엽게도 차 마시는 시간 이후 젖을 못 줬어. 그애는 아마 지금 깨서 울고 있을 거야." 그녀는 젖이 붇는 것을 느끼며 빠른 걸음으로 아기방으로 갔다.

실제로 그녀는 그저 추측한 것이 아니라(그녀와 아이의 연결은 아직 끊어지지 않은 상태였다) 정말로 자기 젖이 붇는 데 따라 아이가 배고파할 것을 알았다.

그녀는 아이가 울고 있다는 것을 아기방에 이르기도 전에 벌써 알았다. 그리고 실제로 아이는 소리치며 울고 있었다. 그녀는 아이의 울음소리를 듣고 걸음을 빨리했다. 하지만 그녀가 점점 더 빨리 걸을수록 아이는 점점 더 크게 울어댔다. 목소리는 좋고 건강했지만 배가 고파서 초조하게 울어대는 소리였다.

"오래됐어요? 유모, 오래됐어요?" 끼찌가 의자에 앉아서 젖 먹일 준비를 하면서 성급하게 물었다. "자, 어서 그애를 내게 줘요. 아, 유모, 뭐 해요, 답답하게. 자, 모자 끈은 나중에 매요!"

"그러면 안 되죠, 마님." 거의 항상 아기방에서 지내는 아가피야 미하일로브나가 말했다. "아기를 항상 제대로 꾸며야 해요. 뚝, 뚝!" 그녀는 엄마는 아랑곳하지 않고 아기를 내려다보며 노래를 불렀다.

유모가 아이를 엄마에게 데려왔다. 아가피야 미하일로브나는 긴장이 풀린 부드러운 얼굴로 아기 뒤를 따라왔다.

"알아봐요, 알아봐요. 맹세해요, 까쩨리나 알렉산드로브나 마님. 저를 알아봤어요!" 아가피야 미하일로브나가 아이보다도 더 크게 소리쳤다.

하지만 끼찌는 그녀의 말에 귀 기울이지 않았다. 그녀의 초조함은 아기의 초조함처럼 점점 더 커져갔다.

초조함 때문에 일이 한참 동안 제대로 되지 못했다. 아기는 필요한 것에 닿지 못해 성을 냈다.

절망적으로 소리를 지르며 쌕쌕거리고 소용없이 숨이 막혀 할딱거리더니 드디어 제대로 되었고, 엄마도 아기도 동시에 안심했고 둘 다 조용해졌다.

"하지만 불쌍한 아기가 온몸에 땀이 났네요." 끼찌가 아기를 만지면서 속삭였다. "그런데 대체 왜 아기가 알아본다고 생각하는 거죠?" 그녀는 곁눈으로 푹 눌러쓴 모자 밑에서 알면서 모르는 척 속이는 장난꾸러기처럼(그녀에게는 그렇게 보였다) 쳐다보는 아기의 두 눈과 규칙적으로 불룩해지는 두 뺨, 빨간 손바닥으로 내젓는 조그만 팔을 보며 덧붙였다.

"그럴 리가 없어요! 만약 벌써 알아본다면 저를 알아봤을 거예요." 끼찌는 아가피야 미하일로브나의 확신에 답하며 미소 지었다.

비록 아기가 알아볼 수 없다고 말하기는 했지만, 그녀는 아기가 아가피야 미하일로브나를 알아볼 뿐만 아니라 모든 것을 알고 이해하고 있다는 것을, 그리고 아무도 이해하지 못하는 많은 것을, 그녀, 엄마인 그녀 자신까지도 그애 덕분에만 알고 이해하기 시작한 것들을 이해하고 있다는 것을 심장으로 알고 있었다. 아가피야 미하일로브나, 유모, 할아버지, 심지어 아버지에게도 미쨔는 물질적 보살핌만을 요구하는 살아 있는 존재였지만, 엄마에게 그애는 이미 정신적 관계들의 완전한 역사가 있는 정신적 존재였다.

"이제 깨면 직접 보세요. 제가 이렇게 하면 아이의 얼굴이 이렇게 환해지지요. 착한 아기, 얼굴이 대낮처럼 환해지지요." 아가피야 미하일로브나가 말했다.

"그래, 좋아요, 좋아요. 그때 보기로 해요." 끼찌가 속삭였다. "지금은 가세요. 아기가 잠들었어요."

## 7

아가피야 미하일로브나는 발뒤꿈치를 들고 나갔다. 유모는 덧창을 내리고 침대의 모슬린 휘장 안에 있는 파리와 유리창에 부딪치는 말벌을 쫓아냈고 마른 자작나무 가지로 엄마와 아기 위를 부채질했다.

"더워요, 더워요. 비라도 좀 내리셨으면." 그녀가 말했다.

"네, 네, 쉬—쉬—쉬……" 끼찌가 몸을 가볍게 흔들면서, 미쨔가 눈을 뜨기도 하고 감기도 하면서 내내 약하게 내젓는, 마치 손목을 실로 잡아당겨 조인 듯 통통하게 부푼 조그만 팔을 부드럽게 누르면서 하는 말은 그뿐이었다. 이 조그만 팔이 끼찌를 당황시켰다. 그녀는 이 조그만 팔에 키스하고 싶었지만 아기를 깨울까봐 그렇게 하기가 두려웠다. 조그만 팔은 마침내 움직이기를 그쳤고 두 눈은 감겼다. 다만 가끔 자기 일을 계속하면서 아기는 말려올라간 긴 속눈썹을 들어 어스름 빛 속에서 검어 보이는 촉촉한 두 눈으로 엄마를 바라보았다. 유모는 부채질을 그치고 잠이 들었다. 위층에서는 노공작의 목소리와 까따바소프의 껄껄거리는 울림이 들려왔다.

'나 없이 대화를 시작했나보구나.' 끼찌가 생각했다. '그래도 꼬스짜가 없는 것이 유감이야. 아마 또 양봉장에 갔을 거야. 그가 자주 그곳에 가는 것이 슬프기도 하지만, 난 그래도 여전히 기뻐. 그 일이 그의 기분을 전환해주니까. 이제 그는 봄에 비해 더 유쾌해지고 나아졌지. 그때 그는 그토록 침울해하고 그토록 괴로워해서 나는 끔찍하게 걱정했었지. 그는 얼마나 우스운 사람인지 몰라!' 그녀는 미소를 지으며 속삭이듯 말했다.

그녀는 무엇이 남편을 괴롭히는지 알고 있었다. 그건 그의 무신앙이었다. 만약 그녀에게 그가 미래에 신앙을 가지지 않을 경우 파멸할 것이라고 생각하냐고 묻는다면 그녀는 그가 파멸할 것이라는 데 동의해야 했을 테지만, 그의 무신앙은 그녀를 불행하게 하지 않았다. 그리고 신앙이 없는 사람에게는 구원도 있을 수 없다는 것을 인정하면서도 그녀는 이 세상에서 그 무엇보다도 남편의 마음을 사랑했고, 미소를 짓고 그의 무신앙에 대해 생각하며 그가 우스운 사람이라고 스스로에게 말했다.

'뭣 때문에 그는 일년 내내 철학책 같은 것들을 읽는 걸까?' 그녀는 생각했다. '만약 이 모든 것이 그 책들 속에 씌어 있다면 그는 그것들을 이해할 수 있겠지. 그런데 거기에 거짓이 있다면 무엇 때문에 읽는 것일까? 그 스스로도 신앙을 가지기를 원한다고 말하지. 그런데 그는 무엇 때문에 믿지 않는 것일까? 필시 생각을 많이 하기 때문이겠지? 그는 혼자 떨어져서 많은 생각을 하지. 항상 혼자, 혼자야. 그는 우리와는 모든 걸 다 말할 수 없어. 나는 이 손님들이 그에게 반가울 것이라고 생각해. 특히 까따바소프가 그렇지. 그는 그들과 토론하기를 좋아하지.' 그녀는 생각했고, 생각은 당장 까따바소프를 어디서 자게 해야 더 편할까, 그를 혼자 재울까, 세르게이 이바노비치와 함께 자도록 할까로 넘어갔다. 그리고 갑자기 그녀를 화들짝 놀라게 하고 심지어 미쨔까지 놀라서 그녀를 빤히 쳐다보게 한 생각이 떠올랐다. '세탁부가 아직 세탁물을 가져오지 않은 것 같아. 손님용 침대 시트는 다 썼는데. 여차하면 아가피야 미하일로브나는 세르게이 이바노비치에게 그냥 펼쳐 까는 보자기를 내줄 텐데.' 이 생각 하나에 끼찌의 얼굴이 확 붉어졌다.

'그래, 내가 나서야겠어.' 그녀는 마음을 먹고 나서 이전의 생각으로 돌아가 뭔가 중요하고 정신적인 것을 아직 끝까지 다 생각하지 않았다는 것을 기억하고는 그것이 무엇인가를 떠올리기 시작했다. '그래, 꼬스쨔가 무신앙자라는 거였지!' 그녀는 미소를 지으며 떠올렸다.

'그래, 꼬스쨔는 무신앙자야! 그가 마담 스딸같이 되거나 그때 외국에서 내가 되고 싶었던 대로 되는 것보다는 차라리 그가 언제까지나 그대로 남게 놔두어야지. 맞아, 그는 적어도 위선을 부리지는 않지.'

그리고 얼마 전 그의 선량함을 보여주었던 일이 생생하게 그녀의 눈앞에 떠올랐다. 두주일 전에 스쩨빤 아르까지치의 고백의 편지가 돌리에게 왔다. 그는 그녀에게 자신의 명예를 구해줄 것을, 그의 빚을 갚기 위해서 그녀의 영지를 팔 것을 애원하고 있었다. 돌리는 절망했고, 남편을 증오하고 경멸했고, 한탄했고, 이혼하고 그 청을 거절하려고 마음을 먹었지만, 자기 영지의 일부를 파는 데 동의하는 것으로 끝이 났다. 그다음 끼찌는 저절로 감동의 미소를 지으며, 남편의 당혹을, 그가 그의 마음을 사로잡은 그 문제에 수차례 어색하게 접근한 것을, 그리고 결국 모욕하지 않으면서 돌리를 도울 수 있는 유일한 방법을 생각해내어, 끼찌는 이전에 생각도 못했는데, 끼찌에게 그녀 몫의 영지를 돌리에게 주자고 제안한 것을 기억했다.

'그가 대체 무슨 무신앙자라는 거지? 그의 마음씨를, 아무라도, 심지어 어린애라도 화나게 할까봐 그렇게 두려워하는 것을 보면! 모든 것을 다른 사람들을 위해서 하고, 자기 자신을 위해서는 아무것도 안 하지. 세르게이 이바노비치는 그의 관리인이 되는 것이 꼬스쨔의 의무라고 생각하지. 누이도 역시 그래. 지금 돌리는 아이들과 함께 그의 부양을 받고 있지. 그리고 마치 그가 그들에게 봉사해야 한다는 듯이 매일 찾아오는 이 농부들.'

'그래, 그저 너의 아버지 같은 사람만 되거라, 그런 사람만 되거라.' 그녀는 미쨔를 유모에게 건네주면서 그의 뺨에 입을 맞추며 말했다.

## 8

레빈이 사랑하는 죽어가는 형을 보며 처음으로 이십세부터 삼십사세까지 자신도 모르게 청소년 시절의 신앙을 대체했던, 그가 부르는바 새로운 신념들을 통해 생과 사의 문제를 생각했던 그때부터, 그는 그것이 어디서 왔고 무엇을 위한 것인지, 왜 있는지, 또 그 본질이 무엇인지에 대해 아무런 지식이 없이 삶을 살아가는 것이 죽는 것보다 두려웠다. 유기체, 그것의 파괴, 물질의 영속성, 발전, 이것들이 그의 예전의 신앙을 대체한 개념들이었다. 이 단어들과 이와 연관된 개념들은 지적 목적을 위해서는 매우 좋은 것들이었다. 하지만 그것들은 삶에 대해 아무것도 말해주는 것이 없었다. 레빈은 갑자기 자신이 따뜻한 털가죽 외투를 모슬린 옷으로 바꾸고 난 다음 처음으로 추위를 만나 머릿속 판단이 아니라 온몸으로 자신이 알몸이고 어쩔 수 없이 고통스럽게 죽어야 한다는 것을 의심의 여지 없이 확신하게 된 사람의 처지에 있는 것처럼 느껴졌다.

비록 그것을 깨닫지 못하고 계속해서 이전처럼 살긴 했지만, 그때부터 내내 레빈은 이 두려움이 자신의 무지 때문이라고 느꼈다.

그외에도 그는 자신이 자신의 신념이라고 불렀던 것이 무지일 뿐만 아니라 자신에게 필요한 인식을 불가능하게 하는 사고방식이라는 것을 어렴풋하게나마 느꼈다.

결혼 초기에는 그가 인지하게 된 새로운 기쁨과 의무가 이러한 생각들을 완전히 눌렀다. 하지만 근래에 와서, 아내의 출산 이후 그가 모스끄바에서 일 없이 지낼 때 이 생각은 레빈에게 점점 더 자주, 점점 더 실제적으로 해결을 요구하는 문제로 여겨지게 되었다.

그의 문제는 다음과 같았다. '만약 내가 기독교가 내 삶의 문제들에 주는 답을 인정하지 않는다면, 나는 어떤 답을 인정해야 할 것인가?' 그는 자신의 신념의 모든 저장고에서 답은커녕 그 비슷한 것도 찾아내지 못했다. 그는 장난감 상점이나 무기 상점에서 식료품을 찾는 사람의 처지에 있었다.

그는 지금 저도 모르게 무의식적으로 자신을 위해 모든 책과 모든 대화에서, 모든 인간에게서 이 문제들과의 연관성과 그 해결을 찾고 있었다.

무엇보다도 그를 놀라게 하고 혼란스럽게 한 것은 그의 교제 범위에 속하고 그의 나이 또래인 대다수의 사람들이, 그가 그랬듯이 예전의 신앙을 그가 가진 것과 같은 새로운 신념으로 대체하고 나서도 이를 아무런 불행으로 보지 않고 완전히 만족하고 평온하다는 사실이었다. 따라서 주요 문제 외에도 레빈을 괴롭히는 다른 문제들이 있었다. 이 사람들이 솔직한가? 이들이 위선을 떠는 것은 아닐까? 아니면 이들이 그를 사로잡은 문제들에 대해 학문이 주는 답을 그와는 달리 이해하거나 더 명확하게 이해하는 게 아닐까? 그래서 그는 이 사람들의 견해도 이 답을 저술한 책들도 열심히 연구했다.

이 문제들이 그를 사로잡은 이래 그가 발견한 한가지 사실은 자신의 청년 시절, 대학 시절 함께했던 사람들에 대한 회상 속에서 그가 종교라는 것은 이미 지나간 시대의 것이고 이미 존재하지 않는다고 추정함으로써 실수를 저질렀다는 것이었다. 그와 가까운 훌륭하게 살아가는 사람들은 모두 신앙을 가지고 있었다. 노공작도, 그가 그렇게도 사랑하게 된 리보프도, 세르게이 이바니치도, 모든 여자들도 하느님을 믿었고, 그의 아내도 그가 유년 시절에 믿었던 것처럼 하느님을 믿었으며, 러시아인의 구십구 퍼센트가, 그에게 가장 큰 존경을 불러일으키는 삶을 살고 있는 이 민족 전체가 신을 믿고 있었다.

그가 많은 책들을 읽고 나서 확신하게 된 또다른 사실은 그와 동일한 견해를 공유한 사람들이 이런 견해에 전혀 다른 의미를 부여하지 않으며, 그들은 그가 그것 없이는 살 수 없는 답을 하나도 구하지 않고 아무런 설명도 없이 그저 그 문제들을 부정하고 그의 물음들이 관심을 가지지 않는 완전히 다른 문제들, 예를 들어 유기체의 발전이나 영혼의 기계론적 설명에 대한 문제 등등을 해결하려고 애쓴다는 것이었다.

이밖에도 아내가 출산하는 동안 그에게는 예외적인 일이 일어났었다. 무신앙자인 그가 기도를 하게 되었고, 기도를 한 그 순간에는 신을 믿었던 것이다. 하지만 그 순간은 지나갔고, 그는 당시의 정신 상태를 전혀 자신의 삶 속에 자리 잡게 할 수 없었다.

그는 당시에는 진실을 알고 있었고 지금은 실수를 범하고 있다고 인정할 수 없었다. 왜냐하면 그가 이에 대해 차분하게 생각하기 시작하자마자 모든 것이 산산조각이 났기 때문이었다. 그는 그때 자기가 착각한 것이라고 인정할 수도 없었다. 왜냐하면 그는 당시의 정신 상태를 높이 사고 있었기 때문이었다. 그것을 마음이 약해서 일어난 것이라고 인정하면 그 순간을 모욕하는 것이 될 것이었다. 그는 자신과의 고통스러운 균열을 느꼈으며, 이 균열로부터 빠져나오기 위해 모든 정신력을 기울였다.

9

이 생각은 때로는 약하게, 때로는 강하게 그를 괴롭혔지만 한번도 그를 떠난 적은 없었다. 그는 읽고 생각했으며, 읽고 생각하면 그럴수록 자신이 추구하는 목표로부터 멀어지는 것을 느꼈다.

최근 그는 모스끄바에서, 그리고 시골에서 지내면서 유물론자들에게서는 답을 찾을 수 없으리라고 확신하고서 다시 한번 플라톤, 스피노자, 칸트, 셸링, 헤겔, 쇼펜하우어—삶을 유물론적으로 설명하지 않는 철학자들의 책을 읽었다.

그들의 사상은 그가 다른 이론들에 대한 반박을, 특히 유물론에 대한 이론적 반박을 읽거나 그 스스로 생각해낼 때는 유용한 것으로 보였다. 하지만 그가 문제들의 해결을 찾거나 그 스스로 생각해내자마자 언제나 동일한 것이 반복되었다. 정신, 의지, 자유, 본질 같은 불명확한 단어들의 주어진 정의에 따르면서, 일부러 철학자들이나 그 스스로 설정한 단어의 그물로 깊이 빠져들면서, 그는 마치 뭔가를 이해하기 시작하는 것 같았다. 하지만 사고의 인위적 경로를 잊고 삶에서부터, 주어진 실을 따라가며 그가 생각했을 때 만족스럽던 것으로 돌아가기만 하면 갑자기 이 인위적 구조물 전체가 카드로 지은 집처럼 무너져버리고, 이 구조물이 삶에서 이성보다 더 중요한 무엇인가와 동떨어진 채 재배치된 동일한 단어들로 만들어졌다는 것이 확실해졌다.

한동안 그는 쇼펜하우어를 읽으며 그의 '의지'의 자리에 '사랑'을 대입했다. 이 새로운 철학은 그가 그것에서 멀어지기 전까지 이틀 동안 그를 위로했다. 하지만 그것도 역시 그가 나중에 삶으로부터 바라보니 무너져버렸고, 몸을 따뜻하게 해주지 못하는 모슬린으로 된 옷이라는 것이 판명되었다.

형 세르게이 이바노비치는 그에게 호먀꼬프의 신학 저술을 읽으라고 조언했다. 레빈은 호먀꼬프의 저서 중 제2권을 읽었다. 처음에는 그 논쟁적이고 우아하고 재치 있는 어조가 꺼려졌음도 불구하고 그는 거기 담긴 교회에 대한 이론에 놀랐다. 맨 처음 그는 신적인 진리의 이해가 인간 개인에게 주어지지 않고 사랑으로 연결된 인간 공동체—교회—에 주어진다는 사상에 놀랐다. 그를 기쁘게 한 것은 존재하는 교회, 지금도 살아 있는 교회, 인간들의 모든 신앙을 형성하는 교회, 맨 위에 신이 계시고 그래서 신성하고 올바른 교회를 믿는 것이, 교회로부터 신, 창조, 파멸, 속죄를 받아들이는 것이 신, 멀리 있는 신비스러운 신으로부터, 창조 등등으로부터 시작하는 것보다 더 쉽다는 생각이었다. 하지만 이후에 가톨릭 저자의 교회의 역사와 정교 저자의 교회의 역사를 읽고 각기 그 자체의 본질에 있어서는 올바른 두 교회가 서로를 부정한다는 것을 알고 나서 그는 교회에 대한 호먀꼬프의 가르침에도 실망했고, 이 구조물 역시 철학적 구조물들과 마찬가지로 수포로 돌아가버렸다.

올봄 내내 그는 원래의 그 자신이 아니었고 끔찍한 순간들을 겪었다.

'내가 누구인가, 내가 무엇 때문에 여기 있는가에 대한 인식 없이 살면 안 된다. 그런데 이것을 아는 것은 불가능하다. 그러므로 살면 안 된다.' 레빈은 스스로에게 말했다.

'끝없는 시간 속에서, 끝없는 물질 속에서, 끝없는 공간 속에서 기포-유기체 하나가 만들어졌고, 이 기포는 잠깐 유지되다가 터진다. 이 기포가 나다.'

이는 고통스러운 거짓이었지만, 이 방향에 있어서 수세기에 걸친 인간 사상 연구의 유일한 최후의 결론이었다.

이는 또한 거의 모든 분야에 있어서 인간 사상의 모든 탐구가 그 위에 구축되어 있는 마지막 믿음이었다. 이는 지배적 신념이었고, 레빈도 모든 다른 설명들 중에서 바로 이것을 그래도 가장 명확한 것으로, 언제 어떻게인지 스스로도 모르게 받아들였던 것이다.

하지만 이는 거짓일 뿐만 아니라 어떤 사악한 힘, 그에 굴복해서는 안되는 사악하고 혐오스러운 힘의 잔인한 조롱이었다.

이 힘에서 스스로를 구제해야 했다. 그리고 구제는 각자의 손에 달려 있었다. 악에의 의존을 중단해야 했다. 그리고 그 유일한 수단은 죽음이었다.

행복한 가장이고 건강한 인간인 레빈은 몇번이나 자살할 뻔해서 목을 맬 수 있는 모든 끈을 감추었고, 자신에게 총을 쏠까봐 총을 가지고 다니는 것이 두려웠다.[17]

하지만 레빈은 총으로 자기를 쏘지 않았고 목을 매지도 않았으며 계속 살아 있었다.

17 똘스또이의 참회록에 1870년대에 겪은 작가의 내적 전환이 서술되어 있는데 여기에 유사한 문장들이 있다.

## 10

자기가 누구이고 왜 사는가에 대해서 생각했을 때 레빈은 답을 찾지 못하고 절망에 빠졌다. 하지만 이에 대해 스스로에게 묻기를 중지했을 때 그는 자기가 누구이고 왜 사는가 하는 것을 알 것 같았다. 그것은 그가 확고하고 확실하게 행동하고 살았기 때문이었다. 심지어 최근에 와서 그는 이전보다도 훨씬 더 확고하고 확실하게 살았다.

유월 초에 시골로 돌아온 후 그는 자신의 일상적 업무로 돌아왔다. 농촌 경영, 농민들과 이웃들과의 관계, 가계 경영, 그가 위탁받은 누이와 형의 일, 아내와 친척들과의 관계, 아들에 대한 배려, 이번 봄부터 그의 마음을 끈 꿀벌에 대한 새로운 열정[18]이 그의 모든 시간을 차지했다.

이 일들은 그가 예전에 그랬던 것처럼 어떤 보편적인 견해로써 이 일들을 정당화하지 않았기에 그를 사로잡았다. 오히려 지금은 한편으로는 공공의 이익을 위한 예전 계획들의 실패에 실망해서, 다른 한편으로는 자기 생각과 사방에서 그에게 맡기는 수많은 일들 때문에 너무 바빠서 그는 공공의 이익에 대한 여하한 생각도 완전히 버렸다. 이 일들이 그를 사로잡은 것은, 그가 생각하기에 그는 해오던 일을 해야만 할 것 같았고 달리 어찌할 수도 없을 것 같았기 때문이었다.

예전에 그가 모든 사람들을 위해, 인류를 위해, 러시아를 위해, 농촌 전체를 위해 뭔가 좋은 일을 하려고 노력했을 때(이는 유년

**18** 이는 1863년에 똘스또이를 사로잡았다.

시절부터 완전히 성인이 될 때까지 점점 커졌는데), 이는 그 생각이 기분 좋은 것이기는 해도 활동 자체는 항상 제대로 되지 않았고 그 일이 필수적이라는 완전한 확신이 없었다. 그리고 이런 활동 자체도 처음에는 그렇게 대단해 보였지만 점점 더 줄어들고 줄어들어 없어져버렸다. 하지만 결혼 이후 삶을 점점 더 자기를 위하여 만들어가게 되자 지금 그는 비록 더이상 자신의 활동에 대한 생각에 기쁨을 느끼지 않았지만 자신의 일이 필수적이라는 확신을 느꼈고 일이 예전보다 훨씬 더 잘되는 것을, 점점 더 확대되어가는 것을 알았다.

이제 그는 자신의 의지와 정반대로 쟁기처럼 점점 더 깊이 땅속으로 파고들어가서 이미 이랑을 뒤집어엎지 않고서는 빠져나올 수 없었다.

가족에게는 아버지들과 할아버지들이 살아가던 관습대로 사는 것, 즉 똑같은 교육 조건과 양육 조건대로 사는 것이 의심할 바 없이 필요한 것이었다. 이는 먹고 싶을 때 식사를 하는 것과 마찬가지로 필요한 것이었다. 그리고 이를 위해서는, 식사를 준비해야 하는 것과 마찬가지로, 뽀끄롭스꼬예에서 수익이 나도록 경영을 이끌어나갈 필요가 있었다. 빚을 갚을 필요가 있는 것처럼, 레빈이 할아버지에게 그가 건축하고 조성한 모든 것에 대해서 고마워한 것과 꼭 마찬가지로 아들이 땅을 유산으로 물려받았을 때 고맙다고 말할 수 있도록 조상의 땅을 유지할 필요가 있었다. 그리고 이를 위해서는 땅을 빌려주지 말고 직접 경영하고 가축을 치고 경작지에 거름을 주고 숲에 나무를 심을 필요가 있었다.

세르게이 이바노비치, 누이, 조언을 구하러 오는, 조언을 구하는데 익숙해진 모든 농부들의 일을 처리하지 않기는 불가능했다. 이는 마치 두 손에 들고 있는 아기를 던져버릴 수 없는 것과 같았다. 아이들과 함께 초대되어온 처형의 편의도 보아주어야 했고, 하루의 작은 부분이라도 그들과 같이 있지 않을 수 없었다.

그리고 이 모든 것이 사냥과 새로운 꿀벌 취미와 함께, 곰곰 생각해보면 레빈에게 아무런 의미도 없는 그의 삶 전부를 가득 채웠다.

하지만 그외에도 레빈은 그가 무엇을 해야 하는지 확고하게 알고 있었고, 마찬가지로 그는 이 모든 것을 어떻게 해야 하는지, 어떤 일이 다른 일보다 더 중요한지 알고 있었다.

그는 일꾼들을 되도록 싼값으로 고용해야 하는 것을 알고 있었지만, 선금을 주고 그들을 묶어놓아 그들의 가치보다 더 싼 임금을 지불하는 것은 비록 그것이 매우 이익이 된다 해도 해서는 안 되는 일이라는 것을 알고 있었다. 식량이 부족할 때는 비록 농민들이 안됐기는 하지만 그들에게 짚가리를 돈을 받고 팔 수도 있었다. 하지만 여인숙과 선술집은 그것들이 아무리 이익을 가져오는 일이라 해도 없애야 했다. 숲의 도벌은 가능한 한 엄격하게 응징해야 했지만 몰려들어온 가축에 대해 벌금을 물려서는 안 되었다. 비록 그렇게 하는 것이 숲 감시인들을 화나게 했고 두려움을 없애기도 했지만, 몰려들어온 가축들은 돌려보내야 했다.

고리대금업자에게 한달에 십 퍼센트의 이자를 내는 뾰뜨르에게는 돈을 갚도록 돈을 꾸어줄 필요가 있었지만, 소작료를 내지 않는 농민들에게는 소작료를 내려주거나 지불을 연기해주어서는 안 되었다. 목초지를 베지 않고 풀이 쓸모없이 시들어 죽는 것을 방치한 영지 관리인을 눈감아줄 수는 없었다. 하지만 어린 묘목을 심은 팔십 제샤찌나의 풀은 베어서는 안 되었다. 아버지가 죽었다고 일하는 도중에 가버린 일꾼은 아무리 불쌍하더라도 용서해서는 안 되었다. 임금이 비싼 달들에 결석했기 때문에 임금을 적게 지불해야 했다. 하지만 아무 소용 없게 된 늙은 종복들에게는 급료를 주지 않을 수 없었다.

레빈은 또한 집에 돌아오면 무엇보다 먼저 불편한 몸의 아내에게로 가야 한다는 것을, 그를 이미 세시간 동안 기다린 농부들은 좀더 기다릴 수 있다는 것을 알고 있었다. 그리고 벌떼를 양봉함에 넣을 때 느껴지는 만족감에도 불구하고 이 만족감을 포기하고 자기 없이 벌떼를 넣으라고 노인에게 말한 다음 양봉장에서 그를 찾아낸 농부들과 이야기하러 가야 한다는 것을 알고 있었다.

그는 자신이 행동을 잘하는 건지 아닌지 몰랐고, 지금 이를 굳이 증명하려 하지 않았을 뿐만 아니라 이에 대한 대화나 생각도 피하고 있었다.

이런저런 생각들은 그를 절망으로 이끌었고, 그가 무엇을 해야 하고 무엇을 하지 말아야 하는지 아는 것을 방해했다. 생각하지 않고 그냥 살 때, 그는 계속해서 자신의 마음속에 두가지 가능한 행동 중에서 어느 것이 더 좋고 어느 것이 더 나쁜지를 해결해주는 올바른 판관이 있는 것을 느꼈다. 그리고 그는 해야 하는 대로 행동하지 않으면 당장 그것을 느꼈다.

그렇게 그는 자기가 누구인지, 이 세상에서 무엇 때문에 사는지 알지 못하고 알 가능성도 보지 못한 채 살았고, 이 알지 못함으로 인해 자살을 할까봐 두려워할 지경으로 고통스러워하면서, 동시에 확고하게 자신에게 고유한, 정해진 길을 내면서 살았다.

## 11

세르게이 이바노비치가 뽀끄롭스꼬예에 도착한 그날, 레빈은 그의 가장 고통스러운 날들 중 하루를 보내고 있었다.

이때는 모든 농민에게 삶의 다른 어떤 상황에서도 나타나지 않는 긴장, 만약 이 일이 매년 계속되지 않고 이 긴장의 결과가 그냥 그렇게 평범하지 않다면 이 특성을 나타내는 사람들 자신이 높이 평가할 긴장, 일에 대한 자기헌신의 예외적인 긴장이 나타나는 가장 바쁜 시기였다.

호밀과 귀리를 베고 수확하고 나르고, 목초지를 마저 베고, 휴경지를 한번 더 갈고, 씨앗을 털고, 가을 파종을 하고—이 모든 것이 간단하고 일상적인 것으로 보이지만, 이 모든 일을 성공적으로 해내기 위해서 늙은이에서 젊은이까지 농촌의 모든 사람들이 이 삼사주일 동안 끄바스, 양파, 흑빵을 먹으면서 평소보다 두배 더 많이 곡식단을 털고 나르며 밤에도 하루 두세시간 이상은 잠들 시간도 없이 쉬지 않고 일했다. 그리고 이 일이 해마다 러시아 전역에서 진행되었다.

농촌에서 대부분의 시간을 보냈고 농민들과 가까운 관계에 있기에 레빈은 일하는 동안 항상 이 민족 공동의 깨어남이 그에게도 전해지는 것을 느꼈다.

아침부터 그는 호밀의 첫번째 파종지로 가거나 사람들이 단으로 날라다놓은 귀리를 보러 다녔고, 아내와 처형이 일어날 때에 맞추어 집으로 돌아와 그들과 함께 커피를 마시고 나서는 다시 씨앗을 준비하기 위해 새로 설치한 탈곡기를 돌려야 하는 농가로 걸어갔다.

이날 하루 종일 레빈은 영지 관리인과 농부들과 이야기하고 집에서는 아내와 돌리와 그녀의 아이들과 장인과 이야기하면서 이즈음 집안 걱정 이외에 그를 사로잡고 있던 오직 한가지, 한가지에 대해서만 생각했고, 모든 것에서 '나는 대체 무엇인가, 나는 어디에 있는가, 나는 무엇 때문에 여기 있는가?' 하는 자신의 물음과의 연관을 찾았다.

칠하지 않은, 새로 벗긴 사시나무 각목들로 서까래를 얹고 아직 향기로운 잎이 달린 개암나무 가지를 성글게 엮어 깔고 짚으로 새로 지붕을 인 곡식창고의 서늘한 냉기 속에 서서, 레빈은 때로는 탈곡기의 마르고 매운 먼지가 춤추며 밀려오는 열린 대문을 통해 뜨거운 태양볕에 빛나는 탈곡장의 풀이나 방금 창고에서 꺼내온 신선한 짚을 보기도 하고, 때로는 휘파람을 불며 지붕 아래로 날아들어와 날개를 비비면서 열린 문간에 머물러 있는, 머리가 오색이고 가슴이 하얀 제비들을 보기도 하고, 때로는 어둡고 먼지 나는 창고 안에서 움직이고 있는 농민들을 바라보기도 하면서 유별난 생각을 했다.

'무엇 때문에 이 모든 일이 진행되는 것일까?' 그는 생각했다. '무엇 때문에 나는 여기 서 있으며 그들을 일하게 하고 있는 것일까? 무엇 때문에 그들은 모두 바쁘게 일하며 내가 있을 때 열성을 보이려고 애쓰는 것일까? 무엇 때문에 내가 아는 이 노파 마뜨료나는 있는 힘을 다해 일하는 것일까? (불이 나서 대들보가 그녀 위로 무너졌을 때 내가 그녀를 치료해주었지.)' 그는 울퉁불퉁하고 딱딱한 탈곡장 바닥을 검게 탄 맨발로 이리저리 밟고 다니며 갈퀴로 낟알을 긁는 깡마른 여자를 보며 생각했다. '그때 그녀는 건강을 회복했지. 하지만 오늘내일이 아니라도 십년 후에는 그녀는 묻힐 것이고, 그녀에게서 남는 것은 아무것도 없을 것이고, 빨간 줄무늬 모직 치마를 입고 저렇게도 민활하고 아름다운 몸짓으로 밀단에서 이삭들을 털어내는 저 멋을 부린 여자에게서도 남는 것은 아무것도 없을 것이다. 그녀도 묻힐 것이고, 저 얼룩 거세마도 머지않아 묻힐 것이다.' 그는 무겁고 불룩한 배를 하고 벌어진 콧구멍으로 거칠게 잦은 숨을 쉬며 비스듬히 몸을 기울여 계속 발밑에서 벗어나는 바퀴 때문에 헛디디는 말을 보며 생각했다. '저 말도 묻힐 것이다. 곱슬곱슬한 수염에 왕겨를 잔뜩 묻히고 하얀 어깨가 보이도록 떨어진 셔츠를 입고서 원료를 넣는 표도르도 묻힐 것이다. 그는 낟가리를 헤치며 뭔가를 명령하고, 아낙들에게 소리치고, 빠른 동작으로 관성바퀴의 벨트를 맞춘다. 중요한 것은 그들뿐만이 아니라 나도 묻힐 것이고 아무것도 남지 않게 되리라는 것이다. 무엇 때문에?'

그는 이런 생각을 하며 동시에 한시간에 얼마나 탈곡하는지 계산하기 위해서 시계를 들여다보았다. 하루치 할당량을 판단하기 위해서는 이를 알 필요가 있었다.

'곧 한시간이 된다. 그런데 세번째 낟가리를 시작했구나.' 레빈은 생각했고, 이삭을 넣는 사람에게 다가가서 기계 소리보다 더 크게 소리를 높여 좀더 띄엄띄엄 넣어야 한다고 말했다.

"조금씩 넣게, 표도르! 봐, 막힌다니까. 그래서 잘 안 되는 거네. 고르게 하게!"

땀이 난 얼굴에 찰싹 붙은 먼지로 까매진 표도르가 뭐라고 소리쳐 대답했다. 하지만 여전히 레빈이 원하는 대로 하지 않았다.

레빈은 원통으로 달려가 표도르를 밀어내고 직접 이삭을 넣기 시작했다.

레빈은 이미 얼마 남지 않은 농부들의 점심시간 전까지 줄곧 일을 하고 나서 이삭을 넣는 사람과 함께 곳간에서 나와서 탈곡기에 집어넣을, 수확해 차곡차곡 쌓아둔 호밀의 깔끔한 노란 낟가리 옆에 멈춰서서 이야기했다.

이삭을 넣는 사람은 먼 시골, 레빈이 예전에 협동조합의 원칙에 따라 땅을 맡겼던 시골에서 온 사람이었다. 지금 그 땅은 여인숙 주인에게 빌려주었다.

레빈은 이삭을 넣는 표도르와 그 땅에 대해 이야기하며 내년에 그 시골의 부유하고 사람 좋은 쁠라똔이 땅을 맡지 않겠느냐고 물었다.

"지대가 비싸요. 쁠라똔은 이익을 챙기지 못할 거예요, 꼰스딴찐 드미뜨리치." 농부가 땀이 난 품에서 이삭을 집어내며 말했다.

"그러면 끼릴로프는 어떻게 이익을 챙기나?"

"미쮸하(농부는 여인숙 주인을 경멸조로 이렇게 불렀다)가 어떻게 이익을 챙기지 않을 수가 있나요, 꼰스딴찐 드미뜨리치! 그자는 쥐어짜서 빼내갑니다. 하지만 포까니치 아저씨(그는 쁠라똔 노인을 그렇게 불렀다)가 사람에게서 가죽을 벗기나요? 빚이 있으면 면해주고 다른 사람에게는 남겨주지요. 사람 노릇을 하지요."

"근데 그는 왜 남겨주지?"

"그냥요. 그건, 사람들은 각각 달라요. 어떤 사람은 자기 필요를 위해서 살지요. 미쮸하처럼 그저 자기 배만 채우지요. 포까니치는 옳은 노인이에요. 그는 영혼을 위해서 살지요. 하느님을 알지요."

"어떻게 하느님을 알지? 어떻게 영혼을 위해서 살지?" 레빈은 거의 소리를 지르다시피 했다.

"어떻게인지는 누구나 알지요. 진리에 따라, 하느님 뜻대로지요.

사람들은 달라요. 나리만 하더라도 사람을 모욕하시지는 않잖아요……"

"그래, 그래. 잘 있게!" 레빈은 흥분으로 숨이 막힌 채 말하고 나서 몸을 돌려 지팡이를 잡고 집을 향해 빠르게 걸어갔다. 포까니치가 영혼을 위해, 진리에 따라, 하느님의 뜻에 따라 산다는 농부의 말에, 불분명하지만 의미 있는 생각들이 어디선가 닫힌 곳으로부터 터져나온 듯이 무리 지어 하나의 목표를 향해, 밝은 빛으로 그를 눈부시게 하면서 그의 머릿속에서 맴돌았다.

## 12

레빈은 자기의 생각들보다는(그는 아직 그것들을 제대로 정리할 수 없었다) 예전에 한번도 겪어보지 않은 영혼의 상태에 귀를 기울이면서 큰 걸음으로 대로를 따라갔다.

농부가 한 말은 그의 영혼 속에서 그를 끊임없이 사로잡아온, 힘없이 따로따로 분산되어 있던 생각의 무리를 갑자기 온전한 하나로 변형시켜 결합시키는 전기불꽃 같은 효과를 불러일으켰다. 이 생각들은 그가 땅을 맡기는 것에 대해 이야기하고 있을 때도 저도 모르게 그를 사로잡고 있었던 것이다.

그는 영혼 속에서 뭔가 새로운 것을 느꼈고, 이것이 뭔지 아직 모르는 채 즐기며 이 새로운 것을 더듬었다.

'자신의 필요를 위해서가 아니라 신을 위해서 사는 것. 어떤 신을 위해서인가? 그가 말한 것보다 더 조리 없는 말을 할 수 있단 말인가? 그는 자기 자신의 필요를 위해서 살아서는 안 된다고, 즉 우리가 이해하는 것, 우리를 이끄는 것, 우리가 원하는 것을 위해서 살아서는 안 되며 뭔가 이해할 수 없는 것을 위해서, 아무도 이해하지 못하고 규정할 수도 없는 신을 위해서 살아야 한다고 했다. 그래서? 내가 표도르의 이 조리 없는 말을 이해하지 못했나? 이해하고도 그 정당성을 의심했나? 그것들을 어리석고 불분명하고 부정확하다고 생각했나?

아니다, 나는 그의 말을 이해했고, 그것도 완전히 그가 이해한 대로 이해했고, 내가 살아오면서 이해한 그 무엇보다도 더 명확하고 충분하게 이해했고, 살아오면서 그것에 대해서 한번도 의심하지 않았고 의심할 수도 없었다. 그리고 나 혼자만이 아니라 모든 사람들이, 온 세상이 이 한가지만은 완전히 이해하며 이 한가지에 대해서는 의심하지 않고 항상 의견을 같이한다.

표도르는 여인숙 주인 끼릴로프가 자기 배를 채우기 위해 산다고 했다. 이는 이해할 만하고 합리적이다. 우리 모두는 합리적 존재들로서 자신의 배가 아닌 다른 것을 위해서는 살 수 없다. 그런데 갑자기 그 표도르가 말했다, 자기 배를 위해서 사는 것은 좋지 않다고, 진리를 위해서, 하느님을 위해서 살아야 한다고. 그리고 나는 암시 하나로 그의 말을 이해했다! 나, 그리고 수세기 전에 살았고 지금 살고 있는 수백만의 사람들, 농부들, 영혼이 가난한 사람들, 이에 대해서 생각하고 쓰고 자신의 모호한 언어로써 똑같은 것을 말했던 현자들, 우리 모두는 무엇을 위해 살아야 하며 무엇이 좋은가 하는 이 한가지에 대해서는 동의한다. 나와 모든 사람들은 오직 한가지의 견고하고 의심할 바 없는 분명한 앎을 가지고 있고, 이 앎은 이성으로는 설명할 수 없다. 이 앎은 이성 바깥에 있고 아무런 이유를 가지고 있지 않으며 아무런 결과도 가질 수 없다.

만약 선에 원인이 있다면 이는 이미 선이 아니다. 만약 선에 결과, 즉 보상이 있다면 이 역시 선이 아니다. 그러니까 선은 원인과 결과의 사슬 바깥에 있는 것이다.

그리고 나는 그것을 안다. 우리 모두는 안다.

하지만 나는 기적을 찾으려고 했고, 나를 확신시킬 수 있는 기적을 보지 못했다고 한탄했다. 그런데 여기에 유일하고 가능한, 항상 존재하는, 모든 방향에서 나를 에워싼 기적이 있는 것이다. 그리고 나는 그것을 알아챘다!

대체 이보다 더 큰 어떤 기적이 있을 수 있겠는가?

혹 내가 모든 것의 해결을 발견한 것일까? 이제 내 괴로움은 끝이 난 것일까?' 레빈은 더위도 피곤함도 느끼지 못한 채, 기나긴 고통이 위로받는 느낌을 가지고 먼지 나는 길을 걸으면서 생각했다. 이는 믿기 어려울 만큼 기쁜 감정이었다. 그는 흥분으로 숨이 막혀 더이상 걸을 수가 없어서 길에서 벗어나 숲으로 들어가 사시나무 그늘 아래 베지 않은 풀밭에 앉았다. 그는 땀 나는 머리에서 모자를 벗고 숲의 축축하고 잎 넓은 풀 위에 한 팔을 괴고 누웠다.

'그래, 정신을 차리고 곰곰이 생각을 해봐야 해.' 그는 눈앞에 있는 눌리지 않은 풀을 뚫어지게 살펴보면서, 들밀의 줄기를 따라 기어올라가다가 안젤리카 풀잎에 의해 막힌 초록 풀벌레의 움직임을 따라가며 생각했다. '모든 것을 처음부터.' 그는 안젤리카 잎을 치워서 벌레가 방해받지 않도록 하고 다른 풀을 구부려서 풀벌레가 옮겨가도록 하며 스스로에게 말했다. '무엇이 나를 기쁘게 하는 것일까? 내가 무엇을 발견한 것일까?

예전에 나는 내 몸속에서, 이 풀의 몸속에서, 이 풀벌레(이 풀벌레는 다른 풀로 옮겨가려 하지 않고 날아가버렸다)의 몸속에서 물리적, 화학적, 생리학적 법칙들에 따라 신진대사가 실행된다고 말했다. 우리 모두 안에서, 사시나무와 구름과 성운과 마찬가지로 진화가 일어난다고. 무엇으로부터의 진화인가? 무엇을 향한? 끝없는 진화와 투쟁인가?…… 바로 끝없는 곳에 어떤 방향이나 투쟁이 있을 수 있다고! 나는 이 경로에서 엄청난 사고의 긴장에도 불구하고 내게 여전히 삶의 의미가, 나의 동력과 지향의 의미가 열리지 않는 것을 의아해했다. 그런데 내 안에 있는 동력의 의미가 명확해서 나는 항상 그것에 따라 살고 있고, 그래서 농부가 내게 하느님을 위해서, 영혼을 위해서 산다고 말했을 때 나는 경탄하고 기뻐했던 것이다.

나는 아무것도 발견한 것이 아니다. 나는 내가 알고 있던 것을 깨달았을 뿐이다. 나는 과거에 내게 생명을 주었을 뿐만 아니라 지금도 내게 생명을 주고 있는 그 힘을 이해한 것이다. 나는 기만에서 해방된 것이고 주인을 인식하게 된 것이다.'

그리고 그는 가망 없이 병든 사랑하는 형을 보고 죽음에 대해 확실하고 명백하게 생각하기 시작한 이 최근 이년 동안 자신의 사고의 전체 경로를 간략하게 되돌아보았다.

그때 처음으로 그는 모든 인간에게도 그에게도 고통과 죽음과 영원한 망각 이외에 앞에 놓인 것은 아무것도 없다는 것을 깨닫고, 그냥 그렇게는 살 수 없고 자기 자신의 삶이 어떤 사탄의 심술궂은 조롱으로 생각되지 않도록 해명을 하거나 아니면 자살을 해야겠다고 결심했었다.

하지만 그는 이도 저도 행하지 않았고, 계속 살며 생각하고 느꼈고, 바로 그러는 동안 결혼을 했고 많은 기쁨을 맛보았으며 자신의 삶을 생각하지 않았을 때 행복을 느꼈다.

이건 대체 무슨 의미일까? 이것은 그가 잘 살되 잘못 생각했다는 것을 의미했다.

그는 젖먹이 때부터 빨아들인 그 영혼의 진실들로써 (그것을 인식하지 못한 채) 살아왔지만 이 진실들을 인정하지 않았을 뿐만 아니라 애써 외면하기까지 했다.

지금 그에게는 그가 양육되어온 그 신앙 덕분으로만 살 수 있었다는 것이 분명해졌다.

'내가 이 신앙을 가지지 않았다면, 자신의 필요가 아니라 신을 위해 살아야 한다는 것을 알지 못했다면, 나는 도대체 뭐가 되었을 것이며 어떻게 살아올 수 있었을까? 나는 도둑질하고 거짓말하고 죽이고 했을 것이다. 내 삶의 주요한 기쁨을 이루어온 것들 중 아무것도 내게 존재하지 않았을 것이다.' 그리고 그는 상상력을 최대한 동원해 애써보았지만, 그가 무엇을 위해 살았는지 몰랐다면 그 자신이 되었을 그 동물적 존재를 여전히 상상해낼 수 없었다.

'나는 내 질문에 대한 답을 찾으려고 해왔다. 하지만 사고는 내 질문에 답을 줄 수 없었다. 사고와 질문은 차원이 다른 것이었다. 무엇이 좋고 무엇이 나쁜가를 아는 내 인식 속에서 삶 자체가 내게 답을 주었다. 내게 주어진 것이다. **주어졌다**고 하는 것은 내가 어디로부터도 그것을 취한 것이 아니기 때문이다.

나는 어디로부터 이것을 취했을까? 혹여 이성으로써 내가 이웃을 사랑하고 그들을 죽이지 않아야 한다는 결론에 이른 것일까? 나는 이것을 어렸을 적에 들었고, 사람들이 내 영혼 속에 있는 것을 이야기해주었기 때문에 나는 이것을 기쁘게 믿었다. 그런데 누가 이것을 열어 보여주었을까? 이성은 아니다. 이성은 생존경쟁을 알려주었고 자신의 욕망을 충족하는 것을 방해하는 모든 것을 죽일 것을 요구하는 법칙을 열어 보여주었다. 이는 이성의 결론이다. 이성은 다른 사람을 사랑하는 것을 열어 보여줄 수 없었다. 왜냐하면 그것은 비이성적인 일이기 때문이다.'

'그래, 오만.' 그는 배를 깔고 돌아누워 풀줄기들을 다치지 않은 채 하나로 묶으면서 스스로에게 말했다.

'그리고 이성의 오만일 뿐만 아니라 이성의 어리석음이다. 중요한 것은 기만, 바로 이성의 기만인 것이다. 바로 이성의 사기이다.' 그는 되풀이해 말했다.

## 13

레빈에게 얼마 전 돌리와 그녀의 아이들에게 일어났던 일이 생각났다. 자기네들끼리 남겨진 아이들은 산딸기를 촛불에 끓이고 우유를 분수처럼 입안으로 부어넣었다. 그 현장을 붙잡은 어머니는 레빈이 있는 데서 그들에게 그들이 부서뜨린 것을 만드는 데 어른들이 얼마나 일을 해야 하는지 일러주고, 이 일은 그들을 위해서 행해지는 것이며 만약 그들이 찻잔들을 깨뜨리면 그들은 차를 마실 수가 없고 그들이 우유를 다 흘려버리면 그들은 먹을 것이 없어져 굶어죽을 것이라고 훈계했다.

레빈을 놀라게 한 것은 어머니의 말을 듣는 아이들의 그 태평하고 심드렁한 불신이었다. 그들은 다만 그들의 재미있는 장난이 중지된 것이 안타까울 뿐이었고 어머니가 하는 말 중 한마디도 믿지 않았다. 그들은 또한 믿을 수도 없었다. 왜냐하면 그들은 그들이 누리는 것의 전체 범위를 상상할 수 없었고 그들이 파괴한 것이 그것으로써 그들이 살아가는 바로 그것이라는 것을 상상할 수 없었기 때문이었다.

'이건 모두 그 자체로 있는 거야.' 그들은 생각했다. '여기에 재미있고 중요한 것은 아무것도 없어. 왜냐하면 이것들은 항상 있어 왔고 있을 것이니까. 그리고 항상 모든 것이 똑같지. 여기에 대해서는 우리가 생각할 필요가 없어. 이것은 준비되어 있으니까. 우리는 뭔가 우리의 것을, 새로운 것을 생각해내고 싶어. 그래서 우리는 찻잔에 산딸기를 넣고 촛불에다 끓였던 거지. 그리고 우유를 분수처럼 서로의 입에다 부어넣었지. 이건 재미있고 새롭고 찻잔으로 마시는 것보다 더 나쁠 것도 없다고.'

'바로 이런 짓을 우리가 하고 있고 내가 한 것이 아닐까? 이성으로써 자연력의 의미와 인간의 삶의 의의를 찾아내려 하면서?' 그는 계속 생각했다.

'그리고 모든 철학 이론들은 인간에게 고유한 것이 아닌 낯선 사고의 경로를 통해 인간이 오래전부터 알았던 것, 인간이 그것 없이는 살 수 없을 정도로 그렇게 진정으로 알았던 것에 대한 인식으로 인간을 이끄는 일을 하는 것이 아닐까? 모든 철학자가 이론을 전개하면서 농부 표도르만큼 분명하게—그보다 조금도 더 분명하게도 아니다—미리부터 삶의 주요 의의를 알지만, 지적 회의라는 경로를 통해 모두가 아는 것으로 돌아가기를 원하는 것이 분명하게 보이지 않는가?

그래, 자, 한번 아이들끼리 스스로 수확하고 그릇을 만들고 젖을 짜는 등등을 하게 두어본다면. 그들이 장난을 치게 될까? 그들은 굶어죽을 것이다. 그래, 자, 열정과 생각을 가진 우리를 유일하신 하느님과 조물주에 대한 개념 없이 두어보라지! 또는 무엇이 선인가 하는 개념 없이, 윤리적 악에 대한 해명 없이 두어보라지.

그래, 자, 이런 개념들 없이 무엇이라도 건설해보라지!

우리는 정신적으로 포만 상태이기 때문에 그저 파괴만 하게 되지. 바로 어린애들처럼!

내가 농부와 공통으로 가진 기쁜 인식, 그것만이 나에게 영혼의 평화를 주는 그 인식은 어디로부터 왔단 말인가? 나는 그것을 어디서 가져왔을까?

기독교도로서 신이라는 개념에 대해 교육받고 자라오며 나는 삶 전체를 기독교가 주는 영혼의 축복들로 가득 채워 넘칠 만한 포만 상태에서 이 축복들로 살면서도 어린애처럼 이를 깨닫지 못하고 있어. 나는 파괴하지. 즉, 나는 내가 살아가도록 해주는 것들을 파괴하기를 원하지. 하지만 삶의 중요한 순간이 닥치자마자 나는 춥고 배고플 때의 아이들처럼 그분에게로 가지. 그러면서도 배부른 소리를 하는 내 어리석은 시도들이 내 책임이라는 느낌은 어리석은 장난질을 했다고 어머니에게 야단맞는 아이들이 느끼는 것보다도 더 약하지.

그렇다. 내가 아는 것은 내가 이성으로 아는 것이 아니다. 이건 내게 주어졌고 열려 보여졌다. 나는 이것을 심장으로, 교회가 가르쳐준 그 가장 중요한 것에 대한 믿음으로 안다.'

'교회? 교회!' 레빈은 되풀이해 말하고 다른 쪽으로 돌아누웠고, 한 팔을 괴고 저쪽에서 강을 향해서 내려오는 가축 무리를 보았다.

'하지만 내가 교회가 가르치는 모든 것을 믿을 수 있나?' 그는 자신을 시험하며, 그의 현재 상태의 평화를 깨뜨릴 수 있는 모든 것을 상상해보며 생각했다. 그는 일부러 그에게 항상 무엇보다도 낯설게 보였고 그를 혼란스럽게 했던 가르침들을 기억하려고 애썼다.

'창조? 내가 대체 무엇으로 존재를 설명했나? 존재로써? 무로써? 악마와 죄악은? 나는 무엇으로 악을 설명할 것인가? 구세주는?

하지만 나는 아무것도, 아무것도 모르고 알 수도 없다, 모든 사람들과 함께 들은 것만 빼고는.'

그리고 지금 그에게 교회의 교리들 중에서 가장 중요한 것, 신에 대한 믿음과 인간의 유일한 사명인 선에 대한 믿음을 파괴할 만한 것은 한가지도 없어 보였다.

교회의 개개의 교리들은 자기의 이익을 위해서가 아니라 진리에 복무해야 한다는 교리를 바탕으로 할 수 있었다.

그리고 교회의 모든 교리들은 그것을 파괴하지 않을 뿐만 아니라 현자, 백치 성자, 아이, 노인 등 수백만의 다양한 사람들과 함께, 모든 사람과 함께, 농부, 리보프, 끼찌, 거지들과 황제들과 함께 각자가 똑같은 한가지를 의심할 바 없이 이해할 수 있게 하는, 그리고 그것 한가지만을 위해 살 가치가 있는, 그것 한가지만을 높이 사는 영적 삶을 꾸려가기 위해서 지상에 나타나는 가장 중요한 기적이 실현되도록 하는 데 필수적이었다.

그는 이제 등을 대고 드러누워서 구름 한점 없는 높은 하늘을 바라보았다. '내가 이것이 무한한 공간이고 둥근 천장이 아니라는 것을 모른단 말인가? 하지만 아무리 눈을 찌푸리고 눈에 힘을 주어 본다 해도 나는 그것을 둥그렇지 않은 것으로, 유한하지 않은 것으로 볼 수 없다. 무한한 공간에 대한 내 앎에도 불구하고, 단단한 창공을 볼 때 나는 의심할 바 없이 옳다. 나는 그것보다 더 멀리 있는 것을 보려고 애쓸 때보다 더 옳은 것이다.'

레빈은 이미 생각하기를 중지했고, 그냥 뭔가에 대해서 서로서로 기쁘고 걱정스레 이야기를 나누는 비밀스러운 목소리들에 귀를 기울이는 것 같은 느낌이 들었다.

'혹 이것이 신앙인가?' 그는 자신의 행복을 믿기 불안해하며 생각했다. '하느님, 감사드립니다!' 그는 북받쳐오르는 흐느낌을 삼키면서 두 눈을 가득 채운 눈물을 두 손으로 닦으며 말했다.

## 14

레빈은 눈앞을 바라보았고, 가축떼를 보았고, 갈색 말을 맨 자기 마차를, 그리고 마차를 몰고 가축떼 쪽으로 다가가서 목동과 뭔가를 이야기하는 마부를 알아보았다. 그다음 그는 자기에게서 이미 가까운 곳에서 바퀴 소리와 살진 말이 힝힝거리는 소리를 들었다. 하지만 그는 자신의 생각들에 잔뜩 몰두해 있어서 마부가 왜 자신에게로 오는지에 대해 생각조차 하지 않았다.

비로소 이 생각이 떠오른 것은 마부가 이미 그에게로 가까이 달려와서 그를 불렀을 때였다.

"마님이 보내셨습죠. 형님과 어떤 나리가 도착하셨습죠."

레빈은 마차에 들어앉아서 고삐를 잡았다.

레빈은 꿈에서 깨어난 듯이 오랫동안 정신을 차릴 수 없었다. 그는 두 넓적다리 사이와 고삐가 닿은 목에 땀을 흘리는 살진 말을 보았고, 그의 옆에 앉아 있는 마부 이반을 보았다. 그는 자신이 형을 기다리고 있었다는 것과 아마도 아내가 그가 오랫동안 돌아오지 않아 걱정할 것이라는 생각이 떠올랐고, 형과 함께 온 손님이 누구일까를 추측해보려 애썼다. 형도, 아내도, 누군지 모르는 손님도, 지금 그에게는 예전과는 다르게 여겨졌다. 지금 그에게는 그와 모든 사람들의 관계가 이미 전과 다를 거라고 여겨졌다.

'이제 형과는 항상 우리 사이에 존재했던 그 뜨악함이 없을 거야. 논쟁도 없을 거고. 끼찌와도 결코 싸우지 않게 될 거야. 그가 누구든 간에 손님에게도 친절하고 선량하게 대할 거야. 다른 사람들에게도, 이반에게도. 모든 게 달라질 거야.'

팽팽한 고삐에 초조해서 힝힝거리며 달리기를 청하는 준마를 제어하면서 레빈은 옆에 앉아서 일없이 노는 두 손으로 뭘 할지 몰라 계속 자기 셔츠를 누르며 그와 대화를 시작할 구실을 찾고 있는 이반을 돌아보았다. 그는 이반에게 양쪽 채에 매는 끈을 공연히 너무 높이 죄었다고 말하고 싶었지만, 이는 질책 비슷하게 여겨졌다. 그는 다정한 대화를 하고 싶었다. 다른 것은 도무지 아무것도 머리에 들어오지 않았다.

"방향을 오른쪽으로 잡으십쇼. 그루터기가 있네요." 마부가 레빈의 고삐를 고쳐주면서 말했다.

"제발 건드리지 말고 내게 훈계하지 말게!" 레빈은 마부의 이 간섭을 유감스러워하며 말했다. 여느 때와 꼭 마찬가지로 간섭은 그를 유감스럽게 했고, 곧 그는 서글픈 심정으로 영혼의 상태가 현실과의 접촉에서도 자신을 당장 변화시킬 것이라는 가정이 얼마나 잘못된 것이었나 하는 것을 느꼈다.

집까지 사분의 일 베르스따를 남겨두고 레빈은 그를 향해 뛰어오는 그리샤와 따냐를 보았다.

"꼬스쨔 이모부! 엄마도 오고 할아버지도 오고 세르게이 이바노비치도 오고 또 어떤 사람이 와요." 그들은 마차로 기어오르며 말했다.

"그래, 누군데?"

"끔찍하게 무시무시한 사람이에요! 두 팔로 이렇게 해요." 따냐가 마차 안에서 몸을 펴고 까따바소프를 우스꽝스럽게 흉내 내며 말했다.

"그래, 늙은 사람이야, 젊은 사람이야?" 레빈이 웃으면서 따냐의 몸짓에 누군가를 떠올리며 물었다.

'아, 불쾌한 사람만 아니었으면!' 레빈은 생각했다.

길모퉁이를 돌아 그를 향해 오는 사람들을 보자마자 레빈은 밀짚모자를 쓰고 따냐가 한 몸짓과 똑같이 두 팔을 휘저으면서 오는 까따바소프를 알아보았다.

까따바소프는 철학에 대해 이야기하기를 무척 좋아했는데, 그의 철학 개념은 한번도 철학에 대해 연구한 적 없는 자연과학자들로부터 취한 것이었다. 최근에 모스끄바에서도 레빈은 그와 많은 논쟁을 했다.

레빈이 그를 알아보았을 때 처음으로 머릿속에 떠오른 것은 그런 논쟁들 중에서 까따바소프가 자기가 우위에 있다고 생각한 게 틀림없는 어떤 대화였다.

'아니, 더이상 논쟁하고 경박하게 자신의 생각을 이야기하는 일은 결코 하지 않을 거야.' 그는 생각했다.

레빈은 마차에서 내려 형과 까따바소프와 인사를 한 후 아내에 대해서 물었다.

"그녀는 미쨔를 꼴로끄(이는 저택 부근의 숲이었다)로 데려갔어요. 그곳에다 아기를 누이고 싶어했어요. 집 안이 너무 더워서요." 돌리가 말했다.

레빈은 위험하다고 여겨서 항상 아내에게 아기를 숲으로 데려가지 말라고 했었고, 그래서 이 소식에 기분이 언짢았다.

"아기를 데리고 이리저리 다니고 있네." 공작이 웃으면서 말했다. "내가 아기를 얼음창고로 데리고 가라고 권했다네."

"그녀는 양봉장으로 데리고 가려고 했어요. 제부가 거기 있다고 생각해서요. 우리도 그리로 가는 중이었어요." 돌리가 말했다.

"그래, 뭘 하며 지내는 거냐?" 세르게이 이바노비치가 다른 사람들과 떨어져서 레빈과 나란히 걸으며 말했다.

"네, 특별한 건 없어요. 그저 항상 농지를 경영하지요." 레빈이 대답했다. "그래, 형은 어때요? 오래 계실 거예요? 우리는 오래전부터 무척 기다렸어요."

"이주 정도만. 모스끄바에 일이 아주 많아서."

이 말을 하며 두 형제의 눈이 마주쳤는데, 레빈은 내면에 형과 우정 어린 관계, 무엇보다도 편한 관계를 맺고 싶은 욕구를 항상 그리고 특히나 지금 강하게 가졌음에도 불구하고 형을 보는 것이 거북하다고 느꼈다. 그는 두 눈을 내리깔았고 무슨 말을 해야 할지 몰랐다.

세르게이 이바노비치에게 편안할 수 있는 주제, 모스끄바에서의 일에 관한 언급으로서 그가 암시한 세르비아전쟁과 슬라브 문제에 대한 대화로부터 그의 주의를 돌릴 만한 대화 주제를 골라보면서 레빈은 세르게이 이바노비치의 책에 대해 이야기하기 시작했다.

"그런데 어때요, 형 책에 대한 서평들이 나왔어요?" 그가 물었다.

세르게이 이바노비치는 질문의 의도에 대해 피식 미소를 지었다.

"아무도 그 책에 대해 신경을 쓰지 않아. 그 누구보다도 내가 그렇지." 그가 말했다. "보세요, 다리야 알렉산드로브나, 비가 좀 올 것 같네요." 그가 우산으로 사시나무 꼭대기들 위에 나타난 하얀 구름떼를 가리키며 덧붙였다.

레빈이 형제간에 그토록 피하고 싶었던 대로, 서로에 대해 적대적이지는 않지만 차가운 관계가 다시 굳어지기에는 이 말이면 충분했다.

레빈은 까따바소프에게로 다가갔다.

"여기 올 생각을 한 것 정말 잘했네." 레빈이 그에게 말했다.

"오래전부터 오려고 했었네. 이제 이야기 좀 하세. 그래, 스펜서는 다 읽었나?"

"아니, 다 못 읽었네." 레빈이 말했다. "게다가 이제 더이상 필요하지 않네."

"어떻게 그런가? 그거 흥미롭네. 무엇 때문인가?"

"말하자면 나는 나를 사로잡은 질문들의 해결을 더이상 스펜서나 그와 비슷한 사람들 속에서 찾지 않으리라는 것을 최종적으로 확신하게 되었다네. 지금은……"

하지만 까따바소프의 태연하고 유쾌한 얼굴 표정이 갑자기 레빈을 놀라게 했고, 분명 이 대화로써 파괴한 자기의 마음 상태가 너무나 유감스러워서 그는 자기가 마음먹은 것을 떠올리고는 말을 멈추었다.

"그건 그렇고, 나중에 이야기하기로 하세." 그가 덧붙였다. "양봉장으로 가려면 이리로, 이 오솔길을 따라서 가요." 그가 모두를 향해 말했다.

좁은 오솔길을 통해 한쪽 편에는 선명한 꽃며느리밥풀이 촘촘하게 덮여 있고 그 가운데에는 암녹색의 키 큰 박새풀 덤불이 군데군데 자라고 있는 베지 않은 풀밭까지 도착한 후, 레빈은 자기 손님들을 어린 사시나무들의 짙고 신선한 그늘 아래, 꿀벌을 무서워하는 양봉장 방문객들을 위해서 일부러 마련한 벤치와 그루터기에 자리를 잡게 했고, 본인은 아이들과 어른들에게 빵과 오이와 신선한 꿀을 가져다주려고 울타리 안으로 갔다.

그는 되도록 빠른 동작을 적게 하려고 애쓰면서, 점점 더 자주 그의 옆을 날아가는 벌들에 귀를 기울이면서 오솔길을 따라 오두막까지 갔다. 마루 입구에서 벌 한마리가 그의 수염에 엉겨서 붕붕댔지만 그는 조심스레 떼어냈다. 그늘진 마루로 들어간 그는 벽에서 고리에 걸려 있던 자기의 망사옷을 내려서 입고 두 손을 주머니에 집어넣은 다음 울타리가 쳐져 있는 양봉장으로 나갔다. 그곳에는 똑바로 열을 지어서 줄로 말뚝에 묶어놓은, 모두 그가 잘 알고 각기 그 나름의 역사를 지닌 오래된 벌집들이 풀을 다 벤 곳 가운데 있었고, 울타리 벽들을 따라서는 올해 친 새로운 벌집들이 있었다. 벌집 입구에는 한 장소를 무리 지어 빙빙 돌면서 쉴 새 없이 붕붕대며 장난하는 벌들과 수벌들이 눈앞을 어지럽혔고, 그들 가운데서 여전히 한 방향으로 숲속의 꽃 핀 보리수나무로 갔다가 벌집으로 돌아오는 일벌들이 꿀을 나르러 오가며 날아다녔다.

레빈의 귓가에는 때로는 일을 하느라 바삐 날아다니는 일벌의 소리가, 때로는 나발 불며 한가하게 노는 수벌의 소리가, 때로는 신경을 곤두세우고 적으로부터 공물을 지키느라 침을 쏠 태세가 되어 있는 보초벌의 소리가 끊임없이 울렸다. 울타리 저쪽 편에서는 노인이 통나무를 대패질하고 있었는데, 레빈을 보지는 못했다. 레빈은 그를 부르지 않고 양봉장 한가운데 멈춰섰다.

그는 이미 그렇게 그의 마음 상태를 끌어내리는 데 성공한 현실로부터 정신을 차릴 수 있도록 혼자 있게 된 것이 기뻤다.

그는 자기가 벌써 이반에게 화를 냈고, 형에게 차가운 말을 했고, 까따바소프와 경박하게 이야기해버린 것을 떠올렸다.

'그것은 순간적인 마음 상태에 불과했을까? 그것은 흔적도 남기지 않고 지나가는 걸까?' 그는 잠시 생각했다.

하지만 그 순간 자기의 마음 상태로 돌아온 그는 기쁨 속에서 자신의 내면에 뭔가 새롭고 중요한 것이 일어난 것을 느꼈다. 현실은 그가 찾아낸 영혼의 평화에 일시적으로만 그림자를 드리웠을 뿐, 평화는 그의 내면에 온전히 존재했다.

지금 그의 주변에서 빙빙 돌며 그를 위협하고 그의 주의를 돌리고 그의 온전한 육체적 평화를 빼앗는 벌들이 그들을 피하려는 그를 웅크리게 하는 것과 꼭 마찬가지로, 그가 마차에 앉았던 그 순간부터 그를 에워싼 걱정거리들이 그의 영혼의 자유를 빼앗았던 것이다. 하지만 이는 그가 그것들 가운데 있는 동안만 지속되었다. 벌들에도 불구하고 그 안에 육체적 힘이 온전한 것처럼 다시 그가 인식한 그의 영혼의 힘도 온전했다.

## 15

"알아요, 꼬스쨔? 세르게이 이바노비치가 여기까지 누구와 타고 왔는지?" 돌리가 아이들에게 오이와 꿀을 나눠주면서 말했다. "브론스끼예요! 그는 세르비아로 가고요."

"게다가 또 혼자가 아니라 자기 경비를 들여서 기병중대를 이끌고요." 까따바소프가 말했다.

"그에게 어울리는 일이지요." 레빈이 말했다. "그런데 아직도 여전히 의용군들이 가고 있나요?" 그가 세르게이 이바노비치에게 시선을 던지며 덧붙였다.

세르게이 이바노비치는 아무 대꾸 없이 흘러나오는 꿀 속에 빠진 아직 살아 있는 벌 한마리를 하얀 밀랍 조각이 들어 있는 찻잔으로부터 나이프의 무딘 쪽 날로 조심스레 꺼내고 있었다.

"물론이죠, 게다가 얼마나 굉장한지요! 어제 역에서 어땠는지 봤어야 해요!" 까따바소프가 소리 내어 오이를 씹으면서 말했다.

"그래, 이런 걸 어떻게 이해해야 하오? 제발 내게 설명 좀 해보시오, 세르게이 이바노비치. 그 모든 의용군들은 어디로 가는 거요? 그들은 누구와 싸우는 거요?" 노공작이 분명 레빈이 없었을 때 시작했던 대화를 계속하며 물었다.

"터키인들이죠." 세르게이 이바노비치가 무력하게 다리를 바둥거리는, 꿀 때문에 검은색이 된 벌을 꺼내어 나이프에서 단단한 사시나무 잎새로 옮겨 앉히고 나서 평온하게 웃으며 대답했다.

"대체 누가 터키인들에게 전쟁을 선포한 거요? 이반 이바니치 라고조프[19]와 리지야 이바노브나가 마담 스딸과 함께 한 거요?"

"아무도 전쟁을 선포하지 않았지요. 그런데 사람들이 가까운 사람들의 고통을 공감하고 그들을 돕기를 원해요." 세르게이 이바노비치가 말했다.

"하지만 공작님은 도움에 대해 말씀하시는 게 아니에요." 레빈이 장인의 편을 들며 말했다. "전쟁에 대해서 말씀하시는 거죠. 공작님은 개인들은 정부의 허락 없이 전쟁에 참가할 수 없다고 하시는 거예요."

"꼬스쨔, 봐요. 이거 꿀벌이네요! 정말 우리를 다 물어뜯겠어

19 '싸움을 좋아하는'이라는 뜻의 형용사 '라고즈니'에서 온 것으로 보인다.

요!" 돌리가 땅벌을 쫓느라 손을 내저으며 말했다.

"근데 이건 꿀벌이 아니고 땅벌이에요." 레빈이 말했다.

"그렇지, 그렇지. 자네의 이론은 어떤 건가?" 까따바소프가 레빈에게 분명 그를 논쟁으로 유도하며 미소를 띠고 말했다. "왜 개인들은 권리가 없는 건가?"

"그래, 내 이론은 이렇네. 전쟁은 한편으로는 그토록 동물적이고 잔혹하고 끔찍한 일이어서 기독교도는 이미 말할 것도 없고 누구 한 사람도 전쟁의 발발을 자신의 책임으로 받아들일 수 없네. 전쟁을 요청받고 불가피하게 끌려들어간 정부만이 할 수 있는 거지. 다른 한편으로 학문적으로나 건전한 상식으로 볼 때 국가적 문제에 있어서, 특히 전쟁 문제에서 공민들은 자신의 개인적 의지를 포기해야 한다는 거네."

세르게이 이바노비치와 까따바소프는 준비된 반론들로 동시에 이야기를 시작했다.

"여보게, 바로 그것이 문제라네. 정부가 국민들의 의지를 실행하지 않는 일이 일어날 수 있다는 거 말이네. 그때는 사회가 자기의 의지를 표명하는 법이지." 까따바소프가 말했다.

하지만 세르게이 이바노비치는 분명 이 반론에 찬성하지 않는 것 같았다. 그는 까따바소프의 말에 얼굴을 찌푸리며 다른 말을 했다.

"넌 쓸데없이 문제를 그런 식으로 제기하는구나. 여기에 전쟁의 선포는 없고, 그냥 인간적, 기독교적 감정의 표현이 있을 뿐이야. 형제들을, 피를 나누고 동일한 신앙을 가진 사람들을 죽이고 있어. 자, 생각해봐. 심지어 형제가 아니고 동일한 신앙을 가진 사람이 아니라 해도 그냥 아이들이나 여자들, 노인들을 죽인다고 가정해봐.

감정이 격앙될 테고, 러시아인들은 이 끔찍한 일을 중지시키러 달려가겠지. 상상해봐. 네가 거리를 가다가 술 취한 자들이 여자나 아이를 때리는 걸 봤다면, 내 생각에, 너는 그 사람에게 전쟁이 선포되었느냐 아니냐를 묻지 않았을 거야. 너는 그에게로 덤벼들어서 모욕당한 사람들을 지켜줬을 거야."

"하지만 죽이지는 않았을 거예요." 레빈이 말했다.

"아니, 넌 죽였을 거야."

"전 모르겠어요. 제가 만약 그걸 보았다면 직접적인 감정에 자신을 맡겼을지도 모르지요. 하지만 미리 그렇다고 말할 수는 없어요. 그리고 슬라브인 압제에 대해서는 그런 직접적인 감정도 없고, 있을 수도 없어요."

"아마 너한테는 없겠지. 하지만 다른 사람들에게는 있어." 세르게이 이바노비치가 저도 모르게 얼굴을 찌푸리며 말했다. "백성들 속에는 '신성모독적 사라센'의 멍에 아래 시달리는 정교인에 대한 전설이 살아 있어. 백성들은 자신의 형제의 고통에 대해 들었고 말하기 시작했어."

"아마도요." 레빈이 애매하게 말했다. "하지만 전 그렇게 보지 않아요. 저 자신도 백성인데 그걸 느끼지 않거든요."

"자, 여기 나도 그렇소." 공작이 말했다. "난 외국에서 살았고 신문을 읽었소. 고백하지만 나는 불가리아의 공포스러운 소식을 듣기 전까지는 왜 모든 러시아인들이 갑자기 슬라브인 형제들을 사랑하게 되었는지 이해를 못 했소. 나는 그들에게 아무런 사랑을 느끼지 않는데 말이오. 나는 매우 걱정하면서 내가 잘못되었거나 카를스바트가 내게 영향을 미쳤다고 생각했소. 하지만 이곳에 와서 안심했소. 나 이외에도 러시아에만 관심이 있고 슬라브 형제들에게는 관심이 없는 사람들이 있다는 걸 알게 되어서 말이오. 여기 꼰스딴찐도 그렇소."

"여기에서 개인적 견해들은 아무 의미가 없습니다." 세르게이 이바노비치가 말했다. "러시아 전체가, 백성이 자기 의지를 표현하는 마당에 개인적 견해들은 아무 상관이 없지요."

"그래, 날 용서하시오. 난 그렇게 보지 않소. 백성은 알아야 하는 것도 알지 못하오." 공작이 말했다.

"아녜요, 아빠…… 어떻게 알지 못할 수가 있어요? 일요일에 교회에서 있었던 일은 뭔데요?" 대화를 듣고 있던 돌리가 말했다. "자, 수건 한장만 주세요." 그녀가 미소를 지으며 아이들을 보고 있던 노인에게 말했다. "이제 그럴 수는 없어요. 모든 사람들이 다……"

"그래, 일요일에 교회에서 있었던 일이 뭐냐? 사제는 읽어달라는 말을 들었지. 그는 그것을 읽었어. 그들은 어느 설교에서나 마찬가지로 아무것도 이해하지 못하고 한숨을 쉴 뿐이지." 공작이 계속했다. "그다음에 그들은 교회에서 영혼 구제의 일로 모금을 한다는 말을 들었지. 그들은 일 꼬뻬이까씩 꺼내서 주었지. 그런데 무엇을 위해 내는지는 그들 자신도 몰라."

"백성들은 모를 수가 없어요. 그들 내면에는 항상 자신의 운명에 대한 의식이 있지요. 그리고 요즘 같은 순간들에 그 의식은 확연해지지요." 세르게이 이바노비치가 벌을 치는 노인을 보면서 말했다.

회색 털이 섞인 검은 수염과 숱이 많은 은발의 잘생긴 노인이 꿀이 든 잔을 들고 꼼짝 않고 서서 자신의 키 높이에서 사랑을 담아 평온하게 주인들을 내려다보고 있었다. 분명 아무것도 이해하지 못하고 이해하기를 원하지도 않은 채.

“네, 바로 그렇습죠.” 그는 세르게이 이바노비치의 말에 의미 있게 고개를 끄떡거리며 말했다.

“그럼 그에게 물어보세요. 그는 아무것도 모르고 아무것도 생각하지 않아요.” 레빈이 말했다. “미하일리치, 자네, 전쟁에 대해 들어봤나?” 그가 노인을 향했다. “교회에서 읽어준 것 말일세. 자넨 어떻게 생각하나? 우리가 기독교도를 위해 싸워야 하나?”

“우리가 무슨 생각을 하겠어요? 알렉산드르 니꼴라예비치 황제 폐하께서 우리를 생각해주시는데요. 모든 일에서 우리를 생각해주시죠. 그분께는 더 잘 보이니까요. 빵을 더 가져올깝쇼? 사내아이는 더 먹어야지요?” 그는 빵껍질을 먹고 있는 그리샤를 가리키며 다리야 알렉산드로브나를 향했다.

“난 물어볼 필요가 없겠군.” 세르게이 이바노비치가 말했다. “우리는 옳은 일을 하기 위해서 모든 것을 내던지고 러시아 구석구석에서 몰려들어 자기 생각과 목표를 직접적으로 분명하게 표현하는 수백, 수만의 사람들을 보았고, 보고 있지. 그들은 푼돈을 가져오거나 직접 와서 무엇 때문인지 직접적으로 말하지. 이건 대체 무엇을 의미하는 거냐?”

“그건요, 제 생각에는……” 레빈이 열을 올리기 시작하며 말했다. “팔천만 백성들 중에는 항상 사회적 지위를 잃은 사람들, 뿌가초프 도당 속으로든, 히바[20]로든, 세르비아로든 언제라도 갈 태세가 되어 있는 무분별한 사람들이 지금처럼 수백뿐만이 아니라 수만이

20 인도와 유럽 사이에 있는 우즈베키스탄 사막의 오아시스 도시로 러시아는 뾰뜨르 1세 때부터 정복하려고 수차례 시도하다가 1873년 결국 정복하여 합병하였다.

있는 법이죠……"

"그들은 수백이 아니고 무분별한 사람들도 아니고 백성의 가장 대표적인 사람들이라는 사실을 네게 말해둔다!" 세르게이 이바노비치가 마치 자신의 마지막 자산을 지키려는 듯이 신경을 곤두세우며 말했다. "기부금은? 거기에 전민족이 자신의 의지를 나타내는 거다."

"그리고 '백성'이라는 말도 정말 막연해요." 레빈이 말했다. "행정지구의 서기들, 선생들, 천명당 한명 정도의 농부들은 아마 무엇이 문제인지를 알 거예요. 그러나 나머지 팔천만은 미하일리치처럼 자기 의지를 표현하지 않을 뿐만 아니라 자기 의지를 표현해야 한다는 데 대한 개념을 조금도 가지고 있지 않아요. 대체 우리가 무슨 권리로 그것을 백성의 의지라고 말할 수 있을까요?"

## 16

변증법에 노련한 세르게이 이바노비치는 대답을 하지 않고 당장 대화를 다른 영역으로 옮겨갔다.

"그래, 만약 네가 산술적으로 백성의 정신을 인식하기를 원한다면 물론 이에 이르기는 매우 어렵지. 투표는 아직 우리나라에 도입되지 않았고, 그것이 백성의 의지를 표현할 수 없기 때문에 도입될 수도 없지. 하지만 이를 위해서는 다른 길들이 있어. 이는 공기 중에서 느껴지는 거지. 이는 심장으로써 느껴지는 거야. 나는 백성이라는 고요한 바다에서 움직이는, 그리고 모든 편견 없는 인간에게서 분명하게 느껴지는 그 해저의 흐름까지는 이야기하지도 않는

다. 좁은 의미에서의 사회를 보렴. 인뗄리겐찌아 세계의 다양한 형태의 파당들이 예전에는 서로들 그렇게 적대적이더니 지금은 모두 하나로 녹아들었어. 온갖 반목은 끝났고, 모든 사회조직들이 그저 한가지만을 이야기하고 있고, 모두가 그들을 사로잡아 한 방향으로 이끌어가는 원초적 힘을 느끼고 있지."

"그렇소, 모든 신문이 한가지만 이야기하오." 공작이 말했다. "그건 맞는 말이오. 그렇소, 모든 신문이 폭풍우 오기 전의 개구리들처럼 그렇게 똑같이 울어대오. 그들 때문에 아무것도 들리지가 않소."

"개구리들이든 아니든, 난 신문을 발행하지 않고 그것들을 방어하고 싶지도 않아요. 하지만 내가 말하는 건 인뗄리겐찌아 세계의 일치된 사상이야." 세르게이 이바노비치가 동생을 향하며 말했다.

레빈이 대답하려 했지만 노공작이 말을 가로막았다.

"자, 이런 사상의 일치에 대해서는 또다른 것도 이야기할 수 있소." 공작이 말했다. "내 사위 스쩨빤 아르까지치, 당신도 그를 알 거요. 그는 지금 무슨무슨 위원회의 위원 자리를 얻었다오. 무슨 위원회인지 기억도 못 하겠소. 거기에는 할 일이 하나도 없소. 뭐 어때, 돌리, 이건 비밀이 아니야! 그런데 봉급을 팔천을 받는다는 거요. 그에게 한번 물어보시오, 그의 복무가 유용한지. 그는 아마 당신에게 그게 가장 중요한 일이라고 증명할 거요. 그는 정직한 인간이지만 팔천의 효용이 있다고는 믿을 수 없소."

"네, 그는 자리를 얻은 것을 다리야 알렉산드로브나에게 전해달라고 부탁했지요." 세르게이 이바노비치가 공작이 어울리지 않는 말을 한다고 생각하며 불만스럽게 말했다.

"신문들의 일치된 사상도 마찬가지요. 전쟁이 시작되자마자 신문사 수입이 두배가 된다는 걸 누가 내게 말해주었소. 그러니 어떻게 신문들이 백성과 슬라브인들의 운명 등등 이 모든 것에 대해 그렇게 쓰지 않을 수 있겠소?"

"나는 많은 신문들을 좋아하지 않습니다. 하지만 그런 얘기는 공정하지 않아요." 세르게이 이바노비치가 말했다.

"난 하나의 조건만을 제시하고 싶었소." 공작이 계속했다. "알퐁스 까르[21]는 프로이센과의 전쟁 전에 이렇게 멋지게 썼소. '전쟁이 꼭 필요하다고 여기시오? 좋소. 전쟁을 선전하는 사람은 특별부대, 전방부대로 나가 모든 사람들보다 앞장서서 공격하시오!'"

"편집인들이라면 멋들어지게 할 겁니다." 까따바소프가 이 선발부대에 그가 아는 편집인들이 있는 것을 상상하고 큰 소리로 웃으며 말했다.

"어머, 무슨 소리예요? 그들은 달아날 거예요." 돌리가 말했다. "방해만 할 거예요."

"만약 도망가면 뒤에서 산탄을 쏘거나 까자끄인들에게 채찍으로 때리라고 해야지." 공작이 말했다.

"물론 그건 농담이시겠죠. 좋은 농담은 아니네요. 죄송합니다, 공작님." 세르게이 이바노비치가 말했다.

"전 이게 농담이라고 보지 않아요. 이건……" 레빈이 말을 시작하려고 했지만 세르게이 이바노비치가 막았다.

"사회의 모든 구성원은 자신에게 맞는 일을 하도록 소명되었지요." 그가 말했다. "사상가들은 여론을 표현함으로써 자기 일을 합니다. 생각의 일치나 여론을 완전히 표현하는 것은 언론의 업적인

21 1808~90. 프랑스의 저널리스트이자 소설가. 풍자작가로 이름이 나 있었다.

동시에 기쁜 현상입니다. 이십년 전이라면 우리는 침묵했겠지요. 그런데 지금은 러시아 백성의 목소리가 들립니다. 모두가 한 사람인 것처럼 일어날 준비가 되어 있고, 압제당하는 형제들을 위해 자신을 희생할 준비가 되어 있는 러시아 백성의 목소리가요. 이는 위대한 발걸음이며 힘의 예고이지요."

"하지만 희생만 하지 않고 터키인들을 죽이지요." 레빈이 소심하게 말했다. "백성은 자신의 영혼을 위해 희생하고, 희생할 준비가 되어 있지, 살인을 위해 그러는 것이 아니지요." 그는 저도 모르게 그를 그렇게도 사로잡고 있는 생각들과 이 대화를 연결지으며 덧붙였다.

"영혼을 위해서? 자네도 알겠지만 그건 자연과학자에겐 곤란한 표현인데. 영혼이란 게 도대체 뭔가?" 까따바소프가 미소를 띠고 말했다.

"아, 자네도 알고 있잖아!"

"에이, 맹세코 약간의 개념도 주러 있지 않네!" 까따바소프가 큰 소리로 웃으면서 말했다.

"'나는 평화가 아니라 칼을 주러 왔노라.'[22] 예수는 말하지." 세르게이 이바노비치가 항상 레빈을 무엇보다도 당혹시켰던 복음서의 바로 그 구절을 인용하며 마치 가장 이해하기 쉬운 일인 것처럼 자기 입장에서 간단하게 반박했다.

"그건 옳은 말씀입니다." 그들 옆에 서 있다가 우연히 자신에게 던져진 시선에 답하며 노인이 다시 반복했다.

"아니, 친구, 자네가 졌네, 졌어. 완전히 졌어!" 까따바소프가 유

---

22 마태복음 10:34 "내가 세상에 화평을 주러 온 줄로 생각하지 말라 화평이 아니요 검을 주러 왔노라"를 참조할 수 있다.

쾌하게 소리쳤다.

레빈은 유감스러워서 얼굴을 붉혔는데, 그가 져서가 아니라 자제하지 않고 논쟁을 했기 때문이었다.

'아니야, 나는 그들과 논쟁하면 안 돼.' 그는 생각했다. '그들은 뚫을 수 없는 갑옷으로 무장했고 나는 벌거숭이인걸.'

그는 형과 까따바소프를 설득할 수 없다는 것을 알았고, 자신이 그들에게 동의할 가능성은 더더욱 적다는 것을 알았다. 그들이 선전하는 것은 그를 파멸시킬 뻔했던 바로 그 영혼의 오만함이었다. 그는 형도 포함해 수십명의 사람들이, 수도에 도착한 수백명의 다변가-의용군들이 말해준 것을 기반으로 신문들과 함께 백성의 의지와 사상을, 복수와 살인으로 가시화되는 그런 사상을 표현하고 있다고 말할 권리를 가지고 있다는 것에 동의할 수 없었다. 그가 이에 동의할 수 없었던 것은, 그가 함께 살고 있는 백성들 속에서 이런 사상의 표현을 보지 못했고 자신 속에서도(그는 자신을 러시아 백성을 이루고 있는 사람들 중 한명이 아닌 다른 무엇이라고는 생각할 수 없었다) 이런 사상을 발견할 수 없었기 때문이었다. 무엇보다도 그는 백성들과 함께 공공선이 어디에 존재하는지 알지 못했고 알 수도 없었지만, 이 공공선의 획득은 개개인에게 열린 선의 법칙의 엄격한 실현을 통해서만 가능하고, 그래서 전쟁을 원할 수 없고 어떤 공공의 목표를 위해서도 전쟁을 선전할 수 없다는 것을 확실히 알았기 때문이었다. 그는 바랴그인들의 초대에 관한 전설을 통해 자신들의 사상을 표현하는 미하일리치와 백성들과 함께 이야기를 나눈 적이 있었다. "우리를 통치해주시고 지배해주소서. 우리는 기쁘게 완전한 복종을 약속하나이다. 모든 일과 모든 굴욕과 모든 희생을 우리가 짊어지겠나이다. 하지만 우리는 판단하고 결정하지 않겠습니다."[23] 그런데 세르게이 이바니치의 말에 따르면 지금 백성이 그렇게 비싼 값을 치르고 얻은 이것을 거부하고 있다는 것이다.

그는 또한 만약 여론이 죄 없는 판관이라면, 그러면 왜 혁명, 꼬뮌은 슬라브인들을 위한 운동과 마찬가지로 합법적이 아닌가 하는 것을 말하고 싶었다. 하지만 이 모든 것은 아무것도 해결해줄 수 없는 생각들이었다. 한가지 의심할 바 없이 알 수 있는 것은 지금 이 순간 논쟁이 세르게이 이바노비치를 자극하고 있고, 그래서 논쟁하는 것은 나쁘다는 것이었다. 레빈은 침묵하기 시작했고, 손님들의 주의를 검은 구름들이 모인 것으로, 비 때문에 집으로 가는 것이 낫겠다는 이야기로 돌렸다.

## 17

공작과 세르게이 이바노비치는 작은 따란따스에 올라앉아 떠났다. 나머지 사람들은 걸음을 재촉해서 집으로 떠났다.

하지만 구름떼가 하얘지기도 하고 검어지기도 하면서 매우 빠른 속도로 움직여서 비가 오기 전에 집에 닿으려면 걸음을 더 빨리 해야 했다. 맨 앞의, 숯검정이 섞인 연기처럼 낮고 검은 구름들은 유난히 빠른 속도로 하늘을 이리저리 마구 달리고 있었다. 집까지는 아직 한 이백걸음 남았는데 벌써 바람이 일더니 언제라도 곧 폭우가 쏟아질 것 같았다.

---

23 12세기의 저술 『네스또르 연대기』에서 인용. 862년에 북방으로부터 바랴그인들을 모셔왔다는 이야기로 첫번째 통치자의 이름이 류리끄이다.

아이들은 노느라고 즐거운 비명을 지르며 앞서 달려갔다. 다리야 알렉산드로브나는 아이들에게서 눈을 떼지 않은 채 다리에 휘감기는 치맛자락과 힘겹게 싸우면서 이미 걷는다기보다는 달리고 있었다. 남자들은 모자를 쥐고 보폭을 크게 하여 걸었다. 그들은 커다란 빗방울이 철제 홈통 끝에 부딪쳐서 산산이 부서지기 시작했을 때 막 현관에 닿았다. 아이들과 그 뒤의 어른들은 유쾌한 말소리를 내며 지붕의 보호 아래로 들어왔다.

"까쩨리나 알렉산드로브나는?" 레빈은 현관방에서 수건과 모포를 가지고 그들을 맞이한 아가피야 미하일로브나에게 물었다.

"함께 계신다고 생각했는데요." 그녀가 말했다.

"그럼 미쨔는?"

"꼴로끄에요. 유모가 아마 그들과 함께 있을걸요."

레빈은 모포를 움켜쥐고 꼴로끄로 달려갔다.

이 짧은 시간 동안 구름떼의 중심은 태양을 향해 그렇게도 많이 움직여서 일식처럼 깜깜해졌다. 바람은 제 고집을 부리는 듯 집요하게 레빈을 멈춰세웠고, 보리수에서 나뭇잎과 꽃을 쥐어뜯고 자작나무의 하얀 가지들을 흉하고 이상하게 헐벗게 하면서 아카시아들, 꽃들, 우엉과 풀, 나무의 우듬지들—모두를 한쪽 방향으로 휘어지게 했다. 정원에서 일하던 하녀들은 비명을 지르며 하인들 집의 지붕 아래로 달려갔다. 쏟아지는 비의 하얀 장막은 이미 먼 숲과 가까운 들판의 반을 다 장악했고 빠른 속도로 꼴로끄로 움직이고 있었다. 작은 방울로 부서진 비의 물기가 공기 속에서 감지되었다.

앞으로 고개를 숙이고 그에게서 모포를 빼앗아가려는 바람과 싸우면서 레빈은 벌써 꼴로끄를 향해서 달리고 있었고, 벌써 떡갈나무 뒤로 뭔가 하얀 것을 보았다. 순간 갑자기 모든 것이 빛에 번쩍이며 마치 땅 전체가 불타기 시작하고 머리 위의 천궁이 금이 간 것 같았다. 레빈이 눈이 부셔 안 보였던 눈을 뜨고 무엇보다도 먼저 공포를 느끼며 본 것은 지금 그를 꼴로끄와 분리하고 있는 촘촘한 비의 장막을 통해서 숲 한가운데 있는 그가 아는 떡갈나무의 푸른 우듬지가 이상하게 제 위치를 바꾼 것이었다. '정말 벼락을 맞았나?' 레빈이 미처 생각하기 전에 떡갈나무 우듬지는 점점 더 움직임이 빨라지면서 다른 나무들 뒤로 자취를 감추었고, 큰 나무가 다른 나무들 위로 우지끈 소리를 내며 떨어졌다.

번갯불, 천둥소리, 순간의 한기로 몸이 오싹해지는 느낌이 모두 레빈에게 공포의 인상 하나로 녹아서 합쳐졌다.

"하느님, 하느님, 그들에게로 떨어지지 않도록 해주소서!" 그가 소리 내어 말했다.

그는 그들이 떡갈나무에 의해서 죽지 않도록 해달라는 기원이 얼마나 어리석은가 하는 것을 당장 생각했음에도 불구하고 이 무의미한 기도보다 더 나은 아무 일도 할 수 없다는 것을 알고 그것을 되풀이했다.

그들이 평소에 머무르던 장소로 달려가보니 그들은 그곳에 없었다.

그들은 숲의 다른 쪽 끝에 있는 늙은 보리수나무 아래에서 그를 부르고 있었다. 어두운색 드레스를 입은 두 사람(원래는 밝은색 드레스였다)의 형체가 무엇인가 위에 몸을 구부리고 서 있는 것이 보였다. 끼찌와 유모였다. 레빈이 그들에게로 달려갔을 때는 비는 이미 그쳤고 밝아지기 시작했다. 유모의 치맛자락은 젖지 않았지만 끼찌의 드레스는 속속들이 젖어서 온통 그녀를 휘감고 있었다. 비는 더이상 오지 않았지만 그들은 천둥이 치기 시작했을 때 서 있던 자세 그대로 꼼짝 않고 서 있었다. 두 여자는 초록 우산을 들고 유모차 위로 몸을 구부리고 서 있었던 것이다.

"살아 있소? 온전하오? 다행이오!" 그가 물이 가득 차서 제대로 말을 안 듣는 장화로 물이 괸 웅덩이를 절벅거리며 그들에게로 달려가면서 말했다.

끼찌의 붉고 젖은 얼굴이 그에게로 향했고, 그녀는 형체가 변한 모자 아래서 소심하게 미소를 지었다.

"그래, 어떻게 양심도 없소! 어떻게 그렇게 부주의할 수 있는지 이해를 못 하겠소." 그는 유감스러워서 아내를 막 공격했다.

"맹세코 난 죄가 없어요. 막 돌아가려고 하는데 아기가 야단을 했어요. 기저귀를 갈아주어야 했어요. 우리가 막……" 끼찌가 용서를 구하기 시작했다.

미쨔는 온전했고 젖지 않았고 아직 자고 있었다.

"자, 다행이오. 내가 무슨 말을 하는지도 모르겠소!"

그들은 젖은 기저귀들을 모았다. 유모는 아기를 꺼내서 안았고, 레빈은 화낸 것에 미안해하며 아내 옆에서 유모 몰래 그녀의 손을 잡고 걸었다.

## 18

하루 종일 자기 정신의 피상적 측면으로만 참가한 매우 다양한 대화가 이루어지는 동안 레빈은 그의 내면에서 마땅히 일어나야 하는 변화에 대한 기대를 잃었음에도 불구하고 끊임없이 자신의 심장의 충만함을 기쁘게 듣고 있었다.

비가 온 후에는 산책을 하기에는 너무나 습도가 높았다. 더군다나 먹구름이 지평선에서 완전히 사라지지 않고 하늘가에서 천둥소리를 내며 검어지면서 여기저기 떠가고 있었다. 모든 사람들은 남은 하루를 집에서 보냈다.

논쟁은 더이상 벌어지지 않았고, 반대로 식사 후에는 모두들 가장 기분 좋은 상태에 있었다.

우선 까따바소프는 사람들이 그를 처음 알게 되었을 때 항상 무척 마음에 들어하는 독창적인 농담들로 부인들을 웃겼는데, 나중에는 세르게이 이바노비치의 부탁으로 방에 사는 파리 암컷과 수컷의 성격과 특성의 차이와 심지어 그들의 생활에 대한 매우 흥미로운 관찰을 이야기했다. 세르게이 이바노비치도 역시 유쾌했고, 차를 마시는 동안 동생의 청으로 동방 문제의 전망에 관한 자신의 견해를 정말 쉽고 훌륭하게 피력해서 모두들 그에게 귀를 기울였다.

끼찌만이 그의 이야기를 다 들을 수 없었다. 미쨔를 목욕시킨다고 불려갔던 것이다.

끼찌가 간 지 몇분 후에 레빈도 아기방에 있는 그녀에게로 불려갔다.

그는 자신의 차를 남겨둔 채, 또한 흥미로운 대화의 중단을 애석해하는 동시에 왜 자신을 부르는지 걱정도 하면서 아기방으로 갔는데, 끼찌는 중요한 일이 있을 때만 그를 부르기 때문이었다.

끝까지 듣지 못한 세르게이 이바노비치의 해방된 사천만 슬라브인들의 세계가 러시아와 함께 역사의 새로운 시대를 열어야 한다는 계획은 그에게 완전히 새로운 것으로서 몹시 흥미로웠음에도 불구하고, 왜 자신을 부르는가 하는 데 대한 호기심과 걱정이 그를 불안하게 했음에도 불구하고, 그는 응접실에서 나와서 혼자가 되자 당장 자신의 아침 나절의 생각들을 떠올렸다. 전세계 역사에 있어서 슬라브적 요소의 중요성에 대한 이런 모든 판단은 그의 영혼 속에서 일어난 것과 비교해볼 때 너무도 하찮게 여겨져서 그는 순간적으로 이 모든 것을 잊고 오늘 아침의 바로 그 마음 상태로 옮겨갔다.

그는 지금, 예전에 그랬던 것처럼 사고의 전체 경로를 떠올리지 않았다(이는 그에게 불필요했다). 그는 당장 자신을 이끄는, 이런 생각들과 연관된 감정으로 옮겨갔고, 자신의 영혼 속에서 이 감정이 예전보다 더 강하고 분명한 것을 알았다. 지금은 그 감정을 찾기 위해서 사고의 전체 경로를 재구성하는 것이 필요했던 예전처럼, 머리로 생각해낸 인위적 평정 상태가 되는 일은 없었다. 지금은 반대로 예전보다 기쁨과 평정의 감정이 더 강했고, 생각이 감정을 서둘러 뒤쫓지 않았다.

그는 테라스를 지나가다가 이미 어두워진 하늘에 나타난 두 별을 바라보았고 갑자기 기억했다. '그래, 난 하늘을 바라보며 내가 보고 있는 천궁이 거짓이 아니라는 것에 대해 생각했었는데, 이때 내가 뭔가 끝까지 생각하지 않은 게 있었다. 나 스스로에게 감춘 것이 있었다.' 그는 생각했다. '하지만 거기 무엇이 있다 하더라도 이의는 있을 수 없다. 생각을 하게 되면 모든 것이 밝혀질 것이다!'

이미 아기방에 들어서면서 그는 자신이 스스로에게 감춘 것이 대체 무엇인가를 떠올렸다. 그것은 만약 신성의 주요 증거가 선이란 무엇인가에 대한 그의 눈뜸이라면 어째서 이 눈뜸이 기독교 교회에만 한정되느냐 하는 것이었다. 역시 참회하고 선을 행하는 불교도, 마호메트교도의 신앙은 이 눈뜸에 대해서 어떤 관계를 가지는가?

그에게는 자신이 이 질문에 대한 답을 가지고 있다고 여겨졌다. 하지만 그는 스스로에게 이를 채 표현하기도 전에 이미 아기방으로 들어서고 있었다.

끼찌는 두 소매를 걷어올리고 목욕통 속에서 철벅거리는 아기를 내려다보며 서 있다가 남편의 발소리를 듣고는 그에게 얼굴을 돌리고 미소로써 그를 자기에게로 불렀다. 그녀는 한 손으로는 등을 대고 누워서 작은 다리를 벌리고 헤엄을 치는 통통한 아기의 머리 아래를 받치고 다른 손으로는 리드미컬하게 근육에 힘을 주며 아기 위에서 해면[24]을 짰다.

"자, 여기 보세요, 보세요!" 남편이 그녀에게 다가갔을 때 그녀가 말했다. "아가피야 미하일로브나 말이 맞았어요. 알아봐요."

미쨔가 오늘부터 분명 의심할 바 없이 벌써 모든 집안사람들을 알아본다는 것이었다.

레빈이 목욕통에 다가가자마자 당장 실험이 행해졌고 실험은 완전히 성공했다. 이것을 위해 일부러 불러들인 요리사가 아기에게로 몸을 굽혔다. 아기는 찡그리며 싫다고 고개를 가로저었다. 끼찌가 아기에게로 몸을 굽히니 아기는 미소를 지으며 환한 얼굴을 했고, 두 손을 해면에 대고 입술로 푸푸 하며 그렇게도 만족스럽고 낯선 소리를 내서 끼찌와 유모뿐만 아니라 레빈도 뜻밖의 큰 기쁨을 느꼈다.

사람들이 목욕통에서 아기를 한 손으로 꺼내서 물을 끼얹고 수건으로 싸서 문질렀고, 아기가 쩌렁쩌렁 울리는 울음소리를 내자 어머니에게 건네주었다.

24 요즘에는 주로 인조 스펀지를 쓰고 있어서 해면동물을 말린 것을 강조하느라 해면이라고 번역했다.

“자, 당신이 이 아이를 사랑하기 시작해서 기뻐요.” 끼찌가 아이를 가슴에 대고 항상 그녀가 앉는 자리에 평온하게 앉은 후에 남편에게 말했다. “전 아주 기뻐요. 그게 저를 걱정시키기 시작했거든요. 당신이 이 아이에게 아무것도 못 느낀다고 말했잖아요.”

“아니오, 내가 못 느낀다고 말했단 말이오? 나는 실망했다고 말했을 뿐이오.”

“어떻게 이 아이에게 실망했어요?”

“아이에게 실망했다기보다는 내 감정에 실망했소. 나는 더 많은 것을 기대했었소. 나는 어떤 예기치 않은 일처럼 내 속에 새로운 기분 좋은 감정이 나타나리라고 기대했었소. 하지만 그 대신 갑자기 혐오와 연민이……”

그녀는 미쨔를 씻기느라 빼놓은 반지들을 가느다란 손가락들에 끼면서 아기 너머로 남편의 말에 주의 깊게 귀를 기울였다.

“중요한 것은 만족감보다는 공포와 연민이 훨씬 더 컸다는 점이오. 오늘 폭우 동안의 그 공포 이후에 나는 내가 이 아이를 얼마나 사랑하는지 이해했소.”

끼찌의 얼굴은 미소로 환해졌다.

“당신, 몹시 놀랐죠?” 그녀가 말했다. “저도 그랬어요. 하지만 전 다 지나간 지금 더 무서움을 느껴요. 전 떡갈나무를 보러 갈 거예요. 까따바소프는 얼마나 친절한지요! 하루 종일 아주 편안한 기분이었어요. 게다가 당신과 세르게이 이바노비치도 당신이 원하기만 하면 그렇게 좋을 수 있네요…… 자, 그들에게로 가세요. 목욕 이후엔 여기는 항상 너무 무덥고 김이 나서……”

## 19

아기방에서 나온 후 혼자 있으면서 레빈은 당장 다시 뭔가 불분명한 점이 있었던 그 생각을 떠올렸다.

레빈은 목소리들이 들려오는 응접실로 가는 대신 테라스에 멈춰서서 난간에 팔꿈치를 기대고 하늘을 보기 시작했다.

하늘은 이미 완전히 어두워졌고, 그가 바라보는 남쪽에는 구름이 없었다. 구름들은 맞은쪽에 있었다. 거기서부터 번개가 번쩍이고 먼 천둥소리가 들려왔다. 레빈은 정원의 보리수나무에서 규칙적으로 떨어지는 물방울 소리에 귀를 기울였고, 그가 아는 삼각형 성좌와 그 가운데를 흐르는 은하수와 그 지류들을 바라보았다. 번개가 칠 때마다 은하수뿐만 아니라 밝은 별들까지 사라졌지만, 번개가 사라지자마자 마치 정확한 손에 의해 던져진 것처럼 다시 똑같은 자리에 별들이 나타났다.

'그래, 나를 혼란시키는 것이 대체 뭐지?' 레빈은 아직 그의 의심의 해결책을 몰랐지만 그것이 이미 그의 영혼 속에 있다는 것을 느끼면서 스스로에게 말했다.

'그래, 신성의 한가지 분명하고 의심할 바 없는 현상은 계시에 의해서 세상에 나타났고 내 안에 있다고 느끼는 선의 법칙들이고, 그것들을 인정함으로써 나는 교회라고 불리는 하나의 믿는 사람들의 집단으로 나 자신을 결합시킨다기보다는, 원하든 원하지 않든 그 집단의 다른 사람들과 결합되어 있는 거지. 그러면 유대교도, 마호메트교도, 유교도, 불교도—그들은 대체 뭐야?' 그는 스스로에게 그에게도 위험하게 보이는 바로 그 질문을 제기했다. '이 수십만의 사람들은 그것 없이는 삶이 의미가 없는 그 훌륭한 행복을 가지고 있지 않단 말인가?' 그는 생각에 잠겼지만 곧 자기 생각을 바로잡았다. '하지만 대체 내가 무엇에 대해 묻고 있는가?' 그는 스스로에게 말했다. '나는 전인류의 모든 다양한 형태의 신앙들의 신성에 대한 관계를 묻고 있다. 나는 이 모든 명백하지 못한 점들을 지닌 세상 전체에서의 신의 공통적 발현에 대해 묻고 있다. 내가 대체 무엇을 하고 있나? 의심할 바 없는, 이성으로 이해할 수 없는 앎이 나 개인에게, 내 심장에 열려 있는데 나는 고집스레 이성과 말로써 이 앎을 표현하려고 하는구나.

내가 별들이 움직이지 않는다는 것을 모른단 말인가?' 그는 자작나무의 맨 꼭대기 가지 쪽으로 이미 위치를 옮긴 밝은 별들을 바라보며 스스로에게 물었다. '하지만 나는 별들의 움직임을 바라보며 지구의 자전을 상상할 수 없지. 별들이 움직인다고 말하는 나도 옳아. 천문학자들이 지구의 모든 복잡하고 다양한 움직임들을 고려한다면 뭐 하나라도 이해하고 계산해낼 수 있겠는가? 거리나 무게나 움직임이나 천체의 교란에 대한 그들의 경탄할 만한 결론들은 움직이지 않는 지구 주위를 도는 별들의 보이는 움직임에만 기반을 두고 있다. 바로 지금 내 앞에 있는 그 움직임, 수백만의 사람들에게 수세기 동안 항상 그대로였고 항상 그대로일 것이고 항상 그렇다고 믿어질 그 움직임에만 기반을 두고 있다. 그리고 하나의 경도와 하나의 위도의 관계 속에서 보이는 하늘의 관찰에 기반을 두지 않은 천문학자들의 결론들이 공허하고 확고하지 못한 것과 꼭 마찬가지로, 모든 삶들에 언제나 그랬고 언제나 그럴 것인 선, 기독교에 의해서 내게 열렸고 항상 내 영혼 속에서 믿을 수 있는 선의 이해에 기반을 두지 않은 내 결론들도 역시 공허하고 확고하지 못할 것이다. 그리고 내게는 다른 신앙들과 그들의 신성에 대한

관계의 문제를 풀 권리도 가능성도 없다.'

"아, 안 갔어요?" 갑자기 같은 길로 응접실로 가고 있던 끼찌의 목소리가 말했다. "뭐예요? 뭔가 속상한 일 있는 거 아니지요?" 그녀가 별빛 아래서 그의 얼굴을 주의 깊게 들여다보면서 말했다.

하지만 별빛들을 가리는 번개가 다시 그의 얼굴을 비추지 않았다면 그녀는 그의 얼굴을 여전히 보지 못했을 것이다. 그녀는 번갯불 아래에서 그의 얼굴 전체를 보았고, 그가 평온하고 기뻐하고 있는 것을 알아차리고 그에게 미소를 지었다.

'그녀는 이해하고 있다.' 그는 생각했다. '그녀는 내가 무슨 생각을 하는지 알고 있다. 그녀에게 말할까 말까? 그래, 그녀에게 말해야겠다.' 하지만 그가 말을 시작하려고 한 순간 그녀 역시 말하기 시작했다.

"여기 말예요, 꼬스쨔! 부탁 좀 들어줘요." 그녀가 말했다. "구석방에 가서 세르게이 이바노비치에게 모든 걸 다 마련해드렸는지 좀 봐줘요. 전 좀 거북해서요. 새 세면대를 넣어드렸는지?"

"좋아, 내가 꼭 가서 살펴보겠소." 레빈이 일어나서 그녀에게 키스하며 말했다.

'아니야, 말할 필요 없어.' 그녀가 그의 앞을 지나갈 때 그는 생각했다. '이건 나에게만 필요하고 중요한, 말로는 할 수 없는 비밀이야.

이 새로운 감정은 나를 변화시킨 것도 아니고, 나를 행복하게 한 것도, 내가 꿈꿨듯이 갑자기 깨치게 한 것도 아니야, 마치 아들에 대한 감정이 그렇듯이. 어떤 예기치 않은 놀라운 일도 아니야. 믿음인지 아닌지, 이것이 무엇인지 나는 모른다. 하지만 이 감정은 고통들을 겪으면서 어느새 내게로 들어왔고 영혼 속에 확고하게 자리를 잡았다.

나는 마찬가지로 마부 이반에게 화를 낼 것이고, 마찬가지로 논쟁을 할 것이고, 마찬가지로 내 생각을 어울리지 않게 이야기할 것이고, 마찬가지로 내 영혼의 가장 신성한 것과 다른 사람들 사이에는, 심지어 아내와의 사이에도 벽이 있을 것이고, 마찬가지로 내가 불안 때문에 아내를 질책할 것이고 그것을 후회할 것이고, 마찬가지로 내가 왜 기도하고 기도하는지 이성으로는 이해하지 못하면서도 계속 기도할 것이다. 하지만 이제 내 삶은, 내 모든 삶은 내게 무슨 일이 일어나는 것과 상관없이 매 순간이 예전처럼 의미가 없지 않을 뿐만 아니라 내가 내 힘으로 내 삶 속으로 들여놓을 수 있는, 의심할 바 없는 선의 의미를 가지는 것이다!'

작품해설

# 인생소설 『안나 까레니나』

## 1. 작가의 인생소설

레프 니꼴라예비치 똘스또이(Лев Николаевич Толстой, 1828~1910) 백작의 『안나 까레니나』는 1875년 1월 『러시아 통보』(*Русский вестник*)에 연재되기 시작했을 때부터 러시아 식자층의 커다란 관심을 끌었던 장편소설이다. 이 명품소설은 3년의 연재가 끝나고 1878년 출판된 이후 1881년 체코어, 1885년 프랑스어, 독일어, 1887년 영어로 번역된 이래 세계 여러 나라의 수많은 언어로 번역되었고 오늘날까지 지속적으로 새로이 번역되어오면서(독일어로는 10차례 이상) 명실 공히 러시아문학의 위력을 보여주고 있다. 똘스또이가 이 소설을 구상한 것은 1870년이라고 추정되지만 쓰기 시작한 것은 1873년 3월이다. 똘스또이는 러시아와 나뽈레옹의 프랑스군 간의 전쟁을 그린 『전쟁과 평화』(*Война и мир*)를 1869년에 끝낸 후 뾰뜨르 대제에 관한 또다른 역사소설을 준비하다가 작가의 당대를 그리는 이 소설을 시작하여 몰두하게 되었다. 그는 『전쟁과 평화』에서 역사를 움직이는 영웅보다는 전쟁이라는 역사적 상황과 그 속의 개인의 일상이 어떻게 영향을 주고받는가를 그렸는데, 『안나 까레니나』에서는 19세기 후반의 사회적·정치적·경제적 현실이 어떻게 개인의 일상, 특히 가장 사적인 영역인 가정생활과 영향을 주고받는가를 그렸다. 똘스또이는 1873년 5월에 가까운 친구인 비평가 니꼴라이 스뜨라호프(Николай Николаевич Страхов)에게 보낸 편지에서 이 작품이 그의 '첫번째 소설'이라고 말했다. 이 소설은 제1부 14개 장이 미하일 까뜨꼬프(Михаил Никифорович Катков)가 간행하는 문학지 『러시아 통보』 1875년 1월호에 처음 게재되고 나서 이어지다 끊어지다 하면서 1877년 4월에 제7부 끝까지 연재되었다. 제8부에 나타난 세르비아전쟁에 대한 견해와 입장을 달리하는 까뜨꼬프는 5월호에 소설은 안나의 죽음으로 끝났고 작가는 간단한 에필로그를 계획하고 있으며 그것은 단행본의 형태로 나올 것이라고 공고했다. 이에 분노한 똘스또이는 제8부를 자비로 출판하였고 1878년에는 소설 전체를 3권으로 출판했다. 소설 속에서 거론되는 실제 사건들은 러시아와 유럽 및 미국에서 1872년 2월부터 1876년 8월까지 일어난 일들이고 소설 속 공간은 모스끄바, 뻬쩨르부르그, 러시아 시골(레빈의 영지와 브론스끼의 영지 포함), 독일의 온천장, 이딸리아 소도시 등으로 당시 러시아인들에게 익숙했던 유럽을 포함한다. 소설에는 19세기 후반 급격한 변화를 겪던 러시아의 당면 문제들—농노제 폐지(1856) 이후 농촌의 경제적·사회적 상황, 새로운 경제구조와 함께 나타난 새로운 부유층의 부상, 새로이 도입된 지방자치의회 및 선거제도, 가정과 사회 속에서 여성의 위치 및 이혼, 당시의 관료사회 및 군대의 실상, 세르비아전쟁의 문제점 등이 다루어져 있을 뿐만 아니라 당시 러시아 귀족들의 일상—사교계 모습, 무도회, 클럽 활동, 경마, 사냥, 유행하던 학문, 음악, 미술, 종교, 사상과 주거형태, 음식, 교통수단, 심지어 의상과 머리 모양까지 상세히 그려져 있다. 또한 다른 계층도 묘사는 간결하지만 그들의 속사정까지 드러나 있다. 똘스또이의 연보를 살펴보면 사교계 생활, 군대 생활, 농지경영, 자식의 죽음, 사냥, 유럽 여행 등 소설의 제재 모두가 그가 직접 경험한 것이다. 기차에 몸을 던진 여자의 이야기는 그의 이웃의 일인데 똘스또이는 직접 그 시신을 보았다고 하며, 등장인물 중에는 그의 지기들의 특성을 가진 인물이 많다고 한다. 천재 작가 똘스또이에게 이런 체험이 주어졌다는 것이 바로 이 소설이 영원히 살아 있게 될 가장 큰 이유일 것이다. 똘스또이는 천부의 재능에 단어 하나하나를 고심해서 사용한 것이 느껴질 만큼 작가적 정성을 다하여 그가 관찰한 러시아 현실을 개인의 심리묘사와 더불어 구체적이고 총체적으로 재현했고, 스스로 자신의 첫 소설이자 가장 좋은 소설이라고 말할 만큼 그의 전부를 이 소설에 쏟아부었다. 말 그대로 작가의 '인생소설'인 셈이다.

## 2. 인생의 전모를 그리는 소설

이 소설은 인간의 탄생에서 성장과정을 거쳐 연애 및 결혼, 죽음에 이르기까지의 인생 전체를 그린다. 소설의 사건들이 인물들의 유전적 요소, 교육, 지위, 일, 주거공간 등 환경적 요소들과 빈틈없이 얽혀 생생하게 그려져 있어 독자는 좋은 일이든 나쁜 일이든 호감 가는 인물이든 그렇지 않은 사람이든 모두 마치 바로 옆에서 일어난 일이자 바로 옆의 인물의 이야기처럼 느끼며 그들의 인생 전체에 눈을 돌리게 된다. 이 소설의 독자들이 입을 모아 토로하는 바는 그의 소설을 읽고 나서 삶의 진실을 알게 되고 인간 이해의 심도가 달라졌다는 것이다. 흔히 『안나 까레니나』를 읽어낸 사람과 그렇지 않은 사람은 다르다고들 하는데, 이것이야말로 똘스또이가 이 소설에서 인생의 총체적 진실을 시공과 언어를 초월하여 감동적으로 전해주었다는 증언이다. 소설을 읽으며 독자들은 우선 아름답고 풍부한 감성을 지닌 최상류사회의 두 젊은 남녀가 모든 것을 무릅쓰고 열정적으로 사랑하다가 파멸에 이르는 것을 보고 감동을 받는다. 이런 감동이 이 소설을 오늘날까지도 거듭 수많은 영화와 연극, 방송드라마, 발레와 오페라로 만들게 하는 원동력이라고 여겨진다. 하지만 이런 흥미롭고 애절한 이야기를 따라가노라면 독자는 저도 모르게 인간과 인간세계에 대해 이해가 깊어진 것을 자각하게 된다. 똘스또이의 뛰어난 심리묘사가 등장인물 모두의 감정과 행동을 속속들이 이해하도록 해주는 것이다. 주요 인물뿐만 아니라 리지야 백작부인이나 벳시, 스비야시스끼, 레빈의 두 형, 심지어 외국에서 온 왕자, 유모나 하인 같은 주변적 인물에 대해서까지도 그렇다. 인간은 타인에 대한 이해와 더불어 자기 자신에 대한 이해와 성찰을 시작한다. 제2부 말미의 끼찌의 자기이해나, 처한 현실 속에서 자신이 할 수 있는 유용한 행동을 하는 것이 가장 알찬 삶이라는 레빈의 깨달음은 시사하는 바 크다. 이 소설을 읽은 독자들도 마찬가지로 타인에 대한 이해와 더불어 자기이해와 성찰의 과정을 시작하게 된다. 타인의 처지를 이해하고 자신의 성격과 한계를 이해하려고 노력하면 인생살이 눈먼 몸부림의 고달픔이 좀 줄어드는 것은 틀림없으리라. 21세기의 우리는 복제인간의 시대를 앞두고 있다고 한다. 그럼에도 우리가 인간 존재에 대해 얼마나 알고 있는가 자문할 때 어지러운 느낌을 받는다. 자기성찰의 시간과 기회가 오히려 줄어들어 부끄러움을 모르는 사람들로 넘쳐나는 이 시대에 인생 전체를 속속들이 들여다보게 하는 이 소설은 더욱 소중하다 하겠다.

## 3. 흥미로운 인생이야기

소설의 줄거리를 안나와 레빈을 중심으로 각 부별로 살펴보겠다. 소설은 제1부가 34장, 제2부가 35장, 제3부가 32장, 제4부가 23장, 제5부가 33장, 제6부가 32장, 제7부가 31장, 제8부가 19장으로 총 8부 239장으로 되어 있다. 역자는 이 소설을 처음 읽을 때 한 부, 한 부를 작은 부분으로 나누어 읽으라고 권하고 싶다. 하루에 6장가량을 읽는다면 40일 정도가 걸리게 된다. 똘스또이가 이 작품을 발표했을 때 러시아 독자들이 40개월 넘는 동안 읽은 것을 기억하면서 역자는 우리 독자들에게 충분히 즐기며 느리게 읽기를 권하고 싶다. 긴 소설이어서 줄거리가 생각나지 않을 때 역자의 줄거리 요약이 독자들에게 도움을 줄 수 있기 바란다.

제1부 소설의 시작은 1872년 2월 11일. 모스끄바의 오블론스끼

가정은 모든 것이 뒤죽박죽되었다. 남편이 예전의 가정교사였던 프랑스 여자와 애정관계를 가지고 있다는 것을 우연히 알게 된 아내가 사흘째 자기 거처에서 나오지 않고 있는 상태이다. 2월 12일, 매력적인 사교계 귀부인 안나는 오빠 오블론스끼의 불륜으로 인한 부부싸움을 중재하러 모스끄바로 오다가 기차역에서 우연히 청년 장교 브론스끼와 마주치게 되고 둘은 첫눈에 서로에게 빠져든다. 이때 기차역에서 역무원이 기차에 깔려 죽은 사건과 안나가 그의 가족들을 걱정하자 브론스끼가 즉각 몰래 거금 200루블을 내준 것을 알고 느낀 자신의 감정에서 안나는 자신이 브론스끼와 파멸적 사랑을 하게 되리라는 것을 예감한 듯싶다. 유서 깊은 귀족 집안의 후예로서 부유하고 잘생기고 자신감 넘치는 브론스끼는 당시 전형적인 귀족 장교의 행동원칙을 가지고 살아가는 청년으로, 결혼할 생각 없이 오블론스끼의 처제인 귀족 아가씨 끼찌와 사귀는 중이며 끼찌는 그와의 결혼을 기대하는 상태였다. 안나는 올케 돌리를 달래서 오빠 부부를 화해시키고 나서 뻬쩨르부르그의 겨울무도회(1872. 2. 16.)에서 브론스끼와 춤을 추며 그를 향한 감정을 자제하지 못한다. 이로써 안나는 끼찌를 절망에 빠뜨렸고, 집으로 돌아가는 뻬쩨르부르그행 열차 속에서 브론스끼를 생각하다가 바람을 쐬러 내린 간이역에서 그녀를 뒤따라 기차를 탄 브론스끼의 사랑 고백을 만족감과 두려움을 느끼면서 듣는다. 그녀는 역에 마중 나온 남편 까레닌을 보고 자신이 사랑 없이 살고 있었다는 것을 자각하게 되며 자신의 삶에 회의를 품는다.

한편 레빈은 유서 깊은 귀족 집안 출신으로 시골에서 농지를 경영하며 사는 청년으로, 일찍 돌아가신 그의 어머니 같은 여자와 결혼해서 살아가려는 꿈을 지니고 있다. 그는 자신의 인생에서 특히 중요한 이 꿈에 걸맞은 여자로 비슷한 집안의 귀족 영애 끼찌에게 청혼하려고 1872년 2월 11일 모스끄바로 올라온다. 하지만 브론스끼의 청혼을 기대하던 끼찌에게서 거절당한 그는 시골로 내려간다. 그는 결혼에 성공하지 못한 것이 슬프지만 자신의 삶을 열심히 살아가기로 다짐한다. 당시 최고의 지성으로 꼽히는 보수 성향의 큰형 꼬즈니셰프와 진보 성향의 작은형 니꼴라이가 사는 모습도 그려진다.

제2부 브론스끼에게 배신감을 느끼고 레빈을 거절한 아픔으로 병이 든 끼찌는 1872년 4월부터 독일의 온천도시로 어머니와 함께 요양을 가게 된다. 레빈은 봄이 오자 끼찌에게서 거절당한 아픔에서 벗어나고, 숲을 팔러 시골로 온 오블론스끼와 사냥을 하다가 끼찌의 소식을 듣는다.

안나와 브론스끼의 서로에 대한 열정은 점점 강해지고, 이를 알게 된 사교계 사람들의 태도에서 둘의 관계의 부적절함을 감지한 남편 까레닌은 안나에게 경고하지만 아무 소용이 없다. 이 문제를 해결할 능력이 없는 까레닌이 현실을 마주하려 하지 않는 동안 안나와 브론스끼는 육체적 관계를 맺게 되고 안나는 브론스끼의 아이를 임신한다. 말을 좋아하고 말타기에 뛰어난 실력을 보이는 브론스끼는 애마를 타고 경마에서 승리할 것을 예상하지만 실수로 말에서 떨어지고 등이 부러진 애마를 사살하게 된다(1873. 8.). 말에서 떨어지는 브론스끼를 보고 안나가 자제력을 잃고 행동하자 까레닌은 그녀에게 품위 없이 행동했다고 질책하고, 이에 안나는 까레닌에게 자기가 브론스끼의 정부라고 고백하며 이제 남편과의 관계가 끝난 것으로 생각한다.

한편 끼찌는 독일의 온천도시 소덴에서 새로 사귄 바렌까의 영향으로 종교에 대한 관심이 커지며 인간에 대한 이해도 깊어진다. 자기 문제에만 신경을 쓰는 자신과 달리 남을 위해서 일하는 바렌까에게서 자신에게 없는 면을 배우면서 그녀는 자신과 그녀의 차이에도 눈뜨게 된다. 종교를 내세우는 위선적인 스딸 부인, 죽어가면서도 끼찌에게 사랑받고 싶어하는 화가 뻬뜨로프, 질투하는 그의 아내 등을 접하며 끼찌는 자신에 대한 이해가 명확해지고 병에서 치유되어 러시아로 돌아오게 된다. 그녀는 1873년 여름에 러시아에 도착한다.

**제3부** 레빈은 1873년 5월 말 시골로 휴식을 취하러 온 큰형 꼬즈니셰프와 농촌에 대해 이야기하다 농촌의 현실을 추상적으로 생각하는 큰형과 의견 차이를 보인다. 레빈은 6월 초 농민들과 함께 풀베기를 하면서 육체노동의 기쁨을 깨닫고 좀더 농민들에게 가까워짐을 느낀다. 그는 여름을 보내러 시골로 온 돌리를 방문해서 끼찌가 그리로 오리라는 이야기를 듣는데, 레빈이 다시 끼찌와 맺어졌으면 하는 돌리의 말에 당황한다. 7월 중순 레빈은 건초 나누기를 하면서 좀더 농민들의 생활을 동경하게 되며 자신도 농촌 처녀와 결혼해서 살아볼까 하는 생각까지 하지만, 러시아로 돌아온 끼찌가 언니 돌리네로 마차를 타고 지나가는 것을 보자 오직 그녀에게 자신의 미래가 달려 있다는 것을 깨닫는다. 레빈은 자신의 농지경영 방식에 불만을 느끼고 지주와 농민 모두에게 유리하게 농지를 경영할 수 있는 새로운 방법을 모색하고, 자신의 청혼을 거절했던 끼찌에 대한 복잡한 심정에서 그녀와의 만남을 피하려고 시골 귀족 스비야시스끼를 방문한다. 가던 길에 그는 부유한 자영농의 농지경영 방식을 접하고 스비야시스끼 영지에서 다른 지주들도 만나면서 러시아 농촌의 실상을 좀더 깊이 이해하게 되고 새로운 방식

의 농지경영을 펼치면서 이에 관한 저술도 진척시킨다. 외국의 이론들이 러시아 실정에 맞지 않는다는 것을 직접 확인하기 위해 외국으로 떠날 준비를 하던 차에, 작은형 니꼴라이가 깊이 병든 몸으로 그를 방문한다. 형이 떠난 사흘 뒤 레빈은 1873년 10월 서유럽으로 떠난다. 레빈은 형의 임박한 죽음을 느끼며 모든 인간이 죽음으로 가고 있다는 어두운 생각 속에서 자신에게 살아가는 힘을 주는 것은 일이라고 생각한다.

한편 1873년 8월 경마장에서 돌아오면서 안나의 불륜 고백을 들은 까레닌은 편지로 그녀에게 외면적으로 품위를 지켜줄 것을 요청한다. 남편과의 관계가 끝났다고 생각한 안나는 집을 떠나려고 짐을 꾸리다가 남편의 편지를 받고 절망하여 남편에게로 가서 헤어질 것을 요구하고, 아들을 빼앗지 말라고 하며 자신의 임신 사실을 알린다. 경마가 있던 다음 날 재정상태를 포함한 자신의 상황을 정리해본 브론스끼는 안나가 남편의 편지에 대해 이야기하자 그녀에게 아들을 포기하고라도 남편을 떠나 자신과 새 생활을 꾸리자고 하지만 안나는 그렇게 하지 못한다.

**제4부** 안나, 브론스끼, 까레닌 세 사람은 막연히 상황이 바뀔 것을 기다리면서 지낸다. 안나와 브론스끼는 그들의 사랑이 파멸을 부를 것을 예감하는 꿈을 꾼다. 까레닌은 안나에게 브론스끼를 집으로 들이면 아들을 빼앗고 그녀를 파멸시키겠다고 말했는데, 자기 집 현관에서 브론스끼와 마주치자 이혼을 결심한다. 까레닌은 공무상 출장으로 모스끄바에 잠시 머무를 때 오블론스끼를 우연히 만나 끼찌, 레빈, 꼬즈니셰프, 셰르바쯔끼 노공작 등이 참석하는 오블론스끼네 파티에 가서 이민족 문제, 여성의 권리 및 결혼제도, 교육 등 당시 러시아의 현안에 관한 대화에 참여한다. 까레닌은 안나와

의 관계를 묻는 돌리에게 이혼하겠다고 하면서 그녀를 용서할 수 없고 증오한다고 말한다. 호텔로 돌아오니 그에게 용서받고 죽고 싶다는 안나의 전보가 와 있다. 그는 그녀가 죽으면 모든 문제가 해결되리라는 희망을 가지고 그녀가 죽기를 바라면서 집으로 돌아간다. 안나가 딸을 낳고 산욕열로 열에 들뜬 상태에서 그에게 용서를 구하고 애정 어린 시선으로 그를 바라보며 브론스끼를 용서하라는 뜻을 표하자 까레닌은 연민의 감정에 휩싸여 모든 것을 용서하고 관용과 헌신의 자세로 안나 곁에 머물겠다고 브론스끼에게 말한다. 집으로 돌아온 브론스끼는 사경을 헤매던 안나의 태도에 충격을 받고 그녀를 보지 못하게 되리라는 상실감과 까레닌에 대한 열등감과 수치심으로 자살을 시도하나 실패한다. 브론스끼는 총상에서 회복되자 변방 따시껜뜨에 가서 복무하려고 계획한다. 회복한 안나는 딸아이까지 보살피며 가정을 지키며 살고 싶어하는 까레닌을 못 견뎌 한다. 이를 알아챈 까레닌은 방문한 오블론스끼에게 그녀가 원한다면 아들을 내주고 이혼하겠다고 말한다. 이를 전해들은 브론스끼는 안나와 재회한 후 곧 퇴역하고 이혼을 거부한 안나와 딸아이를 데리고 외국으로 떠난다. 이것이 1874년 3월이다.

한편 레빈과 끼찌는 오블론스끼네 파티에서 서로에 대한 사랑의 감정을 확인하고 다음 날 레빈이 정식으로 청혼하여 모든 사람의 축복을 받는 가운데 결혼하게 된다. 끼찌는 지난날 자신의 과오에 대해 솔직하게 말하고 레빈은 자신의 과거를 적은 일기장을 그녀에게 건네며 서로를 이해한다.

**제5부** 그간 무신론자로 지내오던 레빈은 결혼식에 재계를 했다는 증명이 필요하자 이 의식을 행하면서 다시 종교에 접하게 된다. 레빈과 끼찌의 결혼식에 대한 상세한 묘사와 함께 결혼식을 대하

는 사람들의 태도가 그들의 사는 모습과 연결되어 묘사된다. 이어서 1874년 3월 말 결혼하고 바로 시골 영지로 내려온 레빈과 끼찌의 일상, 둘의 갈등과 적응 과정이 구체적으로 그려진다. 그해 11월 레빈은 끼찌와 함께 니꼴라이 형에게 찾아가서 그의 임종을 지키면서 죽음을 직접적으로 체험하고 자신이 항상 관심을 가져왔던 삶과 죽음의 문제에 대한 생각이 깊어진다. 이때 끼찌의 임신 소식이 알려진다.

안나와 브론스끼는 이딸리아를 여행하다가 한 소도시에 머무른다. 안나가 아들을 떼어놓고 이혼을 거부하고 외국으로 떠나온 이유가 자신의 행복만을 추구하는 데 대한 양심의 가책 때문이기도 하다는 것이 밝혀진다. 안나는 커다란 행복을 느끼며 더욱더 브론스끼에게 빠져드는 한편 브론스끼에게는 점차로 외국 생활에 대한 권태가 찾아온다. 브론스끼에게는 사랑 이외에 사회생활이 필요하다. 브론스끼는 아마추어 화가로서 안나의 초상화를 그리지만 진정한 화가 미하일로프처럼 안나를 잘 표현할 수 없음을 깨닫고 그만둔다. 여기서 독자는 미하일로프를 통해 예술가 일반의 심리를 엿볼 수 있다. 결국 안나는 브론스끼와 함께 1875년 3월, 아들의 열 살 생일 전에 뻬쩨르부르그로 돌아온다. 안나가 집을 떠난 뒤 수치와 절망을 느낀 까레닌을 흠모하며 집안 살림을 맡겠다고 나선 리지야 백작부인에게 안나는 아들을 만나도록 해달라고 편지를 쓴다. 그러나 모욕적인 답장을 받자 아들의 생일에 집으로 찾아가 아들을 만나고 호텔로 돌아온 안나는 상실감에 휩싸이고, 도전장을 던지듯 뻬쩨르부르그 사교계 인물들이 모두 모이는 오페라 극장에 화려하게 모습을 드러내지만 큰 모욕을 당한다. 사교계의 배척, 아들과 함께할 수 없는 슬픔, 브론스끼가 멀어져가는 느낌 속에서 그녀는 고통스러워하고 브론스끼를 원망한다. 결국 브론스끼와 안나는 브론스끼의 시골 영지로 떠난다.

제6부 돌리는 자기 시골집이 허물어져 1875년 여름을 아이들과 함께 레빈의 시골 영지에서 보낸다. 그들 이외에도 임신한 끼찌를 돌보러 온 끼찌의 어머니, 레빈의 형 세르게이 꼬즈니셰프, 끼찌가 독일 소젠에서 사귀었던 바렌까가 레빈의 집에 와 있다. 끼찌는 존경받고 명망 있는 세르게이 꼬즈니셰프가 바렌까와 결혼하기를 바란다. 세르게이는 바렌까가 가장 어울리는 아내가 될 것이며 둘이 서로 사랑하고 있다는 합리적 판단을 하고 바렌까도 무척 원했지만 그들의 결혼은 이루어지지 않는다. 열정이 없었기 때문이다. 그러던 와중에 오블론스끼가 사교계의 청년 베슬롭스끼를 데리고 사냥을 할 겸 레빈을 방문한다. 청년이 사교계 미혼남의 버릇대로 끼찌에게 추파를 던지자 레빈은 질투 때문에 괴로워하다가 결국 그를 집에서 내보낸다.

안나는 브론스끼와 함께 그의 시골 영지에서 1875년 5월부터 11월까지 지낸다. 이때 레빈의 영지에 머물던 돌리가 7월에 안나와 브론스끼를 방문하여 부유하지만 부자연스러운 삶을 살아가는 이들의 고통을 알게 된다. 안나는 사교계에서 큰 모욕을 당하고 아들에 대한 상실감을 느끼며 시골로 온 이래 점점 자신의 문제를 마주하기 싫어한다. 자신감을 잃은 안나는 브론스끼에게 과도하게 집착하고 아들을 그리워하며 정상적인 삶을 살아가지 못하고 있다. 브론스끼는 부유한 지주의 역할을 잘 해내고 저택을 개조하고 병원도 지으며 사회활동을 한다. 하지만 그가 집을 비우는 것을 몹시 싫어하는 안나의 지나친 집착에 부담을 느낀다. 그는 정식으로 결혼해서 자식들에게 자기 성을 물려주고 싶어한다. 1875년 10월 까신주의 귀족단장 선거 때문에 브론스끼가 집을 비우게 된다. 이 선거에는 오블론스끼, 스비야시스끼, 레빈도 참석한다. 선거과정과 이에 참가하는 사람들의 행동방식, 심리상태가 자세히 묘사되어 있다. 딸이 아프다는 안나의 편지를 받고 돌아온 브론스끼와 다투던 안나는 이혼이 절실하게 필요하다는 것을 느끼고 아들을 포기하고라도 이를 실행하기 위해 브론스끼와 함께 모스끄바로 간다.

제7부 안나와 브론스끼는 까레닌이 이혼해줄 것을 기다리면서 1875년 11월부터 모스끄바의 호텔에서 부부처럼 지낸다. 브론스끼는 귀족 클럽에서 레빈을 만나게 되고 오블론스끼는 레빈을 안나에게 데리고 간다. 레빈은 고통받는 안나의 아름다움과 인성과 교양에 감탄하며 그녀에게 사로잡히고 이를 알아챈 끼찌는 질투로 슬퍼한다. 그날 밤 부부는 장시간 대화하며 오해를 풀고, 다음 날 끼찌는 아들을 낳는다. 아이의 탄생을 처음 경험하는 아버지 레빈의 심정이 세밀하고 재미있게 묘사된다. 자신의 취직 건과 안나와 까레닌 간의 이혼 문제의 결정적인 해결을 위해 오블론스끼는 까레닌을 찾아간다. 까레닌은 아들을 자신에게 남겨둘 것을 약속하라고 하면 그녀가 이혼을 포기할 줄 알았으며 그렇게 그녀에게 답장을 보낸 것으로 일은 끝난 것으로 여기고 있다고 말한다. 오블론스끼는 예전에 까레닌이 관대하게 이혼해주겠다고 한 약속을 환기시키면서 이제 안나는 아들을 요구하지 않는다고 말하지만 까레닌은 종교적 이유를 대며 결국 부정적인 답변을 보낸다. 까레닌은 안나의 문제로 인해서 사교계와 관청에서 곤란한 상황에 처하며 심약해져서 그를 아껴주는 리지야 백작부인에게 의지하고 지내는데, 그의 이혼 거부에는 미신에 빠진 리지야 백작부인이 큰 역할을 한다. 안나는 이혼과 연관된 어려운 상황 속에서 브론스끼와 점점 더

자주 다투게 되고, 브론스끼의 어머니가 아들과 맺어주고 싶어하는 소로끼나를 터무니없이 질투하며 브론스끼를 공격한다. 브론스끼도 안나의 태도를 점점 힘겨워하는 중에 이혼이 불가능해진 것을 알게 되고, 이런 상황에서 안나는 브론스끼가 자신에게서 점점 더 멀어진다는 생각 속에서 결국 1876년 5월 중순 달려오는 기차에 몸을 던져 자살한다. 기차 밑으로 뛰어들기 전 집을 나와 마차를 타고부터 이어지는 그녀의 의식의 흐름은 초라했던 자신의 소녀 시절부터 가까운 과거까지, 가까운 사람들부터 바로 눈앞에 보이는 낯선 사람들의 내면의 비밀까지 흘러가다가 죽기 바로 전에 "불안, 배반, 고통, 악으로 채워진 책"(제3권 370면)인 인생을 환히 이해한다.

**제8부** 안나가 죽은 지 두달 뒤 러시아인의 관심은 터키와 전쟁을 하는 세르비아인을 돕는 데 기울어진다. 레빈의 큰형 꼬즈니셰프도 마찬가지이다. 그는 레빈을 방문하러 가는 기차역에서 기병대를 이끌고 출전하는 브론스끼를 만난다. 브론스끼는 더이상 삶에 애착이 없고 그저 모든 것을 잊고 죽기 위해 전장에 나가는 사람처럼 보인다. 안나가 죽은 뒤 그는 실제로 더이상 살고 싶어하지 않는다.

한편 레빈은 삶의 의미를 찾느라 여러가지 철학서를 읽지만 찾지 못하고 절망한 끝에 자살까지 생각하다가 결국 구체적 일상 속 평범한 농부의 말에서 진리를 깨닫는다. 이제 추상적 신념이나 그것을 향한 활동에 대한 믿음이 줄어들고 그는 자신이 구체적으로 처한 상황에서 해야 할 일을 명확하게 인지한다. 터키의 세르비아 침공에 맞서 슬라브인으로서 러시아인들이 큰 관심을 가지고 재정적·군사적 지원을 하는 일에 대해서도 레빈은 마찬가지 태도를 취한다. 그는 많은 사람들이 자신의 이익을 위해 전쟁에 찬성하면서도 대의를 위해 출전하는 것처럼 행동한다는 것도 간파한다. 아들 미짜에 대한 애정이 깊어지면서는 그는 앞으로 살아가야 할 길에 대해 확신을 가진다. 그는 신에 대해 교육받으며 자라온 기독교도로서 자신이 신의 축복을 받았음을 깨닫고 신의 가르침에 따라 구체적인 생활 속에서 진리를 추구하며 살 것을 다짐한다. 끼찌는 남편을 잘 이해하지 못하지만 그를 사랑하고 그만의 세계를 인정하며 아이와 살림이 자신의 몫이라는 것을 기뻐한다.

## 4. 가정과 인생

『안나 까레니나』는 최종 원고에 이르는 동안 여러 버전을 거치는데(교정쇄까지 합치면 10종 이상으로, 똘스또이는 교정쇄에서도 완전히 다른 이야기로 만들기까지 했다고 한다), 첫번째 버전에서는 여주인공 이름이 뿌시낀(Александр Сергеевич Пушкин)의 운문소설 『예브게니 오네긴』(*Евгений Онегин*)의 여주인공 '따찌아나'와 동일했고 그녀의 불륜 이야기가 중심이었다.(『안나 까레니나』를 둘러싸고는 똘스또이가 뿌시낀의 큰딸의 모습을 보고 안나의 양미간과 목덜미의 컬을 묘사했다는 이야기도 있고 뿌시낀의 『벨낀 이야기』(*Повести покойного Ивана Петровича Белкина*)를 읽은 다음 날 이 소설 한 페이지를 썼다는 이야기도 있다.) 불륜 이야기가 핵심이던 이 소설이 수정, 발전되면서 인물들이 늘어나고 복잡한 시공간 구조가 나타났고, 주제가 가정으로 확장되고 여러 가정의 대비가 소설의 기본 골격이 되었다. 소설의 기본 골격을 이루는 네 가정을 살펴보고 똘스또이의 가정관에 대해 생각해본다.

### 1) 오블론스끼와 돌리의 가정

오블론스끼와 돌리의 가정은 "행복한 가정들은 모두 서로서로 닮았고, 불행한 가정들은 각각 나름대로 불행하다"라는 소설의 유명한 첫 문장에 이어 첫번째로 소개된다. 소설 시작 부분에서 오블론스끼는 34세, 그의 아내 돌리는 33세로 결혼한 지 9년차 부부이고 아이 다섯명을 두고 있다.(오블론스끼는 25세에 돌리를 무척 흠모해서 결혼했다.) 이 가정은 오블론스끼의 불륜이 드러나서 이제껏 별 탈 없이 굴러가던 가정생활이 모두 뒤죽박죽되었다. 그의 불륜, 좀더 정확히 말하면 불륜이 들통난 것은 이제까지의 가정의 질서를 파괴했다. 돌리는 남편을 믿고 아이들을 돌보며 살아온 여자로서 남편의 배신을 처음 알게 되어 절망 상태에 있다가 시누이 안나의 중재로 남편을 용서한다. 그뒤 그녀는 계속해서 속고 또 속는 것을 알면서도 아이들과 함께 가정을 지키며 살아간다. 그녀는 여전히 남편을 사랑하며 이미 그를 떠나서 혼자 살 힘이 없다. 남편에게 더이상 사랑을 기대하지 않고 그를 떠나지 못하는 자신을 경멸하면서도 아이들에게 애정을 쏟으며 그런 삶 속에서 그럭저럭 기쁨을 느끼면서 살아간다. 브론스끼와 함께 사는 안나를 방문하러 가는 마차 속에서 남편에 대한 기대 없이 살림과 아이들에게 묶여 있는 자신을 되돌아보고 안나를 부러워하고 일탈을 꿈꾸기도 하지만 안나와 브론스끼가 사는 모습을 보고 자기의 삶이 안나의 삶보다 행복하다고 여긴다. 오블론스끼는 감각적 쾌락을 중요시하며 불륜을 즐길 수 있으면 즐기되 가정이 깨지지 않도록 해야 한다는 원칙을 가진 남자로서 당시 러시아 귀족층에서 흔히 볼 수 있는 유부남이다. 그는 바람을 피우는 것이 남에게 해 끼치지 않고 자신에게 크게 만족스러운 일이라고 생각하면서 계속 바람을 피운다. 돌리가 자신의 재산에 대해 권리를 행사하자 그는 좀더 수입이 좋은 자리로 옮겨간다. 오블론스끼와 돌리의 가정은 그대로 이어져 갈 것이고 부부는 서로에게 적당히 타협하면서 살아갈 것이다. 돌리에게는 아이들이 가장 중요하고 그녀는 이미 가정을 깨고 살아갈 능력도 자신도 없으며 남편 오블론스끼도 그녀의 가치를 인정하고 가정을 깰 생각이 없기 때문이다.

2) 안나와 까레닌의 가정

소설 초반에 까레닌은 50세, 안나는 30세로 8세가 된 아들이 있고 역시 결혼한 지 9년차 부부이다. 오블론스끼가 말했듯이 안나는 21세에 사랑을 모르는 채 41세의 까레닌과 결혼한 후 고위관리의 부인으로서 열정 없고 감성이 메마른 관리 까레닌에게 적응하여 아들에 집착하며 살았다. 안나는 생명감 넘치는 열정적이고 아름답고 품위 있고 솔직한 여자로서 그동안 남편과의 관계에서 그의 원칙을 따르면서 자신을 억누르며 살아온 셈이다. 그러던 안나가 자신에게 잘 어울리는 멋진 남자 브론스끼를 운명적으로 만나면서 이제껏 살아온 삶의 궤도를 벗어난다. 까레닌은 어렸을 때부터 고아로 외롭게 자란 출세한 관리로 서류와 법규 속에서 살아온 경직되고 고독한 남자이다. 결혼을 열정 없이 중매로 마지못해 했으나 결혼 후에는 안나에게 자신이 느낄 수 있는 모든 친밀감을 바쳤다. 그는 정해진 원칙과 규칙에 따라 사는 사람이고 그의 가정은 그런 그의 원칙에 따라 유지되었다. 그의 원칙에 따르며 살던 아내가 브론스끼와 불륜을 저지르고 그것도 일시적인 것이 아닌 심각한 정도가 되자 그는 그 사실을 마주하지 않으려고 한다. 아내가 불륜을 고백하자 그는 외적 현상유지를 요구한다. 하지만 브론스끼를 자기 집 현관에서 마주치게 되자 이혼 소송을 시작하려는 중에, 안나가 사경을 헤매며 그에게 애정을 보이고 용서를 구하자 그녀를 떠나지 않고 안나와 브론스끼의 아기 옆에서 행복을 느낀다. 그는 가정을 지키고 안나와 아들, 그리고 아기와 함께 계속 살아가고 싶어 한다. 안나가 이를 못 견디고 떠나자 관리로서의 직무에 더욱 집착하지만 영향력은 떨어지고 사교계에서 조롱당하는 처지가 된다. 까레닌은 그를 돕겠다며 곁에 머무는 리지야 백작부인의 영향으로 안나와의 이혼을 거부한 채 어쩔 줄 모르고 살아간다. 안나는 브론스끼를 만나지 않았더라면 뻬쩨르부르그 사교계의 공허함과 위선 속에서 고위관리의 부인으로서 아들에 집착하며 자신의 생명력을 억누르는 삶을 그럭저럭 살아갔을 것이다.

3) 브론스끼와 안나의 가정

브론스끼는 32세 때 30세의 유부녀 안나를 만난다. 브론스끼는 대귀족이고 매우 부유한데다 잘생기고 교양 높고 솔직하고 자신감 넘치는 성실한 남자이다. 그는 귀족 청년장교 특유의 스타일로 삶을 꾸려나가는 소위 최고 신랑감이다. 그는 바람둥이 어머니 아래서 정상적인 가정생활을 모르고 컸고, 애정사는 당시 다른 귀족 청년장교들처럼 깊은 생각 없이 오락 정도로 생각하며 순수한 처녀 끼찌와도 결혼할 마음 없이 가까워진다. 하지만 그에게 운명처럼 닥친 여인, 아름답고 생명감 넘치는 안나를 만나자마자 처음으로 열렬히 사랑하게 된다. 그녀와의 관계가 깊어지면서 브론스끼는 자기를 성찰하게 되며 인간적으로 성숙해진다. 사랑을 알게 된 브론스끼는 명예에 대한 꿈을 포기하고 퇴역한다. 그는 시골 영지에 정착하여 귀족 지주로서의 사회적 역할에 관심을 가지게 되고 안나와 정식으로 결혼하고 자손들을 번성하게 할 희망을 품는다. 브론스끼는 사회생활을 떠날 수 없으면서도 안나와 떨어질 수 없는 관계가 된다. 하지만 그가 사회활동을 하는 것이 안나에게는 그의 사랑이 식은 것만을 의미했고 둘은 충돌하게 된다. 안나는 자신의 아들에 대한 집착을 이해하지 못하는 브론스끼와의 갈등이 심해지자 아들을 포기하고라도 이혼하려고 한다.

『안나 까레니나』도 플로베르(Gustave Flaubert)의 『마담 보바리』(*Madame Bovary*, 1857)나 폰타네(Theodor Fontane)의 『에피 브리스트』(*Effi Briest*, 1895)처럼 불륜을 행하고 불안정한 모럴의 사회 속에서 파멸하는 여자를 다룬다. 마담 보바리는 권태 속에서 환상을 가지고 다른 곳을 추구하면서 꿈과 자기방기 사이로 스며든 눈먼 본능에 몸을 맡기는 여자이다. 꿈이 현실에 부딪혀 무너지고 또 무너진 끝에 그녀에게 남은 것은 전망 없는 성적 쾌락이었다. 처음에 불륜은 낭만적 환상의 충족이었다가 영혼 없는 쾌락으로 이어졌고, 결국 그녀는 절망 속에서 죽음을 선택한다. 에피의 경우는 출세와 세간의 평을 몹시 중요시하는 남편에 대한 불만과 그로 인한 생활의 권태로 탈선하게 되는데 여기서 성 문제는 거의 다루어지지 않는다. 그녀는 불륜이 드러난 후 사회의 지탄과 외로움 속에서 고통받다가 죽는다. 안나의 브론스끼를 향한 사랑은 정신적인 동시에 육체적인 것이다. 안나는 브론스끼를 사랑하면서 감정에 충실하고 적대적인 현실에 대항하며 자긍심마저 느꼈으나, 결국 자신의 길을 계속 가는 것은 그녀의 힘에 부치는 일이었다. 그녀에게는 심리적으로나 경제적으로나 단단하게 자신의 길을 다져 살아갈 수 있는 힘이 부족했다.

브론스끼와 안나는 사랑의 열정으로 인해 당시 사회의 관습을 벗어나게 된다. 이들은 무척 행복하고 또한 무척 불행하다. 모든 것을 브론스끼와 바꾼 안나의 브론스끼를 향한 과도한 소유욕은 그녀로 하여금 그의 생활 전체를 지배하고 싶게 했고, 깊은 사랑을 하면서도 사회적 지위를 원하며 남성의 권위를 포기하지 못하는 브론스끼는 결국 안나의 자살을 막지 못했다. 안나가 죽은 뒤 커다란 열정이 훑고 지나간 폐허 속에서 브론스끼는 살기를 원하지 않고 전장으로 죽음을 향해 나간다. 저세상에서 둘이 만날 희망을 품었을지도 모르겠다.

#### 4) 레빈과 끼찌의 가정

소설이 시작될 때 레빈은 32세, 끼찌는 18세이고 둘은 2년 뒤 결혼한다. 브론스끼와 안나의 가정이 열정으로 이루어졌으나 변질되면서 불행한 가정이 되는 데 비해 레빈과 끼찌의 가정은 그렇지 않다. 레빈은 원래 결혼관부터 기억 속의 죽은 어머니 같은 여자와 가정을 꾸리고 싶어하며 그에 맞는 여자를 열정적으로 사랑한다. 브론스끼나 레빈이나 모두 몰두할 수 있는 성실하고 굳건한 성격을 가졌으나 브론스끼는 관습과 동떨어진 연애를 하지만 레빈은 그렇지 않다. 둘은 삶의 형식도 다르다. 레빈은 농촌에서 일을 하며 자신의 뿌리를 생각하며 살아가고 삶의 의미를 항상 생각하는 사람으로, 도시가 주는 건강하지 못한 삶의 형식과 러시아적이 아닌 것에 회의하고 여러 사회활동에 대해 비판적 시각을 지닌 똘스또이를 가장 많이 닮았다. 레빈 역시 끼찌와 결혼한 후에 아내 때문에 질투에 괴로워하며 안나를 만났을 때 그녀에게 경탄하기도 하는 등 요변하는 감정에 휘둘리지만 남달리 끈질기게 삶의 의미를 추구한다. 죽음에 임박해서 삶의 본질을 깨닫는 안나와 달리 레빈은 구체적 삶 속에서 살아갈 신조를 마련한다. 끼찌는 많은 처녀들처럼 좋은 조건의 브론스끼의 광채에 눌려서 그의 생활방식을 알지 못한 채 그와 결혼하고 싶은 희망 속에서 레빈의 청혼을 거절했다가, 브론스끼가 안나를 사랑하게 되자 자존심에 큰 상처를 입고 고뇌와 성숙의 시간을 거쳐 명확한 자기이해에 이른다. 그녀는 레빈을 다시 만나 그의 청혼을 기쁜 마음으로 받아들이고, 레빈이 건네준 일기로 그의 혼전 성경험을 알고 충격을 받지만 그를 용서한다. 결혼 후에는 아내로서의 역할을 충실히 해나간다. 예를 들어 그녀는 남편과 고락을 같이하고 싶어 남편의 반대에도 불구하고 레빈의 형 니꼴라이의 임종에 함께한다. 레빈이 삶과 죽음의 의미를 추구하느라 자살할 생각을 품었을 때 끼찌는 그런 남편을 이해하지 못하지만 여전히 그의 인간성을 좋아한다. 그녀는 남편의 내면세계에 될수록 관여하지 않고 그만의 것으로 존중한다. 레빈과 끼찌의 가정은 비슷한 집안의 결혼으로 전통을 잇는 삶, 풍성한 삶을 실현하려는 가정이다. 이 집에서 생활하는 사람들은 모두, 손님들까지 저마다 알맞은 위치를 차지하고 적당한 일을 하면서 조화를 이루려 한다. 이 가정에도 사소한 말다툼이 있고 정신 나간 질투가 있고 오해도 있지만, 서로 이해하고 존중하며 서로에게 솔직하면서 가족구성원 각자의 영역을 지킨다.

가정에 대한 똘스또이의 관점을 요약하면 이러할 것이다.

1) 가정생활은 그 구성원들의 노력으로 꾸려가는 것이다. 또한 역으로 가정의 성격은 구성원들의 인생에 가장 크게 영향을 미친

다. 나아가 가정은 그 사회의 반영이자 사회를 이루는 요소이다. 결혼은 관습이기도 해서 전통과 사회적 규범과 뗄 수 없이 연결되어 있고 가정생활도 그렇다.

2) 가정은 남편과 아내, 두 사람만의 것이 아니다. 남편과 아내 이외에 아이들, 친척, 친구, 그외 집안과 관계된 모든 사람들이 이루는 것이고 그들에게 영향을 미친다.

3) 결혼생활이란 막연한 낭만적 사랑으로 이루어지는 것이 아니라 구체적 일상을 해결해가는 것이다. 사랑이 시적이라면 결혼생활은 산문적이다. 가정의 행복을 이루려면 부부가 서로의 입장을 존중하며 서로를 배려해야 할 것이다. 모든 인간사가 그렇듯이 가정생활에도 커다란 노력이 필요하다. 유혹에 흔들리고 감정에 휘둘릴 때 서로를 참아줘야 하고 서로에게 너무 집착하지 말고 부부 각자가 자신만의 관심사가 있어야 할 것이다.

이와 연관하여 "행복한 가정들은 모두 서로서로 닮았고, 불행한 가정들은 각각 나름대로 불행하다"라는 소설의 첫 문장은 많은 가정들이 겉으로는 행복해 보이고 닮아 보이지만 파고들어 실상을 살펴보면 각각 나름대로 불행의 소지를 안고 있는데, 불행이 겉으로 드러나지 않는 소위 '행복한' 가정의 성원들은 모두 인내하고 노력하며 살아간다는 의미로 풀이할 수 있겠다.

## 5. 인생의 의미

끝으로 역자에게 인생소설이 된 이 작품에서 역자가 깨달은 인생의 의미 두가지를 적어본다.

1) 똘스또이는 인간들이 공적으로 사적으로 감정에 휘둘려 행동하는 모습을 보여준다. 대부분의 사람들의 행동과 말은 그때그때의 감정에 따라 갑자기 변한다. 안나의 경우에는 순간적 감정의 변화에 따라 죽음으로써 브론스끼에게 복수하려는 마음까지 품었고, 안나를 몹시 증오하던 까레닌은 안나가 사경을 헤매며 용서를 구하자 연민에 넘쳐 모든 것을 용서한다. 소설 전체에 인물들의 감정의 변화와 그에 따라 '갑자기' 변화하는 생각과 행동에 대한 면밀한 관찰이 두드러지는 것은 물론, 실제로 '갑자기'라는 부사도 매우 빈번히 사용되었다. 게다가 똘스또이는 이 단어를 소설 진행의 한가운데서 두드러지게 눈에 띄게 만들었다.

"선생이 설명하는 동안에는 그〔안나의 아들〕는 이해했다고 믿었고 이해한 것 같았지만, 혼자 남으면 '갑자기' 같은 그렇게 짧고 쉬운 단어가 양태부사라는 것을 결코 기억해내지도 이해하지도 못했다."(제2권 481면)

2) 똘스또이는 안나가 죽음 이전에 파악한 바와 같이 인생살이란 이런저런 무의미한 것들에 휘둘리며 집착과 쾌락을 느끼는 가운데 이런저런 욕심으로 인해 끝없이 좀더 많은 것을 원하면서 타인과 자신에게 상처 주고 복수하는 것에 다름 아니라는 것과, 인간의 정신이 스스로 모순되는 분열적인 면을 지니고 있다는 엄연한 진실을 보여준다. 하지만 인간은 그것을 매일 새록새록 잊거나, 모르거나, 그럼에도 불구하고 계속 삶의 의미를 추구하며 살거나 한다. 그렇다면 똘스또이는 인간이 어떻게 사는 것이 좋겠다고 말하는 걸까? 똘스또이는 황폐한 현실 속에서 삶의 의미를 추구하며 진정으로 인간답게 사는 길에 대해 묻고 또 물었다. 그것이 바로 이 소설이 독자에게 던지는 질문이다. 시간과 공간을 달리하는 오늘

의 독자들에게 마찬가지로 강력하게 다가오는 이 질문이 바로 이 소설의 진정한 힘이다.

최선(고려대 노문학과 명예교수)

## 작가연보

**1828년** 8월 28일 니꼴라이 똘스또이(Николай Ильич Толстой) 백작의 넷째 아들로 어머니의 영지인 뚤라주 야스나야 뽈랴나에서 출생(어머니의 결혼 전 이름은 마리야 볼꼰스까야Мария Николаевна Волконская). 유서 깊은 상류 귀족 가문 출신.

**1830년** 똘스또이의 막내 여동생을 낳고 나서 곧 모친 산욕열로 사망.

**1837년** 가족이 모스끄바로 이주한 후 부친 사망. 이후 다섯 형제는 조모의 먼 친척 부인이 양육.

**1841년** 까잔으로 이주, 이후 고모 집에서 성장.

**1844년** 까잔대학교 동양어학과 입학(아랍 · 터키어 전공).

**1847년** 대학 중퇴. 야스나야 뽈랴나로 돌아와 농노들의 생활개선을 목표로 일했으나 실패로 끝남.

1848년 모스끄바로 옮겨 사교계 생활. 중심가에 집을 빌려 살면서 도박에 몰두함.

1849년 뻬쩨르부르그에서 8개월 체류. 모스끄바, 뻬쩨르부르그에서 도박과 술, 음악에 몰두하다 귀향, 야스나야 뽈랴나에서 농민의 아이들을 위한 교육을 시도함.

1851년 형 니꼴라이(Николай)와 함께 깝까스 여행.

1852년 깝까스에서 포병으로 활동(1856년까지 군대에서 복무함). 네끄라소프(Николай Алексеевич Некрасов)가 주간인 문예지 『동시대인』(*Современник*)에 'Л. Н. Т.'라는 이니셜로 『유년 시절』(*Детство*)을 발표하며 문학적 재능을 주목받기 시작함.

1854년 『소년 시절』(*Отрочество*)을 『동시대인』에 발표함.

1857년 스위스·프랑스·이딸리아·독일·영국 등 유럽을 여행함. 유럽을 여행하는 동안 문란한 성생활로 성병에 걸리기도 하고 독일의 바덴바덴에서는 카지노에서 돈을 많이 잃음. 『청년 시절』(*Юность*)을 『동시대인』에 발표함.

1858년 곰 사냥에서 목숨을 잃을 뻔함. 농지경영과 함께 농민 아이들을 위한 교육활동을 본격적으로 시작함.

1859년 단편 「세 죽음」(три смерти)을 『문예총서』(*Библиотека для чтения*)에 발표. 장편 『가정의 행복』(*Семейное счастие*)을 『러시아 통보』(*Русский вестник*)에 발표.

1860~61년 유럽의 교육 상황을 알기 위해 독일·이딸리아·프랑스·영국·벨기에 등지를 여행. 맏형 니꼴라이가 결핵으로 사망함.

1861년 야스나야 뽈랴나로 귀향, 농지조정관(мировой посредник)으로 활약하며 농민의 이익을 대변함.

**1862년** 9월 23일 18세의 소피야 안드레예브나 베르스(Софья Андреевна Берс)와 결혼.

**1864년** 똘스또이의 자녀 13명(아들 9명, 딸 4명) 중 맏아들 세르게이(Сергей) 출생. 『전쟁과 평화』(*Война и мир*) 집필을 시작함.

**1865년** 『러시아 통보』에 '1805년(1805год)'이라는 제목으로 『전쟁과 평화』의 일부가 발표됨.

**1868~69년** 『전쟁과 평화』 전체를 출판.

**1872년** 농민학교 학생들을 위한 교과서 『알파벳』(*Азбука*) 출판.

**1873년** 『안나 까레니나』 집필을 시작함. 『알파벳』 신판(*Новая Азбука*) 등 교과서 여러 종을 출판함. 넷째 아들 뾰뜨르(Пётр) 1세로 사망.

**1874년** 3월 『안나 까레니나』를 제1부까지 집필해 출판사에 보냈다가 여름에 출판을 보류시킴. 농민교육에 전념하려고 계획함.

**1875년** 1월 『안나 까레니나』 1부 14장을 『러시아 통보』에 발표. 다섯째 아들 니꼴라이 1세로 사망. 셋째 딸 바르바라(Варвара) 출생하자마자 사망.

**1877년** 4월 『안나 까레니나』 제7부 마지막 장들 발표, 『안나 까레니나』 제8부를 자비로 출판.

**1878년** 『안나 까레니나』를 전3권으로 출판. 이 소설 출판 이후 인생에 대한 회의에 시달리고 종교에 대한 관심이 커짐.

**1881년** 2월 『안나 까레니나』를 극찬했던 도스또옙스끼(Фёдор Достоевский)의 부고를 듣고 슬퍼함.

**1882년** 『참회록』(*Исповедь*) 완성. 『나의 신앙』(*В чём моя вера?*) 『이반 일리치의 죽음』(*Смерть Ивана Ильича*) 집필 시작.

**1884년** 『참회록』을 스위스에서 출판. 『나의 신앙』 발표.

**1885년** 아내와의 불화가 격화하면서 죽음의 유혹이 강해짐.

1886년 『이반 일리치의 죽음』 발표.

1889년 「크로이처 소나타」(Крейцерова соната) 탈고. 「악마」(Дьявол) 집필.

1891~92년 랴잔주에 기근이 일어나자 빈민들을 돕기 위한 187개의 무료식당 설치를 비롯한 큰 노력을 기울임

1890~93년 신앙론 「우리 안의 신의 왕국」 집필. 검열 때문에 외국에서 출판되어 러시아 식자층에 널리 알려졌음. 1906년 러시아에서 출판되었으나 곧 압수되었고 사후인 1911년에 출판됨.

1897년 「예술이란 무엇인가?」(Что такое искусство?) 집필.

1899년 『부활』(*Воскресение*) 출판.

1900년 러시아과학아카데미 문학 부문 명예회원으로 선출됨.

1901년 러시아정교회로부터 파문당함.

1903년 「무도회 뒤」(После Бала) 「셰익스피어론」(О Шекспире и о драме) 집필.

1908년 8월 28일 탄생 80주년 기념행사가 세계적으로 행해짐.

1910년 10월 28일 새벽 야스나야 뽈랴나에서 가출, 11월 7일 랴잔-우랄선 철도의 간이역 아스따뽀보에서 사망함. 11월 9일 야스나야 뽈랴나에 안장. 향년 82세.

발간사

# 고전의 새로운 기준, 창비세계문학

오늘날 우리는 인간의 존엄과 개성이 매몰되어가는 시대를 살고 있다. 물질만능과 승자독식을 강요하는 자본주의가 전지구적으로 확산되면서 현대사회는 더 황폐해지고 삶의 질은 크게 훼손되었다. 경제성장만이 최고의 선으로 인정되고 상업주의에 물든 문화소비가 삶을 지배할수록 문학은 점점 더 변방으로 밀려나고 있다. 삶의 본질을 성찰하는 문학의 자리가 위축되는 세계에서는 가진 자와 못 가진 자 할 것 없이 모두가 불행할 수밖에 없다.

이 시대야말로 인간답게 산다는 것의 의미가 무엇인지 근본적인 화두를 다시 던지고 사유의 모험을 떠나야 할 때다. 우리는 그 여정에 반드시 필요한 벗과 스승이 다름 아닌 세계문학의 고전이라는 점을 강조한다. 고전에는 다양한 전통과 문화를 쌓아올린 공동체의 경험이 녹아들어 있고, 세계와 존재에 대한 탁월한 개인들의 치열한 탐색이 기록되어 있으며, 새로운 세상을 꿈꾸는 아름다운 도전과 눈물이 아로새겨 있기 때문이다. 이 무궁무진한 상상력의 보고이자 살아 있는 문화유산을 되새길 때만 개인의 일상에서 참다운 인간적 가치를 실현하고 근대적 삶의 의미와 한계를 성찰하는 지혜를 얻을 수 있을 것이다.

'창비세계문학'은 이러한 문제의식에서 출발한다. 세계문학의 참의미를 되새겨 '지금 여기'의 관점으로 우리의 정전을 재구성해야 할 필요성이 그 어느 때보다 절실하다. '정전'이란 본디 고정된 목록으로 존재하는 것이 아니라 그때그때 주어진 처소에서 새롭게 재구성됨으로써 생명을 이어가는 것이다. 우리는 먼저 전세계 문학들의 다양성과 차이를 존중하면서 국가와 민족, 언어의 경계를 넘어 보편적 가치에 기여할 수 있는 가능성에 주목하고자 한다. 근대를 깊이 성찰한 서양문학뿐 아니라 아시아와 라틴아메리카, 중동과 아프리카 등 비서구권 문학의 성취를 발굴하고 재평가하는 것 역시 세계문학의 지형도를 다시 그리려는 창비의 필수적인 작업이 될 것이다.

여러 전집들이 나와 있는 세계문학 시장에서 '창비세계문학'은 세계문학 독서의 새로운 기준이 되고자 한다. 참신하고 폭넓으면서도 엄정한 기획, 원작의 의도와 문체를 살려내는 적확하고 충실한 번역, 그리고 완성도 높은 책의 품질이 그 기초이다. 독서시장을 왜곡하는 값싼 유행과 상업주의에 맞서 문학정신을 굳건히 세우며, 안팎의 조언과 비판에 귀 기울이고 독자들과 꾸준히 소통하면서 진정 이 시대가 요구하는 세계문학이 무엇인지 되묻고 갱신해 나갈 것이다.

1966년 계간 『창작과비평』을 창간한 이래 한국문학을 풍성하게 하고 민족문학과 세계문학 담론을 주도해온 창비가 오직 좋은 책으로 독자와 함께해왔듯, '창비세계문학' 역시 그러한 항심을 지켜나갈 것이다. '창비세계문학'이 다른 시공간에서 우리와 닮은 삶을 만나게 해주고, 가보지 못한 길을 걷게 하며, 그 길 끝에서 새로운 길을 열어주기를 소망한다. 또한 무한경쟁에 내몰린 젊은이와 청소년 들에게 삶의 소중함과 기쁨을 일깨워주기를 바란다. 목록을 쌓아갈수록 '창비세계문학'이 독자들의 사랑으로 무르익고 그 감동이 세대를 넘나들며 이어진다면 더없는 보람이겠다.

2012년 가을

창비세계문학 기획위원회

김현균 서은혜 석영중 이욱연 임홍배 정혜용 한기욱

창비세계문학 72

안나 까레니나 3

초판 1쇄 발행/2019년 11월 8일

지은이/레프 니꼴라예비치 똘스또이
옮긴이/최선
펴낸이/강일우
책임편집/양재화 정편집실
조판/전은옥
펴낸곳/(주)창비
등록/1986년 8월 5일 제85호
주소/10881 경기도 파주시 회동길 184
전화/031-955-3333
팩시밀리/영업 031-955-3399 편집 031-955-3400
홈페이지/www.changbi.com
전자우편/lit@changbi.com


ISBN 978-89-364-6474-5 03890



* 책값은 뒤표지에 표시되어 있습니다.